HEYNE

Zum Buch

Als Jim Finnegans heißgeliebte Katze überfahren wird, ist für den Jungen klar: Sowas wird er sich von Gott in Zukunft nicht mehr bieten lassen. Für den jüngsten Spross einer achtköpfigen Dubliner Familie, an deren Spitze eine gottesfürchtige Mutter und ein draufgängerischer aber ziemlich überfordeter Vater stehen, ist das eine radikale Kampfansage.

Eine Zeit lang läuft auch alles ganz normal für Jim Finnegan: Er schlägt sich mit seinen fünf älteren Schwestern herum, bekommt plötzlich Ärger mit dem sonst so unbeschwerten Vater, liefert sich mit seinen Kumpels halsbrecherische Fahrradrennen und trinkt nachts am Lagerfeuer heimlich Dosenbier. Bis er bei einer Party der Nachbarn mit seiner Singstimme nicht nur die schöne Saidhbh (sprich: »Saif«), für die er schon lange schwärmt, beeindruckt, sondern auch den etwas zwielichtigen Pfarrer, Luke O'Culigeen. Saidhbh wird Jims Freundin und O'Culigeen nimmt ihn unter seine Fittiche – und von da an gerät Jims Leben völlig außer Kontrolle und die tote Katze scheint nur ein Vorbote für die Schwierigkeiten gewesen zu sein, die das Leben für ihn noch vorgesehen hat …

Zum Autor

Kevin Maher, geboren in Dublin, lebt seit 1994 in London und arbeitet dort als Journalist. Er schrieb unter anderem für den *Observer* und den *Guardian* und war Filmredakteur bei *The Face*. Seit acht Jahren ist er Kolumnist bei der *Times*. *Nichts für Anfänger* ist sein erster Roman.

Kevin Maher

Nichts für Anfänger

Roman

Aus dem Englischen
von Dietlind Falk

WILHELM HEYNE VERLAG
MÜNCHEN

Die Originalausgabe THE FIELDS
erschien bei Little, Brown, London.

MIX
Papier aus verantwortungsvollen Quellen
FSC® C014496

Verlagsgruppe Random House FSC® N001967
Das für dieses Buch verwendete FSC®-zertifizierte Papier
Pamo House liefert Arctic Paper Mochenwangen GmbH.

Vollständige deutsche Taschenbuchausgabe 02/2015

Printed in Germany 2015
Umschlaggestaltung: Geviert, Christian Otto unter Verwendung
einer Fotografie von © Gerry Smith
Satz: Leingärtner, Nabburg
Druck und Bindung: GGP Media GmbH, Pößneck

ISBN: 978-3-453-41806-6

www.heyne.de

Erster Teil

Als Jack starb, war ich noch richtig jung, jünger als jetzt, und in einem Wutanfall sagte ich, dass ich so etwas nie wieder zulassen würde. Jack war unser Kater. Ein dunkelbrauner kleiner Burmese mit piksigen Zähnen, gierigen kratzigen Klauen und laut pfeifendem Atem, der wie ein merkwürdig leiernder Singsang aus ihm herausrasselte, während er auf wackligen Pfoten durch die Gegend tapste. Er war auch unser erster und einziger Versuch, als Familie ein Haustier zu haben. Und als er zu uns kam, waren die Mädchen völlig aus dem Häuschen. Sie drängelten und schubsten einander, und ein bisschen gekratzt wurde auch, jede war ganz versessen darauf, endlich an der Reihe zu sein. Sie knutschten und knuddelten ihn und zerrten ihn unter die Decke und jagten ihn ums Sofa, bis er sich in eine Ecke verkroch und eine Pipipfütze unterm Wohnzimmertisch hinterließ, sodass Dad fuchsteufelswild wurde. Diese scheiß Katze!, sagte er, biss die Zähne zusammen und ballte seine Finger zu einer Faust, als würde er gleich ein sechs Wochen altes Fellbündel totprügeln wollen.

Jacks pfeifender Atem wurde von da an immer lauter und lauter, und am Ende der ersten Woche war eine ausgewachsene Grippe daraus geworden. Der Tierarzt sagte, dass er sie vielleicht schon die ganze Zeit gehabt hatte, dass der Züchter, ein uralter Typ aus County Cavan, wahrscheinlich ein ziemliches Schlitzohr war und dass es gut sein konnte, dass Jack starb, statt wieder gesund zu werden. Das machte den Mädchen eine Heidenangst. Das und dann noch die wässrig-grüne Rotze, die ihm aus Augen und Nase lief, und die Art, wie er plötzlich nieste und das Zeug aus ihm rausschoss und dir direkt ins Gesicht, davon drehten sie jedes Mal völlig durch, wenn er ins Zimmer kam. Und es sorgte noch mehr dafür, dass Dad ihn umbringen wollte.

Ich war der Jüngste, und ich war es überhaupt erst gewesen, der Mam andauernd wegen einem Haustier in den Ohren gelegen hatte, also war es auch meine Aufgabe, die Katzenkrankenschwester zu spielen. Was bedeutete, Jack mit Wattestäbchen bewaffnet die Treppe rauf und runter zu jagen, ihm den ganzen Schleim abzuwischen, ihn anschließend ins Bad zu bringen und über heißes Wasser zu halten, damit er den Wasserdampf einatmen konnte, und sich der ganze festsitzende Schnodder in seinen Lungen löste, der den ganzen Schlamassel ja überhaupt erst verursacht hatte. Den Teil hasste er ganz besonders. Und egal, wie oft wir das Ganze wiederholten, egal, wie oft ich die Prozedur mit einem freundschaftlichen Abrubbeln mit dem Handtuch und einem leckeren Häufchen Sardinenbrei aus meiner Hand abrundete, er dachte jedes Mal, dass ich das einfach so zum Spaß mache oder dass ich total geisteskrank war und ihn im nächsten Moment aus Witz ins brühend heiße Wasser schmeiße. Er flippte völlig aus und zerkratzte mir die Hände, schlitzte mir richtig die Handgelenke auf, und oft bluteten die Kratzer so doll, dass sich ein einzelner roter Tropfen bildete und ins Badewasser ploppte, während Jack seine letzten panisch-dampfigen Atemzüge nahm. Aber das war mir egal, weil ich ihn wieder gesund machte.

Nach vollen zwei Wochen dieser Behandlung erholte sich Jack. Alle, sogar der Tierarzt höchstpersönlich, meinten so, Manometer, haben wir hier den nächsten Dr. Doolittle oder was? Selbst Dad sagte: Gut gemacht, Junge, bevor er zu Mam rübersah und mit einem Seufzer hinzufügte: Wenn's nach mir ginge, hätte er trotzdem krepieren können. Sie gab ihm aus Spaß einen Klaps und sagte, dass er ein unmöglicher Kerl ist, und er schmunzelte und sagte, er ist genau so, wie sie ihn am liebsten hat, und dass sie zusehen soll, dass sie aus dem Garten rauskommt, was eine irische Redewendung ist, um zu sagen, Ach, mach dich vom Acker, du kleines Flittchen, was auch eine Redewendung ist und wiederum bedeutet, dass man in Wirklichkeit auf das kleine Flittchen steht.

Jack wurde superfit, und schnell, und tobte Woche für Woche ums Haus und sorgte immer wieder für lustiges Chaos, zum Beispiel, wenn er dem Schatten vom Springstock den kompletten Hügel runter nachjagte oder sich mit seinem wendigen kupfernen Spiegelbild in der Kohlenschütte kabbelte und den grünen Wohnzimmerteppich mit kleinen schwarzen Tatzen übersäte. Er wurde auf der Straße vor unserem Haus überfahren, als er erst sieben Monate alt war. Keiner hat es gesehen. Wir hörten erst davon, als Maura Connell von nebenan mit todtraurigem Gesicht ankam und Mam sagte, sie soll den Hang runtergehen und gucken, was da vor unserer Einfahrt auf der Straße liegt. Ich war von uns Kindern als Einziger zu Hause, weil ich noch nicht wie die Großen zur Schule ging, und so hatte ich, als Mam Jack ganz zerquetscht und rot am Kopf hereintrug, jede Menge Zeit mit ihm allein.

Mam sagte, dass wir Jack mit der ganzen Familie hinten im Garten beerdigen, sobald die Mädchen zurückkommen, und wischte mit einem ihrer guten Trockentücher das rote und schwarze, dickflüssige Zeug weg, das an der Seite aus Jacks Kopf herauslief, hauptsächlich aus seinem linken Ohr und der Augenhöhle. Sie bahrte ihn neben unserem Zwiebelbeet auf einer Decke auf, die Sarah im Hauswirtschaftsunterricht gestrickt hatte, so richtig vornehm, und dann lief sie rauf zum Dachboden, um einen alten Schuhkarton zu suchen, als Sarg.

Ich legte mich auch hin, neben ihn ins Gras. Und weil niemand in der Nähe war, streichelte ich sein noch immer warmes Fell und küsste die nicht blutige Seite von seinem Kopf und sagte ihm, wie sehr ich ihn liebte. Ich sagte ihm, dass er so eine gute Katze war. Ich log sogar. Ich tat so, als hätte ich all die Kratzer vergessen, die er mir verpasst hatte, oder dass er riesige Löcher in Dads Sessel gerissen hatte oder dass er quer über Mams Kuchenblech geklettert war, als sie gerade telefonierte. Du bist die beste Katze, sagte ich, während ich ihn streichelte und schluchzte. Die beste Katze von ganz Irland. Alle anderen Katzen sind neidisch auf dich, Jack. Weil du die schnellste und die schlauste und die lustigste bist, und die beste, die es je gab und je geben wird.

Nach einer Weile geriet ich irgendwie in Rage. Und aus meinen Tränen wurde ein Mordsgebrüll. Mam musste rausgestürzt kommen und mich ganz fest in ihren Armen halten. Ich sagte ihr, dass das nicht richtig war, dass Jack noch am Leben sein sollte und Gott einen blöden Fehler gemacht hatte. Mam, die ausnahmslos jeden Morgen um zehn zur Messe ging und so betete, wie die meisten Leute atmen, zuckte hierbei kaum merklich zusammen. In meiner Wut redete ich weiter. Und wenn Gott will, dass Jack tot ist, rief ich, noch immer am Heulen, dann will ich, dass Gott tot ist. Mam schob mich weg von ihrer Brust und schüttelte mich ordentlich durch und sagte, dass ich wohl den Verstand verloren habe und furchtbare, furchtbare Dinge sage. Doch das machte alles nur noch schlimmer, ich wurde noch wütender, noch mutiger und sagte, dass ich Jack jederzeit gegen Gott eintauschen würde.

Mam sagte mir, ich soll auf mein Zimmer gehen und erst zur Beerdigung wieder rauskommen. Ich drehte ihr den Rücken zu, marschierte in Richtung Haus und rief laut genug, dass sie es hören konnte: Scheiß Gott!

Und ich meinte es ernst. Ich lag auf meinem Bett, den verwirrten Kopf im Kissen vergraben, noch immer heulend, noch immer wütend, und sagte Gott, dass ich die Schnauze voll von ihm hatte und dass Jack zu töten das Fass zum Überlaufen gebracht hat. Jetzt hatte er ein Problem. Ein ernsthaftes Problem.

Irgendwann schlief ich von meinen heißen Tränen und feuchten Augen völlig ermüdet ein, in Gedanken stritt ich noch immer mit Ihm und dachte an den Witz, den Tante Una mal erzählt hatte, den mit dem kleinen Italiener, der Gott um ein richtig fabelhaftes Geburtstagsgeschenk bittet und um auf Nummer sicher zu gehen eine Marienstatue in eine Schublade schmeißt, abschließt und dann zu Gott sagt, wenn Er seine Mutter jemals wiedersehen will, soll Er lieber zusehen, dass er ein Fahrrad zum Geburtstag bekommt. Der Witz ist super, weil man dabei die Mafiatypen aus dem Fernsehen nachmachen kann, aber das Beste ist, dass man eine italienische Stimme auflegen muss wie der Typ aus der Nescafé-Werbung, so: Wenn-eh du dein-eh Mutter jemals wiedersehen willst-eh, schenkst-eh du mir-eh besser-eh eine Fahrrad. Tante Una hat den Witz mal zu Weihnachten erzählt, und er wurde der Brüller der Festtage, und die ganze Familie, jeder von uns acht, hängte andauernd Ehs an Worte dran und machte einen auf Italiener, wenn man die anderen zum Lachen bringen wollte. Sogar noch nach Neujahr.

Ich sagte Gott, dass Er meinetwegen mit mir machen kann, was Er will, aber dass das ganz im Ernst das letzte Mal gewesen ist, dass Er diesen Todeskram hier veranstaltet hat. So nicht. Ich hatte zwar keine Marienstatue, die ich kidnappen konnte, aber dafür sagte ich Ihm, dass ich, sobald meine Mam es mir erlaubt, aufhöre, in die Kirche zu gehen und zur Beichte auch.

Ich schlief durch bis zum nächsten Morgen, verpasste die Beerdigung und alles. Mam sagte, dass es so besser gewesen ist. Dass es mich zu sehr aufgeregt hätte. Aber jetzt denke ich an ihn, an Jack. Genau in diesem Moment. Hier in dieser Küche. Und ich frage mich, ob alles hätte anders kommen können.

1

Summer Loving

Helen Macdowell kriegt einen Hockeyball ins Gesicht. So fängt es an. Jawohl. Der Anfang vom Ende. Von hier aus geht's nur noch bergab. Helen ist wunderschön. Sie hat hellbraune, wellig fließende Haare, die aus ihrer Stirn gelockt nach hinten fallen. Ihr Gesicht ist rund, und ihre Nase ist sanft geschwungen und ein bisschen skischanzig. Ihre Lippen sind dunkelrosa, aber sie glänzen vor Lipgloss. Und ihre Augen, o Gott, ihre Augen sind kristallblau, wirklich ein ganz klares Blau, kein einziger Dreckspritzer ist in dem Blau. Sie ist wunderschön, und sie wird später mal Krankenschwester oder Stewardess oder Detektivin. Das sagt meine Schwester Fiona zumindest, und die muss es ja schließlich wissen. Fiona und Helen haben früher dauernd zusammen rumgehangen, bevor Helen zu schön wurde, um Freunde zu haben. Sie waren mal beste Freundinnen vor langer, langer Zeit und haben sich in die Finger geschnitten und die blutigen Enden aneinandergepresst und so getan, als wären sie Hexen und so Kram. Dann hat Helen einen Busen bekommen und schöne Haare und gute Haut und hörte auf, mit jemand anders rumzuhängen als mit sich selbst.

Da steht sie also, das schönste Mädchen auf dem schwarz

geteerten Platz, mit Schminke und allem Pipapo. Bully eins, Bully zwei und Bully drei sind schon gelaufen, und die Sonne brennt runter und macht den Hockeymädchen ordentlich zu schaffen. Sie schwitzen in ihren kurzen schiefergrauen Sportröcken und ihren engen hellblauen Airtex-Tops, und wir feuern sie von der Seitenlinie aus an.

Los jetzt, Baby, hängt sie ab, ihr süßen kleinen Flittchen!

Die Nonnen drehen sich um und gucken böse und zeigen mit Fingern auf uns, und uns könnte es nicht besser gehen.

Schule aus, Summer Lovin', Ich will Spaß.

Und Helen steht einfach da, mitten auf dem Spielfeld. Starrt.

Ich krieg das anfangs gar nicht mit, aber die Jungs schon.

Total aus dem Häuschen sagen sie: Ooooooh, Finnegan, sie guckt dich an!

MICH!? Am Arsch!

Ja Mann, vielleicht guckt sie dir auch auf den Arsch!

Aber es stimmt, sie sieht mich geradewegs an. Ich gucke weg und werde dunkelrot. Ich zähle bis fünf und schaue mir das Gras hinter der Seitenlinie an und stelle mir vor, wie meine gesamte Familie durch einen riesigen Fleischwolf gedreht wird wie in diesem Song im Fernsehen. Aber das Komische, als ich wieder aufschaue, ist, dass sie mich nicht wirklich *ansieht.* Sie will mich nicht anmachen oder so. Ihr Blick ist ganz leer, nur eben auf mich gerichtet.

Die Jungs drehen natürlich trotzdem total durch, sie sagen, dass sie scharf auf mich ist und meinen Pimmel anfassen will und den ganzen Kram, bloß dass mir schon ein bisschen schlecht von ihrem Gestarre ist. Ihre Lippen kräuseln sich irgendwie nach unten, und ihre kristallblauen Augen sprühen Feuer in meine Richtung. Außerdem sieht sie traurig aus, als ob ich ihr ein bisschen leidtun würde, als ob sie den Kopf schütteln wollte, um zu sagen: Du armes, armes Würstchen.

Mir wird schwindelig. Ich muss aufstehen, mich schütteln und wieder weggucken. Ich will nach Hause zu meiner Mam.

Doch bevor ich irgendwas in der Richtung unternehmen kann, passiert es.

TSCHACKRRRSCH!

Heilige Scheiße!, brüllt einer von meinen Jungs, während ein Riesenchaos ausbricht. Helen Macdowell hat gerade einen Hockeyball ins Gesicht gekriegt. Zahnsplitter fliegen durch die Gegend, rote Zahnsplitter. Unter Schmerzen macht sie ihren Mund auf, und man sieht, dass ihre Lippen geschwollen und aufgeplatzt sind und vollgetackert mit roten Zahnstückchen. Vor unseren Augen schwillt ihr Gesicht an. Blut schießt ihr aus dem Mund. Als würde sie sich übergeben, und statt Kotze würde einfach Blut rauskommen. Mary Davit, das Mädchen, das sie getroffen hat, eine riesige Kampfsau von einem Mädchen, sitzt wie ein Häufchen Elend auf dem Boden und weint. Helen weint noch nicht. Sie betastet ihr Gesicht in dem Versuch, die Umrisse ihrer Wunden und Beulen zu erfühlen. Sie ist umringt von Nonnen, die aussehen wie ein aufgescheuchter Elsternschwarm und die anderen Mädchen auf Abstand halten. Sie schwitzen immer noch in ihren Röcken und Trikots, aber hauptsächlich tuscheln sie oder trösten Mary Davit. Eine von ihnen flüstert: Blöde Schlampe, geschieht ihr ganz recht!

Nach ein paar Sekunden Befühlen und Betasten lässt Helen den Kopf einfach auf die Brust sinken und schreit das gesamte Hockeyfeld in Grund und Boden. Schreit wie am Spieß. Wie jemand, der in einem Halloween-Horrorstreifen von einem Typ mit riesigem Fleischermesser eine dunkle Straße runtergejagt wird. So laut! Und um noch einen draufzusetzen, schlägt sie plötzlich nach den Nonnen und rennt um ihr Leben. Ernsthaft. Sie rennt vom Hockeyplatz runter, durch das hohe Gras und das Hauptportal der Schule, raus auf die Ballydown Road. Dabei schreit sie die ganze Zeit fleischmesserhorrorfilmmäßig. Und rennt, immer weiter.

Maura Connell hat sie an jenem Nachmittag um zwei mit vollem Karacho am Quinnsworth vorbeirennen sehen. Helen Macdowell, das schönste Mädchen im Hockeyteam, mit ihren braunen wallenden Haaren, die von ihr wegströmen, ihre Kristallaugen in Flammen und ihr kaputtes Hackfleischgesicht glänzend vor Blut. Aus ihrem aufgerissenen Mundloch läuft ihr das Blut den Nacken runter auf ihr gesamtes Airtex-Top.

In unserer Siedlung, sie heißt The Rise, ging das Gerücht rum, dass Helen schließlich in einem Shoppingcenter von zwei Securitymännern in Murray's Drogeriemarkt zu Boden gerungen wurde. Sie befand sich in tiefstem Schockzustand und versuchte auf Teufel komm raus eine Jumbo-Vorratspackung Lipgloss zu kaufen.

So was hatte es bei uns noch nie gegeben. Nicht direkt vor unseren Augen. Man hörte nur ständig Geschichten. Über Freunde von Freunden. Oder wenn sich Die Mütter morgens zum Kaffee trafen. Dann hockten sie wie ein verrückter Hexenzirkel zu viert in der dunstigen Küche, tunkten Ginger Snaps in Maxwell-House-Auslese, bis sie weich und warm wurden, und sagten der Reihe nach: Habt ihr schon das und das von dem und dem gehört, möge er in Frieden ruhen, gerade dreißig Jahre alt, der Ärmste!?

Das hatten sie drauf wie niemand sonst. Sie jagten sich gegenseitig eine Schweineangst ein, lachten sich innerlich ins Fäustchen, aber nach außen waren sie zu Tode betrübt, sie gönnten sich einfach eine Pause zwischen dem üblichen Bügeln und Waschen und der Zubereitung des aus Würstchen mit Kartoffeln und Pastinaken bestehenden Dinners für die Dads, die nach getaner Arbeit auf dem Weg nach Hause waren, mit ihren Zeitungen und ihren müden Gesichtern.

Natürlich verstummten sie, sobald sie einen von uns aus dem Fernsehzimmer kommen sahen. Dann steckten sie die Köpfe zusammen und sprachen, ohne die Lippen zu bewegen oder in einem Code. Doch die meiste Zeit saßen wir mucksmäuschenstill auf dem Boden, und bei runtergedrehter Lautstärke und halb offener Tür bekamen wir das Wichtigste mit.

Da gab es zum Beispiel Kent Foster, mit zwanzig an Hautkrebs gestorben, Gott hab ihn selig. Kent stand total auf Sonnenbaden. Jeden Sommer, unten auf dem schwarzen Asphalt hinter dem Bolzplatz, in seiner braunen Badehose, vollgekleistert mit Sonnenblumenöl, sodass er aussah wie ein vollgesabberter Marsriegel.

Englisches Blut!, sagten Die Mütter dann.

Bei dem Namen!

Recht hast du, Maisie!

Und dann war Kent eines Sommers plötzlich verschwunden. Niemand wusste, wohin. Niemand, bis auf Die Mütter.

Habt ihr schon von Kent Foster gehört? Nicht? Tja, der Ärmste ist unten in der Turnhalle, findet ein winziges schwarzes Muttermal auf seinem Oberschenkel, und zwei Monate später ist er mausetot. Krebs! Hat ihn von innen aufgefressen! Gerade zwanzig Jahre alt, möge er in Frieden ruhen!

Krebs, Tod, mit zwanzig! Das ist Musik in ihren Ohren, wie ein Startschuss.

Und dann, mit ihren servierfertigen Geschichten im Ärmel und scharrenden Hufen, legen sie los!

Garys Mam denkt, die schlag ich locker!

Mozzos Mam durchforstet ihr Gedächtnis, knetet ihre Kippenschachtel und versucht, sich an diese Tragödie neulich zu erinnern, die sie von ihrem Schwager in Finglas gehört hat.

Und Maisie O'Mally, die runzelige Siebzigjährige aus Nummer 43, saugt sich einfach was aus den Fingern und sagt, habt ihr schon von Na-wie-heißt-er-noch-gleich gehört, der in den Fluss gefallen ist?

Glücklicherweise ist auf Garys Mam Verlass, sie ist ein Routinier und schneidet ihr das Wort ab. Alles nichts gegen das, was mit Neil Cody passiert ist!, sagt sie.

Neil ist so ein Junge aus Mount Merrion, gerade mal fünfzehn. Er ist ein ziemlicher Streber und liest jeden Tag die Zeitung von seinem Daddy. Und eines Sonntagmorgens, noch im Schlafanzug, schnappt er sich die Zeitung, den *Irish Independent,* auch Indo genannt, frisch vom Küchentisch weg, und schleppt sie voller Vorfreude auf eine schöne Runde Lesen rauf in sein Zimmer. Eine halbe Stunde vergeht. Kein Mucks von oben. Eine Stunde. Nichts.

Stellt euch das vor!, sagt Garys Mam, oben Stille, woran denkt man da? Er ist über der Zeitung eingeschlafen, der liebe Kleine, nicht wahr?

Tja, Neil hat seit drei Stunden keinen Pieps von sich gegeben, also läuft seine Mam die Treppe hoch, klopft an seine Tür, geht in sein Zimmer, und da liegt er, so was von tot, flach auf dem Bett, das Blut läuft ihm aus der Nase runter auf die Cartoons. Er hatte eine Gehirnblutung und ist gestorben. Einfach so!

Alle Mütter bekreuzigen sich und murmeln etwas vom heiligen Antonius und Jesus und den Aposteln. Garys Mam ist mit sich zufrieden, und alle denken, dass sie den Wettbewerb konkurrenzlos gewonnen hat, da zündet sich Mozzos Mam eine John Player an und sagt mit gewichtiger Miene: Dann habt ihr bestimmt auch schon das von der armen June Shilaweh gehört?

Garys Mam erstarrt und schüttelt wütend den Kopf in dem Wissen, dass sie gerade übertrumpft wird.

Mozzos Mam nickt bedeutungsschwanger, so als wäre sie nicht sicher, ob sie überhaupt weitererzählen soll.

Meine Mam sagt, sie soll es nicht so spannend machen und gefälligst anfangen!

Die Shilawehs, sagt Mozzos Mam, sind eine afrikanische Familie, schwarz wie die Nacht, die gerade nach The Villas gezogen ist.

The Villas!, sagen sie einstimmig und schütteln sich beim Gedanken an diese lange Reihe von Häusern, die aussehen wie Schuhkartons, ganz hinten in der Siedlung. In die Hölle oder nach The Villas! Sie hätten sich wirklich keinen übleren Ort aussuchen können, die Idioten. Schlimmer als der verdammte Dschungel, aus dem sie stammen.

Hierüber lachen Die Mütter allesamt, allerdings halten sie sich dabei die Hände vor den Mund.

Jedenfalls tun die Shilawehs ihr Möglichstes, um sich dem Leben in The Villas anzupassen. Sie sagen Hallo, guten Morgen zu all ihren Nachbarn, sogar zu denen, die ihnen Fick dich, Nigger, ins Gesicht sagen. Sie schicken ihre einzige Tochter, June, in die nächstgelegene katholische Mädchenschule, Mother of Sorrow, oder kurz die Sorrow, auf die auch meine Schwestern gehen und auf die auch Helen Macdowell gegangen ist, bevor sie ihr Gesicht verloren hat. Und Mr. Shilaweh bekommt einen Job unten in Ryans Postfiliale, wo er Umschläge sortiert. Das Einzige, was noch fehlt, ist ein Fahrrad. Die kleine June Shilaweh hat noch nie ein Fahrrad besessen, und jetzt, wo sie raus ist aus dem Dschungel und in der freien Welt, will sie eins haben.

Tatsache, fällt ihr Maisie ins Wort, was will man auch im Dschungel mit einem Fahrrad? Das würden sich doch direkt die Affen unter den Nagel reißen.

Die Mütter bringen wieder die Hinter-vorgehaltener-Hand-lachen-Nummer.

Egal, die kleine June Shilaweh bekommt jedenfalls ein Fahrrad von ihrem Dad, der sein gesamtes Postfilialengeld gespart hat, um dafür zu bezahlen. Sie hat es noch nicht einmal eine Woche, als sie die Clannard Road rauffährt, von einem Lkw überholt wird, ins Schlenkern gerät, vom Fahrrad fällt und unter die Räder kommt. Auf der Stelle tot, zerquetscht.

Die Mütter seufzen alle in die Stille hinein und vermeiden es, einander in die Augen zu sehen.

Und wisst ihr, was das Schlimmste ist?, stichelt Mozzos Mam. Johnno Mac, der in Managan's Friseursalon auf der Clannard Road arbeitet, hat gesagt, dass er sauber machen musste, als der Lkw weg war. Hat erzählt, dass die kleine June keinen Kopf mehr hatte, ich schwör's euch, den haben die schweren Lkw-Räder einfach ausgedrückt wie einen Pickel. Der Notarzt hat nur einen kopflosen Körper ins Haus geschleppt, und die armen Shilawehs mussten ihre Tochter anhand des Lenkers identifizieren, der noch in ihrem Bauch steckte, als der Krankenwagen kam.

Mozzos Mam ist zu weit gegangen. Meine Mam springt auf, lehnt sich gegen die Spüle und sagt, dass es heute Abend Rosenkohl gibt und sie ja alle wissen, wie lange es dauert, diesen Mist zu schälen. Garys Mam sagt, dass sie Maisie nach Hause bringt, obwohl sie nur vier Häuser weiter wohnt. Mozzos Mam versteht sofort und steht zum Gehen auf.

Sie steckt den Kopf ins Fernsehzimmer und sagt zu mir, dass Mozzo heute zurückkommt und er sich schon total drauf freut, mich zu sehen!

Mam, Garys Mam und Maisie hantieren mit ihren Jacken rum, bis Mozzos Mam aus der Tür ist, und einigen sich dann darauf, dass sie zwar ein nettes Ding ist, aber vielleicht ein bisschen grob.

Wahrscheinlich, weil der Typ sie sitzen gelassen hat, sagt Garys Mam. Sitzen gelassen mit dieser kleinen Bestie! Sprich: Mozzo.

2

Der Steckrübenvorfall

Ich kenne Mozzo erst seit zwei Monaten, aber er ist jetzt schon mein bester Freund. Er hat lange, pechschwarze und absichtlich unordentliche Haare, auf seiner blassen Oberlippe deutet sich ein fettiges Bärtchen an, und er ist der Erste, dem ich von Helen Macdowell erzähle. Er hockt im Schneidersitz auf meinem Bett, die glänzenden Doc-Martens-Stiefel geschickt unter die Oberschenkel geklemmt. Er wippt vor und zurück, zuppelt an seinem ausgeblichenen Iron-Maiden-T-Shirt herum und sagt laut: Krasse Scheiße!, als ich ihm den Moment des Aufpralls beschreibe. Er ist so beeindruckt, dass ich sofort alles noch einmal erzähle, diesmal noch unappetitlicher, damit er noch größere Augen macht. Ich erzähle ihm von dem Geräusch, das der Ball gemacht hat, als er in ihren Mund gekracht ist.

TSCHACKRRRSCH!

Ich beschreibe die kleinen Blutspritzer, die von ihrer geplatzten Lippe aus durch die Luft fliegen. Ich beschreibe, wie ihr Kopf zurückknickt wie der Punchingball von einem Boxer. Und ich beschreibe das Blut. Literweise Blut. Überall.

Mozzo ist beeindruckt. Am Kopfende des Bettes wippt er vor und zurück, direkt unter dem Poster mit dem geparkten Porsche drauf, mit offenen Türen.

Krasser Scheiß, Finno!, sagt er immer und immer wieder. Krasser Scheiß, Finno, ist das heftig!

Mein Toshiba-Kassettenrekorder spielt Survivor auf voller Lautstärke. Ich bin zufrieden.

Normalerweise ist Mozzo derjenige, der die Geschichten erzählt. Er ist ziemlich gut darin. Sein Vater war ein Fischer, der etwas außerhalb vom Dubliner Hafen arbeitete, in der Nacht fischte und am Tag Drogen nahm. Einmal pro Woche prügelte er Mozzos Mam Janet windelweich, mindestens, und dann ließ er sie sitzen, und sie musste Mozzo alleine großziehen. Aber bevor er abgehauen ist, hat er eine Menge Dinge gemacht, über die Mozzo großartige Geschichten erzählen kann. Zum Beispiel, wie er betrunken nach Hause gekommen ist und Janet ein Messer an die Kehle gehalten hat. Wie fühlt sich das an, du hässliches Miststück, hat er gesagt, wie fühlt sich das an?!

Oder einmal, als er sich vor dem Fernseher selbst in Brand gesteckt hat, und das dann nicht mal mitgekriegt hat, weil er so randvoll war mit Schnaps und Drogen. Irre. Oder als er einen Gaszylinder durch die Fensterscheibe seines Nachbarn geworfen hat, weil der sich über seinen stinkigen Fischwagen beschwert hatte.

Hier habt ihr euren Fisch, ihr scheiß Spießer!, hat er gesagt, und dann hat er eine große schwarze Plastiktüte mit Fischinnereien durch das Loch geworfen, wo vorher das Fenster gewesen war. Mozzo sagt, das war total krass. Die Polizei kam vorbei und so, und am Ende mussten sie in ein anderes Haus umziehen.

Mozzo heißt eigentlich Declan Morrissey, aber selbst seine Mam Janet nennt ihn Mozzo. Typen wie er heißen immer irgendwie-o. Unten in The Villas gibt es sie haufenweise. Und jeder kennt jeden. Micko, Macko, Johnno, Backo, Stapo,

Ryano, Freyno, Gravvo, Devo, Rocko, Knocko, Dicko, Mallo, Heno, Feno, Hylo und so weiter. Das Erste, was Mozzo zu mir gesagt hat, als wir uns zum ersten Mal getroffen haben, war: Wie geht's, Finno? Ein guter Anfang.

Als Mozzo nach The Rise gezogen ist, hat meine Mam gesagt, ich soll nett zu ihm sein, weil er nicht so viel Glück im Leben gehabt hat wie ich.

Was denn für Glück?, fragte ich sie.

Er hat verdammt noch mal keinen Vater!, antwortete sie.

Ich zuckte mit den Schultern und entschied, dass sie recht hatte. Mein Vater hat einen dichten braunen Schnurrbart, lacht viel und wird von allen, die ihn zum ersten Mal treffen, als riesiger Charmebolzen bezeichnet. Er verdient sein Geld mit dem Verkauf von Bürobedarf, und darin ist er einfach phänomenal.

Er könnte den Arabern Sand verkaufen.

Das sagen immer alle über ihn. Als die Shilawehs nach The Villas zogen, zwinkerte Maura Connell ihm sogar zu und sagte, dass das ja jetzt seine Chance war, den Arabern Sand zu verkaufen. Er zwinkerte zurück und sagte ihr, sie sollte nicht so blöd sein, dass das keine Araber waren, sondern Farbige.

Ich habe fünf Schwestern, alle älter als ich. Und keine Brüder. Mein Vater reißt ständig Witze darüber, dass er nicht aufgeben wollte, bis er einen Jungen hingekriegt hat. Und meistens, je nachdem, wer gerade da ist, sagt er dann noch: Aber dann habe ich mich mit Jim abgefunden!

Dann lachen alle und sagen mir, was für ein Witzbold mein Vater ist. Mam zieht mich dann an sich, rubbelt mir über den Kopf und sagt: Lasst den armen Jungen in Ruhe!

Mozzo ist noch total aufgekratzt v Story. Er wippt immer noch vor u er dazu noch mit dem Kopf. Er gu tenrekorder, erklärt mir, dass Su und dass ich lieber richtige Musik T-Shirt, als er das sagt. Dann nic er innerlich über etwas ganz b denken. Und dann spuckt er es endlich

Lass uns das machen, Finno, sagt er. Wir machen verd noch mal den Helen-Macker!

Ich bin verwirrt.

Hab ich mal in einem Film gesehen, sagt er. Wir besorgen uns eine riesige scheiß Melone, stecken sie auf einen scheiß Pfahl und machen mit unseren scheiß Hockeyschlägern Trainingsschüsse drauf. Ein Treffer, und die Melone ist Matsch! Wär doch geil!

Mozzo sagt andauernd Scheiße, öfter als jeder andere Freund, den ich je gehabt habe. Jedenfalls öfter als Gary.

Bis Mozzo nach The Rise gezogen ist, war Gary Connell mein allerbester Kumpel. Sein Dad ist Pilot bei Aer Lingus und bringt ihm immer den neuesten elektronischen Schnickschnack aus Amerika mit. Gary ist Einzelkind und obendrein auch noch Protestant, und meine Mam sagt, dass seine Eltern haufenweise Geld für ihn ausgeben können, weil sie es nicht auf sechs hungrige Kinder aufteilen müssen. Fast jeden Tag, wenn Gary The Rise runterläuft, hat er einen neuen Gimmick dabei. Mini-Space-Invaders im Lederetui. Baseballkappenradio mit Scherzstrohhalm. Sonnenbrille mit Minischeibenwischern. Schweißbänder mit eingebauter Digitaluhr. Transistorradio-Bierkrug.

[illegible] Spähtrupp in The Rise landen würde und sie [illegible] Connell mit seinen ganzen blinkenden, piepsen[illegible]nden Gimmicks übersät die Straße runterlaufen [illegible]ann würden sie sich garantiert auf schnellstem Wege [illegible]k ins Weltall verziehen und glauben, dass sie hier auf [illegible]e ultrafortgeschrittene Cyborg-Zivilisation gestoßen sind.

Mozzo hängt gerne mit Gary rum, hauptsächlich wegen Garys Elektrokram. Garys Mam Maura hasst Mozzo, hauptsächlich, weil Mozzo Gary dazu gebracht hat, seinen Pimmel zwischen zwei Kissen zu stecken und drauflos zu ficken, als wären sie eine Frau. Garys Mam ist sehr glamourös und trägt selbst zu Hause immer Miniröcke, durchsichtige Blusen und Lippenstift. Mozzo nennt sie eine heiße Braut, sogar wenn Gary dabei ist. Er redet dauernd über Muschis und Ärsche und blasen und lecken und bumsen und wichsen.

Mann, hab ich mir grad schön einen von der Palme gewedelt, hab alles vollgespritzt, sagt er zum Beispiel, wenn er reinkommt. Er greift sich in den Schritt und sagt, Der blanke Wahnsinn.

Ich und Gary machen auch Witze über unsere Pimmel und unsere Eier. Aber hauptsächlich, wenn Mozzo dabei ist. Immer wenn ein Mädchen an uns vorbeigeht, sagen wir: Oh Mann, die würde ich definitiv flachlegen! Und dann gucken wir Mozzo an, um herauszufinden, ob er das auch so sieht. Aber meistens sagt er uns dann, dass wir nicht den Hauch einer Chance haben, flachgelegt zu werden, bevor wir nicht aufhören, uns wie zwei kleine Tunten zu benehmen.

Eines Tages sind Mozzo und Gary oben in Garys Zimmer und spielen mit seinem ferngesteuerten R2D2-Wecker, und Mozzo sagt, dass er gestern Abend so geil gewichst hat wie noch nie. Er sagt, dass er seinen Schwanz zwischen zwei Kissen gesteckt und stundenlang rumgefickt hat und dass es genauso war wie in echt, weil er es auf einer Stephanstags-Party zweimal mit seiner Cousine getrieben hat.

Ich sag's dir, sagt er zu Gary, zwei zusammengepresste Kissen, heilige Scheiße, als ob man ihn in eine echte Muschi stecken würde! Und dann sagt er: Das solltest du verdammt noch mal ausprobieren!

Also Gary ist so ein kleiner blonder Typ mit vielen Sommersprossen und will sich vor Mozzo nicht blamieren, also sagt er, Klar, besteht allerdings darauf, dass Mozzo das Zimmer verlässt, während er es mit den Kissen treibt.

Mozzo steht draußen vor der Tür und lacht sich ordentlich ins Fäustchen, als er dabei zuhört, wie Gary auf den Kissen herumreitet, um sie zu bumsen. Doch dann kommt Garys Mam Maura mit einem riesigen Klamottenstapel für die Heißmangel die Treppe rauf. Sie sieht Mozzo draußen stehen und stürzt ins Zimmer, wo sie ihren kleinen Gary mit runtergelassener Hose vorfindet, wie er gerade sein Bettzubehör fickt. Garys Mam ist angewidert und schmeißt Mozzo raus. Dann setzt sie sich zu Gary aufs Bett und versucht, mit ihm darüber zu reden, was er getan hat, und dass es ihn und seine zukünftigen Erfahrungen mit Frauen kaputtmachen könnte. Gary hat mir erzählt, dass das Ganze eine große Lachnummer war, aber Garys Mam hat meiner Mam erzählt, dass Gary in Tränen ausgebrochen ist und gesagt hat, dass das alles Mozzos Schuld war und dass er nie ein anderes Mädchen will als seine Mam. Garys Mam drückte ihn fest an ihre Bluse und sagte ihm, dass alles in Ordnung kommt und es in seinem Alter ganz normal ist, verwirrt zu sein, und dass er eines Tages einmal eine Frau sehr glücklich machen wird, wenn er sich nur von Mozzo fernhält.

Meine Mam hasst Mozzo nicht so sehr wie Garys Mam. Sie sagt, das ist so, weil Maura protestantisch ist und sie katholisch, und Protestanten für Menschen wie Mozzo und Mozzos Mam Janet nicht viel Zeit übrig haben. Doch meine Mam ist Katholikin, und unser Herr war Katholik, und der hat sich auch immer um Leute gekümmert, die im Leben weniger Glück gehabt haben als er selbst, und deshalb braucht Mozzo unsere Hilfe. Und dann sagte Mam noch, wenn sie mich je dabei erwischt, dass ich es mit zwei Kissen treibe wie Gary Connell, ruft sie den Herrn Pfarrer.

Wenn es zu Hause irgendwie Ärger gibt, droht Mam immer damit, den Herrn Pfarrer zu rufen. Das ist eine ihrer Regeln.

Mozzo, Gary und ich sind hinten im Garten und haben eine Steckrübe mit Klebeband auf dem Swingball-Pfosten befestigt, weil wir in Mams Obstkorb keine Wassermelone gefunden haben. Wir haben einen großen roten Lippenstiftmund auf die Steckrübe gemalt, um uns an Helen Macdowell zu erinnern. Später wird Mam ziemlich ausflippen, wenn sie merkt, dass von ihrem Lieblingslippenstift nur noch ein Stummel übrig ist. Mozzo knutscht Ewigkeiten die Steckrübe und nennt sie Helen Macker, das kleine Flittchen, und ich und Gary lachen.

Gary hat die Helen-Macdowell-Story auch schon gehört, also ist er auch richtig heiß auf dieses Spiel, das Mozzo sich für uns ausgedacht hat, und er trägt speziell für diesen Anlass seine Strohhalm-Baseballkappe. Mozzo hält den Hockeyschläger von meiner Schwester Sarah in der Hand und marschiert durch den Garten, als wäre er hier der Held vom Erdbeerfeld.

Das letzte Mal war Mozzo auf der Barbecue-Party zum siebzehnten Geburtstag meiner Schwester Fiona hier. Als es dunkel wurde, teilte er alle Kids in drei Gruppen auf und nannte die eine Die Engländer, die zweite Die Argentinier und die dritte Die IRA. Also taten sich Die IRA und Die Argentinier unter Mozzos Führung zusammen und jagten Die Engländer zwischen den Apfelbäumen umher und brüllten: Runter von den Falklands, ihr englischen Arschlöcher! Einige Eltern fanden das sehr lustig, besonders Saidhbh Donohues Vater, der gerne singt und sich zu fortgeschrittener Stunde über die Zeit ausheult, als unsere Kartoffeln vergammelt sind und die Engländer uns alle abgemurkst haben. Nach ein paar Runden um die Apfelbäume kesselten Die IRA und Die Argentinier Die Engländer schließlich auf den Zwiebelbeeten ein und fingen an, ihnen eine Abreibung zu verpassen. Mein Dad kam stinksauer durch den Garten gerannt, weil haufenweise Zwiebelpflanzen an den Stängeln abknickten und die Zwiebeln deshalb als winzig kleine, deformierte Dinger auf die Welt kommen würden statt als riesig große Tränenmacher.

Nachdem er in Sarahs Sporttasche rumgekramt und Witze darüber gemacht hat, dabei ihr Höschen zu finden und draufzuwichsen, präsentiert uns Mozzo schließlich einen ziemlich abgewetzten Hockeyball. Ein großes schweres Ding, wie ein kugelrundes Stück Beton. Er platziert den Ball auf dem Rasen, etwa drei Meter von dem Swingball-Pfosten entfernt in Richtung Garten, weg vom Haus und in die zwei Apfelbäume. Er dreht sich zu uns und sagt, dass der Erste, der die Steckrübe trifft, den Mary-Davit-Award für besonders hartgesottene Schweinehunde verliehen bekommt. Dann geht Mozzo lässig zum Ball, stellt sich daneben, bringt sich in Position, holt aus, schießt mit voller Wucht und trifft die Steckrübe beim ersten Versuch. Natürlich passiert der Steckrübe nichts. Sie explodiert nicht, wie Mozzo es in dem Film gesehen hat, aber trotzdem brechen ich und Gary in lautes Gejohle aus. Wir können es nicht glauben. Erster Schuss, und der trifft, ein Ding der Unmöglichkeit. Wir gucken einander an und dann rüber zu Mozzo, der in seinem Triumph durch den Garten springt, die Haare wehen ihm aus dem Gesicht, und sein weites rotes Iron-Maiden-Shirt schlackert hinter ihm her, und wir beide denken, dass er es einfach voll draufhat.

Ich und Gary brauchen eine Ewigkeit, bis wir die Steckrübe treffen. Mir gelingt es nach etwa zwanzig Versuchen. Mozzo sitzt nun auf dem Boden und kommentiert unsere Schusskünste.

Holt vernünftig aus, seid ihr kleine Mädchen oder was?, sagt er. Haut die Scheiße weg, ihr heimlichen Homos!

Solche Sachen sagt er laut nach jedem Versuch, und langsam wird Gary nervös. Gary hat die Steckrübe noch immer nicht getroffen, und genau genommen werden seine Schüsse schon nicht mehr besser, sondern schlechter. Jetzt trifft er nicht einmal mehr den Ball und hackt dicke grüne Stücke aus Dads liebevoll gemähtem Rasen. Dad war sowieso dagegen gewesen, dass wir Swingball bekommen, er sagte, dann könnten wir uns von dem Rasen verabschieden, doch Mam brachte ihn dazu, es aufzubauen, nachdem sie eines Abends einen Riesenstreit darüber gehabt hatten, dass Dad mit zunehmendem Alter zu einem richtigen Spielverderber mutierte. Das Ganze fing als ein harmloser Scherz bei Tisch an, wo Mam ein wenig kicherte und stichelte, doch dann ging es immer weiter, die ganze Nacht lang, die Treppe rauf und irgendwann hinter die geschlossene Schlafzimmertür, erhobene Stimmen, Tränen, das volle Programm. Richtig bühnenreif.

Plötzlich sagt Mozzo: Drauf geschissen! Mit einem breiten Grinsen steht er auf und sagt, dass er einen besseren Plan hat und jetzt das nächste Level-o kommt. Er nimmt Gary Ball und Schläger ab, dieser ist mittlerweile den Tränen nahe, und läuft auf die andere Seite des Swingball-Pfostens, die Seite, der Mams Küchenfenster gegenüberliegt. Er wirft einen Blick auf den Garten, platziert den Ball auf der Erde, wieder etwa drei Meter vom Pfosten entfernt, den er nun herumdreht, damit die Steckrübe in unsere Richtung zeigt. Er drückt Gary den Hockeyschläger in die Hand und sagt: Und jetzt versuch's noch mal, du kleine Memme!

Gary weigert sich, den Schläger zu nehmen. Er sagt, vergiss es, denn wenn er nicht trifft, schmeißt er Mams Küchenfenster ein. Diesmal sagt er sogar Scheiße.

Scheiße Mann, vergiss es!

Aber nicht mit Mozzo. Er provoziert Gary und sagt, dass er die Kloschüssel nicht mal treffen würde, wenn er davorsteht, noch nicht einmal, wenn er draufsitzt. Und dass Garys Badezimmerboden von den ganzen Malen, die er das Klo nicht getroffen hat, überschwemmt sein muss von Pisse und darin herumschwimmenden Scheißhaufen. Ich weiß, dass das nicht nett ist, aber ich lache mich einfach tot bei dem Gedanken an Gary, der auf dem Klo ausrutscht und alles mit Pisse und Scheiße vollspritzt.

Ich merke, dass Gary gleich die Fassung verliert und sein Kinn so angespannt ist wie ein Arschloch, wenn man nicht furzen will. Mozzo sieht es auch, also wird er plötzlich ganz sanft und legt Gary einen Arm um die Schulter. Er redet mit Gary, als wäre er sein Dad, und sagt, dass hinter diesem Wahnsinn Methode steckt, und das Risiko, Mams Küchenfenster zu zerdeppern, nennt sich Motivation. Er sagt, dass Gary tief im Innersten weiß, dass er richtig Schwierigkeiten bekommt, wenn er Mams Fenster trifft, und es deshalb absolut unmöglich ist, dass er die Steckrübe verfehlt. Stattdessen wird er sich darauf konzentrieren, ausholen und beim ersten Schuss treffen. Einfach so. Gary sieht so aus, als würde er sich nach diesen Worten schon etwas besser fühlen, und sein Kinn entspannt sich ein wenig. Und dann sagt Mozzo ihm plötzlich ganz unvermittelt ins Gesicht: Und jetzt schieß endlich, du kleiner Kissenficker!

Ich breche in lautes Gelächter aus, genau wie Mozzo. Wir finden das Ganze so lustig, dass wir glauben, Gary findet es auch lustig. Tut er aber nicht. Er läuft puterrot an und schlägt den Ball geradewegs durch Mams Küchenfenster. Alle rufen laut: Ach du Scheiße!, und Gary bricht in Tränen aus und rennt mit seiner Strohhalm-Baseballkappe in der Hand nach Hause.

3

Auftritt O'Culigeen

Die Fensterscheibe zerspringt in eine Milliarde Teile, wie in dem Film *Auf dem Highway ist die Hölle los,* als das gestohlene Auto frontal durch ein Schaufenster in die edle Auslage crasht, Yee-haa-Style. Milliarden tödliche Glassplitter fliegen durch die ganze Küche wie glitzernde Schneeflocken, sie überziehen die Geschirrablage, den Herd und die Schneidebretter. Mam hat eine große Schüssel Scone-Teig auf dem Knetbrett stehen lassen, die jetzt auch mit Scherben übersät ist. Als sie reinkommt, traut sie ihren Augen nicht und fängt an zu weinen. Ich und Mozzo sind inzwischen wieder draußen im Garten. Wir wussten nicht, was wir tun sollten, also spielen wir weiter Triff-die-Helen-Macker-Steckrübe, nur diesmal wieder in die richtige Richtung.

Nachdem sie ein paar Tränen vergossen hat, wird Mam stinksauer und kommt raus in den Garten geschossen und brüllt: Ich rufe den Herrn Pfarrer, ich rufe den Herrn Pfarrer!, immer und immer wieder, während sie mich am Kragen packt.

Mozzo, kalt wie eine Hundeschnauze, guckt sie an und sagt: Weiß der, wie man Fensterscheiben repariert?

Mam drohte uns andauernd mit dem Herrn Pfarrer. Meine Schwester Fiona sagt, das kommt daher, dass sie irgendwo am

Arsch der Welt aufgewachsen ist, in einer Kleinstadt namens Ballaghaderreen im County Roscommon. Und in so einer Kleinstadt, nämlich als Mam noch ein Kind war und unsere Nan ihre Mam war, also da dachten jedenfalls alle, der Herr Pfarrer wäre einfach der Größte. Er konnte einfach alles, konnte jedes Problem für dich lösen. Er war wie Moses oder der alte Typ in *Der Equalizer.* Wenn sich deine Kids in den Haaren lagen oder, wie im Falle unserer Nan, wenn dein Ehemann permanent sternhagelvoll war und dich andauernd verprügelte, dann musstest du nur den Herrn Pfarrer rufen, und schnell wie der Blitz stand er bei dir auf der Matte. Er löste das Problem im Handumdrehen, bei einer schönen Tasse Tee am glühenden Torffeuer.

Witzigerweise war es völlig egal, zumindest laut Fiona, was der Herr Pfarrer tatsächlich für ein Typ war, solange man ihn Herr Pfarrer nannte, bedeutete das, dass er einfach spitzenmäßig war. Der Herr Pfarrer war wie Miss Ellie in *Dallas:* Erst ist sie einfach diese nette alte Dame mit dem warmherzigen Gesicht und den Lachfalten um die Augen, und dann verwandelt sie sich urplötzlich in eine alte Schreckschraube mit viel zu viel Make-up, heißt aber immer noch Miss Ellie. Der Herr Pfarrer war immer der Herr Pfarrer, komme, was wolle.

Bisher hat Mam den Herrn Pfarrer erst zweimal geholt. Das erste Mal, weil Dad zu viele Büromöbel verkaufte und nie pünktlich zum Abendessen zu Hause war. Vater Lonnegan musste ihm erklären, dass die Ehe wie eine Pflanze ist, die Wasser und Sonnenlicht braucht, um zu wachsen, und dass sie von Mams Wasser zwar klatschnass war, aber mehr Licht von Dad brauchte, als die paar Strahlen ab und an. Wir alle hörten von oben aus zu, alle sechs, mit angehaltenem Atem und flauem Magen. Wir dachten, sie würden sich die Köpfe einschlagen, aber nach kurzer Zeit war Dad total charmant und alle lachten und Vater Lonnegan trank Whiskey und alle drei amüsierten sich prächtig. Am nächsten Morgen saß Dad lange allein draußen im Garten und rauchte, und Mam lag stundenlang allein im Bett. Fiona sagte, das wäre so, weil sie »es« die ganze Nacht lang miteinander »gemacht« hatten.

Das zweite Mal war schlimmer. Es hatte zu Hause einen Riesenkrach gegeben, weil Sarah bis drei Uhr morgens ausgegangen war, ohne Mam oder Dad Bescheid zu sagen. Sarah ist die Älteste, sie kam zwei Minuten vor Siobhan auf die Welt, und sie sagt, dass sie deshalb die Klanchefin ist. Sie hat langes, pechschwarzes Haar, eine spitze Nase und große Brüste, und jetzt, wo sie eine Frau ist, schneiden Dads Freunde blöde Grimassen wegen ihr, wenn Dad nicht im Zimmer ist. Sie glotzen ihr auf die Beine und auf die Titten, und dann sehen sie einander an und machen Ohoho-Gesichter, als würden sie etwas scharfes essen, was ihnen den Gaumen versengt.

Mam und Dad harrten beide unten am Kaminfeuer aus, wobei Mam betete und Dad Dinge wie Kleine Schlampe grummelte. Sarah hatte mit Dave Gallagher vor dem Mount Merrion Jugendzentrum bis morgens um drei gekifft. Als sie schließlich nach Hause kam, kicherte sie ein wenig und sagte, dass es ihr leidtat, aber dass Daves Wagen liegen geblieben war. Mam umarmte sie und schickte sie ins Bett, doch Dad schwieg.

Mozzo sagt, wenn dir jemand auf einer Party Gras anbietet, dann heißt es entweder hopp oder top. Du kannst nicht einfach Nein sagen und den anderen beim Rauchen zugucken. Entweder du machst mit oder du gehst.

Am nächsten Tag sitzen wir alle um den Tisch herum beim Abendessen, ich, Susan, Claire, Fiona, Siobhan, Sarah und Mam, als Dad wie ein wilder Stier von der Arbeit kommt und Sarah so richtig zur Sau macht.

Du hättest letzte Nacht vergewaltigt werden können, ist dir das klar? Sie hätten dich von der Straße ins Gebüsch zerren, dir die Klamotten runterreißen und dich vergewaltigen können!

Wir alle lassen unsere Gabeln sinken und starren auf unsere Teller, auf denen wunderbar butterige Kartoffelpuffer mit Bohnen und Würstchen liegen.

Mam sagt Dad, er soll einen Gang runterschalten, aber er hört nicht auf sie.

Er lässt sich auf seinen Stuhl fallen, macht sich über ein etwas angebranntes Würstchen her und fängt an, Dinge zu sagen wie: Eine *meiner* Töchter, bis zum Morgen unterwegs, und kein Typ weit und breit, der sie nach Hause bringt! Was wäre gewesen, wenn sie dich gestern Nacht vergewaltigt und umgebracht hätten, hm? Was wäre dann gewesen?

Dads Schnurrbart ist hauptsächlich braun, mit ein paar grauen Strähnchen drin. Über die Jahre hat er viele tolle Sachen damit gemacht, er hat ihn zum Beispiel über unseren Bauch gerieben, wenn er einen auf große grabschende Killekille-Kitzelmaschine machen wollte, oder er hat eine Riesenshow damit abgezogen und ihn mit zwei Fingern glatt gestrichen, wenn er mit Kunden redete oder auf Weihnachtsfeiern mit hübschen Frauen. Aber wenn er richtig wütend ist, so wie jetzt, dann sieht er damit noch wütender aus, und sein ganzes Gesicht verwandelt sich in einen gruseligen weißen Ball mit drei dunklen Strichen drauf – zwei für die Augen und einen für den Schnäuzer.

Sarah sagt gar nichts, und das macht Dad noch wütender.

Du bist nichts weiter als ein dummes Flittchen!, sagt er, und alle schnappen nach Luft. Wir alle wissen, dass es ganz schön schlimm ist, die eigene Tochter so zu nennen. Dad weiß das auch und fängt an wegen dem, was er gerade gesagt hat, zu zittern. Er wischt sich ein wenig Butterspucke vom Schnauzer. Mam fängt an zu weinen.

Eine Schande, sagt er dann und hält kurz inne, bevor er noch einmal sagt: Und ein Flittchen!

Susan sitzt neben mir. Sie ist gerade erst fünfzehn geworden und ist laut Mam noch sehr jung für ihr Alter, ein richtiger Softie, ohne einen einzigen harten Knochen im Leib, also fängt sie auch an zu heulen. Mir gegenüber sitzt Siobhan, Sarahs Zwilling, eineiig bis auf die Brüste, die langen Haare und den nicht abreißenden Strom von Bewunderern, und auch sie fängt an, laut aufzuheulen wie eine verrückte alte Dorftrutsche. Fiona und Claire weinen nicht, aber man kann an ihren Gesichtern ablesen, dass es ihnen auch nicht gerade super geht.

Sarah jedoch ist die Ruhe selbst, lehnt sich einfach zurück und sagt kein Wort.

Dad wird es müde, sie ein Flittchen zu nennen, und hört auf. Mam schluchzt und sagt ihm, dass ja nun alles vorüber ist und dass sie an ihrem Tisch nichts mehr davon hören will. Doch Dad lässt nicht locker.

Also?, sagt er und sieht rüber zu Sarah. Was hast du zu deiner Verteidigung zu sagen?

Sarah steht auf, schiebt ihren Teller zur Seite, sieht Dad ins Gesicht und sagt, Der Apfel fällt nicht weit vom Stamm.

Keiner von uns hat eine Ahnung, was sie damit meint, nur Dad hat offenbar begriffen, denn er springt auf und versucht, gleichzeitig nach Sarah und dem Bambusstock in der Ecke zu greifen, während er Schlampe brüllt. Doch Sarah ist viel zu schnell, sie ist schneller oben in ihrem Zimmer und hört hinter verriegelter Tür »La Isla Bonita«, als Dad blinzeln kann. Und du weißt einfach ganz genau, dass er mit dem Gedanken spielt, hoch in ihr Zimmer zu gehen und ihr ordentlich den

Hintern zu versohlen. Aber er traut sich nicht. Nicht wenn die Tür schon zu ist, egal, ob sie geknallt wurde oder nicht. Weil wenn die Tür von Sarahs und Siobhans Zimmer zu ist, dann ist sie wie ein Sci-Fi-Schutzschild, dann sollte niemand es wagen, einfach reinzukommen, darauf steht die Todesstrafe, weil sie beide jederzeit direkt dahinter stehen könnten, nur in Hose und BH, weil sie sich gerade mit Impulse-Deo zusprühen wie die Frau im Fernsehen, die für einmal Sprühen eine halbe Dose braucht, obwohl sie dann nur zum Bus rennt. Und wenn sie nur ihren BH anhaben, haben Sarah und Siobhan das Recht, jeden unglücklichen Trottel, der sich durch ihre Tür wagt, aus vollem Hals anzubrüllen, Sachen wie: Verpiss dich! Verpiss dich! Wir sind hier drin, und man sieht unsere Körper, und wir sind Frauen!

Natürlich holt Mam den Herrn Pfarrer. Diesmal ist es Vater O'Culigeen. Ein junger, mit glänzenden schwarzen Haaren und sonnengebräunter Haut und schwarzen Lederhandschuhen wie die von einem Chauffeur. Ein gut aussehender Mann, dieser O'Culigeen. Steht da vor unserer Tür in seinem schwarzen Outfit und seinen schwarzen Lederhandschuhen wie Simon Templar von The Saint. O'Culigeen. Er sieht mich an, nennt mich einen großen Jungen und sagt, dass ich der perfekte Messdiener wäre, bevor er fragt, ob er meine Mam sprechen kann. Wie üblich sagt Mam, dass wir oben warten sollen, bis der Herr Pfarrer unser Problem gelöst hat, nur dass Dad diesmal mit quietschenden Reifen davongebraust ist. Also hocken Mam und O'Culigeen unten und trinken eimerweise Tee und essen jeder ungefähr zwanzig braune Scones, bevor er endlich zurückkommt.

Vater O'Culigeen war nicht so gut wie Vater Lonnegan. Er rührte Dads Whiskey nicht an und lachte nicht annähernd so viel. Stattdessen war er sehr ernst und gab ihnen den Rundumschlag über Teenager, Hormone und körperliche Veränderungen. Als er weg war, sagten Mam und Dad Amen und kuschelten sich aufs Sofa.

Mam und Maura Connell treffen sich auf eine Runde Keksetunken und beschließen, mir und Gary für den Rest des Sommers den Umgang mit Mozzo zu verbieten. Mam macht einen auf superernst und schleppt mich rüber zu Vater O'Culigeen, und genau da, in der Ecke des Kirchhofs, hinter dem Zaun und neben der Hintertür, wo die Särge reingetragen werden und die Jugendlichen bei der Messe am Samstagabend rumhängen, hält mich Mam an der Hand fest, und während ich auf das Becken mit dem Weihwasser starre, sieht sie in Vater O'Culigeens Augen und sagt ihm, dass ich Messdiener werden will. Tief in mir drin weiß ich, dass das falsch ist. Mam lügt einen Priester an, um aus mir einen guten Jungen zu machen. Sie will, dass aus mir eines von diesen kleinen Bubis am Altar wird, mit Schmollmündchen und dicken Topfschnitten, die sich immer zur rechten Zeit hinknien und verbeugen und die Rauchschleuder schwenken, wenn's klingelt, und ihre Eltern in der ersten Reihe mächtig stolz machen, weil sie wie kleine Minipriester aussehen.

O'Culigeen trägt noch immer seine schwarzen Chauffeurshandschuhe und legt mir zwei Finger unters Kinn, um meinen Kopf sanft zu heben, und nennt mich Mein Kind. Er sieht mich an, als würde er mich für eine Fotostrecke in der *Bravo Girl* in Betracht ziehen, und dann sagt er, dass es wirklich ein Jammer ist, aber dass sie mich derzeit nicht brauchen können. Dass sie gerade haufenweise Jungs in meinem Alter haben, die sich darum reißen, Messdiener zu werden. Aber dass, wenn ich nächstes Jahr wiederkomme, garantiert ein Platz für mich frei ist.

Und bis dahin, Mein Kind, werde ich ein Auge auf dich haben.

Er zwinkert Mam zu, und Mam zwinkert zurück, und mit diesem Zwinkern wollen sie, glaube ich, sagen, dass ich von jetzt an ein braver Junge sein werde, weil O'Culigeen, der Priester, ein Auge auf mich haben und persönlich dafür sorgen wird, dass ich nicht mehr in Schwierigkeiten gerate.

Als wir von der Kirche nach Hause laufen, gibt Mam keinen Pieps von sich. Normalerweise ist sie nie so still. Normalerweise will sie zu tausend Dingen meine Meinung hören, sei es das Wetter oder die Ferien, die Typen, mit denen meine Schwestern Sarah und Siobhan rumhängen oder sogar solche Sachen wie ihre neue Frisur, die Farbe ihrer neuen A-Wear-Bluse oder die Form ihrer neuen Stretch-Jeans. Als würde sie supergerne mit mir reden. In dieser Hinsicht ist sie ziemlich cool. Sie gibt dir das Gefühl, dass das, was du sagst, das Wichtigste überhaupt ist. Aber heute sagt sie keinen Ton. Auf dem ganzen Nachhauseweg atmet sie immer wieder tief ein und seufzt andauernd.

Und dann, gerade als wir an dem schmalen Törchen zur protestantischen Kirche auf der Bailiffscourt Road vorbeilaufen, spuckt sie es aus.

Jim, Liebling, weißt du, was eine Periode ist?

Noch bevor ich antworten kann, fügt sie hinzu: Und Masturbation? Und Geschlechtsverkehr?

Sie sagt, dass sie mit Maura geredet hat und dass es ihr leidtut, mir so viele Fragen stellen zu müssen, aber sie hat noch nie einen Jungen erzogen und will sichergehen, dass aus mir kein Kissenficker wird. Sie sagt natürlich nicht wirklich Kissenficker, aber sie sagt, dass sie will, dass ich gute Erfahrungen mit Mädchen mache, und genau dasselbe hat Garys

Mam ihm auch gesagt. Ich sage ihr, dass sie sich über den ganzen Kram keine Sorgen machen soll. Ich sage ihr, dass mir Fiona vor ein paar Jahren alles erklärt hat.

Ach, hat sie das?, sagt Mam, froh darüber, dass sie nicht laut über meinen Pimmel reden muss, aber sichtlich angepisst darüber, dass Fiona ihr diesen Part als Mam weggenommen hat.

Obwohl Fiona viel älter ist als ich, teilen wir uns ein Zimmer. Das ist so, weil die Zwillinge ein eigenes Zimmer haben, weil obwohl Mam sagt, dass sie magisch miteinander verbunden sind, ist Sarah die meiste Zeit total ätzend zu Siobhan und dreht immer total auf, wenn sie ausgehen, und schart alle Typen um sich und sorgt dafür, dass Siobhan sich fühlt wie eine hässliche graue Maus ohne Busen. Claire und Susan teilen sich auch ein Zimmer. Sie sind keine Zwillinge, obwohl sie so wirken. Sie haben die gleichen braun-blonden Haare, obwohl Susan ihre stundenlang bearbeiten muss, damit sie so lockig werden wie die von Claire, sie tragen die gleichen Jeans von Penny's, die gleichen Stulpen und die gleichen leuchtend pinken Pullover. Wenn Susan nicht so eine Wuchtbrumme wäre und Claire nicht so ein Spargeltarzan, würden sie eher als Zwillinge durchgehen als Sarah und Siobhan.

Somit bleibt nur noch ein Schlafzimmer in unserem Haus übrig, von Mams und Dads mal abgesehen, und das ist das von Fiona und mir. Wir haben zwei Einzelbetten an gegenüberliegenden Wänden, zwei schmale Kleiderschränke aus Sperrholz, die Dad umsonst von einem Arbeitskollegen bekommen hat, vier schmale, schiefe Bücherbretter, einen Schminktisch für Fiona, und in der Zimmermitte liegt ein schicker gemusterter Teppich für dreckige Klamotten und Tanzeinlagen.

Fiona ist super. Sie hat nichts gegen mein Poster mit dem geparkten Porsche über dem Bett oder Survivor, und ich sage nichts gegen ihr Poster mit dem knutschenden Pärchen unter der Brücke in Paris drauf. Sie hört Chicago und Kim Carnes und braucht nicht Stunden für ihr Make-up wie Sarah und Siobhan. Sie hat krause rote Haare, die sie ratzekurz trägt, und Mozzo sagt, dass sie zwar irgendwie eine Hündchenfresse hat, aber dafür einen tollen Arsch, aber da halte ich mich raus. Ich denke, ihr Gesicht ist großartig, ganz rund und strahlend und liebevoll und mit hellgrünen Augen. Das Beste ist, dass Fiona und ich wie Pech und Schwefel sind. Meistens haben wir morgens super Gespräche, wenn ich rüber in ihr Bett klettere und sie mir alles über den letzten Abend erzählt. Wer mit wem rumgeknutscht hat, mit wem Sarah was hatte, was Siobhan gemacht hat, wer unten am Sportplatz Kurze gekippt hat, wer sich mit wem angelegt hat, wer was von Saidhbh Donohue will und wer in der Schulturnhalle mit dem Schlüpfer in der Kniekehle erwischt wurde. Von solchen Geschichten kann ich gar nicht genug bekommen, und Fiona ist eine spitzenmäßige Erzählerin.

Fiona hat mir alles über die Periode und Sex erzählt. Ich glaube, das kam ganz einfach daher, dass ihre Binden eh überall rumflogen und sie keine Lust mehr hatte, zu sagen, dass das eine Mädchensache ist, als wären sie ein Teil ihres Makeups. In der Woche nachdem unsere Babykatze Jack gestorben war, fragte sie mich plötzlich ohne Vorwarnung: Weißt du, was ein Fick ist? Ich sagte, das Gleiche wie ein Arschloch oder eine Schwuchtel, also lachte sie und erzählte mir alles über Geschlechtsverkehr und die Periode. Damals war ich noch ganz klein, und die meisten Jungs in meiner Schule hatten keine Ahnung, was ficken war, und hatten noch nie etwas von einer Periode gehört, und immer, wenn ich richtig fies sein wollte, drohte ich Fiona damit, Mam zu sagen, dass sie mit mir über Sex geredet hatte, was eigentlich heißen sollte, dass sie mit mir über Sex geredet hatte, als ich noch viel zu jung für so was war. Dann heulte Fiona immer rum und packte mich am Arm und jammerte: Bitte, bitte nicht, die bringen mich um! Wenn sie genug gebettelt hatte, erlöste ich sie irgendwann und sagte, dass ich dieses eine Mal noch gnädig war. Dann seufzte sie und plumpste zurück auf den edlen Musterteppich. Die Sache war nur, dass wir beide genau wussten, dass ich sie niemals bei Mam verpetzen würde, aber trotzdem machte es Spaß, so zu tun.

Bei mir und Fiona ist insofern alles im grünen Bereich, aber seit Mozzo und dem Steckrübenvorfall und der Sache mit den Kissen sagt Dad andauernd, dass sie mich aus diesem Schlafzimmer rauskriegen müssen. Er sagt, das ist so, weil ich bald ganz haarig und männlich werde und er nicht will, dass ich bezüglich meiner Schwester auf dumme Gedanken komme. Ich hasse es, wenn er so was am Esstisch sagt, weil ich dort umzingelt bin von Schwestern. Und ich weiß nicht, wo er mich hinstecken will. Er spricht davon, dass Fiona bei Sarah oder Siobhan einziehen soll, und alle drei fangen sofort an zu schreien und sagen: Niemals! Und Claire und Susan stimmen direkt mit ein ins Schreikonzert und rufen, Komm ja nicht auf die Idee, uns woanders hinzutun! Das Ganze ist ein großes Problem, und ich fühle mich dann immer wie ein Werwolf. Als würde ich im einen Moment dort im Bett liegen und mit Fiona über die Säufer draußen im Park plaudern und im nächsten Moment urplötzlich ganz haarig werden und sie anfallen.

Schon diese Art, wie Dad es sagt. Bezüglich meiner Schwester auf dumme Gedanken kommen. Mit gefalteten Händen vor dem Mund und dem Schnurrbart, der gegen seine gekreuzten Daumen reibt. Und wie seine Augen aussehen, wie an dem Abend, als er Mam dazu gebracht hat, meine Anfangsbuchstaben in all meine Unterhosen zu nähen, bevor ich ins Ferienlager gefahren bin. Er wollte mir nicht sagen, warum, er malmte nur mit den Zähnen und warf mir einen bösen Blick zu und sagte, es gibt heutzutage eine Menge Spinner da draußen, und dass niemand meine Unterhosen klauen kann, wenn sie meine Anfangsbuchstaben tragen, als würde man seine Schlüppies so mit einer Diebstahlsicherung ausstatten. Haargenau so sieht er mich an, wenn er mich wegen meiner Schwestern warnt. Als würde er sagen wollen: Wenn du dich an diese Mädchen ranmachen willst, musst du erst an mir vorbei! Am liebsten würde ich ihm sagen, dass Mam den Mädchen wohl auch ein paar Anfangsbuchstaben verpassen sollte, damit ihnen bloß nichts passiert.

Er war noch nie so böse zu mir. Noch nicht mal, als ich Susan mit dem dicken Nudelholz ausgeknockt habe, oder als sie mich dabei erwischt haben, wie ich aus Deveny's drei Plastiklineale mitgehen lassen wollte, oder als ich die alte Mrs. Dolan »Ficker« genannt habe, weil sie uns aus ihrem Garten gescheucht hat, noch nicht mal, als ich im Sommerhalbjahr nur Vieren auf dem Zeugnis hatte. Aber jetzt ist es anders. Die kleinsten Dinge lassen ihn die Wände hochgehen. Manchmal sieht er mich nur an, und schon wird er wütend. Zum Beispiel letzten Sonntag, als Deidre Brown von seiner Arbeit zum Essen zu uns kam. Mam hatte den gesamten Morgen damit verbracht, das Hühnchen auf so eine tolle, neue, bratenmäßige Art zuzubereiten, die sie aus einer Zeitschrift hatte, bei der man es kopfüber in den Ofen schiebt, ohne Alufolie, und es erst im letzten Moment umdreht. Mam musste die ganze Zeit ein Auge darauf haben – Ofen auf, rausholen, rumstochern, Fett drübergießen und wieder rein damit. Und jedes Mal, wenn sie es herausnahm, erzählte sie dem ganzen Haus, dass es minütlich trockener und kleiner wird und dass der tolle neue Typ in der Zeitschrift vom Kochen ganz offensichtlich keine Ahnung hat. Und so, genau in dem Moment, als Deidre Brown zur Tür reinspaziert, kommt das Hühnchen wie eine kleine verkohlte Taube aus dem Ofen, und Mam muss die kümmerlichen Fleischreste auf einen einzelnen Teller kratzen, der unter peinlich berührtem Schweigen am Tisch die Runde macht. Deidre Brown macht einen Witz darüber, dass ich groß und stark werden muss, und um das Gespräch nicht abreißen zu lassen und zu zeigen, wie groß und stark ich tatsächlich zu werden plane, haue ich richtig rein und hieve einen großen Haufen Fleisch auf meinen Teller neben die Kartoffeln. Ich tunke ein Stück Brust in die Sauce und stecke es mir mit den Fingern in den Mund, und noch bevor ich auch nur ein einziges Mal gekaut habe, setzt es einen heftigen Schlag auf den Tisch. Das war Dads Faust. Und als ich den Kopf hebe, funkelt er mich an, als würde er mich gleich mit der Gabel aufspießen. Ekelhaft, zischelt er durch seine Zähne.

Mam sagt, dass ich momentan Rücksicht auf Dad nehmen soll, weil er so müde ist. Sie sagt, dass für sechs Kinder und eine Frau mit modischem Geschmack zu sorgen ihn ausgelaugt hat. Er schläft, wann immer er kann, wo immer er kann, und es ist nie genug. Selbst bei Spaziergängen in Dún Laoghaire bleibt er im Auto und macht einen Mittagsschlaf, während wir runter zum Pier sprinten und auf die riesige metallige Kanone springen. Oder wenn wir runter zum Silver Strand in Wicklow fahren, dann legt er sich auf die rote Karodecke und schläft den ganzen Tag und verpasst das Schlagballspiel und das Schwimmen und das Burgenbauen im Sand. Er schafft es gerade mal, sich für die Stullen mit Tomaten und Käse mit Chips und einer Dose Lilt in die Senkrechte zu befördern, bevor er die nächste Runde pennt. Er war deshalb sogar beim Arzt, aber die haben ihm nur gesagt, dass er ein typischer alter Dubliner ist, der sämtliche Stunden, die Gott ihm gegeben hat, mit Arbeit verbringt. Soll heißen, dass ihm hier und da ein Nickerchen zusteht. Fall gelöst.

Normalerweise unterbricht Mam die Zimmertauschdiskussion, indem sie anfängt, über das Essen zu reden.

Wie findet ihr das Schweinefleisch? Lecker, oder?

Wir alle, alle sieben inklusive Dad, nicken und brummen und sagen: Ja, lecker.

Dann sagt Mam, dass die Tochter von Tom, dem Metzger, bald heiratet.

Dad sagt: Wen denn?

Mam sagt: Moira Ni Kennedys Jüngste.

Dann fegt sich Sarah dramatisch ihr seidenes Haar aus der Stirn und sagt, völlig schockiert: Julie Kennedy!?

Mam sagt: Ja.

Und dann sagt Sarah: O Gott, die war auf der Sorrows in meinem Jahrgang.

Und dann stürzen sie sich wie die Geier auf die Geschichte. Fünf Schwestern und Mam zerreißen sich das Maul über den Kennedy-Klan, das Hochzeitskleid, die verschwägerten Familien, die Verbindungen zu dem und dem, wer sich wo kennengelernt hat und über wen und warum diejenigen einander abbekommen haben. Manchmal, wenn es richtig laut wird und sie alle durcheinanderreden, dann sehen Dad und ich uns an und verdrehen zum Spaß die Augen. Dann fühle ich mich super, weil es so ist, als wenn wir Mitglieder einer Geheimorganisation wären. Wie wenn wir *Benny Hill* gucken und uns vor Lachen fast in die Hose machen, vor allem in der Folge, wo er die magische Fernbedienung hat und die Welt nach Lust und Laune anhalten und weiterlaufen lassen kann, und sie andauernd anhält, um den Krankenschwestern ihre Röcke runterzuziehen und so. Oder so wie früher, als ich noch jünger war und Dad und ich in den Ferien lange Spaziergänge am Strand von Cork gemacht haben. Und ich war sein Lieblingsjunge und stellte ihm tausend Fragen über Wissenschaft und über das Universum, Vulkane, Erdbeben und Haie, streng naturwissenschaftlich, und er konnte sie alle beantworten, egal, wie knifflig sie waren.

Ich: Gibt es Killerhaie in Irland?

Dad: Nein, nur Riesenhaie, und die töten keine Menschen.

Ich: Und wo?

Dad: Weit draußen im Meer, noch hinter der Galwaybucht.

Ich: Sind sie groß?

Dad: Ja, um die zehn Meter.

Ich: Wie lang ist das?

Dad: So lang wie ein Kleinbus.

Ich: Warum essen sie keine Menschen?

Dad: Weil sie nur kleine Fische fressen können.

Ich: Warum fressen sie keine größeren Fische?

Dad: Weil sie ein winziges Loch in der Kehle haben und den ganzen Tag mit offenem Maul herumschwimmen und so die ganzen kleinen Fische aus dem Wasser fangen.

Ich: Also, wenn man in Galway im Wasser schwimmen würde, und ein Riesenhai käme vorbei und hätte sein Maul offen, würde er einen dann verschlucken?

Dad: Nein, er würde wahrscheinlich an dir ersticken, bevor er dich vernünftig runtergeschluckt hätte.

Ich: Aber würde man dabei sterben?

Dad: Vermutlich.

Ich: Ich wusste es.

4

Tainted Love

Mam und Maura Connell ziehen das mit dem Mozzo-Verbot durch. Wenn er anruft, sagen sie ihm klipp und klar, dass ich und Gary nicht zum Spielen rauskommen. Sie halten sich gegenseitig per Telefon auf dem Laufenden und sagen Dinge wie: Am liebsten würde ich rübergehen und ihr, gemeint ist Mozzos Mam Janet, die Rechnung unter die Nase halten, aber ich weiß ja, dass sie sie eh nicht bezahlen kann. Dieser freche Lausejunge! Gemeint ist Mozzo.

Mozzo kapiert schnell, wie der Hase läuft, und ruft nicht mehr an. Ich und Gary werden wieder beste Freunde und verbringen den Rest des Sommers damit, auf unseren Fahrrädern rumzufahren, von der Überführung am Oakfield Dual Carriageway runterzuspucken und jeden Freitag mit den Jungs die schweißtreibenden Sorrow-Hockeyspiele anzugucken. Doch wegen Helen Macdowell tragen die Mädchen nun riesig dicke Mundschutze, mit denen sie alle aussehen wie Rocky. Hosenscheißer Sweeny, der so heißt, weil er mal mit einem Riesenhaufen, der seine Hose richtig ausgebeult hat, aufgetaucht ist, sagt, dass das egal ist, solange sie die kurzen Röcke tragen, wird er ihnen beim Spielen zusehen. Niemand erwähnt Helen Macdowell, obwohl Garys Mam gehört hat, dass sie den Verstand verloren hat und das Land verlassen musste, um ein neues Leben zu beginnen, nur diesmal als Narbengesicht statt als Schönheit, auf die jeder steht.

Wenn ich und Gary von einer unserer Runden mit dem Fahrrad wiederkommen, sitzen wir in meinem und Fionas Zimmer und hören auf meinem Kassettenrekorder Musik. Kim Wildes »Kids in America« und »Tainted Love« von Soft Cell, wenn wir Lust haben, das Tanzbein zu schwingen. Und das haben wir. Gary ist super, was das angeht, er lacht nicht über meine Moves, und ich lache nicht über seine. Ich drücke einfach Play, und wir beide gehen zu dem edlen Teppich und legen los, wir ziehen unser Ding durch, während der Typ von Soft Cell mit der gebrochenen Nase und dem grellen Lippenstift schreit: »Don't touch me PLEASE I cannot stand the way you TEASE!« Meine Moves sind ziemlich simpel, ich bewege mich mit dem Kopf zuerst nach links und dann nach rechts, aber wenn ich richtig entspannt bin, bewege ich auch noch die Schultern dazu. Meine Beine machen einfach, was sie wollen. Gary hat richtig komplizierte Moves drauf. Er tanzt genau wie die im Fernsehen. Genau wie der Typ von Soft Cell, er bewegt die Hände, schlackert mit den Armen, als wolle er irgendeinen ekelhaften Schleim von ihnen abschütteln und nickt grandios mit dem Kopf, während er playback mitsingt und so tut, als wäre er wirklich bei *Top of the Pops* und würde vor Publikum singen. Man merkt gleich, dass er derjenige ist, der wirklich aufs Tanzen steht, denn ich bin immer derjenige, der sagt: Jetzt reicht's.

Wenn mir nach einer langsameren Nummer ist, lege ich die Kassette von Foreigner ein, »I've been waiting for a girl like you«. Es ist eine Originalkassette, die ich zu Weihnachten bekommen habe, die Songs von Soft Cell und Kim Wilde habe ich während der Larry Logan Top Twenty aufgenommen. Ich liebe es, Sachen mit meinem Kassettenrekorder aufzunehmen. Manchmal nehme ich Filme aus dem Fernsehen auf und höre sie mir nachts an, wenn ich im Bett liege. Zum Beispiel *Die Rache der Dinosaurier.* Das ist spitzenmäßig, wenn du unter der Decke liegst und schon halb einschläfst, und plötzlich kommt Gwangis Urgeschrei. Ich weiß, dass man mit Videorekordern auch das Bild aufnehmen kann, aber der Einzige in The Rise, der einen hat, ist Gerry Butler, der für RTE arbeitet, und der hat keine Kinder. Mam hasst die Art, wie er sich anzieht, und sagt immer: Der ist doch irgendwie nicht ganz normal, dieser Gerry!

Sie will vor uns nicht laut sagen, dass Gerry Butler eine Schwuchtel ist. Aber insgeheim denkt sie, dass er eine Schwuchtel ist, und deshalb versucht sie, etwas anderes zu sagen als Schwuchtel, und merkt nicht, dass sie genau damit eigentlich sagt, dass er eine Schwuchtel ist. Denn bei den Jungs in der Schule ist »nicht ganz normal« genau dasselbe wie Schwuchtel.

Ich habe mal eine halbe Stunde lang aufgenommen, wie wir alle um den Tisch gequetscht unser Sonntagsessen gegessen haben, ohne dass es irgendjemandem auffiel. Ich war wortkarg und kicherte ein bisschen, aber es war spitze, Sarah dabei aufzunehmen, wie sie Dad einen alten Knacker nannte, und Susan sagte, dass Fiona eine Schlampe ist, weil sie ihr Gel geklaut hatte, und Mam versuchte, Dad in ein Gespräch über die Arbeitslosenzahlen aus den Nachrichten zu verwickeln. Als ich ihnen dann zeigte, dass ich sie aufgenommen hatte, fingen sie alle an zu schreien und flippten aus und lachten sich dann kaputt, als sie sich nach dem Zurückspulen selbst hörten, ganz nasal und blechern. Sie sagten, dass das ein großer Spaß war, doch wenn ich es danach wieder versuchte, rochen sie den Braten sofort.

Also jedenfalls singen Foreigner von dieser ausgedachten

Freundin und wie großartig sie es ihnen macht und wie toll sie in allem ist, so toll, dass es sie in echt gar nicht gibt, und auf einmal klingen sie ganz benebelt und singen so »It's more than a touch or a word can say, only in dreams could it be this way!«, und ich und Gary werden traurig. Wir sind vom Tanzen noch immer außer Atem, doch jetzt sitzen wir auf meinem Bett unter dem großen Porsche-Poster. Der Song ist langsam, und es klingt so, als würden sich die Jungs von Foreigner wünschen, ihr Leben wäre anders, und dass sie dieses Mädchen tatsächlich in den Armen halten könnten, statt nur von ihr zu träumen. Ich und Gary kennen das Lied auswendig, aber wir singen nicht mit. Wir summen nur.

Mitten in der zweiten Strophe fällt mir auf, dass Gary nicht mehr mitsummt. Stattdessen sitzt er stocksteif da und starrt auf den kleinen Müllkorb neben Fionas Schminktisch, in den sie eine Binde mit Blut dran geworfen und vergessen hat, sie in Taschentücher einzuwickeln, wie sie es normalerweise macht. Gary hat Fionas Binden schon mal gesehen, aber immer in der Packung und nicht so. Er hat auch danach gefragt, aber ich habe ihm erzählt, das wäre fürs Make-up der Mädchen, zum Abwischen. Das hier ist was anderes. Gary hat eine Riesenangst vor Mädchen. Normalerweise sprintet er einfach die Treppe hoch zu meinem Zimmer, und wenn Fiona schon da ist, wird er knallrot und sagt keinen Ton, bis sie geht. Wenn er mit Claire und Susan allein gelassen wird, macht er sich praktisch in die Hose, und wenn man ihn je auch nur eine Minute mit Sarah und Siobhan allein ließe, würde er, glaube ich, in Ohnmacht fallen.

Ich mache Foreigner aus und erzähle Gary so gut es geht von der Periode. Er regt sich furchtbar auf, als ich ihm erzähle, dass alle Frauen sie bekommen, auch seine Mam.

Unsere sommerlichen Touren mit dem Fahrrad führen mich und Gary raus aus The Rise und die dunkle, dicht bewachsene Gasse hoch, die sich endlos und steil rauf zur Clannard Road windet. Oben angekommen, nach einigem Strampeln und Im-Stehen-Fahren, machen wir immer eine Pause, um wieder zu Atem zu kommen und runter auf die neblige graue Weite von Dublin zu gucken, die mal wieder überzogen ist von all den schimmernden Hausbeleuchtungen, gerade erst angeknipst von müden Eltern, die traurig in den Himmel raufschauen und sich einander zuwenden und schwören könnten, dass sich die Abende, selbst jetzt im Hochsommer, schon verändern, ein sanfter Wechsel von Hell- zu Dunkelblau, mit einem Hauch von Schwarz.

Wir preschen die Ash Lane entlang Richtung Kilcuman, fahren schlingel-schlangel um die ganzen heftigen Schlaglöcher vor Kilcuman Tyres herum und an der Polizeiwache vorbei, vor der wir Grunz-Grunz-Geräusche machen, wegen den Schweinen da drin, aber nicht zu laut, für den Fall, dass einer von denen draußen hinter seinem Streifenwagen hockt und observiert, und jeden Moment hervorspringen könnte, um uns wegen Beamtenbeleidigung dranzukriegen. Wir fahren rechts die Hauptstraße runter, überfahren so viele rote Ampeln wie möglich, und dann geht's zurück in Richtung The Rise, aber diesmal außenrum, vorbei an The Villas und dem Bolzplatz und wieder rauf zur Ballydown Road. Von dort aus beginnt ein halsbrecherisches Wettrennen über das Belfield-College-Gelände, wir heizen vorbei an den Hundebesitzern und Kinderwagenschiebern und den Studenten, die voll wie zehn Eimer auf dem kurzen Gras vor dem künstlichen See liegen. Dann den Oakfield Dual Carriageway hoch, an unserem Schultor vorbei, wo wir beide so viel Rotze wie möglich hochziehen und versuchen, einen dicken Gelben vorne auf das große St.-Cormac-Emblem aus Holz zu spucken. Darüber lachen wir uns erst mal tot und pesen dann die Dunbarton Road runter bis zur Ziellinie an der automatischen Garagentür von Garys Dad.

Für die Strecke braucht man ungefähr eine Stunde, und es macht irre Spaß, vor allem, wenn man sich bei vollem Karacho nach vorne lehnt und eine rote Ampel nach der anderen überfährt, um zu gucken, wie viele man schafft, ohne dabei zu sterben, total aufregend. Gary sagt, dass sein Tacho auf dem Carriageway mal fünfzig Meilen pro Stunde angezeigt hat, und ich habe ihm gesagt, er soll es mir nächstes Mal zeigen, aber er hat dann gesagt, dass das keinen Sinn hat, weil er dabei ja langsamer werden muss. Manchmal taucht einer von den Gardaí neben uns auf und motzt uns an, dass wir hintereinander fahren sollen, aber eigentlich stehen wir total drauf, an den Autos vorbeizuschlenkern, an Sattelschleppern vorbeizustrampeln und zu vermeiden, wie June Shilaweh zu Brei zerquetscht zu werden.

Gary hat ein Rennrad, genau wie ich. Nur meins ist ein gelbes, gebrauchtes Damenrad, bei dem die Mittelstange nach unten abknickt, damit sich die Frauen nicht die Mumu stoßen, wenn sie vom Sattel rutschen. Früher hat es mal Claire gehört, dann Susan und jetzt mir. Garys Rad ist großartig, und sein Vater hat es per Flugzeug aus den Staaten mitgebracht. Es hat Felgen aus Grafit und ist federleicht und zehnmal besser als meins, und Gary weiß das und sagt, dass alle Räder so sein sollten wie meins, mit der Mittelstange nach unten, damit man sich nicht die Eier quetscht. Ich sage, dass ich mir lieber die Eier quetschen würde, statt auf diesem quietschgelben Stück Scheiße rumzufahren.

Wettrennen!, ruft er, und wir fahren wieder die Straße runter, diesmal in keine bestimmte Richtung, aber Gary hofft darauf, dass ich mir mit meiner Rostlaube nicht mehr so blöd vorkomme, wenn er mich gewinnen lässt.

So geht es also den ganzen Sommer lang, fast jeden Abend. Wir fahren sogar los, wenn es regnet, aber dann tragen wir dicke Regenjacken aus Plastik, mit denen man aussieht wie eine Schwuchtel und schwitzt wie ein Schwein. Die einzigen Abende, an denen wir nicht rausgehen, sind die, an denen wir Besuch haben oder Gary mit seinen Eltern Urlaub für lau macht. Mam sagt immer für lau, weil Garys Dad praktisch nichts bezahlen muss, weil er Pilot ist. Mam sagt, dass es keine wirklichen Urlaubsreisen sind, die die normalsterbliche, arbeitende Bevölkerung machen würde. Es sind einfach kleine Trips für lau. Und wenn sie das sagt, dann hört es sich so an, als wäre es irgendetwas, was man hinten auf der Cornflakespackung gewinnen kann, oder etwas, was man in seine Unterwäschenschublade tut und dann vergisst. Doch wenn Maura, Bill und Gary dann knackig braun gebrannt zurückkommen und megaglamourös aussehen, dann merkt man, dass sie selber nichts gegen ein paar Urlaube für lau hätte, statt einem grauen, verregneten langen Wochenende in einem riesigen Wohnmobil in West County Cork.

Ende August werden die Tage kürzer, und wir beide haben dynamobetriebene Lichter am Fahrrad angebracht, die Garys Dad aus Amerika mitgebracht hat. Die Dynamos reiben an den Reifen und erzeugen ein lustig leierndes Surren, wenn wir die Straße runterfegen, und es hört sich so an, als würden wir Motorroller fahren. Wir rauschen mit vollem Tempo die Hauptstraße runter, mindestens mit fünfzig Sachen, und unsere Dynamolampen brennen so hell, dass ich das Gefühl habe, meine explodiert gleich. Gary hat den Vorteil, dass er auch am Kopf leuchtet. Er trägt sein Ufo-Stirnband, das aussieht wie ein ganz normales Stirnband, wie John McEnroe es auch beim Tennis tragen würde, nur dass es mit tausend Lämpchen übersät ist, die aufleuchten und blinken wie ein Ufo. Wenn man die Augen unscharf stellt, sieht es so aus, als würde Garys Bike ganz von selbst fahren, nur dass über ihm ein kleines Ufo schwebt, das in exakt der gleichen Geschwindigkeit nach The Villas runterfährt.

Es ist Samstag und einer unserer letzten Abende auf den Rädern, bevor die Schule wieder anfängt. Wir sind gerade erst am Bolzplatz angekommen, als wir eine Gruppe von Leuten sehen, die hinter den Toren abhängt, manche sitzen, manche stehen, aber die meisten von ihnen liegen rum. In ihrer Mitte brennt ein kleines Feuer, und es ist schwer, ihre Gesichter zu erkennen, weil es schon ziemlich dunkel ist und das Feuer die meisten von ihnen in Schatten verwandelt. Wir beschließen, uns von dem Bolzplatz fernzuhalten, weil wir keinen Ärger wollen. Doch gerade als wir abdrehen und in Richtung Ballydown Road die Flucht ergreifen wollen, hören wir eine Stimme.

»Finno! Hey Finno! Finno, was geht?«

5

Saidhbh. Aka Mozzos Rückkehr

Ich mache eine Vollbremsung, rutsche vorwärts vom Sattel und stehe breitbeinig am Rand des Fußweges, das Rad noch zwischen den Beinen. Gary macht das Gleiche, nur dass er einen leisen Fluch ausstößt, als er versucht, sich nicht an der Stange die Eier zu quetschen. Zwei Gestalten, noch immer nicht zu erkennen, laufen weg vom Feuer, quer über das Feld und in unsere Richtung. Sie schwanken ein wenig, bringen einander fast ins Stolpern. Sie flüstern sich Dinge zu, die wir nicht verstehen können. Es ist schwer zu sagen, aber es sieht so aus, als liefen sie Arm in Arm. Einer von ihnen ist definitiv Mozzo. Das wusste ich in dem Moment, als er meinen Namen gerufen hat. Das andere ist ein Mädchen.

Sie kommen näher. Mozzo hat die Haare zu einem festen Pferdeschwanz nach hinten gebunden und trägt eine Lederjacke voller Nieten und Reißverschlüsse, die bei jedem Schritt oder Stolperer klickern und klimpern wie ein Zigeunerwagen. Das Mädchen hat lange Haare, glatt und glänzend und braun. Sie laufen weiter auf uns zu. Noch näher, runter vom Fußballfeld, wenige Schritte von uns entfernt. Sie trägt Röhrenjeans und eine schwarze Bomberjacke, die mit kleinen Buttons übersät ist, auf denen für gewöhnlich Dinge stehen wie Madness, Ska Rules, Elvis lebt und so weiter. Sie kommen bis zu unseren Rädern. Sie hat braune Haut, sommergebräunt. Ihre Augen sind auch braun, wie die Knopfaugen von Teddybären. Und ihre Lippen glänzen von so einem weißlichen Lippenstift wie der von Madonna im »Borderline«-Video. Sie heißt Saidhbh Donohue, sie ist pure, fleischgewordene Schönheit, und in ihrem Arm hält sie Mozzo fest umschlungen.

Mal angenommen, Helen Macdowell war so schön wie die Sieben-Millionen-Dollar-Frau, dann ist Saidhbh Donohue so schön wie alle drei von Charlies Engeln zusammen. In der Schule haben wir kurz vor den Sommerferien dieses Gedicht über die schöne Helena durchgenommen, und darin hieß es, sie sei »schön wie ein gespannter Bogen«. Unser Englischlehrer Mr. King sagt, schön wie ein gespannter Bogen bedeutet die höchstmögliche vorstellbare Schönheit von jemandem, kurz bevor sie reißt und zerbricht wie ein überspannter Bogen. Genau so schön ist Saidhbh Donohue. Sie ist so schön, wenn sie noch schöner wäre, wäre sie hässlich.

Mr. King steht total auf so Zeug, Romantik und so. Er hat eine braune Lederjacke und spielt am Ende der Stunde, während wir mit unseren Köpfen tief über dem Pult hängen und schreiben, im Klassenzimmer Gitarre, und die Musik ohne Gesang ist für uns wie ein belebendes Schlaflied, wenn wir unsere Pulloverärmel vollsabbern und die Spucke wieder raussaugen. Er verspricht andauernd, mit uns in den Pub zu gehen oder uns Pommes zu spendieren, aber dann hat er nie Zeit. Er ist supernett zu allen und hat bis aufs Messer dafür gekämpft, dass wir dieses Heathcliff-Buch lesen dürfen, in unserem Alter, obwohl es eigentlich erst in unseren Abschlussprüfungen drankommt. Er schlüpft in alle Rollen, wenn er vorliest, und redet und redet über Heathcliff und Cathy und das Leben im Moor, was die englische Variante vom Arsch der

Welt ist. Seine Lieblingsstelle in dem Buch ist, wenn Heathcliff rausgehen muss, um den Kopf immer und immer wieder gegen einen knotigen Baumstumpf zu schlagen, weil er Cathy so sehr liebt, obwohl sie tot ist. Und dann meint Heathcliff so: O Gott, sie ist einfach tot! Oh nein! Cathy! Verfickte Scheiße!!!

Und dann lässt Mr. King das Buch sinken und den Blick über den Raum schweifen und will, dass wir uns vorstellen, ein Mädchen so sehr zu lieben, dass wir uns vor Kummer freiwillig den Kopf an einem Baumstamm einschlagen würden, obwohl sie tot ist. Die Jungs aus dem Gälischen Athletikclub schnauben dann nur und sagen Dinge wie: Die kann sich gerne mal um meinen Baumstamm kümmern! Eigentlich ziemlich bescheuert, weil man das überhaupt nicht sagt, aber alle lachen, und Mr. King schaut irgendwie ins Leere und träumt von dem Tag, an dem er richtige Jungs unterrichten wird und nicht so einen Haufen scheiß Idioten.

Saidhbhs Name wird Sseif ausgesprochen, wie Reif, nur mit scharfem S, weil ihr Vater so stolz darauf ist, Ire zu sein, also trägt er immer dicke Pullover und packt so viele bhs und dhs wie möglich in die Namen seiner Kinder. Damit jeder sofort weiß, dass sie Iren sind, egal, in welchem Land sie gerade sind, obwohl die Donohues sowieso nie ins Ausland fahren, weil Mr. Donohue, Taighdhg (gesprochen Teig), immer sagt, dass Irland so viele schöne Ecken hat, warum sollte man in die olle, heiße Fremde fahren, wenn man all diesen Reichtum gleich hier vor der Nase hat. Saidhbh hängt manchmal mit Fiona ab, aber sie kommt nie zu uns nach Hause oder rauf in Fionas und mein Zimmer. Sie ist irgendwie schwer greifbar. Hört dir plötzlich nicht mehr zu und verschwindet irgendwo in ihrem eigenen Kopf. Fiona sagt, dass man mit Saidhbh viel Spaß haben und lachen kann, wenn man sie besser kennt. Sie ist auch megareligiös und geht alle vierzehn Tage zur Beichte und steht voll auf den Gottesdienst und so. Einmal hat Fiona Saidhbh sogar oben in Kilcuman getroffen, als sie am Karfreitag tränenüberströmt aus der Kirche stolperte. Fiona fragte sie, was los ist, und Saidhbh sagte, Die Passion, sie ist einfach so bewegend.

Aber Saidhbh ist auch ganz schön durchgeknallt. Dauernd wird sie unten in Belfield mit den Jungs vom College beim Saufen erwischt oder beim Rauchen im Einkaufszentrum und in der Schule. Fiona sagt, dass alle schon Witze darüber machen, dass Saidhbh deshalb so oft zur Beichte geht, aber der eigentliche Grund ist, dass sie »Probleme« mit ihren Eltern hat. Samuel Foster, Kent Fosters kleiner Bruder, hat mal alles ausgeplaudert, als sie von den Tagen religiöser Orientierung wiederkamen. Hat erzählt, dass Saidhbh während einer dieser krassen Gruppensitzungen zusammengebrochen ist und allen unter Tränen erzählt hat, dass ihr Vater so eine Art Alki ist und ihr eigentlich nur seine Aufmerksamkeit schenkt, wenn er sie anbrüllt, dass sie sich einen längeren Rock anziehen oder weniger Make-up tragen soll. Sie haben auch schon den Herrn Pfarrer geholt, andauernd. Aber er hat aufgehört, zu ihnen zu kommen, nachdem Taighdhg ihm gesagt hat, er soll sich verpissen, weil er gesagt hat, die ganze Familie hat »Probleme« und dass sie unten in Connemara alle zusammen so einen religiösen Ringelpietzurlaub für Obergläubige machen sollen, genannt Camp Generation.

Saidhbh geht nicht auf die Sorrows. Taighdhg schickt sie auf eine irischsprachige Schule in Oakfield, die Coláiste Mhuire ni Bheatha, an der er Geschichte unterrichtet und alle den ganzen Tag lang Irisch sprechen und du rausfliegen kannst, wenn du Englisch sprichst. Fiona sagt, dass die Lehrer dort, inklusive Mr. Donohue, alle einen an der Klatsche haben. Die

Männer haben alle einen Bart und hauen dir eine runter, wenn du Widerworte gibst, und die Frauen sind noch schlimmer und haben einen Stock dabei und schlagen die Kinder, wenn sie in der fünften Klasse die Nationalhymne nicht rückwärts singen können. Maura Connell findet, dass die Coláiste Mhuire ni Bheatha ein schrecklicher Ort ist, und eines Abends, nachdem die Londoner Burger-Bomben in den Nachrichten waren, nannte sie sie eine »Keimzelle der Republikaner«. Als Dad mich später ins Bett brachte, fragte ich ihn, was sie damit gemeint hatte, und er sagte nur, dass sie einen Ort meinte, an dem man Fahnen und Geschichtsbücher lieber mag als Menschen.

Fiona sagt, dass es um das Kollegium der Coláiste Mhuire ni Bheatha einen ganz eigenen, wie wild brodelnden Gerüchteküchenkosmos mit lauter krassen Geschichten gibt und dass Samuel Foster ihr nach einer halben Pulle Gin bei der Sorrows-Sommerdisco während einem Spandau-Ballet-Slow-Set erzählt hat, dass das halbe Kollegium selbst in der IRA ist und in seiner Schule das Gerücht rumgeht, Saidhbhs Dad habe mal zwei Typen von der IRA einen ganzen Monat lang auf dem Fußboden im Wohnzimmer schlafen lassen, als sie nach einer Schießerei in London auf der Flucht vor der britischen Armee und der Garde waren. Außerdem wird gemunkelt, dass Taighdhg Donohue nur den Hörer in die Hand nehmen muss, und schon hat er Die Bewegung am anderen Ende. Null Problemo. Und wenn du mit denen so dicke bist wie Taighdhg, dann nennst du sie auch nicht die IRA, sondern einfach Die Bewegung.

Scheiße Mann, Finno, wie geht's dir, Mann, hab dich ja seit 'ner scheiß Ewigkeit nicht gesehen! So begrüßt er mich.

Und du, Gary, wo hattest du dich denn verkrochen?

Gary antwortet nicht. Mozzo hängt nie ein O an Garys

Namen, obwohl das so leicht wäre – ein einfaches Garro oder Conno würde genügen. Mozzo hat eine Dose HCL in der Hand, mit der er Saidhbh nicht festhält. Sie hat auch eine. HCL ist das, was alle kaufen, wenn sie sich draußen besaufen wollen. Niemand weiß, wofür HCL steht, aber Steven Casey sagt, es heißt High Content Lager. Content bedeutet, wie schnell du davon in etwa besoffen werden kannst.

Wir waren unterwegs, sage ich, mit den Rädern.

Und mit mir wolltet ihr keine scheiß Fahrradtour machen? Was habt ihr denn für ein scheiß Problem mit mir? Hab ich die scheiß Krätze oder was?

Jetzt, wo ich ihm so nahe bin, sehe ich, dass wahrhaftiges Feuer in Mozzos Augen lodert. Er sieht so aus, als könnte er dich auf der Stelle töten. Seine Oberlippe hat sich nach innen über sein Zahnfleisch gestülpt, seine Nasenlöcher sind ganz faltig, und seine Unterlippe ist gespannt und feucht. Wie der Typ aus *American Werewolf* in der Frühphase seiner Verwandlung, kurz bevor er endgültig zur hundeartigen Kreatur wird.

Saidhbh kann sehen, dass ich mir Briketts in die Hose scheiße und nicht weiß, was ich Mozzo sagen soll, und springt für mich in die Bresche und sagt, dass Mozzo uns nur verarscht. Er bricht in lautes Gelächter aus und entschuldigt sich bei mir und Gary, er sagt, er weiß doch ganz genau, dass es unsere Mams waren, die uns von ihm ferngehalten haben, wegen dem kaputten Fenster. Er sieht Gary an, zwinkert und sagt: Und wegen der anderen Sache! Saidhbh kichert ein wenig, und Gary wird puterrot. Stell dir vor, das schönste Mädchen auf diesem Planeten wüsste, dass du deinen Pimmel zwischen zwei Kissen gesteckt und so getan hast, als wären sie eine Frau.

Du bist Fionas kleiner Bruder, oder?, sagt Saidhbh und

sieht mir direkt in die Augen, als würde sie versuchen, mich hier und jetzt zum Schmelzen zu bringen.

Ich sage nichts, weil ich glaube, wenn ich meinen Mund aufmache, muss ich kotzen.

Fionas Bruder?, sagt sie noch einmal, diesmal langsamer, als würde sie mit einer alten Oma reden.

Ich nicke. Ich erinnere mich an dich, sagt sie, du bist uns den ganzen Abend in deinem Spiderman-Schlafanzug hinterhergelaufen, um zu sehen, was die großen Mädchen so machen.

Ich weiß immer noch nicht, was ich sagen soll.

Tja, jetzt bist du bei den großen Jungs, sagt Mozzo total machomäßig. Komm rüber, und ich stell dir die Gang vor.

Ich erstarre. So, wie Mozzo es gesagt hat, bin ich derjenige, der eingeladen ist, und Gary kann halt auch mitkommen, wenn er will. Mozzo und Saidhbh drehen sich direkt um, als wäre schon alles klar, aber ich rutsche nur ein wenig auf meinem Fahrrad hin und her, damit es nicht so aussieht, als würde ich nicht mitkommen. Aber das werde ich nicht, weil Gary da nicht mitmacht. Gary guckt auf den Boden und würdigt mich keines Blickes. Als würde er nur darauf warten, dass ich mit Mozzo und Saidhbh abhaue.

Passt auf, sage ich laut zu allen, ich bring besser erst das Fahrrad nach Hause.

Mozzo und Saidhbh laufen einfach weiter, und Mozzo ruft: Keine Sorge, wir klauen es dir schon nicht.

Ich und Gary stehen breitbeinig über unseren Rädern, und während die Nacht dunkler und dunkler wird, diskutieren wir endlos lang, ob wir ihnen zum Feuer folgen sollen oder nicht. Gary sagt, wir sollten einfach unsere Tour zu Ende bringen, rauf in Fionas und mein Zimmer gehen und noch ein bisschen bouncige Musik hören, statt mit den Typen aus The Villas abzuhängen. Ich sage, dass es vielleicht lustig sein könnte, wenn wir es versuchen, aber das ist gelogen. Eigentlich müsste ich sagen, Bitte Gary, geh mit mir rüber, damit ich mich neben Saidhbh Donohue setzen kann.

So geht es etwa eine halbe Stunde, während Mozzo im Hintergrund die ganze Zeit Kommentare abgibt oder Sachen ruft wie: Los Mädels, wir beißen nicht, oder: Wir haben leider keine Kissen für dich, Gary.

Gary sagt, dass er für SO WAS garantiert nicht mitkommt. Er sagt mir, dass ich machen kann, was ich will, und springt wieder auf den Sattel. Er fährt hinein in die Nacht, sein Dynamo surrt, sein Stirnband blinkt hell, und so verschwindet er in den Schatten von The Rise wie ein winzig kleines Raumschiff.

Ich schiebe mein Fahrrad rüber zum Feuer. Ich habe die Hosen voll. Es ist jetzt ganz dunkel, und soweit ich das beurteilen kann, hat sich Mozzo wahrscheinlich schon mit Saidhbh Donohue verkrümelt, um sie an seinem breiten Wissen über Lecken und Muschis teilhaben zu lassen. Und ich stelle mir vor, dass ich allein mit den ganzen Typen aus The Villas zurückbleibe, die mich rumschubsen und mir mein Taschengeld abknöpfen und mich eine kleine verwöhnte Schwuchtel nennen, obwohl ich genau so ein armer Schlucker bin wie sie, verglichen mit jemandem wie Gary.

Schickes Fahrrad, du Mongo!, ist das Erste, was ich höre, als ich mich dem Feuer nähere, doch noch bevor ich Zeit habe, es in der Nähe von Mozzo auf den Boden zu legen, höre ich, wie Mozzo wütend sagt, Halt dein scheiß Maul, Heno!

Mozzo setzt sich ins Gras, direkt vor die Flammen, und sieht ganz orange und leuchtend aus. Seine Lederjacke ist offen, und Saidhbh klebt noch immer in seinem Arm fest. Er zieht eine Dose HCL aus seinem Sixpack und hält sie mir hin, während er mir die anderen vier Jungs vorstellt, die verstreut ums Feuer herumsitzen: Heno, Macko, Hylo und Stapo.

Die Jungs haben alle scharfe Gesichter. Dünne rissige Lippen, knochige kantige Wangen, winzige glänzende Schlitzaugen und glatte rasierte Köpfe. Denen würdest du augenblicklich deinen Kassettenrekorder und deine gesamte Soft-Cell-Sammlung geben, wenn sie dich nur ein bisschen schief angucken würden. Aber egal, sie nicken und nennen mich Finno, was mir irgendwie das Gefühl gibt, ein harter Kerl zu sein.

Ich nehme die Dose HCL, drücke sie auf und nehme einen ordentlichen Schluck, als würde ich das andauernd machen. Saidhbh und Mozzo sehen mich an. Sie warten darauf, dass ich rot werde und mich verschlucke und huste wie in einem dieser Western, wenn sie so einem Bürschchen ein Glas Whiskey geben und er alles wieder ausspuckt und so tut, als wäre es hochgiftiges Zeug. Aber ich durchschaue ihren Plan, also presse ich meine Backenzähne aufeinander und drücke die ganze prickelnde Brühe die Kehle runter und wische mit der Zunge hinterher, und dabei gebe ich keinen Ton von mir und verziehe kein bisschen das Gesicht. Stattdessen mache ich Ahhh, ein schönes langes Ahhh, wie beim ersten Schluck Limonade nach einer Stunde Swingball.

Mozzo stößt Saidhbh mit dem Ellenbogen an und sagt, Er ist ein Madser!, womit er wohl sagen will, dass ich ziemlich durchgeknallt bin.

Ich nehme an, das ist etwas Gutes.

Ich habe schon vorher Alkohol probiert, einen Schluck Bierrest hier, einen Mundvoll Weihnachtssherry da, aber das hier ist meine erste richtige Runde Im-Freien-Saufen. Dad sagt, dass Trinken unter sechzehn illegal ist und der Suff ein schrecklicher Fluch, aber andererseits haut er mir dann auf die Schulter und sagt, dass er den Tag gar nicht abwarten kann, an dem er mit mir runter ins Ballydown Inn gehen kann, um mir mein erstes Pint zu spendieren. Die Art, wie er »Pint« sagt, klingt so, als wäre es etwas ganz Besonderes. Ein gutes altes Pint! Ein schnelles Pint! Ein herrliches Pint!

Obwohl Sarah und Siobhan neunzehn sind, findet er es nicht richtig, dass sie trinken und in Pubs gehen. Das sieht Mam ausnahmsweise mal genauso.

In eurem Alter, in den Pub?!, sagt sie. Wenn mein Vater mich dort erwischt hätte oder gar Grace, mit neunzehn, in einem Pub, hätte er den Verstand verloren. Wir wären die Schande von Ballaghaderreen gewesen!

Tante Grace ist Mams kleine Schwester, die wohl in jungen Jahren ziemlich wild gewesen sein muss, aber jetzt wohnt sie weit weg in London, direkt neben dem Buckingham Palace, und hat ein riesiges Haus, ein schickes Auto und ihr eigenes Unternehmen. Vielleicht wurde sie mit neunzehn im Pub erwischt, Mam jedenfalls garantiert nicht. Mam ist nämlich ein Pioneer, was bedeutet, dass sie überhaupt nie Alkohol trinkt, außer Messwein und heißen Whiskey, wenn sie Grippe hat. Pioneer zu sein bedeutet, dass du auf Partys immer nach O-Saftschorle fragst, so tust, als würdest du dich amüsieren, wenn alle anderen schwitzig und dumm werden, und jeden Abend zum Heiligsten Herzen Jesu betest und ihn darum bittest, nicht mehr auf so blöde Partys gehen zu müssen. Mam hat eine kleine eingeschweißte Karte, auf der das Gebet der Pioneers abgedruckt ist. Sie bewahrt es in ihrem Gebetsbuch auf. In dem Gebet heißt es so, Gib mir Stärke für dies und hilf mir, sie für das zu opfern, und mach, dass ich nicht versage, und so Kram. Aber das Beste daran ist dieses abgefahrene Bild vom Heiligsten Herzen Jesu direkt über dem Text. Da ist Jesus, total entspannt und rein, er macht seinen Mantel auf, und Bääm! Dort, direkt vor seiner Brust, schwebt ein rotes Herz aus seinem Körper raus und steht in der Luft! Das Herz selbst ist in Dornen eingewickelt, deshalb blutet es, und dann hat noch jemand von oben ein Kreuz reingerammt, und es brennt, und das ganze Ding glüht wie verrückt.

Und jeden Abend, bevor sie ins Bett geht, betet Mam zu dem glühenden, blutenden, brennenden Herz und bittet es, ihr dabei zu helfen, nicht zu trinken.

Mam sagt, dass sie mit dem Glauben gesegnet wurde. Sie ist gläubig. Glaubt an alles. Himmel, Hölle, Limbus, Gott, Engel, Geister, Kobolde, Todesfeen und Pipapo, wie Dad sagen würde. Er meint, dass Leute vom Land eigentlich wilde Heiden sind, die zwar zu Katholiken konvertiert sind und so tun, als wären sie zivilisiert, aber in Wirklichkeit sind sie immer noch Heiden. Er sagt, er ist ein Dub durch und durch, und das macht ihn etwas kultivierter und zivilisierter, und er neigt deswegen weniger dazu, an den ganzen Quatsch zu glauben.

Welchen Quatsch?, fragt Mam leicht angesäuert.

Na, all diese besonderen Arten von Geistern und Gespenstern, die dich zu besonderen Anlässen beobachten, antwortet er, schon nicht mehr ganz so selbstsicher. Statt an einen einzigen allmächtigen Gott, der vom Himmel aus runterguckt und für uns alle sorgt.

Diesen letzten Teil sagt er mit einem kleinen Lächeln, als würde er auf sie Eindruck machen wollen und zeigen, dass er sich auskennt mit dem lieben Gott im Himmel. Doch die Art, wie er es sagt, verrät, dass er sich noch nicht einmal dessen sicher ist.

Mam wollte, dass ich auch ein Pioneer werde, aber Dad hat gesagt, dass sie mich gefälligst ein ordentliches Pint trinken lassen soll, wenn das Gesetz sagt, es ist nun an der Zeit. Um sie glücklich zu machen, habe ich Den Eid geschworen, wodurch man quasi zu einem Minipioneer wird. Das ist wie eine Lizenz zum Nichttrinken, die ausläuft, wenn du sechzehn wirst, aber ich verstoße dauernd dagegen, wenn ich heimlich ein paar Schlückchen Alk aus halb leeren Partygläsern stibitze, die ins Spülbecken gewandert sind.

Nach zwei Dosen HCL ist die Stimmung unten am Feuer super. Mozzo, ich und Saidhbh sind unsere eigene kleine Gang, und wir reden über alles Mögliche – über die Schule und unsere Mütter –, während die anderen Jungs mit einer Mutprobe beschäftigt sind, die darin besteht, herauszufinden, wer am langsamsten über das Feuer gehen kann, ohne sich die Eier zu verbrennen. Wenn ich meinen Kopf zur Seite neige, scheint das Feld genau in die andere Richtung zu kippen, und wenn ich ihn ein wenig schüttle, verwischt die Welt. Mozzo erzählt von seinem Dad, wie er das Nachbarfenster mit dem Sack Fischinnereien eingeschmissen hat. Nur diesmal schmückt er die Geschichte noch mit Details aus, dass er und seine Mam im Schlafanzug und barfuß draußen auf der Straße standen und dass sie beide weinten und sich in Todesangst aneinander festklammerten und seinen Dad anflehten, aufzuhören und ins Haus zu kommen, damit sie zusammen am Feuer Tee trinken und von ihrem Tag erzählen und ausnahmsweise einmal eine richtige Familie sein könnten. Für einen Moment sind wir still, alle drei, und dann sagt Saidhbh, dass es in ihrer Schule massig Leute gibt, die sie von Herzen gerne mit Fischinnereien übergießen würde. Wir fangen an zu kichern, und schließlich lachen wir laut. Ich und Mozzo sehen rüber zu Saidhbh, als wäre sie all unsere Mütter und mehr, verpackt in einem einzigen wunderbaren Mädchen.

Ich sage zu Mozzo: Ach, das ist doch gar nichts, und dann

erzähle ich ihm, wie Dad einmal betrunken mit Mam aus dem Downs kam und die Haustür nicht aufkriegte. Das war an einem Winterabend, die Mädchen waren alle ausgegangen, und Mam und Dad waren nur kurz auf ein schnelles Helles mit den Connells rüber in den Pub, sodass ich aufs Haus aufpassen musste, völlig alleine. Mam hatte mich ermahnt, dass ich alle Türen abschließen sollte, weil ein Irrer aus der Anstalt Kilcuman Central Mental ausgebrochen war. Im Central Mental musste es jede Menge Ausbrüche geben, weil sie das oft sagte, immer wenn sie uns zu Hause allein ließen, selbst wenn Siobhan oder Sarah die Verantwortung hatten, es war immer ein Irrer unterwegs. Aber ich wollte es nicht drauf ankommen lassen, weil ich war der Einzige in unserer Familie, der Dad am Telefon mal hatte erzählen hören, wie er bei einem Geschäftstermin im Krankenhaus einem Irren aus Kilcuman begegnet ist. Bei diesem speziellen Kandidaten handelte es sich um einen schüchternen Jungen vom Land, der andauernd von Geistern und Vampiren und dem Teufel und so gelesen und sich was dazuverdient hat, indem er für eine sehr nette, angesehene Familie etwas weiter die Straße runter babysittete. Und eines Abends, während er babysittet, flippt er einfach aus und hält eine schwarze Messe, was das Gegenteil von einer katholischen Messe ist, und opfert das Baby der Familie, indem er es auf einem zum Altar umfunktionierten alten Subbuteo-Tisch abschlachtet.

Saidhbh sagt, O Gott, ist das eklig!, und schmiegt sich mit dem Kopf noch mehr an Mozzos Brust. Er tätschelt ihr väterlich den Kopf, lächelt und sagt, ich soll weitererzählen.

Na ja, jedenfalls habe ich die Tür ordnungsgemäß verriegelt, *The Greatest American Hero* ist vorbei, und eigentlich werde ich gerade ziemlich müde. Das Ding ist ja, wenn man so lange aufbleiben kann, wie man will, dann klingt das viel spaßiger, als es tatsächlich ist. Ich war total im Sack. Ich gehe also ins Bett und bin gerade zehn Minuten eingeschlafen, als ich …

Los Jungs, wir gehen die scheiß Schwuchteln klatschen!

Heno springt auf und ab wie ein Verrückter, hinter ihm machen Macko, Hylo und Stapo ihre Bomberjacken zu, fangen an mit Schattenboxen und -treten, und sehen so aus, als wären sie ready to rumble. Heno spuckt aus und ist ganz außer sich und sagt Mozzo, dass heute die Nacht der Nächte ist, dass er die scheiß Schnauze voll hat und sie es jetzt verfickt noch mal durchziehen. Genau jetzt! Er tritt in die Luft, um seine Aussage zu unterstreichen. Mozzo steht auf und sagt todernst, dass er Saidhbh nach Hause bringt und dann zu ihnen stößt. Ich breche meine Geschichte ab und rapple mich schwankend auf. Ich frage Mozzo, was los ist. Er antwortet mir nicht, aber Saidhbh nimm mich zur Seite, um es mir zu erklären.

Sie sagt, dass vor dem Schulhof von der Sorrows immer zwei Typen mit ihren Motorrädern abhängen, ganz hinten bei dem hohen Gras und dem Kanal. Laut Heno sind sie beide Schwuchteln, die jeden Abend in ihrem Leder-Motorradoutfit im Gebüsch sitzen und darauf warten, dass ein junger Bursche vorbeikommt. Dann springen sie raus, in voller Montur, mit Helm auf, zerren den Burschen ins Gras, reißen ihm die Hose runter, spielen mit seinem Pimmel, und dann brausen sie wieder mit ihren Motorrädern davon. Saidhbh sagt, dass die Jungs warten wollen, bis sie kommen, und ihnen dann ihre schwulen Ärsche grün und blau schlagen, vor allem Heno, weil sein kleiner Bruder, Basho, vor drei Wochen ohne Hose nach Hause gekommen ist und niemandem sagen wollte, wie er sie verloren hat, nur, dass er sie in The Sorrows verloren hat. Aber Heno weiß, dass es die schwulen Biker waren.

Nach Saidhbhs Erklärung dreht sich Mozzo zu mir, immer noch todernst, und fragt: Bist du dabei? Ich sage ihm, dass ich die Schwuchteln liebend gerne mit ihnen zu Brei verarbeiten würde, aber jetzt schon zu spät dran bin und von Glück reden kann, wenn ich jemals wieder raus darf. Mozzo grunzt etwas und dreht sich um, um mit Saidhbh zu gehen. Doch bevor sie abhaut, legt sie ihre liebliche Hand auf mein Handgelenk und sagt, dass ihr Dad morgen Abend eine große Party schmeißt, um den letzten freien Tag zu feiern, bevor die Schule wieder losgeht. Sie sagt, ich soll kommen. Mozzo findet das auch. Beide sagen, dass es spitze wird, mit viel zu saufen, und dann können sie mir gleich erzählen, wie's mit den Schwuchteln gelaufen ist.

Nach zwanzig Minuten quälend unkoordiniertem Zickzackkurs mit zahlreichen Unterbrechungen und ständigem Abrutschen von den Pedalen schiebe ich mein gelbes, von meinen Schwestern geerbtes Fahrrad möglichst lässig in unsere Garage. Dad beugt sich gerade über Siobhans nagelneues Rennrad und versucht, ihre Shimano-Gangschaltung zu reparieren. Es ist schon spät, und er keucht und seufzt vor sich hin, müder denn je. Auf seiner Stirn stehen kleine Schweißperlen, und ich vermute, dass es ihn all seine Kraft kostet, nicht einfach über dem umgedrehten Fahrrad zu kollabieren und auf dem dreckigen Zementboden unter sich tief und fest einzuschlafen.

Ich gehe an ihm vorbei und sage möglichst sanft: Gute Nacht! Augenblicklich zieht er schnüffelnd die Nase hoch und bellt: Bist du besoffen?!!

Ich ignoriere ihn und laufe schnurstracks in die Küche, rüber zum Schrank, wo Mam die Kekse aufbewahrt. Dad läuft mir hinterher.

Ich habe dich etwas gefragt, bist du besoffen wie ein dahergelaufener Penner?

Noch immer schweigend bücke ich mich, ziehe die Keksdose hervor und stopfe mir eine Handvoll Jammy Dodgers in den Mund, um jegliche Saufgerüche mit dem dicken, mehligen Keksbreiaroma zu überdecken. Jetzt antworte ich ihm. Mit der besten Entschuldigung, die mir gerade einfällt, auch wenn sie total dämlich ist. Ich sage, dass ich unten bei Saidhbh Donohue war und den ganzen Abend Cidona Apfelschorle getrunken habe. Das sage ich deshalb, weil Dad immer, wenn wir Cidona trinken, sagt, es riecht wie Alkohol, und dann macht er Witze darüber, eine ganze Familie minderjähriger Alkoholiker aufzuziehen.

Entweder glaubt er mir, oder er ist einfach zu müde, um weitere Maßnahmen zu ergreifen, aber Dad nickt, brummt etwas und schlurft unter neuerlichem Stöhnen und Seufzen zurück in die Garage, um Siobhans Fahrrad zu reparieren, wie ein Mann auf dem Weg zum Galgen.

6

Das Letzte Abendmahl

Es fängt an mit dem Dam, Dam, Dam von *Hooked on Classics*. Das ist Dads Lieblingsplatte, und darauf sind die besten Klassiker aller Zeiten zusammengemixt in einem einzigen langen Song, durch den sich der Dam-Dam-Dam-Beat zieht. Und jeden Sonntag, wenn Mam, Dad, ich, Claire und Susan aus der Kirche zurückkommen, legt Dad sie bei voller Lautstärke auf. Dann, normalerweise so nach zehn Minuten, hämmert entweder Sarah oder Siobhan auf den Boden, weil sie lange im Blinkers Nightclub in Leopardstown aus waren und ihr Schlafzimmer direkt über dem Wohnzimmer liegt, wo die Stereoanlage steht. Fiona war auch im Blinkers, aber sie hämmert nie auf den Boden, obwohl sie es auch hört. Wenn's richtig schlimm wird, kommt Sarah manchmal in ihrem alten abgewetzten T-Shirt die Treppe runtergeschossen, mit Sudocrem auf ihrer Stirn und dem Kinn, damit sie keine Pickel bekommt. Und dann steht sie wie eine durchgedrehte Komantschin in Kriegsbemalung im Wohnzimmer und fordert Dad auf, sein *Hooked on Classics* runterzudrehen. Sie würde nie so weit gehen, selbst an die Anlage zu gehen, denn sie weiß, dass das gegen die Regeln ist, aber trotzdem steht sie in der Tür und motzt.

Dad sitzt einfach nur da, halb zurückgelehnt auf dem Sofa hinter seinem *Sunday Independent*, und grummelt etwas in seinen Bart. Sagt, dass sie sich nicht bis vier Uhr morgens mit irgendwelchen Jungs herumtreiben sollen, wenn sie genug Schlaf kriegen wollen. Man könnte meinen, dass *Hooked on Classics* seine Art ist, sich an ihnen zu rächen, weil sie Mädchen sind. Oder Mädchen, die mit Jungs rumhängen.

Sarah murmelt leise Nazi und zischt wieder ab nach oben. Dad unternimmt nichts, weil es ihn nicht stört, als Nazi bezeichnet zu werden, obwohl er findet, dass die Nazis im Krieg unrecht hatten und bescheuert und bösartig waren, aber die Nazis wurden respektiert, und das ist alles, was er will. Tatsächlich will er es so sehr, dass es zu einem seiner Running Gags geworden ist – jedes Jahr fragen wir ihn, was er sich zum Geburtstag wünscht, und jedes Jahr antwortet er: Nur ein wenig Respekt. Aber er sagt es auf so eine sanfte Art und lächelt dabei.

Mam ruft Sarah hinterher, dass es ohnehin Zeit wird, aufzustehen, dass das Essen fast fertig ist und sie diesem faulen Furz, also Fiona, sagen soll, sie soll auf der Stelle runterkommen! Mein Gooooooott, keift Sarah zurück.

Sarah und Siobhan haben beide ihren Schulabschluss und gehen fast jede Woche zu Vorstellungsgesprächen in verschiedenen Firmen, aber bis jetzt haben sie noch nichts Richtiges gefunden, außer ein wenig Teilzeitarbeit in Dads Büro. Jetzt, wo aus ihnen richtige Frauen werden, lieben sie Mam entweder oder sie hassen sie. Spät abends sitzen sie hinter geschlossener Tür auf ihrem Bett und plaudern stundenlang mit ihr über Jungs und solche Sachen, und wer wen mag und wie die und die Zicke die und die andere Zicke genannt hat und so weiter. Oder sie kommen eben zur Garagentür rein, sehen sie dort, bis zu den Ellenbogen im Waschbecken, und hassen sie auf der Stelle. Einmal, als Sarah brüllte, dass Mam so eine olle Kuh ist, antwortete ihr Mam mit diesem kleinen Gedicht, das sie auswendig kann. Es geht so, *Wie du jetzt bist, war ich einmal. Wie ich jetzt bin, wirst du einmal.* Mam sagt immer, dass sie nie gut in der Schule war und nie Irisch gelernt hat und nie weiter als bis zur mittleren Reife gekommen ist, aber wenn sie will, schüttelt sie immer ein Ass aus dem Ärmel.

In der Küche geht es jetzt rund. Mam hat ihr glamouröses Kirchenoutfit ausgezogen und trägt bloß noch eine Trainingsjacke und Jeans, während sie auf die Schnelle Melonenbällchen als Vorspeise macht, indem sie mit dem Gerät für Butterbällchen durch eine Melone fährt. Dann kommen die Eier. Wenn Mam »Eier« sagt, fügt sie immer hinzu, »mit Verlaub«, weil sie nicht will, dass man an die schmutzige Bedeutung davon denkt, wenn sie es sagt. Aber dadurch, dass sie es sagt, denkt man erst recht daran, also ist es irgendwie ein Witz. Claire und Susan tragen beide ihre besten, gestärkten Sonntagsblusen und Faltenröcke. Ihre Haare sind sorgfältig mit Klammern nach hinten gesteckt, damit sie nicht ins Gesicht fallen, und sie sitzen an den sich gegenüberliegenden Enden des Tisches und gehen sich gegenseitig auf die Nerven.

Claire versucht, Origamitiere aus den acht Papierservietten auf dem Tisch zu falten. Susan fummelt an den Falten ihres Rockes herum und hat extrem schlechte Laune, weil sie gestern Abend nicht rüber zu den Joyces und ein wenig dortbleiben durfte. Die Joyces sind wohlhabende Freunde der Familie mit einem riesigen Haus in Balinteer. Claire hat da letzte Nacht mit Brenda Joyce in einem Zimmer geschlafen und erzählt jetzt in einer Tour, wie sie den ganzen Abend lang Wahrheit oder Pflicht gespielt haben und mit ihrer Frisierpuppe, und das bringt Susan zur Weißglut. Außerdem ist Susan sauer, weil Claire einfach ihren liebsten, leuchtenden Wackelhaarreif angezogen hat, den Susan eigentlich für den Abend aufgespart hat, an dem man sie irgendwohin einladen würde, egal, wohin.

Schließlich, nach etwa zwanzig Minuten *Hooked on Classics,* Treppengetrampel und Geschirrgeschepper, kommen Sarah, Siobhan und Fiona runtergetrottet. Obwohl es nur unser sonntägliches Mittagessen und keine Disco ist, hat Sarah ihre Haare mit Schaumfestiger ganz lockig gemacht und trägt einen Jeansminirock und ein trägerloses Top und keinen BH. Siobhan trägt eine schwarze Secondhand-Seidenbluse, schwarze Röhrenjeans und Cowboystiefel, und Fiona trägt einen weiten grauen Jogginganzug und hat einen dünnen blauen Schal um ihren Kopf gewickelt, sodass sie aussieht wie ein Pirat, aber eigentlich ist er dazu gedacht, einige rote Haarsträhnen platt zu drücken, die sich während der kurzen Nacht aufgestellt haben.

Der Küchentisch hat zwei ausklappbare Flügel auf jeder Seite, sodass er für gewöhnlich so aussieht, als würde er nur etwa sechs von uns Platz bieten, aber wenn man beide Flügel aufklappt, passen alle acht dran, mit ein bisschen Quetschen. Sarah und Siobhan sitzen ganz am Ende, nahe der Tür – das ist gut für Sarah, weil so kann sie Dad einen senilen alten Trottel nennen und hoch in ihr Zimmer flüchten, bevor er auch nur die Chance hat, sich aus seinem Stuhl zu zwängen. Dad und Susan sitzen mit dem Rücken zur Heizung. Das ist gut für Susan, weil sie sich dann wie Dads kleiner Liebling fühlen kann. Mam sitzt gegenüber von Dad und Susan, mit dem Rücken zu den Küchenschränken und Claire rechts neben sich. Und ich und Fiona sitzen gegenüber von Sarah und Siobhan, mit dem Rücken zu dem Küchenfenster, das Gary mit dem Hockeyball eingeschmissen hat.

Das Essen beginnt damit, dass Mam ins Zimmer marschiert

und *Hooked on Classics* ausmacht. Dad beschwert sich nicht darüber. Er stützt einfach weiterhin den Kopf auf seine Hände und starrt tief runtergebeugt auf den leeren Teller vor sich. Er ist schon wieder müde. Supermüde. So, als hätte ihn all das Hochleistungszeitunglesen völlig ausgelaugt. Er würde sich wegen der Musik ohnehin nicht mit Mam anlegen, weil ihr Gesicht rot und schwitzig davon ist, für acht Leute zu kochen, und deshalb hat sie für den Rest des Tages einen Freischein, zu tun, was sie will.

Mam gießt Dad ein großes Glas Rotwein ein, bietet Sarah und Siobhan auch eins an, die dankend ablehnen, und dann fordert sie uns alle auf, ein Tischgebet zu sprechen. Und zwar, indem sie sagt: Sagt das Tischgebet.

Und obwohl es ein ganz alter Hut ist, sagt ausnahmslos jeden Tag irgendeiner von uns laut als Witz »Das Tischgebet«. Niemand lacht darüber, es soll auch gar nicht megalustig sein, man macht es einfach.

Heute tue ich es. Ich sage, »Das Tischgebet!«, und Dad funkelt mich zwischen seinen Fingern hindurch an. Mam spricht das Gebet, ein nettes kleines Gebet, in dem man alle segnet, die am Tisch sitzen, und das Essen, das wir gleich bekommen, und vor allem die Hände, die es gemacht haben. Wenn sie sagt, »Die Hände, die es gemacht haben«, deutet für gewöhnlich jemand auf ihre Hände, oder wenn zum Beispiel ein Großteil der Zubereitung Claire zu verdanken ist, wenn sie zum Beispiel die Kartoffeln geschält hat, dann zeigt sie auch auf ihre eigenen Hände. Dann kommen die Melonenbällchen auf den Tisch, und wir legen los!

Mam macht den Anfang.

Sie sagt, Und, wie war's im Blinkers?

Sarah und Siobhan können sich nicht entscheiden, ob sie sie gerade lieben oder hassen, also spielen sie bloß mit losen

Haarsträhnen rum und murmeln Dinge wie, Okay, das Übliche.

Fiona stößt mich an und sagt, dass Dave Gallagher ziemlich sicher nicht unbedingt sagen würde, nur das Übliche bekommen zu haben.

Was?!, keift Sarah und wirft Fiona einen giftigen Blick zu.

Wer ist Dave Gallagher?, fragt Mam.

Hello!, singt Fiona und stimmt eine Verarsche von Lionel Richies Hit an. Sie kommt bis zu der Zeile »Are you somewhere feeling Davy or is Davy feeling you?«, als Sarah ihr mit einem lauten, sarkastischen Hahaha das Wort abschneidet, aber alle kichern, außer Dad, der seinen Kopf immer noch auf die linke Hand stützt, während er mit der anderen Melonenbällchen in seinen Mund schaufelt.

Es fällt allen auf, aber niemand sagt etwas. Stattdessen sagt Claire zu Sarah, dass sie das Zimmer von Brenda Joyce hätte sehen müssen, dass es riesig ist und sie einen ganzen Make-up-Tisch nur für ihre Frisierpuppe hat. Susan fummelt an ihren Haarspangen rum und ist den Tränen nahe, und Mam sagt Claire, sie soll aufhören, ihr das auch noch auf die Nase zu binden. Claire sagt Mam, sie soll sie »gefälligst in Ruhe lassen«, und sieht dann rüber zu Sarah, um ihre Reaktion mitzubekommen. Claire versucht immer, Sarah zu beeindrucken. Als wolle sie mal wie Sarah werden, wenn sie erwachsen ist, und sich von sämtlichen Typen im Blinkers befummeln lassen. Wenn ich genauer darüber nachdenke, dann will Claire wie Sarah sein und Siobhan auch. Susan will wie Claire sein. Aber niemand will sein wie ich oder wie Fiona.

Offensichtlich habt ihr dem jungen Vater O'Culigeen bei seiner Predigt nicht richtig zugehört, fügt Mam hinzu und sieht Claire an.

Keine Antwort.

Oder?

Ging es um Liebe?, rät Claire.

Nein, es ging darum, Vater und Mutter zu ehren!

Heiliger Herr im Himmel, sagt Sarah höhnisch. Die alte Leier.

Na, dass du das Gesicht verziehst, wundert mich nicht, gibt Mam zurück, zumal ich mich nicht erinnern kann, wann dein Schatten zum letzten Mal über die Kirchenschwelle gewandert ist.

Ich hab's dir schon gesagt, sagt Sarah mit gesenktem Kopf und guckt Mam durch ihren langen schwarzen Haarvorhang an, ich gehe samstagabends zur Messe.

Pfffffff, zischt Fiona.

Manchmal, fügt Sarah hinzu.

Tja, sagt Mam, der junge Vater O'Culigeen hat wunderbar eloquent über Jugendkriminalität und den völligen Zusammenbruch der moralischen Ordnung gesprochen und dass das davon kommt, dass die Zehn Gebote gebrochen werden, und vor allem, dass Vater und Mutter nicht mehr geehrt werden.

Ein wenig Respekt!, ergreift Dad zum ersten Mal das Wort.

Halleluja, sagt Mam, da stand der Tote auf und fing an zu reden.

Dad setzt ein Lächeln auf, und wir alle kichern vor Erleichterung. Er ist zurück! Ich bin so erleichtert, dass ich ein wenig Jesus von Nazareth spiele und sage: Steh auf, Lazarus!

Dad findet das nicht lustig. Er sieht mich von oben herab an und verkündet dem gesamten Tisch: Wisst ihr, dass er hier gestern Abend, als er nach Hause gekommen ist, nach Alkohol gestunken hat?

Für einen Moment ist alles still, bis alle verstanden haben, was Dad da gerade gesagt hat.

Ich stehe auf und fange an, die Teller mit den Melonenbällchen abzuräumen. Dabei sage ich: Das war Cidona! Ich war bei Saidhbh!

Zum Glück interessieren sich die Frauen am Tisch viel mehr für Saidhbh Donohue als dafür, dass ich nach Alkohol gestunken habe.

Saidhbh Donohue!, staunt Sarah mit dem Mund voller Melone, als hätte ich soeben gesagt, ich wäre mit Jane Fonda oder Bo Derek ausgegangen.

Mhm, sage ich möglichst lässig, um das Gespräch weg von potenziell gefährlichem Terrain wie Mozzo oder HCL zu lenken. Ich und Gary haben sie die Straße runter getroffen, und sie wollte bei einer Limo einfach ein bisschen quatschen.

Ich hab gehört, dass sie jetzt mit Declan Morrissey zusammen ist, sagt Susan, und schon katapultiert sie meine Geschichte mit ihrem Geplapper wieder zurück in den roten Bereich.

Das nette Ding?, sagt Mam, die nun ihrerseits auf der Stuhlkante sitzt. Was findet denn eine Schönheit wie sie an so einem Grobian? Er war gestern Abend doch nicht etwa dabei, oder?

Sie ist selber kein Unschuldslamm, mischt sich Claire zum Glück ein. Die glaubt, sie wär' was Besseres, eingebildete Kuh. Diese Mädchen von der Mhuire ni Bheatha sind alle gleich. Kleine irische Prinzessinnen.

Ich hab gehört, ihr Dad ist ein richtiger Provo, sagt Siobhan in dem Versuch, das Thema zu wechseln, und zupft sich den Kragen ihrer Bluse zurecht.

So ist es, fügt Dad hinzu, zweiter Kommentar des Tages. Wann immer er kann, ist er unten bei der britischen Botschaft, um mit seinen ganzen Provo-Kumpels wegen Bobby Sands zu protestieren.

Jason Davit sagt, er würde in Galway ein Sommercamp

leiten, sagt Susan, wo die Leute IRA-Schießübungen machen und alle lernen, wie man Bomben bastelt.

Jason Davit ist ein Hirni, sagt Fiona.

Fiona!, zischt Mam.

Ich meine ja nur, sagt Claire klugscheißerisch, Saidhbh Donohue ist jedenfalls nicht so eine kleine Prinzessin, wie alle glauben!

Unser Loverboy hier anscheinend schon, sagt Sarah, sie wittert meinen wunden Punkt und lächelt mich an.

Sie fangen gleichzeitig an zu singen, alle zusammen, über mich und Saidhbh hoch oben im Baum, k-ü-s-s-e-n-d. Ich wende ihnen den Rücken zu und schabe sämtliche Melonenbällchen ins Waschbecken, aber ich weiß genau, dass meine Ohren ganz genauso rot sind wie meine Backen und meine Gefühle für Saidhbh verraten.

Mam ist verwirrt und klingt ein wenig verletzt. Die ist doch zu alt für dich, mein Schatz!

Und eine Provo, sagt Sarah und kostet meine Qualen weiter aus.

Und falls es dich interessiert, platzt Claire heraus, offenbar hält sie es keine Sekunde länger aus, ich habe gehört, sie nimmt die Pille!

Was für eine Pille?, fragt Susan.

Pass auf, was du sagst!, schreit Dad Susan an, seinen kleinen Liebling, dessen Unterlippe augenblicklich zu zittern anfängt.

Sarah erzählt dir sicher gerne, was das für eine Pille ist, frotzelt Fiona.

Sarah bekommt Glupschaugen und funkelt Fiona an.

Mam kriegt die bösen Blicke mit und sieht völlig schockiert aus.

Dads Kopf ist wieder in seine Hände gewandert.

Ich habe das Gefühl, dass es keinen Sinn macht, auf einen besseren Zeitpunkt zu warten, um zu fragen, und da wir gerade beim Thema sind, sage ich, Saidhbh hat mich auf eine Party heute Abend bei den Donohues eingeladen, darf ich hin?

Es gibt einen Witz, den Dad oft erzählt, wenn er einen auf Scherzkeks macht und vor den Frauen seinen Schnurrbart glatt streicht. Darin geht es um die Queen, die in einem Krankenhaus in Dublin die Babystation besucht. In diesem speziellen Krankenhaus gibt es eine Station für Protestanten und eine für Katholiken. Zuerst sieht sich die Queen die Station für Katholiken an. Sie geht zu einer Frau, die mit ihrem Baby im Bett liegt, und sie sagt – an dieser Stelle legt Dad einen perfekten Schnöselakzent auf –: Ond wieveile Kindhör haben Sei zu Hausöh?

Die Frau im Bett sagt, dass sie zu Hause noch sechs andere hat, und die Queen, ganz und gar nicht schockiert, sagt: Gutöh katholischöh Familiöh.

Dann kommt die Queen zur Station für die Protestanten. Wieder geht sie zu einer Frau, die mit ihrem Baby im Bett liegt und die *Irish Times* liest, und fragt: Ond wieveile Kindhör haben Sei zu Hausöh?

Die Protestantin sagt, dass zu Hause noch drei Kinder auf sie warten, darauf die Queen: Sexgeile Schlampe!

Dann brechen alle in Gelächter aus, vor allem Dad, der glaubt, das ist der lustigste Witz der Welt, und wenn er ihn erzählt, und die Connells sind auch dabei, bei einer Party zum Beispiel, dann tut er so, als ob Maura Connell und Mam das Ganze tatsächlich passiert wäre, weil sie Protestanten sind und wir Katholiken. Und auf dem Höhepunkt sagt er, Sexgeile Schlampe, sexgeile Schlampe! Wie gefällt dir das, Maura, sexgeile Schlampe?! Für gewöhnlich sagt Maura Connell ihm dann, er soll sich vom Acker machen und dass er ein unmöglicher Mann ist. Mam ist das Ganze immer furchtbar peinlich, weil sie sowieso keine Witze über Katholiken und Protestanten mag und vor allem nicht jetzt, mit den ganzen Anschlägen und so.

Mam sagt, sie werden drüber nachdenken, und alle spielen verrückt. Susan kann nicht glauben, dass ich an einem Sonntagabend ausgehen darf, obwohl ich jünger bin als sie, und dann auch noch am letzten Abend vor Schulanfang und alles. Claire meldet sich und verlangt, Brenda Joyce einladen zu dürfen, wenn ich auf eine Party gehen darf. Sarah grummelt, dass Saidhbh eine Schlampe ist, und Fiona keift zurück, dass es eine Dolly braucht, um eine andere zu erkennen, womit sie auf Dolly Parton anspielt, und zu guter Letzt sagt Siobhan auch noch Provo-Schlampe. Selbst Dad gibt seinen Senf dazu, irgendwas über nach Alkohol stinken und dass ich noch vor meiner Zeit Alkoholiker werde, als ob es dafür ein angemessenes Alter gäbe.

Wenn die Lehrer in meiner Schule hören, dass ich fünf Schwestern habe, die alle älter sind als ich, dann sagen sie, dass ich als einziger Sohn sicher sehr verwöhnt bin. Immer im Mittelpunkt. Ihr Augapfel. Herr im Haus. Der kleine Lord. Ich werfe einen Blick in die Runde am Tisch, all die wütenden Mädchengesichter, die nach mir schnappen wie die hungrigen Krokodile in *Leben und sterben lassen* und denke: Vergiss es.

Mam hat jetzt die Schnauze voll von unseren Streitereien und dass alle rummaulen, weil ich zu Saidhbh Donohues Party gehen will. Sie hat nicht den ganzen Tag am Herd geschuftet, um sich den Sonntagsbraten von einer Horde geifernder Gören verderben zu lassen.

Die Melonenbällchen waren lecker, findest du nicht auch, Matt?, fragt sie und stellt sich fest entschlossen der Mission, Dad aus seiner täglichen Absackphase nach dem Zeitunglesen zu reißen. Mit Verlaub.

Sie weiß genau, wenn sie den Anfang macht, stehen die Chancen gut, dass der Rest von uns mitzieht.

Dad sagt: Lecker, und guckt runter auf seinen leeren Teller.

Matt!, sagt Mam streng: Ein wenig Blickkontakt hat noch niemandem geschadet!

Dad hebt den Kopf und sagt: Leckere Melonenbällchen, Devida.

Sie lächelt ihn an, ganz breit, richtig strahlend, sie gibt ihr Bestes, um ihn wieder zum Leben zu erwecken. Er bemerkt es und antwortet mit einem höflichen Halblächeln.

Sie stürzt sich darauf.

Guckt euch das an, Mädchen! Die Bestie lächelt! Hach, das war eine gute Entscheidung, eine solche Grinsekatze zu heiraten. Preiset den Herrn, ich Glückspilz, was ich für einen fröhlichen Mann geheiratet habe!

Jetzt spielt sie mit dem Feuer, und wir alle wissen es. Als würde sie mit Nitroglyzerin rumhantieren. Weil, es kann sein, dass sie damit die glorreiche Scherzkeks-Hochstimmung aus ihm herauskitzelt, oder aber sie bringt das Fass zum Überlaufen, und dann stürmt er raus und runter ins The Downs, oder er fährt weg und kommt erst spät in der Nacht zurück, wenn wir alle schon im Bett liegen, hellwach.

Doch diesmal geht die Rechnung auf.

Ach, und mit dir habe ich den hellen Sonnenschein bekommen?!, sagt er, und ein diabolisches Grinsen breitet sich auf seinem Gesicht aus. Das flotteste Flittchen aller Zeiten!

Oh, Matt, du bist unmöglich!, sagt Mam, Mission erfüllt, sie steht auf, geht rüber zum Ofen und zieht ein fröhlich vor sich hin spritzendes Hühnchen von der Größe eines Elefanten heraus.

Ich weiß nicht, wovon du redest, sagt sie, sie macht einfach weiter wie in einem Sketch.

Was ist ein Flittchen?, fragt Susan, obwohl sie weiß, was das ist, weil Fiona Sarah andauernd so nennt.

Ob ich ihnen von dem Klopfen erzählen soll?, sagt Dad zu Mam, doch er zwinkert uns zu, während das Hühnchen vor ihm auf dem Tisch landet, ein Küchenmesser und eine große Gabel stecken in seiner Brust.

Ach, protestiert Mam, verschon uns mit deinem Klopfen.

Ja, das Klopfen, sagt Siobhan, erzähl uns von dem Klopfen!

Das war, als eure Mam in Ballaghaderreen irgendwelche Typen mit nach Hause gebracht hat, sagt Dad wie ein Märchenonkel. Wenn es zu spät abends war, durfte sie sie nicht mit reinnehmen, weil niemand mehr wach war, um nach dem Rechten zu sehen. Bei diesen Worten zwinkert er uns wieder zu.

Eure Mam plauderte also draußen vor der Haustür mit ihren Typen, direkt unter dem Schlafzimmer ihres Vaters. Und wenn die Plauderei plötzlich aufhörte, was bedeutete, dass es zwischen eurer Mam und dem Kerl etwas harmonischer lief, als für sie beide gut gewesen wäre, dann klopfte ihr Vater ein paar Mal ordentlich fest gegen die Fensterscheibe, um das Gespräch wieder in Gang zu bringen. Seht ihr, ein richtiges kleines Bauernflittchen, sagt er, und sein Gesicht strahlt. Ein Flittchen!

Das waren noch unschuldigere Zeiten, sagt Mam und stellt Rosenkohl, Pastinaken und Kartoffeln auf den Tisch, während wir uns alle vorstellen, wie sie unter Opas Fenster angegrabscht wird wie Sarah gestern Abend im Blinkers.

Wo wir gerade beim Thema sind, sagt Dad, offenbar noch immer im Scherzkeksmodus verschießt er sein gesamtes Pulver, während er an dem Elefantenhühnchen vor sich herumsäbelt: Kennt ihr den mit der Frau, die im Bus ihr Kind stillt?

Ach Matt, der ist so alt, der hat schon einen Bart!

Dad hört nicht auf sie und erzählt weiter. Das Baby schreit, dass es keine Milch mehr von seiner Mami will, und die Frau sagt: Ach, sei ruhig, oder ich geb sie dem Busfahrer!

Mam und Dad lachen sich beide tot darüber. Es ist nicht so, als wäre das der beste Witz aller Zeiten, eher so, als käme er aus ihrer Jugend, aus der Zeit, als sie angefangen haben, miteinander auszugehen, und deshalb mögen sie ihn.

Kennt ihr den mit der Nonne im Gemüseladen?, sagt Mam und verteilt acht Portionen der drei verschiedenen Gemüse auf unseren Tellern. Geht eine Nonne in einen Gemüseladen und bestellt eine Gurke. Sagt der Verkäufer: Nehmen Sie doch zwei, dann können Sie eine essen!

Darüber johlen sie beide vor Lachen, und obwohl Sarah verschämt eine sehr große Pastinake entzweischneidet, ist ihr Lachen ansteckend. Ich sehe, wie Fionas Schultern neben mir zu beben anfangen. Ich höre sie kichern, und plötzlich kichere ich mit. Es reicht, Mam und Dad mit roten Köpfen johlen zu sehen, und schon geht es los.

Oder den mit dem jungen Kerl mit den Abdrücken im Gesicht!, sagt Dad.

Wieder prusten sie vor Lachen, und jetzt muss Dad sogar mit dem Schneiden aufhören. Sein Lachschnodder tropft fast auf das Hühnchen drauf, und er kann nicht weitererzählen. Claire, Susan und Siobhan kichern wie verrückt, und selbst Sarah lächelt mittlerweile.

Ihr beide habt sie einfach nicht mehr alle, murmelt sie und verdreht die Augen.

Der Arzt fragt ihn, was mit seinem Gesicht passiert ist, und er sagt: Das kommt vom Milchtrinken!

Dad lacht wie verrückt und erzählt den Witz völlig falsch, aber er versucht, das Beste draus zu machen.

Was soll das heißen, vom Milchtrinken?, fragt der Arzt.

Na ja, in der großen Pause bekomme ich eine Portion Milch von meiner Mami, die steht hinterm Lattenzaun!

Wieder lacht Dad, und diesmal erklärt er mit winzigen Tränen im Augenwinkel, Sie hat ihn gestillt! Und die Abdrücke sind von dem Zaun, an den er sich lehnt, um ordentlich was abzubekommen!

Sie lachen und lachen, über den Witz und die alten Zeiten. Jetzt bringt sich Sarah mit einem neuen Gag ein. Mit beiden Händen zieht sie ihre Gesichtshaut an den Backen nach hinten und sagt: Mama, Mama, die Zöpfe sind zu eng!

Claire tut so, als wäre sie ein Dad, und sagt, Mein Sohn, was ist das für ein grüner Streifen in deinen Haaren? Und dann tut sie so, als wäre sie der Sohn, und sagt: Weiß nicht, während sie sich mit der Hand bis oben über den Kopf die Nase abwischt, als würde sie sich unabsichtlich eine Ladung Rotze in die Haare schmieren.

Mam hat ganze Arbeit geleistet. Und für einen Moment, genau hier am Tisch, über Hühnchen, Gemüse und eimerweise Sauce gebeugt, lachen wir alle gleichzeitig. Aber wir lachen nicht, weil die Witze lustig sind. Wir lachen, weil wir lachen.

Und wenn ich Benny Hills magische Fernbedienung in die Finger bekäme, würde ich jetzt auf Pause drücken und uns alle für immer anhalten, wie wir jetzt sind, zusammen am Tisch, wie wir uns vor Lachen schütteln und glücklich sind, hier zu sein, und einander stille, aber monumental liebevolle Blicke zuwerfen.

Und dann würde ich sie zerschmettern.

Für den Rest der Mahlzeit ist alles Friede, Freude, Eierkuchen, und Mam ist so glücklich darüber, dass sie Sarah sogar erlaubt, im Hintergrund ELO laufen zu lassen. Beim Hauptgang wird viel geplaudert. Über Pat Shines neue hautenge Hose, die seine Chancen, jemals Babys zu zeugen, zunichtemacht. Darüber, dass der Name der Stadt Navan ein Palindrom ist, was bedeutet, dass man ihn vorwärts und rückwärts lesen kann. Und über das Leben und Sterben von Fürstin Gracia Patricia. Die Pavlova zum Nachtisch kommt und geht, während von Mam und Dads sonnenverbrannter Hochzeitsreise erzählt wird, von Claires Zwischenprüfung, Brenda Joyces Garten und davon, dass Lehrer wie Taighdhg Donohue alle Weicheier sind, die andauernd Ferien haben und richtig gut bezahlt werden und sich trotzdem nur darüber beschweren, wie schwer sie schuften müssen.

Am Ende sind alle glücklich und zufrieden, und da ich das Gefühl habe, dass mittlerweile definitiv alles in Butter ist, lehne ich mich rüber zu Mam und frage todernst: Darf ich auf die Party? Nur kurz?

Fiona zwinkert Mam zu und sagt: Komm schon Mam, das ist seine letzte Chance, seine Liebste wiederzusehen, bevor die Schule sie für immer voneinander trennt.

Halt die Klappe, sage ich und zwicke sie in den Arm.

Ich sehe über den Tisch mit den leeren Pavlova-Schüsselchen und sehe, wie Sarah in die Hintertasche ihres Minis greift und zwanzig Rothmans rauszieht. Sie reicht Siobhan eine, bietet sie Dad an, der annimmt, und gemeinsam stecken sie sie an und qualmen los, wie drei Nebelmaschinen in einer Zimmerecke.

Mam streichelt mir über den Kopf und sagt: Also gut, Loverboy, du darfst.

Ich lehne mich in meinem Stuhl zurück und versuche, nicht

rot vor Aufregung zu werden. Ich lasse die Schultern sinken, atme die heiße Küchenluft tief ein und unterdrücke den wohligen Husten von dem dicken Zigarettenqualm, der durch den Raum zirkuliert.

Mam bekommt Saidhbhs Nummer von Fiona und ruft bei Mr. Donohue an, um sicherzugehen, dass das alles seine Richtigkeit hat. Ich schäme mich zu Tode, aber es ist die Sache wert. Ich höre, wie Mam am Anfang ganz höflich ist und sagt, sie hat gehört, dass er eine Party veranstaltet, und ich mir einbilde, dass ich eingeladen bin. Dann kichert sie ein wenig, als würde sie einen Insiderwitz mit Mr. Donohue teilen, dann sagt sie, Natürlich, dann werde ich den kleinen Mann mal zu euch rüberschicken. Gemeint bin ich. Sie kichert noch ein bisschen weiter und sagt, Das ist wirklich reizend, aber sie kann wirklich nicht, sie hat zu viele Schuluniformen zu bügeln und Sandwiches vorzubereiten. Mr. Donohue hat sie ganz offensichtlich auch eingeladen, aber sie hat Nein gesagt. Ein Glück.

Sie legt den Hörer auf, und ich springe aus meinem Lauschposten oben auf der Treppe und sage: Und?

Um sieben ist Anpfiff, sagt sie, bevor sie mit einem Zwinkern hinzufügt: Cidona muss jeder selbst mitbringen.

Normalerweise bin ich nicht so wählerisch, was Klamotten angeht, aber auf dieser Party will ich sie alle umhauen. Ich will reinkommen wie ein Cowboy, der durch die Schwingtür den verrauchten Saloon betritt, und alle hören auf zu reden und Klavier zu spielen und gucken mich an und schweigen gebannt. Und so setze ich mich nach der Dusche mit Fiona zusammen, im Kassettenrekorder läuft Olivia Newton-John, und wir beratschlagen, was ich tragen soll.

Sämtliche Klamotten, die ich besitze, liegen ausgebreitet auf dem Bett. Ich habe ein gutes Gefühl dabei, mein Outfit mit Fiona auszusuchen, weil sie Saidhbhs Geschmack kennt und mir von daher besser als jeder andere sagen kann, was ich anziehen soll. Zwar sage ich nicht extra: Würde ich Saidhbh darin gefallen? Aber Fiona hat schon verstanden.

Ich habe vier Hosen, wenn man die alten nicht mitrechnet, die mir nicht mehr passen. Zwei Paar Bluejeans, eine Anzughose für die Kirche und zur Schule und eine graue Jeans mit schwarzem Fischgrätmuster, die ich am Ostersonntag und zu Fionas Barbecue zum siebzehnten Geburtstag getragen habe. Ich hatte auch eine weiße Jeans, aber Mam hat mich gezwungen, mir bei Penny's das Geld zurückerstatten zu lassen, weil sie zu eng war. Ich hab ihr gesagt, dass das eine Röhrenhose ist und sie so eng sein muss, aber als ich sie anhatte und runter in die Küche gekommen bin, ist Dad ausgerastet und hätte mich beinahe umgebracht. Er sprang aus seinem Stuhl und sagte mir, ich soll sie auf der Stelle ausziehen. Ich sagte Nein und Drauf geschissen und stürmte halb am Weinen aus dem Zimmer. Er jagte mich mit dem Bambusstock in der Hand nach oben, verpasste mir drei Schläge auf den Arsch, packte mich am Bund und riss mir die Hose förmlich runter, wobei er sagte, dass niemand seinen Sohn wie einen Idioten mit angesprühter Hose durch The Rise spazieren sehen wird.

Danach heulte ich mir stundenlang die Augen aus und wollte nicht runterkommen. Als ich Fiona davon erzählte, sagte sie mir, dass Dad eifersüchtig ist und einfach nur will, dass ich wie ein Langweiler rumlaufe, weil er früher auch einer gewesen ist.

Olivia Newton-John singt: »Let's get physical, physical, I wanna get physical«, und ich und Fiona sind uns darin einig, dass ich die mit dem Fischgrätmuster tragen sollte. Die hat

Stil. Ich habe schon entschieden, dass ich meine schwarzen Stoffschuhe mit den grauen Socken anziehen werde, die zur Hose passen, sodass nur noch das Hemd geklärt werden muss. Ich durchwühle meine Hemden – sieben Stück, drei mit Blümchen, ein ganz gelbes, eins rosa, eins blau und ein weißes für die Schule –, als Fiona sagt, sie hätte genau das Richtige für mich. Sie greift in ihren Kleiderschrank und zieht ihr graues Opahemd heraus. Sie sagt, dass es Zeit wird, dass ich es trage und sie es sowieso nicht mehr sehen kann. Damit bricht sie die gängigen Gesetze der Vererbungslehre innerhalb der Familie. Denn traditionellerweise sollte Fiona es zuerst Claire anbieten, dann Susan und erst dann, falls beide abgelehnt haben, kann sie es mir anbieten.

Fiona sagt, dass Claire und Susan schon genug eigene Klamotten haben und nicht auch noch dieses Hemd brauchen. Und außerdem, sagt sie, haben die beiden heute Abend kein heißes Date.

Fiona dreht sich um, und ich lasse das Handtuch fallen und ziehe mich an. Ich stehe vor dem Spiegel und bin ein Traum in Grau.

Umwerfend, sagt Fiona und umarmt mich. Da ist er, der Herzensbrecher!

Sie lässt mich ihr Haarspray benutzen, um meine braunen, widerborstigen Haare zu plätten, und als ich mich nochmals ansehe, bin ich zufrieden. Meine Beine sind zu dünn, die Hose ist etwas zu kurz, und Fionas Hemd ist viel zu groß und schlackert mir um den Bauch, obwohl ich es schon meterweise in die Hose gestopft habe, sodass es ein bisschen so aussieht, als würde ich eine Windel tragen. Trotzdem ist der Gesamteindruck gar nicht übel, und die platt gesprühten Haare sind das Sahnehäubchen.

Saidhbh, Saidhbh, Saidhbh.

7

Was man vor einer Party wissen muss

Es gibt zwei verschiedene Arten von Liedern: Sauflieder und Widerstandslieder. Auf den meisten Partys, wenn Musik aufgelegt wird und der Alkohol sein Übriges tut, fangen alle an, Sauflieder zu singen. Sie handeln davon, in eine Kneipe einzukehren und einen Drink aufs Haus zu bekommen und wie üblich Spaß zu haben und sich zu besaufen. Es sind schnelle Lieder, und man kann mitklatschen und ordentlich auf den Boden stampfen. Bei Mams und Dads Partys werden ausschließlich Sauflieder gesungen. Das gilt auch für Maura Connell, Maisie O'Mally und die meisten anderen Erwachsenen in unserer Straße. Aber dann und wann hört man von Partys, wo Widerstandslieder gesungen wurden. In denen geht es darum, Ire zu sein und gegen die Engländer zu kämpfen und niemals aufzugeben. Mam und Dad waren mal auf einer Party, wo alle angefangen haben, Widerstandslieder zu singen. Mam schickte Dad nach ihren Mänteln, und dann gingen sie angewidert nach Hause.

Nicht, weil Mam und Dad nicht gerne Iren sind, sondern weil Mam sagt, dass man singen kann und dass man töten kann und dass das immer noch zwei völlig verschiedene Angelegenheiten sind. Ihr Vater war in der IRA, bevor es darin

Leute gab, die Burger-Läden in die Luft jagten, also weiß sie, wovon sie spricht.

Wenn du auf einer Party bist, und jemand fängt an, Widerstandslieder zu singen, dann ist das so, als würde er anfangen, vor deinen Augen zu kiffen.

Dann hast du die Wahl: hopp oder top.

8

Party Time

Bei den Donohues ist es schon rappelvoll, als ich ankomme. Saidhbhs Bruder Eaghdheanaghdh (sprich: Ey-Änna) öffnet in einem Billy-Idol-Shirt die Tür und grunzt mich an. Er sagt nichts zu meinem Outfit, weil von ihm aus könnte ich wahrscheinlich die ganze Woche lang in diesem Traum-in-Grau-Look rumlaufen. Stattdessen greift er sich die Limoflasche in meiner Hand und schickt mich direkt rein, mitten in den schönsten Trubel.

Der Flur der Donohues ist winzig, und die Wohnzimmertür steht sperrangelweit offen, sodass man quasi schon mitten im Haus steht, wenn man nur zur Tür reinkommt.

Das Wohnzimmer quillt förmlich über vor Männern und Frauen, die rumstehen, diskutieren, plaudern und Witze machen. Die Luft ist völlig verqualmt und schmeckt nach Alkohol. James Last und sein Orchester schmettern lautstark aus der Stereoanlage. Taighdhg Donohue hat sich den Bart gestutzt und trägt einen neuen braunen Pullover. Er hat den Chefplatz in der Mitte des Zimmers und ist ganz in eine Diskussion mit einem anderen bärtigen Kerl vertieft, der sich konzentriert über die Backe kratzt.

Und ob, verdammt noch mal, ich gehe damit vors Dáil, sagt

der Kerl. Das sind alles scheiß Wichtigtuer, jeder Einzelne von denen!

Taighdhg nickt und kratzt sich auch den Bart, während er gleichzeitig mit einem Auge den Raum im Blick behält und Leuten auf die Schulter klopft und Hände schüttelt und schnell ein paar Worte mit verschiedensten Leuten wechselt, die sich auf dem Weg zum Alkohol in der Küche an ihm vorbeiquetschen.

So isses, Taighdhg! Jawoll, Mick! Die Cats lagen heute in Führung, was? Will ich denen auch geraten haben, verdammt! Taighdhg, wie geht's, wie steht's? Alles senkrecht, Dick!

Taighdhgs Frau Sinead steht in der Küchentür, verteilt Drinks und trägt ein sackartiges, rosa glitzerndes Kleid mit Riesenausschnitt, das ihre labbrigen, ledrigen Hängetitten betont.

Na los, du, runter damit, das wärmt dich auf, das haut dir 'ne Luke in den Bart, ex und hopp, jawoll du Schlawiner, trainier noch mal schön den Ellenbogen am letzten Ferientag.

Mam nennt Sinead Donohue eine alte Oma im Strampelanzug. Sie nennt sie so, seitdem sie einmal mit frisch gefärbten Haaren, dickem Make-up, Skihose und einer großen Tasche Alk, die ihr um die Knöchel klimperte, verspätet zur Mitternachtsandacht kam. Mam kennt Sinead vom Sehen und wechselt vielleicht mal auf der Straße ein Wort mit ihr, aber Freundinnen sind sie nicht. Im wahren Leben ist Sinead Fremdenführerin in Dublin, was bedeutet, dass sie tagein, tagaus mit einer Horde Ausländer am Trinity College rumlatscht, damit sie das Buch von Kells bewundern und sich anhören können, dass Irland das tollste Land der Welt ist und dass damals, als in Europa wegen der Pest alle total am Arsch waren und sich gegenseitig die Köpfe abgebissen haben, wir hier in Irland so meinten: Ach, entschuldige, Liebes, ich kann noch nicht ins Bett kommen, ich muss erst noch dieses wundervolle Evangelienmanuskript fertig illustrieren. Oder sie karrt sie zum Kilmainham-Gefängnis und zeigt ihnen den genauen Ort, an dem die Briten den armen alten Widerstandshelden James Connolly auf einem Stuhl festbinden mussten, um ihn zu erschießen, weil er wegen seiner Verwundungen aus den glorreichen Osterschlachten 1916 schon fast auseinanderfiel und weil die Briten unmenschliche scheiß Bastarde sind. Und wenn an dem Tag zufällig irgendwelche englischen Touristen in ihrer Gruppe sind, dann macht sie einen riesigen Scherz draus und sagt, Die hier Anwesenden mal ausgeschlossen!

Dass sie Fremdenführerin ist, bedeutet, dass Sinead einen gewissen Berühmtheitsgrad hat und ziemlich eingebildet ist, worüber sich die anderen Mams ohne Ende aufregen.

Sinead verteilt freimütig Dosenbier und knutscht jeden ab, der zur Tür reinkommt. Sie sieht so aus, als hätte sie selbst schon ein paar Dosen intus, denn ihr Blick ist leer, und andauernd lächelt sie grundlos vor sich hin. Direkt vor ihrer Nase, unter einem riesigen, besonders auffällig platzierten Gemälde mit Bergen und Schafen drauf, lehnt Vater O'Culigeen, noch immer in seinem schwarzen Priesteroutfit, nur ohne seine Simon-Templar-Handschuhe, die Haare akkurater denn je zurückgegelt. Mit seinem winzigen, verkniffenen Mund nippt er Orangensaft aus einem kleinen Glas. Mit dem Oberkörper schaukelt er vor und zurück, als wäre seine Hüfte eine Wippe, und redet mit Kent Fosters Mam Joy.

Tja, ich habe gelesen, dass er seine ganzen Stunts selber macht, sagt der Klugscheißer zu ihr, todernst, Und das glaube ich glatt. Sie nennen ihn den härtesten Mann in Hollywood!

Die einzigen Leute, die ich in der Menge noch wiedererkenne, sind Mozzos Mam Janet, die Taighdhg von einem Irischkurs für Erwachsene an der Coláiste Mhuire ni Bheatha kennt, und Barry O'Driscoll, Vater von Liam O'Driscoll aus The Villas. Liam geht mit mir zur Schule und wird jeden Tag hin- und zurückgefahren, sogar zum Mittagessen. Der Rest der Welt inklusive seiner Frau glaubt, dass Barry seinen Sohn verhätschelt. Man könnte meinen, der Junge sei aus Glas, sagen sie. Der wird schon nicht kaputtgehen. Aber laut der Version Der Mütter beim Kaffeefrühstück ist Liams jüngerer Bruder Garrett als Kind ertrunken, und Barry ist nie darüber hinweggekommen und fürchtet ständig, Liam könnte auch etwas Furchtbares zustoßen.

Master Jim Finnegan!, brüllt Taighdhg, sodass alle für eine Sekunde innehalten. Komm rüber zu mir und lass mich deine Hand schütteln!

Einige der Erwachsenen rücken zur Seite und lassen mich durch. Taighdhg zerquetscht mir die Hand, packt mich an den Schultern, drückt zu und sagt, ich würde einen guten Fußballer abgeben, und dass Saidhbh und Mozzo drinnen sind und mit dem Essen helfen. Ich sage, Danke, Mr. Donohue, und bahne mir einen Weg in Richtung Küchentür, wo Sinead Donohue noch immer auf ihrem Posten steht und alles, was in Reichweite ist, abknutscht, während sie in der einen Hand eine Schüssel KP-Erdnüsse hält und in der anderen eine Dose Harp. Sie sieht mich sofort und bückt sich runter auf meine Höhe, um mir mit ihrem großen, feuchten Lippenstiftmund einen hastigen, schlabbrigen Kuss aufs Auge zu drücken.

Lass ihn um Himmels willen in Ruhe, Mam, tönt eine Stimme aus der Küche, Du traumatisierst den armen Kerl doch!

Ich werfe einen Blick hinter Mrs. Donohues glitzernden Körper und sehe Saidhbh, die am Waschbecken lehnt, sie trägt einen schwarzen Mini und eine weite weiße Bluse, deren oberster Knopf geöffnet ist, und um ihren Hals trägt sie eine Silberkette mit einem winzigen Jesus am Kreuz dran. Ihre Haare hat sie in einem Pferdeschwanz zurückgebunden, und ihre dunklen Augen sind so schön wie eh und je.

Sieh mal einer an, sagt sie, mustert mich einmal von oben bis unten, ein richtiger Ganove!

Innen drin bin ich hibbelig und aufgeregt, weil die Traum-in-Grau-Rechnung aufgegangen ist.

Also, sage ich, total lässig, was geht ab?

Ich warte nur auf die Pasteten, sagt Saidhbh und deutet auf den Ofen und dann auf einen riesigen Berg Cocktailwürstchen in der Schüssel, die vor ihr steht und darauf wartet, zu den Partygästen gebracht zu werden.

Cool, antworte ich.

Saidhbh sieht rüber zu ihrer weggedrehten Mam, greift hinter die Würstchenschüssel, zieht eine Dose Harp hervor, hält sie mir hin und fragt: Willst du?

Ich kann nicht, flüstere ich, wegen meinem Atem! Dad testet ihn später!

Verstehe, nickt sie und bietet mir stattdessen ein Glas Crazy-Prices-Limonade an.

Ich nehme einen Schluck, mache Ahhhh wie immer und starre schließlich geradeaus und versuche, ab und an einen heimlichen Blick auf Saidhbh zu werfen.

Sie sagt nichts, aber wenn ich sie ansehe, sehe ich, dass sie lächelt.

Sie bricht das Schweigen mit: Würstchen?, wobei sie den riesigen Würstchenhaufen in meine Richtung schiebt.

Danke, sage ich, schnappe mir eins von den auf Zahnstocher gespießten Würstchen und nehme einen Bissen.

Lecker, sage ich nach ein bisschen Kauen.

Die sind von Tom, dem Metzger, sagt Saidhbh.

Wusstest du, dass der Julie Kennedy heiratet?

Ja, sagt sie.

Schon komisch, sage ich.

Die Hintertür geht auf, und Mozzo kommt in einem langen schwarzen Hemd, schwarzer Armeehose und schwarzen Docs aus der Garage, fummelt sich am Kuhstall herum und gibt ein Geräusch von sich, das seine Zufriedenheit ausdrücken soll.

Was 'ne Fontäne!, sagt er laut, laut genug, dass Mrs. Donohue ihn hört. Und treffsicher!

Oh Moz, du bist so ein Spaßvogel, sagt sie, als wäre das Wort »Fontäne« das witzigste der Welt.

Ich tue mein Bestes, sagt er in ihre Richtung, bevor er abrupt stehen bleibt, als er mich sieht, wie ich ein Cocktailwürstchen in der Hand halte und mit Saidhbh rede. Er erstarrt und sperrt den Mund weit auf, bestimmt zehn Sekunden lang, wie bei Abbot und Costello, wenn sie einen Geist sehen. Dann sagt er: Und als wer gehst du?!, und lacht sich über seinen eigenen Witz kaputt, kommt rüber und boxt mir gegen die Schulter.

Cool, dass du da bist, Finno, astreine Party, was?

Er wartet meine Antwort nicht ab, sondern greift rüber zu dem Turm Harp-Dosen hinter Mrs. Donohue, nimmt sich in aller Seelenruhe eine Dose und drückt sie auf, sodass sie es auch schön hört. Sie dreht sich um, wirft ihm einen Spaßvogelblick zu und widmet sich dann wieder dem Abknutschen der Gäste.

Mozzo löst sich von Saidhbh, sein Arm liegt aber immer noch schwer auf ihren Schultern.

Und wie geht's meinem kleinen Schmuddelkind?, sagt er, schmiegt sich an sie, zwinkert mir zu und macht Leckbewegungen mit seiner Zunge.

Dein Schmuddelkind unterhält sich mit unserem Gast, antwortet Saidhbh starr wie ein Stück Holz und stößt ihn mit dem Ellenbogen von sich weg.

Aha, verstehe, sagt Mozzo, steht stramm und wirft mir einen säuerlichen Blick zu. Tja, haben wir »unserem Gast« schon erzählt, dass ich und die Jungs gestern Abend niemand Geringeren als eine der beiden Biker-Schwuchteln in die Hände bekommen haben? Und weiß »unser Gast« schon, dass wir ihm ordentlich eins auf die Mütze gegeben haben?

Saidhbh richtet den Blick gen Himmel und schüttelt dabei den Kopf.

Du bist so ein Arsch, Declan, sagt sie und stürmt aus der Küche.

Hat ihre Tage, sagt er, als er sich mir zuwendet und einen ordentlichen Schluck aus seiner Dose nimmt.

Wie habt ihr ihn geschnappt?, frage ich.

Wen?

Die Schwuchtel.

Überraschungsangriff!, sagt Mozzo und boxt mir zum Spaß in die Eier, sanft genug, um als Witz durchzugehen, aber fest genug, dass ich mich vor Schmerzen krümme.

Taighdhg und seine ganzen Lehrerkumpels von der Coláiste Mhuire ni Bheatha haben sich zusammengetan und versuchen, ein Quiz in Gang zu bringen, aber Sinead will davon nichts wissen.

Fragt meinen Arsch!, sagt sie fest entschlossen, und alle außer Vater O'Culigeen johlen vor Lachen über ihre Unverfrorenheit. Einer der jüngeren Lehrer kniet sich hin, tut so, als wäre seine Harp-Dose ein Mikrofon, und fängt an, Sineads Hintern Quizfragen zu stellen.

Nun, Mrs. Donohues Arsch, verraten Sie mir, wie geht es Ihnen da unten?, sagt er.

Wieder johlen alle, denn das ist jetzt echt unverschämt. O'Culigeen ist kreidebleich und wendet sich wieder Joy

Foster zu, um ihr noch ein bisschen mehr von Burt Reynolds zu erzählen.

Taighdhg tut so, als hätte er den bösen Witz nicht mitbekommen, geht rüber zu O'Culigeen und versucht, ihn zu überreden, den Quizmaster zu spielen.

Kommen Sie, Vater, sagt er, Sie sind der beste Mann für den Job. Und wenn Sie mögen, können wir Sie sogar Bunny nennen!

Taighdhg meint damit Bunny Carr, den Moderator der beliebtesten Quizshow, *Quicksilver,* dessen Frau an Polio erkrankt ist und in einer riesigen eisernen Lunge steckt wie ein kriminelles Genie. Mam nennt Bunny Carr einen großen Mann. Die Geduld eines Engels, sagt sie, mit so einer armen Frau. Da kann man noch so erfolgreich sein, was hat man davon? *Denn ihr wisst weder den Tag noch die Stunde!*

Jau, sagt Janet Morrissey, Licht anlassen, Vater!

Auch hierüber johlen alle, denn das sagen die Kandidaten bei *Quicksilver,* wenn sie einmal aussetzen wollen.

O'Culigeen leckt sich Speichelreste aus seinen kaputten Mundwinkeln und sagt, dass er rein theoretisch nichts lieber täte, als den Quizmaster zu spielen. Dann druckst er herum und versucht, höflich zu sein, doch er kann sehen, dass Sinead Eaghdheanaghdhs Gitarre in den Händen hält und damit vor Barry O'Driscoll herumfuchtelt, der angeblich ein Gitarrengott ist, also sagt er, dass er es sich mit der Dame des Hauses nicht verscherzen möchte.

Der Wunsch der Ladys ist mir immer Befehl, sagt er und klingt wie einer dieser Idiotenschnösel aus dem Fernsehen. Und außerdem redet er totalen Müll, denn man sieht genau, wie geil er darauf ist, Quizmaster zu sein und alle glauben zu lassen, dass er allwissend und superwichtig ist.

Hört auf den Vater!, bellt Sinead, bevor sie Barry O'Driscoll anrempelt: Los jetzt, Barry, wir sind ganz Ohr! Spiel schon!

Barry fummelt an der Gitarre rum, tut jedoch nichts. Er merkt genau, dass Taighdhg immer noch total heiß auf ein Quiz ist und dass sich das Ganze zu einer großen Sache zwischen ihm und Sinead entwickelt. Taighdhg und Sinead merken das auch und beschließen, allen klarzumachen, dass das alles nur Spaß ist, indem sie anfangen, sich mit Pastetendeckeln zu bewerfen, während Taighdhgs Gang aus vollem Halse ruft: Quiz, Quiz, Quiz. Ich, ein Traum in Grau mit einem Glas Limonade, sitze neben Eaghdheanaghdh auf dem Sofa, der so mürrisch ist, dass er praktisch stumm ist, und sehe dabei zu, wie sich alle um Kopf und Kragen reden, was besser ist: Singen oder ein Quiz. Mozzo kippt sich in der Küche immer noch Harp hinter die Binde, und Saidhbh ist nicht wieder aufgetaucht, seitdem sie ihn einen Arsch genannt hat.

Weil Taighdhg und seine Gang Lehrer sind, stehen sie total auf Quizfragen. Sie lieben es, in jeder Runde die Antwort zu jeder einzelnen Frage zu kennen und einander zuzunicken und sich auf den Rücken zu klopfen und selbstzufrieden zu lächeln, wenn sie sich an die Namen der beiden Sängerinnen von Brotherhood of Man erinnern oder wissen, was Bagatelle heißt oder die Hauptstadt von diesem einen Land in Afrika oder das Jahr, in dem dieser junge Typ sich für Irland hat foltern lassen. Mam sagt, das kommt daher, weil es ihr Job ist, solche Sachen zu wissen. Das ist so, als würde man Dad sagen, er soll sich in aller Öffentlichkeit hinstellen und den Leuten etwas über Büromöbel erzählen, und dann würde er für seine Mühen auch noch eine Flasche Whiskey geschenkt bekommen. Er würde es lieben. Und er würde sie alle bezirzen und obendrein wahrscheinlich noch ein paar Bücherregale aus Honigahorn verkaufen. Sinead Donohue allerdings, die meistens im Fremdenführermodus ist, auch wenn sie gar keine Fremden führt, will einfach nur, dass alle den ganzen Abend lang singen und klatschen und klopfen und stampfen, und dann mit heiseren Stimmen nach Hause gehen und hinterher sagen, was für eine großartige, altmodische Party das gestern Abend bei den Donohues war. Genau wie in der guten alten Zeit auf dem Land, wenn Red Rocks Farrell und Clops Connelly dir um vier Uhr morgens mit »Danny Boy« die Tränen in die Augen getrieben haben.

Dank Vater O'Culigeens tatkräftiger Einmischerei wird am Ende ein Kompromiss erreicht. Taighdhg und seine Crew dürfen eine Blitzrunde Quizfragen organisieren. Währenddessen soll Barry O'Driscoll schon mal die Gitarre stimmen und sich für eine gute alte Gesangsrunde bereit machen.

Denen werden wir die Lust an ihren Quizfragen schon austreiben, sagt Sinead laut zu niemand Speziellem, und dabei werden wir sie noch richtig dumm dastehen lassen!

Alle finden, dass ein schnelles Quiz vor der Singerei eine Spitzenidee ist, und O'Culigeen steht da, grinst wie ein Honigkuchenpferd, stolz wie Oskar, und bekommt Orangensaft und Komplimente serviert.

Genau wie Salomo, der das Baby zweiteilen wollte, sagt ein kleiner, pockiger Wicht, der unbedingt etwas Aufmerksamkeit erheischen will.

So weit würde ich nicht gehen, sagt O'Culigeen, aber er lügt.

Die ganze Party wird in zwei Teams aufgeteilt, Team Taighdhg und Team Sinead, und wir brüllen einfach sämtliche Antworten raus, die uns einfallen, während O'Culigeen mit dem *Quicksilver Quiz Book* vor der Nase den Punktestand mitrechnet. Es geht hoch her, wobei Taighdhg und seine Truppe über jedes kleinste Detail in jeder einzelnen Frage diskutieren und Sineads Team einfach alles, was ihm einfällt, wie Störgeräusche dazwischenplärrt.

Geht es um den letzten »lebenden« amerikanischen Präsidenten oder einfach um den letzten?

Halt's Maul, Donohue, und schreib den Ficker hin!

Pass auf, Walsh, oder ich hau dir eins auf die Mütze, dass dir das Gesicht wegfliegt!

Dir, und deiner Frau!

Weiter!

Mehr Sprit für Team Atrixo, wir sitzen hier auf dem Trockenen!

Keine Chance, O'Driscoll bekommt ausschließlich Fluppen vor seinem großen Auftritt!

Bezieht sich das auf eine offizielle Rebellion oder nur auf einen lokalen Aufstand?

Was macht das für einen Unterschied?

Bauern machen einen Aufstand!

Und ob, andauernd.

Wenigstens bin ich morgen früh nüchtern.

Wer's glaubt…

Sinead!

Meinst du jetzt Griechenland oder das griechische Reich?

Scheiße, Daly, das ist doch jetzt nicht dein Ernst.

Nicht so viel fluchen, Timothy!

Wenn du's unbedingt wissen willst, der volle Titel ist *E.T. – Der Außerirdische* und nicht nur *E.T.*

Der Außerbierische! Ich hab Durst!

Mach langsam, Bazzer, übernimm dich nicht.

Als würdest du viel vertragen …

Ach, und du schon?

Mehr als du.

Kommt, Jungs, um des lieben Herrgotts willen, sagt O'Culigeen, der in einem ersten Wutanfall eine Seite verknickt, Bitte nicht ausfallend werden!!

Jetzt wird das Quiz bitterernst, und es wird mucksmäuschenstill, wie in der Schule. Mozzo, der in Sineads Team ist, stiehlt sich rüber zu mir und sagt, dass Saidhbh, die nach dem Arsch-Ausbruch nicht mehr aufgetaucht ist, oben in ihrem Zimmer mit mir reden will.

Warum nicht mit dir?, sage ich, weil mir das Ganze nicht geheuer ist.

Mozzo zuckt mit den Schultern und sagt total traurig: Keine Ahnung, am Ende hat wohl der Bessere gewonnen.

Dann steht er auf und schlurft aus dem Zimmer, als würde er Höllenqualen leiden.

Während der nächsten Runden denke ich darüber nach. Nach jeder gebrüllten Antwort ergibt das alles mehr und mehr Sinn.

Wo wurde *Der Sieger* gefilmt?

Sie will nur quatschen.

Was war Bing Crosbys bürgerlicher Name?

Wie morgens Fiona, über irgendwelches Zeug quatschen.

Wie viele Brüder hat der Kennedy-Klan?

Irgendwas bereden. Genau.

Wer schrieb die Titelmelodie von *Wanderly Wagon?*

Fiona hat ihr gesteckt, dass man mit mir gut quatschen kann, und sie will mich testen.

Wie lautet der Mädchenname von Mike Murphys Frau?

Genau.

Während die letzte Runde läuft, ein von O'Culigeen höchstpersönlich erdachtes Bibelfigurenraten, stehle ich mich aus dem Zimmer. Er sieht, wie ich zur Tür flitze, und straft mich vor allen mit einem bitterbösen Blick.

Sieh an, wie der Herr Bischof, sagt er und spitzt seinen schmalen Mund wie eine alte Frau, Kann alles, weiß alles!

Einige der Partygäste lachen höflich, damit er das Gefühl hat, lustig zu sein, aber das geht mir am Arsch vorbei. Ich werde noch nicht mal rot. Ich habe Wichtigeres zu tun, als mir Sorgen darüber zu machen, O'Culigeen und seinen dicken Fettkopf beleidigt zu haben.

Ich komme oben an der Treppe an und mache bei dem geöffneten Leinenkorb halt, der nach klebriger Unterwäsche und Männerschweiß riecht. Ich gucke links und rechts den Flur entlang und hoffe auf einen Hinweis auf Saidhbhs Zimmer. Die Badezimmertür zu meiner Rechten fliegt auf, und irgend so ein alter Knacker mit Fettschürze und roten Augen kommt raus, fummelt sich am Kuhstall rum, grummelt etwas, als er an mir vorbeiläuft, und stapft fröhlich die Treppe runter. Für einen kurzen Moment ist es unten ganz still. O'Culigeen badet wahrscheinlich glückselig in all der Aufmerksamkeit, wenn er bei der 64000-Dollar-Frage wissen will, wie dieser Steuereintreiber heißt, der aus dem Baum gefallen ist, oder dieser Typ, den Jesus von den Toten auferweckt hat.

Vorsichtig horche ich in die Stille hinein und höre deutlich, wie sich am Ende des Flures die arme Saidhbh die Augen ausheult. Ich folge dem Geräusch am Badezimmer vorbei zur nächstgelegenen Schlafzimmertür, an der eine Postkarte hängt, auf der eine Frau auf dem Sofa liegt und darüber steht: Man kann nicht alles auf einmal tun, aber man kann alles auf einmal lassen. Ich atme tief ein und klopfe direkt unter der Postkarte mit der Fingerspitze sanft gegen die Tür. Ich will nicht reinstürmen, aber sie soll wissen, dass ich für sie da bin. Ich klopfe noch einmal. Nichts. Nur mehr Heulen. Ich gebe der Tür einen leichten Stoß und stecke den halben Kopf, von meinen gegelten Haarspitzen bis zur Mitte der Nase, durch den offenen Spalt.

Das Zimmer ist ziemlich dunkel, nur ein schwacher Lichtschein kommt von einer kleinen Nachttischlampe. Trotzdem kann ich das Bett erkennen, einen Stuhl, einen Schreibtisch, einen Spiegel und ein riesiges Chicago-Poster direkt neben einem Bild vom toten Jesus in den Armen seiner Mutter Maria. Aber als sich meine Augen an die Dunkelheit gewöhnen und ich genauer hinsehe, wirklich hinsehe, sitzt Saidhbh nicht in Tränen aufgelöst auf dem Bett, sondern liegt daneben, auf dem Boden. Und zwar ausgestreckt unter Mozzo. Er macht sich über sie her, in Schwarz, wie ein Vampir, und seine Hände fliegen über ihren Minirock und an ihr herum, wo immer es geht. Und sie, sie stöhnt sich einen ab, mit zurückgeknicktem Kopf wie in diesen ausländischen Filmen, wenn die Leute Sex haben.

Sofort ziehe ich vorsichtig die obere Hälfte meines Kopfes aus dem offenen Türspalt, totenstill, wie ein Roboter, ohne nachzudenken, und gehe auf Zehenspitzen wieder runter. Immer noch ohne nachzudenken, ohne ein Gefühl und beinahe atemlos, setze ich mich leise zurück auf die Couch, zurück in Taighdhgs Team. Ich starre stur geradeaus in die Luft und versuche zu verhindern, dass mein Kinn zittert und sich mir die Kehle zuschnürt. O'Culigeen, der wortlos die Punkte zusammenrechnet, wirft mir einen fiesen Blick zu, als wollte er sagen: Du steckst in ernsthaften Schwierigkeiten, Jungchen!

Ich sehe ihn geradewegs an, direkt in die Augen, so richtig trotzig, so nach dem Motto, ich hab nichts mehr zu verlieren, ich habe nichts mehr, so als wollte ich ihm sagen: Na los, versuch's doch, du überhebliches Priesterarschloch!

Mozzo und Saidhbh kommen lachend und taufrisch ins Wohnzimmer gestolpert, total lässig, gerade als wir mit dem Singen anfangen wollen. Sinead Donohue sieht die beiden und versucht, spontan den Refrain von »We know what you're up to« anzuleiern, um die zwei aufzuziehen, doch die Mehrheit der Partygäste ist nur daran interessiert, genügend John Players wegzupaffen und Harp in sich reinzuschütten und einen Whiskey hinterherzukippen, um den Mut aufzubringen, in aller Öffentlichkeit ein Lied zu singen. O'Culigeen jedoch, nüchtern wie ein neugeborenes Kalb, wirft Saidhbh so einen richtig bösen Blick zu, als würde er ihr sagen wollen, dass sie ihm schon noch alles erzählt, wenn er bei der nächsten Beichte ihr hübsches Gesicht sieht. Saidhbh ignoriert ihn, setzt sich neben mich und wuschelt mir durch die Haare, als wäre ich ein räudiger Hund, während Mozzo einen Arm um sie legt und mir boshaft zuzwinkert.

Durch all die Aufregung während der Quizrunde herrscht in dem Raum eine Bullenhitze, und um die ganze Schwitzerei zu stoppen, wurden alle Fenster aufgerissen. Barry O'Driscoll hat nur noch sein Hemd an und O'Culigeens Platz auf dem Quizmasterstuhl eingenommen, er stimmt Eaghdheanaghdhs Gitarre wie ein Profi – Kopf runter, keine halben Sachen. Taighdhgs Team hat das Quiz gewonnen, und der Preis ist, dass er den ersten Song des Abends singen darf. Einige Lehrer sind durch ihren Sieg noch ganz aufgekratzt und rufen Liedvorschläge wie »The Fields«!, sing »The Fields« für uns!, und »Kevin Barry«!, und »Galway Bay«!, doch Taighdhg gebietet ihnen allen mit einem ruhigen Handzeichen, zu schweigen. Er streicht sich wie ein weiser Mann über den Bart und flüstert dann etwas in O'Driscolls Ohr, der nickt und lächelt und anfängt, heftig über die Saiten zu streichen. Alle klatschen oder stampfen den Rhythmus mit und warten mit angehaltenem

Atem darauf, welchen Song Taighdhg im Sinn hat. Er reckt den Kopf hoch, holt tief Luft und fängt an.

»I'll tell me Ma when I go home ...« Kaum hat er die ersten Worte ausgesprochen, explodiert der gesamte Raum vor Klatschen und Johlen. Ein beliebter Song. Ich kenne ihn, weil Mam ihn zu Hause auf einer Clancy-Brothers-Platte hat. Die meisten Leute stimmen brüllend in den Refrain mit ein. »She is handsome, she is pretty, she ist the Belle from Belfast City!«, aber ich sitze einfach nur da und klopfe ab und an auf mein Knie. Mozzo und Saidhbh haben Spaß und stoßen einander in die Rippen, als sie singen, »She is courting, one, two, three!«

Taighdhg bekommt einen Riesenapplaus, als er fertig ist, und singt noch drei Lieder, bevor es reihum geht. Jeder steht dann auf und singt sein eigenes Partylied. Doch obwohl man alleine singt, stimmen meistens alle mit ein, um dir zu helfen, vor allem, wenn du eine scheiß Stimme hast.

Sinead fängt an mit »The Wild Rover«. Das Lied haben wir in der Schule gelernt, und ich kenne es auswendig, aber ich tue gar nichts, singe nicht mit, klatsche nicht an der richtigen Stelle oder so. Es fällt niemandem auf, weil sich alle so prächtig amüsieren, ihre Harp-Dosen in die Luft recken und bellen, »And it's no, nay, never! DRINK UP YOUR BEER!« Nach Sinead ist Janet Morrissey dran, die schon ordentlich einen im Tee hat und genügend Mut aufbringt, um ein Lied über Whiskey zu singen, das ich nicht kenne. Dann singt einer von den älteren Typen »McNamaras Band«, das haben wir zu Hause auf einem Greatest-Hits-Album von Perry Como, und alle drehen völlig durch vor lauter Aufregung.

So geht es im Uhrzeigersinn reihum, und nach etwa zehn Liedern ist Mozzo dran. Er zieht eine große Show ab und sagt, dass er seine Stimme verloren hat. Dann steht er theatralisch auf und fängt mit absichtlich heiserer Stimme drei verschiedene Lieder an, und alle lachen und lassen ihn damit durchkommen, weil er kein Spielverderber ist und sich zum Idioten gemacht hat. Nach Mozzo steht Saidhbh auf und singt »Danny Boy«, sie faltet die Hände mittig vor ihrem Minirock, das silberne Kreuz funkelt, und mit ihren großen braunen Augen sieht sie rauf zur Decke, als würde sie zu jemandem oben in ihrem Schlafzimmer singen. Taighdhg flüstert, dass sie die erste Solistin im Chor der Mhuire ni Bheatha ist, und als sie an die Stelle mit den hohen Tönen in der Mitte des Songs kommt, ist sie vermutlich die Einzige im Raum, die den richtigen Ton trifft. Alle anderen klingen zusammen wie ein stinkender Sack Katzen, der gerade einen Stromschlag bekommt. »Tis I'll be heeeeeeeaaaarrrrrrr!«

Als sie fertig ist, bekommt Saidhbh eine Riesenrunde Applaus, doch niemand jubelt, weil die Stimmung nach dieser brillanten Vorstellung etwas getrübt ist. Mit blutunterlaufenen Augen und schweißnasser Stirn dreht sich Donohue zu mir und sagt todernst: Komm schon, Master Finnegan, raus damit. Stocksteif sitze ich da und spiele eine Sekunde lang wie ein Vollidiot mit dem Gedanken, »Tainted Love« zu singen, doch das würde nicht zu der gewandelten Stimmung passen. Das einzige Lied, das ich kenne, das so traurig ist wie »Danny Boy«, heißt »The Fields of Athenry«, oder einfach kurz »The Fields«. Aber »The Fields« ist ein Widerstandslied, und ich weiß nicht, ob dies der richtige Moment ist, mit Widerstandsliedern anzufangen. Ich kenne dieses Lied Wort für Wort, weil ich das ganze Ding im Sozialkundeunterricht siebenmal in mein Schmierheft geschrieben habe, um mich darüber lustig zu machen. Ich und Gary Connell haben immer gesungen »You stole Travelyan's Cornflakes«, statt einfach nur »Corn«, und unser Lehrer Mr. Parr meinte, wir machen aus unserer heiligen Vergangenheit eine Farce.

Ich stehe auf, sehe runter zu Saidhbh und Mozzo auf der Couch, die unter einem Kissen versteckt Händchen halten, und entscheide in meiner Wut, es zu probieren. Ich gebe mein Bestes und versuche, nicht schief zu singen wie Paul Garvy in der Schule, der, seit er zehn ist, Stimmbruch hat. In dem Lied geht es um einen Jungen und ein Mädchen in alten Zeiten, die, von einer Gefängnismauer getrennt, zueinander singen. Er ist drinnen, weil er seinem Pächter Korn geklaut hat, keine Cornflakes, und jetzt soll er wegen seiner Missetat nach Australien geschickt werden, und sie sitzt draußen und erzählt, was für ein Riesenschlamassel das Ganze ist.

Ich merke direkt, dass das eine gute Wahl war. Denn sofort, als ich mit meiner hohen Aled-Jones-Stimme »By a lonely prison wall« anstimme, werden alle ganz still und andächtig, als würden sie in der Kirche sitzen. Der Song geht runter wie Butter, alle stimmen beim Refrain mit ein und schunkeln von links nach rechts, als wären sie in einem echten Konzert, und jammern leise darüber, wie supernervig es ist, wenn du dich ganz unsterblich in so einen jungen Kerl verliebt hast und der dir dann weggenommen wird und du plötzlich ganz allein da stehst, auf den steinigen schlammigen Feldern von Athenry. Ich spule das Lied ab, ich treffe jeden Ton und komme schließlich zur letzten Strophe. Das ist der Teil, wo der Kerl langsam sauer wird und über die Gefängnismauer zurücksingt, dass er doch gar nichts Schlimmes getan hat, wenn man es genau nimmt, außer gegen die Engländer zu kämpfen und zuzusehen, dass seine Familie was zum Beißen kriegt, und jetzt sein Kind nie mehr wiedersehen wird, und dass das eine himmelschreiende Ungerechtigkeit ist. Da steht Kent Fosters Mam Joy auf und verlässt schnurstracks den Raum und dann das Haus, ohne auch nur ihren Mantel zu holen oder irgendwem einen schönen Abend zu wünschen. Das könnte entweder daran liegen, dass ihr Mann Engländer war und sie deswegen was gegen den Teil mit den Engländern hatte oder weil ihr Sohn an Hautkrebs gestorben ist und sie ihn deswegen ungerechterweise auch nie wiedersehen wird, oder an beidem. Ich bin mir da nicht sicher, doch ich höre auf zu singen und drehe mich um zu der Tür, die Joy hinter sich zugeknallt hat.

Mach dir nichts draus!, brüllt einer der alten Knacker, die drüben beim Fenstersims an ihrem Powers nuckeln. Wegen der Alten brauchst du nicht aufzuhören!, sagt ein anderer. Mach weiter!

Ich sehe zu Taighdhg, der mir zunickt, und beende die letzte Strophe und den Refrain. Ich bekomme nicht so viel Applaus am Ende, weil alle irgendwie über Joy Foster nachdenken, aber ein paar Frauen sagen, dass ich stolz auf mich sein kann, so, als hätte ich gerade einen Boxkampf gewonnen.

Danach hat »The Fields of Athenry« sozusagen die Schleusen zu den Widerstandsliedern geöffnet. Sie kommen alle rausgeflutet. Jetzt, wo Joy Foster weg ist und niemand mit englischen Verwandten mehr übrig ist, heißt es volle Kraft voraus. Eaghdheanaghdh Donohue macht tatsächlich seinen Mund auf und peitscht die Menge mit »God Save Ireland Cry The Horses« in eine schweißtreibende Ekstase, dann springen alle vor Aufregung von ihren Plätzen, als Taighdhgs bärtiger Lehrerbuddy davon singt, wie die Briten vor der IRA weggelaufen sind »wie vor dem Teufel«. Das Ganze ist total verrückt, alle lassen ihre Drinks sinken und sehen einander mit wilden, aufgekratzten Blicken an, als könnten sie gar nicht glauben, was hier gerade passiert, was sie gerade tun, als ob sie ihre Körper nicht mehr unter Kontrolle hätten, und singen über die IRA-Burger-Bomber, als wären das irgendwelche Superhelden. Und alle stehen total drauf!

England, mach dich zum Kampf bereit, la da da da da, die

echten irischen Soldaten sind da, la da dada da, das Elend hat ein Ende für das arme Irland, la di da di da, unser Tag wird kommen!

Tja, und während das alles vor sich geht, lungert O'Culigeen hinterm Sofa herum und versucht sich vorzudrängeln. Die Sache ist nämlich, dass er eigentlich drüben bei der Tür saß, die Joy zugeknallt hat, und sofort wusste, dass er als Letzter dran sein würde, als es im Uhrzeigersinn reihum ging, und dass dann schon alle von den Liedern gelangweilt sind oder, noch schlimmer, dass sich das mit dem Singen bis dahin schon komplett erledigt hat. Und so quetscht er sich schließlich getrieben von purer Verzweiflung durch die Menge und hockt sich auf die Sofalehne und wirft Taighdhg einen bedeutungsschwangeren Blick zu, während ein anderer Lehrer singt. Am Ende des Liedes klatschten wir, und so langsam kommt ein bisschen Langeweile auf, als Taighdhg uns alle um Ruhe bittet und um einen warmen Applaus für einen Mann der Kirche, einen Quizmaster und rundum ehrenvollen Gentleman – Vater Luke O'Culigeen!

Die meisten Leute johlen und jubeln. Sinead Donohue pfeift anerkennend. Mozzo hat mittlerweile seinen gesamten Arm um Saidhbh gelegt, sodass es jeder sehen kann, also stampft er nur ein paarmal mit seinen großen schwarzen Docs auf den Boden. Saidhbh, sichtbar angetrunken, lehnt still und zurückgezogen in seiner Achselhöhle. Ich sitze da auf meinem einsamen Sofakissen und klatsche leise, aber höflich, in Erwartung der kommenden Performance.

Nachdem der Applaus verebbt ist, steht O'Culigeen langsam auf und fährt sich mit der Hand durch seine schwarze Gelfrisur. Die andere, saubere Hand legt er Barry sanft auf die

Schulter und flüstert ihm das Lied zu. Dann senkt er den Kopf wie im Gottesdienst nach dem »Herr ich bin nicht würdig, dass du eingehst unter mein Dach«-Part. Er lässt sich Ewigkeiten Zeit, und die Stille macht uns alle etwas nervös. Es ist noch nicht mal mehr klar, ob er überhaupt noch atmet, doch dann kommt plötzlich diese tiefe, tiefe Stimme wie ein Nebelhorn aus dem Nichts. O'Culigeen blickt auf, und seine Augen sind schon glasig vor Tränen. »When boyhood's fire was in my blood«, donnert er los, während O'Driscoll auf seine Gitarre eindrischt, »I read of ancient free men.« Ich habe dieses Lied noch nie gehört, aber schon jetzt gefällt es mir. Diesmal wird nicht sofort gejubelt oder angefeuert. Es ist einfach nur still, Augen sind geschlossen und Münder stehen offen. Als würden wir alle die Kommunion empfangen.

O'Culigeen schmettert was über die Griechen und die Römer und ihren Freiheitskampf, und dann singt er, dass er betet, wir reißen unsere Ketten eines Tages endlich entzwei, und dann kommt die nächste Zeile, und die hat es in sich: »Und das besetzte Irland, als Nation nun wieder frei!«

Diese Zeile wiederholt er immer und immer wieder, fast kommen ihm die Tränen.

Als Nation nun wieder frei! Als Nation nun wieder frei! Und das besetzte Irland, als Nation nun wieder frei!

Alle mögen den Song und wippen fröhlich mit. Es ist, als hätte jemand den gesamten Geschichtsunterricht aus der Schule in ein einziges geniales Lied gepackt. Sofort schnappen wir das meiste vom Refrain auf und singen das letzte »Als Nation nun wieder frei!« schon mit. Wir sind begeistert. Und wir können den nächsten Refrain kaum abwarten. Doch O'Culigeen weiß genau, was er tut. Er nimmt gerade genug Tempo raus, als er von diesem besonderen Licht singt, das von oben her wacht, und von den Stimmen der Engel. Und dann drückt er so richtig auf die Bremse, als es wieder interessant wird – »Und wahre Männer machen unser Irland als Nation nun wieder frei!«

Dann singen wir den Refrain, alle drei »Als Nation nun wieder frei«, in Perfektion. Und diesmal richtig mit Gefühl, wir rufen es heraus, als wäre es uns ernst, unsere Augen glänzen vor Stolz, und wir erinnern uns an die ganzen armen jungen Kerle oben im Norden, die getötet werden, weil sie einfach nur die gleichen Jobs wie diese britengeilen, protestantischen Idioten wollen. Wir sind total begeistert, und fast hält es uns vor Begeisterung nicht mehr auf unseren Plätzen. Saidhbh ist aufgewacht und kniet neben Mozzo auf dem Sofa, der schon gar nicht mehr versucht, cool zu wirken, sondern stattdessen wie gebannt O'Culigeens Show verfolgt. Die meisten im Raum stehen sowieso, sie schunkeln von links nach rechts, mit einer Hand auf der Brust, als würden sie vor Gericht einen Eid ablegen.

Die letzte Strophe singt O'Culigeen megalangsam, mit fest geschlossenen Augen und vor Schmerzen gerunzelter Stirn, als würde er innerlich sterben. Er singt, dass er kein Junge mehr ist, sondern ein Mann. Und er hat Hoffnung, aber er hofft, seine Hoffnung wäre nicht einerlei. Und als wir »einerlei« hören, wissen wir schon genau, was kommt. Und wir brüllen fast vor Aufregung.

»Wird mein geliebtes Irland als Nation nun wieder frei!«

Beim letzten Refrain brennt die Hütte. Alle, wirklich alle, der gesamte Raum, von den Whiskey saufenden alten Säcken in der Ecke über die torkelnde Sinead bei der Tür und Taighdhg auf dem Boden zu den rüpeligen Lehrern und den aufgekratzten Frauen hinten über Mozzo und Saidhbh auf der Couch bis zu mir, alle singen gemeinsam aus voller Brust, mit brechenden Stimmen, sogar unsere Zähne sieht man. »Als Nation nun wieder frei!« Und das wollen wir, das wollen wir wirklich.

»Als Nation nun wieder frei!« Wir wollen raus auf die Straße rennen und rufen »Als Nation nun wieder frei!« und die ganzen Briten bekämpfen, die hier rübergekommen sind und den guten alten James Connolly vor seiner Erschießung an einen Stuhl gefesselt haben, und all die Bastarde auf BBC, die Irenwitze reißen, und die ganzen Schnösel, die jedes Jahr beim großen Konzert »Rule Britannia« singen, und wir wollen Joy Fosters Tür eintreten und ihr sagen, dass sie sich zurück nach England verpissen soll, und wir wollen jeden verdammten Burger-Laden in London in die Luft jagen und ihnen allen sagen, dass sie aufpassen sollen, was sie sagen, denn die Iren sind zurück und die Iren sind verdammt noch mal das Größte!

Bei der letzten Zeile, »Und das besetzte Irland …«, stehen ich, Mozzo und Saidhbh Arm in Arm auf der Couch, ich habe meinen um Saidhbh gelegt und sie ihren um Mozzo, dessen eigener Arm über Saidhbh bis zu meinem Nacken reicht, »Als Nation nun wieder frei!!« Wir alle schreien triumphierend und hüpfen auf und ab. Als wäre es Silvester und alle würden rumrennen und einander in die Arme fallen und Irland anfeuern. Mozzo greift rüber und zieht mich in eine Dreierumarmung mit Saidhbh, und wir springen auf und ab und brüllen Juuuuhuuuuhuuuuuu! Saidhbh gibt mir ein Küsschen auf die Backe, und Mozzo guckt mich an und lächelt ein Das-geht-in-Ordnung-Lächeln. Ich springe von der Couch und denke, dass das hier die beste Party aller Zeiten im besten Land der Welt ist.

O'Culigeen ist völlig platt. Er hat sich in Barry O'Driscolls *Quicksilver*-Stuhl fallen lassen und reibt sich den Schweiß von seiner Stirn zurück in die schwarzen Haare wie der Junge in dem Witz mit der Rotze. Er wischt sich mit dem Arm über die Wangen, sodass sich Schweiß und Tränen in seinen schwarzen Ärmeln vermischen. Er atmet so schwer, als hätte er soeben die Ziellinie vom Dublin-City-Marathon überquert. Wir alle bilden eine Schlange, um ihm auf den Rücken zu klopfen und zu sagen, dass das das beste Partylied war, das wir je gehört haben.

Ich entferne mich von Mozzo und Saidhbh und gehe einfach zu ihm, genau wie alle anderen Erwachsenen. Ich berühre ihn an der Schulter und sage: Das war sehr schön.

Er sieht mir in die Augen, und irgendwie umgibt ihn eine große Traurigkeit, als er ruhig antwortet: Ich bin froh, dass es dir gefallen hat, mein Kind.

Ein paar Abendlichtstrahlen kommen noch von den Laternen in The Rise rein, ansonsten ist alles dunkel. Ich liege im Bett, nur meine Arme gucken aus der Ernie-und-Bert-Bettwäsche, und ich erzähle Fiona alles von der Party. Saidhbhs Minirock, Sineads Möpse, Harp, das Quiz, die Lieder, O'Culigeen, das volle Programm. Fiona erzählt, dass die Fetzen geflogen sind, nachdem ich weg war, weil Susan total hysterisch geworden ist und zwei Stunden nonstop geheult hat, weil sie älter ist als ich, aber nie irgendwohin darf.

Sie war so sauer, dass sie vor Wut angefangen hat, gegen die Heißmangel zu treten. Und als Mam sie davon abhalten wollte, hat sie ihr ein Sindy-Blechetui direkt an den Kopf geworfen und geschrien, dass sie sie hasst bis aufs Blut. Dass sie wünschte, sie wäre in Brenda Joyces Haus geboren worden und nicht in dieser stinkigen Bruchbude. Dad musste aus dem Fernsehzimmer angerauscht kommen und alle aus der Küche scheuchen, um Susan am Tisch eine Standpauke zu halten. Er sagte ihr, dass für Jungs andere Regeln gelten, weil Jungs nicht in so große »Schwierigkeiten« geraten können wie Mädchen. Sarah, die vom Flur aus alles mit angehört hatte, wurde wütend und platzte in die Küche rein und sagte, dass es Männer wie Dad sind, die irische Frauen in der Steinzeit festhalten. Dem folgte ein langer Streit, jeder gegen jeden, den ganzen Abend lang, darüber, wer besser ist, Männer oder Frauen.

Dads wichtigstes Argument war, dass Jungs alles in allem nicht in so große »Schwierigkeiten« geraten können wie Mädchen und deshalb auch anders behandelt werden. Sarah sagte, das ist so armselig, dass er das Wort »schwanger« noch nicht einmal aussprechen kann. Mam sagte Ssssch und nickte in Susans und Claires Richtung, als wären sie Kleinkinder, die noch an Feen und den Weihnachtsmann glauben.

Ein Junge wird nie heimkommen und Schande über dich gebracht haben, sagte Dad, bevor er ärgerlich hinzufügte: Er wird niemals SCHWANGER werden!

Fiona sagt, dass Mam das Fass schließlich endgültig mit der Frage zum Überlaufen brachte, was Dad tun würde, wenn eine seiner fünf Töchter schwanger nach Hause kommen würde. Er sagte, dass sie von dem Moment an nicht mehr seine Tochter wäre. Sarah schrie, dass sie liebend gerne schwanger sein würde, um das zu testen.

Na dann los, antwortete er: Teste mich ruhig!

Darüber lachte Fiona laut, und alle warfen ihr finstere Blicke zu, vor allem Sarah.

Während des gesamten Streits, ganz egal, wer was sagte und worüber – alleinerziehende Mütter oder Verhütung oder Sexismus in Schulen und der Politik –, kam Dad immer wieder zurück zu diesem einen Punkt. Er sagte, dass er theoretisch schon allein deshalb recht hat, weil es wissenschaftlich erwiesen ist und niemand abstreiten kann, dass sein Sohn, also ich, niemals schwanger zur Tür reinkommen kann! Und genau deshalb, aus diesem Grund, ganz eindeutig, wird dem Sohn bei seinen, also meinen, Aktivitäten etwas mehr Freiraum gegeben.

Fiona sagt, da haben sich alle Mädchen kollektiv die Haare gerauft und ihm gesagt, dass es um etwas ganz anderes geht.

Insgeheim, im tiefsten Innern, gefällt mir der Gedanke, dass Dad mich verteidigt, obwohl alle Welt gegen ihn ist.

Krass, sage ich, schließe die Augen und singe den Refrain »Als Nation nun wieder frei!« fünfmal hintereinander, bis Fiona mit einem Kissen nach mir wirft und sagt, ich soll die Klappe halten.

9

Das Ende

Der erste Tag nach den Ferien ist immer hart. In unseren Schuluniformen trotten wir runter zum Frühstück wie traurige kleine Soldaten. Die Flügel des Tisches sind nicht ausgeklappt, deshalb essen wir in Schichten nacheinander. Wir gucken raus, sehen oben im Garten den Swingball-Pfosten, der in der Sonne glänzt, und wir verfluchen die Tatsache, dass wir zurück in die Schule müssen, obwohl das Wetter noch denkt, es wäre Sommer. Wir essen Porridge aus einem großen Stahltopf, den Mam gestern Abend vorbereitet hat. Und dann essen wir getoastetes Brennan's-Brot mit Unmengen Chivers-Marmelade oder selbst gemachter Himbeermarmelade drauf. Eine Zeit lang hat Mam uns dazu gezwungen, eine dicke Vitamin-C-Tablette zu unserem Frühstück zu schlucken, doch irgendwann wurden die Tabletten zu teuer, und sie hörte wieder damit auf.

Die Schichten sind immer gleich gestaffelt. Zuerst Mam und Susan. Mam zieht die Rollos rauf und dreht alle notwendigen Knöpfe und Schalter rauf inklusive der Gay-Byrne-Radio-Show, kurz: Gaybo – alle nennen ihn Gaybo oder aus Scherz auch Onkel Gaybo, denn er ist wie so ein gut aussehender Onkel, den jeder gerne hätte, und wenn man vom Arsch der Welt kommt, würde man seine gesamten Lebensersparnisse hergeben, um ein Ticket für seine Fernsehshow zu ergattern, und dann vor der Kamera total nervös werden und ein Gedicht vortragen oder ein Liedchen, das man kurz davor geschrieben hat und das davon handelt, wie aufregend es ist, in einer großen Stadt zu sein, in einem großen Fernsehstudio, nur wenige Zentimeter entfernt von Onkel Gaybo höchstselbst, der sich während deines gesamten Gedichtes oder Liedchens halb totlacht und dich ansieht, als wärst du ein Geisteskranker mit einem Tag Freigang, der jede Minute am Arsch der Welt zurück erwartet wird.

Mam sitzt Susan gegenüber und fragt sie über ihren Schultag aus, während sie ihr Frühstück verspachteln. Susan isst immer eine kleinere Portion Porridge und dazu Ryvita-Crackers statt Toast, wegen ihrer Figur. Als Nächste kommt Claire, dicht gefolgt von mir. Claire ist eine Art Superhirn und freut sich immer auf die Schule, das ganze Jahr über, und ist für gewöhnlich aufgekratzt wegen irgendeinem Skandal von dem und dem Lehrer.

Als ich runterkomme, rechne ich erst einmal damit, wegen der Party gestern Abend in die Mangel genommen zu werden, zumal es ja diesen Riesenkrach darüber gegeben hatte, dass ich überhaupt gehen durfte. Doch ich betrete den Raum, und das Einzige, was passiert, ist, dass Mam ganz nebenbei sagt, Gary Connell hat gestern Abend angerufen und sich geärgert, dass ich ihm nicht von der Party erzählt habe. Claire ignoriert mich und plaudert weiter über Schwester Ursulas Mundgeruch, während ich an meinem supersteifen Hemdkragen rumfummle und mir einige Löffel Porridge reinschaufle. Ich gehe auf die St.-Cormac's-Schule für Jungen in Oakfield, und unsere Uniform besteht aus schwarzen Schuhen, grauer Hose, schwarzem Pullover, blau-roter Krawatte und weißem Hemd.

In diesem Jahr habe ich ein neues weißes Hemd aus der Schulanfangabteilung in den Dunnes Stores, und der Kragen ist eng, hart und scharf wie rostiger Stahl um meinen Hals.

Susan steht mit dem Rücken zu mir drüben am Abtropfgestell und trocknet ihre Porridgeschüssel ab. Sie sagt nichts, aber sie trödelt hinter mir rum, nimmt Briefe und Kugelschreiber von der Arbeitsfläche und läuft im Raum umher. Sie kommt bis zur Küchentür, dann muss sie es endlich loswerden.

Und, wie war's gestern Abend?

Ich höre auf, meinen Toast zu buttern, und sehe rauf zu ihr, und ihr Gesicht sieht gleichzeitig richtig traurig, verletzt, verschämt und neugierig aus. Ich will von meinem Stuhl aufspringen, zu ihr rüberspurten und ihr die dickste Umarmung aller Zeiten geben und ihr sagen, dass ich sie liebe und dass es genauso scheiße ist, ein Junge zu sein.

Joa, sage ich, war ganz okay, viel Singerei. Und es gab ein Quiz.

Was für ein Quiz?, fragt sie mit großen Augen.

Quicksilver, sage ich.

Licht anlassen!, ruft Claire, dann fügt sie hinzu: Bunnnnnnnny Carrrrrrrrr!, so, dass klar ist, dass sie sich über seinen Namen lustig macht.

Oh, es gibt weitaus Schlimmere als Bunny Carr, fällt Mam ihr ins Wort, der arme Mann, mit so einer Frau. Mit keinem Geld der Welt kann man sich eine gute Gesundheit kaufen. *Denn ihr wisst weder den Tag noch die Stunde!*

Als Nächstes kommt Fiona. Sie macht dieses Jahr ihren Abschluss, was sie an die Spitze der schulischen Hackordnung katapultiert und bedeutet, dass sie die Regeln nach Lust und Laune missachten und eine ranzige Version der Sorrows-Uniform tragen kann – schwarze Schuhe, weiße Socken, grauer Rock, blauer Pullover, blaues Hemd, blaue Krawatte. An diesem Morgen scheißt sie auf die Krawatte. Lautlos läuft sie durch die Küche, schnippt mir gegen's Ohr und sagt: Runter von meinem Stuhl, Loverboy!

Ich muss lachen, weil das wirklich witzig ist.

Dads Büro ist die Straße runter in Kilcuman, deswegen ist er die letzte Schicht am Tisch, vorausgesetzt, er schafft es, seine Müdigkeit zu bezwingen und sich aus dem Bett zu kämpfen. Früher war er morgens eine richtige Plaudertasche, über seinen Arbeitstag und die Verträge, die unterschrieben werden, versiegelt und noch am gleichen Tag verschickt. Er hat den Porridge übersprungen, ein paar Bissen Toast gegessen und ist aus der Tür gehechtet und sah dabei in seinem dunkelblauen Anzug richtig schick und männlich aus, mit schwarzer Krawatte und seinem supersauberen Schnurrbart. Wenn er richtig in Fahrt war, gab es sogar ein paar Maschinengewehrküsse. Dann tat er so, als wäre sein Mund eine Maschinenpistole, und machte Mua-mua-mua-mua-mua, wenn er an uns allen vorbeilief, sogar zu den Älteren, und küsste uns auf die Stirn oder brachte uns damit zum Lachen, dass er seinen Schnurrbart über unseren Nacken rieb und uns dabei mit dem Geruch seines Aftershaves überzog. Und jetzt können wir froh sein, wenn er es pünktlich nach unten schafft und uns übellaunig anraunzt, bevor er seinen müden Kopf an den Tisch hievt und versucht, ihn daran zu hindern, in die dampfende Schüssel vor seiner Nase zu klatschen wie bei Dick und Doof.

Schwer zu sagen, wann die Zwillinge sich blicken lassen. Wenn sie keine Vorstellungsgespräche haben, kann es gut sein, dass sie bis zum Mittag im Bett bleiben.

Wenn wir alle weg sind und es in der Küche wieder schön still ist und nur noch Onkel Gaybo im Hintergrund herummurmelt, setzt sich Mam mit zwei Zetteln hin und macht zwei verschiedene Listen – eine mit all den Aufgaben, die ihr an diesem Tag bevorstehen, zum Beispiel saugen, kochen und waschen, und eine mit all den Dingen, die sie von Dads Haushaltsgeld im Einkaufszentrum in Kilcuman bei Quinnsworth besorgen muss, zum Beispiel Cream Crackers und Waschmittel.

Dann, nach einer Stunde Betten machen und Küche putzen, stehen die anderen Mütter vor der Tür, um einen morgendlichen Kaffee zu trinken und zu quatschen.

In der Schule bin ich etwas zu fröhlich für einen Ersten-Schultagler. Das liegt daran, dass ich mich nach dem Abendbrot mit Saidhbh und Mozzo treffe. Obwohl wieder Schule ist, gehen wir zum Kanal hinten an der Sorrows, und Mozzo zeigt uns beiden, wo sie am Samstagabend den schwulen Biker geschnappt haben. Wir sind schon wie eine Dreiergang. Die Hardy Boys und Nancy Drew.

Im Klassenzimmer ignoriert mich Gary. Normalerweise sitzen wir immer zusammen an einem Pult, außer bei Sprachen, weil er Deutsch hat und ich Französisch, aber heute hat er beschlossen, weiter hinten zu sitzen und neben mir einen leeren Platz zu hinterlassen.

Was ist los, sagt Martin Higgins und haut mir von hinten auf die Schulter: Lasst ihr zwei euch scheiden?

Higgins ist ein großer haariger Typ mit einem stacheligen Halbbart, der an seinen Ohren runterkriecht. Er und alle anderen Jungs aus dem Gälischen Athletikclub, kurz GAC genannt, glauben, dass Gary und ich ziemliche Schwuchteln sind, weil wir immer zusammensitzen, unsere Hausaufgaben machen und kein Hurling spielen. Die GAC-Typen dagegen sind ziemliche Faulenzer und die Klassenclowns. Am liebsten furzen sie im Unterricht und flitschen mit ihren Kugelschreibern Sabber durch die Gegend und machen nie ihre Hausaufgaben, weil sie immer irgendwo trainieren sind oder mit irgendeinem Bus zu einem Spiel im Norden der Stadt unterwegs. Die Lehrer stört es nicht, dass die GAC-Typen Chaoten sind, denn im GAC zu sein ist eine große Sache und macht die Schule stolz, und gleichzeitig wird man dort zu einem Mann. Die Typen aus dem GAC duschen nach jedem Training zusammen und hauen einander mit dem Handtuch auf den nackten Arsch und machen gegenseitig Witze über ihre Pimmel.

In unserer Klasse gibt es nur zwei Arten von Nicht-GAClern. Das sind einmal die Mods, die immer Ärger bekommen, wenn sie glänzende Slipper tragen und mit ihrem Zirkel *The Specials* ins Pult ritzen. Und dann gibt es noch die Schwuchteln, also alle anderen mich inklusive, Steven Casey, Hosenscheißer-Sweeny und Gary.

St. Cormac's wird von »Brüdern« geleitet, so was wie Mönche oder Möchtegernpriester, aber die Verteilung im Kollegium ist eigentlich fifty-fifty, und es gibt auch normale Lehrer, für die es einfach das Größte ist, mit ihrem Schwamm auf die Tafel einzudreschen und sich vor verängstigten Jungen die Seele aus dem Leib zu brüllen. Es gibt auch ein paar echte Priester, aber die sind immer nur auf der Durchreise, wie Vater Jason zum Beispiel, der ein lustiger Typ ist und dazu noch richtig was in der Birne hat, aber immer nur zu besonderen Anlässen vorbeikommt oder wenn es Zeit wird, die alljährliche Ferienfreizeit zu organisieren. Die Schule an sich ist ein uraltes rotes Ziegelsteingemäuer und birgt an einem guten Tag ohne weibliche Eindringlinge an die vierhundert Jungs.

Manchmal ist es schwer, mit fünf Schwestern und einer Mutter zusammenzuleben und plötzlich den ganzen Tag lang von vierhundert Jungs umringt zu sein. Manchmal, wenn die Jungs rülpsen und furzen und sich kloppen und absichtlich blöd stellen und zum Himmel stinken, dann habe ich ehrlich gesagt das Gefühl, dass es da ein furchtbares Missverständnis gegeben hat und ich die falsche Uniform trage, dass mir einfach jemand einen Rock überwerfen und mich nach The Sorrows schicken sollte, zu all den Mädchen, die sauber sind und interessant und nett. Fiona sagt, dass alle Babys im Bauch von ihren Müttern erst mal Mädchen sind. Das Schicksal spielt ihnen einfach nur richtig übel mit, wenn einigen von ihnen plötzlich, nach nur drei bis vier Wochen als Bauchgebilde, ein Pimmel wächst. Sie sagt, dass Schwester Janine ihnen auf der Sorrows einen Film darüber gezeigt hat, aber in diesem Film ging es nicht nur um Babys mit Pimmeln, sondern darum, dass Babys schon ab dem Moment richtige Lebewesen sind, wenn sie nicht mehr nur ein Ei sind, sondern von Sperma überzogen werden. In dem Film hieß es, dass es kein schlimmeres Verbrechen gibt, als ein Baby zu töten, das noch in seiner Mutter drin ist. Und dann, nachdem die Sendung vorbei war und die Vorhänge wieder aufgerissen, hat Schwester Janine noch hinzugefügt, dass jeder, der ein Baby im Mutterleib tötet, in die Hölle kommt, aber dass er auch schon vorher jeden einzelnen verbleibenden Tag auf der Erde richtige Höllenqualen mit unvorstellbaren Schmerzen und Folter erleben wird. So viele Qualen, dass man davon verrückt wird und sich am Ende selbst umbringt. Kurz gesagt, ist eine Abtreibung keine gute Sache.

Gary denkt das Gleiche über die Jungs in St. Cormac's, weil er ein Einzelkind ist und auch keine Brüder hat. Was überhaupt erst der Grund ist, warum wir so gute Freunde sind und die GAC-Typen uns Schwuchteln nennen. Wenn sie richtig gemein zu Gary sein wollen, nennen sie ihn eine Provo-Schwuchtel, weil er der einzige Protestant in der Klasse ist. Mam sagt, dass die Connells Gary auf jede andere Schule hätten schicken können, aber sie haben ihn auf die St. Cormac's geschickt, weil sie so einen guten Ruf hat. Und sie ist umsonst. Und jeder weiß ja, dass Provos gut mit Geld umgehen können.

In der Pause um elf versuche ich mit Gary zu reden, aber er denkt gar nicht dran.

Tut mir leid, antwortet er, als ich ihn frage, wie es ihm geht, ich glaube, du verwechselst mich mit dem großen Declan Morrissey.

Setz dich wenigstens neben mich, verdammt!, sage ich, wobei ich das Verdammt sicherheitshalber hinzufüge, um besonders hart zu klingen, falls Higgins zuhört.

Tut mir wirklich leid, sagt Gary und streicht sich seine weichen blonden Haare aus der Stirn. Einen Mozzo gibt es hier nicht!

Mozzo geht auf die Kilcuman Tech, um Schweißen und Zimmern zu lernen, wenn ihm gerade danach ist. Gary weiß genau, dass er wohl kaum auf der St. Cormac's auftauchen wird.

Der Unterricht an sich ist ein Klacks. Von jedem Lehrer kommt die alte Leier, sogar von Mr. King. Erster Tag nach den Ferien, bla, bla, Zeit für einen Neuanfang, bla, bla, eure mittlere Reife in zwei Jahren, bla, bla, strengt euch jetzt an, und dann wird sie ein Spaziergang, bla, bla, wichtigste Zeit eures Lebens, bla, bla, entscheidet jetzt und hier über eure Zukunft.

Der Einzige, der wirklichen Unterricht macht, ist Spits McGee, der ohne Umschweife eine Physikstunde über dieses easy-peasy Parallaxenexperiment anfängt, das diesen Freitag im Versuchsraum ansteht. McGee ist ein ziemlicher Pimpf, aber als Jugendlicher war er mal Boxer, bevor er loszog, um für so Priester in Afrika zu arbeiten, und deshalb muss er sich immer noch beweisen, indem er mindestens einen Jungen pro

Schultag verprügelt. Auf halbem Weg durch die Unterrichtsstunde, als er gerade an der Tafel steht und beschreibt, wie wir unsere Holzblöcke sanft über die schiefe Ebene schieben werden, macht Spits also plötzlich auf dem Absatz eine halbe Drehung, stürmt zwischen den Pulten hindurch und gibt Steven Casey eine ordentliche Backpfeife. Casey ist gut in Kunst und hat nackte Frauen in Hosenscheißer-Sweeneys Schmierheft gezeichnet. Als Spits ihn trifft, knallt es richtig. Flache Hand aufs Ohr, und du bist einen Tag lang taub. Sweeney wird rot und gibt keinen Mucks von sich, als Spits zurück zur Tafel geht und sagt: Lass es dir eine Lehre sein, du verzogener Bengel.

In der Mittagspause versuche ich noch einmal mit Gary zu reden, doch er rauscht nur auf seinem Bike an mir vorbei, mit den anderen Schwuchteln durchs Schultor in Richtung Einkaufszentrum.

Als es zum Schulschluss klingelt, ist Gary immer noch nicht aufgetaut. Während Mathe und Sozialkunde hat er mich keines Blickes gewürdigt, und an der Garderobe hat er sich an mir vorbeigedrückt und ist zum Fahrradständer gehastet. Mir reicht es mittlerweile, also renne ich ihm quer über den Schulhof hinterher und rufe: Gary! Gary!, während Higgins und die GAC-Typen mich mit piepsigen Stimmen nachäffen.

Gary! Gary!, flöten sie. Du hast deine Gummis in meiner Tasche vergessen!

Als ich ihn endlich eingeholt habe, will er gerade wieder mit seinem Rad davonpreschen, sodass ich mir seinen Gepäckträger schnappen und mit aller Kraft daran ziehen muss, damit er nicht wegkann.

Hau ab, sagt er, Verräter!

Wovon, zur Hölle, redest du?, frage ich zurück.

Hau einfach ab, okay? Er langt nach mir, als würde er mir ins Gesicht schlagen wollen, passt aber auf, dass das nicht passiert.

Hau du doch ab!, sage ich genauso aggro zurück.

Werd ich auch, wenn du verdammt noch mal loslässt! Er versucht in die Pedale zu treten, doch meine Hacken haben sich in den Boden gegraben, und er bewegt sich nicht vorwärts.

Mach ich, wenn du mir verdammt noch mal sagst, was los ist!, sage ich.

Du scheiß Verräter!

Scheiß was?

Er steigt vom Sattel. Du und dieser scheiß Mozzo!

Es war Saidhbhs Party, nicht Mozzos.

Oh, na dann, sagt er und sieht weg.

Und du warst nicht eingeladen!, füge ich hinzu. Ein Moment Stille. Und dann: Tut mir leid!

Gary kocht noch immer vor Wut. Diese scheiß Party ist mir scheißegal, sagt er, genau wie diese blöde Oberschlampe Saidhbh Donohue!

Für das mit der Oberschlampe will ich ihm eine reinhauen, aber stattdessen schüttle ich sein Fahrrad und brülle: Was zum Teufel ist denn dann dein scheiß Problem?!

Ihn interessiert das gar nicht. Lass einfach los!

Drei GAC-Typen fahren auf ihren Rennrädern an uns vorbei und rufen, dass Gary eine Affäre mit Spits McGee hat und wir uns deshalb streiten.

Und ich dachte, wir würden heiraten!, piepsen sie, bevor sie in ihrer normalen Stimme hinzufügen: Scheiß Schwuchteln!

Lass mich los, sagt Gary, bitte!

Ich sehe, dass er anfängt zu weinen, und weiß nicht, was ich tun soll.

Meine Güte, Gary, sage ich sanft, ich hab doch nur dein Fahrrad festgehalten. Schuldigung.

Du und dieser scheiß Mozzo, sagt er kurz bevor er aufschluchzt, verfickte Arschlöcher!

Gary bricht in Tränen aus, völlig hemmungslos, mitten auf dem Schulhof. Um uns beiden eine Riesentracht Prügel zu ersparen, drängle ich ihn schnell hinter den Fahrradständer, mit der einen Hand schiebe ich sein Fahrrad, und mit dem anderen freien Ellenbogen schubse ich Gary. Nachdem er eine Ewigkeit rumgeschluchzt und sich an Schnodder und Schleim verschluckt hat, erzählt er schließlich, dass Mozzo und die Villas-Gang ihn am Samstagabend überfallen haben. Er sagt, dass sie ihn vom Rad gezerrt haben und ihm den schlimmsten Wedgie aller Zeiten verpasst haben, was bedeutet, dass man jemandem die Hose bis in die Achseln raufzieht, bis es richtig wehtut. Sein Hosenbund ist gerissen, und seine Eier haben wehgetan wie überhaupt noch nie. Einige von ihnen haben ihm dann in die Rippen getreten und gesagt, er sei eine scheiß Biker-Schwuchtel.

Aber du bist doch nach Hause gefahren?, sage ich. Ich habe dich wegfahren sehen.

Gary sagt, dass er nicht nach Hause gefahren ist, sondern eine Runde durch die Siedlung gedreht hat und zurückgekommen ist und uns beobachtet hat, wie wir am Feuer saßen und HCL getrunken haben. Und als Mozzos Gang losgezogen ist, um die Schwuchteln zu klatschen, ist er ihnen gefolgt, weil er dachte, ich bin mit dabei und könnte vielleicht Hilfe gebrauchen. Er ist ihnen bis runter zum hohen Gras beim Sorrows-Kanal gefolgt, wo sie sich umgedreht und ihn attackiert haben.

Als ich nach Hause komme, hüpft Mam aufgeregt herum und sagt, sie hat großartige Neuigkeiten. Sie setzt sich mit mir hin und sagt, dass sie Vater O'Culigeen im Einkaufszentrum getroffen hat und dass er mich in höchsten Tönen gelobt hat. Er hat gesagt, ich habe die Stimme eines Engels, und mein Land konnte bei Donohues Hoolie, so nennen wir manchmal Partys, stolz auf mich sein.

Die Stimme eines Engels, wiederholt sie und sieht mich an, wobei sie ganz leicht den Kopf schüttelt, als könnte sie ihr Glück gar nicht fassen, einen solchen Sohn zu haben. Ich zucke mit den Achseln, sage aber nichts, weil ich noch immer über Mozzo und Saidhbh nachdenke und darüber, was ich bei unserem Treffen heute Abend tun soll. Ich will gerade vom Küchenstuhl aufstehen, als Mam, noch aufgeregter als vorher, sagt, Und das ist noch nicht alles!

Ich setze mich wieder hin. Offenbar zieht Vater O'Culigeen mich für einen Platz im Kirchenchor in Erwägung.

Ist das nicht unglaublich?, sagt Mam. Nicht bloß ein Messdiener, sondern Teil des Kirchenchors!

Cool, sage ich leise und stehe auf.

Ich komme bis zur Küchentür, dann sagt Mam: Und er will dich heute Abend sehen, direkt nach dem Essen!

Siobhan kommt mit einem leeren Teller voller Kuchenkrümel in die Küche gerauscht.

Nicht schlecht, Aled Jones, sagt sie.

Mein Plan geht so. Ich werde zu Saidhbh radeln und mich ihr und Mozzo gegenübersetzen und sie beide freiheraus fragen, ob Garys Geschichte wahr ist. Ich habe euch beide umarmt, werde ich sagen, wir haben zusammen gesungen und sind durchs Zimmer gesprungen. Wir sind die Hardy Boys und Nancy Drew. Also sagt schon, stimmt das?

Und dann, je nachdem, was sie antworten, schließe ich mich ihnen an, um zu gucken, wo sie die Biker-Schwuchtel erwischt haben. Dann zische ich mit vollem Tempo los, gerade rechtzeitig fürs Vorsingen bei Vater O'Culigeen.

Es wird schon dunkel, und ich düse auf meinem gelben Rad ohne Licht The Rise runter. Ich bin raus aus der Uniform und rein in den Traum in Grau. Fiona hat ein Riesentheater deswegen gemacht, als ich gerade aus dem Haus wollte, und hat mich vor allen gefragt, ob ich mich mit meiner geliebten Saidhbh Donohue treffe. Mam hat für mich geantwortet und gesagt, dass ich mich für keinen Geringeren als Vater O'Culigeen schick gemacht habe.

Ach wirklich?, hat Fiona gesagt und mir heimlich zugezwinkert.

Ich fahre durch die blinde Kurve The Avenue rauf und sehe Mozzo auf der Mauer vor Saidhbhs Haus. Sofort ist mir klar, dass hier etwas im Busch ist.

Er trägt sein langes rotes Iron-Maiden-Shirt und die schwarze Armeehose. Seine Beine baumeln runter, mit den Fersen seiner Docs tritt er gegen die Steine in der Mauer und schlürft dabei in aller Seelenruhe eine Dose HCL, sodass es jeder sehen kann. Er sieht mich kommen, springt von der Mauer und macht etwa fünf Schritte auf mich zu, sodass er zwischen mir und dem Eingang zu Saidhbhs Haus steht.

Was geht ab?, sage ich außer Atem.

Nichts, sagt er und lächelt mich charmant wie sonst was an. Er kippt den letzten Rest runter, stopft die Dose in die Hecke der Donohues und sagt: Gehen wir!

Ich sehe über seine Schulter hinweg zum Haus. Und was ist mit Saidhbh?, frage ich.

Wieder lächelt er, aber diesmal nicht gerade charmant, und

wiederholt meine Frage in angetrunkenem Flüsterton: Und was ist mit Saidhbh?

Ich zucke lässig mit den Schultern: Kommt sie nicht mit?

Nein, sagt Mozzo extrem kühl. Aber sie hat gesagt, ich soll dir das hier zeigen.

Und mit diesen Worten hebt er den Mittelfinger und schiebt ihn mir vor die Nase.

Los, sagt er, riech mal! Ist ganz frisch!

Was soll das?, frage ich.

Fotzensaft, sagt er und schiebt seinen Finger praktisch vor meine Lippen, riech dran!

Ich sehe ihn an, denke an Saidhbh und ihren Minirock, und ich weiß, dass ich das nicht tun sollte, aber ich rieche trotzdem. Probeweise.

Mozzos Finger stinkt nach Kippen. Er bricht in schallendes Gelächter aus.

Du kleiner scheiß Perversling, hätte nicht gedacht, dass du's in dir hast. Perverses Schwein! Er boxt mir gegen die Schulter und sagt, ich soll mich beeilen, wir haben nicht den ganzen Abend Zeit.

Aber was ist mit…?, sage ich und nicke zu Saidhbhs Haus.

Hausarrest, sagt er und stapft die Straße runter. Hat aufm Klo geraucht!

Ich folge Mozzos Stechschritt und schiebe mein Rad neben mir her, wobei ich versuche, nicht mit dem Schienbein gegen die Pedale zu knallen. Ich bin nervös, aber ich frage ihn trotzdem direkt nach Garys Geschichte, ohne Wenn und Aber. Mozzo bleibt cool. Er fährt sich durch die Haare und sagt Ja, Gary ist ihnen am späten Samstagabend tatsächlich über den Weg gelaufen. Aber dass Gary heulend weggerannt ist, als Mozzo ihn spaßeshalber vor allen einen Kissenficker genannt hat.

Ohne Scheiß, sagt er, als wäre das wirklich jammerschade, der Typ muss sich mal einen Sinn für Humor zulegen, oder? Und dabei rempelt er mich mit dem Ellenbogen an, als wollte er sagen: Nicht so wie du und ich, weil wir haben schon einen!

Ich denke darüber nach und stimme ihm zu. Ich bin froh, dass Mozzo keine Leute überfällt. Genauer gesagt ist meine Erleichterung so enorm, dass ich ihm brühwarm von Garys Heulkrampf heute Morgen auf dem Schulhof erzähle. Mozzo schüttelt den Kopf, als wäre es immer noch ein Katzenjammer, und sagt: Genau von dem Scheiß rede ich.

Ich weiß, sage ich, du hättest ihn mal sehen sollen. So ein Riesentheater!

Kann ich mir vorstellen, sagt Mozzo und legt eine Hand auf mein Fahrrad.

Mozzo hat mich auf den Boden gerungen und würgt mich mit einer Hand. Wir sind im hohen Gras beim Sorrows-Kanal, und er kniet auf meiner Brust. Er fletscht die Zähne, seine Nase kräuselt sich, und seine Augen sehen völlig verrückt aus.

Du Ficker glaubst, du wärst zu gut für mich, sagt er und drückt mir die Kehle zu, oder, du kleine Schwuchtel?!! Er knirscht mit den Zähnen und sieht so aus, als würde er gleich zuschnappen. Du verwöhnte kleine Schwuchtel!! Er schreit ganz laut, und ich bin mir sicher, dass man ihn im Umkreis von mehreren Meilen hört.

Heno, Macko, Hylo und Stapo springen wie übergeschnappte Hasen in Bomberjacken um uns herum.

Komm schon, sagt Heno, polier ihm seine scheiß Fresse!! Kleines Arschgesicht! Scheiß schwuchteliges Arschgesicht!

Meine graue Hose ist mit Grasflecken überzogen. Fionas graues Hemd ist nass. Mam bringt mich um. Ich komme zu spät zu Vater O'Culigeen.

Mozzo drückt mich superfest auf den Boden.

Du bist dir also zu gut für mich, was? Aber auf meine Braut bist du scharf?, sagt er und lehnt sich ganz dicht vor mein Gesicht, nahe genug, dass mir von seinem Alk-und-Kippen-Geruch schlecht wird. Hab ich recht?

Aber er ist doch 'ne scheiß Tunte!, sagt Hylo verwirrt und aufgekratzt zugleich.

Und ob er eine scheiß Tunte ist, sagt Mozzo. Also was zur Hölle willst du dann mit meiner Braut? Hm?

Ich bin still, weil ich höllische Angst habe. Aber es gelingt mir zu stammeln: Ich wollte nur, ich wollte nur, ich wollte nur.

Du wolltest nur was?, sagt Mozzo wie Spits McGee, wenn er Steven Casey zur Sau macht.

Du bist also eine verwöhnte kleine Schwuchtel und bist dir zu gut für so Typen wie mich, aber meine Kleine willst du trotzdem ficken, um allen zu beweisen, dass du keine Schwuchtel bist, was?

Ich wollte nur, ich wollte nur. Ich bin wie eine Platte, die einen Sprung hat.

Oder vielleicht will er DICH ficken, Mozzo!, sagt Stapo, um ihn weiter anzustacheln.

Du willst mich ficken?, sagt Mozzo, wobei er seinen Kopf zurückzieht, mit seinen Händen jedoch fester zudrückt. Du willst mich ficken, du verdammte Schwuchtel? Ist es das, du kleiner Homo?

Los jetzt, brüllt Heno voller Vorfreude, hau ihm richtig eine rein!

Mozzo hebt seine Faust und täuscht einen Schlag an, und ich zucke zusammen. Alle lachen mich aus, Heno, Macko, Stapo, Hylo und Mozzo.

Seht ihr, sagt Mozzo zu den Jungs, viel zu einfach!

Wedgie!, brüllt Hylo. Verpass ihm einen scheiß Wedgie! Zerreiß ihm die scheiß Hose!!

Willst du, dass wir dir deine scheiß Hose den Arsch hochziehen?, sagt Mozzo. Ist es das, du Tunte? Willst du einen Wedgie, du Tunte?

Mozzo hatte auf dem Weg zum Kanal kaum ein Wort gesagt. Als wir am hinteren Teil von der Schule ankamen, waren die Typen aus The Villas schon da und kippten HCL runter. Sie umzingelten mich und machten mich mit ihrem freudlosen Gegrinse und ihrem Gezwinkere und ihren Schubsern total nervös. Mozzo trank noch mehr und sagte, ich soll mich entspannen und mir keinen Kopf ums Zuspätkommen machen. Sie brachten mich zu der Stelle, wo sie das letzte Mal die Biker-Schwuchtel aufgespürt hatten, und dort, in den Büschen, mit einem letzten schwachen Blinken in sich, hing Garys UFO-Stirnband. Und dann brüllten plötzlich alle Schwuchtel und warfen mich auf den Boden.

Mozzo beschließt, dass ich den schmerzhaftesten Wedgie meines Lebens verpasst bekomme. Normalerweise bekommt man in der Schule an seinem Geburtstag einen Wedgie. Als Erstes findet jemand schon früh am Morgen heraus, dass du Geburtstag hast. Für den Rest des Tages wirst du dann von drei bis vier Jungs mit einem irrem Grinsen im Gesicht verfolgt. Sie behalten dich die ganze Zeit im Auge und schauen sich gleichzeitig um, um den perfekten Moment zu erwischen, wenn keine Lehrer in der Nähe sind. Ist der Moment endlich gekommen, zum Beispiel kurz vor dem Nachmittagsunterricht, brüllen sie so laut sie können: Wedgie! Und dann drückt dich jeder, der gerade eine Hand frei hat, gegen eine Wand oder greift nach deinem Hosenbund. Von allen Seiten kommen

Hände an und zerren an deinem Gürtel und deinen Knöpfen und kratzen über deine Haut. Irgendein Glückspilz erwischt schließlich den Gummi deiner Unterhose und zieht sie dir über die Hose. Ab dann ist es relativ einfach für alle anderen, ihr persönliches Stückchen Unterhose zu packen, und ehe du dichs versiehst, ziehen acht Paar Hände an deinen Shorts, reißen sie hoch, möglichst bis über deinen Kopf, während sich das feste Stück Stoff zwischen deinen Arschbacken in einen Käsedraht verwandelt.

Während sie dir den Wedgie verpassen, singen die ganzen Typen, die vor Aufregung schon ganz rot anlaufen: Happy Birthday, Happy Birthday, Happy Birthday!

Wenn du einen Wedgie bekommst, obwohl du gar nicht Geburtstag hast, bekommst du als Zugabe noch ein paarmal eine verpasst, einfach weil du ein Hirni bist. Das ist die Art Wedgie, die Mozzo vorschwebt.

Noch während er auf meiner Brust kniet, lehnt er sich zurück, greift nach hinten und versucht, mit einem lässigen Griff unter meinen Gürtel meine Unterhose zu erwischen. Glücklicherweise ist Fionas altes graues Hemd so lang, dass es meilenweit in meine Hose reingestopft ist und es Mozzo einige Mühe bereitet, etwas Brauchbares zu fassen zu bekommen.

Verdammte Scheiße!, brüllt Heno: Hör auf, seinen Schwanz zu befummeln, und verpass ihm einen scheiß Wedgie!

Steh auf!, brüllt er mich an wie ein Soldat seinen Kriegsgefangenen, nur weil er angepisst ist wegen Heno.

Er lässt meinen Hals los, rollt sich von meiner Brust und macht einen Schritt zurück, damit ich aufstehen kann.

Zwischen Heno und Hylo ist eine Lücke.

Ich renne los.

Es ist dunkel, und das Gras reicht mir bis zu den Knien, es will mich zu Fall bringen, sich meine Knöchel schnappen, aber ich weiß, wo ich hinrenne. Weg vom Kanal, quer über die Hockeyfelder, runter zum Hintertor, das auf die Ballydown Road führt. Ich kann Mozzos dumpfe Schritte in meinem Rücken hören, als ich das hohe Gras hinter mir lasse und auf den Asphaltplatz stoße. Er schreit, Ich bring dich um, du kleiner Spasti, während er hinter mir herrennt.

Sonst höre ich niemanden. Keine anderen Laufgeräusche, kein Gebrüll und keine Beleidigungen. Heno, Stapo, Hylo und Macko hatten keinen Bock. Sie wollen wohl lieber noch ein paar Dosen zischen und mein Rad in seine Einzelteile zerlegen.

Ich renne so schnell ich kann, mit gesenktem Kopf und rotierenden Beinen wie Steve Austin, und bin schon fast über beide Hockeyfelder, als ich plötzlich merke, dass Mozzos Schritte weit hinter mich zurückgefallen sind. Ich kann kaum glauben, dass er schon aufgegeben hat, und will mein Tempo noch nicht verringern. Ich bin überzeugt, dass ihn meine unschlagbare, übermenschliche Geschwindigkeit zur Aufgabe gezwungen hat. Das oder das Auto, das mit lautstark laufendem Motor am Tor steht.

Ich mache eine Vollbremsung und drehe mich um. Mozzo ist weg. Wenn ich die Augen zusammenkneife, bilde ich mir ein, dass sein Schatten gerade zurück zum Kanal humpelt, zurück ins sichere Dunkel. Ich schaue rüber zum Tor und sehe ein vertrautes Auto, die Scheinwerfer leuchten, der Motor läuft, und die Beifahrertür steht halb offen.

Mein Gehirn friert ein, irgendwo zwischen Erleichterung und Verwirrung. Wie eine Gangschaltung am Fahrrad, wenn sich die Kette am Hinterrad zwischen zwei Zahnrädern verkantet. Jetzt, wo Mozzo weg ist und ich weiß, dass ich in

Sicherheit bin, stehe ich völlig unter Schock. Ich kann nicht mehr denken. Ich weiß nicht, ob ich mit meinen schmerzenden Beinen noch laufen kann. Mir geht nur ein einziger Gedanke durch den Kopf, und dieser Gedanke dreht wieder und wieder seine Runden wie eine merkwürdige Tonbandstimme in verrückter, ohrenbetäubender Endlosschleife. Und dieser Gedanke ist, dass ich mich an exakt derselben Stelle befinde, wo Helen Macdowell stand, als sie den Hockeyball ins Gesicht gekriegt hat.

TSCHACKRRRSCH!

Ich bin noch immer in einer Art Trance, als ich am Auto ankomme. Vom Fahrersitz aus greift O'Culigeen rüber, um die Beifahrertür ganz zu öffnen.

Du bist zu spät, sagt er und fordert mich auf, in seinen leuchtend roten Capri einzusteigen, und wie du aussiehst!

Ich steige ein und brumme ihm irgendwas zu, als er die Straße runter beschleunigt, er hält das Lenkrad mit seinen Lederhandschuhen fest und lässt den Schotter in alle Richtungen fliegen.

Wir waren verabredet, sagt er, während wir durch die dunkle, verlassene Ballydown Avenue auf die Hauptstraße und am Einkaufszentrum vorbeigurken.

Ich wurde überfallen, sage ich und denke an Gary und dass ich nicht weiß, wie ich das je wieder gutmachen soll.

Nennt man das heutzutage so?, sagt er, zwinkert mir zu und ist total stolz auf sich, weil er einen schlechten Witz gerissen hat.

Mmmmh, ist alles, was ich rausbringe. Ich weiß, dass mein Gesicht schweißüberströmt ist und mein Herz immer noch hämmert wie sonst was, trotzdem ist mir kalt. Ich gucke runter auf meine graue, nun hauptsächlich grün-grasfleckige

Hose und versuche, noch einmal im Kopf abzuspulen, was eben passiert ist.

Die letzten paar Meter bis zu sich nach Hause absolviert O'Culigeen mit etwa hundertdreißig Sachen. Er passiert Murray's Apotheke, Hagan's Zeitungsstand und Foley's Handwerksladen in einem einzigen verschwommenen Dröhnen. Er biegt in seine Einfahrt ein, schlittert dramatisch über den Kies und kommt mit einem dramatischen Rutschmanöver über den Kies direkt vor seiner Garagentür zum Stehen.

Wie sieht es mit deiner Stimme aus?, fragt er plötzlich ganz geschäftsmäßig, als hätten wir gleich eine Vorstandssitzung. Bereit für eine kurze Darbietung?

Ich antworte nicht. Stattdessen denke ich eine Sekunde nach.

Woher wussten Sie, wo ich bin?, frage ich verwirrt.

O'Culigeen sagt, dass er, als ich nicht aufgetaucht bin, meine Mam angerufen hat, um zu sehen, was los ist. Sie war entsetzt und sagte ihm, dass ich schon vor Ewigkeiten los bin. Er hält kurz inne und sagt mir, dass mich, ganz nebenbei, zu Hause ein ordentliches Donnerwetter erwartet.

Dann sagt er, dass er »zufällig« auf der Party bei den Donohues gehört hat, wie Mozzo mir vom Kanal bei der Sorrows erzählt hat, also hat er sich gedacht, er springt kurz ins Auto und fährt runter, um zu sehen, ob es mir gut geht.

Gut, dass ich gekommen bin, sagt er und zeigt auf meine dreckigen Klamotten. Du bist ein Glückspilz, was?

Genau. Ein Glückspilz.

O'Culigeen steigt aus und sieht sich um, dann sieht er rüber zu der grauen Steinkirche neben seinem winzigen braunen Haus. Er salutiert in Richtung Gebäude und sagt: Gute Nacht, Herr, schlaf gut!

Er steckt seinen Kopf ins Auto und sagt zu mir: Na los, schauen wir mal, was du kannst!

Ich bin immer noch benebelt, als ich schließlich in O'Culigeens Arbeitszimmer stehe.

Das Wohnzimmer nebenan ist gemütlich und warm, mit einem richtigen Feuer und dicken weichen Teppichen, aber er sagt, dass wir da nicht reingehen können, weil so eingesaut, wie ich daherkomme, würde ich alles dreckig machen.

Und es ist ganz komisch, aber jetzt verändert sich seine Stimme. Er sagt, ich würde alles dreckig machen, als ob der Schlamm nur so an mir runtertropft.

Nein, wir wollen doch nicht überall deinen Dreck, oder?, sagt er und klingt plötzlich wie Spits McGee oder einer von den Jungs aus St. Cormac's.

Nicht, dass du alles dreckig machst.

Er führt mich in sein Arbeitszimmer, schiebt mich vor sich her, als ginge es darum, die letzte Packung Toastbrot im Quinnsworth zu ergattern. Sein Arbeitszimmer riecht nach alten Socken, und die Wände sind hellblau. An der Wand hinter seinem Schreibtisch hängt ein Bild vom Papst und gegenüber eins dieser Bilder mit Bergen, weiten grünen Feldern und Schafen drauf. In der Ecke steht ein schöner roter Lederstuhl, doch O'Culigeen lässt mich vor seinem Schreibtisch stehen, auf dem nur Papier und ein Glas mit Kugelschreibern sind.

Los jetzt, sagt er und hastet um mich herum wie ein Löwenbändiger, dann lass mal hören.

Was hören?, frage ich.

Deine Stimme, keift er mich an.

Ich zittere noch immer von dem Überfall, und diese Sache hier gefällt mir auch nicht wirklich, also bin ich mir nicht sicher, ob ich überhaupt einen Ton rausbekomme. Doch bevor ich ihm sagen kann, dass meine Beine müde sind und ich ein Glas Wasser brauche, haut er mir im Ernst mitten auf den Rücken und brüllt: »The Fields«, sing uns die scheiß »Fields«!

Das ist völlig daneben, mich zu schlagen und »scheiß« zu sagen. Und normalerweise würde ich direkt in übermenschlicher Geschwindigkeit zur Tür rausrennen, aber ich bin so überrumpelt von dem Schlag, dass mein blödes scheiß Gehirn ernsthaft darüber nachdenkt, es mal mit den »Fields of Athenry« zu versuchen!

Also?, sagt er, packt mich bei den Schultern und schüttelt mich hin und her, als wäre ich eine Stoffpuppe. Gib dein Bestes, du dreckiges kleines Hündchen.

Von jetzt auf gleich hat er beschlossen, dass ich ein dreckiges kleines Hündchen bin, und er kann gar nicht aufhören, es zu sagen.

Sing, mein Hündchen, sing! Du dreckiges kleines Hündchen.

Er hastet noch immer um mich rum und kneift mir ab und zu in den Arm, aber jetzt zieht er die Jacke aus und wirft sie auf den Stuhl, so nach dem Motto: Jetzt ist Schluss mit den Spielchen, jetzt hau ich dich zu Brei.

Ich will es nicht drauf ankommen lassen, also mache ich mich so gut es geht an die erste Zeile.

»By a lonely prison wall …«

Läuft wie geschmiert.

Oh, ja, sagt er wie der Bär am Honigtopf. Man höre sich an, was dieses kleine Hündchen für eine Stimme hat!

Es ist so, als würde er mit jemand anders im Raum sprechen, vielleicht mit dem Papst.

Die Stimme eines Engels, das ist es, was du hast, sagt er mir mit seinem Altkäseatem. Aber du bist ein kleines Hündchen und wirst immer ein Hündchen sein.

Und jetzt wird es so *richtig* merkwürdig.

O'Culigeen holt seinen Pimmel raus. Kein Scherz. Er ist hinter mir, aber ich höre, wie er seinen Kuhstall aufmacht, während ich davon singe, Travellyans Korn zu klauen.

Er streichelt mir über den Kopf, nennt mich abwechselnd Engel und Hündchen, aber ich spüre, wie er hinter mir mit seinem Pimmel rumhampelt, mir damit in die Seite stochert und an meinen Beinen herumreibt.

Und genau in diesem Moment merke ich, dass sich mein eigenes Ich, wer ich bin, plötzlich ein paar Schritte links von wo ich stehe befindet, ohne dass sich mein Körper bewegt hat. Von dieser neuen Perspektive aus sehe ich ganz genau, was jetzt passiert. O'Culigeen hat sich die Hose ganz ausgezogen, er trägt nur noch sein schwarzes Hemd und reibt sich wie im Wahn an meinem Körper und macht Trockenübungen an meinem Bein, als wäre er ein verschissener Jack-Russell-Terrier.

Ich bin bei der letzten Strophe des Liedes angelangt und höre auf. Dieser ganze Abend war schon so verrückt, und jetzt auch noch das hier. Ich vergieße ein paar Tränen.

O'Culigeen gefällt das gar nicht.

Sing!, sagt er und versetzt mir einen Schlag auf den Hinterkopf. Sing, du dreckiges kleines Hündchen! Und während er mir diese Befehle erteilt, fängt er an, meine graue Hose runterzuziehen.

Der Refrain von »The Fields of Athenry« geht so: »Low lie the fields of Athenry, where once we watched the small free birds fly.« Doch alles, was ich hervorbringe, ist eine sehr lange, sehr, sehr holprige Version von »Low lie«. Das ist alles, was ich singen kann, immer und immer wieder. Tief Low lie, low lie, low lie.

O'Culigeen scheint das nicht zu stören, denn er ist viel zu sehr damit beschäftigt, mich ein dreckiges kleines Hündchen zu nennen und an meinem Arschloch herumzufingern. Er fängt an, auf meine Schultern draufzusabbern und zu grunzen und mit seinem Pimmel in meinem Po rumzustochern.

In mir drin mache ich, derjenige, der ich bin, ich selbst, mit übermenschlicher Kraft einen riesigen Satz weg vom Tisch, aber wieder ohne meinen Körper mitzunehmen. Es ist total verrückt, als würde ich bei diesem Bild mit den grünen Bergen und den Schafen sitzen und ihm dabei zusehen, wie er auf mich einhämmert. Irgendwann denke ich, Es reicht, der Typ ist im Ernst dabei, mich zu ficken! Vater Luke O'Culigeen, Mann der Kirche, Quizmaster und rundum ehrenvoller Gentleman, fickt mich in den Arsch. Wie krass ist das denn?!

Ich hoffe stark, dass ich das Schlimmste überstanden habe, aber O'Culigeen ist heute Abend in Hochstimmung. Er kann einfach nicht aufhören, mich sein dreckiges kleines Hündchen zu nennen, noch nicht mal während er fröhlich vor sich hin vögelt, und jedes Mal, wenn er es sagt, gibt er mir einen Klaps oder auch einen richtigen Schlag.

Dreckiges kleines Hündchen, sagt er, wie viel Ärger du mir bereitest. Hündchen. Deiner Mutter. Hündchen. Deinem armen Vater. Hündchen. Und mir, Hündchen, sieh nur, was du mir antust, Hündchen, was ich deinetwegen getan habe!

Irgendwie kommt er während dieser ganzen Aktion auf die grandiose Idee, mich zu würgen würde mich lehren, kein kleines Hündchen mehr zu sein. Er drückt richtig feste zu, hundertmal fester als Mozzo, der, wie ich jetzt feststelle, im Vergleich zu dem hier ganz eindeutig nur Spaß gemacht hat.

Also O'Culigeen vögelt mich jedenfalls an seinem Schreibtisch, dabei drückt er mir den Hals zu und nennt mich ein dreckiges kleines Hündchen. Er drückt und vögelt nach Herzenslaune, und ganz plötzlich: zack!

Ganz einfach. Ich komme von der Wand runtergeschossen und werde zurück in meinen Körper gesaugt, als ob ich mit einem superstarken Gummiband an mir selbst befestigt wäre.

Für einen kurzen Moment fühle ich alles, was mir gerade passiert, und ich stehe in Flammen. Es fühlt sich so an, als würde O'Culigeen einen XL-Toblerone-Riegel in mich reinstecken und als hätte man meinen Kopf bis zum Anschlag mit Stacheldraht ausgestopft. So geht es ein paar Sekunden und dann nichts. Ich bin raus. Ich falle vorwärts auf den Tisch, knalle mit dem Kopf auf O'Culigeens Kugelschreiberglas und sacke zu Boden.

Natürlich dreht O'Culigeen, dieser unglaubliche Vollpfosten, jetzt total am Rad. Er glaubt, ich wäre tot. Er ohrfeigt mich und schüttelt mich und heult und küsst mich auf die Backe und umarmt mich und brabbelt Jesus dies und Jesus das, und Herr sei mir gnädig und Gott weiß was. Er hält mich eine Ewigkeit in seinen schwitzigen Armen auf dem Alte-Socken-Boden und sagt, dass es ihm leidtut und er mich liebt und mir nicht wehtun wollte. Ich will sagen: Laber doch keinen Scheiß, und mich dann noch mit einer schönen Ohrfeige bei ihm bedanken, aber ich kann kaum sprechen und verwende gerade sämtliche Energie darauf, ein paar ordentliche Atemzüge in meine geschundene Kehle zu bekommen.

Ich verliere jegliches Zeitgefühl. Mein Bewusstsein kommt und geht. Ab und zu flackert O'Culigeen auf, der über mir hin und her hastet und unverständliches Zeugs vor sich hin redet.

Jesus Christus, mea culpa, was tun, Stunden der Verzweiflung, hier bin ich, dies ist meine Stunde, Gott hilf mir, was soll ich tun, mea culpa, was tun?

Dann schleift er mich im Zickzackkurs durchs Arbeitszimmer. Als würde er nach einer kleinen Schublade suchen, um mich dort zu verstecken. Irgendwann lässt er los, fällt auf die Knie und fängt an, fieberhaft zu beten. Seine Augenlider sind zusammengekniffen, und seine Hände presst er in einer fiesen

Doppelfaust gegen seinen Mund. Er sagt kein einziges Wort, aber ich kann sehen, dass er sich richtig Mühe gibt, weil Tränen aus den Winkeln seiner fest geschlossenen Augen laufen.

Eine ganze Stunde später bin ich wieder auf den Beinen. Besser gesagt sitze ich wieder aufrecht, und zwar in dem roten Ledersessel in der Ecke vom Arbeitszimmer. O'Culigeen hat mir eine Tasse supersüßen Tee gemacht, den er nun meine Speiseröhre runterzwingt, zusammen mit einem ganzen Teller Custard-Cream-Keksen. Er hat ein riesiges wasserfestes Pflaster über den Schnitt in meiner Stirn geklebt, und als es Zeit wird, nach Hause zu gehen, hat er schon mein gesamtes Outfit gewaschen und am Feuer nebenan getrocknet.

Währenddessen sagt er kein Wort mehr, er führt mich einfach durch Zimmer, durch Türen und schließlich zurück zu seinem Auto. Kurz vor Mitternacht setzt er mich zu Hause ab. Als ich ihn gerade verlassen will und die Tür öffne, springt über unseren Köpfen ein Licht an, und er sagt Entschuldigung und verspricht mir, dass so etwas nie wieder geschehen wird. Dann lehnt er sich nach vorne und küsst mich auf die Wange und sagt, wenn ich irgendwem davon erzähle, tot oder lebendig, wird er persönlich dafür sorgen, dass der Zorn Gottes auf mich herniedergeht.

Zweiter Teil

1

Small Town Boy

Du bist eine Schande! Ein widerlicher Schandfleck!

Das sagt Dad immer und immer wieder. Und bollert zwischen jeder Beleidigung gegen die Tür. Er sagt, dass er nicht weggeht und dass ich genau zwei Möglichkeiten habe. Ich kann jetzt rauskommen und mir ein paar ordentliche Stockschläge abholen. Oder ich kann da drinbleiben und darauf warten, dass für immer und ewig die Hölle über mich hereinbricht.

Natürlich bewege ich mich nicht. Ich trage einen Anzug mit offenem Hemdkragen, der von der Debs-Party gestern Abend schon ziemlich zerknittert ist und auch ein paar Flecken abbekommen hat, und stehe in unserem separaten Klo mit der Blaukehlchentapete. Die meisten in The Rise haben Badezimmer mit einem Klo drin, damit man sich zur selben Zeit am selben Ort waschen und pflegen und allen anderen Körperkram erledigen kann. Dad sagt, dass ihm das auch angeboten wurde, aber dass er dem Architekten aufgetragen hat, das getrennt zu halten, weil er im beinharten Zentrum von Dublin aufgewachsen ist und man dort das Scheißhaus immer außerhalb des Hauses hatte und er sich nichts Schlimmeres vorstellen kann, als sich die Zähne zu putzen und die Haare zu machen, während ihm der Gestank von einem frischen Haufen in die Nase kriecht. Mam findet das auch und kann tausend Geschichten davon erzählen, wie sie im dörflichen Ballaghaderreen bei schlimmen Unwettern und nächtlichen Schneestürmen zum Außenklo geschossen sind. Sie sagt, dass es ihr beim Gedanken an ein integriertes Klo kalt den Rücken runterläuft. Da kann man ja auch gleich auf den Teppich machen.

Unsere Klozelle ist eng und bietet genau Platz für das Klo, ein paar Rollen Klopapier und ein winziges schachtelartiges Fenster oben drüber, damit der Geruch rauskann. Dad sagt, dass dieses winzige Fenster die einzige konstruktionsmäßige Schwachstelle des Hauses ist, denn obwohl es wunderbar den Gestank von unseren Haufen rauslässt, kann es ebenso gut gewitzte Einbrecher reinlassen. Wenn Mam im Spaß sagt, dass sie in letzter Zeit kaum kleinwüchsige Einbrecher durch Dublin hat laufen sehen, fängt Dad eine riesenlange Geschichte darüber an, dass die richtigen Einbrecher aus Dublin, die richtig schweren Jungs, mit denen er aufgewachsen ist, kleine Kinder durch winzige Fenster klettern und sich von ihnen die Haustür aufmachen lassen. Als Kind hat er das zigfach mit eigenen Augen gesehen, und er ist so felsenfest davon überzeugt, dass es in jeder Ecke unserer Vorstadtsiedlung nur so vor Einbrecherkindern wimmelt, dass er am Ende einen dicken Metallriegel mitten vor das winzige schachtelartige Fenster geschweißt hat, sodass der Gestank immer noch rauskann und die einzige Chance der Dubliner Unterwelt reinzukommen darin besteht, einen winzigen dressierten Einbrecheraffen zu schicken.

Das Klo ist so eng, dass man sich an den Wänden Arme, Knöchel und Ellenbogen stößt, wenn man auf die Idee kommt, hier irgendein anderes Manöver durchzuführen als ein gottgefälliges, ehrliches Männerpissen, soll heißen, reinkommen, pissen, abziehen, Schritt zurück, raus. Alles, was in irgendeiner Weise eine Drehung oder Abwischen beinhaltet, führt augenblicklich zu Gepolter. Mein Zimmer, das früher meins und Fionas Zimmer war, liegt direkt neben dem separaten Klo, und man bekommt so ziemlich alles mit, was darin vor sich geht. Das Poltern ist nur ein winziger Vorgeschmack auf das Klangbild, das dem unglücklichen Zuhörer Tag für Tag geboten wird. Es ist wirklich eklig, und meistens rammt man sich sofort die Finger in die Ohren, wenn man die Tür hört. Aber manchmal ist man nicht schnell genug oder bekommt nicht schnell genug mit, was außerhalb des eigenen Zimmers vor sich geht, und schon bald erkennt man absolut unfreiwillig jedes einzelne Familienmitglied an den Geräuschen, dem Klappern und der unchristlichen Sinfonie von Ploppen und Sprenkeln in den intimsten Momenten ihres Geschäfts, nur einen Meter und eine dürftige Sperrholzplatte entfernt von dir.

Dad ist der größte Polterer und scheint beim Hinsetzen und Aufstehen mit jedem einzelnen Körperteil gegen die Wände zu stoßen und zum Abwischen noch ein Rad zu schlagen. Und erst seine Sprenkelei! Bei ihm hört sich das so an, als würde jemand eine voll geladene Maschinenpistole direkt in die Schüssel feuern. Furchtbar. Bei Sarah hört man dauernd Stöhnen und Pressen, als würde sie jedes Mal ein Baby bekommen, auch wenn sie nur pinkelt. Eine aufwendige Produktion. Claire und Susan sind schwer auseinanderzuhalten, obwohl Susan für gewöhnlich schon den Klopapierhalter auseinanderpflückt, bevor sie sich überhaupt hingesetzt hat. Siobhan hasst es, dass ich alles hören kann, und versucht von daher, ihr gesamtes Geschäft möglichst außerhalb des Hauses zu erledigen, auf öffentlichen Toiletten, in Restaurants, egal wo. Mam ist superleise. Und Fiona ist nicht blöd, deshalb sagt sie mir jedes Mal, wenn sie gehen will, dass ich die Lautstärke aufdrehen soll. Und wenn es ihr nicht laut genug ist, klopft sie so lange gegen die Wand, bis Jimmy Sommervilles Kreischen in »Small Town Boy« ihre Ahs und Ohs übertönt.

Das Beste am separaten Klo ist allerdings das Schloss. Es ist der einzige Raum im ersten Stock, der ein Schloss hat. Und nicht so ein kleines dekoratives Blechding wie unten am Badezimmer, so ein dünnes glänzendes Hufeisen-Teil, das man mit einem ordentlichen Schulterstoß öffnen könnte und das eigentlich nur da ist, um dir zu signalisieren, dass vermutlich irgendjemand auf der anderen Seite der Tür gerade nackig ist. Nein, das Kloschloss ist ein dickes silbergraues Teil der Marke Chubb, das zur Hälfte in der Tür selbst steckt und nur mit der Hilfe mehrerer Vorschlaghämmer geknackt werden könnte. Es ist dafür gedacht, demjenigen auf dem Pott das ultimative Gefühl von Privatsphäre zu verschaffen, was natürlich wegen den dürftigen Spanplattenwänden und den dadurch bedingten familiären Plopp-Charts Ansichtssache ist. Trotzdem ist es einfach das perfekte Schloss, um deinen wutentbrannten Vater daran zu hindern, sich trotz »seines Zustands« auf dich zu stürzen und dich bei lebendigem Leib zu filetieren, weil du ein widerlicher Schandfleck bist.

Zwischen mir und Dad läuft es seit Ewigkeiten nicht mehr gut. Mam spricht von einem richtiggehenden Totalschaden, und Dads gesundheitlicher Zustand macht alles nur noch schlimmer. Da ist zum Beispiel die Schule. Was das betrifft, bin ich, völlig unabsichtlich, total schlecht in wirklich allem geworden, was sich innerhalb von St. Cormac's abspielt. Eine absolute Niete. Spits McGee schickt mich an den meisten Tagen in die letzte Reihe. Nachsitzen samstags morgens wegen Mr. King. Und donnerstags extra Hausaufgaben nach Bruder Seamus' Sozialkundeunterricht. Ich gucke viel ins Leere. Ich vergesse meine Hausaufgaben zu machen. Manchmal hält eine ganze Schulstunde lang die Welt in meinem Kopf an, und alles um mich herum verschwimmt, und ich komme mir vor wie ein Typ, der nachts in seinem Zimmer aufwacht und keinen blassen Schimmer hat, wo er ist. Außerdem höre ich Stimmen. Ich sehe Dinge. Filmausschnitte, Momentaufnahmen. Augenblicke und Fetzen aus der Vergangenheit und verstörende Bilder, die keinen Sinn ergeben. Stimmen und Geräusche, die in mir drin zischen und brennen wie Helen Mackers Augen. Lehrer mögen so was nicht. Und für Dad ist es noch schlimmer. Weil Dads Kinder, zumindest seine Töchter, bei Tests und Prüfungen immer gut sind und beim Debattieren und Camogie und Netball und Hockey. Und als nun endlich ich an der Reihe bin, Sachen zu gewinnen und goldene Sternchen zu sammeln und mich in der weiterführenden Schule als Dads bester Nachkomme hervorzutun, indem ich die restlichen St.-Cormac's-Jungs völlig in meinen Schatten stelle, ist es ein gewisser Schock für ihn, festzustellen, dass mein Performance-Level leider noch ein bisschen unter der Marke auf ganzer Linie verkackt liegt.

Dass ich Messdiener geworden bin, ist ihm auch egal. Er hat sich bis tief in die Nacht mit Mam gestritten deswegen. Hat ihr gesagt, dass meine unsterbliche Seele scheißegal ist, wenn ich mein Leben auf der Straße verbringen würde, weil ich den Schulabschluss verkackt habe. Einmal hätte ich schwören können, dass er sich auf dem Klo die Augen ausgeheult hat. Er fragte Mam, was zum Henker denn mit mir passiert ist, wie ich mich von einem stinknormalen Durchschnittsluftikus, der gerne seine Hausaufgaben und Physikexperimente gemacht hat, in einen launischen, schweigsamen Kerl verwandelt habe, der kaum einen Stift anrührt und immer noch kein braunes Schutzpapier um seine neuen Schulbücher geklebt hat, obwohl der Winter schon angefangen hat.

Die Messdienergeschichte ist natürlich O'Culigeen zu verdanken. Er hat ungefähr zwei Minuten gebraucht, um sein Versprechen an den allmächtigen Gott, von jetzt an ein ehrlicher, nichtvergewaltigender Kirchenmann zu sein, über Bord zu werfen.

Stattdessen taucht er gerade mal drei Tage nach dem Übergriff bei uns zu Hause auf und säuselt meiner Mam irgendeinen blöden Priesterquatsch ins Ohr, über die Reinheit meiner Seele, die unbedingt aufrechterhalten werden muss, und den stillen, göttlichen Einfluss der heiligen Messe. Kurz gesagt, sind sie sich nach einer Tasse Tetley's und drei eingetunkten Ginger Snaps einig, dass ich zu Höherem als dem Kirchenchor bestimmt bin und stattdessen endlich bereit, Messdiener zu werden. Nicht gut. Mam ruft mich aus meinem Zimmer runter und sagt, ich soll O'Culigeen zum Auto hinterherrennen und mich bei ihm bedanken. Er kurbelt das Fenster runter und zwinkert mir durch seine Sonnenbrille zu. Und bevor er *Knight-Rider*-mäßig davonbraust, sagt er, dass er mein kleines Problem gelöst hat. Declan Morrissey, sagt er auf meinen fragenden Blick und fügt hinzu: Von dem kleinen Hündchen wirst du so schnell nichts mehr hören!

Ich bin donnerstags abends in der Messe und samstags in der Andacht. Zweimal die Woche, jede Woche, ohne Ausnahme. Und vor jeder Messe, wenn wir eigentlich in uns gehen und beten und bierernst werden sollten, kann O'Culigeen einfach nicht anders, als in sein aufgekratztes Element zu kommen. Oh mein Junge dies, oh mein Kind das, komm her zu mir, mein liebes Kind, und so weiter und so fort. Und dann wirft er einen Blick auf die Uhr, sorgt dafür, dass die anderen mit dem Plakettenputzdienst beschäftigt sind und sich um den Meister Proper streiten, schiebt mich in Richtung Sakristei, meistens schließt er hinter uns ab, und macht sich ans Vergewaltigen.

Netterweise hört er irgendwann mit dem Würgen auf, was wirklich rundum eine Erleichterung ist. Und statt danach zu heulen und zu beten, stopft er mich mit Schokolade und Kaugummi voll, und manchmal, wenn er gerade nichts da hat, gibt er mir sogar Geld. Ganz toll. So nach dem Motto: Hier hast du fünfzig Pence, was für mich ungefähr zehn Pennys sind, und danke noch mal. Als hätte ich gerade die Windschutzscheibe von seiner Karre poliert oder das Unkraut aus den Beeten am Seiteneingang gerupft. Er hört auch auf, mir Vorwürfe zu machen, tut nicht mehr so, als ob ich ihn gegen seinen Willen mit irgendeinem Voodoo-Fluch belegt hätte. Danach, wenn er sich langsam wieder im Griff hat und ich zusammengekauert auf dem Boden liege, völlig abgestorben, ohne eine Träne im Auge oder ein Gefühl in meinem Herzen, macht er einen auf beste Freunde. Tut so, als wären wir beide zusammen zwei Riesenschwuchteln, nur er und ich gegen den Rest der Welt, mit unserem großen Geheimnis, dass wir beide total drauf stehen, die Hosen runterzulassen und draufloszuvögeln. Den Teil hasse ich am meisten. Im ersten Teil ist er wenigstens einfach Luke O'Culigeen, der vergewaltigende Pfarrer. Das kann ich verstehen und ihn ausblenden und mich selbst ausblenden und gehen und nicht mehr da sein. Aber in diesem zweiten Teil, wo er so tut, als ob wir die schwule Version von *The Two Ronnies* wären, würde ich am liebsten heulen, bis mein Magen platzt und mir die Innereien aus den Ohren quellen.

Zu Hause verbringe ich mehr und mehr Zeit damit, allein in meinem Zimmer aus C90-Kassetten ellenlange Mixtapes zu machen, einfach nur mit Jimmy Sommerville, weil mit Soft Cell bin ich durch, und außerdem mag Fiona Bronski Beat und hat einen besseren Geschmack als ich und meistens recht, was so was angeht. Es ist jetzt mein Zimmer, ohne Fiona, auf Dads strikte Anweisung hin. Er hat sie zu Susan und Claire gesteckt, weil Mam ihm gut zugeredet hat, dass es manchmal besser ist, dem Gaul eine Karotte zu geben als die Peitsche. Mein eigenes Zimmer zu haben, ganz für mich allein, sollte aus mir einen Musterschüler machen, der Mathe und Bio paukt und wieder freundlich ist, statt ein maulfauler Kerl, der ins Leere guckt und launisch aussieht und nur zum Leben erwacht, wenn er zu seinem Kassettenrekorder tanzt und sich bis zum schwindelnden Vergessen auf der Stelle dreht und so laut er nur kann »Run away, turn away, run away, turn away, run away!« singt.

Ich ziehe mich auch wie Jimmy an, enge Jeans und ratzekurze Haare. Und ich schreibe mit Tipp-Ex Bronski Beat in Schnörkelschrift hinten auf meine Jeansjacke, genau wie auf dem Plattencover. Die Jacke ist uralt und viel zu kurz für mich, aber das ist genau richtig, und sie geht mir genau bis zum Bauchnabel, und dann krempel ich noch die Ärmel hoch, genau wie Jimmy bei *Top of the Pops*.

Die Jacke hat Mam mir vor Jahren gekauft, als ich noch ein kleines Kerlchen war und den *Sechs Millionen Dollar Mann* toll fand. Ich dachte, dass ich darin aussehe wie Steve Austin auf dem riesigen lebensgroßen Poster, das mal die gesamte hintere Schlafzimmerwand bedeckt hat und bei dessen Anblick Tante Jane einen Riesenschreck bekam, als sie während unserer alljährlichen Neujahrsfeier reinguckte, um im Spiegel nach ihrem Lippenstift zu sehen. Tante Jane ist Dads Schwester und eine alte Jungfer aus Dublin, die keinen Mann abbekommt und immer einen riesen Flatschen Lippenstift trägt, der ihr in die Mundwinkel läuft, sodass sie aussieht wie der Joker bei *Batman* aus dem Fernsehen, nur in einer blauen Seidenbluse von A-Wear. Und als sie dann allen die Story erzählt hat, wie sie beim Anblick dieses gut aussehenden Superhelden auf einem Poster im Spiegel vor Schreck zusammengezuckt ist, fanden die meisten das ganz besonders lustig, aber auch ganz besonders traurig. Als wäre es dumm von ihr, beim Anblick eines Typen auf einem Poster zusammenzuzucken, aber dass ein Teil von ihr eigentlich hoffte, dass Steve Austin tatsächlich lebendig ist und eingefroren in seiner Sprintpose nur darauf wartet, dass sie in mein Zimmer kommt, damit er sich wieder bewegen kann und sie aus diesem langweiligen alten männerlosen Dasein entführt, in das sie unfairerweise geraten ist.

Mam hat natürlich nichts gegen die neue Frisur, weil in ihrem Regelbuch aus der guten alten Zeit ein kurzer Haarschnitt bedeutet, dass du ordentlich, ansehnlich und grundehrlich bist und einen guten Ehemann abgeben würdest. Und in der Messdienerrobe, sagt sie, sehe ich quasi wie ein Heiliger aus. Je kürzer, desto besser, wenn es nach ihr geht. Sie sagt Dad, dass das mit der Schule nur so eine Phase ist und dass er sich daran zurückerinnern soll, wie schlecht Siobhan war, als Sarah anfing, alles zu gewinnen und Siobhan sich an den Gedanken gewöhnen musste, die Zweitbeste zu sein, was ein ganzes Jahr Schwänzen und Ladendiebstahl gedauert hat.

Dad ist noch nicht überzeugt. Ihn stört das Gesamtpaket. Ein richtiggehender Totalschaden. Der Haarschnitt, die Jacke, die Musik, das Sich-im-Kreis-Drehen, die Schule, das Nachsitzen und das Starren. Was ihn jedoch am meisten stört, der Grund dafür, dass er endlich, genau jetzt, am Morgen nach meiner allerersten Debs-Party, nach Monaten vor sich hin köchelnder, schwelender Wut, trotz seines Zustandes die Energie aufgewendet hat, mich die Treppe hoch und bis aufs Klo zu jagen, ist keine Geringere als Saidhbh Donohue höchstselbst.

2

Early Days

Saidhbh und ich sind jetzt offiziell ein Paar. Ich weiß. Es ist total verrückt. Man denke nur an die drei Jahre Altersunterschied und die Tatsache, dass sie die herzzerreißend fantastische Saidhbh Donohue ist, mit blassem Lippenstift, glänzend braunen Haaren, Buttons und Röhrenjeans, und ich einfach nur jemand, der viel Fahrrad fährt, Spiderman-Schlafanzüge trägt und bei Familienfeiern im Hintergrund bleibt, vor allem, wenn sie im Vordergrund steht oder oben auf der ersten Etage mit einem Typen in Springerstiefeln rummacht. Es ist verrückt. Und normalerweise würde ihre Religion das nicht erlauben, und alle Priester der Welt würden sie dafür eine dreckige alte Kinderschänderin nennen, weil sie sich mir mit so etwas wie Romantik im Hinterkopf auch nur genähert hat. Aber dieses eine Mal macht sie eine Ausnahme, extra für mich.

Das Ganze fängt natürlich am ersten Tag nach O'Culigeens erstem Übergriff an. Sie hört von Mozzo alles über die letzte Nacht, als er in Tränen aufgelöst zu ihr gestürmt kommt und sagt, dass seiner Mam gerade ein Job angeboten wurde, just heute Morgen, völlig aus dem Blauen heraus, als Hausmeisterin in einer Kirche einer Gemeinde oben auf der Nordseite, und dass sie nach Clontarf ziehen müssen, weit weg von The Rise. Er sehnt sich nach Mitgefühl von Saidhbh und heult riesen Krokodilstränen. Noch nicht mal seine Docs hat er an. Und er sieht ihr in die Augen und hält sich an ihrer Bomberjacke fest und fleht sie an, sich etwas auszudenken, einen Plan. Er sagt, dass er nirgendwohin geht. Und dass er auf dem Boden in Saidhbhs Zimmer schläft, wenn sie ihn lässt. Sie spielt das Ganze runter und sagt, dass die Nordseite nicht so übel ist und dass sich Mozzo doch mein Fahrrad nehmen und sie damit besuchen fahren kann, wann immer er will. Bei diesen Worten dreht er natürlich total durch und sagt ihr, sie soll meinen Namen nie wieder erwähnen und dass er mir schon gezeigt hat, wo's langgeht, indem er mir unten am Kanal ordentlich den Arsch versohlt hat, und ich jetzt ganz genau weiß, welche Schnecke zu welchem Typen gehört.

Bei diesen Worten wiederum dreht Saidhbh durch und nennt Mozzo ein Riesenbaby und lässt ihn alleine auf ihrer Bettkante sitzen und kommt zu uns gestürmt, um zu sehen, ob es mir gut geht. Mam schickt sie rauf zu mir und sagt, dass ich den ganzen Tag schon so still bin und kaum ein Wort darüber verloren habe, wo mein Fahrrad abgeblieben ist und warum ich erst zu so später Stunde vom Herrn Pfarrer zurückgekommen bin.

Und tatsächlich bin ich dank O'Culigeens erster abendlicher Angrabschaktion total fertig, als Saidhbh ankommt und sagt, dass sie sich voll die Vorwürfe macht und glaubt, dass es ihre Schuld ist, dass sie mich hier auf dem Bett vorfindet, verängstigt und still und mit der Frage beschäftigt, was aus meiner Welt geworden ist. Sie sitzt eine Ewigkeit bei mir. Sieht sich um. Hebt ein paar Schulbücher von mir vom Boden auf und sagt, dass *Peig* die Hölle ist, auch wenn man auf eine Schule geht, wo alle den ganzen Tag nur Irisch sprechen. *Peig* ist so ein Buch, das man im Irischunterricht durchnimmt, weil es einfach komplett auf Irisch geschrieben ist, ohne ein einziges Wort Englisch. Und die wahre Lebensgeschichte von so einer alten Schrulle, die irgendwo am Arsch der Welt lebt und eine Million Kinder hat, von denen die eine Hälfte emigriert und die andere Hälfte an der Irischer-Arsch-der-Welt-Krankheit krepiert, und als sie das schreibt, ist sie schon uralt und zündet sich eine Pfeife an und heult sich einfach darüber aus, wie schwierig es ist, eine alte Schrulle am Arsch der Welt zu sein, wenn dir tausend schlimme Erinnerungen durch den Kopf rasseln. Alle in der Schule sind gezwungen, es zu lesen, und wenn man es nicht kann, schafft man seinen Abschluss nicht, also hassen es alle umso mehr. Wir können diese jammernde alte Schachtel einfach nicht leiden, mit ihren Geschichten über die alte Zeit, als man die Nattern aus der Kuhscheiße essen musste, um zu überleben. Die meisten von uns übermalen das Wort *Peig* mit abgefahrenen Graffitis und ändern es zu »Pute« oder »Penis«. Aber Hosenscheißer-Sweeny hat den Vogel abgeschossen. Er hat das I und das G durchgestrichen und Schlam davorgeschrieben.

Sie hat total viel Geduld, also Saidhbh jetzt, und am Anfang sind wir nur Freunde. Wir gucken uns im Ambassador *Police Academy II* an und finden ihn scheiße bis auf die Stellen, an denen der schwarze Typ die ganzen Elektrogeräusche mit seinem Mund macht. Das Ambassador ist ein riesiges altes Kino, das nach Bazooka-Joe-Kaugummi und Pisse riecht. Es liegt ganz am Ende der O'Connell Street, wo massenweise Schlägertypen und Drogenabhängige rumlungern, die in Sozialwohnungen auf der Nordseite wohnen und Pferde als Haustiere haben und die dich für weniger als einen halben Schuss am Morgen abmurksen würden. Normalerweise wäre es eine große Sache für mich, da alleine hinzugehen, ohne eine große Schwester, die mich vor den messerschwingenden Junkies beschützt (wobei mir nie ganz klar ist, was genau meine Schwestern zu meinem Schutz tun sollten, wenn so ein Penner ankommen würde, außer vielleicht, ihn kurzzeitig mit ihren kunterbunten Neonpullovern von Ton-Sur-Ton zu blenden). Aber als Saidhbh kommt, um mich einzusammeln, nickt Mam ihr auf diese Weise zu, die bedeutet: Pass auf ihn auf, ich vertraue dir, du bist für heute seine Mam.

Am Anfang reden wir auch nicht so viel, ich und Saidhbh. Auf der Busfahrt in die Stadt sagen wir kaum ein Wort. Was ein bisschen komisch ist, weil die Fenster vom Aufeinandertreffen des miesen, kalten, nassen Dublin-Wetters mit der stickigen, dampfenden Wärme der Busheizung total beschlagen sind. Wir könnten quasi auch im Kreis rumfahren und würden es nicht merken, also gibt es nicht viel, was wir uns ansehen könnten, um uns abzulenken. Stattdessen male ich ein Gesicht ans Fenster, mit meinem kleinen Finger – für präzisere Linien. Ein stinknormales schreiendes Gesicht mit Fangzähnen. So was male ich gerade andauernd. Und ich kann mich nicht entscheiden, ob das daran liegt, dass ich *American Werewolf* im Filmclub der Schule gesehen habe oder ob das irgendwie so 'ne Art tief in mir drin sitzender Angstschrei ist. Ist ja auch egal, es sieht jedenfalls gut aus, und Saidhbh ist beeindruckt.

Saidhbhs Lieblingsfach ist Kunst, sie kennt sich also aus. Seit sie laufen kann, hat sie jedes Jahr eine Eins in Kunst bekommen. Sie will aber nicht wirklich Künstlerin werden. Sie will Lehrer werden, so wie ihr Vater. Sie sagt, dass sie wohl hauptsächlich Kunst machen wird, wenn sie in Rente ist. Dann wird sie grüne Landschaftsbilder malen und sie im Sommer um den St. Stephen's Green Park herum an amerikanische Touristen verkaufen, die sich immer daran erinnern wollen, wie Irland aussieht, wenn sie zurück in den US of A sind, und dabei wird sie stinkreich werden.

Sie stößt mich mit dem Ellenbogen an und nennt mich einen kleinen Künstler. Ich stoße zurück und sage, Ach lass den Quatsch, aber wie ein alter Ire, dessen Familie schon seit tausend Jahren in Dublin wohnt und der findet, dass es die beste Stadt auf der Welt ist und der voll auf Guinness und Lustigsein steht und eine dicke Plauze hat.

Wir stoßen einander andauernd an, Saidhbh und ich. Eigentlich stoßen wir uns mehr an, als dass wir reden. Nach einem Monat traue ich mich immer noch nicht, sie nach Mozzo zu fragen, weil ich Angst habe zu hören, dass er noch immer ihr Freund ist und jeden Tag von Clontarf anreist, um sie zu sehen. Und sie traut sich nicht, ihn zu erwähnen.

Das mit dem Kino geht eine Ewigkeit so weiter, fast das ganze Schuljahr bis zu den ersten frostigen Dezembertagen. *Nummer 5 lebt!*, *Drei Amigos!*, *Jumpin' Jack Flash* und *Zoff in Beverly Hills*. Wir gucken uns alles an. Wobei Saidhbh bei Letzterem vor dem Kinobetreiber so tun muss, als ob sie mein Vormund wäre, weil der Film ab sechzehn ist und darin diese Szene vorkommt, in der sich der Herr des Hauses ins Zimmer der mexikanischen Haushälterin schleicht und stöhnend und schwitzend unter ihr liegt, während sie sich rekelt und in einem weißen Nachthemdchen direkt auf seinem Pimmel rumwackelt. Ich und Saidhbh erstarren während dieser Szene zu Statuen. Wir atmen kaum, als sich das auf der Leinwand abspielt. Nicht dass wir vorher Händchen gehalten hätten oder so. Aber während die Szene läuft, würde jeder sofort merken, dass wir beide einfach stur geradeaus starren, dass sich bei uns kein Muskel regt, noch nicht mal die Augen. Wir erstarren einfach, nervöse Gedanken im Kopf.

Ich denke an die Jungs in der Schule, an Hosenscheißer-Sweeny und Steven Casey, und mir wird klar, dass das hier genau das Richtige wäre, um sie an einem Montagmorgen in den Wahnsinn zu treiben, sie würden ihre Hüften hauruckmäßig vor und zurück bewegen und mit ihren Händen das Finger-ins-Loch-Zeichen machen. Und für einen Moment denke ich darüber nach, wie ich das Gespräch darauf lenken kann, direkt vor Technisches Zeichnen, wenn wir in einer Schlange warten, um in den kalten Neubau mit den Zeichenschienen und den schrägen Tischen zu kommen. Ich stelle mir vor, wie ich nicke und das gute alte Ich-hab-mir-den-Gaumen-verbrannt-Gesicht mache und den Jungs sage, dass Mexikanerinnen megaheiß sind. Und ich stelle mir vor, in ihre Gesichter zu sehen, und frage mich, ob einer von ihnen sagen wird, ich soll meine Fresse halten und mich wieder um meinen Schwuchtelkram kümmern. Aber hauptsächlich denke ich darüber nach, wie traurig mich die Szene macht. Und ich frage mich, ob Saidhbh und Mozzo auch diese Rekel-Wackel-Nummer abgezogen haben. Und ob Saidhbh ein weißes Seidennachthemdchen hat. Und ich fühle mich schlecht, wenn ich daran denke, wie es für mich in Sachen rekeln und wackeln gelaufen ist, und wie zur Hölle es so weit kommen konnte, dass ich die schwitzende mexikanische Haushälterin spiele und Vater O'Culigeen den geilen Hausherrn.

Auf dem Nachhauseweg reden Saidhbh und ich nicht über die Szene. Wir sagen, dass der Film echt lustig war, vor allem, als der Typ mit dem Bart in den Swimmingpool gefallen ist. Und dann, wenn zwischen uns Stille herrscht, singe ich. Das tue ich oft. Eine der vielen Angewohnheiten, die ich in dieser Zeit entwickle. Es ist auch kein ausgewachsenes Sich-die-Seele-aus-dem-Leib-Singen. Ich drehe mich nicht zu Saidhbh und brülle »Oh What a Beautiful Morning« aus *Oklahoma* (ein Familie-Finnegan-Favorit). Nein, viel stiller. Ich fange einfach an, manchmal ohne es zu merken, leise ein paar Zeilen von Jimmy zu singen, wie andere Leute ein Gespräch anfangen.

Saidhbh und ich laufen also von der Bushaltestelle auf der Ballydown Road zurück durch The Villas, und ich singe ganz hoch, aber auch ganz sanft »You leave in the morning with everything you own in a little, black case!«.

Meistens singe ich noch ein paar Zeilen mehr, vermutlich bis zum Ende von »Mother will never understand ...«, und dann höre ich auf und fange einfach wieder von vorne an. Sechzehn Schritte die Rosemount Lane runter. »Alone on the platform the wind and the rain ...« Noch zwanzig Schritte bis zur Ecke Clannard Crescent. »On a sad lonely face.« Und dann nochmal fünfunddreißig bis zu dem kleinen Weg in die Castle Mount Road. »Mother will never understand.«

Das Beste daran ist, dass es Saidhbh offenbar nicht stört. Um genau zu sein, gefällt es ihr sogar. Manchmal läuft sie einfach still neben mir her und hört mir beim Singen zu, ganz hoch, Jimmy-Style. Und manchmal summt sie sogar mit, auch total hoch, aber sie summt auch das Keyboard dazu. »Da, da, da-da, dam, da, da, da-da, dam, da, da, da-da, dam.« Und ab und zu singt sie sogar mit, nur dass sie den Text ein kleines bisschen verändert, einfach weil sie es kann. »On YOUR sad lonely face!«

Und noch mal, das ist nicht wie bei *Oklahoma* oder *Annie, schieß los!* Oder irgendeinem anderen F-F-F, der jedes Jahr zu Weihnachten auf BBC 2 rauf und runter läuft. Viel sanfter als das und manchmal kaum wahrnehmbar. Aber in diesen Momenten, wenn wir uns über den kalten Asphalt einen Weg zurück zu unseren feuchten, winterlichen Häusern bahnen und in dieser Tonlage singen, die Dad in seinem hochnäsigen Angeberton als »sweet simpatico« bezeichnen würde, dann glaube ich, wenn auch nur einen Augenblick lang, dass es Reinheit und Schönheit auf der Welt gibt. Und dass ich einen Teil davon ganz für mich haben kann.

Und dann kommen wir zum schwarz-weißen Eisentor von Saidhbhs Haus. Normalerweise ist unser Abschied total simpel und geht von Saidhbh aus. Sie nennt mich einen kleinen Madser und macht dann noch irgendwas Schwesterliches, zum Beispiel kneift sie mir in den Oberarm, während sie sich runterbeugt und mir ein Küsschen auf die Backe gibt und mir auf nette Art und Weise sagt, ich soll abzischen. Aber diesmal, und ich könnte schwören, dass das an dem mexikanischen Hausmädchen im weißen Seidenhemdchen liegt, das uns beiden immer noch durch den Hinterkopf geistert, fühlt sich alles etwas komisch an. Ich warte darauf, dass sie mich einen Madser nennt, oder Finno oder sogar Jimbo, aus Scherz, aber sie tut es nicht. Sie steht vor mir, nimmt ein paar Atemzüge, als ob sie zehn verschiedene Sätze auf einmal anfangen will, tut es aber nicht.

Wir stehen vor dem Tor, sodass man uns vom vorderen Fenster des Hauses aus wegen einer immergrünen, wuchernden Riesenhecke nicht sehen kann. Taighdhg, der allwissende Dad, und Eaghdheanaghdh, der stumme Bruder, können uns nicht bespitzeln. Saidhbh trägt eine Jeanslatzhose über ihren Doc Martens und eine alte braune Sportjacke von Taighdhg, die sie neu erfunden hat und die jetzt dank der Buttons von Madness und The Clash, ihrem Markenzeichen, wieder cool aussieht. Ihre braunen Haare hat sie sich in einem lockeren Last-Minute-Zopf aus dem Gesicht gebunden. Und selbst jetzt, im tiefsten Winter, ist ihre Haut leicht gebräunt, wodurch ihr weißlicher Lippenstift noch zauberhafter aussieht. Sie ist einfach perfekt.

Das Schweigen zwischen uns dauert ewig lange. Wir stehen einfach da wie bestellt und nicht abgeholt. Ich halte es nicht mehr aus und platzte plötzlich mit »You leave in the morning with everything you own in a little, black case!« raus. Ganz offensichtlich hat sie für heute genug von Jimmy und würgt mich ab, indem sie sagt, ich soll mich vom Acker machen, und sich für das kleine Wangenküsschen runterbeugt. Wenn ich sage »runterbeugen«, meine ich eigentlich »ein wenig nach vorne lehnen, aber leicht nach unten« – wir sind fast gleich groß, trotz des Altersunterschieds, aber sie hat immer hohe Absätze an – nicht die hochhackigen Dinger zum Aufbrezeln, sondern die soliden fünf Zentimeter, die dir ein ordentliches Paar Docs an einem guten Tag bringt.

Ist ja auch egal, jedenfalls lehnt sie sich für den Wangenkuss nach vorne, und aus Gründen, die allein ich und die Macher von *Zoff in Beverly Hills* kennen, drehe ich ganz plötzlich im letzten Augenblick den Kopf rum und gehe auf Frontalkontakt, mit den Lippen.

Für eine Nanosekunde, genau in diesem Moment des unbeholfenen und erschlichenen Kontaktes, denke ich, Das ist es. Das ist der Moment, wo alles anfängt! Wo sich mein Leben zum Besseren wendet! Endlich! Aber dann zieht sie blitzschnell den Kopf zurück und sagt: Was soll der Scheiß?! Und sie sieht mich an, als hätte sie gerade einen riesengroßen, dampfenden Haufen Scheiße geküsst. Sie nimmt die Hand zum Mund und macht eine halbe Wegwischbewegung (als wäre ich hier derjenige, der Lippenstift trägt), und dann hastet sie kopfschüttelnd zurück ins Haus.

Das war's dann erst mal für eine weitere Ewigkeit. Weihnachten '84 kommt und geht, dann der ganze Januar und die ersten beiden Februarwochen. Es dauert ganz genau bis 18:45 Uhr am Abend vor meinem vierzehnten Geburtstag. Kein Wort. Kein Anruf. Keine einzige Hollywoodkomödie. Nichts. Die Leitung wird ganz offiziell gekappt. Und das alles wegen einem einzigen verunglückten Kuss.

Folglich ist Weihnachten total öde. Alle schenken mir das Falsche. Für sie bin ich das ewige Kind. Die haben keine Ahnung, was in mir drin oder um mich herum passiert.

Am Tag selbst lasse ich mir nichts anmerken. Ich zerreiße einfach das Geschenkpapier und sage: Wow! Boba Fett! Und nochmal: Wow! Einen Snowtrooper mit Rucksackzubehör habe ich mir schon immer gewünscht! Die Schwestern schenken sich Klamotten und Ohrringe und CDs von den Thomson Twins und Paul-Young-Poster. Mam schenkt Dad tausend praktische Sachen, so Wischdinger für die Windschutzscheibe und ein Steckteil für den Kofferraum, in das die Wischdinger reinkommen. Als er an der Reihe ist, ihr ein Geschenk zu überreichen, wandern unsere Blicke zu ihm, und wir alle denken, weil er ein Dad ist und weil er immer noch die Todmüde-Krankheit hat, dass er es vergessen hat oder dass er einfach nicht die Kraft hatte, ihr eins zu kaufen, geschweige denn einzupacken. Aber er wird ganz still und kichert und verschwindet aus dem Zimmer und kommt mit einem riesigen Karton zurück, groß genug, dass ein Wäschetrockner darin Platz hätte.

Wir alle wissen, dass Mam sich einen Trockner wünscht, seit sie Maura Connell in Aktion gesehen hat, schon vor über einem Jahr. Mauras Mann Tim hat mal kurz zehn Minuten Pause bei seinem Pilotenjob gemacht und hat ihr heimlich in der Stadt bei Clery's einen gekauft. Hat ihn liefern lassen und alles. Das war ein richtiger Event, als der Clery's-Wagen angefahren kam. Alle taten so, als wäre es der Papst höchstselbst, der mal kurz bei Maura vorbeischaut, um Hallo zu sagen und ihr ein Geschenk von Gott da zu lassen. Und so schielt Mam jeden Tag, wenn sie im Garten die widerlich feuchte Wäsche an das orangene Leinendings hängt, dass Dad für sie aufgespannt hat, oder wenn sie sie wieder abnimmt, neidisch zu

Mauras Hintertür rüber, denn dort pustet ein dickes schwarzes Rohr den feuchten Dampf von ihrem Trockner nach draußen – und kündet von der federleichten, staubtrockenen Wäsche darin, die nur darauf wartet, mühelos rausgeholt und makellos gefaltet zu werden, um am Ende fröhlich auf den Betten der Familienmitglieder zu landen.

Leider sieht Mam auf den ersten Blick, dass es sich nicht um einen Trockner handelt, denn Dad kann das Geschenk quasi einhändig über seinem Kopf balancieren. Er lässt es vor ihr auf den Boden plumpsen, sagt, Fröhliche Weihnachten, und versucht, sich ein Lachen zu verkneifen. Mam lacht so halb, weil sie Mitleid mit ihm hat und ihre Enttäuschung verbergen will, und fängt an, das Geschenk zu öffnen. Nach einer Schicht Geschenkpapier weiß sie, wie der Hase läuft. Wir alle wissen es. Es ist Dads Lieblingsstreich. Ein winziges Geschenk zu kaufen und es dann eine Million Mal einzupacken, bis es so groß wie ein Haus ist. Das macht er jedes Jahr entweder zu Weihnachten oder bei einem unserer Geburtstage. Er glaubt, das ist einfach zum Totlachen, als gäbe es nichts Witzigeres auf dem Planeten Erde, als jemandem dabei zuzusehen, wie er Geschenkpapier aufreißt und dabei leicht enttäuscht aussieht.

Die Sache ist, nachdem Mam ihren Ärger darüber, dass sie keinen Trockner bekommt, erst mal verdaut hat, findet sie es irgendwie auch lustig. Und nach jeder Papierschicht sagt sie: Oh Matt, du bist ein unmöglicher Kerl! Und darüber kichert er noch mehr als vorher, er wird richtig rot im Gesicht, als würde er sich die beste Folge *Benny Hill* aller Zeiten angucken. Nach kurzer Zeit ist natürlich die Luft raus, und Mam hält ein tennisballgroßes Päckchen in der Hand, und um sie herum türmen sich Berge von zerrissenem altem Zeitungspapier (Dad hört nach etwa drei Schichten mit dem Geschenkpapier auf und ersetzt es durch alte Ausgaben des *Irish Inde-*

pendent). Am Ende stellt sich das Geschenk als entweder Ohrringe oder eine Halskette heraus – nicht zu billig und nicht zu teuer –, und Mam ist völlig aus dem Häuschen und sagt, dass es total glamourös aussieht und direkt aus *Denver Clan* kommen könnte. Sie dreht sich zu uns und wir ohen und ahen alle einstimmig, obwohl wir eigentlich nur glücklich darüber sind, dass sie am Ende des Papierklumpens angekommen ist, und auch darüber, dass Dad es geschafft hat, lange genug aus seinem Dauerschlaf auszubrechen, um ein Geschenk zu besorgen und daraus eine seiner typischen Comedynummern zu machen.

Dann bittet Mam die Mädchen, ihr dabei zu helfen, das Chaos in Plastiksäcken zu beseitigen, dann wendet sie sich speziell an mich und sagt, ich soll mich beeilen. Schließlich ist heute Weihnachten, sagt sie. Und du willst doch nicht zu spät zu Vater O'Culigeen kommen!!

Nein, denke ich leise bei mir, bloß nicht. Also sammle ich meine *Star-Wars*-Actionfiguren zusammen und trage sie in meinen Armen hoch in mein Zimmer und lasse sie auf mein noch immer ungemachtes Bett fallen. Boba Fett und Luke in Hoth-Outfit. Ich knie mich vor sie hin, wie ich es so viele Jahre lang getan habe, und bereite sie auf ein riesiges Abenteuer vor. Normalerweise hat das, was ich spiele, nichts mit den *Star-Wars*-Filmen zu tun. Stattdessen lasse ich meine Actionfiguren vor einer riesigen Flutwelle (meiner Decke) davonrennen und im letzten Moment von einer Klippe (dem Kopf von meinem Bett) in einen reißenden blauen Fluss (meinen Teppich) springen. Aber heute, an diesem Weihnachtstag, sehe ich sie nur an. Es ist, als wäre mein Kopf, der sich all diese Geschichten ausgedacht hat, plötzlich ein Megamix und jemand hätte auf Pause gedrückt.

Mam kommt angerauscht, steckt mich in meine schicksten

Weihnachtsklamotten, ein braunes Jackett mit passender Hose, und setzt mich dann bei der Kirche ab, direkt vor O'Culigeens Tür, ganze fünfundvierzig Minuten bevor der Gottesdienst anfangen soll.

O'Culigeen macht sich fast in die Hose, als er mich sieht. Er sagt mir, dass ich göttlich aussehe und dass ich das schönste Weihnachtsgeschenk bin, das sich ein Pfarrer wünschen kann.

3

Tage religiöser Orientierung

Der Countdown zu meinem Vierzehnten ist ähnlich furchtbar. Der Januar ist ein Albtraum. Schule ist wieder angesagt. Und mich kannst du völlig vergessen. Ich kann mich auf nichts konzentrieren. Noch nicht mal auf Mr. Kings überzogene König-Lear-Performance vor der Tafel oder mein ehemaliges Lieblingsexperiment in Spits McGees Physikunterricht, Haftreibungskoeffizient versus Gleitreibungskoeffizient – wobei man eigentlich bloß einen Holzklotz über eine glatte Oberfläche gleiten lässt und guckt, wie viel Energie nötig ist, damit er nicht zum Stillstand kommt. Alle Lehrer glauben, dass ich auf Störenfriedmodus geschaltet habe und versuche, mich ihnen zu widersetzen, also verbannen sie mich in die hintersten Reihen oder auf den Flur. Dadurch steigt mein Ansehen bei den GAC-Typen, für die ich vielleicht ein warmer Bronski-Bruder sein mag, aber dafür ein ziemlich hardcore abgebrühter Bronski-Bruder. Sie sind besonders beeindruckt, als Fats Madigan mich aus Erdkunde schmeißt, weil ich die gleiche Frage dreimal hintereinander nicht beantworten kann.

Er fragt mich etwas über Gletschererosion. Kinderleichtes Zeug, Gletscherseen und so. Und ich sehe, wie sich seine dicken Sabberlippen bewegen, aber irgendetwas hindert mich daran, die Frage zu hören. Er sagt so: Bla, bla, Berg oder Tal? Und ich starre nur auf seine Sabberlippen. Beim ersten Mal marschiert er zu mir rüber, stellt sich direkt neben mich und sagt, Also? Und ich kann ihn nur ansehen und sagen, Weiß nich. Dann versucht er es noch mal, diesmal direkt vor meinem Gesicht. Bla, bla, Berg oder Tal, und in welcher Region in Frankreich? Wieder dringt er einfach nicht zu mir durch. Die Sabberlippen sind zu mächtig, und direkt neben meinem Gesicht ist es einfach unmöglich, sie zu ignorieren. Diesmal boxt er mich, voll gegen die Schulter. Packt mich am Pullover und schüttelt mich hin und her. Sein Kopf ist jetzt glühend rot, und er bellt volles Rohr, Bla, bla, verdammt noch mal, bla, scheiß Gletschersee, bla, bla, scheiß Bergregion, bla oder Tal? Aber er könnte genauso gut sagen, Guck dir meine dicken Sabberlippen an, die dir Sprechkäse direkt ins Gesicht spucken.

Ich zucke mit den Schultern und sage einmal mehr: Weiß nich, und er zerrt mich am Kragen aus der Klasse, schleudert mich gegen die Garderobenhaken und sagt mir, ich soll seine Geduld nie wieder auf die Probe stellen und hier draußen über mein Leben nachdenken. Es kommt allerdings noch schlimmer, weil hier draußen auf dem Flur Jack Downs auf Patrouille ist, unser Sozialkundelehrer und frisch ernannter Stufenleiter. Jack ist ein gescheiterter Hurleyspieler mit einer Narbe an der linken Schläfe, weil er als Kleinkind in irgendeinem Kaff in einen Traktorunfall verwickelt war. In seiner Hurleywelt war er wohl der tollste Hecht aller Zeiten, aber seit sie ihn aus dem Kerry-Team geschmissen haben und er Lehrer geworden ist, verarbeitet er am allerliebsten Schuljungen zu Pflaumenmuß. Egal warum, egal wann, egal wo, er steht einfach drauf. Und nicht so harmlose kleine Schulterboxer hier und da. Nix da, der legt sich so richtig ins Zeug. Verpasst dir eine riesendramatische Tracht Prügel quer durchs

Klassenzimmer und dazu eine Slow-Motion-Standpauke, untermalt mit Schlägen. Normalerweise darüber, was das für Tiere sind, die dieses Land derzeit hervorbringt. Nur dass er sagt: Was, bäm, das, bäm, für Tiere sind, bäm, bäm, die, bäm, dieses Land, bäm, bäm, derzeit, bäm, hervorbringt. Bäm bedeutet, dass er dir ins Kreuz haut oder seitlich gegen den Kopf.

Mich knöpft er sich an diesem Fats-Madigan-Tag vor, schleift mich zurück in die Klasse und fragt Fats, warum ich vor die Tür musste. Als er hört, dass ich einem Erdkundelehrer gegenüber unverschämt still war, dreht er durch und zieht seine Standpauken-Prügel-Nummer quer durch die Klasse ab, nur dass seine Prügelfrage diesmal auf mich zugeschneidert ist. Mir, bäm, antwortest du, bäm, bäm, jetzt, bäm, auch nicht, bäm, bäm, was?

Normalerweise würde der arme Kerl, mit dem er die Standpauken-Prügel-Nummer durchzieht, mittlerweile in Tränen ausbrechen, aber so, wie die Dinge für mich in letzter Zeit gelaufen sind, tänzle ich mit Downs einfach quer durch die Klasse, bis er fertig ist. Ich spüre die Schläge und Ohrfeigen kaum, und seine Worte höre ich auch nicht. Nur ein klitzekleiner Teil von mir, ein winzig kleines flackerndes Lichtchen in mir drin, fragt sich, genau wie Downs, was für Tiere dieses Land derzeit hervorbringt, wenn es seine eigenen Kinder ausschließlich prügelt und schlägt und missbraucht.

Das Ganze hat aber auch sein Gutes. Die GAC-Jungs sind danach der Meinung, dass ich der Rocky Balboa aller Schwuchteln bin, und stellen sich die Tracht Prügel nachträglich mit Downs als Apollo Creed und mir als Rocky vor, wie ich Schläge und Haken kassiere, aber nicht zu Boden gehe. Wie ich mit diesem grenzdebilen Stallone-Blick einfach geradeaus starre. Sie sagen noch immer jedes Mal Schwuchtel zu mir, wenn ich mit meiner Jimmy-Jacke in die Schule komme, aber das war's dann auch. Sie nennen Gary und mich noch nicht mal mehr Mann und Frau. Und dann werde ich wegen meines schlechten Verhaltens auch noch auf Tage religiöser Orientierung geschickt. Was besser ist, als es klingt.

Tage religiöser Orientierung gibt es zweimal im Jahr oben in dem Kloster auf dem Berg hinter der Schule. In dem Kloster leben die Mönche, wenn sie nicht unterrichten, wo sie viel im Garten arbeiten, beten, schweigen und die beiden müden Ponys mit Gras füttern, die auf dem Grundstück leben (sie wurden vor so Pennern in Tallaght gerettet und haben riesige Brandmale an den Hufen, wo man sie angezündet hat). Kloster klingt viel vornehmer, als es wirklich ist, und eigentlich denkt man, wenn man Kloster hört, ans fünfzehnte Jahrhundert und Steine und Moos und Kerzen, und es klingt irgendwie ein bisschen horrorfilmig. Tatsächlich aber ist das Gebäude total flach und modern und cremefarben, keine fünfzig Jahre alt, und wurde vermutlich einfach auf den Berg gepackt, als die Brüder, die in der Schule unterrichteten, es leid waren, jeden Tag von ihrem Schloss aus Gott weiß wo mit dem Bus angereist zu kommen, nur um für ein paar Stunden ein paar Jungs zu verkloppen und danach wieder in den Bus zu springen.

Natürlich sind die Mönche diejenigen, die die Jungs für Tage religiöser Orientierung aussuchen, und von der gesamten Schule mit vierhundert Jungs werden nie mehr als zwanzig ausgewählt. Klar wollen alle auf ihre Liste kommen, weil man zwei komplette Schultage verpasst, wenn sie dich aussuchen, aber niemand weiß so richtig, wie das vor sich geht. Die Auswahl erfolgt irgendwie ziemlich querbeet, und es sind immer ein paar von den Schlauesten und ein paar von den Rüpeligsten und Frechsten dabei. Unserer Theorie nach sind die Schlauen dabei, weil es ein Riesenerfolg für Team Gott ist, wenn sie sich nach den zwei Tagen mit den Mönchen ganz dem Herrgott zuwenden und superheilig werden. Vermutlich sind die Rüpel dabei, weil sie kurz davor sind, zur Hölle zu fahren, und nur noch durch entschlossenes Einschreiten um ihrer Seele willen zu retten sind.

Das Beste ist, dass niemand jemals ausgeplaudert hat, was während dieser Tage da oben passiert. Alle kommen nach zwei Tagen wieder und sehen irgendwie lammfromm und glitzeräugig aus, und manchmal hängen alle zwanzig zusammen in einer Gruppe rum und lächeln sich schweigend an und flüstern sich kurze Witze ins Ohr, und manchmal, kein Scherz, umarmen sie sich plötzlich einfach so. Als würden sie irgendetwas völlig Unvorstellbares teilen.

Als ich für dieses Mal also ausgewählt werde (es war klar, dass das irgendwann passiert – über meinem Kopf blinkt quasi ein großes rotes »Seele in Gefahr«-Schild, wenn ich am Lehrerzimmer vorbeilaufe), man behalte hierbei mein Tänzchen mit Downs und meine beiden wöchentlichen O'Culigeen-Sessions im Kopf, kann ich mir die unbeschreiblichen Höllenqualen, die mich und die anderen neunzehn Pechvögel erwarten, sobald wir das Tor zum Kloster durchschreiten, kaum vorstellen. Ich denke mir so, im besten Fall einfach zwei Tage totale Dauervergewaltigung – wobei noch eine Ladung ausländischer Mönche aus allen Ecken der Welt eingeflogen wird, die bei ihrem kaputten, geisteskranken Zu-Tode-fick-Spermathon Wetten auf unsere Köpfe abschließen. Worst-Case-Szenario wäre, dass wir einander mit rot glühenden Dildos aufspießen müssen, während die Mönche uns zwingen, tellerweise die Scheiße der massakrierten Tallaght-Ponys zu fressen.

Man kann sich insofern meine Erleichterung vorstellen, als die erste priesterliche Figur, die wir drinnen sehen, Vater Jason höchstselbst ist, der an einem Tässchen nippt und in der anderen Hand eine riesige Kanne mit duftendem Tee hält. Sofort sacken meine Schultern nach unten, und ich denke so: Yesss, das wird geil.

Und ich habe tatsächlich recht. Zwei Tage lang hat Vater Jason alles unter Kontrolle. Er ist kalt wie eine Hundeschnauze, durch und durch. Er bringt den Ball ins Rollen, indem er uns erst mal Tee und Kekse gibt (was vermutlich auch der Grund ist, warum nur zwanzig mitmachen dürfen – sie haben nur zwanzig Tassen), und dann schart er uns alle in einem dunklen Raum mit dickem Teppich, an die Wände geschobenen Stühlen und dem Licht von nur drei oder vier Kerzen in einem Sitzkreis um sich. Er erzählt uns alles davon, wie er Alkoholiker war und sein Leben ruiniert hat und dass er vorher, in seinem alten nichtpriesterlichen Leben, eine Familie hatte und wie er einmal seiner Frau mitten ins Gesicht geschlagen und seinen Kindern Geld geklaut hat, um den Alk und sogar Drogen zu bezahlen.

Und eines Tages, sagt er, an seinem absoluten Tiefpunkt, seine ganzen dreckigen Lumpen von oben bis unten voll mit Kotze, stolpert er direkt im Zentrum von Dublin an einer Kirche vorbei. Die Tür steht halb offen, und aus irgendeinem, ihm selbst unbekannten Grund macht er, statt dran vorbeizutorkeln oder in eine Ecke zu pissen, gegen einen Mülleimer, wie er es sonst so gerne getan hat, schlägt einen linken Haken und geht hinein. Die Kirche ist leer, und die Geschichte endet damit, dass er ausgestreckt vor dem Altar liegt, einfach direkt auf dem Boden, mit ausgestreckten Armen, wie ein Kreuz. Und er weint, heult sich richtig die Augen aus und schreit Gott durch seine dicken, wütenden Tränen hindurch an und sagt Dinge wie: Hier bin ich, du Arschloch! Ich bin endlich hier! Vater Jason benutzt tatsächlich das Wort »Arschloch«, was uns alle umhaut, wenn man bedenkt, dass er ein Priester ist und davon erzählt, in einer Kirche zu sein und mit Gott selbst zu reden, und dann redet er auch noch mit Schuljungen, die normalerweise von ihren Lehrkörpern, was Flüche angeht, allenfalls mal »Rowdy« oder so zu hören bekommen. Aber egal, er sagt jedenfalls: Hier bin ich, du Arschloch! Ich bin endlich hier! Und ich bin ein wertloses Stück Scheiße, also setz meinem scheiß Leben verdammt noch mal ein Ende! Komm schon! Töte mich!

Und er wartet und wartet und bettelt darum, einfach getötet zu werden. Er hasst sich selbst so sehr und hasst, was er seiner großartigen Frau angetan hat und seinen Spitzenkindern, und er will einfach nur noch sterben. Komm schon, du kranker Hurensohn, sagt er zum Altar, mittlerweile auf Knien, mit Tränen und allem Drum und Dran. Töte mich.

Und was dann passiert, ist der Hammer, er sieht nämlich hinterm Altar jemanden auf sich zukommen. Es ist kein Priester oder ein Mensch oder ein Engel. Es ist alles und niemand. Eine Erscheinung, ein Licht. Und die Gestalt sagt nicht viel zu Vater Jason. Aber sie sagt genug. Nur drei Worte, die sein Leben für immer verändern und ihn von einem dreckigen, versoffenen, vollgekotzten Alki zu einem Mann Gottes machen. Welche drei Worte? »Du wirst geliebt.«

Und jetzt, wo Vater Jason seine Geschichte erzählt, sieht man im Kerzenlicht, dass er Tränen in den Augen hat. Ich sehe mich nicht nach den anderen Jungs um, aber mir geht es genauso. Weil genau jetzt und hier will ich genauso sein wie Vater Jason da unten auf dem Boden, in seinen Lumpen in dieser Kirche, und ich will wissen, dass ich geliebt werde. Und genau auf diese Art geliebt, von einer magischen Himmelsmacht, die alles über mich weiß und alles über mein Leben weiß und mich trotzdem einfach nur liebt und mich mit riesigen, schwebenden Wattearmen aufsammeln und an sich drücken und mir einen Kuss dahin geben will, wo meine Stirn endet und meine Haare anfangen, und mir langsam himmlischen Atem einhaucht und mir sagt, dass ich in Sicherheit bin.

Dem hammermäßigen Anfang folgen zwei hammermäßige Tage. Vater Jason hat die Messlatte hoch oben angesetzt, und da bleibt sie auch. Tag eins fängt mit ein paar Gebeten an, einer Runde Rosenkranz, und danach spielen wir ein ziemlich cooles Plauderspiel, das heißt »Der schönste Tag meines Lebens und der schlimmste Tag meines Lebens«. Dabei geht Vater Jason reihum den Kreis durch, von einem zum anderen, und bittet uns darum, der Gruppe zu erzählen, wann wir uns im Leben am schlimmsten gefühlt haben, und nach einer kurzen Pause und einem tiefen Atemzug zu erzählen, wann wir uns am besten gefühlt haben. Ziemlich einfach. Aber trotzdem total cool.

Also die kleineren Jungs aus der Fünf und Sechs haben noch ein ziemliches Brett vorm Kopf. Aber auf lustige Art und Weise. Ein Winzling namens Shaymo, der mördermäßig gut Fußball spielt und garantiert Schulstar wird, erzählt, dass der schlimmste Tag seines Lebens der Tag war, an dem er in der örtlichen F-Jugend der Dunbarton Kestrals im Spiel um die Meisterschaft einen Elfmeter verschossen hat, und der schönste Tag seines Lebens war, als seine Eltern ihm sagten, dass sie einen Ausflug nach Liverpool machen würden, um sich das Anfield-Stadion anzusehen. Er fügte hinzu, dass sie den Ausflug nie gemacht haben, weil seine Ma eines Tages darauf bestand, ihr gesamtes Feriengeld in die Trócaire-Box für die hungernden Leute in Kambodscha zu spenden. Was, wie Shaymo hinzufügt, als eigentlich schon der Junge neben ihm dran ist, das Ganze eigentlich genauso schlimm macht wie den Tag, an dem er den Elfer verschossen hat.

Aber ein paar von den Kleinen kapieren. Ein Zwerg mit Engelsgesicht und Brille namens Pilibeen, der eine Irish-Dance-Medaille an seiner Jacke trägt und klingt, als würde er auf die Coláiste Mhuire ni Bheatha gehen, sagt, der schlimmste Tag in seinem Leben war, als seine Oma gestorben ist. Sofort werden alle ganz still, und deswegen wird Pilibeen puterrot. Er sagt, dass er beim Abendbrot saß und Kartoffelbreiberge formte, zwischen denen Würstchenzüge durchfuhren, als das Telefon klingelte und sein Onkel Billy dran war. Er wusste, dass es sein Onkel Billy war, weil seine Ma dranging und rief, »Oh Billy, neeeeeeeein!!!!« Wie im Film, wenn jemand dabei ist, die Personen, die du liebst, in Zeitlupe zu erschießen. Pilibeen sagt, dass er seine Oma so geliebt hat und das ein furchtbarer, furchtbarer Tag war, aber während er redet, sieht der kleine Zwerg gar nicht so traurig aus. Also stellt Vater Jason geistesgegenwärtig und wie die freundliche Priesterversion von einem TV-Cop ein paar superclevere Fragen darüber, wie genau sich Pilibeen an jenem Tag gefühlt hat, und Pilibeens Antworten führen schließlich dazu, dass er zugibt, dass der Tag so traurig war, weil er seine eigene Mutter als ein Häufchen Elend erlebt hat, und nicht, weil seine alte Oma – die er immer nur einmal im Monat sah und die wegen ihrer Taubheit etwas langweilig war und die, ehrlich gesagt, auch ein bisschen stank – gestorben war.

Vater Jason war richtig gut darin. Er sagte, er sucht in jeder Situation nach der Wahrheit. Weil Gott die Wahrheit ist. Und nur Gott kann einen erlösen. Keiner von uns hat eine Ahnung, was das bedeuten soll, aber es klingt irgendwie cool.

Als Nächstes kommen die Älteren dran, und jetzt geht es richtig rund. Denn es wird ziemlich schnell klar, dass wir alle irgendwie einen Schaden haben. Daryl McDonagh, ein ganz stiller Typ, mit dem ich alle drei Hauptfächer zusammen habe, erzählt zum Beispiel, dass der schlimmste Tag seines Lebens der war, an dem sein Vater von zu Hause weggegangen ist. Nicht unbedingt eine Überraschung. Alle nicken still. Aber dann wird er ganz rot im Gesicht und bekommt wässrige Augen und sagt, dass das auch gleichzeitig der schönste Tag seines Lebens war und dass sein Vater ein Riesenarschloch war. Er darf Arschloch sagen, weil wir uns, wie Vater Jason sagt, in einem geschützten Raum befinden und weil seinen eigenen Vater ein Arschloch zu nennen nicht halb so schlimm ist, wie Gott einen Hurensohn zu nennen. Es stellt sich heraus, dass Daryls Dad ein richtiges Arschloch war und wahrscheinlich auch irgendwie ein Hurensohn. Und nicht auf altmodische Weise. Nicht auf die Art, dass er Daryl Jack-Downs-mäßig durch die Bude geprügelt hat. Nein, viel schräger als so was. Richtig krank. Daryl erklärt, wenn er irgendeinen Gemüserest oder ein Stück Schale auf dem Teller gelassen hat, konnte sein Dad plötzlich total wütend werden und allen sagen, sie sollten aus der Küche gehen, und dann hat er Daryls Teller mit allen Essensresten beladen, die er finden konnte. Und dann, und jetzt wird es richtig gaga, dann musste Daryl einen riesengroßen Spiegel aus der Garage holen, der dort für genau solche Gelegenheiten aufbewahrt wurde, und sein Dad zwang ihn dazu, die ganzen abartigen Reste zu essen – das Zeugs von den Tellern seiner Brüder, die weggeschnittenen Enden vom Gemüse und manchmal sogar gekochte Eierschalen – und dabei sein dem Kotzen näher und näher kommendes Gesicht im Spiegel anzustarren.

Natürlich heult sich Daryl die Augen aus, während er uns das erzählt, und uns allen wird flau im Magen, während wir zuhören. Das liegt zum einen daran, dass einem bei der Geschichte einfach übel werden muss, aber zum anderen wissen wir genau, dass wir gerade eine Grenze überschreiten und uns in unbekannte Gewässer aufmachen und ab jetzt die Chancen gut stehen, dass aus jedem von uns alles Mögliche hervorsprudeln wird.

Und das tut es auch. Und es wird immer mehr. Justin Rafferty, so ein Oberstreber aus der Abschlussklasse, erzählt, dass er an seinem schönsten Tag die Ergebnisse der Zwischenprüfung bekommen hat, acht Einser und zwei Zweier. Er erzählt, dass sie mit ihm zu Blakes in Oakfield gegangen sind und er sich von allem zwei Portionen bestellen durfte, sogar zwei Eisbecher, und dass sie ein riesiges Familienfoto gemacht haben, mit seinen Onkeln und Tanten und so. Am Anfang reißt er noch Witze und sagt, dass der schlimmste Tag seines Lebens erst dann kommt, wenn die Ergebnisse von der Abschlussprüfung raus sind und er nicht so gut abgeschnitten hat wie bei der Zwischenprüfung. Alle lachen, und wir denken, dass er damit durchkommt, als Vater Jason ihn fragt, ob er sicher ist, dass das alles war. Und dann, wie aus dem Nichts, wie der Einschlag von einem Schmuddelmeteoriten, sagt er im Ernst: Der schlimmste Tag meines Lebens war eigentlich, als ich meiner Cousine die Muschi geleckt habe.

Wir alle sehen einander an, so nach dem Motto: Bidde was?!!! Und du weißt einfach genau, dass die kleinen inklusive oder ganz besonders Pilibeen sich denken: Die Muschi geleckt? Aber Vater Jason bleibt ganz cool und sagt ihm, er soll weitererzählen. Wir bekommen den ganzen Hintergrundbericht, dass er mit seiner Cousine Gemma supereng befreundet ist und er sie am Tag ihrer Konfirmation, nach einer weiteren großen Party im Blakes in ihrem Zimmer eingesperrt und sie gezwungen hat, sich die Muschi lecken zu lassen, weil er es leid war, von den anderen Abschlussklassenmackern ein Streber und eine Jungfrau genannt zu werden. Pilibeens Augen, das sehe ich genau, treten mittlerweile aus ihren Höhlen. Und

Justin erzählt immer weiter über die Schuldgefühle und dass Gemma die ganze Zeit geweint hat und dass er ihr nie wieder in die Augen sehen kann, geschweige denn ein Wort mit ihren Eltern wechseln – die vorher seine Lieblingstante und -onkel gewesen sind. Natürlich schluchzt er die ganze Zeit, während er uns das alles erzählt, und tut es noch immer, als Vater Jason sich zu mir dreht und sagt, dass ich nun an der Reihe bin.

Noch bevor ich überhaupt ein Wort sagen kann, spüre ich, dass mir die Beine zittern. In meinem Kopf denke ich, heilige Scheiße, wie zur Hölle soll ich diese ganzen völlig durchgeknallten Storys noch toppen?!! Aber in meinem Herzen weiß ich ganz genau, was ich ihnen erzählen muss. Ich fange mit dem schönsten Tag meines Lebens an und sage ihnen, dass es davon eine ganze Reihe gab und sie sich hauptsächlich darum drehen, dass meine Mam am Tisch den Witz mit der Frau erzählt, die den Busfahrer an ihre Brust lassen will, und meine ganze Familie einen Lachanfall bekommt. Ich werfe einen Blick in die Runde und sehe selbst in dem schwachen Kerzenlicht, dass alle total enttäuscht sind. Mal abgesehen von dem Wort »Brust«, ist das die langweiligste Geschichte des ganzen Morgens. Vater Jason jedoch ist zufrieden und lächelt und macht sogar eine halbe Verbeugung und sagt mir, dass es schön ist, dass ich so offen sage, was in meinem Herzen ist. Und der schlimmste Tag?, fragt er strahlend, in der Hoffnung auf einen richtigen Kracher. Und es ist genau in diesem Moment, dass meine Atmung völlig außer Kontrolle gerät.

Mit Mühe gelingt es mir, wieder Luft zu bekommen, aber es fällt niemandem wirklich auf. Das Zittern ist mittlerweile von meinen Beinen in meine Bauchgegend gewandert. Meine Finger fangen wie wild an zu zucken, als würde ich hier und jetzt auf einem unsichtbaren Klavier spielen, und ich will aufspringen und mich wieder hinsetzen, und zwar ungefähr tausend Mal pro Sekunde. Ich bekomme keinen einzigen richtigen Satz zustande, aber ich tue, was ich kann, und merke, wie ich aus irgendeinem Grund mit Helen Macdowell und dem Hockeyball anfange. Meine Worte schießen entweder in kurzen, scharfen, sich wiederholenden Stößen aus mir heraus oder in einem großen unverständlichen Schwall. Ich sage, dass es Helen Macdowell und der Hockeyball waren, die mir alles kaputt gemacht haben. Immer wieder wiederhole ich vier Worte: Es war der Hockeyball, völlig irre, bestimmt eine Minute lang, bis Vater Jason fragt, ob alles in Ordnung ist. Weil ein paar von den Jungs anfangen zu lachen.

Vater Jason legt eine Hand auf meine Schulter und drückt fest zu, drückt mich fest in den Teppich hinein. Der Druck hilft ein wenig, und ich kann erklären, dass Helen Macker das alles hat kommen sehen, dass sie in mich hineingeblickt hat und alles hat kommen sehen, dass sie die genaue Stelle gesehen hat, an der ich stehen würde, wenn alles aus den Fugen geraten würde, weil plötzlich Er aufgetaucht ist.

Wer ist Er?, fragt Vater Jason. Ich sage: Es war Vater. Es war Vater. Es war Vater. Es war Vater. Aber ich bringe den Satz nicht zu Ende. Es ist zu viel, selbst in diesem geschützten Raum, trotz des Muschileckens und kranken Spiegelfressens. Es ist zu viel, und das Zittern fängt wieder an, nur noch viel schlimmer. Als würde das Zittern aus meinen Beinen plötzlich durch meinen ganzen Körper wandern und sich dann mitten in meiner Brust bündeln. Sofort fange ich an, wegen dem ganzen Schmerz wild herumzuzucken. Ich kippe nach vorne auf den Boden und habe eine Art Anfall, ich zucke hin und her wie die frischen Sommerforellen, die Dad bei unserem letzten Familienurlaub in Connemara gefangen hat. Wir waren alle zusammen in diesem winzigen Ruderboot, in das wir uns ziemlich reinquetschen mussten, alle acht, obwohl Mam sagte, dass das illegal ist und dass wir alle verhaftet werden, wenn wir nicht vorher ertrinken. Dad machte einen auf dicke Hose und neckte sie, als wäre er einer von den Jungs vom GAC, und brachte das Boot absichtlich ins Wanken, sodass alle inklusive Mam schrien vor Lachen. Und als er den Fisch fing, schleuderte er ihn runter ins Boot und sagte mir, ich solle ihn töten. Hinterkopf!, brüllte er immer wieder, Hinterkopf gegens Boot!

Hinterkopf? Ich konnte den hin und her zuckenden Körper nicht mal für einen Sekundenbruchteil festhalten, geschweige denn den Hinterkopf zielgenau gegen diese einzelne Holzbohle schmettern. Am Ende schlug Dad heftig mit dem Stiel des Ruders auf ihn ein und sagte mit einem Zwinkern, War wohl Männersache, nichts für kleine Jungs, was?

Die anderen bekommen es mit der Angst zu tun. Sie lachen nicht mehr, und Pilibeen pinkelt sich fast in die Hose. Auf jeden Fall höre ich ihn weinen. Vater Jason jedoch bleibt ganz der Alte und verliert nicht die Nerven, sondern steht einfach über mir und sagt den Jungs, sie sollen Platz machen. Er fängt an, so zu tun, wie wenn nichts wäre, und macht weiter mit meiner Schlimmster-Tag-Geschichte und sagt: Und was hat Vater mit dir gemacht? Was hat er gemacht? In meinem Zustand kann ich ihn hören, aber ich kann es nicht wirklich glauben. Meine Brust ist kurz davor, wie ein blutiges Geschoss granatenmäßig aus mir herauszuexplodieren, wie bei diesem Typ in *Alien,* und meine Zähne klappern wie verrückt, und nie im Leben bekomme ich so irgendetwas aus mir heraus, und schon gar nicht die Geschichte, wie mich O'Culigeen hinten in seine Brutstätte des Bösen mitgenommen und mich dort geschändet hat.

Irgendwann kapiert Vater Jason und sagt, dass alles gut ist, und er hält meine Hand und hebt den Kopf zur Decke und fängt an zu beten. Aber es ist kein Gebet, wie ich es kenne. Es ist einfach nur so Gebrabbel. Ein paar Worte hier und da, gemischt mit ziemlich vielen ausgedachten Wörtern, wie bei Jabba dem Hutten in *Die Rückkehr der Jedi-Ritter*. Pa-ees-kachung-kow-a-wuukie!!!

Er sagt den Jungs, dass sie keine Angst haben sollen, dass das, was er da tut, in Zungen sprechen genannt wird, und dass er sich ganz einfach an den Heiligen Geist persönlich wendet, um mir in meiner Stunde der Not zu helfen. Mir ist das Ganze mittlerweile total peinlich, aber das Zittern hört einfach nicht auf. Vater Jason kniet jetzt, auf beiden Knien, direkt neben mir, und seine Hand schwebt über meinem Kopf. Mir ist warm, fast schon heiß. Und ich erinnere mich an die Geschichten aus der Bibel, die eine, in der Jesus irgend so einem verrückten alten Knacker, der mitten auf dem Marktplatz einen monstermäßigen Anfall hat, den Geist Satans austreibt. Bei *Jesus von Nazareth* im Fernsehen verwandelt sich der Typ einfach innerhalb von zehn Sekunden von diesem völlig gagamäßig durchgetickten Klappergestell zu einem ganz normalen Kerl mit Dankbarkeit in den Augen. Ich frage mich, ob er sich auch so gefühlt hat. Vielleicht war er ja gar nicht vom Teufel besessen, sondern eigentlich das Opfer von irgend so einem frühzeitlichen Wüstenpriester, der ihn auf sein Kamel gepackt und dann in den Dünen vergewaltigt hat. Und vielleicht brauchte er deshalb die Hilfe von Jesus, dem Superpriester. Und noch während ich darüber nachdenke und mich frage, ob Vater Jason einen besseren Jesus abgegeben hätte als Robert Powell, merke ich, dass das Zittern langsam weniger wird und sich die Dinge um mich herum wieder beruhigen.

Nach einer Minute hört es ganz auf. Die Jungs halten den Atem an. Vater Jason legt beide Arme um mich und hebt mich hoch in den Stand. Er sagt, dass ich meine Sache heute sehr gut gemacht habe und er sich schon darauf freut zu sehen, wie ich mich über die nächsten vierundzwanzig Stunden entwickeln werde.

An diesem Abend komme ich spät nach Hause, und Mam fragt, wie es im Kloster war. Ich sage ihr, dass es okay war und nichts Besonderes passiert ist. Ich esse nichts zu Abend und liege stattdessen im Bett und fühle mich schlecht, weil jetzt alle aus der Gruppe denken, dass mein Vater der fürchterlichste Mann auf der Welt ist und mir etwas so Unaussprechliches angetan hat, dass aus seinem eigenen Sohn ein murmelnder, schluchzender, spastischer Zappelphilipp geworden ist.

4

Trockene Tränen

Den Großteil der Nacht verbringe ich wach. Ich weine. Aber nicht richtig. Es ist so ein trockenes Weinen, das bloß aus dem Mund kommt und nicht wirklich aus der Kehle oder dem Magen, geschweige denn deinem Herz. Mam und Dad haben gerade Besuch von den Connells, um zu plaudern und etwas zu trinken und mit dem neuen braunen Sandwichbrot anzugeben, das sie an diesem Abend frisch von Quinnsworth mitgebracht haben. Es ist anders als das braune Brot, das Oma macht, also Mams Mutter, nach einem Rezept, das von Familie zu Familie weitergegeben wird und direkt aus der Wildnis von Ballaghaderreen kommt und vermutlich das gleiche braune Brot ist, das sie gegessen haben, als Saint Patrick damals mit einer Flasche Weihwasser und einer Handvoll Glücksklee in seinem Sklavenboot anlegte. Dabei vermischt man eigentlich nur eine Menge Nüsse und Körner zu einer dicken braunen Paste, und irgendwie schmeckt das Ganze wahnsinnig gut, wenn es frisch aus dem Ofen kommt, vor allem mit dick Butter und Erdbeermarmelade drauf. Allerdings sagt Dad, dass er das Ganze bei Zimmertemperatur nicht anrühren würde, weil ihm dazu seine Zähne zu lieb sind.

Nein, dieses neue Brot von Quinnsworth ist wie ganz

normales weißes Brennan's-Toastbrot, nur eben braun. Mam hat es zum ersten Mal bei Tante Una drüben in Rathfarnham gegessen, um so Gurkenstücke gewickelt. Es war das Gesprächsthema des Abends, und Tante Una war stolz wie Oskar, als sie mit der Sandwichplatte ankam und keiner seinen Augen traute. Mam boxte Dad den ganzen Abend lang in den Arm und wollte, dass er ihr darin zustimmte, dass es einfach völlig verrückt ist, dass es genauso schmeckt wie weißes Brot, nur dass es eben braun ist. Una sagte ihr, dass es sogar gesünder ist, eben weil es braun ist, und dann fingen alle Onkel und Tanten an, darüber zu reden, wie sie bei all den Veränderungen in Irland kaum noch mitkommen und wie modern alles wird. Dauernd ging es um Cholesterin und Ballaststoffe und Frauenrechte und Homos und Scheidung. Bei solchen Gesprächen versucht Dad normalerweise, aus allem einen Riesenwitz zu machen, besonders wenn er schon ein, zwei Drinks intus hat, und sagt Dinge wie, Das wäre doch dein Glückstag, wenn Mam das Wort Scheidung erwähnt. Doch meistens wird sie dann sauer und sagt, Lach du nur! Und dann hält sie ihm und jedem in Hörweite eine Standpauke darüber, wie das gesamte Land vor ihren Augen vor die Hunde geht und wie dieses schmutzige Lied ihr das gesamte Weihnachtsfest ruiniert hat.

Das schmutzige Lied ist »The Power of Love« von Frankie Goes to Hollywood, und es hat Mam dazu gebracht, sowohl an die BBC in London als auch die *Irish Indo* einen bösen Brief zu schreiben. Es war zweimal der gleiche. Sie hat ihn uns eine Million Mal vorgelesen, wie sie gerade mit ihrer gesamten Familie einen vorweihnachtlichen Tee getrunken hat, mit Scones und Sandwiches (Weißbrot), als die Nummer eins in den Charts inklusive Video bei *Top of the Pops* kam, und wie sehr ihr die ersten Akkorde und das Krippenthema des Videos gefallen hatten, bevor ihr der Refrain entgegenschlug – im wahrsten Sinne des Wortes, schrieb sie –, ganz besonders die Zeilen, die den Hörer unmissverständlich dazu aufforderten, Sex zu haben.

Sie sagte, dass so etwas vielleicht im heidnischen England als Weihnachtsbotschaft dienen könnte, aber dass wir hier im katholischen Irland pflegen, Weihnachten traditionell als ein gesundes Familienfest zu feiern, wo niemand auch nur im Entferntesten an Sex und Schmuddelkram denkt. Ganz besonders diese völlig unangebrachte Verwechslung des Krippenspiels mit dem Akt des Liebemachens war allein schon in Gedanken die schlimmste Sünde von allen und eine Blasphemie, die Bände über die moralischen Vorstellungen der Band Frankie Goes to Hollywood und ihres Sängers Holly Johnson sprach (den Namen musste sie in Susans *Jackie* nachschlagen) und noch viel mehr über die der Macher von *Top of the Pops* und jene Kräfte in Irland, die sich überhaupt einverstanden damit erklärt haben, dass das Video ausgestrahlt wird. Sie unterschrieb mit den Worten: Voller Sorge, aus Éire.

Zum Glück wurde ihr Brief nicht in der Leserbriefsparte des *Indo* gedruckt, und die BBC meldete sich auch nicht zurück, aber Mam wurde es einfach nicht müde, den Inhalt des Briefes zusammenzufassen und einfach jedem auf die Nase zu binden, wie dieses schmutzige Lied ihr Weihnachtsfest ruiniert hatte und dass sie unzählige Male über den Küchenboden geschlittert war, wenn es im Radio kam, um das Gerät noch vor dem ersten Refrain abzuschalten.

Aber heute Abend ist es anders. Das Gespräch von unten klingt eher nach dem leisen Gemurmel einer Diskussion als dem Seufzen und Bellen einer Standpauke mit anschließendem Beklagen. Von meinem Bett aus, das direkt über der Küche und rechts vom Wohnzimmer steht, bekomme ich genau mit, dass das braune Brot zwar ein ziemlicher Hit ist, sie sich aber mittlerweile den ernsteren Dingen des Lebens zugewendet haben. Fiona sagt, dass sie über Dads Dauermüdigkeitskrankheit reden und wie er sie besiegen kann. Sie hat gehört, wie Tim Connell, der Aer-Lingus-Pilot, gesagt hat, dass in »den Staaten« alle immer müde sind und Dad sich einfach ein paar Multivitamintabletten einwerfen und mit einem Sony-Walkman joggen gehen soll. Er bietet ihm sogar an, ihm von seinem nächsten US-Flug einen mitzubringen. Jetzt, wo der Dollar nur 0,50 £ wert ist, ist das ein richtiges Schnäppchen, sagt er. Dad fragt ihn, was er sich bitte auf dem Walkman anhören soll, und Tim sagt ihm, er soll nicht so ein alter Miesepeter sein und dass eine seiner Töchter ihm sicherlich ein Jogging-Tape zusammenstellen kann. Dad fragt, ob es *Hooked on Classics* auf Kassette gibt, und Tim lacht.

Fiona macht das gerade oft. Sie schlüpft der guten alten Zeiten wegen ins Zimmer und legt sich dort, wo früher ihr Bett stand, auf den Boden, schnappt sich meine alten aussortierten *Star-Wars*-Figuren und erzählt mir den neuesten Klatsch und Tratsch. Beim ersten Mal gelang es ihr, ins Zimmer zu kommen, ohne dass ich es bemerkte, und sie kroch auf allen vieren wie ein Soldat bis unter mein Bett, und als ich gerade einschlief, stieß sie ganz sanft von unten mit dem Knie gegen die Matratze. Ich rastete natürlich völlig aus und rief nach Mam und dachte, dass ein Geist oder ein Einbrecher unter dem Bett ist, und den Rest des Abends kicherte Fiona wie verrückt, sogar noch, als sie zurück in Claires und Susans Zimmer war.

Heute Abend bleibt sie nicht lange. Hauptsächlich, weil ich heute nicht gerade eine Plaudertasche bin. Ich raune viel und gucke eigentlich nur an die Decke. Als sie gerade zehn Minuten weg ist, fängt das Weinen an. Keine Ahnung, warum. Es ist total bescheuert. Total fake. Aber ich kann nichts dagegen tun. Waa-haa-haa. Sie kommt zurück ins Zimmer gerannt und sagt mir, dass ich sie nicht mehr alle habe und dass die Connells mich hören, wenn ich nicht leise bin. Aber ich kann nicht aufhören. Ich mache einfach weiter, als würde mich jemand dazu zwingen. Waa-haa-haa. Irgendwann kommt Mam natürlich rauf und nimmt mich in den Arm und nennt mich Segosha und fragt mich, was ich habe und ob heute im Kloster irgendwas passiert ist. Ich sage nichts, drehe mich auf die Seite und mache weiter. Waa-haa-haa.

Irgendwann taucht endlich Dad auf. Mein Vater. Er setzt sich neben mich auf die Bettkante und legt mir seine riesige Hand auf den Rücken, direkt unter den Nacken. Er nennt mich seinen Sohn und fragt, ob er einen Krankenwagen rufen muss. Ich mache weiter. Waa-haa-haa. Er lehnt sich näher zu mir und gibt mir einen Kuss auf den Hinterkopf. Ich fühle, wie sein Schnurrbart mein Ohr streift. Sein Atem riecht nach Alkohol. Er ist ein Riese. Seine riesige Hand wandert rüber zu meiner Schulter und drückt zu, und er sagt, dass ich ein guter Junge bin.

Zum ersten Mal in dieser Nacht kneife ich die Augen zusammen und stelle mir vor, dass er neben meinem Bett auf die Knie sinkt und mir »The Power of Love« ins Ohr säuselt. Ich beschütze dich vor dem Mann mit der Maske, sagt er, halb singend, halb sprechend, eine Mischung aus Holly Johnson von Frankie Goes to Hollywood und Vater Jasons gütigem, über dem Altar schwebendem Nicht-Gott. Er trifft jeden Ton und singt total gefühlvoll, genau wie im Video, und er singt einfach immer weiter, die Hände ans Herz gepresst, bis zu dem letzten inbrünstigen Teil, in dem er singt, dass er immer da sein wird, komme, was wolle, dass ihn nichts Geringeres antreibt, als seine immerwährende, unsterbliche Liebe.

Ehe ich michs versehe, ist es Morgen. Und es wird wieder Zeit für's Kloster.

5

Tage religiöser Orientierung, Teil zwei

Nach dem ganzen Palaver an Tag eins sind die Erwartungen an den zweiten Teil des Ausflugs ziemlich hoch. Wir fangen mit ein paar Dankesgebeten in dem mit Kerzen erleuchteten heiligen Raum an, bevor Vater Jason uns in ein kleineres Vorzimmer nebenan führt und uns eine besondere Überraschung verspricht. Hier, in diesem Raum mit grasgrünem Teppich, der nicht viel größer ist als ein winziges Schlafzimmer, in den nur ein einziger Lichtschein fällt, soll anscheinend unsere richtige Verwandlung stattfinden. Vater Jason lässt dramatisch eine riesige dunkelblaue Bibel in die Zimmermitte fallen, kniet darauf nieder, hebt den Blick zur Decke, dann sieht er uns einen nach dem anderen an und verkündet, dass wir hier lernen werden, in Zungen zu sprechen.

Natürlich machen wir uns alle in die Hose. Daryl McDonagh fragt unverzüglich, ob das wehtut. Vater Jason ignoriert ihn, klatscht in die Hände und ruft nach »Jacko« und »Fenzer«. Zwei Priestergehilfen tauchen plötzlich an seiner Seite auf, sie haben die Ärmel hochgekrempelt, ihre schwarzen Hemden sind am Kragen offen, und weit und breit ist kein weißes, priesterliches Hundehalsband zu sehen. Vater Jason dreht sich zu Daryl und sagt, dass er ganz sicher spüren wird, wie sein Kopf warm wird, weil der Heilige Geist von oben in ihn fährt, aber das Ganze sollte nicht allzu traumatisch sein. Dann wendet er sich an einen der Gehilfen und sagt, Es sei denn, du trägst den Teufel in dir. Dann steht uns ein ziemlicher Kampf bevor, was Jacko? Er zwinkert Jacko zu, als er das sagt, damit wir wissen, dass das schon ein Witz ist, aber irgendwie auch ernst.

Vater Jason beschließt, dass Daryl als Erster dran ist, um ihn von seinen Sorgen zu erlösen. Er bittet ihn, direkt auf der Bibel niederzuknien, und befiehlt uns allen, den Raum zu verlassen und uns draußen im Flur so in einer Schlange aufzustellen, wie wir es selbst für richtig halten. Ich lasse mir Zeit und verlasse als Letzter den Raum. Das Letzte, was ich sehe, ist, wie Daryls zitternder Umriss gehorsam auf der dunkelblauen Bibel kniet, während Vater Jason, Jacko und Fenzer ihre linke Hand über seinem Kopf schweben lassen und die andere auf ihr Herz legen.

Still stehen wir draußen vor dem Raum. Wir hören alles. Vater Jason und die Jungs beten wie verrückt, sie seufzen und spulen ihr gesamtes Repertoire ab. Ein Mix aus Vaterunsern und Ave-Marias und Rosenkranz-Best-ofs, zusammen mit Glaubensbekenntnissen und eucharistischen Anbetungen und Gott weiß was. Irgendwann steigern sie sich mit einem Sirenengeheul wie im Krieg in eine bestimmte Tonlage, wo sich ihre Worte vermischen, und sie alle jabbamäßig abgehen. Wacka-chucka-wanga-bang-jee-coke-pack-nu-neet-solo-seemi-nigh dah-teel! Keiner von uns sagt ein Wort. Pilibeen fängt an zu schluchzen und zu japsen. Und dann kommt's. Daryls Stimme, ultrahoch, macht einen auf Jabba der Hutte und alles. Eeeeeeeee-solo-seee-mi-ni-haaaaa-daaa-teeel-heilige-Mutter-Gottes-heilige-Mutter-Gottes-seeeeeeee-eeeeek-a-chow-a-wookie!

In der Schlange im Flur fangen die Jungs mit ziemlicher Entschiedenheit an, die Plätze zu tauschen. Alle wollen weiter nach hinten.

Nach zehn Minuten dieser Jabba-Nummer wird es totenstill. Die Tür schwingt auf, und Daryl kommt rausgeschossen, ganz rot im Gesicht, aber er platzt beinahe vor Stolz und Freude, als hätte er gerade so produktiv wie nie beim Weihnachtsmann auf dem Schoß gesessen. Er strahlt jeden von uns an, direkt in die Augen, und sagt, dass das das Geilste überhaupt war, total krass, und dass wir das ausprobieren müssen. Einfach unfassbar, Leute. Un-fass-bar!

Danach bricht quasi ein Sturm aufs grüne Zimmer aus. Alle inklusive Pilibeen geben das Schlangensystem auf und preschen los, um gleich rotgesichtig aus ihrer eigenen Brabbelsession zu kommen. Ich dagegen bleibe schön Letzter in der Schlange. Und als ich dran bin, kann ich es nicht. Ganz einfach. Ich gehe ins Zimmer, sehe runter auf die Bibel und bleibe stehen. Ich sage Vater Jason, dass ich das heute leider nicht machen kann, und fürchte, dass ich vielleicht den Teufel in mir habe und nicht will, dass mein Kopf in einer riesigen hochexplosiven spirituellen Superschlacht zwischen Gut und Böse in tausend Stücke zerspringt, was zwangsläufig passieren würde, wenn man mich dazu bringt, in Zungen zu sprechen. Vater Jason sieht enttäuscht aus und sagt, dass das sehr schade ist und dass er sich nach dem gestrigen Tag auf die Sitzung mit mir am meisten gefreut hat.

Aber, fügt er in seiner endlosen Weisheit hinzu, viele Wege führen nach Rom. Und dann schickt er Jacko und Fenzer aus dem Zimmer. Er zieht zwei Stühle in die Mitte, und wir setzen uns hin und reden. Er fragt mich, was gestern los war, und ich antworte nicht. Er erinnert mich daran, dass alles, was ich hier sage, in diesem stillen grünen Zimmer, der strengsten

Schweigepflicht unterliegt und dass er nicht die Polizei ist. Ich werfe ihm ein paar Appetithäppchen hin, ohne jedoch die schweren Geschütze aufzufahren. Ich erzähle ihm von Helen Macker und dem Ball und dass es mir so vorkam, als hätte sie dort bereits gewusst, was mit mir passieren wird. Das findet Vater Jason komischerweise unglaublich interessant und setzt zu einer ellenlangen Ansprache darüber an, dass die Zeit an sich nicht wirklich linear verläuft und wir uns nicht einfach auf einer Linie von A nach B und dann C bewegen. Stattdessen, sagt er, sind das Leben und die Zeit eher wie eine riesige Salamipizza, sie liegen einfach ausgebreitet vor uns, völlig unbewegt, statisch, und jedes Ereignis in unserem Leben ist eine dieser Salamischeiben auf der Pizza, und manchmal bewegen wir uns von Stück zu Stück, aber wir überqueren die Pizza nicht mit einem bestimmten Ziel. Zeit, sagt er, ist eine große Illusion, und Gott ist sowohl der Pizzabäcker als auch die Pizza.

Helen Macker, sagt er, war vermutlich eine der wenigen Gesegneten, die die ganze Salamischeibe auf einmal hat überblicken können. In früheren Zeiten wäre sie eine Seherin gewesen, eine Prophetin oder eine Hexe. Oder ein Gott?, frage ich. Niemals, sagt er und erinnert mich daran, dass es einen großen Unterschied macht, ob man in der Lage ist, eine Salamischeibe zu überblicken oder eine ganze Pizza.

Dann lehnt er sich näher zu mir und fragt mich, ob ich schon einmal das Wort Multiversum gehört habe. Und als ich ihn ansehe, als würde er noch immer in Zungen sprechen, sagt er, dass jetzt gerade Millionen über Millionen von Universen gleichzeitig passieren. Und dass sie alle von Gott geschaffen worden sind. Und in jedem einzelnen dieser Universen gibt es mich und ihn, und wir leben einfach vor uns hin, nur dass dieses hier das einzige dieser Universen ist, in dem er und ich tatsächlich in einem stillen grünen Raum ein Gespräch über das Multiversum führen. In all den anderen leben wir all die Möglichkeiten, die sich aus jeder einzelnen Entscheidung ergeben hätten, die wir auf unserem Lebensweg je getroffen haben. Und deshalb ist er in einem dieser Universen wahrscheinlich immer noch ein Alki. Und in einem anderen lebt er vielleicht gar nicht in Irland. Vielleicht wäre er nach Amerika gegangen, um bei seinen Schwestern zu sein. Und du, sagt er, womit er mich meint, du wärst in einem dieser Universen vielleicht gar nicht auf diesen Ausflug mitgekommen, und in einem anderen würdest du vielleicht gar nicht auf die St. Cormac's gehen, und wiederum in einem anderen hätten dich deine Eltern vielleicht gar nicht bekommen.

Ich sage ihm, dass das verrückt ist und mir der Kopf schon allein davon wehtut, daran zu denken, und er sagt, dass das Gottes Wahrheit ist und das Universum, ähem, Multiversum, ganz einfach so funktioniert.

Ich sage Vater Jason, dass ich das alles zum ersten Mal höre und total interessant finde und dass ich glaube, dass er einer der besten Priester ist, die ich je getroffen habe, und dass ich mehr davon hören will. Statt mir noch mehr zu erzählen, sieht er mir in die Augen und sagt aus heiterem Himmel und total ernst: Wer ist Vater?

In meinem Kopf denke ich: Ach – du – Scheiße!!! Nicht der schon wieder!!! Weil ich O'Culigeen in dem Moment fast schon vergessen hatte. Und weil es mir quasi Spaß gemacht hat, über das Leben nachzudenken und die Zeit und Pizzastücke und das Multiversum, so wie die ganzen Jungs da draußen auf dem Flur. Jungs mit ganz normalen Problemen, meine ich. Die zum Beispiel dazu gezwungen werden, Essensreste vor riesigen Spiegeln zu essen. Normale Jungs, die normale Leben vor sich hatten, mit geschwätzigen Frauen und quengeligen Kindern und Tagen, an denen sie zu viel trinken und diejenigen verfluchen, die ihnen in der Kindheit Wunden zugefügt haben, und trotzdem zu Weihnachten und Ostern glückliche Zusammenkünfte feiern, weil alle Kriegsbeile begraben sind. Mit der bloßen Erwähnung des Wortes »Vater« jedoch zieht er quasi den Stuhl unter mir weg. Mir wird ein bisschen flau im Magen, so als würden die Chancen, dass ich mich übergebe, besser stehen, als dass ich den Namen dieses widerwärtigen Arschlochs rausbekomme, also springe ich einfach auf und sage Vater Jason, dass ich ihm nichts sagen kann, und dann renne ich zur Tür hinaus wie Carl Lewis rennen würde, wenn der Hund aus diesem Film hinter ihm her wäre, dieser Hund, der nur schwarze Typen beißt.

Ich weiß, dass Vater Jason es nicht dabei belassen wird. Immerhin war er schon in Afrika. Er hat Kannibalen in Aktion gesehen. Er hat vor nichts Angst. Und ich weiß, dass er auf meiner Seite ist. Er wird keine Ruhe geben, bevor er nicht weiß, wer »Vater« ist. Da bin ich mir zumindest relativ sicher.

6

Unhappy Birthday

Mein vierzehnter Geburtstag fällt in etwa auf den allertiefsten Tiefpunkt in meinem Leben. In der Schule ist es das reinste Elend, ich werde schlechter und schlechter und versaue es mir mit jedem einzelnen Lehrer im Kollegium und bekomme tagtäglich von Jack Downs eins gegen den Arm geboxt. In Sachen Vergewaltigung ziehen einem O'Culigeens postkoitale Plaudereien zunehmend die Schuhe aus. Manchmal habe ich sogar das Gefühl, dass er mich überhaupt nur vergewaltigt, um hinterher mit mir plaudern zu können. Dann will er, dass ich mich in der Sakristei neben ihn lege, auf eine selbst gebastelte Matratze aus zusammengeschobenen, harten roten Sofakissen, mit einer lila Picknickdecke drüber, und zündet sich eine Kippe an (sein »lästiges Laster«, wie er sagt, dieser unglaubliche Schwachkopf) und schwafelt von seinen ganzen Plänen und Träumen für die Zukunft.

Seine große Leidenschaft, sagt er, ist das Reisen. Er war noch nie irgendwo, aber er will überallhin. Er zieht an seiner Kippe und erzählt mir was von Sonnenuntergängen über dem Pazifik und wie es wohl ist, ein polynesischer Eingeborener zu sein, der sich mit seinem kleinen Lederboot zehn Meter tiefe Wasserfälle hinunterstürzt. Und dann erzählt er mir, dass die

Polynesier Amerika schon vor den Amerikanern entdeckt haben und dass man heute von Tahiti nach Neuseeland segeln kann, wenn man sich ausschließlich an den Sternen orientiert. Kannst du dir das vorstellen?, sagt er, streicht mir einmal kurz die Haare aus der Stirn und deutet mit seiner Kippe nach oben, als könnten wir uns einfach zurücklehnen und einen atemberaubenden Blick auf unsere Galaxie werfen, statt einfach an die dreckige gelbe Decke seiner eigenen privaten Kinderfickerkammer zu gucken.

Von Zeit zu Zeit wird das Ganze so richtig übel, und er bittet mich, mit ihm fortzugehen. Er sagt, dass er sich aus diesem Mief wegversetzen lässt, bis nach Papua-Neuguinea. Und dann werden sie schon sehen, sagt er. Damit meint er seine Brüder daheim am Arsch der Welt in Sligo. Er drückt mich fest an sich und sagt, dass sie fiese Schweinehunde waren, als er noch klein war, und dass sie ihm das Leben zur Hölle gemacht und ihm furchtbare Dinge angetan haben. Unaussprechliche Dinge, sagt er halb am Weinen und küsst meine Schläfen.

Das ist der Punkt, wo ich ein paar Fragen einwerfe. Denn das ist jetzt die Gefahrenzone. Das ist der Moment, wo es ihm in den Sinn kommen könnte, sich einen Nachschlag zu holen, und deshalb muss man vorsichtig sein. Bist du für einen Moment zu still, lässt er die Gedanken schweifen und fängt an, schwer zu atmen, und ehe du dichs versiehst, bist du gefickt. Im wahrsten Sinne des Wortes. Also sind ein paar unverfängliche Fragen deine beste Option, keine zu schwere Kost, aber genug, um ihn von seiner Fährte zu locken.

Ich frage ihn, was seine Brüder jetzt machen, und er sagt mir, dass sie den Bauernhof nie verlassen haben und ihn zusammen führen. Schweinehunde. Ficken wahrscheinlich den ganzen Tag die Schafe durch, was?, sagt er und nickt mir auf eine Weise zu, die sagen will: Weil, wir zwei wissen ja genau, wie diese pervertierten Dorfdeppen wirklich ticken, was? Ich sage leise mmhm, und füge nicht sehr überzeugend hinzu: Scheiß Schafficker. Und dann springt O'Culigeen plötzlich auf, zurrt sich, ehe ich michs versehe, den Gürtel eng um die Hüfte, und alles geht wieder seinen Gang. Er umarmt mich und gibt mir einen Kuss und rubbelt mir noch einmal über den Kopf. Mission erfüllt.

Natürlich ziehen die Fragen nicht immer bei O'Culigeen. Und wenn es nicht funktioniert und er noch immer etwas schwer atmet, habe ich festgestellt, dass es das Beste ist, aufzustehen und den Fernseher anzuschalten und zu hoffen, dass irgendetwas seine leicht erregbare Aufmerksamkeit auf sich zieht. Eine Nachrichtensendung. Ein Spiel des GAC. Ein alter Film. Einmal hat es mit einem alten John-Wayne-Cowboyfilm auf UTV geklappt, in dem Waynes Sohn Matt, der ein ziemlicher Softie, aber auch irgendwie nett ist, den Viehtrieb an sich reißt und Wayne selbst allein in die Wüste schickt. Aber Wayne überlebt und kommt zurück, um seinen Softie-Sohn in einem letzten großen Faustkampf zu besiegen, der gefühlte Stunden dauert, aber von einer Frau mit einer riesigen Kanone unterbrochen wird, die ihnen beiden erklärt, dass sie aufhören sollen, sich zu bekämpfen, und dass sie sich in Wirklichkeit sehr lieben und das überhaupt nur der Grund ist, wieso sie gegeneinander kämpfen. O'Culigeen klebte sofort wie hypnotisiert am Fernseher, sobald das Bild aufblitzte. Aber nicht wegen den riesigen behaarten Männern, die aufeinander einschlagen und sich dann Liebeserklärungen machen. Nein, irgendwas im Mittelteil faszinierte ihn, kurz bevor der Softie-Sohn namens Matt John Wayne in die Wüste schickt, in den sicheren Tod. John Wayne steht bei seinem Pferd und macht sich dazu bereit, seinem Schöpfer gegenüberzutreten, als er sich plötzlich zu Softie-Matt dreht und, statt zu sagen: »Oh Gott bitte, lass den Scheiß, lass mich am Leben! Bitte!«, noch härter als sonst aussieht und eine riesenlange Rede darüber hält, dass sein Softie-Sohn besser ein Leben lang die Umgebung im Auge behält, denn er wird diese kleine Krise überleben und sich wieder fangen und sein ganzes restliches Leben damit verbringen, seinen Softie-Sohn aufzuspüren und dann, wenn er ihn endlich gefunden hat, wird er ihn kaltmachen. Er beendet seine Rede damit, dass er sich von seinem Sohn abwendet und leise in die Weite zischt: »Ich werde dich töten, Matt.«

O'Culigeen war völlig fasziniert. Ich konnte sehen, wie er mit seinem kleinen Kopf nickte, als würde er vollkommen verstehen, als würde ihn das im allertiefsten Innern berühren. Oder als wären er und John Wayne die einzigen beiden Männer auf diesem Planeten, die wissen, wo's langgeht.

Zu Hause tue ich so, als wäre mein bevorstehender vierzehnter Geburtstag für mich das aufregendste Ereignis seit meinem ersten Schamhaar. Mittlerweile habe ich richtige Schamhaare. Nicht wie bei diesen riesigen haarigen Höhlenmännern im Naturkundemuseum, die so dicke Haarbüschel haben, dass man den Pimmel schon nicht mehr sehen kann, aber genug, dass es auffällt. O'Culigeen, der witzigerweise der einzige Mensch ist, der mich so sieht, bringt alle möglichen fiesen Kommentare darüber, dass jetzt, wo ich Schamhaare habe, ein dreckiger alter Bock aus mir wird. Aber, so fügt er dann ganz komisch widerwärtig hinzu, noch muss er mich nicht rasieren.

Außer ihm bekommt sie niemand zu Gesicht, aber zu Hause wissen trotzdem alle, dass sich die Dinge ändern, als ich sage, dass ich mir kein Spielzeug zum Geburtstag wünsche. Mam traut ihren Ohren nicht und wiederholt panisch, Aber was ist mit deinen ganzen *Star-Wars*-Figuren? Als hätte ich einen Vertrag unterzeichnet, in dem ich mich damit einverstanden erkläre, mit *Star-Wars*-Actionfiguren zu spielen, bis ich fünfzig bin, und es jetzt alle Nachbarn mitbekommen, wenn die Bullen hier auftauchen und mich festnehmen, weil ich Han, Chewie und Luke im Kostüm der Hother im Stich gelassen habe. Meine neuen Geschenkvorstellungen sind sehr präzise. Sie reichen von einer Bronski-Beat-Platte, dem Remix von »It Ain't Necessarily So«, bis zu einer Sonnenbrille, verspiegelt oder nicht, Hauptsache, sie sieht aus wie die von den Cops in der Serie *Chips*. Und dann noch meine erste Flasche Aftershave – nicht diesen Old-Spice-Mist, den Dad benutzt, sondern so neues Zeug, Kouros, nach dem Sarah neulich roch, als sie nach Hause kam und Siobhan erzählt hat, das kommt von Philip O'Malley, mit dem sie den ganzen Abend lang, gegen die Tischtennisplatte des Mount-Merrion-Jugendzentrums gedrückt, rumgemacht hat.

Ich wünsche mir auch meine zwei ersten echten Bücher, richtige Bücher, die Erwachsene lesen, und nicht diesen Teeniescheiß, den mir Mam immer aufs Bett legt, mit Superhelden von der Royal Air Force vorne drauf, in der einen Hand eine Frau mit ordentlich was in der Bluse und in der anderen ein halb automatisches Maschinengewehr. Nein, diese beiden sind der Hammer und kommen direkt von der Quelle. *Das Zen der Physik* ist schon mal eine Empfehlung von Vater Jason. Er ist auf der schlammigen Abkürzung zum Mönchskloster an mir vorbeigeradelt, ein paar Tage nach unserem Aufenthalt dort, und hat mich gefragt, was mir am besten gefallen hat. Als ich sagte, unser Multiversumsgespräch, leuchteten seine Augen auf, und er sagte, es ist ihm eine große Freude, in mir einen neuen Glaubensbruder gefunden zu haben, und er versprach, mir seine ANDERE Bibel zu leihen, eben *Das Zen der Physik*.

Von wegen Moleküle und Atome! Grundgütiger!, sagt er und fügt mit einem Nicken in Richtung Himmel hinzu: Der Herr schütze mich! Dann sagt er mir, dass dort alles drinsteht. Das mit dem Multiversum und die Pizzatheorie und vieles mehr. Was denn so?, frage ich. Na, zum Beispiel, wie wir an zwei Orten gleichzeitig sein können, sagt er und strahlt jetzt so richtig los. Oder dass es in der Welt Dimensionen gibt, die wir noch nicht einmal sehen können, geschweige denn im Ansatz verstehen. Und wie wir mit unserem Geist und unseren Gedanken die Realität um uns herum verändern können.

Das war's, ich bin angefixt und kann es kaum abwarten. *Das Zen der Physik* kommt direkt auf meine Wunschliste, wofür ich alle möglichen blöden Kommentare von den Mädchen kassiere. Mam sagt ihnen, sie sollen mich in Ruhe lassen, sie ist wirklich beeindruckt und hofft vermutlich, dass dieses Buch vielleicht das Ruder bei meinem drohenden Schuluntergang noch rumreißen kann. Das andere Buch heißt *Die Geschichte des Auges*. Ich habe ehrlich keinen blassen Schimmer, worum es da geht, aber ich weiß, dass es ein bisschen durchgeknallt sein muss, wenn man bedenkt, dass es das einzige Buch in O'Culigeens Sakristei ist, das nichts mit Gott zu tun hat. Und er zieht mich andauernd damit auf, spielt damit rum und blättert es durch und gurrt und lacht und kichert und sagt mir dann: Nicht doch, das ist nichts für so kleine reine Äuglein wie deine. Dann steckt er wieder die Nase rein und gluckst fröhlich vor sich hin. Er sagt, dass er es schon Hunderte Male gelesen hat und sich einfach nicht sattlesen kann, aber es nie jemand anders zeigen würde. Damit keiner auf falsche Gedanken kommt. Doch weil er und ich uns mittlerweile so nahestehen, gibt es keinen Grund mehr, etwas vor mir zu verstecken. Und dann fügt er schön besserwisserisch hinzu, Außer das, was hier drinsteht.

Er veranstaltet so ein Theater wegen diesem Buch, und es scheint ihm so ein unglaubliches Vergnügen zu bereiten, es mich nicht lesen zu lassen, dass ich beschließe, ihm so richtig eins auszuwischen und es einfach, tadaaaa, auf meine Wunschliste setzte, direkt über *Das Zen der Physik*. Ich weiß ganz sicher, dass Mam es sowieso nicht lesen wird. Ich weiß auch, dass sie kaum Zeit haben wird, es zu kaufen, einzupacken und »Alles Liebe von Claire und Susan« auf ein Kärtchen zu schreiben. Ich weiß es, weil sie in letzter Zeit manchmal einen kleinen Familienrat einberuft, wo sie sich dann gegen die Anrichte lehnt und uns sagt, dass sie mit ihrem Pensum an Hausarbeit einfach das Limit erreicht hat, ohne einen Wäschetrockner! (Bei diesen letzten Worten wirft sie Dad einen finsteren Blick zu.) Sich um sechs verfressene, saufende, Klamotten ruinierende, Geld saugende Monster zu kümmern ist der reinste Albtraum, sagt sie kurz vor dem Zusammenbruch, mit zitternder Unterlippe. Ihn da noch nicht mit eingerechnet! (Noch ein Seitenhieb.)

Für gewöhnlich laufen diese Krisensitzungen darauf hinaus, dass wir geloben, mehr im Haushalt zu helfen, und manchmal schreiben wir sogar einen Plan, wie wir uns mit dem Abwasch und dem Saugen abwechseln können. Aber meistens dauert es nicht lange, dann ist Mam, was die Hausarbeit angeht, längst wieder in der Poleposition. Im Klartext bedeutet das, dass sie vor meinem Geburtstag nicht eine einzige Minute Zeit haben wird, um *Die Geschichte des Auges* auch nur durchzublättern. Der Geburtstag an sich ist allerdings leider eine andere Sache.

Normalerweise interessieren meine Geschenke kein Schwein. Ich öffne sie, staple sie in der Ecke neben dem grünen Mülleimer mit dem Klappdeckel und widme mich dann dem Kuchen, den Kerzen und meinem Geburtstagsständchen. An dieser Stelle präsentiert Fiona irgendetwas Trockenes, Hartes und Schokoladiges aus dem Hauswirtschaftsunterricht, in dem alle vierzehn Kerzen stecken, und alle werden uuuhen und aaahen, und sogar Dad kann seinen Kopf lange genug oben halten, um das Geburtstagslied mitzusingen. Insofern überrascht es mich ebenso sehr wie alle anderen, als ich sehe, wie Susan den Stapel durchstöbert, *Das Zen der Physik* durchblättert und sich danach *Das Auge* schnappt. Binnen Sekunden klappt ihr die Kinnlade runter. Ihr Gesicht ist das genaue Gegenteil von O'Culigeen, der an dieser Stelle lächeln und sich ganz aufgeregt die Lippen lecken würde. Ihres sieht eher grün aus. Sie reicht das Buch an Sarah weiter, die ebenfalls das Anti-O'Culigeen-Gesicht macht, aber noch angestrengter liest als Susan. In diesem Moment springt Mam auf und hampelt um Dad herum, damit er auch ja genug Zucker für seinen Tee und eine Gabel für den Kuchen hat – obwohl er sie sowieso nie benutzt und sich stattdessen lieber das ganze Stück, egal wie groß, auf einmal in den weit geöffneten Mund schiebt, bis die Spitze des Stücks hinten an seinen Rachen stößt und sich seine Lippen über seinen Fingern schließen.

Nach fünf oder sechs Seiten hat Sarah, diese olle Kuh, genug gelesen und reicht das Buch prompt an Dad weiter. Nun ist es so, dass Dad – der den ganzen Tag lang da draußen Büromöbel verkauft hat, die ganze Woche lang, man könnte fast denken, sein ganzes Leben lang, und der beim Abendessen gerade genug Kraft hat, die Augen offen zu halten – häufig so wirkt, als wäre er ein Mann, der in seinem eigenen Heim fremd ist. Obwohl er auf Partys mit einem Glas in der Hand und einem zufriedenen Lächeln auf den Lippen Witze darüber macht, der Hahn im Korb zu sein und in einer Frauenhochburg seinen Mann zu stehen, muss es sich in stillen Momenten, wenn er niemanden beeindrucken muss, genau so für ihn an fühlen. Er kommt oft zur Tür rein, wenn wir gerade den letzten Rest aus der Rice-Pudding-Schüssel schaben, und dann wirft er einen Blick in die Runde, der fragt: Wer zur Hölle seid ihr alle!? Oder aber er spielt die Selbstmitleidskarte aus, wenn er sich seinen eigenen Kindern gegenüber in Gedanken, Worten und Taten wie ein Fremder vorkommt, und dann setzt er eine tieftraurige Miene auf und sagt: Ja klar, erzählt eurer Mutter alles und mir nichts! Als würden Sarah und Siobhan ihm, sobald sie den Tisch erreicht haben, in den Schoß springen und sagen: Rate mal, mit welchem Typen ich gestern Abend im Blinkers rumgeknutscht habe?

Und so hat er nach den ersten paar Seiten meines Geburtstagsgeschenks verständlicherweise beinahe einen Anfall. Später, nachdem ich es aus dem soßenverschmierten Müll auf dem Boden der grauen Tonne gefischt habe, finde ich heraus, dass das Buch wirklich nichts auslässt. Typisch O'Culigeen, dass dieser riesengroße dreckige Perversling total auf diese Geschichte steht, in der es nonstop um Pimmel geht. Ganz besonders kalt läuft es mir den Rücken runter, als ich zu dem Teil komme, wo der Priester gewürgt wird, während ihn das Mädchen zu seinem eigenen Vergnügen vergewaltigt – mir schwant, dass O'Culigeen hier die Idee zu seiner Würgeangewohnheit herhat. Ich weiß nicht genau, auf welcher Seite Dad gelandet ist, aber ganz egal, ob es die Stelle war, wo der Verrückte von dem notgeilen Kerl und dem Mädchen gemeinsam vergewaltigt wird, oder beim Gruppensex im Salon, oder wo das Mädchen sich das abgeschnittene Ei in die Muschi steckt, jedenfalls ist ziemlich sicher, dass er nicht damit gerechnet hat, so etwas an meiner Geburtstagstafel zu lesen, und das auch noch vor einem trockenen, braunen Schokokuchen mit blauen Kerzen drauf und »Happy Birthday Jim« in rosa Zuckergussschrift quer darübergeschrieben.

Die größte Überraschung ist jedoch, dass er nicht Amok läuft. Er versucht nicht, mir eine zu knallen oder mich um den Tisch herum und die Treppe hochzujagen (allerdings habe ich heimlich meinen Stuhl ein Stück vom Tisch weggerückt und ihn von Dad weggedreht, damit ich in jedem Fall den besseren Start erwische). Nein, dieses Mal hebt er einfach den Blick von dem Buch und lässt ihn langsam zu mir herüberwandern. Doch statt wütend auszusehen, zieht sich tiefe Traurigkeit durch sein Gesicht. Mit dem Buch in der Hand steht er auf und verlässt mit gesenktem Kopf den Tisch. Wie ein gebrochener Mann. Wir alle, ich und die Mädchen und Mam, werfen uns stille Blicke zu, als wollten wir einander bestätigen, dass wir soeben Zeugen davon geworden sind, wie ein Mann wahrhaftig und wortwörtlich unter der Last des überlaufenden Fasses zusammengebrochen ist.

Die Mädchen entwickeln ihre Theorien darüber. Und später, viel später, wenn sie ein bisschen gemein sein wollen oder gedankenlos sind und wenn sie laut die Entwicklung von Dads Krankheit zurückverfolgen, um den Zeitpunkt zu bestimmen, an dem er endgültig aufgegeben hat zu leben und angefangen hat, sich in seine Krankheit zurückzuziehen, dann landen sie immer wieder bei diesem Tag. Wie er mit der *Geschichte des Auges* in der Hand die Küche verlässt, mit gebrochenem Herzen, einer ihm gleichgültigen Frau, ihm fremden Töchtern und seinem Sohn, dem sexbesessenen Irren.

Der Geburtstagskaffeeklatsch endet damit, dass ich mich mit einem Stück von Fionas Kuchen und dem *Zen der Physik* still und leise nach oben verkrümle, während sich Mam und Dad in der Garage darüber streiten, ob ich pervers bin oder nicht. Die Mädchen haben mir Blicke zugeworfen, als wäre es mein persönlicher Masterplan gewesen, mein eigenes Geburtstagskaffeetrinken zu ruinieren. Ich habe gerade mal zwanzig Minuten auf dem Bett gelegen und »Multiversum« im Stichwortverzeichnis nachgeschlagen, als Mam in der Tür steht, ganz rotäugig, aufgequollen und heulgesichtig.

Ich sage nichts und zucke nur irgendwie mit den Achseln. Sie setzt sich neben mich, wobei sie immer noch die Tränen und den Schnodder von ihrem Streit mit Dad hochzieht. Sie hat diesen Ausdruck auf ihrem Gesicht – ein unsicheres Halblächeln –, der mir sagt, dass jetzt irgendwas mit Pimmeln kommt. Genau so hat sie mich vor unserem unvollendeten »Baby-Gespräch« auf dem Rückweg von Kilcuman angesehen.

Doch dieses Mal spuckt sie's direkt aus und fragt mich, wer mir von diesem Buch erzählt hat. Ich mache mir fast in die Hose. Noch nicht bereit hierfür. Nein, Sir. Ich sage, dass ich einfach davon gehört habe, du weißt schon. Aber von wem?, fragt sie. Ich sage noch einmal, ich habe einfach davon gehört, aber sie lässt nicht locker. Wie ein Rottweiler. Aber von wem?, ist ihr Mantra. Ich entscheide mich dafür, irgendwen aus der Schule zu nehmen, aber ich muss vorsichtig sein. Es muss glaubwürdig sein, jemand, der gerade durchgeknallt genug ist, Sexfantasien zu lesen. Mam sagt, dass sie genau weiß, dass ich jemanden decken will, aber sie will die Wahrheit hören. Bei diesen Worten klingelt es an der Tür, und ich hoffe, dass ich nur lange genug still dasitzen kann, bevor Mam runtergehen muss, um sich um den Besucher zu kümmern. Doch so läuft das mit ihr nicht. Sie erzählt mir noch ein bisschen mehr von der Wahrheit und sagt, dass alle Familien heilig sind und dass unsere Körper heilig sind und dass sie so Schmuddelkram nicht in ihrem Haus haben will. Und jetzt sag mir, woher kanntest du das?

Natürlich hätte ich einen kühlen Kopf bewahren und einen von den Jungs von den Tagen religiöser Orientierung nennen sollen. Sagen wir mal, Daryl McDonagh. Das hätte Sinn ergeben. Zwischen zwei Mundvoll verbrannten Kartoffelschalen vor einem Ganzkörperspiegel hätte sein Dad ihn dazu gezwungen, *Die Geschichte des Auges* zu lesen, um zu sehen, ob er sein Essen bei sich behalten kann, während er alles über Sex mit abgeschnittenen Eiern liest. Doch am Ende klingt Mams Stimme relativ streng und irgendwie auch wütend, sodass ich Panik bekomme und einfach den erstbesten Namen sage, der mir einfällt. Gary!

Darauf Mam so: Gary?!!!! So, als wollte sie sagen: Hast du jetzt einfach völlig den Verstand verloren? Der kleine Gary mit dem Elektrospielzeug?!! Aber ja, ich sage es noch einmal, Gary! Das kommt alles von Gary. Bei diesem miesen Trick denke ich an O'Culigeen, aber ich setze ihm Garys Kopf auf, wodurch ich mir das Ganze leichter an den Haaren herbeiziehen kann. Mam will jedoch mehr Einzelheiten hören. Sie will wissen, wo Gary das Buch herhat. Sie sagt, dass sie Maura Connell kennt wie ihre eigene Schwester, wie sich selbst, und sie weiß einfach, dass sie diesen Schmuddelkram nicht unter ihrem Dach dulden würde. Das wird hier gerade alles total kompliziert, denn jetzt muss ich mir noch irgendjemand anders ausdenken. Ein weiterer unglücklicher Unbeteiligter steht kurz davor, in das Netz fieser Sexgeschichten reingezogen zu werden. Und gerade, als ich alles dem armen kleinen Pilibeen aufs Auge drücken und sagen will, dass er total frühreif ist, steckt Fiona plötzlich den Kopf ins Zimmer. Sie sieht mich an und sagt ganz beiläufig, genau in diesem Moment, einen der süßesten Sätze, den ich je in meinem Leben gehört habe.

Besuch für dich, es ist Saidhbh.

7

Saidhbh ist zurück

Noch bevor Mam sich verkrümeln kann, kommt Saidhbh ins Zimmer geschlurft. Sie ist bildhübsch. Eine Vision in ausgebleichter Jon-Bon-Jovi-Jeans und Madonnas weißem »Borderline«-Lippenstift. Sie sieht mir noch nicht einmal in die Augen, sondern steuert geradewegs auf Mam zu und fragt sie, ob es in Ordnung wäre, mich morgen auf einen Ausflug in den Knocksink-Wald mitzunehmen. Wir sind eine ganze Gruppe, sagt sie. Das wird ein richtig toller Trip, wir waten durch den Fluss und wandern durch den Wald und sorgen dafür, dass er mal frische Luft in die Lungen bekommt! Mam ist seit je ein Fan von Saidhbh, weil Saidhbh jung ist und glamourös und nicht ihre Tochter. Sie ist sofort einverstanden, wirft Saidhbh jedoch einmal mehr einen ernsten Blick zu, von Frau zu Frau, der sagt: Für den Tag bist du seine Mam!

Dann sieht Saidhbh rüber zu mir, aber nicht in meine Augen, sie guckt bloß irgendwo oberhalb meiner Stirn hin, und ihr Gesicht ist starr wie das von einem Roboter, und sie sagt mit leerem Blick: Also, Sportsfreund. Zehn Uhr. Sei pünktlich.

Dann ist sie verschwunden.

In der Nacht bekomme ich kein Auge zu. Ich habe keine

Ahnung, was passieren wird. Im schlimmsten Fall haut mir Mozzo wieder eins auf die Fresse, weil er vermutlich wieder mit ihr zusammen ist und von meinem Kussversuch Wind bekommen hat. Im Idealfall will sie sich mit mir eine brandneue Hollywoodkomödie ansehen.

Wie sich herausstellt, wird alles noch besser als ideal. Ja, wir treffen uns um zehn Uhr morgens. Aber schon um ein Uhr mittags desselben Tages, des Tages nach meinem vierzehnten Geburtstag, knutschen Saidhbh und ich wie wild auf den zu Boden gefallenen braunen Piniennadeln in den Wicklow-Bergen herum, nur etwa drei bis vier Meter vom Hauptwanderweg durch den Knocksink-Wald entfernt. Es fühlt sich so an, als wären wir tief, tief im Wald und magische Meilen weit weg vom Pfad. Aber das ist die Wirkung vom extrastarken Stag Cider. Und später, als wir wieder nüchtern sind und schon fast wieder zurück zu Hause, ist es uns ein bisschen peinlich zu sehen, dass wir das alles, die ganze Aktion, nur ein paar Meter von dem sonnenlichtbesprenkelten Weg entfernt gemacht haben. Wir verziehen das Gesicht beim Gedanken an all die mit ihren Hunden vorbeistapfenden Spaziergänger und die Familien, die uns gesehen haben, in innigster Umarmung ineinander verschlungen am Fuß der Bäume, die Münder quasi zusammengeklebt und die Arme fest umeinander verschlossen, für immer. Und ewig.

Also ja, es lässt sich mit Sicherheit sagen, dass entgegen ihrer Ansage in meinem Zimmer niemand sonst auf den Knocksink-Ausflug eingeladen war. Stattdessen bin ich gerade um die letzte Ecke von The Rise gebogen, als Saidhbh mich packt und mir einen dicken Schmatzer auf den Mund gibt. Sie sagt, dass sie seit Monaten über uns nachdenkt. Und dass das Ganze eigentlich keinen Sinn ergibt, aber dass das Leben auch keinen Sinn ergibt, wenn wir nicht zusammen sind. Dann sagt sie, dass sie, nachdem sie sich entschieden hatte, mit mir zusammen zu sein, warten musste, bis ich vierzehn werde, bevor sie handeln konnte. Denn sonst, so sagt sie todernst, wäre alles, was wir tun, in Gottes Auge eine Sünde, weil sie vier Jahre älter ist als ich. Eine Todsünde. Stell dir das mal vor, sagt sie, eine Frau in ihrem Alter und ein Junge in meinem Alter. Das ist unchristlich.

Sie bleibt weiter im Gottesmodus und sagt, dass es sie Monate des Betens gekostet hat und dass sie den Herrn angefleht hat und ihn um Erlaubnis gebeten hat und darum gebettelt hat, dass das für ihr Leben das Richtige ist. Sie hat sogar vierzehn Tage lang ohne Ausnahme vor dem Schlafengehen einen extra Rosenkranz gebetet. Sie hat auch gefastet, ohne dass es irgendjemand bei ihr zu Hause mitbekommen hat. Hat drei Abendessen hintereinander ausgelassen und sie für die Seelen geopfert und auf ein Zeichen gewartet, dass Er unsere Liebesbeziehung billigen würde oder auch nicht.

Sie sagt, dass sie am Ende des dritten Fastentages schon fast umkippte, als das Zeichen endlich kam. Sie bekam ihre Tage. In Schwester Veronicas Französischunterricht kamen sie aus ihr herausgeschossen, mindestens eine Woche zu früh, sodass sie Hals über Kopf das Weite suchte, mit ihrer Sporttasche unter dem Arm und einem dicken Klumpen einlagigem Schulklopapier in der Hose. Sie stürmte zu Hause in die Küche und fand dort am Tisch ihre Mam vor, die ein Schälchen Erdnüsse aß und auf die Einzelteile des noch nicht zusammengebauten Fleischwolfs starrte, den sie benutzte, wenn sie Shepherd's Pie machte, vor ihr der erste Sherry des Nachmittags.

Sie unterhielten sich, erzählt sie. Ihr erstes richtiges Hand-aufs-Herz-Gespräch darüber, eine Frau zu sein und eine Periode zu haben und was es für die Welt bedeutete, Babys zu bekommen und Familien zu gründen und der Grundpfeiler zu sein, auf dem die Gesellschaft ruhte, ja sogar die ganze Welt. Sinead Donohue goss Saidhbh sogar ihr allererstes Gläschen Sherry ein. Saidhbh sagt, dass es ein total tiefgründiges Gespräch war und quasi auch ein Zeichen für sich. Vor allem, als ihre Mam am Ende noch anfing, über die Liebe zu reden und dass ohne Liebe nichts einen Sinn ergibt. Und sie sah Saidhbh in die Augen und riet ihr, sich niemals jemandem ohne Liebe hinzugeben, weil ohne Liebe hätte sie für den Rest ihres Lebens die Arschkarte. Und sie wäre wie eine Erdnussschale ohne Erdnüsse.

Aber was ist mit Gott?, fragte Saidhbh mittendrin und überraschte ihre Mutter einmal mehr damit, was für eine Oberheilige sie sein konnte, wenn sie in der Stimmung war, und Sinead fragte sich vermutlich für einen Sekundenbruchteil, wie sie ganz entgegen ihren Bemühungen so eine kleine Maria von Trapp aufgezogen hatte. Also?, bohrte Saidhbh nach, verwirrt von dem ganzen Gerede über Den Richtigen und Die Ewige Liebe. Wo kommt Gott da ins Spiel?

Offenbar lächelte Saidhbhs Mam nur, wurde ganz allwisserisch und weise, nippte an ihrem Sherry und sagte, »Gott ist Liebe.«

Saidhbh sagte, dass sie sich nicht ganz sicher war, ob das Ganze bedeutete, dass ihre Mam in ihrem Liebesleben besonders vorsichtig gewesen ist und sich einen Kerl ausgesucht hat, Taighdhg, den sie wirklich liebt, und somit eben nicht für den Rest ihres Lebens mit der Arschkarte herumläuft. Oder ob es bedeutete, dass sie Taighdhg nicht wirklich liebte und bis in alle Ewigkeit in der Scheiße steckte und Saidhbh in Wahrheit aus eigener, bitterer Erfahrung davor warnte, bloß nicht denselben Fehler zu machen wie sie. Aber sei's drum, alles, was Saidhbh hören wollte, war das O. K. von Gott, und mit seinem Segen im Hinterkopf heckte sie ihren Plan aus, ihren Schachzug am Tag nach meinem vierzehnten Geburtstag durchzuziehen, dem Tag, an dem ich, nach ihrer eigenen Vorstellung, zum Mann wurde.

Wir bekommen den Bus nach Knocksink und eine Riesentüte von Deveney's Off Licence klimpert fröhlich an unseren Knöcheln herum. Für den Alk hat Saidhbh gesorgt. Zwölf kleine Flaschen Stag. Was für mich, der nie mehr als zwei HCL und ein paar abgestandene Schlucke hier und da aus anderer Leute Gläsern genippt hat, bei Weitem ausreicht.

Es ist ein kalter Februarmorgen, und wir sind ordentlich eingepackt, ich in einen grauen Dufflecoat über dem grauen Hemd, sie trägt eine schwarze Bomberjacke mit Buttons dran über einer Jeansjacke, einem Polo, zwei T-Shirts und einem BH. Aber es ist auch sonnig, und während wir am Samstagmorgen in dem für uns typischen Schweigen oben im Bus sitzen, der sich seinen Weg durch Kilcuman, Sandyford und rauf nach Eniskerry bahnt, fangen wir an zu schwitzen, weil sich das Sonnenlicht mit der nebligen Heizungsluft mischt, also schälen wir uns nach und nach in einem leisen, halb verschämten Striptease aus unseren diversen Schichten.

Hauptsächlich halten wir allerdings auf der gesamten Fahrt Händchen. Mann, ich liebe ihre Hände. So weich und so warm wie ein verträumter, fünffingriger Hautstecker am Netzkabel in ihre Seele. Wir drücken fest zu, manchmal so, als wollten wir uns die Fingerknöchel brechen, die ganze Zeit. Es ist, als würde alles aus unserem Körper, unseren Herzen und unserem Verstand in unsere Hände strömen und als würden wir nur so fest wie möglich zudrücken und hoffen können, dass unsere Finger knacken und aufbrechen und unsere Hände in einen einzigen, riesigen, triefenden Fleischklumpen aus Blut und Leidenschaft verschmelzen.

Wir knutschen auch ein bisschen. Klitzekleine Küsschen auf die Lippen. Auch von ganz nah sieht Saidhbh noch wunderschön aus. Ich habe noch nie so nahe ihr Gesicht gerochen. Und es riecht himmlisch, ein schwindelerregender Mix aus Make-up, kaltem Kaffee und Oma-Lippenstift. Und selbst wenn wir uns so nahe sind, dass sie anfängt zu schielen, ist das Ganze immer noch magisch.

Sobald wir durch das Tor zum Wald gelaufen sind, packen wir den Alk aus. Wir trinken und laufen, während wir über die schmaleren braunen Fußwege am Anfang und die größeren sandigen ab etwa der Hälfte des Weges wandern. Der Spaziergang führt vom Glencullen geradewegs durch den Wald und das Tal entlang, bis wir oben rauskommen und sich uns zu unseren Füßen ein quasi majestätischer Blick auf Dublin bieten wird, der uns stolz machen soll, diese Anstrengung auf uns genommen zu haben. Aber wir haben es nicht eilig. Wir haben beide schon etwa zweieinhalb Flaschen Stag intus, als wir den breiten sandigen Weg erreichen, und genau an dieser Stelle geraten unsere Küsse etwas außer Kontrolle, und wir verlassen den Weg in Richtung Bäume und Nadelbett.

Wir liegen zusammen auf meinem ausgebreiteten grauen Duffle einmal ist sie oben, dann bin ich es, und küssen uns. Mehr nicht. Irgendwann fahre ich einmal mit der Hand über ihren BH, aber nur, weil ich vermute, dass es der richtige Zeitpunkt dafür ist. Doch Saidhbh schiebt mich weg, um mich wissen zu lassen, dass dies ausschließlich ein Knutschtag ist, und ganz egal, was sie angeblich mit Mozzo gemacht hat, sie ist eigentlich eine anständige Frau, eine religiöse Frau mit Glauben und Überzeugungen, und sie wird garantiert nicht für irgendwelche Fehler, die sie mit mir begeht, zur Hölle fahren.

Wir küssen uns Ewigkeiten lang. Wir machen etwas, was wie rumlecken ist, nur ohne Zunge. Wir schnappen einfach nach dem Mund des anderen, atmen durch die Nase und machen den Mund auf und zu, auf und zu, auf und zu, immer weiter. Ein bisschen ist es so, als würden wir beide gleichzeitig ein sehr zähes Steak essen, nur ohne die Zunge zu benutzen und ohne Steak.

Währenddessen finde ich das alles einfach nur großartig, und dieser Tag ist mit einer Million Meilen Abstand der beste in meinem bisherigen Leben. Aber in meiner Hose ist gar nicht so viel los. Nicht so wie früher, wenn ich James Bond dabei zugeschaut habe, wie er sich in einem Hotel in Downtown über heimtückische chinesische Spioninnen hermachte, die hinter seinem Klappbett lauerten, ich bin nicht aufgekratzt und rattig. Mein Herz schlägt nicht wie verrückt, und mir ist noch nicht einmal danach, Saidhbh die Kleider vom Leib zu reißen. Was vermutlich auch der Grund dafür ist, dass sie während der BH-Aktion meine Hand weggeschoben hat – sie wusste, dass ich nicht hundertprozentig dabei war. Während wir uns küssen, habe ich sogar Zeit, über alles Mögliche nachzudenken. So entspannend ist es. Auf und zu, auf und zu, auf und zu. Meine Gedanken schweifen ab, und ich beschließe, dass ich Gary vor der Sache mit der *Geschichte des Auges* warnen muss. Außerdem beschließe ich, mich in der Schule besser zu konzentrieren. Und dass ich dann vielleicht bessere Noten in den Tests bekomme. Und wer weiß, vielleicht könnte ich sogar aufs College gehen und Architektur studieren, wie Mam es sich immer für mich gewünscht hat, und dann könnte ich berühmt werden und in New York Wolkenkratzer entwerfen und für sie und Dad ein schönes Seniorenheim auf dem Land bauen. Letzteres war allein ihre Idee, trotzdem fühlte ich mich leicht unter Druck gesetzt. Ich hab sogar »Architekt« hinten in mein Matheheft reingeschrieben, um nicht zu vergessen, was ich mal werden soll, wenn ich groß bin.

Wir ziehen kurz die Köpfe zurück, um einander in die Augen zu sehen und zu lächeln. Saidhbh nennt mich Jim den Madser. Ich nenne sie Saidhbh. Das ist so abgefahren, so nahe vor ihrem Gesicht einfach ihren Namen sagen zu können und sie zu küssen. Und aus diesem Küssen wird dann eine weitere Viertelstunde Trockenknutschen.

Nach einer geschlagenen Stunde Trockenknutschen, kein Witz, machen wir eine Pause. Unsere Münder sind völlig im Eimer. Unsere Lippen sind rot und angeschwollen, und wir sehen aus wie Ronald McDonald an einem schlechten Tag. Saidhbh macht uns noch eine Flasche Cider auf. Wir gluckern ihn runter und reiben vorsichtig mit den kalten Glasflaschen über unsere Lippen, dann lehnen wir uns unter den Bäumen zurück und starren in die Äste und plaudern. Ganz klar ist das der beste Part, und mir wird klar, warum O'Culigeen so drauf steht. Nur dass wir keinen Müll labern, von wegen die Welt bereisen und Rache an unseren Schafe fickenden Brüdern am Arsch der Welt nehmen. Nein, bei uns geht es megaintim zu, wir erzählen Geschichten von unseren Familien, die wir im Bus auf der O'Connell Street nie im Leben erzählt hätten.

Vor allem Saidhbh kann es kaum erwarten, mir zu erzählen, was sich in den Donohue-Towers hinter verschlossenen Türen abspielt. Sie sagt, dass ihr Dad andauernd Nervenzusammenbrüche hat, weil er dem ganzen Druck als Oberlehrer an der Coláiste Mhuire ni Bheatha nicht gewachsen ist und weil sein eigener Dad, Saidhbhs Opa, bei einem mitternächtlichen Brand gestorben ist, als sein Sohn noch winzig klein war und er allein von seiner nutzlosen Alki-Mutter aufgezogen wurde. Deswegen ist er in dem Glauben groß geworden, dass die Nation Irland mitsamt ihrer Geschichte seine Mutter und sein Vater in einem war und dass er mehr zu so ollen Besserwissern wie Michael Collins und Eamon de Valera gehörte als zu den wirklichen Körpern aus Fleisch und Blut, die ihn auf die Welt gebracht hatten. Sie sagt, dass ihre Mam die Hälfte der Zeit die Krankenschwester für ihn spielt, dass sie ihm den Alk aus der Hand nimmt und ihm Essen in den Mund stopft und ihn bettfertig macht, bevor der Schultag wieder losgeht. Sie sagt, dass ihr Bruder Eaghdheanaghdh deshalb stumm geworden ist. Er weiß nicht, was er dazu sagen soll. Hört die ganze Zeit oben Thrash Metal, macht allein in einer Zimmerecke sein Headbanging und sitzt seine Zeit ab, bis er alt genug ist, das Nest zu verlassen.

Saidhbh erzählt mir, dass das Schlimmste ist, wie sich die Leute hinter seinem Rücken das Maul über ihren Dad zerreißen. Sie sagt, in der Schule ist es der reinste Albtraum, und sie platzt andauernd in Gespräche hinein, in denen es darum geht, dass ihr Dad voll der IRA-Anhänger ist und jede Menge ernsthafte IRA-Freunde hat und wie er damals das Haus ihrer Familie in einen sicheren Unterschlupf für ausgebrochene IRA-Häftlinge verwandelt hat. Letztes Jahr war es am schlimmsten, sagte sie. Am Tag, nachdem die Häftlinge aus dem Maze-Hochsicherheitsgefängnis ausgebrochen waren, konnte sie keinen einzigen Klassenraum betreten, ohne dass über ihren Dad und ihre Familie getuschelt wurde und darüber, dass jetzt eine ganze Horde 'RA-Männer auf ihrem Wohnzimmerboden schlief, und der einzige Grund, warum niemand die Polizei rief, war, dass sich niemand aus Rache die Kniescheiben wegpusten lassen wollte. Das Ganze spitzte sich so zu, dass sie fast zwei Wochen lang aus der Schule genommen wurde. Genau wie ihr Vater. Gerade so lange, bis die Geschichte langsam im Sand verlief, so etwa zu dem Zeitpunkt, als die beiden lesbischen Nonnen bei *Late Late* auftraten und die ganze Nation bis zum Jahresende mit einem hysterischen Was-wird-nur-aus-unserem-Land-Skandal ablenkten.

Saidhbh macht eine kurze Pause, und ich sage: Also? Und sie sagt: Also was?

Ich frage sie, ob nach dem Maze-Ausbruch tatsächlich Typen von der IRA auf ihrem Wohnzimmerboden gepennt haben. Sie lächelt und sagt, dass das nur sie allein weiß und es an mir ist, es herauszufinden, und dann rollt sie halb auf mich drauf, und wir schnappen wieder wie verrückt nacheinander. Auf-zu-auf-zu-auf-zu-auf-zu. Kieferbrecherischer Kram. Und diesmal wird es eine ziemlich feuchte Angelegenheit, was gut ist, weil unsere Münder so nicht bis zur Unkenntlichkeit entstellt werden.

Nach zehn Minuten machen wir eine Pause, Saidhbh rollt von mir runter und fragt mich nach meiner Familie. Ich erzähle ihr, dass bei mir auch alle total gaga sind. Und dass mein Dad ein bisschen so wie ihr Dad ist, nur ohne die Zusammenbrüche, den Alk, die Lieder und die Kumpels von der IRA. Ich erzähle ihr, dass er die meiste Zeit so tut, als würde er uns hassen, vor allem mich, und es abends kaum erwarten kann, den *Indo* zu lesen und dabei einzuschlafen. Dieser Bastard!, füge ich noch hinzu. Aber ich merke genau, dass die Geschichte nicht allzu beeindruckend ist. Also erzähle ich ihr von gestern Abend und der Geburtstagsfeier, die wegen der *Geschichte des Auges* eskaliert ist. Ich ziehe so richtig vom Leder, und Saidhbh windet sich vor Neugier, während ich erzähle. Sie streichelt mein Gesicht und lacht und lässt ihren Kopf ganz nach vorne auf meine Schulter sinken, während sie kichert. Und währenddessen atme ich den Geruch ihres Nackens tief ein, und die weichen, flaumigen Haare hinter ihrem Ohr streichen über meine Lippen, und ich will sterben vor Glück.

Und wer HAT dir nun von dem Buch erzählt?, fragt sie ganz plötzlich und lacht noch immer, als sie mich damit überrumpelt. Dieser beschissene O'Culigeen, sage ich und lache, bis mir der mit Stag gefüllte Bauch wehtut, wobei ich der festen Überzeugung bin, dass dies der beste Teil dieser lustigen Geschichte ist. Saidhbh hört sofort auf zu lachen und wiederholt in einer Mischung aus Fassungslosigkeit und Ekel O'Culigeens Namen. Jawohl, sage ich, dieser bekloppte alte Fickspecht. Ich erzähle ihr, dass es bei ihm in der Sakristei rumgeflogen ist und ich mir gedacht habe, ich schau's mir mal an. Ich versuche lässig zu wirken, aber alles an Saidhbh verändert sich direkt vor meinen Augen. Sie fängt an, so zu tun, als wäre ich der Feind, und wird total still und zieht sich in ihren eigenen Kopf zurück. In den folgenden zehn Minuten sagt sie kaum ein Wort und knibbelt stattdessen nur nervös am Hals ihrer Stag-Flasche rum. Ich denke schon, dass das unsere erste Kabbelei unter Liebenden wird, stehe auf und sage, dass wir uns vielleicht langsam auf den Rückweg machen sollten, als Saidhbh genauso schnell, wie sie verschwunden ist, wieder zurück in der Realität ankommt und ganz normal ist. Sie zieht mir halb die Beine weg, reißt mich zu Boden und sagt: Komm her, du Madser! Natürlich fangen wir wieder an zu schnappen.

Als wir später den Trampelpfad runterlaufen, entschuldigt sich Saidhbh dafür, dass sie da hinten etwas merkwürdig reagiert hat, und versucht zu erklären, dass O'Culigeen seit seinem ersten Tag in Kilcuman der Beichtvater der Familie Donohue und der Liebling ihrer Mam ist und dass sie sich einfach nicht vorstellen kann, was eine so reine Seele wie er, ein Mann Gottes, mit so einem schmutzigen Buch anfangen wolle. Eine Weile laufen wir schweigend nebeneinanderher, und ich sage absolut gar nichts, aber ich denke alles, nur weiß ich nicht, wo ich anfangen könnte, was ich sagen könnte, selbst wenn ich es wollte. Saidhbh bricht das Schweigen, indem sie meine Hand drückt, mich kurz auf die Lippen küsst und in ernstem Ton sagt: Schwamm drüber.

8

Dads schlechte Neuigkeiten

Etwa um die gleiche Zeit, nur etwas mehr als einen Monat später, um genau zu sein, bekommt Dads Müdigkeitskrankheit einen Namen. Und der lautet Krebs. Was nicht so schlimm ist, wie es sich anhört. Zunächst einmal könnte es mir und Saidhbh gerade nicht besser gehen, erste Liebe und so. Unsere scheinbar unendliche Flitterwochenzeit voller Leidenschaft und Hingabe überschneidet sich Mitte März passenderweise mit einem ersten Hauch von Frühling in der Luft. Und kann das Gewicht von Dads News einigermaßen abfedern. Vermutlich ist es sogar so, dass wir dadurch noch viel mehr zu einer einzigen untrennbaren romantischen Einheit zusammengepresst werden, stundenlang klammern wir uns in heißblütigen Umarmungen unaussprechlicher Traurigkeit aneinander, gemischt mit langsamem, ein wenig schwermütigem Schnappen.

Und Dad, Hut ab, spielt die ganze Krebsgeschichte runter, als würde es sich ganz einfach um eine sehr, sehr lange, lebensbedrohliche Erkältung handeln. Er benutzt noch nicht einmal das Wort »Krebs«. Schlauerweise nennt er das ganze »die Sache mit meinem Hals« – weil dort der Krebs angefangen hat. In der ersten Woche erzählt mir Fiona eines Nachts, während sie unter meinem Bett liegt, dass man Lymphom dazu sagt und Dad das Ende dieses Jahrzehnts höchstwahrscheinlich nicht miterleben wird und schon gar nicht die 1990er. In dieser Hinsicht ist Fiona super. Keine Faxen. Nicht lange um den heißen Brei herumreden, mit jeder Menge Tränen obendrauf. Ich kann hören, wie sehr sie sich bemüht, das Ziepen in ihrer Kehle runterzuschlucken, während sie durch die Matratze flüstert.

Sie wissen nicht, woher der Krebs kommt, aber Dad verdächtigt die neue Mikrowelle. Mam war eine der ersten Frauen in der Straße, die eine Mikrowelle hatte, und wochenlang standen die anderen Mams Schlange inklusive Maura Ich-habe-so-einen-tollen-Wäschetrockner-Connell um zu erleben, wie kalter Kaffee glühend heiß und tiefgefrorene Brötchen mit einem plötzlichen Ping weich wurden. Niemand konnte es fassen, und alle aßen tonnenweise unnötigen Mist, um behaupten zu können, dass sie genau wussten, wie Essen schmeckte, das innerhalb von fünfzehn Sekunden turboerhitzt worden war. Doch an den Tagen, an denen nicht *Benny Hill* im Fernsehen lief, zog Dad sich Dokus rein. Und es dauerte nicht lange, bis er von den möglichen Folgen billiger chinesischer Mikrowellenöfen Wind bekam und davon, was mit dem menschlichen Körper passieren kann, wenn besagte Mikrowellen versehentlich aus dem Gerät entwichen und anfingen, dich von innen heraus durchzubrutzeln.

Wenn uns jetzt also Verwandte besuchen, kommt er für einen Moment in seinem kratzigen, grauen Morgenmantel die Treppe runter, die Haare an der Seite ganz platt und das Gesicht blass und aufgequollen, als hätte er zehn Wochen lang durchgeschlafen, nur eben tief im Höllenschlund statt in einem Bett, und sagt in Flüsterton und mit halb bedecktem Mund – als wolle er den Ofen nicht direkt beleidigen –, dass er der Meinung ist, die Mikrowelle ist schuld. Er flüstert auch, weil er nicht will, dass Mam ihn hört und er sich irgendwie darüber Sorgen macht, sie könnte denken, er würde so auch ihr die Schuld geben. Die Mikrowelle ist das eine heiß geliebte Gerät in ihrem Besitz, das nach einem mal wieder in die Hose gegangenen Familienrat angeschafft wurde und dazu gedacht war, ihr die Arbeit, uns Wilde zu versorgen, ein wenig zu erleichtern. Sie kann gar nicht oft genug tiefgefrorene Scones aus der Truhe holen, sie für zehn Sekunden in die Mikrowelle hauen und anschließend die gesamte Nachbarschaft lauthals zum millionsten Mal fragen: Ist das nicht einfach unglaublich?

Der Mikrowelle die Schuld zu geben bedeutet insofern auch Mam die Schuld zu geben, und selbst Dad ist nicht so blöd, das laut zu sagen. Trotzdem hält er an seiner Theorie fest. Wenn er danach durch die Küche läuft, duckt er sich an der Mikrowelle vorbei. Nur für den Fall, dass sie noch immer krebserregende Strahlen ausspuckt, die seine letzten gesunden Zellen durchgrillen wollen. Mam weiß, wie er über die Mikrowelle denkt und dass sie sie abschaffen sollte. Tut sie aber nicht. Manchmal gucke ich sie an, wenn sie davor herumhampelt und die ganzen Knöpfchen drückt, wie sie dem Piepsen lauscht und unnötigerweise Baguettes und Milchbrötchen auftaut, und dann bekomme ich ein ganz komisches Gefühl und denke, dass sie im tiefsten, dunkelsten Innern zur Mikrowelle hält und nicht zu Dad. Oder dass es ihr nichts ausmacht, das eine gegen das andere auszutauschen. Wenn das hier ein Hollywoodfilm wäre, dann wäre sie die Frau, die eine Affäre mit genau dem Roboterkiller hat, der versucht, ihren Ehemann zu töten. Oder vielleicht, im tiefsten dunkelsten Innern, hat sie die Mikrowelle überhaupt nur gekauft, um ihn zu töten. Vater Jason sagt, dass Absicht in der Welt der Quantenmechanik die Hauptsache ist und dass sich die schlechten Gefühle, die man jemandem gegenüber empfindet, in der wahren Welt ganz leicht in physikalische Ereignisse entwickeln.

Er sagt, dass es bei allen großen quantenmechanischen Experimenten, die in irgendwelchen wissenschaftlichen Laboratorien durchgeführt werden, die Gedanken der Wissenschaftler sind, die letztendlich den Ausgang des Experiments entscheiden. Es reicht, ein Resultat zu erwarten, damit es eintritt. Und so war es nur eine Frage der Zeit, bis sich Mams Wut darüber, dass Dad wie ein blinder Passagier durchs Haus geistert und jeden Tag hereinschwebt und über der Zeitung einschläft, mithilfe von ein paar fehlgeleiteten Mikrowellenstrahlen zu wahrhaftigem Krebs in Dad geworden ist.

Uns Kindern sagt Dad natürlich nichts darüber, was sich in seinem Körper abspielt. Wir sind uns noch nicht einmal sicher, ob Mam alle Details kennt. Sie weint plötzlich und viel. Mal streichelt sie mir über das Gesicht, bricht in Tränen aus und sagt: Er sieht einfach so schwach aus!, womit sie Dad meint, aber mich starrt sie an.

Dad selbst kommt die Sache mit seinem Hals gerade gelegen, um für volle drei Wochen aus unserem Haus und unserem Leben in Richtung Krankenhaus zu verschwinden. Während dieser Zeit herrscht eine merkwürdige Stille im Haus, die nur gelegentlich von kurzen Ausbrüchen von *Hart to Hart* im Fernsehen oder Mams Schluchzen unterbrochen wird. Ich verbringe die meiste Zeit unten in der Garderobe, mit Licht aus und Saidhbh am Telefon. Ich weiß nicht, warum ich das Licht ausschalte, irgendwie ist es so noch magischer. Zu Anfang unserer Telefonate war ich noch im Flur, aber so ging es nicht, und sie wurde nur sauer, weil ich so steif war und ständig befürchtete, dass die Mädchen meinen Liebesschwüren lauschen. Also leitete ich schnell einen Ortswechsel ein und verfrachtete das Telefon samt Kordel in die Garderobe unter der Treppe, wo die ganzen Mäntel und alten Gummistiefel und Mützen und Schals und Tennisschläger verstaut sind. Ich sitze auf dem harten Plastikdeckel der Nähmaschine und quatsche verliebt mit Saidhbh und erzähle ihr vom Leben ohne Dad im Haus und dass ich es vermisse, in ihren Armen zu liegen. Sie wiederum erzählt mir, wie langweilig es ist, für die Abschlussprüfung zu pauken, und dass sie noch viel mehr unter Druck steht, weil sie die Tochter des Starlehrers ist. Etwas anderes als Einser kommt gar nicht infrage. Vor allem in Irisch.

Natürlich erfahren die Mädchen während dieser drei Wochen von mir und Saidhbh, was bedeutet, dass Mam es auch erfährt. Das Timing ist allerdings unschlagbar, weil sich alle so einen Kopf um Dads eventuellen Tod machen, dass der Gedanke, dass ich eine Freundin habe, die alt genug ist, die Schule abzuschließen, sich einen Job zu suchen und Babys zu bekommen, gar nicht so krass ist. Mam ist eher verstört als sauer, als hätte Saidhbh sie die ganze Zeit an der Nase herumgeführt. Und die Mädchen ticken völlig aus, als sie es herausfinden – nicht durch mich, sondern durch Julie Kennedy, deren Bruder auf der Coláiste Mhuire ni Bheatha mit Eaghdheanaghdh in einer Klasse ist und Sarah gesteckt hat, dass es zwischen mir und Saidhbh so richtig zur Sache geht. Sarah ist quasi schweißgebadet vom Spurt nach Hause, als sie dort in die Beerdigungsatmosphäre platzt, mit der Neuigkeit, dass Saidhbh Donohue jetzt meine feste Freundin ist. Mam setzt ihr verstörtes Gesicht auf, und meine restlichen Schwestern bilden ein quietschendes, palaverndes Grüppchen für sich. Susan und Claire stürzen sich augenblicklich auf Mam und sagen, dass das nicht fair ist und dass ihnen gesagt wurde, sie dürfen keinen Freund haben, bis sie mindestens siebzehn sind, und warum bitte darf ich dann mit vierzehn schon eine Freundin haben? Und dann ist Saidhbh auch noch siebzehn! Sarah, die Mams stilles Leid bemerkt, sagt den Mädchen, sie sollen die Klappe halten und dass sie nur neidisch sind, weil sowieso noch kein Kerl Interesse daran gezeigt hat, ihr Freund zu werden. Saidhbh lässt sie allerdings trotzdem nicht vom Haken, sondern macht angeekelte Bäh-Gesichter in Richtung Siobhan und sagt, dass sie schon immer gewusst hat, dass mit diesem Mädchen etwas nicht stimmt, sie braucht also einen Toyboy. Inzwischen hat Fiona vom Fernsehzimmer aus den Kopf in die Küche gesteckt und zwinkert mir ganz verwegen zu. Dann verschwindet sie wieder, um ihr Date mit Robert Wagner und Stephanie Powers zu beenden.

In den drei Wochen besuche ich Dad nur ein einziges Mal. Das ist seine Regel. Er hat strenge Instruktionen hinterlassen, die besagen, dass wir nicht mitgebracht werden sollen, um ihn in so einem Zustand zu sehen, aber Mam schleust uns heimlich ein, wenn er bewusstlos ist, um uns, nun ja, seinen Körper zu zeigen. Er sieht nicht besonders toll aus, sein trockener Mund hängt sperrangelweit offen, sein Schnurrbart ist ganz grau und fleckig, und aus seinen Armen kommen Schläuche raus. Wenn sie uns ins Zimmer schiebt, sagt Mam sogar, Da ist dein Vater, so, als ob wir nicht wissen würden, zu welchem von den blau angelaufenen Kadavern da wir gehören. Später sagt Fiona, dass Mam das mehr für sich selbst als für uns gemacht hat. Die Last, ihn dort jeden Tag so zu sehen, war zu schwer für sie allein, und zusammen mit uns allen fühlte es sich für sie etwas normaler an.

Wie schon gesagt, ist das Haus in dieser Zeit totenstill. Ein paar Nachbarn schauen vorbei, um Mam zu umarmen und zu sagen, dass es furchtbar sein muss, wenn es dem Gatten so schlecht geht wie Dad. Manchmal kommen sie auf Kaffee und Kekse mit rein, aber man merkt, dass sie nur die Bewegungsabläufe ausführen. Auch die Gespräche sind irgendwie ernst und still, und es werden keine gruseligen Geschichten vom Krieg erzählt, die normalerweise die Stimmung hochhalten. Keine tödlichen Unfälle, keine Ertrunkenen und keine Geköpften. Wenn man dem Tod ins Auge sieht, ist er offenbar das Letzte, worüber man reden will.

Gary kommt mit seiner Mam rüber, und wir verkrümeln uns nach oben, um ein bisschen Bronski zu hören. Gary ist wie ich Bronski-Beat-Fan und kann glücklich und zufrieden und ohne einen Hauch von Schamgefühl die Worte »You and me together, fighting for our love!« zum Playback-Mitsingen. Seit Gary mir bei der ganzen Sache mit der *Geschichte des Auges* das Leben gerettet hat, sind wir wieder beste Freunde. Er war einfach der Hammer. Hat nicht mit der Wimper gezuckt, als Mam mich zu seiner Türschwelle gezerrt und darum gebeten hat, mit ihm und Maura gemeinsam zu reden. Und als Mam sich zu Gary gedreht und ihn nach der *Geschichte des Auges* gefragt hat, hat er keine Sekunde gezögert und mir keine fragenden Blicke zugeworfen. Er hat einfach zurückgestarrt und ganz besonders lammfromm gesagt, dass Mozzo ihm von diesem Buch erzählt hat. Und auf der Stelle war der Drops gelutscht. Mam und Maura sahen einander an und sagten wie aus einem Munde: Dieser Kerl! Und dann kam Mam auf einen Kaffee rein, und ich sagte Gary, dass er nun ganz offiziell für immer mein Held ist.

Gary will alles über Saidhbh und was wir zusammen machen wissen, aber es fühlt sich nicht richtig an, die ganzen schmutzigen Details auszupacken. Das liegt zum einen daran, dass nicht viele Jungs in meinem Alter eine Freundin haben, wie Gary mir wieder ins Gedächtnis ruft, vor allem keine siebzehnjährigen, bald mit der Schule fertigen Freundinnen, und zum anderen gibt es gar nicht so viele schmutzige Einzelheiten zu erzählen. Für den Moment tun Saidhbh und ich nichts anderes als schnappen. Jeden zweiten Abend treffen wir uns für einen Frühlingsspaziergang und eine Runde Trockenknutschen, und wenn es nur für eine Stunde zwischen ihren vollgepackten Lerneinheiten ist. Ihr Vater hat für sie einen Lehrplan entworfen, der ihren gesamten schullosen Tag in saftige und unaufhörliche Wiederholungsstunden aufteilt – sie werden nur von kurzen Pausen zum Essen oder Frische-Luft-Schnappen unterbrochen. Ich passe perfekt in die Frische-Luft-Schnappen-Kategorie. Wir treffen uns unten am Sorrows-Kanal und laufen für gewöhnlich zum Belfield Campus. Bei diesen Spaziergängen zeigt mir Saidhbh die verschiedenen Gebäude auf dem Campus – die Bücherei, die Studentenvertretung, die Kneipe – und malt sich aus und macht sich Sorgen darüber und ist neugierig darauf, wie es wohl nächstes Jahr sein wird, wenn sie eine richtige erwachsene Studentin ist.

Und obwohl Kunst das Fach ist, wo sie am besten ist und das ihr am besten gefällt, ist sie fest entschlossen, Geschichte zu studieren, weil ihr Vater sagt, dass das der leichteste Weg ist, um Lehrer zu werden, und dass es gut ist, einfach alles darüber zu wissen, was in dem Land passiert ist, in dem du lebst, und das Auf und Ab in Irlands ruhmreicher Vergangenheit zu kennen.

Obwohl ich die Antwort kenne, frage ich sie manchmal: Ja, aber ganz abgesehen davon, was will sie denn eigentlich selbst am liebsten? Sie will im richtigen Leben doch sicher Kunst machen, oder? Sie sagt Nein und fügt hinzu, dass Kunst kein Beruf ist. Und dann starrt sie mich mit verkniffenem Gesicht an, das besagt, dass es auf der ganzen Welt keinen anderen Job für irgendwen gibt, außer Lehrer zu sein, also warum frage ich überhaupt? Sie nennt mich einen Madser und dreht den Spieß um, indem sie mich an den Rippen kitzelt und fragt, was ich später mal machen will, wenn ich groß bin. Sie will mich damit aufziehen, dass ich ein Baby bin und mit einer richtigen Frau zusammen, aber ich bleibe ernst und nehme ihr den Wind aus den Segeln, indem ich sage, dass alles, was ich will, wenn ich groß bin, ist, immer noch ihr Freund zu sein. Bei diesem Satz bleibt ihr ein bisschen die Spucke weg, und sie zieht mich näher zu sich ran. Dann gehen wir flugs zu unserem Stammplatz, einem kleinen gepflegten Wäldchen zwischen der Kneipe und den Sportplätzen, und fangen wieder mal an, wie verrückt zu schnappen.

Also ja, Saidhbh und ich bleiben für den Moment beim Trockenknutschen. Oder besser gesagt, ich bleibe dabei. Es ist nicht so, als würde Saidhbh nicht links und rechts und oben und unten andere Dinge probieren, aber jedes Mal, wenn sie es versucht, wie neulich, als sie angefangen hat, zentimeterweise ihre Zunge in meinen Mund zu schieben, verliere ich ein wenig die Fassung und werde starr wie ein Brett und höre auf, meinen Kiefer zu bewegen und alles. Das Gleiche passiert, wenn sie ihre Hände in Richtung Gürtel an mir runtergleiten lässt. Ich friere einfach ein, bis sie versteht, was los ist, und dann heißt es wieder zurück zu Stufe eins.

Saidhbh geht super damit um, und es scheint ihr überhaupt nichts auszumachen. Ich könnte mir gut vorstellen, dass sie nach Mozzos gierigen Händen und flinken Fingern vermutlich total begeistert davon ist, einen Liebhaber zu haben, der etwas weniger, na ja, zielorientiert ist. Ich weiß nicht genau, warum ich nur schnappen kann und sonst nichts. Ich vermute, dass es etwas damit zu tun hat, Opfer eines Messdiener-Vollzeitvergewaltigers zu sein, aber meine Hoffnung ist, dranzubleiben und mich in Sachen Sex irgendwann locker zu machen. In der Zwischenzeit werden wir als Pärchen absolute Profis, was das

Trockenknutschen angeht. Genau der richtige Druck, ein Hauch von Spucke, damit es nicht scheuert, und quasi perfektes Tempo im Bewegungsablauf. Wir liegen auf dem Rasen, egal, wo, und legen einfach los. Ganz ohne Worte. Und manchmal, während wir schnappen – auf-zu, auf-zu, auf-zu, auf-zu –, erreichen wir einen tranceähnlichen Zustand völliger Vereinigung. Nach einer unserer Sessions, einer langen, einem dicken fetten Vierzigminüter, richtet Saidhbh sich auf, und Tränen laufen ihre Wangen hinunter, und sie sagt, wir hätten gerade wahrhaftig tiefe Tiefen erreicht. Sie macht einen Witz darüber, dass es vielleicht am Sauerstoffmangel liegt, aber dass es sich manchmal, auf dem Höhepunkt unserer Lippenzange, wirklich so anfühlt, als wäre sie auf einem Trip in neue Dimensionen. Sie sagt, dass sie Farben sieht, hauptsächlich Blau und Lila, die vor ihren Augen ineineinander verlaufen, und dann wird ihr Verstand einfach vor Liebe ausgelöscht. Sie sagt, dass unser Schnappen das beste Geheimnis ist, das ein Paar je gelüftet hat, und dass sie verstehen kann, dass ich niemals damit aufhören will.

Wir knutschen unten am Sportplatz neben den Reihenhäusern in Ballydown, kurz vor der Messe am Samstagabend. Irgendwie muss man es uns ansehen können, denn als Saidhbh mich zur Sakristei bringt, knallen bei O'Culigeen sämtliche Sicherungen durch.

9

Der verlorene Sohn

Ich drücke um fünf vor sieben auf die Klingel, um halb acht ist Anpfiff. Theoretisch bin ich zu spät, aber mal im Ernst, was soll er machen? Kichernd schiebe ich Saidhbhs Hand von meiner weg, als ich ihn von drinnen zur Tür hetzen höre. Er reißt sie auf und springt mit einem »Ta-daaa!« nach draußen. Und dabei wedelt er mit drei kleinen farbigen Broschüren. Sein Gesicht wird jedoch zu Stein, als er Saidhbh sieht, und es gelingt mir gerade noch, zu entziffern, was auf der ersten Broschüre steht, nämlich »Entdecken Sie Papua«, bevor er sie grob in seine Hintertasche knüllt.

Oh, Saidhbh, ist alles, was er rausbekommt, als er sie an meiner Seite sieht, und er kann nicht anders, als angewidert den Mund zu verziehen. Saidhbh nickt ihm zu und nennt ihn »Vater«, doch es ist keine Kunst, die dicke Luft zu wittern. Und so dreht sie sich zu mir, um sich zu verabschieden, wartet einen Moment, um zu sehen, ob ich mich strecke, um ihr einen Kuss zu geben, und küsst dann, von meiner offensichtlichen Passivität unbeeindruckt, lässig ihre eigenen Finger und drückt sie als eine Art niedliche Abschiedsgeste auf meine Backe.

Ich fühle mich dadurch eins a und sicher und geborgen, doch O'Culigeen läuft Amok. Wutentbrannt schubst er mich hinein und knallt die Tür der Sakristei zu. Die nächsten zwanzig Minuten lang regt er sich auf, er hat einen richtigen Tobsuchtsanfall, und zwar so lange, bis der kleine Johnny Carroll, mein Stellvertreter, mit seinem frechen Rotschopf um die Ecke lugt und wir mit der Prozession beginnen. Johnny wurde O'Culigeen von Johnnys Mam Carmel Carroll alias Kräuselcarmel aufs Auge gedrückt (sie hat unglaublich krause Locken, als wäre sie eine irische Afrikanerin). Ihrem Mann gehört eine halbe Staubsaugerfabrik, und sie hat zweiundzwanzig Messingplaketten für die Kirchenbänke gestiftet, auf denen jetzt die Namen ihrer ganzen toten Verwandtschaft stehen. Sie ist sozusagen die Besitzerin der Kirche und mischt sich andauernd in O'Culigeens Angelegenheiten ein, und als ihr Sohn Johnny endlich das richtige Alter hatte, hat sie ihn O'Culigeen quasi aufgedrängt, und ihm blieb nichts anderes übrig, als Johnny in seine Herde aufzunehmen, obwohl dieser ganz klar nicht der Typ Schäfchen ist, auf den er normalerweise steht.

Jedenfalls bohren sich O'Culigeens Augen immer noch in meinen Rücken, als ich das riesige goldene Kreuz durch die überfüllte Kirche trage, bierernst, durch den Mittelgang zum Altar. Mrs. Daikin vom Clannard Close sitzt oben an der Orgel und nudelt ihre beerdigungsmäßige Version von »Lobet den Herrn« runter, als ich mich mit dem Kreuz umdrehe und sich unsere Blicke kreuzen, er steht auf den Stufen zum Altar und sieht immer noch säuerlich aus. Während der gesamten Vorbereitungszeit in der Sakristei hat er mich einen Verräter genannt und einen Brutus und eine Jezebel. Aber nicht dreckiges Hündchen oder irgendwas anderes Sexmäßiges. Tatsächlich war mir wegen der Art, wie er mich angesehen hat, sofort klar, dass Vergewaltigung heute nicht mehr auf der Tagesordnung stand. Stattdessen ging es ausschließlich darum, dass ich ihm den Dolch in den Rücken gerammt hatte. Seine Ausdrucksweise war unter aller Sau. Er hat Saidhbh geschätzte hundertmal eine Nutte genannt. Und gesagt, sie sei eine Hure und die Tochter eines Säufers. Und dann sagte er, dass ich auf ihn geschissen habe. Ganz der kleine Brutus, der ich nun mal bin. Dass ich ihm das Herz direkt aus der Brust gerissen und voll draufgeschissen habe.

Normalerweise könnte er in Momenten wie diesen, beim Gedanken an Scheiße und Ärsche und so, natürlich ein bisschen geil werden, aber das hier ist ein völlig neues Level von Wut. Selbst hier draußen am Altar kann er sich kaum zusammenreißen. Den ersten Teil der Predigt und den Psalm presst er durch seine zusammengebissenen Zähne, bevor er plötzlich ankündigt, bei der heutigen Lesung spontan vom Plan abzuweichen, und dass alle ihr Gebetbuch bei Lukas 15, 11 aufschlagen mögen, einem seiner Lieblingsverse. Jetzt läuft er warm, kommt wieder in seinen *Knight-Rider*-Modus und bittet die Gemeinde, mit ihm gemeinsam ein kleines Spiel zu spielen. Er fordert alle auf, das volle Haus, Lukas' Worten gut zuzuhören, genau hinzuhören, was er sagen will, aber keine Sorge, es gibt keinen Test am Ende. Jetzt fängt die gesamte Gemeinde an zu johlen. Das anspruchsloseste Publikum der ganzen Welt? Kirchgänger. Denen geht es so monumental schlecht, wenn sie dasitzen und über ihre Sünden nachdenken und ihre toten Verwandten und dass es ihnen nach ihrem Tod wohl ziemlich beschissen gehen wird, dass selbst der schlechteste Witz in der Geschichte der Komik noch eine ordentliche Runde Gelächter absahnt.

Trotzdem spornt die Heiterkeit O'Culigeen mächtig an, und er beschließt auf der Stelle, eine Vegas-Show abzuziehen. Er wirft sämtliche Vorsichtsmaßnahmen über Bord, wendet sich mir zu, lehnt sich noch näher ans Mikrofon und sagt, dass er hierfür etwas Unterstützung von seinem gut aussehenden Assistenten braucht. Tja, eigentlich wäre so eine Ansage an einem ganz normalen Tag, auf einem ganz normalen Planeten etwas riskant – irgendwie leicht abartig. Aber hier, in Kilcuman, Anfang April 1985, während der Messe am Samstagabend, scheint es der beste Witz zu sein, den jemals irgendwer gerissen hat. Mehr Gejohle von der Gemeinde, nur diesmal kichern sie auf gutmütige Seht-nur-mal-das-arme-Bürschchen-Art in meine Richtung. Zögerlich gehe ich rauf zu O'Culigeen und bin mir sehr dessen bewusst, dass mich dreihundert kichernde Idioten auf Schritt und Tritt beobachten, genau wie ihn. Er lächelt mich an, als wäre er Franz von Assisi und ich ein neugeborenes Lamm, und drückt mir seine Ersatzbibel in die Hand, die schon bei Lukas 15, 11 aufgeschlagen ist. Du kannst der jüngere Sohn sein, flüstert er mir zu, dann zwinkert er mir mit dem vom Publikum abgewandten Auge zu. Johnny Carroll windet sich auf seinem Platz und wirft O'Culigeen einen Hundeblick zu, der sagen soll: Und was ist mit mir? O'Culigeen funkelt mit bösartigem Blick zurück: Du, du kannst dich ins Knie ficken.

Die Lesung fängt an. Es ist die Geschichte vom verlorenen Sohn, wobei ich die Titelrolle übernehme. O'Culigeen spricht alle anderen Stimmen – den Vater, den älteren Sohn und natürlich Jesus, der die Geschichte überhaupt erst erzählt. Als Jesus ist er sogar ziemlich gut und senkt seine Stimme in den tiefen, träumerischen, einlullenden Märchenonkelmodus, fast so gut wie Robert Powell. »Und Jesus sprach: Ein Mensch hatte zwei Söhne«, sagt er unendlich langsam, um auch den letzten Tropfen Dramatik herauszuquetschen. »Und der jüngste unter ihnen sprach zu dem Vater …« Hier nickt O'Culigeen kurz in meine Richtung. Ich stehe am zweiten Mikrofon, am zweiten Lesepult direkt am Rand des Altars, wo sich normalerweise zu großen, wichtigen Zeremonien die Gastpriester herumdrücken oder wo damals, bei der glaubensübergreifenden Alle-Gemeinden-reichen-sich-die-Hände-Feier, der protestantische Vikar stand.

»Gib mir, Vater, das Teil der Güter, das mir gehört«, sage ich mit megazittriger Stimme und ganz leise und ohne einen Hauch von O'Culigeens Entertainerqualitäten. Fast verdreht O'Culigeen die Augen, als er meine Darbietung hört, aber dann macht er einfach als lässiger Jesus weiter und beschreibt, wie der Vater seinen Besitz aufteilt und dem Sohn sein Erbe auszahlt. Für gewöhnlich lockert O'Culigeen den eigentlichen Text mit kleinen Anekdoten und Fußnoten auf, mit allem, was seiner Meinung nach das »Erlebnis der Evangelien« eventuell bereichern könnte. Und schon startet er einen ellenlangen Vortrag darüber, dass das Erbe ja ein Olivenhain gewesen ist und Olivenbäume volle vierzehn Jahre brauchen, bis sie Früchte tragen, und wie wertvoll sie sind und dass ein einzelner Olivenbaum bis zu fünfundsiebzig Liter Olivenöl liefern kann. Allerdings scheint sich niemand in der Gemeinde großartig für Olivenöl zu interessieren. Schon gar nicht für fünfundsiebzig Liter von dem Zeug. Es handelt sich hier um eine Gemeinde, der außer Butter nichts ins Haus kommt und die sich »diese ausländische Brühe« höchstens auf die trockene Kopfhaut schmiert oder sie beim Sonnenbaden benutzt, damit die Haut mehr glänzt. Sarah zum Beispiel hat ihre eigene kleine Miniflasche Olivenöl, die sie einpackt, wenn wir es mal zum Silver Strand unten in Wicklow schaffen oder nach Barley Cove in West Cork. An solchen Tagen, an denen die Sonne auf uns runterknallt und wir alle schwitzen wie die Schweine, bevor wir kurz ins eiskalte Wasser springen, liegt Sarah einfach da, still wie eine Leiche, und ein frischer Olivenölfilm tropft von ihr runter, damit sich auch ja jeder einzelne Sonnenstrahl, der vom Himmel auf uns niederbrennt, auf ihrer unberührten, zarten irischen Haut bricht und dabei jede einzelne Zelle verstrahlt und sie in ein Verbrennungsopfer dritten Grades verwandelt, und erst nachdem die poröse, pustelige tote Haut in Fetzen auf den Boden gesegelt ist, sieht sie darunter ein kleines bisschen brauner aus.

Die Olivenölrede ist insofern nicht gerade eine seiner Sternstunden, und sie ist noch nicht annähernd so geisteskrank wie das, was als Nächstes kommt. Er sieht runter auf seinen Text, und es scheint so, als würde er erst jetzt merken, was als Nächstes dran ist. Seine Stimmung kippt von einer Sekunde auf die andere. »Und nicht lange danach sammelte der jüngste Sohn alles zusammen und zog aus in ein fernes Land; und daselbst brachte er sein Gut um mit Prassen«, sagt er in einer Art todernstem Knurren. Immer noch ruhig und tief und Jesus-von-Nazareth-mäßig, aber auch ein bisschen wütend. Dann schaltet er um in Fußnotenmodus und lässt einen bösen Blick über die Gemeinde schweifen, wobei er schweigend nickt, bevor sein Blick auf mir landet und er sagt, Wissen wir, was Jesus mit Prassen meint? Er lässt niemanden Antworten und starrt mich weiter an und sagt dabei immer wieder »Prassen«.

Er meint … – O'Culigeen macht eine Pause und durchforstet das Publikum nach Jugendlichen. Und du weißt einfach genau, dass er Dinge wie »ficken« und »poppen« und »Ärsche vergewaltigen« sagen will, doch stattdessen sagt er megalaut: ZECHGELAGE!!!

Mit irrem Blick und vor Wut zitternden Lippen sieht er zu mir rüber, sagt noch einmal »Zechgelage« und trägt den Rest des Verses direkt neben meinem Rednerpult vor, ohne mich aus den Augen zu lassen und ohne auch nur einen Blick aufs

Blatt werfen zu müssen. Alles auswendig. Schließlich kommt er zu der Stelle, an der der jüngere Sohn nach Jahren Hungern und Schweinefutterfressen seine Fehler einsieht, also bin ich wieder dran: »Wie viel Tagelöhner hat mein Vater, die Brot in Fülle haben, und ich verderbe im Hunger!«, sage ich, diesmal etwas selbstsicherer als beim letzten Mal, irgendwie gewöhne ich mich an die Rolle und füge dem Ganzen sogar einen Schuss Verzweiflung hinzu wie die Billy-Barry-Kids, die in der *Late Late Show* singen und nach irgendwelchen Choreografien tanzen. »Ich will mich aufmachen und zu meinem Vater gehen ...«

O'Culigeen gebietet mir mit einer Handbewegung mitten im Satz zu schweigen und macht eine energetische Drehung in Richtung Gemeinde für eine erhellende Fußnotenzugabe. Diesmal fordert er das Publikum mit einem bösartigen Glitzern in den Augen auf, aufmerksam darüber nachzudenken, was den verlorenen Sohn antreibt. Nicht seine Schuldgefühle, sagt er. Nicht sein Mitgefühl für den Vater. Nicht einmal die Einsicht, dass er in Ungnade gefallen ist. Nein!, sagt er und fängt mich wieder mit seinem Seitenblick ein, der jüngere Sohn wird von seiner Selbstsucht getrieben, von seinem Hunger, von dem animalischen Zwang, sich den eigenen Bauch vollzuschlagen. Er nickt mir kurz zu, als wolle er sagen: Das hast du davon!

So geht es die ganze Lesung, hin und her wie ein Tischtennisball. Ich werde als selbstsüchtiger Sohn immer besser, irgendwann habe ich sogar den richtigen Akzent, ich klinge wie der arabische Typ, der in Luigi's Kebab Shop auf der Ranelagh Road arbeitet und »schass Asch-loch« statt »scheiß Arschloch« sagt. Und O'Culigeen ist stocksauer und etwas durchgeknallt und erklärt alles so, dass das Publikum seine Lektion lernt und ich mich gleichzeitig schlecht fühle, weil ich eine

Freundin habe. Beim letzten Vers jedoch beschließt O'Culigeen, dieser alte Vollpfosten, dass das jetzt Strafe genug war, und legt einen butterweichen Übergang zur Rolle des großen Vergebers hin. Er kommt zu der Stelle, an der dem ältesten Sohn, ebenfalls gesprochen von O'Culigeen, der Kragen platzt und er einfach nicht glauben kann, dass sein Vater den kleinen Nichtsnutz mit einem Festmahl aus fetten Kälbern und Alk und einem Bronski-Best-of empfängt.

Hier legt O'Culigeen eine dramatische Pause ein und kichert leise in sich hinein. Eine Art In-sich-hinein-Grinsen. Er weiß etwas, was wir nicht wissen. Dann wendet er sich an das Publikum, als wären die Zuschauer der ältere Sohn, und dann, ganz langsam, noch während er spricht, beginnt er seinen Gang quer über die Bühne, Val-Doonican-Style, auf mich zu.

»Mein Sohn«, sagt er ans Publikum gewandt, das von seiner Show sichtlich angetan ist und diese Art mobile Predigt zum ersten Mal bewundern darf – zumal während einer Lesung. »Mein Sohn, du bist allezeit bei mir, und alles, was mein ist, das ist dein. Du solltest aber fröhlich und gutes Muts sein, denn ...«

Er erreicht mein Pult, legt mir seine Hand auf die Schulter und lässt mich rauf in seine wilden, roten Augen blicken, der widerliche alte Spinner, in denen echte Tränen glitzern. »Dieser dein Bruder war tot und ist wieder lebendig geworden ...« Er macht noch eine Pause, und man könnte meinen, er würde seine ganzen angestauten Emotionen gleich auf den Boden kotzen. Er versucht gar nicht mehr, sie zu überspielen, ganz im Gegenteil, jetzt drückt er erst richtig auf die Tube, er schließt die Augen und hebt den Kopf gen Himmel und lässt seinen Tränen freien Lauf. Ein Geniestreich. Ein paar von den alten Knackern in der ersten Reihe haben vor lauter Mitgefühl plötzlich auch jede Menge Pipi in den Augen. Er hat die gesamte Gemeinde fest im Griff. »Er war verloren«, macht er weiter, und diesmal breitet er die Arme aus, ganz weit, als würde er darauf warten, dass ich hineinsinke. »Und ist wieder gefunden!«

Er steht mit tränenden, aufgequollenen Augen und weit auseinandergerissenen Armen da und sieht aus wie der traurige Sack, der er nun einmal ist, und wartet nur auf die erlösende Umarmung. Ich kann fühlen, wie mich die ganze Menge innerlich anfeuert, und zu diesem Zeitpunkt bin ich schon so weit jenseits von so etwas wie Protest, dass mir nichts anderes übrig bleibt, als mich diesem riesigen Ekelpaket an seine ekelhafte Brust zu schmeißen. Er umschließt mich fest mit seinen Armen, und die gesamte Gemeinde, alle fünfundsechzig Reihen plus Stehplätze ganz hinten, bricht in spontane Beifallsstürme aus.

Die Umarmung dauert eine Ewigkeit. Mein Gesicht wird zerdrückt und steckt komplett in seiner Achselhöhle, lediglich mein linkes Auge guckt einmal lange genug heraus, um die Gesichter der zufriedenen Menge zu überfliegen. Sie sind wie in Ekstase, die ganzen alten Klappergestelle in der ersten Reihe donnern immer weiter und zerlegen beim Klatschen ihre arthritischen Pranken in ihre Einzelteile. In mir drin kommt mir diese Sache irgendwie wie der verrückteste, seltsamste Witz meines gesamten Lebens vor, ich lache über das alles in mich hinein, wie übel das alles ist, als mein schweifender Augapfel plötzlich an einer einzelnen einsamen Gläubigen hängenbleibt, die leichenstarr zwischen den Omis sitzt, einen knatschroten Mantel, schwarze Lederstiefel und aufgehellte Haare trägt und leicht angewidert dreinschaut. Ich fange schon an, innerlich zu wettern: Was hat die denn für ein Problem? Hat die den Anfang verpasst?, als ich sie genau anvisiere, diesmal auch mein zweites Auge aus O'Culigeens Achselhöhle kriege und sie zum ersten Mal richtig erkenne. Da sitzt Tante Grace aus England, und sie starrt mich an und wirft mir einen Blick zu, der unmissverständlich fragt: Was. Zum. Teufel?!

10

Tante Grace

Tante Grace weiß alles über alles. Sie ist Mams jüngere Schwester und lebt schon, seit sie ein Teenager ist, in London. Sie kennt sich mit dem ganzen modernen Kram aus, über den die Engländer Bescheid wissen und den die Iren noch lernen müssen. Deshalb ist es immer total aufregend, wenn sie uns besuchen kommt, und es besteht die Möglichkeit, dass sie einfach während des Abendessens anfängt, über Sex und Scheidung und Homos zu reden. Nicht dass sie selber ein Homo wäre. Sie war verheiratet und alles, aber ihr Ehemann, mein Onkel, hatte zu viele Affären, also hat sie ihn verlassen, und jetzt lebt sie allein in einem großen Haus in der Nähe vom Queen's Garden und ist, wie sie sagt, nur mit ihrer Arbeit verheiratet.

Dass Tante Grace nach London gegangen ist, war eine große Sache. Mam sagt, dass die ganze Familie wochenlang geweint und geschluchzt hat, als wäre Tante Grace für immer mit einem Schiff voller Särge davongesegelt, statt einfach mit einer Fähre nach Holyhead. Mam sagt allerdings, dass damals alles anders war und es den Iren in England früher schlechter ging als den Negern oder den Pakis oder den Juden.

Tante Grace sagt, dass es im Moment noch schlimmer ist als damals, wegen den ganzen Bomben und der IRA. Und dass sie jedes Mal, wenn im Hyde Park irgendein Pferd in die Luft gejagt wird, wochenlang Todesdrohungen bekommt und zu jeder Tages- und Nachtzeit angerufen wird und jemand ins Telefon keucht und sagt, sie soll ihre Sachen packen und aus dem guten alten Land der Queen verschwinden. »Verpiss dich, du irische Schlampe!« ist der Klassiker, sagt sie. Und dass es schwer ist, wenn man allein ist, und es ist mitten in der Nacht, und jedes Knarzen im Haus könnte einer vom Lynchmob sein, der sich die Treppe raufschleicht, um dich zu teeren und zu federn und dich aus dem Fenster zu schmeißen. Als ihr Ehemann Nigel noch da war, war es anders. Ihm haben sie nie gedroht, weil sie dachten, er wäre eh Engländer. Mam sagt, dass ihre gesamte Familie dachte, Nigel wäre Engländer, als er damals kam, um Tante Grace den Hof zu machen.

Sie war erst siebzehn, und er war schon Ende zwanzig und hatte einen Spitzenjob im öffentlichen Dienst. Bei Mams Eltern war es Liebe auf den ersten Blick, und sie gaben ihm praktisch einen Freischein dafür, mit Tante Grace zu machen, was er wollte und wann er wollte. Er hatte einen gezwirbelten Schnurrbart und trug sein Haar zur Seite gegelt, und Mam sagt, dass ihr Dad, mein Opa, ihn hinter seinem Rücken immer »König George« nannte. Erst später, nachdem er und Tante Grace nach London gegangen waren, fanden sie heraus, dass er gar kein Engländer war, sondern aus Carlow stammte, sich aber für einen englischen Schwerenöter hielt, seit seine Mutter ihm als Kind erzählt hatte, dass sein Vater gar nicht sein Vater war und sein richtiger Vater ein englischer Matrose, der einen einzigen Abend oben am Liffey Freigang gehabt hatte.

Also wurde Nigel einfach sein eigener Dandy, und auf eine

Art wurde er auch zu seinem eigenen Vater, zu einem Schürzenjäger, und um das alles noch zu toppen, legte er sich einen edlen englischen Akzent zu. Mam hat Fiona erzählt, dass Nigel eigentlich gar nicht nach London gehen wollte, doch als er Tante Grace schwängerte, hatte er keine Wahl mehr. Also machten sich die beiden vom Dun-Laoghaire-Hafen aus unter großem Heulen und Schluchzen auf den Weg, und nur Mam, Grace und Nigel hielten den wahren Grund für ihre Abreise fest an die eigene Brust gedrückt. Nigel hatte so entschieden. Er war zu jung, um Vater zu werden, sagte er. Zu jung für einen Klotz am Bein. Doch er würde das Richtige tun und alle Kosten übernehmen und sein Glück im Vereinigten Königreich versuchen. Mam hat Fiona erzählt, dass es ein richtig krasser Abschied war, dass alle König George höchstselbst umarmten und küssten und ihm sagten, er wäre ein richtiger Mann, weil er Tante Grace auf so ein gewichtiges Lebensabenteuer mitnahm, und alle Tante Grace sagten, sie solle auf sich und ihren Mann aufpassen, und während alledem hatte Tante Grace nur Mam angestarrt und mit ihr das stille und schwere Geheimnis geteilt, dass sie das Wasser überquerte, um ein Baby zu töten, nicht mehr und nicht weniger.

Fiona sagt, dass die Abtreibung ziemlicher Pfusch war und dass Tante Grace beinahe dabei gestorben wäre und ihre Gebärmutter verloren hat und so. Andererseits erklärte sich Nigel auf der Stelle einverstanden, sie zu heiraten und sich seine Schürzenjägerei abzugewöhnen, als er dort an ihrem Beinahe-Totenbett kniete. Aber Fiona sagt, dass das Ganze Tante Grace verändert hat. Sie wurde hart wie Stahl. Heiratete Nigel nur, weil, warum auch nicht? Suchte sich selbst einen Job als Sekretärin in einer Anwaltskanzlei. Hatte eine Zeit lang haufenweise selbst Affären, sie drehte, was Nigel anging, einfach total den Spieß um und brachte sogar Typen mit nach Hause, wenn er auch da war. Sie war auch diejenige, die die ganze Kohle ranschaffte, während Nigel sich mit der Jobsuche abmühte, was gar nicht so leicht war, vor allem, als er bemerkte, dass sein edler englischer Akzent in England nicht wirklich überzeugend war und ihn oft nicht weiterbrachte als auf eine Baustelle oder in eine Speditionsfirma, um dort Regale hin und her zu schieben.

Irgendwann beruhigte sich Tante Grace wieder und machte sich als Personalvermittlerin einen Namen, die den dauergeilen Anwälten, mit denen sie selbst was gehabt hatte, als sie noch wütend darüber war, keine Gebärmutter mehr zu haben, Sekretärinnen vermittelte. Sie kehrte der Männerwelt den Rücken, sogar Nigel, den sie schließlich aus dem Haus warf. Er wurde wieder zu einem Frauenheld, eröffnete seinen eigenen Weingroßhandel und perfektionierte seinen Akzent. Fiona sagt, dass sie sich niemals voneinander scheiden lassen werden, obwohl manchmal ein Jahr vergeht, ohne dass sie sich sehen, denn wenn du erst mal beinahe mit jemandem gestorben bist, schweißt dich das für immer zusammen, selbst wenn du den anderen hasst. Eine Zeit lang dachte Tante Grace sogar darüber nach, allein Kinder zu adoptieren, doch Fiona sagt, dass der Teil von ihr, der so etwas gemacht hätte, schon viel zu lange in ihr drin abgestorben war und sie nicht die Ausrüstung hatte, um ihn wieder zum Leben zu erwecken. Stattdessen konzentriert sie sich darauf, ihren Job spitzenmäßig zu erledigen und in einem riesigen, schicken Haus mitten im Privatpark der Queen zu wohnen und coole Lederklamotten zu tragen und für uns alle die perfekte Tante zu sein.

Wenn sie uns besucht und das Herz und die Seele unseres Zusammenseins ist und alle zum Tanzen bringt und supermodern über Sex und Homos daherredet, würde einem nicht im Traum einfallen, dass sie, wie Fiona sagt, hart wie Stahl ist.

Aber wenn man sich die ganzen Anrufe vorstellt, die sie mitten in der Nacht bekommt, und dann gesagt bekommt, sie soll sich zurück in ihren Bauernstaat verpissen, weil sie eine blöde irische Schlampe ist, oder dass es ihr scheißegal ist, dass alle ihre Lebensgeschichte kennen und wissen, wie sie hier gelandet ist, dann bekommt man eine leise Ahnung davon, wie abgebrüht sie im tiefsten Inneren wirklich sein muss.

Wesentlich mehr Ahnung davon bekomme ich, als sie mich draußen vor der Kirche bei der Schulter packt und mir sagt, dass sie mich auf der Stelle mit in die Sakristei nimmt, um sich mit O'Culigeen auseinanderzusetzen und ihn freiheraus zu fragen, was für eine gottlose Abscheulichkeit sich gerade vor ihren eigenen Augen am Altar einer verdammten Kirche abgespielt hat. Sie sagt, dass sie gerade erst frisch aus dem Flugzeug aus London geklettert ist und eigentlich hier ist, um Mam bei der Krebswache zu helfen, und dass sie mich mit einer Nachhausefahrt in ihrem Mietwagen überraschen wollte, aber dass sie jetzt einfach nicht fassen kann, was sie hier am helllichten Tage gesehen hat. Ich flehe und bettle sie mit aller Kraft an, nichts zu tun, kein Aufhebens zu machen, und warne sie, dass O'Culigeen alles nur noch schlimmer für mich macht, wenn sie mit ihm redet.

Schlimmer für dich?, fragt sie mit offener Kinnlade. Was soll das heißen, schlimmer für dich? Und das ist jetzt ein Moment, wo ich ihr antworten könnte. Ich könnte ihr alles erklären. Und von all den Menschen, die bisher bei mir nach Antworten gesucht haben, sei es Saidhbh, Vater Jason oder sogar Fiona, war es meine Tante Grace, der ich am ehesten ehrlich hätte antworten können. Aber ich tue es nicht. Und ich weiß nicht, warum. Ich weiß nur, dass ich es nicht kann. Also versuche ich stattdessen, sie durch mein Schweigen und mithilfe eines leicht verklemmten Gesichtsausdrucks wissen zu lassen, dass sie vielleicht gerade für einen Moment vergessen hat, in welchem Land sie ist, und dass das bei uns nicht einfach so läuft und dass ihre englischen Einstellungen den Laden vielleicht nicht nur aufmischen, sondern ihn direkt komplett verwüsten.

Aber nicht mit ihr. Sie packt mich noch fester bei der Schulter und zerrt mich um die Ecke zur Tür der Sakristei und sagt mir, dass wir schon sehen werden, wer hier am Ende am schlimmsten dran sein wird.

Ihre Fingerspitzen haben kaum den Messingklopfer erreicht, da steht O'Culigeen schon höchstpersönlich da, ohne seine Robe, zurück im Man-in-Black-Outfit und mit geisteskrankem Blick. Da bist du ja, du kleiner Schlingel!, sagt er und grabscht sich meine andere Schulter, fast ohne ein Wort an Tante Grace zu richten. Sie hält ihre Seite fest, während sich O'Culigeens Finger tief in mein Schlüsselbein graben und sich um und in meine Achselhöhle krallen. Er bombardiert Tante Grace mit einem ellenlangen Bericht darüber, was für ein Draufgänger ich bin und wie toll ich schauspielern kann und dass ich im Leben auf die Bühne gehöre und wie ich ihn, O'Culigeen, angebettelt habe, mehr performative Lesungen auf dem Altar zu machen und dass das Ganze meine Idee gewesen ist und er meine Wünsche berücksichtigt, weil ich gerade wegen meinem armen Vater ein ziemlich schlimmer Junge bin und er mir wenigstens ein bisschen Freude schenken will und ein Ventil für meinen Schmerz in diesen traurigen, schrecklichen Tagen.

Tante Grace versucht sich an ein paar Abers und Dennochs, aber sie ist diesem rattigen Priester nicht gewachsen, der nur eine ordentliche Vergewaltigungssession im Kopf hat. Denn während er redet und mich dabei erwähnt, sieht er mich immer und immer wieder so an, als wäre ich verdammt noch mal das appetitlichste Puddingtörtchen in Clerys Café, das er je gesehen hat, und seine Augen treten aus ihren Höhlen und sagen mir, dass wir, falls er Tante Grace um den Finger wickeln kann, direkt da anknüpfen, wo wir bei der Predigt so romantisch aufgehört haben. Und da kann ich mich auf was gefasst machen.

Er ist wie ein Rammbock. Ohne zwischendurch Luft zu holen, erzählt er ihr, dass es sich nicht gehört, wie ich heute Abend einfach aus der Kirche gehüpft bin, ohne auch nur mein Chorhemd aufzuhängen, und dass da hinten eine gute halbe Stunde Arbeit wartet, bevor ich mich als einen freien Mann betrachten kann, hö, hö. Er zwinkert Tante Grace zu und sagt ihr, dass er sich schon denken kann, dass zu Hause sicherlich alle dankbar für eine möglichst lange Verschnaufpause vom Nachwuchs hier sind, wenn man bedenkt, wie schlecht es meinem Dad gerade geht und alles, und dass es ihm eine große Freude wäre, mich später mit seinem Auto nach Hause zu bringen, sobald ich meine Aufgaben hier erledigt habe.

Ich fühle, wie sich Tante Grace' Schultergriff lockert, und ich denke: Kacke! Und Scheiße! Und all die anderen Wörter, die bedeuten, dass mich heute Abend irgendetwas vollends in den Abgrund stoßen wird. O'Culigeen merkt es auch, und seine Hose hängt ihm praktisch schon in den Kniekehlen, als er mich für einen Augenblick aus ihrem Griff befreit. Für ihn läuft alles wie am Schnürchen, und Tante Grace hat quasi schon den Kampf aufgegeben, als sie O'Culigeen sagt, als könnte sie kein Wässerchen trüben: Ich bin übrigens seine Tante Grace!

Tja, dieser dicke alte hinterweltlerische Heuchler hätte eine Million Möglichkeiten gehabt, seine Karten auszuspielen. Eine Million Möglichkeiten. Die meisten davon hätten ein glorreiches Ergebnis für ihn und eine fürchterliche, vermutlich fatale Nacht der Schmerzen für mich bedeutet. Doch stattdessen sagt dieser kleinkarierte knollenfressende Laberhannes: Oh, ich weiß sehr genau, wer Sie sind! Und er sagt es auf eine Art, so ganz von hoch oben herab, dass glasklar ist, dass er auf Tante Grace' Vergangenheit als gefallene Frau in London anspielt.

Zack! Ihre Hand gräbt sich wieder in meine Schulter wie der Dreizack vom Satan höchstpersönlich. Sie entreißt mich O'Culigeens Klauen so heftig, dass sie beinahe seine Hand mit abreißt, und er muss sogar kurz vor Schmerz aufjaulen, weil seine Fingernägel durch die fürchterliche Wucht des Ganzen plötzlich umknicken. Der Junge muss zu seinem Vater, sagt sie kalt wie ein Grab. Das war die abgebrühte Grace, die Hart-wie-Stahl-Grace, in Aktion. Dann macht sie auf dem Absatz kehrt und zerrt mich über den dunkel werdenden Samstagabend-Kirchhof hinter sich her. Der letzte Blick, den ich auf O'Culigeen werfe, zeigt ihn in völligem Unglauben, wie er wütend an seinen schmerzenden Nägeln saugt und mich unmissverständlich so ansieht, dass ich nicht den geringsten Zweifel daran habe, dass ich beim nächsten Mal, wenn wir ungestört aufeinandertreffen, so gut wie tot bin.

Tante Grace fährt mich in totaler Stille nach Hause und verliert kein Wort mehr über O'Culigeen. Das Wochenende verbringt sie bei uns damit, mit Mam bei Kaffee oder Wein in jeder nur möglichen stillen Ecke des Hauses zu tuscheln, über große Pläne und große Veränderungen, die geschehen müssen, und zwar schnell, damit Dad am Leben bleibt und Mam nicht verrückt wird. Ich schnappe Fetzen von ihren Gesprächen auf, und hauptsächlich geht es um Krankengeld und dass wir bald kein Geld mehr haben und Mam es sich sowohl finanziell als auch von ihren Kräften her nicht leisten kann, den

Haushalt zu schmeißen und gleichzeitig die Krankenschwester für einen sterbenden Mann zu spielen. Tante Grace' Flug nach London geht am Montagmorgen, also endet der Sonntagabend showdownmäßig mit einem Familienrat im Wohnzimmer, ein bisschen so wie die Punktevergabe beim Grand Prix.

Hier, während Dad oben in seinem Morgenmantel im Bett liegt, sitzen wir drei Jüngsten nach Bananentoast mit Krümeln vorne auf unseren Schlafanzügen am Feuer und haben uns *Glenroe* und *Murphy's Micro Quiz-M* hintereinander angeguckt. Tante Grace, die quasi wie ein Sprachrohr für Mam den Vorsitz der Versammlung hat, sagt uns, dass es Zeit für die Familiennachrichten ist. Fiona, Sarah und Siobhan kommen mit roten Augen reingeschlurft, als hätten sie stundenlang geweint, mit Mam im Schlepptau, die tatsächlich gerade weint, und noch bevor sie ein Wort sagen können, verkündet Tante Grace, dass Sarah und Siobhan in eine eigene Wohnung ziehen, die sie mit einer großzügigen Spende von Tante Grace und ihrer Sozialhilfe bezahlen werden, die sie derzeit hauptsächlich für Kippen und Typen im Blinkers rausschmeißen – alles in allem nicht viel Kohle, und es wird vermutlich nur für eine lausige kleine Bude in Cabra reichen, aber vielleicht wird es sie ja dazu ermutigen, sich bessere Jobs zu suchen, sodass sie es sich irgendwann leisten können, südlich des Flusses zu wohnen.

Noch bevor wir diese Neuigkeiten verarbeiten können, dreht sie sich zu Fiona, spricht sie direkt an, und uns auch, und sagt, dass Fiona aus der Schule genommen wird und Montagmorgen mit ihr nach England fliegt, um mit ihr in ihrer Personalvermittlungsagentur zu arbeiten. Fiona antwortet mit einem dankbaren Halbnicken, traut sich jedoch nicht, uns andere anzusehen. Und das heißt, fährt Tante Grace fort, dass die

Kleinen, also Claire und Susan, von nun an anfangen müssen, hauptsächlich den Haushalt zu schmeißen, mit zusätzlichen Pflichten und weniger Zeitvertreib mit ihren Freunden. Und ich?, frage ich etwas dümmlich. Tante Grace sieht rüber zu Mam, die glasige Augen hat und insgesamt von alledem etwas benommen aussieht, und dann zurück zu mir und sagt mit ernstem Blick, dass sich hier im Haus so viele Aufgaben für mich ergeben werden, Männersachen, zum Beispiel die Heizung reparieren oder den Kamin sauber machen, dass ich von diesem Abend an keine Zeit mehr haben werde, jemals wieder als Messdiener zu arbeiten. Jemals.

11

Die nächsten zwei Monate

Die nächsten zwei Monate sind die besten meines Lebens. Wirklich. Seine halbe Familie zu verlieren und sich um seinen sterbenden Vater zu kümmern ist also doch leichter, als man denken würde. Binnen einer Woche haben Sarah und Siobhan die Kaution zusammen und sind aus dem Haus, noch bevor die nächste Woche um ist. Sie teilen sich eine winzige Einzimmerwohnung in einer trostlosen dreistöckigen Bruchbude auf der Hamilton Street, direkt an der North Circular Road. Bei ihren sonntäglichen Besuchen sagen sie, dass der Umzug genau der Tritt in den Hintern war, den sie gebraucht haben, um ihre Zukunft als junge unabhängige Frauen im aufstrebenden Irland in die Hand zu nehmen. Innerhalb eines Monats hat Sarah einen Job am Schalter der Allied Irish Bank, während Siobhan in der Herrenabteilung von Dunnes Stores arbeitet.

Der Abschied von Fiona am Montagmorgen ist ziemlich übel, alle stehen schluchzend an der Haustür, während der Taxifahrer seine John Player Tip Tops pafft und wir einen Eindruck vom richtigen Irland von vor hundert Jahren bekommen, in dem man auf die Welt kam, um sein Zuhause zu verlassen, bevor man alt genug dafür war. Von mir verabschiedet sie sich von allen Geschwistern am dollsten und quetscht mich fast zu Tode und sagt mir, ich soll immer unter meinem Bett nach Geistern und Ghoulies Ausschau halten und auf meine geliebte Saidhbh aufpassen. Dieser letzte Teil gefällt mir am allerbesten, weil ich dadurch den harten, festen Traurigkeitsklumpen in meiner Kehle vergesse und mich stattdessen auf das Männlichkeitsgefühl konzentriere, das in meinem Magen glüht.

Sobald sich die Tür hinter Fiona schließt, schalten Claire und Susan fast augenblicklich auf Siebter-Himmel-Modus um. Sie suchen sich jeder ein eigenes Zimmer aus und sind für dieses Privileg gerne bereit, nach den neuen Regeln zu spülen, zu saugen und sogar ein Blech braune Scones oder Vollkornbrötchen oder sogar Apfelkuchen zu backen. Sie können ihr Glück gar nicht fassen und betrachten Dads Krebs insgeheim als das Beste, was der Familie je passiert ist.

Ich, ich bekomme gesagt, ich soll mich in der Schule auf den Hosenboden setzen, und bekomme eine ganze Reihe neuer Aufgaben zu Hause, darunter auch viele Männersachen, wie zum Beispiel mit Dads geliebtem Beil Holzblöcke zu Feuerholz zu verarbeiten. Oder den Kohleneimer im Bunker hinten im Garten aufzufüllen. Ich bin quasi der Hausmeister, und die Zentralheizung ist das A und O. Dad macht selber eine große Sache daraus, schlurft grau und bartstoppelig die Treppe runter und verkündigt über matschigen Weetabix, dass es Zeit wird, mir ein oder zwei Sachen im Haus zu zeigen. Weil ich nicht immer da sein werde, verstehst du. Das sagt er ohne einen Hauch von Gefühl, als würde er unterm Tisch ein Handbuch mit praktischen Tipps darüber lesen, was du deinem Sohn sagst, wenn du gerade im Sterben liegst, aber nicht darüber reden willst.

Manchmal, wenn er so ist, irgendwie tot, aber irgendwie

auch wieder nicht, dann will ich zu ihm hinrennen und ihm ins Gesicht brüllen: Krebs!, Krebs!, Krebs!, Krebs!, eine Million Mal, nur um zu sehen, was er dann machen würde. Ich vermute mal, dass er einfach aufstehen, sich den Stock aus der Ecke in der Küche schnappen und mir ordentlich hinten eins auf die Beine geben würde, und dann würde er ins Wohnzimmer rennen, aufs Sofa sacken, sich den *Irish Independent* übers Gesicht werfen und einschlafen.

Wobei er den Stock eigentlich nicht mehr benutzt hat, seit das mit dem Krebs angefangen hat. Fiona sagt, dass das daran liegt, dass er seine innere Menschlichkeit entdeckt hat und dass Gewalt überflüssig ist und wir alle einzig durch Liebe miteinander verbunden sind. Aber wenn du ihn dabei beobachtest, wie er schwer atmend durch die Küche läuft, um nach oben zu gehen und eine neue Dosis Geheimpillen aus seiner Sockenschublade zu nehmen, dann kriegst du nur das Gefühl, dass er zu platt ist, um irgendwen mit dem Stock zu bearbeiten, aber dass er ihn augenblicklich wieder schwingt und damit auf dich eindrischt, sobald er wieder bei Kräften ist.

Ich lerne also viel Männerkram und hänge mich in der Schule richtig rein – wobei ich dort auf der Stelle mit Samthandschuhen angefasst werde, als das mit Dad bekannt wird. Die meisten Schüler, außer Gary, hören auf, mit mir zu reden, damit ihre Dads keinen Krebs bekommen. Die Lehrer dagegen bieten an, mir Tage, Wochen oder sogar Monate freizugeben, wenn ich will. Vater Jason gibt sich besonders viel Mühe und drängt mich andauernd auf dem Schulhof in eine stille Ecke und erzählt mir von seinem Bruder, der als Kind an Leukämie gestorben ist, und dass Wochen vor seinem Tod das Wissen und die Einsicht über ihn gekommen sind, dass jede einzelne Minute des Lebens kostbar ist. Vater Jason sagt, dass seine Tür da oben im Kloster immer für mich offen steht, falls ich mal vorbeischauen und über irgendetwas reden will. Über meinen Vater oder, na ja, du weißt schon, egal was.

Es stellt sich heraus, dass das mit der Zentralheizung total einfach ist und ich das Ganze in unter zehn Minuten erledigen kann. Ich schnappe mir Dads kleinsten Phillips-Schraubenzieher, um drei winzige Schrauben aus dem Zündungsgehäuse zu schrauben, und nehme dann vorsichtig die gesamte Zündung aus dem zentralen Heizungsboiler, dann tauche ich einen Farbpinsel in irgendeinen durchsichtigen Alkohol und befreie die Zündkerze vom Ruß, setze die Zündung und das Gehäuse wieder ein und drücke auf Zünden, und bei neun von zehn Malen springt das System anstandslos an.

Saidhbh ist von meiner neuen Rolle als Mann im Haus total beeindruckt und singt jedes Mal, wenn ich mit Öl an den Fingern oder Geschichten darüber ankomme, wie mir Dad seine rostfreie Gripzange in die Hand gedrückt hat, damit ich unters Auto rolle und das Öl wechsle, aus Scherz, aber irgendwie auch nicht, den Popsong *So Macho*. Manchmal singt sie es mir direkt ins Ohr, wenn wir löffelchenmäßig hintereinander auf dem Bett liegen, oben in ihrem Zimmer oder in meinem Zimmer, und in der spätmorgendlichen Stille Quatsch machen, nachdem wir ganz im Ernst richtig echten, ehrlichen Sex gehabt haben.

Ja, was den Körpereinsatz zwischen mir und Saidhbh angeht, geraten die Dinge ganz schön aus dem Ruder. Sobald ich aus O'Culigeens Klauen befreit bin, gibt es kein Halten mehr. Es ist tatsächlich nur eine Frage von Tagen, nachdem Mam bei O'Culigeen angerufen und meinen Ruhestand verkündet hat – sie hat gesagt, er war stocksauer und hat jeden nur möglichen Trick angewandt, um mich in dem Job zu behalten, er hat sogar angeboten, mich zu bezahlen und am Ende darauf bestanden, sich wenigstens von mir verabschieden zu können, vergeblich –, dass Saidhbh und ich ernsthaft anfangen, beim Küssen die Zunge zu benutzen.

Ziemlich verrückt, wie schnell die Dinge dann außer Kontrolle geraten. An einem Abend ist es die Zunge. Am nächsten heißt es Hosen aus. Und ehe wir uns versehen, schwänzen wir beide die Schule, warten darauf, dass unsere jeweiligen Häuser leer sind, stehlen uns die Treppe hoch, ziehen die Vorhänge zu und machen uns vollkommen schamlos an die Nackedei-Action. Das Ganze ist einfach der Hammer, wie eine Kombination aus Doktorspielchen und dem Gefühl, vor Aufregung innerlich zu explodieren, und dann, ab und zu, ganz manchmal, das Gefühl zu haben, in Tränen auszubrechen und vor Traurigkeit körperlich krank zu werden, wenn man den anderen ansieht und einem klar wird, dass man nicht einfach mit ihm verschmelzen kann, zu einem einzigen küssenden, schluchzenden, ans Bett gefesselten Umarmungsmonster.

Und wir machen wirklich alles. Saidhbh kann es einfach nicht glauben, und ich auch nicht. Sie sagt die ganze Zeit, dass sie dafür definitiv in die Hölle kommt, und manchmal klingt es so, als würde sie das wirklich glauben, aber irgendwie heizt das Ganze die Stimmung noch an. Wenn es gerade hoch hergeht, flüstert sie manchmal leise Stoßgebete, zum Beispiel »Herr, sei meiner Seele gnädig« oder »Herr, vergib mir meine Schuld«, aber es hält uns nicht wirklich davon ab zu tun, was wir tun.

Sie sagt, dass die Pfarrer der Kirche in Kilcuman und die Nonnen von der Coláiste Mhuire ni Bheatha sie kollektiv aufknüpfen würden, wenn sie wüssten, was sie hier tut. Und sie kann einfach nicht glauben, wie schnell wir von luftigem Schnappen zum vollen Programm gewechselt haben, in nur wenigen Wochen. Und das ganz ohne Unterricht oder so. Sie geht nach oben, oder ich gehe nach oben, und dann geht sie eben wieder nach oben. Das Ganze liegt uns total. Wir sind Naturtalente. Unseren Lieblingsmove haben wir uns zugegebenermaßen aus Filmen abgeguckt, vor allem aus *Ein Offizier und Gentleman,* den wir zusammen bei UTV Friday Night im Kino angesehen haben und der darin besteht, einander nonstop anzustarren, während wir es tun. Von Anfang bis Ende. Ganz langsam und ohne einander aus den Augen zu lassen. Auge in Auge. Und zuerst kichern wir wie verrückt, dann drücken wir die Gesichter noch näher aneinander, sodass wir uns die Köpfe stoßen und es so aussieht, als würden wir noch immer aussichtslos versuchen, besagtes küssendes, schluchzendes, ans Bett gefesseltes Umarmungsmonster zu werden. Dieses Manöver endet in der Regel mit ganz viel Stöhnerei und Ooohs und Aaahs.

Wobei wir eigentlich ziemlich gut darin sind, den Lärmpegel zu kontrollieren. Wir treiben es sogar miteinander, wenn Dad im Haus ist. Morgens liegt er normalerweise von den Krebsmedikamenten ausgeknockt im Bett und kann so eigentlich nichts hören, obwohl wir es trotzdem in völliger Stille tun. Für den Fall der Fälle schmeißen wir, wenn wir uns hochschleichen, jede Menge Schulbücher auf den Boden, falls er entgegen aller Wahrscheinlichkeit doch mal aufwachen und durch den Flur schlurfen sollte, um zu sehen, wer da ist – unser Plan ist dann, aus dem Bett zu springen, die Vorhänge aufzureißen, uns Hose und Oberteil überzuwerfen und die Pose zweier extrem wissensdurstiger, wenn auch leicht verschwitzter Schüler anzunehmen.

Richtig versaute Sachen machen wir aber nicht. Wir haben es einmal versucht. Saidhbh hat gefragt, ob wir es mal von hinten machen sollen, und ich habe gesagt, warum nicht. Aber das Ganze war am Ende doch irgendwie zu merkwürdig. Wir konnten unsere Auge-in-Auge-Routine nicht vernünftig durchziehen, obwohl Saidhbh versucht hat, ihren Kopf so zurückzubiegen und ich mich nach vorne gelehnt habe, um einmal gegen ihre Stirn zu knallen, bevor sie sich vor Schmerz von der ganzen krampfigen Verrenkerei von mir abgewandt hat. Ich persönlich hatte die ganze Zeit übelste O'Culigeen-Flashbacks, von seinen knirschenden Zähnen und seinen grabschenden Fingern und seinem Fluchen und seinem Hass, die in meiner Penisregion zu einem ziemlichen Lustkiller mutierten, sodass ich neben Saidhbh aufs Bett plumpste und wir ganz altmodisch knuddelten und knutschten.

Während einem unserer Treffen Mitte Mai, morgens um kurz nach zehn, als Mam gerade den allwöchentlichen Einkauf bei Quinnsworth erledigt, die Mädchen in der Schule sind und Dad nebenan komatös schläft, sage ich Saidhbh zum ersten Mal, dass ich sie liebe. Irgendwie werde ich ziemlich aufgeregt, fange fast an zu heulen, und so und sage ihr, dass sich etwas in mir drin aufstaut, das ich endlich loswerden muss, sonst kotze ich es gleich hier mitten auf sie drauf. Sie strahlt wie ein Honigkuchenpferd, weil sie sich denken kann, was jetzt kommt, und dann ziehe ich sie unter der Bettdecke von der *Sesamstraße* ganz dicht an mich ran, starre auf mein Poster mit dem geparkten Porsche und sage die Worte: »Ich liebe dich.«

Das Komische ist, dass ich absolut keine Ahnung habe, wie es sich für sie anfühlt, aber für mich ist es das Beste auf der ganzen Welt, diese Worte auszusprechen. So, als würde ich in meinem Mund ein Feuerwerk abfackeln und als würden Wasserbomben auf meine Seele klatschen, wenn die Worte herauskommen. Saidhbh antwortet nicht mit »Ich liebe dich«. Aber das ist völlig okay. Und in diesem Moment wird mir klar, dass wir noch ein ganzes Leben lang Zeit haben, wenn wir verheiratet sind, dass sie es mir sagt, und außerdem ging es ja schließlich darum, etwas aus mir rauszukriegen, und nicht darum, etwas zu hören. Allerdings wird sie jetzt ganz schüchtern und zieht sich die Decke bis hoch an die Augen, sodass Ernies Kinn direkt unter ihrer Nase ist und ihr Gesicht plötzlich halb Mensch, halb Puppe ist, und sie sagt, dass sie mir auch etwas sagen will. Schieß los!, sage ich etwas nervös und hoffe, dass sie nicht sagt, dass sie ein Baby kriegt, obwohl sie gesagt hat, dass sie das alles im Griff hat und genau weiß, wann die Gefahrenzone anfängt, weil sie dann immer Schmerzen in der Seite bekommt und uns somit das Babyproblem noch jahrelang vom Hals halten kann. Was sie allerdings sagt, ist, dass ich der Erste bin, mit dem sie Sex hatte. Das scheint für sie eine große Sache zu sein. Größer als für mich. Sie sagt, dass sie weiß, was die Leute über sie reden, dass sie etwas durchgeknallt ist, halb Nonne und halb Nutte. Aber Letzteres sei überhaupt nicht wahr, und bis jetzt ist sie, was das angeht, immer hundert Prozent Nonne gewesen.

Ich frage sie nach Mozzo und erinnere sie noch mal an die Fummelei, die ich bei ihrer Familiensause mitbekommen habe. Sie sagt, dass da nichts war und dass Mozzo es immer versucht hat, aber damals noch nicht mal jenseits ihrer Unterwäsche gekommen ist. Im Gegensatz zu dir hat er mich nicht auf direktem Wege in die Hölle geschickt, du dreckiger kleiner Madser, sagt sie, greift nach unten und zieht einmal ordentlich auf so eine Art an meinem Schniedel, die als Scherz gemeint ist, aber auch ein bisschen wehtut. Und jetzt kuschelt sie sich noch enger an mich und fragt ganz nebenbei: Und du? Ich hoffe mal sehr, dass ich auch deine Erste bin! Und dann bricht sie bei dem Gedanken, dass es irgendwie anders sein könnte, in schallendes Gelächter aus.

Also vielleicht bin ich von dem Griff an meinen Schniedel noch ein bisschen knatschig, oder diese Art, wie sie kichert, erwischt mich einfach auf dem falschen Fuß, als wäre ich ein kleines Kind und sie die Mutter, aber ich denke über ihre Frage nach, denke an O'Culigeen und sage plötzlich: Warst du. Irgendwie.

Irgendwie?!!!!!! Zack! Schnell wie eine Gewehrkugel kommt sie aus dem Bett geschossen und springt mit rotem Kopf in ihre Jeans, die Augen sofort mit Tränen gefüllt. Was soll das verdammt noch mal heißen, irgendwie!!!??? Ich sage ihr, sie soll leise sein, weil ihr Gebrüll gleich durch die Krebsmittel dringen wird und Dad dann binnen Sekunden auf der Matte steht! Irgendwie!!! Sie sagt es noch mal, gefolgt von: Wer war sie? Wer war sie? Ich fange auch an, mir die Hose anzuziehen, als mir klar wird, dass sie gerade einen richtiggehenden Anfall hat und es sich nur noch um Sekunden handelt, bevor sie aus dem Haus stürmt.

Ihre letzten Worte, bevor sie die Haustür zuknallt und Dad sich schließlich in seinem Bett bewegt, lauten: Und den Abschlussball kannst du dir in den Arsch stecken.

12

Der Abschlussball

Der Abschlussball, bei uns »Debs« genannt, ist das Highlight des Schultrimesters, des Schuljahres und des gesamten sozialen Schulkosmos. Im Grunde ist es das Highlight von so ziemlich allem, was in der Schulzeit passiert, von den ersten nervösen Schritten durchs Hauptportal an der Hand deiner Mam bis zum letzten Gang hinaus nach der letzten Klausur. Anders gesagt, ist es der Höhepunkt des gesamten Lebens, das du hier verbracht hast, unter diesem Dach und innerhalb dieser Tore. Und er kommt in Form eines riesigen Abschlussballs am Ende des letzten Sommertrimesters, ein bisschen wie die Prom in Amerika, nur mit einer Extraportion Suff und Kotzerei, die das Ende deines Lebens als sorgloser kleiner Schülerbubi symbolisiert, der ein sorgenfreies Leben führt, und den Anfang deiner Erwachsenenexistenz als einer, der zu viel trinkt und dem irgendwie andauernd schlecht ist.

Die Debs finden im gesamten Land in coolen und nicht ganz so coolen Bars statt, und Fiona sagt, sie wären so eine Volkskrankheit, bei der die gesamte Nation sich eine Nacht lang Augen und Ohren zuhält und so tut, als wäre es das Normalste auf der Welt, dass Zehntausende sonst so brave Siebzehnjährige sich bis in die frühen Morgenstunden die Kante geben und hauptsächlich in hoffnungslos verwahrlosten Haufen enden, die Klamotten zerrissen, verdreckt, die Gesichter verschmiert und den Inhalt ihres umgedrehten Magens vor sich auf dem Gehweg.

Mal die Sau rauslassen, nicht wahr?, sagt Mam zu Garys Mam, als sie bei aufgeweichten Keksen über Seamus Kennedys Debs plaudern und wie ihm die Nase gebrochen wurde, als er unten am Hafen versucht hat, in den frühen Morgenstunden bei ein paar richtig harten Säufern aus der Stadt einen Kurzen zu bestellen und dabei noch seinen Anzug anhatte. Er war mit seiner Debs Fianna Malarky da – man nennt beides Debs, die Party und das Mädchen. Sie stand in ihrem lila Rüschenkleid neben ihm, und die Barbesitzer, völlig besoffene Dubliner, wollten sie reinlassen und ihn nicht, und dann haben sie ihm eins übergebraten und ihn bewusstlos in einer Seitenstraße liegen lassen, weil er sie alte Knacker genannt hat.

Garys Mam ist auch der Meinung, dass das die eine große Chance für die Kinder dieser Nation ist, mithilfe eines vortänzlichen Aperitifs, eines Dinners, eines Jazzbandauftritts mit anschließender Disco, gefolgt von einer Sauftour bis in die frühen Morgenstunden und einer peinlich berührten Taxifahrt nach Hause, die wie auch immer geartete Sau rauszulassen, die seit dreizehn Jahren in ihnen herumtobt.

Hauptsächlich spukt dieses Thema meinetwegen in den Köpfen von Mam und Garys Mam rum. Alle wissen, dass ich zu Saidhbhs Debs gehe, was eine Riesensache ist, vor allem, weil ich noch lange nicht volljährig bin und weil dies die einzige gute Neuigkeit ist, die es seit Monaten in unser Haus geschafft hat. Selbstverständlich musste Saidhbh bei Mam um Erlaubnis bitten, mich mitzunehmen, und es war ein Riesenaufhebens, Susan und Claire wurden nach oben verbannt, während Saidhbh und Mam am Kaminfeuer darauf warteten, dass Dad auftauchte und die Sache mit verschlafenen Augen ebenfalls abnickte. Dann vollführten Saidhbh und Mam eine halbe Umarmung, als wären sie sich nun einig über das Datum der Hochzeit und alles, und dann ließ Mam Saidhbh rauf in mein Zimmer rennen, um mir die großartigen Neuigkeiten zu verkünden – das war natürlich vor dem großen Krach darüber, dass ich rein technisch gesehen keine Jungfrau war.

Dank Gary spricht sich das Ganze auch an der Schule rum. Und es dauert nicht lange, da heißt es Debs hier und Debs da, und alle nennen mich Finno den Madser, weil ich die erste vierzehnjährige Schwuchtel in der Geschichte der Schule bin, die je einen Debs live und in Farbe mitbekommen durfte, und dann auch noch mit einem Mädchen. Gary erzählt mir, dass einige der Lehrer gesagt haben, dass das eine Schande ist, aber dass sie verstehen können, warum ich gehen darf, wo mein Vater doch im Sterben liegt und so.

Natürlich geht mir bei dem Gedanken, dass Saidhbh die ganze Sache abbläst, der Arsch ganz tief auf Grundeis. Ich wüsste überhaupt nicht, wie ich anfangen sollte, die Sache zu erklären. Mam alles erzählen und hoffen, dass es sich von ihr aus über ihren morgendlichen Kaffeeinformationsservice weiterverbreitet? Und wie sollte ich dann den anderen gegenübertreten und ihr dreifaches oder gar vierfaches Mitleid ertragen, und das in dem Wissen, dass ich der einzige Kerl in diesem Land bin, bei dem im Leben kein einziges Fitzelchen mal ausnahmsweise gut läuft. Und so schreibe ich ihr eine ganze Nacht lang in einer Mischung aus Sorge, Einsamkeit und dem bloßen, die Eingeweide zerquetschenden Elend, am anderen Ende von Saibhdhs Zorn zu stehen, diesen ellenlangen, irren Brief – mit Kugelschreiber auf Schmierpapier und hingekritzelten Kringeln über den gesamten Rand verteilt, in dem steht, wie sehr ich sie liebe und wie viel Angst ich habe, sie zu verlieren, und dass ich das mit der Jungfräulichkeit nur nicht erzählt habe, weil ich mir nicht sicher war, was für eine Art Mann sie wollte, und nicht sicher war, ob ich dieser Mann sein könnte oder ob ich überhaupt schon ein Mann war. Verstehst du?, schreibe ich. *So Macho* und so.

Nachdem ich den Brief mit einem »Streng geheim«-Stempel aus Garys Schnickschnacksammlung versehen habe, werfe ich ihn um sieben Uhr morgens in ihren Briefkasten, indem ich vorgebe, kurz eine frühmorgendliche Runde um den Block zu joggen, weil ich angeblich versuche, für den großen Tag in Form zu kommen. Mam sieht mich äußerst irritiert an, als ich im rot-schwarzen Jogginganzug zurückkomme, als würde sie sich fragen, was genau ich beim Abschlussball zu tun gedenke, für das ich sportlich gesehen in Topform sein muss. Ich sage ihr, dass das alle Jungs machen, einfach damit wir ein paar Kilos verlieren und in unseren Anzügen eine möglichst gute Figur machen, was sie offenbar zufriedenstellt.

Ist ja auch egal, der Brief erfüllt jedenfalls seinen Zweck, und Saidhbh kommt etwas später am gleichen Morgen vorbei, gleich nachdem Mam Claire und Susan zur Sorrows gebracht hat, und sie ist ganz komm-in-meine-Arme-mäßig traurig und plötzlich wieder fest davon überzeugt, dass wir das eine Paar auf diesem Planeten sind, das dazu bestimmt ist, für immer zusammenzubleiben. Eine Sache wäre da aber noch, sagt sie. Und das ist der Sex. Sie glaubt, dass es falsch von uns war, damit so Hals über Kopf anzufangen, und wegen meinem Alter und so findet sie, wir sollten damit aufhören. Sie spielt sogar mit dem Gedanken, runter zur Kirche in Kilcuman zu gehen und um eine weiße Weste zu winseln, und zwar beim Gemeindepfarrer höchstselbst, Vater O'Culigeen.

Bei diesen Worten bekomme ich Panik und sage ihr, sie soll keine Idiotin sein, und in einem riesigen Wortschwall füge ich noch hinzu, dass Liebe gut ist und Gott Liebe ist und Liebe Sex und Sex Liebe ist und dass, wenn Liebe gut ist und Gott gut ist und Sex Liebe ist, auch Gott Sex ist und Sex gleich gut gleich Gott ist. Und dass kein Pfarrer das je verstehen wird, es sei denn, er hatte schon Sex oder Liebe oder beides. Und um einen draufzusetzen, sage ich noch, dass O'Culigeen wahrscheinlich der letzte Mensch auf dieser Welt ist, der das alles je versteht, weil er ein lebloser alter Holzklotz und nicht qualifiziert dazu ist, über irgendetwas anderes als die Bibel zu reden und den Preis von Olivenöl und die Rückkehr des verfickten verlorenen Sohnes! Sie umarmt mich noch einmal und sagt mir, ich soll nicht so ein blasphemischer kleiner Hitzkopf sein und dass sie jetzt gerade eh nicht beichten kann, weil O'Culigeen aus familiären Gründen irgendwo an den Arsch der Welt fahren musste – einer seiner Brüder wird beerdigt –, und dass es ihr nicht einmal im Traum einfallen würde, bei irgendwem anders die Beichte abzulegen als bei ihm.

Und in der Zwischenzeit, sagt sie und zwickt mich in die Nase, kein Sex für dich.

Am Morgen nach dem Abschlussball haben wir dreimal hintereinander Sex, und es ist der Hammer. Mitten auf dem Wohnzimmerboden der Donohues. Wir sind beide noch verpennt und zerknautscht vom Vorabend, Saidhbh hatte ein langes lila Kleid mit verstärktem Filz am Dekolleté und weichen Puffärmeln an und ich den Anzug und extra viel Gel in den Haaren. Im Klospiegel des Abrakebabra auf der Dame Street sehen wir, dass wir ziemlich zerstört aussehen, und wir haben so viel getrunken und so viel getanzt, dass wir eher in einer Art wackligem Nebel herumwabern, statt zu laufen oder zu stehen. Natürlich hat Saidhbh meiner Mam versprochen, dass mir während des ganzen Abends kein Tropfen Alkohol über die

Lippen kommt, man denke nur an mein Alter. Aber die Absprache war schon vergessen, als uns das Taxi auf dem Dury's-Parkplatz in Ballsbridge absetzte und wir mit einer ganzen Horde von Saidhbhs Mhuire-ni-Bheatha-Kumpels abhingen, die alle ihre eigenen Schnapsflaschen dabeihatten, weil die Preise für Getränke drinnen astronomisch waren. Ich habe in den ersten zehn Minuten schon genug Schlucke genommen, um unterm Tisch zu landen, und mich dann mit ein paar älteren Debs-Typen unterhalten, die echt in Ordnung waren und mich andauernd mit den Ellenbogen angestoßen und mich behandelt haben, als wäre ich heute Abend ihr Maskottchen – am Tisch bekam ich immer als Erstes mein Getränk und einen ordentlichen Hieb gegen die Schulter, wenn ich mein Pint ausgetrunken hatte. Saidhbh bekam sie alle dazu, mich einen Madser zu nennen, und wenig später war ich einer von ihnen, und wir haben gesoffen und Witze gerissen, und ich habe genau wie sie Erdnüsse in Richtung Bardamen geschnipst.

Während die Jazzband spielte, haben Saidhbh und ich auf dem Klo geknutscht und rumgefummelt. Allerdings war ich quasi von den Augen abwärts gelähmt. Fergus, einer von den älteren Jungs, Typ Rugbyspieler, kam an und hämmerte gegen die Kabinentür und sagte, er muss da mit seiner Alten rein, also seiner Debs namens Barbara, und dabei brüllte er immer wieder, dass, wer auch immer da drin war, also wir, sich verdammt noch mal verpissen sollte. Doch als Saidhbh zurückbrüllte, er solle sich selbst verpissen und dass diese Kabine dauerhaft besetzt ist, hat er sich am Türrahmen hochgezogen, und als er auf uns runtersah, ich halb nackt und Saidhbhs Klamotten wer weiß wie hochgeschoben, hat er sich einfach nur totgelacht und den anderen zugerufen, dass der kleine Madser hier auf dem Pott ganz schön beschäftigt ist.

Natürlich wäre es uns nicht im Traum eingefallen, morgens

zu mir zu gehen. Mam hätte bei meinem Anblick einen Schock gekriegt und bei meinem Gestank und dem Wissen, dass an diesem Abend jedes erdenkliche heilige Vertrauen und Versprechen gebrochen worden war. Mal ganz abgesehen davon, dass es für Dad zu viel gewesen wäre, seine drogeninduzierte Abschottung im Morgengrauen für kurze Zeit zu durchbrechen, nur um seinen einzigen Sohn übernächtigt und voll wie zehn Eimer vorzufinden.

Nein, stattdessen stranden wir um acht Uhr morgens in den Donohue-Towers, just in dem Moment, als Taighdhg und Sinead aus dem Haus gehen, still gefolgt von Eaghdheanaghdh. Die Donohues sind, was Alkohol angeht, viel cooler als meine Eltern. Vor allem, weil ihr Dad schließlich ein Alki ist und den Kindern ja schlecht eine Moralpredigt über die Schattenseiten des Alkoholkonsums halten kann, wenn er morgens ohne einen vorsorglichen Schluck Jameson noch nicht mal die Schuhe zubekommt.

Saidhbh sagt, dass ihr Dad noch nicht mal was unternehmen würde, wenn er plötzlich trocken wäre oder wie meine Mam über Nacht zum Antialkoholiker mutieren würde, weil er mit dem ganzen politischen Kram viel zu beschäftigt ist, um sich den Kopf über etwas so Nebensächliches wie jugendlichen Alkoholkonsum zu zerbrechen. Als Lehrer führte er quasi das Land und war andauernd bei Gewerkschaftstreffen und forderte Leute auf, Ortsgruppen zu bilden und zu streiken und auf Demos zu gehen und dies und das zu wählen. Was auch ein Grund dafür ist, warum seine Nerven so blank liegen, weil er so erschöpft davon ist, dieses Land zu retten.

Zurzeit hat er sich knietief in die Rechte von IRA-Gefängnisinsassen und die Konsequenzen des Zusatzartikels acht reingearbeitet. Bei Ersterem geht es darum, sicherzustellen, dass die englische Regierung die IRA-Jungs im Gefängnis nicht windelweich prügeln lässt, nur weil sie allen Londonern das Weihnachtsfest vermiest haben, indem sie die englische Version von Clery's in die Luft gejagt haben. Und bei Letzterem geht es darum, sicherzustellen, dass unser Land nicht von westlichen, englischen Heiden überrollt wird, die aus unseren ganzen Frauen Schlampen machen und ihre ungeborenen Babys gegen ihren Willen mit kaputten Staubsaugern und Vorschlaghämmern töten. Sie sagt, das ist total wichtig und eine der größten Schlachten, in die die Lehrer je gezogen sind, und eine Möglichkeit, der Welt zu zeigen, dass wir hier in Irland anerkennen, dass uns die Babys im Bauch genauso wichtig sind wie die Erwachsenen auf der Straße oder im Pub.

Und sie hat recht. Denn Taighdhg sagt kaum ein Wort zu uns, als wir wie zwei Landstreicher-Zombies aus einem Horrorfilm vor seiner Tür auftauchen. Er überlässt es Sinead, die sich mit riesigen Ohrringen und noch riesiger auftoupierten Haaren, wie es sich für eine Fremdenführerin gehört, ordentlich aufgetakelt hat, zu sagen, dass wir uns hoffentlich schön amüsiert haben bei der Party gestern Abend und dass frisches Brennan's-Toastbrot im Brotkorb wartet, während sie mit etwas Spucke in der Handfläche versucht, Eaghdheanaghdh einen Seitenscheitel zu machen. Die drei drücken sich auf der Türschwelle an uns vorbei und ins Auto und brausen nach einigen stotternden Startschwierigkeiten und aufheulendem Motor lautstark auf und davon in den frühmorgendlichen Berufsverkehr.

Saidhbh führt mich ins Haus, auf direktem Wege ins Wohnzimmer, wo sie die Zeitungen vom Boden aufhebt, um eine freie Fläche in der Mitte zu haben, am Gasofen, und schiebt den Wohnzimmertisch in eine Ecke, genau vor den Plattenspieler. Dann krallen wir uns wortlos ineinander, wie die Tiere. Es ist einfach unbeschreiblich, und wenn wir nicht vor einer halben Stunde bei Abrakebabra unsere Jumbo-Döner gegessen hätten, würde ich sagen, dass wir einander ein für alle Mal verschlingen. Es ist gleichzeitig Essen und Trinken, wie Mam über die besten Suppen sagt, die sie kocht. Wobei ich nicht glaube, dass sie an Dads Pimmel denkt, wenn sie das sagt.

Wir tun es stundenlang, von vorne, von hinten, von oben, von unten, kopfüber und dann noch 'ne Runde. Hinterher liegen wir ausgestreckt auf dem Teppich, lachend und außer Atem kichern wir und heulen fast über die schiere Unmöglichkeit, dass zwei Menschen so glücklich sein können, und gleichzeitig verschwitzt und nackt und mit leicht flauem Magen.

Ich dusche und ziehe mir wieder meinen dreckigen Anzug an und sage ihr aus Scherz, aber irgendwie auch, um ihr auf den Zahn zu fühlen, dass sie nächstes Mal bei O'Culigeen einiges zu beichten hat, wenn er aus seinem Kaff zurück ist. Sie nimmt mein Gesicht in die Hände und gibt mir einen festen Kuss, wobei sie ihre Zunge heftig in meinen Mund presst und über meinen Gaumen lutscht, als wollte sie beweisen, dass wir jetzt jenseits von Blümchensex sind und Dinge machen können, wie einander freundschaftlich die Zunge in den Hals zu stecken, und dann zieht sie mit einem Augenrollen den Kopf zurück und sagt: Das sagt der Richtige!

Ich hüpfe The Rise rauf wie ein Typ, der vor Glück in Flammen steht. In der Einfahrt parkt kein Auto, was bedeutet, dass Mam wohl schon zur Messe ist. Was sehr praktisch ist und auch bedeutet, dass ich das große Post-Party-Gespräch erst führen muss, wenn meine Version fertig ist und sitzt und ich behutsam all die Teile entfernt habe, die mit Saufen und Fummeln und Sexorgien auf dem Wohnzimmerboden die Straße runter zu tun haben.

Ich schlüpfe durchs Garagentor und habe mir gerade die Weetabix-Packung geschnappt, als es plötzlich auf der Treppe poltert und an der Küchentür niemand Geringeres als Dad auftaucht, dem die letzten Haarbüschel auf dem Kopf vor Ärger zu Berge stehen, während sein Mund funkensprühende Wut ausspuckt. Er nennt mich einen Stricher, und wer zur Hölle hat mir erlaubt, mir die Nächte um die Ohren zu schlagen? Ich sage ihm, dass doch Debs war und dass beim Debs alle über Nacht wegbleiben, doch er brüllt nur: Der scheiß Debs interessiert mich nicht, und hechtet mit wehendem Morgenmantel auf mich zu. Er sagt, meine Mam wäre ja vielleicht im vorletzten Jahrhundert irgendwo am Arsch der Welt geboren worden, aber er ist ein Dubliner, und Dubs sind nicht blöd, und Dubs wissen genau, was ich die ganze Nacht lang getrieben habe. Er wiederholt noch einmal, dass er nicht doof ist, und nur, weil er den ganzen Tag oben im Bett liegt, heißt das noch lange nicht, dass er nicht hört, dass Saidhbh und ich »das Unanständige« machen, wann immer wir können. Er sagt, dass er genau weiß, wie der Hase läuft, und dass das hier meine letzte Verwarnung ist. All das sagt er, während er mich am Kragen meines Anzuges festhält. Er stinkt fürchterlich. Wie morgendlicher Mundgeruch, vermischt mit Pipi und ein bisschen Tod.

Er sagt, dass ich für mein Alter eine absolute Schande bin, und schubst mich weg. Allerdings sind seine Arme ganz schwach. Und es ist ein bisschen so, als würde ich von einer benebelten, haarlosen Vogelscheuche mit schlechtem Atem geschubst werden. Es ist ganz leicht, ihn abzuschütteln, und ich stelle die Weetabix-Packung auf den Tisch und schieße die Treppe hoch, bevor er sich am Cornflakes-Regal festhalten und aufrappeln kann.

Normalerweise würde er jetzt aufgeben und ins Wohnzimmer humpeln und den Rest des Morgens schwitzend und außer Atem auf dem Sofa verbringen. Er hat schon seit Monaten niemanden mehr die Treppe raufgejagt, vielleicht sogar schon seit einem Jahr nicht mehr. Wegen seinem Zustand. Aber diesmal ist bei ihm irgendwas übergekocht. Und tatsächlich höre ich ihn, als ich gerade meine Zimmertür erreicht habe, wie er in einer Art irrem Halbkaracho aus der Küche die Treppe hochsprintet, wobei er mit dem Rohrstock das Geländer entlangklackert. Als hätte er jeden einzelnen letzten Kraftimpuls seines spindeldürren Körpers runter in seine Beine gepumpt.

Scheiße! Ich spurte aufs Klo und schließe die Tür ab. Binnen Sekunden ist er da. Er hämmert heftig dagegen und brüllt mich an wie ein Bastard. Er sagt, ich bin eine Schande, eine ekelhafte Schande und verdammt noch mal nicht sein Sohn. Eine gute halbe Stunde lang drischt er so auf die Tür ein und nennt mich eine ekelhafte Schande, wenn er genug Atem geholt hat. Natürlich geht ihm irgendwann vollends die Luft aus, und er setzt sich mit dem Rücken zur Tür auf den Boden.

Mam kommt aus der Kirche nach Hause und schreit auf, als sie ihn dort sieht. Ich komme hervorgekrochen und helfe ihr, ihn ins Bett zu tragen, bevor sie den Arzt ruft. Dad bekommt noch mehr Schmerzmittel und eine riesige Flasche Lucozade-Sportgetränk, und von jetzt an soll er nur noch zweimal am Tag aufstehen. Den Debs erwähnt er mit keinem Wort mehr. Bei mir nicht. Bei Mam nicht. Und wann immer es möglich ist, vermeidet er von diesem Tag an, mit mir zu sprechen oder mir in die Augen zu sehen oder meine Anwesenheit sonst irgendwie zur Kenntnis zu nehmen.

13

Andere Umstände

Weniger als drei Wochen nach dem Abschlussball sagt mir Saidhbh, dass sie schwanger ist, am 21. Juni 1985. Das ist wie in diesem Buch. Die beste aller Zeiten und die schlimmste aller Zeiten. Und in diesen Zeiten sind ich und Saidhbh einander näher denn je und wieder Vollzeit mit Fummeleien beschäftigt. Und sie droht sogar nicht mehr damit, beichten zu gehen. Wir sind wie richtige Erwachsene und gehen ins Kino und lernen zusammen und küssen uns, und ich frage sie über ihren Bio-Stoff für die bevorstehenden Abschlussprüfungen ab – Kammerwasser und Glaskörper, alle dreiunddreißig Wirbelknochen, Nieren und Venen und so weiter. Sie fragt mich zu *Peig* ab und aus den Geschichts- und Erdkundebüchern fürs nächste Jahr, alles in der Hoffnung, dass ich noch mal die Kurve kriege und nicht mehr so ein Schandfleck für meine Familie und meinen sterbenden Dad bin.

Und was das angeht, bleibt Dad auch in diesen Zeiten und trotz der bedrückenden Prognosen der Ärzte in einem permanenten Zustand des Sterbens, zum Glück ohne tatsächlich zu sterben. Seinen grauen, kratzigen Morgenmantel zieht er noch immer nicht aus, und trotz der neuen Anweisung verlässt er immer noch das Schlafzimmer, wann immer ihm danach ist, um unten ein bisschen mit Mam zu plaudern und trockenen Toast zu essen und sich ganz manchmal furchtbar aufzuregen, wenn bei Gay Byrne eine ganze Sendung lang über Scheidung diskutiert wird. Das wirkt sich positiv auf die Atmosphäre im gesamten Haus aus. Und obwohl er sein Bestes tut, um mich zu ignorieren, und seit dem Super-GAU am Morgen nach dem Debs kaum einen Blick in meine Richtung geworfen hat, herrscht zu Hause nicht mehr ausschließlich Grabesstimmung. Mam zumindest wirkt fröhlicher und nennt Dad wieder einen schlimmen Kerl und schwingt große Reden darüber, dass alles Schlechte auch sein Gutes hat und dass sie jetzt nicht mehr halb so viel putzen muss wie vorher, wo sie ihre zwei kleinen Hausmädchen hat, die ihr helfen.

An dieser Stelle schnattern Susan und Claire dann normalerweise los und sagen ihre Version eines Gedichts auf, das sie bei Schwester Maureen in der Schule gelernt haben, und falten die Hände unterm Kinn und rufen: »Zwei kleine Mädchen kommen nach Haus.« Und alle, die ihnen zuhören, fangen an zu lachen, sogar Dad. Und dann schwingen auch sie große Reden darüber, dass Hausmädchen zu werden das Beste ist, was ihnen hätte passieren können, und dass sie jetzt ohne Mams Hilfe Staubsaugerbeutel wechseln und ein ganzes Blech deutschen Apfelkuchen backen können. Sarah und Siobhan kommen unterdessen jeden Sonntag mit aufregenden Geschichten aus der Welt der Banken und Schreibmaschinen zum Abendessen. Sie drücken Mam ein paar Scheine in die Hand und machen sich über den riesigen Sonntagsbraten her, und je nachdem, wie er drauf ist, kitzeln sie sogar einen Streit aus Dad heraus, der seine Hände lange genug von seinem Gesicht wegnimmt, um zu sagen, dass sie beide dreckige Jezebels sind, weil sie jetzt alleine wohnen und in Discos gehen und bis in die frühen Morgenstunden mit Gott weiß was auf der Rückbank von Gott weiß wessen Auto beschäftigt sind.

Auch für Fiona laufen die Dinge drüben in England gut. Sie schickt uns Briefe, die sie auf Tante Graces' elektronischer Schreibmaschine in London tippt – einen für Mam und Dad, einen für die Mädchen und einen für mich. Darin beschreibt sie ihre Arbeitstage in der Personalvermittlungsfirma und dass ihr Job daraus besteht, die jungen Frauen an der Rezeption zu beruhigen und ihnen zu helfen, ihre Formulare auszufüllen. Einige von ihnen stammen, wie sie offenherzig schreibt, nämlich von ganz weit weg aus dem tiefsten irischen Niemandsland und haben es mit Hängen und Würgen gerade so rüber nach London geschafft. Und die armen Dinger, berichtet sie, versuchen zwar, es vor ihr zu verbergen, aber nach zehn Minuten Herumwinderei auf dem Sofa am Empfang ist klar, dass sie weder lesen noch schreiben können.

Aber Tante Grace ist offenbar einfach unschlagbar darin, sie zu beruhigen, und nach einer kleinen Standpauke darüber, dass es ein bisschen bescheuert ist, nie zur Schule gegangen zu sein, schafft sie es trotzdem, ihnen Arbeit zu vermitteln, selbst wenn es nur mal ein Tag hier oder da ist, an dem sie für irgendwelche schnittigen Großstadtbosse mit roten Hosenträgern und Zigarren den Kaffee kochen. Fiona schreibt, dass es großartig ist, bei Tante Grace zu wohnen, die sich immer eine Tochter gewünscht hat, und obwohl sie nach außen immer so tough wirkt, verstehen sie sich wirklich super und verbringen die meisten Abende damit, bis spät in die Nacht Rotwein zu trinken und über Jungs zu reden, besonders über diesen Typen namens Deano, der in der Personalvermittlung arbeitet und ein Auge auf Fiona geworfen hat. In meinem Brief schreibt Fiona hinter Deanos Namen noch »zwinker zwinker, hüstel, hüstel«, bei den anderen steht einfach nur Deano. Das ist ihre

Art zu sagen, dass es für sie, was das Knutschen angeht, richtig gut läuft.

Am Ende ihres Briefes an die ganze Familie fragt sie bei jedem einzeln nach, wie es läuft, sie erkundigt sich sogar nach Saidhbh, als sie bei mir angelangt ist. So etwas würde normalerweise für ein riesiges Uuuuuuuuuh von den Mädchen sorgen, besonders beim Sonntagsbraten, wenn Sarah und Siobhan da sind, aber das Beste von allem, was in der letzten Zeit passiert ist, ist, dass das mit mir und Saidhbh mittlerweile so normal ist, dass niemand mehr etwas sagt, und der Moment einfach so vorbeigeht, ohne dass etwas passiert. Eigentlich sind ich und Saidhbh sogar schon so alte Kamellen, dass niemand auch nur mit der Wimper zuckt, wenn wir mal das Gesprächsthema sind. Keine Gigolo-Witze mehr, keine Ich-und-meine-Oma-Sprüche und keine Grimassen übers K-n-u-t-s-c-h-e-n mehr. Es ist einfach total normal, ganz stinknormal, und in Mams Augen bin ich ein richtig toller Hecht, und dauernd streichelt sie mir über den Kopf und sagt mir, dass ich für meine vierzehn Jahre schon sehr erwachsen bin und dass Saidhbh sich sehr glücklich schätzen kann.

Natürlich konnte Mam am Anfang wieder nicht aus ihrer Haut und hat mir bei einem Spaziergang im Mount-Merrion-Park Löcher darüber in den Bauch gefragt, was Saidhbh und ich wirklich so anstellen, wenn wir alleine sind. Für diesen Spaziergang gab es überhaupt gar keinen Grund. Es war ungefähr vier am Nachmittag, und die Mädchen waren gerade aus der Schule gekommen, und Dad musste für eine Dusche geweckt werden, weil an dem Abend seine alten Arbeitskollegen Jack und Aoifa Madigan zu Besuch kommen wollten und Mam fand, er sehe mit seinem von weißen Stoppeln übersäten Gesicht katastrophal aus. Er würde den Duschkopf anschließen müssen, weil ein richtiges Bad ihn für den Rest des Tages lahmgelegt hätte, warnte sie. Sie war also gerade mittendrin, Dad eine Predigt darüber zu halten, dass er noch nicht tot ist und irgendeine Kraftreserve anzapfen muss, um sich fertig zu machen und dabei noch das Essen für die Mädchen vorzubereiten, und da fragt sie mich plötzlich, ob ich einen Spaziergang machen will. Sofort merkte ich an der Art, wie sie mich nicht ansah, dass es wieder einer dieser Bienchen-und-Blümchen-Spaziergänge werden würde. Also willigte ich irgendwie ein, so, wie man gehorcht, wenn Spits McGee einen an die Tafel ruft, obwohl man weiß, dass er einen boxt, sobald man vorne angekommen ist.

Also wartet sie ab, bis wir das Tor zum Park erreicht haben, und dann legt sie einen Kickstart hin und sagt, dass sie heute Morgen Gaybos Show im Radio gehört hat und es um all diese jungen Leute heutzutage ging und was sie treiben, wenn ihre Eltern gerade nicht hinsehen. Und was sie in den Discos Wesley und Bective machen und dass die Polizei andauernd um Mitternacht Jungs und Mädchen unten an den Zuschauertribünen vom Landsdown-Road-Stadion dabei erwischt, wie sie gegenseitig ihre Schniedel und Mumus befingern. Und dass sie weiß, dass ich dafür noch viel zu jung bin und Saidhbh eher wie eine große Schwester für mich ist, vermutlich eine Art Fiona-Ersatz, nur mit ein bisschen Knutscherei, das hat sie von Claire und Susan gehört, und sie will nur sichergehen, dass es dabei bleibt.

Natürlich mache ich einen auf: Sei doch nicht blöd, Mam, ich weiß doch noch nicht mal richtig, wie man sich vernünftig küsst. Es sprudelt nur so aus mir heraus, wie absolut unterirdisch schlecht ich und Saidhbh in allem sind, was übers Händchenhalten hinausgeht. Ich gebe noch nicht einmal zu, dass wir uns küssen, und mache stattdessen ein Bääääh-Gesicht, wenn Mam das Wort benutzt. Ich lasse sie endlos ihre Theorie weiterspinnen, dass Saidhbh die neue Fiona ist, weil es sie offenbar so glücklich macht und ihr wohl das Gefühl gibt, dass es wenigstens einen Teil in Mams Leben gibt, der nicht völlig auseinanderfällt.

Ich lasse sie noch eine Weile allein vor sich hin plaudern, während wir die Basketballplätze umrunden und das kleine Stückchen Park durchqueren, in dem es Bäume gibt und nachts bestimmt auch ein paar Perverse und Kinderschänder und Junkies. Und dann, gerade als wir zurück zum Hauptportal gehen wollen, wird Mam total komisch, und ihre Stimme wird ein bisschen heiser und rotzig, und sie erzählt mir, wenn es bei uns in Irland die Scheidung gäbe, hätte sie sich von »deinem Vater«, also Dad, schon vor Jahren scheiden lassen. Sie sagt nicht, warum, aber ich nehme mal an, dass das ganze Gelaber über Pärchen und Knutschen und was man tun darf und was nicht sie an die Anfänge ihres Liebeslebens erinnert hat und an all die Jungs, die sie in der Haustür geküsst hat, als ihr eigener Vater noch von oben auf den Boden getrampelt hat. Und vielleicht dachte sie ja auch an einen ganz bestimmten Typen. Dad macht sich nämlich immer über Tim Coolan lustig, diesen blöden, glatzköpfigen Idioten, der alle drei Monate vor unserer Haustür steht und Pralinen für die Familie mitbringt und ein Buch über Snooker-Statistiken für Dad, aber eigentlich wegen Mam da ist, weil sie früher mal zusammen waren. Tim ist Witwer, aber Dad macht Witze darüber, dass er seine Frau um die Ecke gebracht hat, weil er es nicht ertragen konnte, Mam an so einen gut aussehenden, genialen Verkäufer verloren zu haben.

Doch das lustige Witzereißen dauert meist nicht lange, weil Mam dann zurückschlägt und Dad sagt, da hätte sie sich ganz klar für den Falschen entschieden, oder sie sagt ihm in scharfem Tonfall, er soll still sein, und wir merken uns alle ganz genau, was er gesagt hat, weil er damit ganz offenbar voll ins Schwarze getroffen hat. Nachdem sie mir jedenfalls gesagt hat, dass sie sich von Dad hätte scheiden lassen, wenn dieses Land nicht so zurückgeblieben und vollgepackt mit zeigefingerwedelnden Hinterwäldlern wäre, wird sie ganz still und schniefig, und ohne zu ihr raufzusehen, weiß ich genau, dass sie sich die Augen ausheult. Ein Teil von mir will sie fragen: Denkst du gerade an Tim Coolan? Aber der Rest von mir weiß, dass es furchtbar sein muss, mit einem menschlichen Morgenmantel verheiratet zu sein, der jeden Tag ein paar Zentimeter weniger vom Tod entfernt ist, und wenn du das mit dem ersten Mal vergleichst, als du einen Typen geküsst hast oder er dich im Arm gehalten hat oder du ihm zum ersten Mal gesagt hast, dass du ihn liebst, dann ist das so, als würde man die süßeste, luftigste und cremigste Pavlova mit einem Teller Scheiße vergleichen.

Aber egal, sie heult sich jedenfalls mal ordentlich aus, und als wir zu Hause ankommen, ist alles wieder gut, und sie ist wieder bereit, Dad als weltbeste Mam aus seinem Morgenmantel zu schälen und in die Dusche zu hieven und ihn vielleicht sogar noch spontan zu rasieren. Dann wird sie noch den Mädchen ihr Essen kochen und dafür sorgen, dass sie ihre Kartoffelpuffer essen und sich ihre Geschichten darüber anhören, wer eine blöde Kuh ist und welcher Lehrer sie auf dem Kieker hat und wie viel Geld sie für die Klassenfahrt brauchen werden, auf die sie zu schicken sich Mam eigentlich nicht leisten kann. Vor allem aber wird Mam in dem sicheren Wissen handeln, dass, egal was um sie herum geschieht, selbst wenn die Welt untergeht, wenigstens ihr Sohn, ihr einziger Sohn, ihr geliebter Sohn nicht wie diese Jugendlichen in der Gaybo Radioshow ist und im wahren Leben wirklich keine schmutzigen Sachen mit seiner Freundin macht.

Natürlich erzähle ich Mam nicht, dass Saidhbh schwanger ist. Tatsächlich erzähle ich es niemandem, noch nicht mal Gary. Nachdem sie es mir gesagt hat, befinde ich mich einen ganzen Tag lang im Schockzustand. Sie klingelt einfach an einem Sonntagmorgen bei uns durch und sagt Mam, dass ich ganz dringend mit ihren Bio-Sachen rüberkommen soll, die sie in meinem Zimmer vergessen hat. Eine heikle Nachricht und ganz klar an den Haaren herbeigezogen, weil ihre Bio-Prüfung schon vorbei ist und sie letzten Mittwochabend geschrien und gejubelt hat, dass sie in ihrem ganzen Leben nie wieder einen Blick in ihre Bio-Unterlagen werfen wird.

Trotzdem suche ich einen ordentlichen Stapel Papier zusammen, meine Geschichtsunterlagen, gemischt mit ihren von Bio und Erdkunde, wedle sie Mam und den Mädchen ins Gesicht, die gerade aus der Kirche zurückkommen, und sage ihnen, dass ich auf wichtiger Mission zur Rettung von Saidhbhs Abschlussprüfungen bin. Innerlich bin ich total aufgeregt und fantasiere darüber, dass der gesamte Donohue-Klan gerade die Auffahrt runtergezischt ist und Saidhbh schon ausgestreckt oben auf dem riesigen Doppelbett liegt und auf ihren Mann wartet, damit er mit ihr all die tollen Dinge anstellt, die uns zu einem Dreamteam machen.

Dieser Traum platzt leider in dem Moment, als Eaghdheanaghdh in gewohnt gelangweilter Art die Tür öffnet. Er sieht mich an und schüttelt den Kopf und sagt, ich würde richtig in der Scheiße stecken, weil Saidhbh den ganzen Morgen geheult hat und seine Mam und sein Dad wüssten, dass das meine Schuld ist. Ich höre, wie Taighdhg aus dem Wohnzimmer brüllt: Ist er das? Doch eine zweite Stimme, Sinead, gebietet ihm schnell, ruhig zu sein und sich zu benehmen. Er sagt, dass das genau der Punkt ist, sich benehmen, und während sie einander ankeifen und ausfechten, wer sich hier um was kümmern sollte, nickt Eaghdheanaghdh mit dem Kopf in Richtung seiner linken Schulter, was bedeuten soll, dass ich an ihm vorbei die Treppe hochsprinten kann.

Ich habe absolut keine Ahnung, was zur Hölle hier vor sich geht, bis ich in Saidhbhs Schlafzimmer platze und sie in einem Lakenknäuel auf dem Bett vorfinde und sie sich mit gewölbten Händen den Bauch hält, so, als würde sie entweder versuchen, nicht zu furzen, oder als würde sie ein neugeborenes Kätzchen unter ihren Fingern verstecken. Ich weiß es sofort. Ich weiß es einfach. Ich muss sie noch nicht einmal fragen. Und sie muss es nicht sagen. Stattdessen schnieft sie einmal gedehnt, wischt sich das rote, mitgenommene Gesicht ab, zieht das Kissen weg, auf dem sie gelegen hat, und schmeißt drei weiße Plastikstifte in meine Richtung. Später erzählt sie mir, dass sie sie in Dublin im Well-Woman-Centre in Ballsbridge gekauft hat. Letzten Freitag musste sie extra deswegen in die Stadt fahren. Sie sagt, dass der Gedanke sie im Sportunterricht ganz plötzlich wie ein Blitz getroffen hat, als alle anderen über ihre Tage gejammert haben und ihr plötzlich klar wurde, dass sie ihre seit hundert Jahren nicht mehr gehabt hatte. Noch am gleichen Nachmittag hat sie blaugemacht und ist mit dem Bus Nummer 62 in die Stadt gedüst. Sie erzählt, dass die Frauen im Well-Woman-Centre nett waren, aber ein bisschen zu nett. Sehr gesprächig und darauf aus, sich mit ihr hinzusetzen, damit sie ihnen alles über ihr Leben erzählt. Gut aussehende Frauen mit einfühlsamen Augen und schönem Schmuck, aber Saidhbh hat direkt abgeblockt. Nur die Stifte bitte und sonst gar nix.

Die Stifte sind Schwangerschaftstests für zu Hause, und sie funktionieren mirakulös mit Pisse und Fensterchen. Sie hat auf alle drei draufgepisst, und alle drei haben in ihrem kleinen Plastikfensterchen das Gleiche angezeigt – Babyalarm.

Ich frage sie, ob sie es ihren Eltern gesagt hat, und sie sagt, sie ist doch nicht bescheuert. Obwohl sie schon ziemlich blöd sein muss, fügt sie hinzu, weil sie zugelassen hat, dass ich ihr das antue. Ich setze mich noch immer nicht neben ihr aufs Bett und sage verletzt, dass ich nichts getan habe, aber sie hört mir nicht zu. Sie heult und schimpft und fragt mich, wie zur Hölle sie jetzt noch Lehrerin werden soll und wie ihr Leben werden soll, als Mutter mit siebzehn. Ich sage ihr, sie soll ruhig bleiben und dass wir sicher einen Weg finden, weil sich jedes Problem lösen lässt. Sie wirft mir einen finsteren Blick zu. Meine Gedanken überschlagen sich vielleicht, aber ich denke an Don Cockburn im Fernsehen und an die Nachrichten, Tag ein, Tag aus, während der Debatte um den achten Zusatzartikel und an die Mädchen, die mit der Fähre nach London gefahren waren und dem ein Ende gemacht hatten und nun hinter einer Schattenwand interviewt wurden. Harte, zitternde Frauenstimmen, deren Seele nun so schwarz wie ihr Schatten war und die sich nie wieder öffentlich zeigen durften, weil sie das Baby in ihrem Bauch getötet hatten.

Ich sage Saidhbh, dass ich fünfunddreißig Pfund auf meinem Sparkonto habe und das locker reicht, um uns nach London und zurück zu bringen, wenn wir eine billige Fähre nehmen. Sie dreht vollends durch und bricht in Tränen aus und sagt mir, ich soll so etwas nie wieder sagen, und bittet Gott um Vergebung für das, was ich gerade gesagt habe. Und dann umschließt sie ihren Bauch noch fester und weint noch mehr und entschuldigt sich bei dem Baby in ihr drin und krümmt sich noch weiter in ihre eigene Embryonalstellung und versucht, sich selbst vor lauter Frust darüber die Haare auszureißen, dass vor zwei Tagen alles perfekt war – sie steckte mitten in den Abschlussprüfungen und war kurz davor, eine glücklich verheiratete Lehrerin zu werden, und jetzt redete der

Junge, in den sie einmal verliebt gewesen war, darüber, sein gesamtes Gespartes dafür auszugeben, ihr Baby zu töten.

Sie erwähnt noch etwa zehnmal Gott, und ich verdrehe genervt die Augen und sage ihr, dass Gott schon seinen Teil zu diesem Schlamassel beigetragen hat. Saidhbh sieht mich wütend an und sagt, »Er« hat vorausgesagt, dass sie so enden würde, und »Er« hat auch vorausgesagt, dass ich versuche, sie zu überreden, das zu regeln, und dass »Er« ihr vor allem auch gesagt hat, sie muss stark sein und das Baby in jedem Fall behalten.

Und wer bitte ist »Er«? Gott?

Nein, sagt sie, nennt mich einen Klugscheißer und fügt dann superlässig hinzu, dass »Er« Vater O'Culigeen ist. Jawohl, sagt sie, deshalb kommt sie erst heute damit an. Den Test hat sie schon Freitag gemacht und wusste seitdem Bescheid, konnte aber keinen klaren Gedanken fassen, bis sie heute Morgen nach der Messe zur Beichte gegangen ist. Sie sagt, dass O'Culigeen einfach super war und extra für sie alles dichtgemacht hat und sie in die Sakristei mitgenommen hat und ihr in einer Privatsitzung gesagt hat, dass ich ein falscher Fuffziger bin und sie das Baby um jeden Preis behalten und die Beziehung mit mir auf der Stelle beenden muss. Daher die Heulattacken und die Verwirrung.

Ich sage ihr, dass O'Culigeen nur Scheiße erzählt, und sie will plötzlich, dass ich gehe. Aber nicht zur Haustür raus, sagt sie, und deutet in Richtung Fenster. Sie sagt, dass ihr Dad mich eigenhändig umbringen will, weil ich seiner Tochter bei einem Streit nach der Messe mitten ins Gesicht geschlagen habe. Ich mache eine »Waaas?!!!«-Grimasse, und sie erzählt mir, dass ihr Dad sich das selbst ausgedacht hat, als sie in Tränen aufgelöst zur Tür reingestolpert kam. Und weil sie noch immer unter Schwangerschaftsschock stand, fiel ihr nichts

Besseres zu meiner Verteidigung ein, also rannte sie nach oben, um sich zu verkriechen, und so blieb es irgendwie bei der Geschichte. Und er brüllte, Er hat dich geschlagen? Geschlagen? Der kleine Schwachkopf! Er hat dich geschlagen!!

Wie ein Affe klettere ich durch Saidhbhs Fenster und schürfe mir auf dem Weg die dicke Regenrinne runter an dem harten, gelben Rauputzanstrich an beiden Händen die Knöchel auf. Ich renne den langen grauen Bogen The Rise rauf nach Hause, mit blutig gerissenen Fingern und eingezogenem Kopf, für den Fall, dass der verrückte Taighdhg Donohue schon sein wahres Gesicht gezeigt und mir eine mobile Truppe der aktiven IRA auf den Hals gehetzt hat, um mich zu entführen und mir beizubringen, wie man mit Frauen umgeht, indem sie mir die Kniescheiben wegpusten und mir alle Zähne ausschlagen. Und währenddessen murmle ich die ganze Zeit Dinge wie Scheiße und Kacke und so ein Mist und kann nicht ganz glauben, was verdammt noch mal aus meinem Leben geworden ist.

Ich denke an Vater Jasons Lebensgeschichte und frage mich, ob es zu spät für mich ist, runter in die Innenstadt zu gehen und mich dort in einer Kirche vor dem Altar auf den harten Marmorboden zu werfen und auf den leuchtenden Mann aus dem Himmel zu warten, der plötzlich, wie aus dem Nichts, auftaucht und mit einem magischen Blitz die Abtreibungsspritze aus seiner Handfläche zaubert und all meine Probleme löst. Beim Gedanken daran, wie Saidhbh und ich bald an irgendeinem murksigen Montagmorgen aufbrechen, um mit meinen Ersparnissen in der Tasche von Dun Laoghaire aus die Fähre zu nehmen, und Saidhbh neben mir wie eine lebende Tote aussieht, wird mir schlecht, und dann erst all die Geschichten und Lügen, die wir werden erzählen müssen, nur damit wir beide für alle Ewigkeit unser Leben und unseren Geist und unsere Seelen ruinieren können, ohne dass es jemand herausfindet.

Darüber denke ich nach und auch darüber, wie recht Mam und die ganzen Mams morgens beim Kaffee haben, wenn sie sagen, dass sich das Leben in Sekundenbruchteilen ändern kann. In einem Moment hast du noch deinen Pelzmantel an und läufst vor der Castre-Mount-Kirche über die Straße, und dann bleibst du stehen, um Maisy McDonald auf Nummer 40 zu winken, und stolperst über deine eigenen Absätze und knallst gegen den Bordstein und spaltest dir den Kopf, einmal mittendurch, zack, tot. Der Pelzmantel. Jetzt nützt er dir gar nichts mehr. Du kannst ihn nämlich nicht mitnehmen. Nein, du kannst ihn nicht mitnehmen.

Ich wünschte, ich hätte mir den Kopf am Bordstein gespalten, statt das Leben meiner einzigen Liebe zu zerstören und dabei Staatsfeind Nr. eins von einem bekannten IRA-Obermacker zu werden – und es ist nicht so, als könnte ich sagen: Nein, Taighdhg, ich hab ihr nicht ins Gesicht geschlagen, ich hab ihr bloß ein Baby gemacht! Ganz zu schweigen von Mam und Dad. Diese Neuigkeiten bringen Dad garantiert ins Grab. Seine letzten gesunden Zellen werden einfach zusammenschrumpfen und absterben, wenn sie von der Sache hier Wind bekommen. Die Mädchen werden verrücktspielen, Gary wird sich verpissen, und ich fliege wahrscheinlich wegen widernatürlichem, total animalischem Verhalten von der Schule.

Wie gesagt, denke ich über all das nach, als ich meinen Schlüssel ins Garagentor stecke und sofort ein extrem selten gewordenes Geräusch aus dem Wohnzimmer kommen höre. Und ob, es ist das Dam, Dam, Dam von *Hooked on Classics*. Für einen Moment durchströmt mich ein Megaglücksgefühl, und ich schieße ins Haus und bin auf der Stelle total aufgeregt, weil Dad sich zum ersten Mal seit Ewigkeiten gesund genug fühlt, um den Plattenspieler anzudrehen und unser Haus mit den lauten, stetigen und merkwürdig elektronischen Takten von Tschaikowsky, Mozart und Mendelssohn zu füllen.

Ich stelle mir sogar vor, wie Dad glatt rasiert in seinem Anzug im Schaukelstuhl an der Wand sitzt, mit angewinkelten Ellenbogen und der gefalteten Zeitung in seinem Schoß, und sich gut genug und aufgeweckt genug fühlt, um Witze auf Mams Kosten zu machen. Und die Mädchen, Sarah und Siobhan, sind heute zu Besuch da und sind glücklich genug und geborgen genug, um Dad lächelnd und unter Kichern zu sagen, dass *Hooked on Classics* der letzte Mist ist. Ich zische in Erwartung der kompletten Wiederherstellung unserer familiären Idylle, wie sie für so kurze Zeit einmal existiert hat, durch die leere Küche auf direktem Weg ins Wohnzimmer, und was muss ich sehen?

Vater O'Culigeen höchstpersönlich sitzt wie der personifizierte Albtraum in Schwarz auf dem Sofa, klammert sich an eine Tasse Tee und ein Stück Apfelkuchen, klopft mit den Füßen den Rhythmus mit und lässt augenblicklich ein riesengroßes Lächeln in meine Richtung blitzen, als würde er sagen wollen, Du, Freundchen, bist so gut wie tot!

14

Der Plan

Was er in Wirklichkeit sagt, ist natürlich: Hallihallo, Fremder! Und zwinkert mir zu und lächelt mich an. Er sitzt alleine mit Mam da. Die Mädchen wurden raufgeschickt, um mit ihren Sindy-Puppen zu spielen. Dad schläft. Mam, die sich ebenfalls an ein Stück Apfelkuchen klammert, hat die Platte extra für O'Culigeen aufgelegt, damit *Schwanensee,* aufgepeppt mit Schlagzeug-Beat, die perfekte musikalische Tääteräa-Begleitung für ihr offenes Gespräch am Sonntagmorgen liefern kann.

O'Culigeen, sagt Mam ganz nah vor seinem Gesicht, ist der Familie wegen gekommen. Um zu sehen, wie es Dad geht und alles. Sie sagt, dass Dads Fortschritte ihm neuen Mut geben und er hofft, uns alle schon bald im Familiengottesdienst um halb elf begrüßen zu dürfen. Sie fügt hinzu, dass O'Culigeen Dad sogar im Schlaf gesegnet hat. Er hat sich über ihn gelehnt und den Heiligen Geist gebeten, auf seinen Körper aus dem Himmel herniederzugehen und durch seinen rechten Arm in Dads Körper zu fahren und das letzte bisschen medizinische Arbeit zu leisten, das dort noch nötig ist, um Dad endlich ganz zurück ins Reich der Lebenden zu bringen. Und weißt du was?, fragt Mam und lehnt sich mit einem aufgeregten

Grinsen nach vorne, Genau in dem Moment ist dein Vater aufgewacht und hat gesagt, ihm ist heiß!

Und dass einem heiß ist, hatte O'Culigeen ihr gesagt, ist ein Zeichen dafür, dass der Heilige Geist ganz in den Körper gelangt ist und dort seine Wunder verrichtet. Mam hatte das Fenster geöffnet, um etwas Luft reinzulassen, und Dad war wieder eingeschlafen, aber Mam war sich sicher, dass er diesmal friedlicher aussah, weil Gottes Kraft in ihm weilte. Und dann sagt sie, Dem Vater hier sei Dank!

O'Culigeen legt einen Heiliger-als-heilig-Gesichtsausdruck auf und nickt andächtig, als wäre er der beste Pfarrer in ganz Irland und nur zu schüchtern, es zuzugeben. Ich sage nichts. Ich sehe die beiden mit leerem Blick an und warte darauf, dass die berühmte O'Culigeen-Falle zuschnappt. Nämlich genau jetzt.

Oh, und der Vater hat eine Überraschung für dich!, sagt Mam und spuckt dabei vor Aufregung beinahe ein paar Kuchenkrümel aus. Er nimmt dich und eine ganze Bande Jungs am Freitag zu einem Campingwochenende zum Three Rock Mountain mit. Und noch bevor ich ein paar Takte dazu sagen kann, dass das auf jede nur mögliche Art eine totale Schnapsidee ist, sagt sie mir, ich soll mir keine Sorgen machen, dass O'Culigeen ihr alles von uns erzählt hat und dass ich mich am Ende etwas zu gut mit ihm verstanden habe und unser Verhältnis zu eng geworden war und ich ihn in meiner Stunde der Not wie einen älteren Bruder behandelt habe und nicht wie die respektierte Säule unserer Gemeinde, die er nun mal ist. Und dass O'Culigeen wegen all dem, was bei mir zu Hause gerade vor sich ging, mit Dad, nicht so hart zu mir sein wollte und mein obsessives Verhalten ihm gegenüber duldete und deshalb nichts gesagt hat, als ich ein bisschen Kleingeld aus seinem Portemonnaie geklaut habe und es an Respekt habe mangeln lassen, als er live gepredigt hat und als ich die halbe Flasche Messwein in der Sakristei getrunken habe. Nein, sagt sie, O'Culigeen sei bereit, bei alledem Schwamm drüber zu sagen und die Vergangenheit ruhen zu lassen und noch einmal von vorne zu beginnen, ein ganzes gesundes Wochenende lang könnten wir neu zueinanderfinden, draußen inmitten von Mutter Natur.

O'Culigeen lächelt. So richtig oberschleimig. Game over, sagt er damit. Du bist tot, sagt er damit. Sobald ich dich in die Finger kriege.

Er und ich, wir sehen einander eine gefühlte Ewigkeit lang an. Er hat einen richtig grenzdebilen Blick in den Augen und einen leichten Schweißfilm auf der Stirn. Als hätten ihn die zehn Minuten mit Saidhbh im Beichtstuhl heute Morgen und die Nachricht, dass sie schwanger mit meinem Baby ist, nun komplett um den Verstand gebracht. Als hätte es ihn augenblicklich aus der Sakristei getrieben und in sein Auto direkt vor unsere Haustür, den Kopf voller Tatendrang und mit einem unausgegorenen Plan, weil er es einfach nicht mehr aushält und sich auf irgendeine Weise rächen will. Er will mir zeigen, wer hier der Boss ist und was ich verpasse, weil ich nicht an seiner Seite bin, in seinem Leben, in seinen Träumen und in Papua-Neuguinea, weil wir dort nicht im Busch Händchen halten, seltene Affenarten beobachten und Kannibalen ausweichen und dann die ganze Nacht lang unterm Südseehimmel rumknutschen und rumvögeln.

Ich weiß nicht, was ihm meine Augen antworten, aber die Neuigkeiten von Saidhbh und das Baby in ihrem Bauch und die Welt, die um uns herumwabert, haben auch mich verändert. Völlig verändert, wie Spits McGee sagen würde. Denn in meinem Herzen sage ich mir zum ersten Mal, vielleicht zum ersten Mal in meinem Leben: Nein!

Ich habe fünf Tage, um es diesem Schwein zu zeigen. Wenn nicht für mich, dann für mein ungeborenes und bald schon nicht mehr lebendiges Kind.

Die Fahrt rauf zum Three Rock Mountain vergeht in nahezu ungebrochener Stille. Neil Hennessy, ein kleiner, blonder, zehnjähriger Pimpf von den Kilcumaner Pfadfindern, dessen Mam letztes Jahr gestorben ist, ist der Einzige, der etwas sagt. Er war noch nie von zu Hause weg, deshalb ist das hier eine richtig große Sache für ihn, und er kann eine Zeit lang nicht aufhören, blöde Fragen zu stellen. Gibt es Bären auf dem Three Rock Mountain? Oder Wölfe? Wie gehen wir im Dunkeln aufs Klo? Haben wir Pisspötte im Zelt? Wie sollen wir die Schafe von unserem Essen fernhalten? Und so weiter. Ihm antwortet sowieso niemand. Ansonsten herrscht hinten in dem gemieteten Toyota Hiace Totenstille. Die anderen drei Jungs, alle hart gesottene Messdienerveteranen aus der Kirche, haben nichts hinzuzufügen. Ich vermute mal, dass sie alle O'Culigeen von seiner schlimmsten Seite kennen und entweder mit Grauen der unvorstellbaren Freakshow-Natur-Hölle harren, die in den nächsten drei Tagen vermutlich auf sie wartet, und die Aussicht darauf hat sie schon in wortlose Stille getaucht.

Unterdessen krallt sich O'Culigeen mit seinen *Knight-Rider*-Handschuhen und bitterböser Miene ans Lenkrad und köchelt in wütendem Schweigen vor sich hin. Ihm ist fast die Kinnlade runtergeklappt, als er Vater Jason gesehen hat, der federnden Schrittes mit einem riesigen blauen Rucksack auf dem Rücken neben mir zum Van kam. Vater Jason ist total cool geblieben und hat gesagt, dass er unsere Truppe auf gar keinen Fall stören wird und er sein eigenes Zelt mitgebracht hat und alles, aber dass er so Lust auf ein wenig Gesellschaft hat und sich dachte, es wäre ein Riesenspaß, sich uns Jungs anzuschließen und ein paar Tage lang nichts als Männerkram zu machen.

O'Culigeen bekam kaum ein Wort raus. Er öffnete die hinteren Türen des Vans, und als wir alle in einer Reihe einstiegen und brav einer nach dem anderen an ihm vorbeiliefen, packte er sich meinen Arm und zerrte einmal ordentlich dran, als wollte er sagen: Das warst du! Und: Ich will meine zweihundert Pfund zurück! Ich sage nichts und quetsche mich einfach an ihm vorbei und suche mir einen Platz auf dem Boden neben Hennessy. Wir sitzen im Schneidersitz auf Spanplatten, ohne Sitze, Gurte oder Ähnliches. Den Van hat O'Culigeen von seinem toten Bruder Padraig geerbt, und er ist, wie sein neuer Besitzer sagt, wirklich sehr nützlich. Man lasse seiner Fantasie freien Lauf.

Die besagten zweihundert Pfund hat er mir am Tag vorher an der Haustür abgeliefert. Im Grunde war es eine Erpressung. Nennen wir es mal Erpressung, aber eigentlich war es eher eine Art spielerische Flirtdrohung. Auf dem Zettel, den ich in die Sakristei gelegt habe, stand ganz einfach: »Vergegeben und vergessen. Für zweihundert Pfund. Bar. In diesem Umschlag. Bis Freitag. Oder ich komme nicht mit. Bring ihn persönlich vorbei. Dein Hündchen. Xxx.«

Das Bargeld ist für die Abtreibung. Wie sich herausstellt, ist der Mist viel teurer, als ich gedacht hätte. Fiona hat von Tante Graces' Büro aus alles recherchiert, und nachdem sie mir eine ordentliche Standpauke darüber gehalten hat, wie skandalös es ist, jemanden zu schwängern, wo ich doch selbst gerade erst aus den Windeln raus bin, hat sie mir gesagt, dass Tickets für die B&I-Line-Fähre hin und zurück nach Holyhead dreißig Pfund pro Person kosten! Der Zug nach London kostet für beide noch mal einen Fünfer obendrauf, und dann ist da noch die Abtreibung selbst, was auch nicht billig wird, aber das müssen wir mit den Leuten von der Marie-Stopes-Klinik im Londoner West End selbst ausmachen. Zweihundert Pfund, so Pi mal Daumen, sollten für alles reichen.

Saidhbh überhaupt dazu zu bekommen, darüber nachzudenken, ist ein Albtraum. Die Woche über sehe ich sie kaum, weil sie jetzt mitten in den Abschlussprüfungen steckt und Teil eins und zwei der schriftlichen Französischprüfung und dann die Mündliche und dann noch zwei Mathehausarbeiten und drei Irischhausarbeiten innerhalb von vier Tagen auf sie eindonnern. Als sie endlich mit einem privaten Notfalltreffen am See in Belfield einverstanden ist, vermassle ich das Ganze, indem ich all meine Kraft aufbiete, um sie zu beruhigen, und gleichzeitig all meinen Mut zusammennehme, um ihr zu sagen, dass ich den gesamten Abtreibungstrip klargemacht habe und ein Wort von ihr genügt, und wir sind am Montagmorgen auf der Fähre nach Holyhead, direkt im Anschluss ans Campinghöllenwochenende mit Vater Fickspecht.

Als ich all das zum ersten Mal ausspreche, dreht sie völlig durch und fängt an, wie wild zu zittern und alles, und sagt so ernst, wie sie nur je im Leben etwas gesagt hat, dass sie sich auf der Stelle hier und jetzt in den See schmeißt und dem ein Ende setzt, wenn ich weiter davon rede. Sie sieht über das Stahlgeländer ins Wasser, und ich kann es in ihren traurigen, müden, rot umrandeten Augen sehen, dass sie es ernst meint. Sie zieht einen Zettel aus der Tasche und sagt mir, dass sie ein Gedicht geschrieben hat. Es geht um einen depressiven Grizzlybären, den sie mal im Dubliner Zoo gesehen hat. Und es heißt: Endstation Wahnsinn.

Wie sich herausstellt, ist es wesentlich einfacher, einem dreckigen bösartigen Vergewaltigungspriester die perfekte Falle zu stellen, als die Liebe seines Lebens davon zu überzeugen, für eine Abtreibung nach London zu fahren. Man muss zur Vorbereitung lediglich nach der Schule ein bisschen mit Gary vor dem Kloster einen Ball hin- und herwerfen. Ich fange den Ball also lautstark direkt auf der Wiese vor den beiden Gebetsräumen, und ehe ich michs versehe, taucht Vater Jason auf und klopft mir auf den Rücken und schüttelt mich an den Schultern durch und sagt, er hat mich ja seit einer Ewigkeit nicht gesehen, und wie geht es mir so im Leben, und wie geht es meinem Dad, und wie komme ich mit der Theorie des Multiversums voran?

Ich erzähle ihm nicht viel und deute auf Gary da drüben, um ihm zu zeigen, dass ich wegmuss. Aber ich sage ihm gerade genug, hauptsächlich, dass ich ein Campingwochenende mit Vater O'Culigeen und ein paar anderen Jungs oben auf dem Three Rock Mountain verbringen werde und ob Vater Jason so was schon mal gemacht hat. Am Anfang steht er noch mitten auf der Leitung und sagt mir, dass er schon seit Jahren nicht mehr campen war, nur in seinen wilden Jahren vor dem Priestertum, und dass er hofft, dass ich jede Menge Spaß habe, und ist O'Culigeen nicht ein großartiger Typ, dass er sich an so eine Herausforderung wagt? Ich stimme ihm zu und wiederhole seinen Namen, nur diesmal sage ich ganz laut und betont das Wort »Vater«, in der Hoffnung, dass ich so den Schalter in Vater Jasons normalerweise laserscharfem Gehirn umlegen kann. Aber nichts passiert.

Gary wedelt aus circa siebzig Metern Entfernung mit den offenen Handflächen ein Was-ist-los-Zeichen, das entweder bedeuten soll, dass wir uns weiter Langstreckenbälle zuwerfen oder für heute Schluss machen und nach Hause gehen. Und da mir insofern keine Zeit mehr bleibt, um den heißen Brei herumzureden, lege ich vor Vater Jason die Karten auf den Tisch und sage ihm, dass O'Culigeen gerade der große

»Vater« in meinem Leben ist und dass es super wäre, wenn Vater Jason auch mit rauf zum Three Rock Mountain kommen könnte, um ein bisschen Spaß und Gelächter mit uns Jungs zu teilen. Ich warte gar nicht erst seine Antwort ab, sondern renne einfach weg und schleudere den Tennisball in einem riesigen Bogen in die Luft, sodass Gary rücklings über den Fahrradständer fliegt. Ich weiß, dass Vater Jason angebissen hat. Noch während ich gesprochen habe, hat er plötzlich nach Luft geschnappt, und ich konnte fast hören, wie er O Gott, nein geflüstert hat, als der O'Culigeen-Groschen gefallen ist. Mehr brauchte ich nicht. Ich weiß, dass er da sein wird. Denn für mich, in meinem Herzen, ist er ein Held.

15

Honig für den Bären

Das Zelt aufzubauen ist ziemlich knifflig. Es regnet nicht wirklich, eher weht ein feuchter Wind. Aber alle fünf Jungs haben absolut keine Ahnung davon, noch nicht mal Hennessy mit seiner Pfadfindererfahrung. Obendrein hat O'Culigeen entschieden, dass unsere erste Lektion im Überlebenstraining in freier Wildbahn sein wird, wie man im Nebel ein Zelt aufbaut, wenn man keine Bauanleitung zur Hand hat und auch keine mündliche Hilfe von dem einen anwesenden Erwachsenen bekommt, der weiß, wie es geht. Ich weiß genau, dass er immer noch vor Wut schäumt, weil ich einen wirklichen Priester mitgebracht habe, denn er sieht mich andauernd an und knirscht mit den Zähnen. Es gelingt ihm auch nicht, seine Laune vor den anderen Jungs zu verbergen, die jetzt ganz offiziell Todesängste ausstehen und nervöse Blicke von ihm zu Vater Jason werfen und einander angucken und versuchen, nicht an den gottlosen Sexzirkus zu denken, der hier losgehen wird, sobald die Sonne untergegangen ist.

Vater Jason macht einen auf ganz lässig und hat sein Zelt ungefähr zwei Meter neben unserem aufgebaut. Seins ist ein winziges Ein-Mann-Ding aus Kunststoff, wie ein dunkelblauer dreieckiger Sarg oder eine Packung Toblerone aus Regenjacken, gerade groß genug, damit er sich auf dem Rücken hineinlegen kann, was er auch tut, als er fertig ist. Mit einem kleinen Taschenbuch in der Hand sieht er zu uns rüber und zwinkert, als wolle er sagen: So lässt's sich leben, was?

O'Culigeen tigert natürlich nur kopflos um die Stelle herum, die er für das Zelt ausgesucht hat – eine kleine flache Lichtung am unteren Hügel des Three Rock, wir mussten unsere Taschen und das Campingzeug gerade mal fünfzig Meter landeinwärts schleppen von dem Asphaltweg aus, der sich den gesamten Berg rauf bis zum Radiomast auf der Spitze schlängelt.

Er hat die Stelle sorgsam ausgewählt und beim Fahren andauernd laut gesagt, Hmmm, lasst mich mal sehen, lasst mich sehen, während er so getan hat, als würde er die vor uns liegende Straße nach dem perfekten Parkplatz absuchen. Aber alle haben genau gemerkt, dass er schon tausendmal hier war, und als er schließlich sagte, Da sieh mal einer an!, und in eine abgelegene, von Bäumen verdeckte Haltebucht bog, war es einfach nur noch ein Witz.

Man kann den Van von der Straße aus nicht sehen. Und unsere Campingstelle, die ebenfalls versteckt in einem mit hohem Gras und Unkraut überwucherten Feld liegt, sieht auch nach einem echten O'Culigeen-Fundstück aus und nicht nach einem Ort, an den sich echte menschliche Wesen verirren, die an tatsächlichem Camping interessiert sind. Irgendwie wird mir dabei zugleich übel und traurig zumute, als er hier oben mit uns hält und wir den Blick über die große, leere, grüne Weite schweifen lassen und über die flickenartigen, leeren grünen Felder dahinter, die in der Ferne langsam nach unten abfallen und immer grauer und dunkler werden, bis sie mit der Stadt Dublin selbst verschmelzen. Und nur für einen kurzen Augenblick hören wir hier oben nichts außer dem Wind in den Blättern und den Gräsern, und ich denke darüber nach, was diese Dinge – diese Felder, diese Geräusche, diese Leere – wohl den normalen Menschen bedeuten, die hierherkommen, um zu campen und Spaß zu haben, und nicht, um vergewaltigt zu werden.

Und ich denke an Saidhbhs Lieblingsgeschichte über die Flitterwochen von ihrer Mam und ihrem Dad in Galway und wie sie eigentlich gerne ins Ausland wollten und es sich aber nicht leisten konnten und sich stattdessen mit Connemara zufriedengaben. In den ersten Tagen der Hochzeitsreise waren sie deshalb etwas niedergeschlagen, und es fühlte sich wie ein schlechter Start an, ihr Eheleben mit einem Billigtrip anzufangen, statt in fernen Landen den Traum zu leben. Doch dann, an Tag vier der Hochzeitsreise, während sie ziellos durch eines der zahlreichen, riesengroßen, dreckigen Felder aus steinig braunem und unwirtlichem Buschland spaziert waren, kam plötzlich die Sonne raus und machte alles warm und wunderschön, und Saidhbhs Eltern umarmten sich fest. Und als Saidhbhs Mam Sinead in Taighdhgs Augen sah, sah sie Tränen darin, und als sie ihn fragte, was los ist, sagte er, nichts, und bat sie, sich umzuschauen und die liebliche Landschaft aus Steinen und Schlamm zu betrachten, Irland von seiner schönsten Seite. Und an diesem Punkt der Geschichte sagt Taighdhg dann immer: Warum? Warum sollte jemand aus Irland jemals, jemals, jemals auf die Idee kommen, sich irgendein anderes Land auf dieser Welt anzusehen, wenn diese Art von Schönheit direkt vor der Tür liegt??

Und von da an, für den Rest ihres gemeinsamen Lebens, haben Saidhbhs Eltern das Land niemals wieder verlassen und immer nur in Irland Urlaub gemacht, dem schönsten Land auf der ganzen weiten Welt.

Am Donnerstagabend nach ihrer mündlichen Irischprüfung knickt Saidhbh schließlich ein, gerade als ich dabei bin, für meinen Campingtrip zu packen. Ich bin oben in meinem Zimmer und habe drei saubere Garnituren von so ziemlich allem auf meinem Bettlaken ausgebreitet, was nach ziemlich viel aussieht, aber hauptsächlich verhindern soll, dass ich zu stinken anfange oder bei Regen nass werde. Ich nehme eine riesige, mit vier dicken Batterien gefüllte Taschenlampe fürs mitternächtliche Pieseln mit. Plus eine Pudelmütze aus Wolle für die frühen Morgenstunden, wenn es brutal kalt ist, und ein Buch von Nevil Shute mit Titten auf dem Cover, um die anderen Jungs zu beeindrucken, falls wir vor dem Schlafengehen lesen sollen.

Mam steckt den Kopf zur Tür rein und sagt mir, dass Saidhbh gerade angerufen hat und es sich ernst angehört hat und sie nicht mit mir reden, sondern mich unten am Hockeyfeld der Sorrows treffen will. Zankereien unter Liebenden?, fragt Mam und wartet noch nicht einmal eine Antwort ab, bevor sie sagt: Ihr zwei! Also ehrlich!

Als ich mich ihr mit dem Fahrrad nähere, ist sie völlig aufgelöst. Die Haare kleben ihr wegen der Tränen am Gesicht fest, das sie zur Hälfte in Taighdhgs dickem braunem Dufflecoat versteckt, den sie bis zum Hals zugeknöpft hat, obwohl dieser Juniabend nicht milder sein könnte.

Sie sagt an die hundert Mal okay, okay, und dann, ich hätte gewonnen, ich hätte gewonnen, und ob ich jetzt glücklich wäre und dass sie es machen will, die Abtreibung, aber jetzt, so schnell wie möglich, keine Mätzchen mehr. Sie will es aus ihrem Körper raus haben, auf der Stelle! Sie sagt, dass sie von allen die Schnauze voll hat, mich und das Baby in ihr drin eingeschlossen. Sie sagt, O'Culigeen hat das Fass zum Überlaufen gebracht, als er sie an diesem Abend wie eine streunende

Katze von seiner Türschwelle gescheucht hat, als sie auf Leben oder Tod seinen Rat gesucht hat. Sie erzählt, er ist total geistesabwesend und halb verrückt gewesen und hat sie am Anfang kaum wiedererkannt, und als sie ihm sagte, es geht um das Schicksal ihres ungeborenen Babys, hat er ihr bloß geraten, zu tun, was sie für alle für das Beste hielt, und ihn in Ruhe zu lassen, weil er ein viel beschäftigter Mann ist. Saidhbh, die O'Culigeens wahres Gesicht nie kennengelernt hat und ihn insgesamt quasi für einen Heiligen hielt, dachte, er meinte das alles nicht ernst, und versuchte, einen Schritt über die Schwelle zu machen, doch O'Culigeen knallte ihr einfach die Tür vor der Nase zu. Als sie aufheulte, sagte er ihr, dass es ihm leidtut, aber dass sie sich jetzt wirklich verpissen und aufhören muss, bei irgendwem anders Antworten zu suchen als bei sich selbst. Und als Letztes sagte er ihr noch, dass sie sich um mich und was ich ihr angetan habe keine Sorgen machen müsse. Denn ich wäre zwar ein süßer kleiner Schlingel, aber er würde mir an diesem Wochenende schon Manieren beibringen. Und dann knallte er die Tür endgültig zu.

Saidhbh braucht eine Ewigkeit, um ihre Tränen zu schlucken und wieder normal atmen zu können. Als sie so weit ist, sagt sie mir, dass sie am Montag mit nach London kommt und die Abtreibung durchführen lässt. Sie wird Montagabend und den ganzen Dienstag mit mir bei Fiona und Tante Grace bleiben. Und dann sagt sie noch, eiskalt, dass sie nicht weiß, was genau da zwischen O'Culigeen und mir läuft, und sie will es auch gar nicht wissen. Aber eins muss ganz klar sein, nämlich dass, wenn wir Mittwochnachmittag wieder in Dublin sind, sie mich niemals wiedersehen will. Nie. Nie. Nie wieder.

Schon in der ersten Nacht im Zelt wird's ziemlich brenzlig. Wir fünf Jungs liegen Ellenbogen an Ellenbogen auf der einen Seite des Zeltes zusammengequetscht, Köpfe und Nasen ganz an die feuchte, schlaffe, gelbe Wand gepresst, die von der stillen Morgenkälte klatschnass werden wird. Die andere Seite hat O'Culigeen komplett für sich allein. Da drüben ist jede Menge Platz, und im Grunde hätte auf jeder Seite von ihm locker einer von uns Platz, aber wir sind ja nicht doof. Nur Hennessy, der Neue, rutscht in diese Richtung und piepst etwas davon, dass es ihm nichts ausmacht, sich an einen Priester zu kuscheln. Als Quittung bekommt er einen ordentlichen Hieb gegen den Arm, mit besten Grüßen von Ronan Duigan, der wohl ein ziemlich harter Kerl ist und ihn zurück auf unsere Seite vom Zelt zerrt und ihn ohne ein Wort der Erklärung zwischen die anderen Messdiener quetscht.

Wobei unsere Stimmen sowieso total im Arsch sind wegen dem ganzen Singen. Wir haben das Zelt kaum aufgebaut, da bekommt Vater Jason uns schon dazu, und das nur mithilfe von zwei Löffeln, »Gottes Liebe ist so wunderbar« zu singen, immer und immer wieder, bis wir einen Kanon hinbekommen und eine zweite Stimme und alles Drum und Dran, wir sind richtig am improvisieren und singen aus Spaß ganz tief, als der Text heißt »So hoch, was kann höher sein«, und ganz hoch, als der Text heißt »So tief, was kann tiefer sein«. Am Anfang ist O'Culigeen ziemlich angepisst, weil er merkt, dass Vater Jason den Abend an sich gerissen und einen richtiggehenden Gesangswettbewerb daraus gemacht hat, aber es ist ja nicht so, als könnte er irgendwas dagegen tun. Da sein Beutel mit dem Alk irgendwo in einer Ecke vom Zelt versteckt ist und seine teuflischen Pläne erst mal auf Eis liegen, zieht er irgendwann die Chauffeurshandschuhe aus und klatscht ein paarmal mit der rechten Hand auf seinen Oberschenkel, um zu zeigen, wie sehr er unser Trällern genießt.

Und dann geht's ans Kochen, was total einfach ist, und uns allen bringt es großen Spaß, mit vom Boden aufgesammelten Stöcken und Zweigen unsere ganz eigene Außen-verbrannt-und-innen-roh-Backkartoffel aus dem Feuer zu fischen. Dann klatscht uns O'Culigeen löffelweise Baked Beans auf unsere Plastikteller und die armen verkohlten Erdäpfel darauf, während Vater Jason Witze über furzende Cowboys in der guten alten Zeit macht. Wir alle lachen darüber, alle Jungs, nur O'Culigeen bleibt still. Während des gesamten Essens sagt er kaum einen Ton, nur Hennessy bekommt einmal sein Fett weg, als er seine Finger benutzt, um sich die letzten Bohnen in den Mund zu schieben. Deshalb nennt er ihn ein paarmal ein kleines Hündchen und fügt hinzu, dass er eine Schande für seine tote Mutter und seinen armen verwitweten Vater ist, was etwas übertrieben dafür erscheint, ein bisschen Tomatensauce an der Hand kleben zu haben, und Hennessys Unterlippe fängt schon leicht an zu zittern, als Vater Jason schnell wieder auf Trällermodus schaltet. Diesmal sagt er uns, wir sollten schnell unsere Teller am Feuer stapeln und uns bereit für ein Neil-Diamond-Best-of machen.

Wir singen fast eine Stunde lang *Sweet Caroline,* bis der Sommerhimmel lilaschwarzbläulich wird und einigen von uns, als wir Bam, bam, bum singen, die Augen zufallen. So plötzlich, wie er damit angefangen hat, hört Vater Jason auf, lässt die Löffel sinken und sagt, es wäre an der Zeit, dass wir uns die Zähne putzen und ins Bett gehen und die Nacht den Erwachsenen überlassen.

Wir putzen uns alle gleichzeitig an einem winzigen Becken neben dem Zelt die Zähne, damit jeder seine Bürste einmal ins saubere Wasser tauchen kann, bevor es sich mit weißem Schleim und Spucke mischt, ein bisschen wie Schweine am Trog. Währenddessen werden wir von O'Culigeen beaufsichtigt, der

Vater Jason total tuntig erklärt, er würde über unsere Waschung wachen, und dann sagt er noch etwas, was sich anhört, als käme es geradewegs aus einem Glückskeks, irgendwas von wegen Gott hat saubere Jungs genauso lieb wie fromme Jungs. Dann führt er uns hinters Zelt zu den Brennnesselbüschen und sagt, es ist Zeit fürs Pipimachen. Wir sehen einander an, und keiner will anfangen, und O'Culigeen sagt nur: Also?!, als wäre es das Normalste auf der Welt, sich fünf Jungs dabei anzugucken, wie sie gleichzeitig ihren Pimmel rausholen. Ich denke darüber nach, meins einzuhalten und mich um Mitternacht mit der Taschenlampe rauszuwagen, als Hennessy mit einem winzigen Strahl anfängt. Daraufhin legen wir alle los, aber in unserem breitschultrigen Ganzkörperbemühen, es direkt in den Büschen zu machen, ohne dass O'Culigeen irgendwas zu sehen bekommt, pissen wir uns gegenseitig halb voll.

Nach dieser Aktion zischen wir alle wie fünf nervöse Kanonenkugeln in unsere Schlafsäcke, zerren uns hektisch die Jeans vom Leib und ziehen uns tief in der sicheren Dunkelheit des Stoffes unsere Schlafanzüge über. Allerdings lugen oben noch unsere Köpfe raus, sodass der dicke, bronzene Reißverschluss gegen unser Kinn reibt, und wir sehen aus wie ein kleines, verschrecktes Tierrudel in Afrika, das sich im hohen Gras der Serengeti versteckt und dabei ständig blinzelnd nach dem ortsansässigen Löwen Ausschau hält.

Binnen Sekunden werden unsere schlimmsten Befürchtungen bestätigt. Wir hören, wie die zwei Pfarrer »Nacht, Vater« zueinander sagen, wie zwei absolute Vollidioten, die überhaupt nicht begreifen, wie bescheuert es sich anhört, wenn sie einander Vater nennen. Dann steckt O'Culigeen seine hässliche Fresse ins Zelt und sagt mit vorgetäuschtem Gähnen, dass er heute Abend zu müde für Erwachsenengespräche ist und uns stattdessen lieber hier im Jungszelt Gesellschaft leistet. Mit ganzem Körpereinsatz quetscht er sich ins Zelt und grinst wie blöde, als er über uns drüberklettert und dabei jeden einzelnen Schlafsack individuell tätschelt und sagt, dass wir wirklich stolz auf uns sein können mit unseren lieblichen, süßen Stimmchen und dass wir der nächste Palestrinachor sind. Er lässt seine Hand auf meinem Schlafsack ruhen und drückt in der gleichen lilaschwarzen Dunkelheit der kommenden Nacht heimlich zu, übelst feste, damit ich weiß, dass ich noch immer in den superduper oberfiesesten Schwierigkeiten aller Zeiten stecke.

Er setzt sich drüben auf seiner Zeltseite im Schneidersitz hin und fängt an, zu schnaufen und tiefe Atemzüge zu nehmen und den üblichen Mist darüber zu murmeln, dass wir alle furchtbar schmutzig sind und versuchen, ihn fertigzumachen. So, als würde er sich fürs letzte Gefecht bereit machen. Als würde er jetzt in seine Rolle schlüpfen. Mucksmäuschenstill schraubt er den Deckel von einer kleinen Schnapsflasche aus seiner Alkitasche ab und nimmt einen riesigen Monsterschluck. Dann packt er sich seine Priesterjacke und zieht sie sich über den Kopf, gefolgt von seinem schwarzen Hemd und seiner weißen Weste, bevor er sich runter an den Gürtel grabscht wie ein Besessener.

Klopf! Klopf! Sind Sie noch wach, Vater?

Es ist Vater Jason, unser leibhaftiger Schutzpatron, der draußen nur wenige Zentimeter vor dem Eingangsreißverschluss steht.

O'Culigeen zuckt zusammen, erstarrt und versucht, sich blöd zu stellen. Ronan Duignan nutzt die Gunst der Stunde, tut auch so, als würde er gähnen und sich umdrehen, und gibt O'Culigeen dabei einen ordentlichen Tritt in den blanken Bauch. Er krümmt sich und sagt laut Ufff und Scheiße! Vater

Jason fragt ihn, wie dieser dumme Reißverschluss aufgeht, wodurch O'Culigeen sagen muss: Zieh, Vater!, was irgendwie lustig ist, wenn man drüber nachdenkt.

Wie sich nach einigem Hin und Her durch die Reißverschlusstür herausstellt, kann Vater Jason nicht schlafen und würde gerne am Lagerfeuer mit O'Culigeen über das Leben und das Universum und all die tiefgründigen Dinge reden, die ihm so durch den Kopf gehen. O'Culigeen versucht, sich eine Million Ausreden auszudenken, um dem zu entgehen, doch Vater Jason ist so gut darin, seine eigene Situation zu beschreiben – ein bisschen traurig, ein bisschen einsam, ein bisschen verwirrt –, dass es O'Culigeen einfach völlig unmöglich ist, hierzubleiben, ohne wie das hintervorletzte Arschloch rüberzukommen.

Vater Jason sagt auch noch, dass er megadurstig ist und keinen Tropfen zu trinken in seinem Rucksack hat und sich gefragt hat, ob die Klimpergeräusche, die vorhin aus O'Culigeens Rucksack gekommen sind, vielleicht die Lösung sind. O'Culigeen stößt eine Million leise Flüche aus, zieht sich die schwarze Jacke wieder an, greift rüber in seinen Saufbeutel, zieht eine volle Flasche Powers-Whiskey raus und klettert mühsam aus dem Zelt, wobei er Ronan Duignan und mir einen ordentlichen Schlag versetzt.

Witzigerweise haben die beiden Väter am Lagerfeuer den Spaß ihres Lebens, und sie reden tatsächlich, wie Vater Jason versprochen hat, über die wirklich wichtigen Dinge. Es fängt ziemlich allgemein an, und Vater Jason übernimmt größtenteils das Reden und erzählt atemlos von der Zeit, als er ein Saufkopf war, und von den ganzen schlimmen Sachen, die er getan hat, um an neuen Stoff zu kommen. Dabei wiederholt er ungefähr zehnmal, dass er kein Alkoholproblem mehr hat und sich das Trinken für besondere Gelegenheiten wie heute Abend aufspart. O'Culigeen bleibt unterdessen stumm, aber wir wissen genau, dass er auch trinkt, weil Vater Jason seine eigenen Sätze andauernd unterbricht und Amen sagt und sein Whiskeyglas gegen ein anderes Whiskeyglas klimpert, das O'Culigeen in der Hand halten muss.

Nach gerade mal einer halben Stunde ist Vater Jason schon bei Gefühlen und Stimmungen und dass sie sich glücklich schätzen können, heutzutage Priester zu sein, in Zeiten wie diesen, aber dass irgendwie niemand versteht, was für Opfer man bei diesem Job bringen muss.

Amen, Bruder, sagt O'Culigeen, der zum ersten Mal das Wort ergreift. Seine Stimme ist wie ein Donnerschlag in der Dunkelheit, und sie schüttelt uns alle durch, alle fünf, sogar die Müden, und wir liegen plötzlich mit weit aufgerissenen Augen wach.

Für mich, sagt er, geht es einzig und allein um den Mann da oben, schon mein ganzes Leben lang.

Er sülzt Vater Jason ellenlang die Ohren darüber voll, was Gott für eine Rolle in seinem Leben gespielt hat, dass er immer über ihn gewacht hat, durch dick und dünn, oder schlimmer noch, auf dem Bauernhof. Immer an seiner Seite, immer hat er ihm gezeigt, was richtig und was falsch ist, und immer hat er ihn getröstet, wenn zu seinem Leidwesen die Menschen, die er kannte, hauptsächlich seine Brüder, vom rechten Pfad abgekommen waren. Er sagt, das wäre genau wie bei dieser Sache mit den Fußstapfen, wo der Typ tot ist und schließlich auf Gott trifft und Gott sagt: »Siehst du den Strand da hinten, das ist dein Leben, und die beiden Fußstapfenpaare, die zusammen dein Leben durchschritten haben, das waren du und ich, Seite an Seite, und immer habe ich über dich gewacht und dafür gesorgt, dass du in Sicherheit bist!« Und der tote Typ sagt: »Hey! Aber was ist denn da mit diesen großen Löchern, wo nur ein Paar Fußstapfen ist, was ist da passiert?« Und Gott sagt: »Das waren die schlimmsten Zeiten in deinem Leben, die absoluten Tiefpunkte!« Und der tote Typ sagt: »Ja, und was zum Teufel hast du bitte gemacht, als es mir so richtig mies ging?« Und Gott lächelt nur mild und wird noch gottmäßiger und sagt: »Ich habe dich getragen!« Und der tote Typ sagt so: »Oh Mann! Megastark! Tausend Dank!«

O'Culigeen beendet seine kleine Rede mit den Worten, dass Gott sein richtiger Vater ist, und nicht dieser alte Kerl in diesem kleinen Kaff, und dass sich sein ganzes Leben einzig um seine Liebe zu Gott gedreht hat und darum, dass Gott mit seinem Verhalten zufrieden ist und mit dem Weg, den er für sich gewählt hat.

Vater Jason ist damit ganz offensichtlich nicht zufrieden und macht sich wieder an seine Version, dass Gott kein Mann mit langem Bart im Himmel ist, sondern ein riesiges Schwebeding, das vor Millionen von Jahren das Universum aufgezogen und dann einfach losgelassen hat, um zu sehen, wohin das führt. Dann kommt er geradewegs auf die Pizzatheorie der Zeit und das Multiversum, und er sagt O'Culigeen, dass sie alle nur denken, dass dieses Campingwochenende genau an diesem Wochenende stattfindet, dabei spielt sich das alles in einem einzigen, gigantischen, unbeweglichen Moment unseres Lebens ab, und dann auch wieder gar nicht und gleichzeitig auf jede nur mögliche Weise in jedem nur möglichen Universum.

Von O'Culigeen hören wir keinen Mucks, was nur bedeuten kann, dass er entweder trinkt oder denkt, jedenfalls macht Vater Jason einfach weiter und schlägt O'Culigeen vor, dass Gott einfach nur jemand ist, der sich ganz entspannt zurücklehnt und sein Multiversum dabei bewundert, wie es sich entfaltet, und nicht irgend so ein alter, strenger Sack, der mit einem schwarzen Notizbuch und einem Stift neben sich runterblickt auf alles, was jeder einzelnen Person passiert, und in einer Tabelle festhält, wer wem was angetan hat.

Aber hauptsächlich sagt Vater Jason, der jetzt schon richtig einen sitzen hat, zu Vater O'Culigeen, der auch einen sitzen hat, dass Gott im besten Falle einfach Liebe ist. Und dass es Liebe für alle gibt, sagt er schließlich, bevor er leise hinzugefügt: Sogar für Sie.

O'Culigeen, der mittlerweile lallt, sagt Vater Jason, dass er recht hat und dass Gott gut ist und Gott Liebe ist. Und für einen Moment trauen wir im Zelt uns nicht, einander in der Dunkelheit anzusehen, weil wir alle den gleichen Gedanken haben – nämlich dass Vater Jason das alles vielleicht geplant hat und seine Predigt O'Culigeen wirklich zusetzt und er in dieser milden Sommernacht auf einer kleinen Wiese am Fuße der Dubliner Berge auf dem Planeten Erde plötzlich erkennt, dass Gott Liebe ist und Liebe der einzige Weg und dass es nicht zu spät ist, sich von seiner Durchtriebenheit abzukehren und die Schönheit des Universums im ewigen Jetzt der gesamten Nicht-Zeit zu umarmen.

Die Väter sagen einander auf spaßige Weise Gute Nacht, mit ausländischen Akzenten und verschiedenen Wörtern, die offenbar alle bedeuten: Wir seh'n uns morgen früh. Binnen Sekunden platzt O'Culigeen in unser Zelt, wobei er beinahe mit der Schulter die zentrale Stützstange mitnimmt. Er stinkt nach Alkohol und kämpft so sehr mit seinem Gürtel, dass er nach vorne kippt und beschließt, in seinen Klamotten schlafen zu gehen. Er tastet die Bodenplane nach seinem Schlafsack ab, der jetzt nahe dem Überzug zu einem Haufen geknüllt liegt, und dabei fängt er an, uns alle zu betatschen. Und genau jetzt, als würde in seinem Suffkopf eine Glühbirne angehen, fällt ihm wieder ein, dass ja fünf kleine Jungs schön verpackt in ihren Präsentationsschlafsäcken wie ein paar beschissene Ferrero-Rocher-Kugeln für ihn auf dem Zeltboden drapiert wurden, um sich nach Herzenslaune über sie herzumachen, wann immer ihm danach ist. Und so fängt er an, sich auf allen vieren über uns zu beugen, über einen nach dem anderen, wie ein Familienhund, der eine Reihe verschiedener Fressnäpfe inspiziert. Über jedem von uns verharrt er einen Augenblick und kommt mit seiner stinkigen Alkoholfahne ganz nah und atmet uns mit zittriger Kehle ein, während er darüber nachdenkt, was als Nächstes zu tun ist.

Er bleibt bei mir hängen, natürlich, und lässt seinen riesigen, furchtbaren Kopf ganz auf meinen fallen, Stirn an Stirn, mit einem ordentlichen Klonk.

Wach auf, Hündchen!, flüstert er, ganz spuckig und feucht. Wach auf, Hündchen!, während er mir fest und lautlos mit dem nackten Finger in die Rippen stochert. Ich halte die Augen weiterhin geschlossen und stelle mich tot, sogar noch, als aus seinem Stochern richtige Fausthiebe werden. Nichts. Er lässt seinen Kopf neben mein Gesicht sinken und beißt mir richtig mies ins Ohrläppchen. Immer noch nichts. Er nennt mich noch einmal sein Hündchen und sagt, dass ihm meine Faxen bis ans Lebensende reichen, und er hat sich gerade darangemacht, den Reißverschluss von meinem Schlafsack zu öffnen, als es in letzter Minute, so nach dem Motto: Hier kommt die Kavallerie!, draußen an der Reißverschlusstür Klopf! Klopf! macht.

Es ist Vater Jason, der, wie er sagt, eine ganze Zwei-Liter-Flasche Limonade über seinen Schlafsack und seine Isomatte gekippt hat, und würde es O'Culigeen etwas ausmachen, wenn er, nur für diese eine Nacht, sein Lager hier bei uns mit aufschlägt? O'Culigeen stöhnt und reißt sich zusammen und heißt Vater Jason unterkühlt willkommen. Schon bald liegen die beiden Männer Seite an Seite in der Dunkelheit, Vater

Jason gegen die Zeltwand und Vater O'Culigeen gegen die Mittelstangen und fünf verschiedene Paare Jungsfüße gedrückt. Binnen Sekunden ist Vater Jason eingeschlafen, aber ich merke genau, dass O'Culigeen noch eine Ewigkeit wach liegt. Fast bilde ich mir ein, hören zu können, wie seine Glupschaugen frustriert auf- und zuklappen. Dann strecke ich meinen linken Fuß aus und verpasse seinem rechten Oberschenkel eine ordentliche sexy Streicheleinheit, nur damit er weiß, dass ich noch immer hier liege und er eine nette Kostprobe von dem bekommt, was er verpasst.

16

England

Die Fähre nach Holyhead ist super. Total aufregend. Draußen auf dem Deck haben ich und Saidhbh jede Menge Spaß. Und für einen Teil der Reise vergessen wir sogar, dass wir rüber nach London fahren, um ein Baby zu töten. Wir sind umringt von Iren, und alle saufen sich die Hucke voll, obwohl es neun Uhr morgens ist. Ein paar Engländer sind auch da, aber die sind leicht zu erkennen, weil es hauptsächlich Familien sind und sie in ordentlichen Klamotten dasitzen und Zeitung lesen und hoffen, dass es ihren Peugeots und Rovers unten auf dem Autodeck gut geht und ihre Außenspiegel durch den Seegang nicht versehentlich aneinanderschrappen.

Die Iren sind unterdessen bester Laune, O'Kellys Sea Lounge platzt aus allen Nähten, und sie haben Spaß und machen Witze und machen ihrem Land alle Ehre. Wenn du ein Amerikaner an Bord wärst, oder sagen wir mal ein Chinese, würdest du die Iren sehen, und dann würdest du die Engländer sehen, und du wüsstest sofort, in welchem Land man am meisten Spaß hat. Du würdest auf direktem Weg zu den Iren gehen und sagen, Jungs, auf ein Pint, und lasst mich bei euch sitzen und euch dabei zusehen, wie alle ein bisschen verrückt und lustig und angeschickert sind!

Und die Iren sind hier in drei kinderleicht voneinander zu unterscheidenden Gruppen unterwegs. Da sind die Typen, die allein reisen, sie sitzen an kleinen Tischen mit einem Pint und riesigen Rucksäcken und sehen alle ein wenig traurig darüber aus, dass sie auf diesem Boot sind und ihr Heimatland für immer verlassen müssen, um sich Arbeit als Bauarbeiter oder Straßenkehrer in London zu suchen. Einer dieser Typen neben uns hat ein Buch vor seinem Pint liegen, das *Dubliners* heißt. Saidhbh hat es für die Abschlussprüfung gelesen, deshalb hat sie es sofort erspäht. Der Typ liest es gar nicht. Es ist eher eine Art Symbol, damit alle wissen, und auch er selbst, dass er zwar seinem Heimatland den Rücken kehren muss, vielleicht sogar für immer, aber dass er trotzdem ein ganz bodenständiger Typ ist, der Bücher liest, die *Dubliners* heißen und nicht *Irland ist irgendwie kacke und da gibt es keine Jobs*.

Die zweite Sorte Iren an Bord sind Rudel. Rudelweise Bauarbeiter, die sich glücklich an ihrem Pint festhalten und froh sind, zurück zum Festland zu fahren, um nach einer kurzen Pause in heimischen Landen weiter auf dem Bau zu arbeiten. Rudel von Typen, laut und brüllfreudig, die trinken und singen und für Gott weiß was nach England übersetzen, mit allen möglichen Hoffnungen und Träumen und Vorstellungen in ihren betrunkenen Köpfen. Und noch mehr Rudel. Besoffene rothaarige Kids, die die Bar auseinandernehmen, weit weg von ihren besoffenen Eltern, von denen einige schon mit dem Kopf auf der Tischplatte liegen und Namen wie Jacintha, Shane, Frankie und Concepta rufen und brüllen: Bewegt eure scheiß Ärsche gefälligst hier rüber, bevor ich, bevor ich se euch versohlen komm!

Die dritte und letzte Gruppe sind wir. Junge Leute, hauptsächlich in Pärchen, Ers und Sies im standardmäßigen Kleinstadt-Look, denen einige zweifelhafte Ausdrücke übers Gesicht huschen und vor denen kein Pint steht und die düstere und merkwürdige und unaussprechliche Pläne in ihren Herzen tragen. Die nach London kommen, um es loszuwerden, um es sich vom Hals zu schaffen, um es zu tun. Und scheiß auf die Konsequenzen. Gott verboten. Junge Pärchen, Ers und Sies, die andauernd draußen auf Deck spazieren gehen und einander ab und an umarmen, und er sagt, dass alles gut wird, und sie schluckt angesichts der Unglaublichkeit des Ganzen ihre Tränen runter.

Wie schon gesagt, ist Saidhbh, wenn man die Umstände bedenkt, in Topform. Sie trägt Docs, eine Latzhose und ein Jackett von Taighdhg – diesmal dunkelblau –, und sie hat sogar eine große dunkle Sonnenbrille auf und eine Schleife mit Leopardenmuster im Haar, wie Madonna in *Susan ... verzweifelt gesucht.* Sie sagt, dass sie erleichtert ist und irgendwie aufgeregt, jetzt wo sie weiß, dass nach dieser furchtbaren Angelegenheit mit uns Schluss ist. Und dass es verrückt von uns war, das Ganze so zu überstürzen, und dass ich für sie sowieso immer eher ihr lieber kleiner Idiotenfreund war und wir es dabei hätten belassen sollen. Sie fragt mich, ob ich glaube, dass wir nach der Abtreibung beste Idiotenfreunde sein können, und ich sage: Warum nicht? Sie gibt mir einen dicken Idiotenkuss auf die Backe und sagt, Wetten, du kriegst mich nicht?, als sie von mir wegspringt und durch die engen Eisenkorridore des oberen Decks rennt. Schließlich finde ich sie im hinteren Teil, und wir bleiben eine Ewigkeit dort in der stickigen, dieselbraunen Luft und starren tief runter in das schäumende weiße Wasser. Wir sagen nicht viel. Stattdessen sehen wir einfach zu, wie Dublin im dreckigen, horizontalen Nebel vor uns verschwindet.

Ein bisschen was sagt Saidhbh mir allerdings schon. Mit einem Achselzucken sagt sie, dass es ihre Alten kaum interessiert hat, als sie mit den Worten zur Tür raus ist, dass sie mit

Finula Sweeney auf eine dreitägige Post-Abschluss-Partytour in Malahide geht. Sie erklärt, dass vor allem ihr Vater gerade bis zum Hals in den Vorbereitungen für die nächste Demo steckt, Lehrer gegen Internierung, und nichts dagegen hatte, wenn sie abzischte. Ihre Mam musste ihm ins Ohr schreien, als wäre er ein tauber alter Sack, und sagen: Taighdhg! Deine Tochter geht jetzt! Zu Finula Sweeney! Was sagt man da? Und selbst dann hatte er nur aufgesehen und sich grummelnd verabschiedet, aber ohne Worte. Nur Eaghdheanaghdh, sagt sie, hat ihr einen ziemlich üblen Blick zugeworfen, als sie zur Tür raus ist und ein dicker brauner Koffer in ihrer Hand schlackerte. Sein Gesicht sagte, Ich weiß, was du vorhast.

Ich erzähle ihr, dass es bei mir auch ein Klacks war. Und dass ein paar panische Telefonate zwischen mir und Fiona ausgereicht hatten, damit sich Tante Grace einmischte, und ehe ich michs versah, hatte ich eine Einladung übers Meer nach London von meiner Lieblingstante, ohne ein Wieso, Weshalb, Warum.

Saidhbh fragt mich nach dem Campingwochenende, und ich sage ihr, dass nicht viel passiert ist. Einfach eine Handvoll Jungs, die Bohnen essen und furzen. Sie schiebt ihre Sonnenbrille ein paar Zentimeter die Nase runter und sieht mich an, Aug in Aug. Und was ist mit dir und O'Culigeen?, fragt sie. Hm? Hat er dich mit einer Tracht Prügel zur Vernunft gebracht?

Am zweiten Abend des Campingtrips habe ich O'Culigeen genau da, wo ich ihn haben will. Ihm platzt bald die Hose. Den ganzen Tag habe ich wie bescheuert mit ihm geflirtet, bei der morgendlichen Waschung habe ich ihn gestreift und mich im Trubel des Mittagessens aus Versehen an ihm gerieben und sogar vorgeschlagen, dass wir alle in unseren Unterhosen im

Fluss schwimmen gehen, um uns abzukühlen, alle zusammen, nur um ihn in einen Zustand jungshungrigen Fingerleckens zu bekommen. Aber ich weiche nicht von Vater Jasons Seite. Ich bin ja nicht blöd. Nach dem Schwimmen stelle ich mich am Flussufer sogar hinter Vater Jason. Und während er damit beschäftigt ist, sich ein paar trockene Socken die feuchten Beine hochzuziehen, werfe ich O'Culigeen einen hollywoodreifen Blick zu und greife mir ans Handtuch, als könnte ich es jeden Moment fallen lassen, wer weiß.

Natürlich wird O'Culigeen von Minute zu Minute rattiger, als hätte er Tollwut und schon Schaum vorm Mund und weiß nicht, wohin mit sich. Sein Verlangen macht ihn unvorsichtig, und er fängt irgendwie an, Vater Jason sein wahres Ich zu zeigen. Zum Beispiel hetzt er uns durch diesen beknackten Orientierungslauf, den er und Vater Jason sich nach dem Mittagessen ausgedacht haben. Das Gleiche passiert beim Abendessen – wieder Baked Beans, nur diesmal mit verbrannten Würstchen. Als Vater Jason einen neuen Gesangsabend vorschlägt, bremst er ihn rigoros aus und sagt, er hat von dem teuflischen Alkohol noch immer Kopfschmerzen und geht lieber mit den Jungs »in die Heia«. Vater Jason ist trotzdem ein ziemliches Schlitzohr und macht O'Culigeen wieder einen Strich durch die Rechnung, indem er mit einer gebrochenen Stange in der Hand in unser Zelt gepoltert kommt und sagt, auf in England hergestellte Zelte sei einfach kein Verlass und dass er ein irisches hätte kaufen sollen und dass er schon wieder bei uns sein Lager aufschlagen muss!

Keiner schläft. Alle tun auf ihre Weise so, außer Hennessy, der wirklich total platt ist und fast ein bisschen weinerlich schnarcht, als würde er träumen, dass jemand seine Mam eine fette Kuh nennt. Wir anderen liegen alle da und halten die Augen in der Dunkelheit fest geschlossen und horchen, wie das Gras hinter uns im Brennnesselbusch raschelt und manchmal in der Ferne ein Auto vorbeifährt und wie weit, weit weg das Brummen vom Leben in Dublin mutig hoch in die Three-Rock-Luft weht.

Es dauert eine Ewigkeit, aber nach einer Stunde nehme ich endlich all meinen Mut zusammen. Ich fange an, O'Culigeens Bein wie verrückt zu reiben. Als hätte er sich plötzlich in Saidhbh verwandelt und ich würde versuchen, mir meinen Weg in ihre Muschi zu bahnen. Ich reibe so laut, dass man es im ganzen Zelt hört, das Wipp-wopp-Geräusch von zwei Schlafsäcken, die aufeinandertreffen. Rauf und runter und rauf und runter. Ich spüre die kleinen Schauer von O'Culigeens Körper. Er schnappt nach Luft, und alle zwanzig Sekunden hört man ein leises, leichtes Wimmern, so wie Hennessy im Schlaf. Ich merke auch, dass er sich in die eigene Hand beißt, die ganze, fleischige Daumenseite steckt tief und fest in seinem Mund. Ich kann hören, wie er bei jedem tieferen Schenkelrieb mit einem »Ssss« ausatmet. Ich reibe wie verrückt, sodass es fast schon peinlich laut ist, und gerade, als ich darauf warte, dass einer der Jungs oder Vater Jason selbst fragen, was zum Teufel hier vor sich geht, weil die Situation einfach total unangenehm ist, höre ich plötzlich auf. Einfach so. Ich knie mich in meinem Schlafsack hin, und mein dunkelblauer Schlafanzug von Dunnes Stores schlackert lose um mich herum wie bei dem mexikanischen Hausmädchen in *Zoff in Beverly Hills,* und dann gehe ich geradewegs zur Tür raus, als würde ich pinkeln gehen oder einen langen, romantischen Spaziergang im Mondlicht machen.

Natürlich rennt Vater O'Culigeen mir direkt mit dem durchgeknalltesten Grinsen hinterher, das sich jemals über die verrückte Fresse eines menschlichen Wesens gezogen hat. Er hat seinen Pimmel schon rausgeholt, als Vater Jason ihn rugbymäßig packt und auf den Boden wirft. Er bekommt von Vater Jason einen einzigen Schlag gegen den Kopf, doch statt die Beherrschung zu verlieren und O'Culigeen zu Brei zu verarbeiten, schließt er ihn fest in eine bärenartige Umarmung und sagt ihm, dass es vorbei ist und dass er jetzt in Sicherheit ist und er sich nicht mehr wehren muss. Keine Versteckspiele mehr, sagt er. Es ist vorbei. Du bist gerettet.

O'Culigeen bricht in Tränen aus und lässt seinen schmerzenden, geschlagenen Kopf an Vater Jasons Schulter sinken. Er jammert ziemlich lange und vergräbt sich dort eine Ewigkeit lang, unfähig, so scheint es, den Kopf zu heben und der Welt jemals wieder ins Auge zu blicken oder die Jungen anzusehen, die jetzt keine dreckigen kleinen Hündchen mehr sind, sondern echte lebendige Kinder mit ihren eigenen Mams und Dads oder werdende Männer mit Sorgen und Ängsten in ihren Herzen, genau wie er. Stattdessen schluchzt er und hält sich fest. Und Vater Jason streichelt und klopft und sagt: Schon gut, schon gut.

Keiner von uns schläft in dieser Nacht. Und O'Culigeen verbringt gezwungenermaßen die letzten dunklen Stunden allein in dem kaputten Toblerone-Zelt. Am nächsten Morgen übernimmt Vater Jason die gesamte Fahrt und setzt jeden von uns nacheinander zu Hause ab, ohne ein Wort zu sagen. O'Culigeen sagt auch nichts. Er verbringt die ganze Fahrt auf dem Beifahrersitz mit den Händen auf den Knien und schmollt wie ein Baby. Offensichtlich hat er im Toblerone-Zelt Zeit gehabt, alles zu überdenken und sich zusammenzureißen und das Schluchzen und den traurigen O'Culigeen weit, weit hinter sich zu lassen. Denn als ich an der Reihe bin auszusteigen, dreht er sich einfach auf seinem Sitz um und wirft den Kopf zur offenen Schiebetür nach hinten, und gerade, als ich an ihm vorbei auf den Gehweg in die Freiheit rutsche, zischt und spuckt er im fiesesten und geisteskränksten Tonfall wie John Wayne hoch eine Million: Ich bring dich um!

Fiona holt uns an der Euston Station ab. Mittlerweile sind wir nicht mehr so übermütig. Wir sind wie *Buck Rogers* in der ersten Folge, wo er aus dem Space-Schlaf erwacht und die gesamte Sendung versucht, damit klarzukommen, dass er fünfhundert Jahre in die Zukunft gereist ist und jetzt alle im Body zur Arbeit gehen und kleine Metallzwerghelfer haben, die eigentlich gar keine Hilfe sind, außer dass sie mit dir reden und biddy-biddy-biddy machen. Oder zumindest ist Saidhbh Buck Rogers und ich bin der kleine Metallzwerg, der neben ihr hertrottet, während wir beide mit neuem Staunen die Welt um uns herum betrachten.

London ist riesig. Auf der Zugfahrt von Holyhead hier runter denken wir, dass England Irland ziemlich ähnlich ist, überall grüne Felder und Mauern und Häuser und ab und an ein überdimensionales Schornsteingebilde, damit man weiß, wo die Fabriken und die Stromkraftwerke sind. Das ändert sich erst in der letzten Stunde, als wir uns London immer weiter nähern. Von jetzt an werden die Stimmen der Iren leiser und leiser, obwohl es immer noch die gleichen Rudel sind, die immer noch an ihren Bierdosen nuckeln und weniger und weniger quatschen, bis sie irgendwann ganz verstummen. Aber das völlig Verrückte daran ist, dass die irischen Stimmen proportional dazu leiser werden, wie die englischen Stimmen lauter und lauter werden.

Das ist vor allem verrückt, wenn man noch nie im Leben so viele englische Stimmen zusammen und aus der Nähe gehört hat. Weil, hauptsächlich kennst du den Klang aus der Glotze, von alten englischen Detektivserien oder *The Good Life* oder den Moderatoren von *Blue Peter,* die immer alles so deutlich aussprechen, vor allem die Gs im Wort. Aber wenn du noch nie mehr als eine Handvoll wirklich echte Engländer in Person gesehen hast, nur solche, die sich an einem brüllend heißen Tag in West Cork aus dem Wohnmobilfenster lehnen, um nach dem Weg zu fragen, dann kann es dir im wahrsten Sinne des Wortes die Sprache verschlagen.

Weil so aus der Nähe in diesem Zugabteil, mit haufenweise Engländern um dich herum, in Schwarz, Weiß, Braun und Gelb, so eng beieinander, und mit jeder Station werden es mehr und mehr, weil wir London immer näher und näher kommen, da ist es, als hätte jemand deinen Kopf in eine riesengroße, laute Stimmkonserve gesteckt, eine, die gleichzeitig auf Turbowechsel und Megabass steht und aus der dieses ganze ohrenbetäubende Geplapper dröhnt, das sich anhört, als würde jeder permanent seine Zähne zeigen und alle Th wären plötzlich zu F mutiert, free hundred and firty-free and a firt, und alle klingen wie in der After-Eight-Werbung und als würden sie den Arsch zusammenkneifen, ohne dass es jemand merken darf.

Deshalb werden die Iren still. Das ist wie bei *Die Körperfresser kommen.* Niemand soll wissen, dass du nicht der gleichen Spezies angehörst oder dass, wenn du den Mund aufmachen würdest, nicht free hundred and firty-free rauskommen würde. Denn stattdessen würdest du tief Luft holen und dich binnen Sekunden mit deinen ganzen beinharten Ts verraten, Tree hundred and tirty-tree and a tird. Sie würden sich mit ihren toten Alienfratzen auf dich stürzen und ihre hungrigen, fleischfressenden Zähne zeigen, und während sie dich in Stücke zerhacken würden, würde es dir in den Ohren klingeln: firty-free, firty-free, firty free!

Wie schon gesagt, sind Saidhbh und ich ziemlich still geworden, als wir an der Euston Station ankommen. Auch sie hat gemerkt, dass es zwar großartig wird, wenn wir zurück in Dublin sind und sie mit mir Schluss macht, nichtsdestotrotz steht dem noch eine Kleinigkeit im Weg, nämlich der bösartige, gotteslästerliche Babymord in London. Natürlich spricht niemand von uns das Thema an. Wir sitzen einfach still nebeneinander und sehen raus auf die riesigen grauen Asphaltfetzen und Graffitis, die am Fenster vorbeiziehen, bis wir auf Gleis acht zum Stehen kommen.

Fiona holt uns direkt in der Wartehalle ab, aber sie muss mir zuwinken, aus der Nähe und direkt vor meinem Gesicht, damit ich sie erkenne. Sie ist total englisch geworden und hat ihre Haare an den Seiten ratzekurz wie ein Junge geschnitten und obendrauf strubbelig, und sie trägt eine megaweite Hose, die an den Knöcheln enger wird, und ein orangenes *Miami-Vice*-Jackett mit riesigen Schulterpolstern. Sie sieht mich an und Saidhbh an und sagt, wir würden ja ein schönes Bild abgeben, wie zwei Neuzugänge beim Pennerteff, und sagt uns, wir sollen uns beeilen, weil Deano in zweiter Reihe geparkt hat.

Deano ist jetzt offiziell Fionas Freund. Als ich ihn sehe, wie er an einer Croissantbude vorbei neben dem Peugeot auf und ab läuft, ist der Schock so groß, dass ich fast über meinen Koffer stolpere. Er ist geschätzte hundert Jahre alt. Fiona weiß das auch, und ich glaube, dass sie deshalb im Bahnhof patzig zu mir war. Sie weiß, dass ich sagen werde: Was zur Hölle will der alte Opa von meiner Schwester?!!! Und dann heißt er auch noch Deano! Und er arbeitet für Tante Grace! Er bietet mir und Saidhbh an, unsere Koffer hinten im Peugeot zu verstauen, und ich sage ihm, er soll sich nicht die Mühe machen, aber in meinem Kopf stelle ich mir vor, wie ihm bei dieser Anstrengung der Rücken explodiert wie bei diesem

Comicroboter in dem Gesundheitsaufklärungsspot im Fernsehen, der dir erklärt, wie man schwere Sachen hochhebt, weil man sich sonst ver-letzen kann, ver-letzen kann, ver-letzen kann, ver-letzen kann.

Er trägt auch so eine weite Hose wie Fiona, aber seine ist ein bisschen schmuddelig. Und er trägt ein weißes Hemd ohne Kragen und eine schwarze Weste. Oben auf dem Kopf hat er eine Glatze, aber er hat sich ein ganzes Büschel weiße Haare von über den Ohren nach hinten zu einem Pferdeschwanz geschabt. Und sein Gesicht ist ganz schrumpelig, als hätte man ihn für ein fünfhundertjähriges Space-Schläfchen zusammengeknüllt und er hätte sich dann gerade erst letzte Woche wieder auseinandergefaltet.

Allerdings hat er ein Dauerlächeln im Gesicht und umarmt mich, als er mich sieht, und wirft dann einen Blick auf mich und Saidhbh zusammen und lächelt freundlich und nennt uns arme Kinder aus der Heimat. Später erzählt mir Fiona, dass Tante Grace nur Iren einstellt, weil die spitzenmäßige Arbeiter sind und man nach Feierabend richtig Spaß mit ihnen haben kann, und außerdem bekommst du nicht jedes Mal Drohanrufe von denen, wenn irgendwo eine Bombe hochgeht, und die werfen dir auch keine gammeligen Eier oder Scheiße gegens Schaufenster von deiner Firma oder halten dich auf der Straße an und sagen dir, dass du dich zurück nach Paddyland verpissen sollst, du irisches Stück Nuttenscheiße.

Das Haus von Tante Grace in Queen's Park ist viel kleiner, als ich es mir vorgestellt habe, und es liegt auch nicht wirklich im Park von der Queen. Wie sich herausstellt, haben wir sie jahrelang missverstanden, und das Haus steht in einem Teil von London, der ganz einfach Queen's Park genannt wird, ohne dabei auch nur in der Nähe der Queen zu liegen, was kein Wunder ist, wenn man den ganzen Müll auf den Straßen sieht und die hundert alten, betrunkenen, vornübergebeugten Typen mit verfilzten Bärten und bekotzten Mänteln, die in den Hauseingängen herumstolpern. Und das ist noch nicht alles, weil hinterher erzählt mir Fiona, dass das Haus von Tante Grace, das mitten in einer kleinen, schmalen Straße namens Glengall Road steht, noch nicht einmal im offiziellen Queen's-Park-Gebiet liegt, sondern eigentlich zum Viertel nebenan gehört, das Kilburn heißt und der Ort ist, wo alle Paddies aus allen vier Ecken Irlands stranden, wenn sie zum ersten Mal nach London kommen – und es muss auch der Ort sein, wo sie die Bärte bekommen und die bekotzten Mäntel und strikte Anweisungen darüber, dass sie in ihren Hauseingängen übereinanderstolpern sollen.

Tante Grace jedoch ist es unheimlich wichtig, einen guten Eindruck zu machen, und sie will in den weiteren Geschäftskreisen nicht wie jeder andere Immigrant wirken, der gerade vom Boot gehüpft ist, also schreibt sie bei Adresse immer Queen's Park statt Kilburn, und niemand – nicht die Wasser- oder Elektrizitätswerke oder die Post – hat je darauf bestanden, dass sie die Wahrheit hinschreibt.

Ganz gegenteilig zu dem, was wir immer in Briefen und Plaudereien zu hören bekommen haben, ist das Haus an sich winzig und zwischen zwei andere winzige Häuser auf der Glengall Road gequetscht. Als wir ankommen, ist es gerade Zeit fürs Abendbrot, und Tante Grace begrüßt uns auf dem Gehsteig, sie lächelt, aber schwenkt dabei einen riesengroßen Schlüsselbund und hält es für nötig, uns zu sagen, dass sie wegen dieser Sache heute früher Feierabend gemacht hat, und das hat es nicht mehr gegeben, seit sie diese Pferde im Musikpavillon in die Luft gejagt haben. Ihre direkte Nachbarin, eine alte Omi namens Jackie, kommt augenblicklich in Pantoffeln auf die Straße gewankt, als sie uns ankommen sieht. Sie ist total englisch, hat orangebraune Raucherfinger, eine richtig tiefe, heisere Stimme, gelb gefärbte Haare und trägt eine Brille mit lupendicken Gläsern drin. Man braucht nur zwei Sekunden, um zu merken, dass sie keine einzige Tasse mehr im Schrank hat. Sie fragt Tante Grace, ob wir CIA sind, und Tante Grace antwortet total geduldig, nein, wir sind aus Irland, und Jackie sagt, dass ihren Eltern mal ein Schloss in Irland gehört hat, in der Nähe von Galway, aber dass ihr Schwager, dieser Mistkerl, sie aus dem Testament gestrichen hat. Dann erzählt sie, dass sie immer, wenn sie nach Dublin kommt, im Pub umsonst trinken kann, weil sie mit unserem Nationalhelden Daniel O'Connell verwandt ist. So plappert sie immer weiter, und nach zehn Minuten lacht Tante Grace einmal höflich und leise und sagt Jackie, sie soll lieber wieder reingehen, bevor sie sich hier draußen noch den Tod holt. Jackie sagt uns, dass sie ein Auge auf uns hat und dass wir das Wasser nicht trinken sollen, weil es wegen einem undichten Reaktor in den Brecon Beacons vergiftet ist. Tante Grace sagt, dass Jackie alt und senil ist und dass die Straße hier eine Mischung aus alten Exzentrikern und neuen Aufsteigern wie ihr selbst ist.

Nach dem großen Hallo-toll-dass-ihr-hier-seid ist die Stimmung am Abendbrottisch ziemlich im Keller, weil alle wissen, warum wir hier sind, und niemand darüber reden darf. Unser Essen steckt in supercoolen Weltraumpaketen, die kernschmelzemäßig und kochend heiß direkt aus Tante Grace' riesiger krebserregender Mikrowelle kommen. Sie macht einen Witz darüber, dass sie zur arbeitenden Bevölkerung gehört und ein Unternehmen zu führen hat und keine Zeit, die ganzen aufwendigen Sachen zu kochen, zum Beispiel Irish Stew oder Spaghetti Bolognese, die Mam zu Hause für uns macht. Also essen wir wie Astronauten, beugen uns über die weißen

Plastikschalen vor uns und tunken zwei fleischähnliche braune Stücke aus der einen großen Plastikecke in etwas Soßenähnliches in einer kleineren, aber tieferen Schale in der Mitte, bevor wir das Ganze mit etwas Weißem, Kartoffelbreiartigem krönen, das in der gegenüberliegenden, größten Ecke haust.

Deano, der uns beim Abendessen immer noch Gesellschaft leistet und im Haus so etwas wie ein Dauergast zu sein scheint, sagt aus Scherz, dass die Jungs, die zum Mond geflogen sind, genau das Gleiche gemampft haben. Dann fügt er hinzu: Wenn man an so etwas glaubt. Fiona sagt: Fängt das schon wieder an! Und dann setzt Deano zu einer coolen Erklärung dazu an, warum niemand je auf dem Mond gewesen ist und dass die Amis der Welt einfach nur einen riesigen Streich gespielt haben, damit wir alle glauben, sie sind die Herrscher des Universums. Und dann sagt er: Aber es gibt nur einen Herrscher des Universums, und sieht mich an. Ich warte darauf, dass er sagt, Gott oder Jesus. Doch stattdessen sagt er, die Quelle, und klatscht dabei vor seinem lächelnden Gesicht leise in die Hände. Fiona seufzt wieder.

Später, als sie gegen Mitternacht auf meiner Bettkante sitzt, sagt sie mir, dass Deano ein guter Mensch ist und sie super behandelt, aber dass er manchmal ein bisschen zu sehr auf diesen Hippie-Dippie-Kram abfährt. Sie sagt, dass er drüben in Irland keine Eltern hatte, als er klein war, und dass er ein ungewolltes Baby war und sich sein ganzes Leben lang unglaublich damit abgemüht hat, herauszufinden, wer er ist und warum er hier auf der Erde ist. Aber er kann perfekt Gitarre spielen, sagt sie, und ist auf jeder Party der Beliebteste von allen. Und in seinem Job ist er ein richtiger Zauberer, er ist so eine Art Karriereberater, Pfarrer und Seelenklempner in einem. Die ganzen Jugendlichen, die von Irland aus rüberkommen und pleite und am Arsch sind, marschieren auf direktem Weg in Tante Grace' Büro und hoffen auf eine steile Karriere als Bürohilfe oder Schreibkraft mit gelegentlichem Kaffeekochen. Und während sie das Berufliche regelt und ihnen alles über Steno und Worte pro Minute beibringt und ihnen eine neue Frisur und einen Anzug bezahlt, was auch bedeutet, dass sie für ihre Mühen einen ordentlichen Anteil ihres künftigen Gehalts einsackt, kümmert sich Deano um den Rest. Sagt ihnen, dass sie etwas Besonderes in sich tragen und einzigartig sind und dass das, was sie hier drüben tun, Teil ihres Lebensweges ist und dass sie sich nicht schämen müssen, dass sie von zu Hause weg sind, sondern nach vorn blicken sollen auf die Chancen, die England ihnen bietet. Fiona sagt, dass Deano sich auf netteste Art und Weise ihrer angenommen hat, seit sie angekommen ist, und dass das Ganze Teil von Tante Grace' Notfallplan zur schnellstmöglichen Rettung unserer Familie war.

Ich schlafe in Deanos Bett in einem ungenutzten Zimmer, in dem ansonsten nur ein riesiges, gerahmtes Beatles-Poster an der Wand hängt, auf dem *Rubber Soul* steht, und ein winziges Fenster geht hinten auf den asphaltierten Hof voller Mülltonnen und alten Leitern. Saidhbh muss bei Fiona schlafen. Wir haben niemanden darum gebeten oder darüber geredet, es war offensichtlich, dass wir Tante Grace das Ganze nicht unbedingt auf die Nase binden müssen, wobei wir auch niemandem gesagt haben, dass es mit Saidhbh und mir aus und vorbei ist und wir uns für immer im Idiotenfreundemodus befinden. Deano sagt, ich soll mir wegen ihm und seinem Bett keine Gedanken machen, weil sich einer seiner Freunde aus der »Gemeinschaft« bereit erklärt hat, ihn eine Nacht bei sich einzuquartieren. Ich frage nicht nach, aber er fängt trotzdem an, mir von »der Gemeinschaft« zu erzählen, dass sie ein großartiger Haufen Durchschnittstypen sind, alle auf der Suche, jeder Einzelne von ihnen. Ohne Gemeinschaft, sagt er, wäre er längst am Ende. Ich sage noch immer nichts. Er erzählt mir die ganze Geschichte dieser Gemeinschaft, wie sie oben in Islington dieses alte Kirchengebäude gekauft haben, als plötzlich Fiona reinplatzt und ihm das Wort abschneidet und sagt, dass es jetzt Schlafenszeit ist und kleine Jungs ihren Schönheitsschlaf brauchen. Deano nennt mich »kleiner Mann« und schleicht mit den Worten aus dem Zimmer, dass er Tante Grace hilft, die Mülltonnen rauszuschieben.

Fiona und ich reden eine Weile. Über zu Hause, über Dad und darüber, wie verrückt alles in letzter Zeit war. Und obwohl es genau wie früher ist und mir nur das Poster mit dem geparkten Porsche an der Wand über mir fehlt, bin ich die ganze Zeit ziemlich still, und irgendwie kann ich nicht mehr. Fiona, die es total draufhat, mir mitten ins Herz zu sehen, rutscht auf der Decke näher an mich heran und sagt mir, ich soll mir keine Sorgen machen und dass jeder mal einen Fehler macht. Sie streichelt mir an der Seite über den Kopf, ums Ohr herum, und nennt mich ihren kleinen Jungen. Ich schmelze sofort dahin und muss übermenschliche Kräfte aufbringen, um nicht laut loszuheulen und meine Arme um sie zu schlingen und sie zu bitten, dass sie mich bitte auf der Stelle nach Hause nach Irland mitnimmt und mich für immer und ewig im Haus von Mam und Dad einschließt.

Stattdessen sage ich ihr, dass ich müde bin und einfach ein bisschen Schlaf brauche. Ich rolle mich von ihr weg in Richtung Wand, und sie pikst mir unsanft in den Rücken. Ey!, sagt sie. Hast du nicht was vergessen?

Oh, sage ich und lehne mich hoch zu ihr für einen Gutenachtkuss.

Sie verzieht das Gesicht. Nicht ich, du Idiot! Was ist mit ihr!

Sie nickt mit dem Kopf zur Seite in Richtung Schlafzimmer nebenan. Ganz automatisch stehe ich auf, ohne viel Gefühl wie ein Biddy-biddy-biddy-Zwerg, und schlurfe durchs Zimmer, zur Tür raus, und lehne mich gegen Saidhbhs Türpfosten. Ich klopfe. Nichts. Ich öffne die Tür.

Bei Saidhbh ist es schon dunkel. Sie liegt zusammengerollt auf einer Matratze auf dem Boden neben Fionas Bett. Ich mache die kleine Lampe auf dem Nachttischschränkchen an, und Saidhbh bellt wütend: Oh Mann! Ich werfe einen Blick durchs Zimmer, von Fionas Duran-Duran-Poster über ordentlich gefaltete Stapel Ton-Sur-Ton-Pullover zu ihrer riesigen Make-up-Flaschensammlung, ihren Pudern und Wattebauschen und schließlich auf ihre drei selbst gemachten Miss-Piggy-Puppen, die sie aus Irland mitgebracht hat. Ich mache das Licht wieder aus und knie mich neben Saidhbh hin. Es ist, als würde sie sterben und ich wäre derjenige, der Gott darum bittet, ihre Seele schnell und schmerzlos zu sich zu holen.

Großer Tag morgen, was?, sage ich schließlich.

Sie antwortet nicht, doch in der Dunkelheit schnieft sie leise in sich hinein.

Ich taste nach ihrer Hand. Sie liegt oben über ihrem Mund. Meine Finger sind wie Spinnen, die über ihren Unterarm und ihr Handgelenk krabbeln. Ich rechne damit, dass sie mir sagt, ich soll mich verpissen, aber sie tut es nicht. Sie öffnet ihre Finger und lässt meine dazwischenrutschen und zudrücken. Sie drückt zurück. Dann passiert eine Ewigkeit lang nichts, und wenn man uns von außen sehen würde, würde das Ganze total ruhig wirken, aber innerlich zermartere ich mir das Gehirn, um etwas zu sagen. Etwas, um sie zu trösten. Vielleicht sollte ich einen Witz machen, über Deano oder Jackie oder Verrückte im Allgemeinen. Oder darüber, was sie zu Hause sagen würden, wenn sie uns so sehen könnten. Über die Schule, über die Nonnen, über Mary Davit oder sogar über Fionas neue Frisur oder Tante Grace' Weltraumessen, irgendetwas, um die dunklen Gedanken darüber zu vertreiben, was uns am nächsten Morgen bevorsteht. Mein Kopf sagt mir, sei locker flockig, sei witzig, aber mein Körper hat etwas anderes vor. Er überrollt mich mit einer Gefühlswelle direkt aus meinem Magen, die einfach aus meinem Mund ins Zimmer schwappt.

Ich liebe dich so sehr, sage ich zu Saidhbh. Und während ich das tue, merke ich, wie es in meinen Augen pikst und sich meine Kehle total zuschnürt und sich in dem der Nase zugewandten Teil meiner Lider winzig kleine Tränen bilden, als hätte ich gerade das Traurigste gesagt, das je in der Geschichte des Universums oder des Multiversums gesagt wurde, das Traurigste aller Zeiten, linear, non-linear oder sonstwie.

Saidhbh drückt noch einmal meine Hand, und in der Dunkelheit flüstert sie diese kleinen drei Worte zurück, die ihr alles bedeuten und die sie in Momenten der Angst und Sorge zurück in die Sicherheit eines Zuhauses bringen.

Gott ist gut, sagt sie. Jawohl. Und dann noch einmal. Gott ist gut.

Ich gehe ins Bett. Ich weiß mit absoluter Sicherheit, dass wir so richtig in der Scheiße stecken.

Dritter Teil

1

Der Terminator

Nach der Abtreibung ist Saidhbh irgendwie ein bisschen gaga. Ich sage jetzt mal Abtreibung, aber wir haben die ganze Sache nicht durchgezogen. Die waren zwar meganett in dem Zentrum. Das war so ein riesiges altes Gebäude mit hohen Decken und dicken Türen aus der Zeit von Sherlock Holmes und so, und mit vier Stockwerken, alle für Abtreibungen, mitten im Herzen von London, nördlich vom Oxford Circus. Ich kenne den Namen Oxford Circus gut, wie jeder in unserer Familie. Das ist die U-Bahn-Station, die Sarah und Siobhan beinahe für immer verschluckt hätte, als sie als Mädchen mit Mam und Dad in London im Urlaub waren, während Fiona, Claire und Susan mit Tante Una zu Hause geblieben sind. Da war ich noch nicht mal auf der Welt, aber die Geschichte habe ich schon millionenfach gehört: Wie Mam und Dad in der U-Bahn-Station Oxford Circus von den sechsjährigen Zwillingen Sarah und Siobhan getrennt wurden und wie sie rauf zur Straße gerannt sind, todsicher, dass sie ihre geliebten Zwillinge nie wiedersehen, und wie die beiden Mädchen plötzlich mit schuldbeladenen Gesichtern auf der komplett anderen Seite der Kreuzung aufgetaucht sind. Mam und Dad brüllten: Bleibt, wo ihr seid! Und dann rannten sie quer über die geschäftige Kreuzung und versohlten den beiden ordentlich den Po für den schlimmsten Schock ihres Lebens. Und danach haben sie bei Wendy's einen Burger gegessen.

Von der U-Bahn-Station Kilburn brauchen wir gerade mal eine Viertelstunde bis zum Oxford Circus, obwohl Tante Grace alles versucht hat, um uns davon zu überzeugen, von Kilburn aus zurück zur Queen's-Park-Station zu laufen und von dort zu fahren. Sie sagt, die Bahnsteige dort sind viel sauberer, und die Züge fahren schneller. Aber Fiona macht hinter ihrem Rücken Rollaugen und schüttelt den Kopf, also fahren wir lieber von Kilburn aus.

Auf der Fahrt in die Stadt ist es ganz ruhig, obwohl wir gerade mitten in der Dienstagmorgen-Rushhour sitzen. Ich und Saidhbh sind zum ersten Mal im Leben in einer Londoner U-Bahn, und wir können nicht so recht glauben, dass man so viele Leute in so einen kleinen Raum bekommen kann und sie dabei so wenig Lärm machen. Nur ein paar trockene Huster, gefolgt vom Raschel-Raschel der Zeitungen, tönen in das metallene Ächzen der Zuggleise hinein. Sonst nichts. Wenn man die Augen fest zumachen würde, würde man glauben, man sitzt in einem sehr heißen, sehr leeren Abteil anstatt in einem, das von vorne bis hinten mit Körpern und Anzügen und Röcken und Jeanshosen und Jacken und Taschen vollgestopft ist. Ich vermute, das liegt daran, dass alle müde sind und es das Erste ist, was sie morgens tun müssen, aber das Letzte, worauf sie Lust haben, nämlich sich für einen langen, verschwitzten Arbeitstag mitten in der Metropole London bereit zu machen. Aber Fiona sagt später, dass es daran liegt, dass sie alle Engländer sind, und Engländer reden nicht mit Leuten, die sie nicht kennen. Und selbst wenn sie dich kennen, sagt sie, müsstest du dir ein Bein ausreißen, um ein paar Worte gediegenen

Small Talk aus ihnen herauszubekommen, es sei denn, du hockst mit ihnen an einem riesigen Bankettstisch oder bei einem piekfeinen Dinner, Schulter an Schulter mit Lord Woo-Haaa Ponkington Smythe, und er redet nur mit dir, weil es total peinlich und gegen die Regeln wäre, es nicht zu tun, und Engländer halten sich immer an die Regeln.

Die Abtreibungsmenschen sind total anders und superfreundlich. Und sie haben sogar eine spezielle Frau aus Irland da, die sich um all die Mädchen aus der alten Heimat kümmert, die in anderen Umständen hier rüberkommen. Und sie heißt Noreen und hat ratzekurze Haare, so wie Fiona, und ist vermutlich der freundlichste Mensch, dem man in einer Abtreibungsklinik über den Weg laufen kann. Die anderen sind auch nett, aber hauptsächlich starren sie runter auf ihre Formulare und stellen richtig peinliche Fragen darüber, wie viele Sexualpartner du gehabt hast, und wann hattest du zum ersten Mal Sex, und ist das der Vater? Die Frau, die das fragt, hat blonde Haare und perfektes *Top-of-the-Pops*-Make-up, total trendy, aber als ich auf die Frage mit Ja antworte, guckt sie irgendwie mit einem verspannten Lächeln von ihrem Klemmbrett zu mir runter, das wohl heißen soll: Mit dir habe ich nicht geredet, Babymacher!

Noreen fragt hauptsächlich Sachen über zu Hause, wer Bescheid weiß, und wer uns geholfen hat, und ob wir Tickets und genug Geld haben, um zurück über die Irische See zu fahren. Sie gibt Saidhbh ein Glas Wasser, als ihre Lippen beim Anblick eines Comics auf einer Broschüre zu zittern anfangen, auf der ein y-förmiger Abtreibungsstuhl skizziert ist, mit den Fußstützen hoch in der Luft, vor dem ein Comicarzt gefährlich nah vor der Comicmuschi einer Comicfrau kniet. Und dann sagt sie Saidhbh, dass sie ab jetzt ein glückliches Mädchen sein wird, und führt sie an der Hand ins Abtreibungszimmer. Zu diesem Zeitpunkt sagen ich und Saidhbh nichts mehr zueinander. Wir sehen einander noch nicht einmal mehr an. Ich wollte sagen, viel Glück dabei und so, aber das fühlt sich irgendwie bescheuert an. Und Saidhbh scheint sich bereits in einem verrückten tranceähnlichen Zustand zu befinden, sodass alles, was darüber hinausgeht, einen Fuß vor den anderen zu setzen und sich schließlich in einer halb sitzenden Position auf diesem furchterregenden, menschengemachten Fußhalterungsstuhl niederzualssen, völlig außer Frage steht. Sie verschwindet hinter den Abtreibungstüren, obwohl noch kein Arzt mit seinen Geräten weit und breit zu sehen ist, weder als Comic noch in echt.

Ich warte draußen im Verhörzimmer – als einziger Kerl, umgeben von vier nervös aussehenden Frauen – und lese meine *Peig*-Notizen, um hoffentlich mit diesem superfrühen Büffeln im nächsten Jahr schulmäßig wieder ein Bein auf den Boden zu bekommen, als Saidhbh früher als erwartet rauskommt, quasi zehn Minuten, nachdem sie reingegangen ist, und in der Hand hält sie den halb zerknüllten Papierkram, und auf ihrem Gesicht liegt ein merkwürdiges Starren, und Noreen hält sie am Arm fest. Noreen sagt nichts, sondern schüttelt nur mit geschlossenen Augen den Kopf, als wollte sie sagen, dass es traurig ist, dass Saidhbh den ganzen weiten Weg von Irland aus gekommen ist, nur um das Oxford-Circus-Abtreibungserlebnis zu verschmähen. Sie schiebt Saidhbh in meine Richtung, als würde es sich um eine chinesische Vase handeln, und ich nehme sie sanft in Empfang und halte sie noch immer in demselben Unterarmgriff, als ich sie vom Empfangsraum ins Tageslicht schiebe, durch die gigantischen Holztüren der Abtreibungs-Tower.

Wir feiern die Nicht-Abtreibung in einem coolen mexikanischen Restaurant namens Border Town am Oxford Circus mit einem späten Frühstück, das aus Pommes und Chicken Fajitas besteht. Ich habe noch nie Fajitas gegessen, und mir fallen beinahe die Augen raus, als ich sie quer durchs Restaurant auf mich zubrutzeln und -dampfen sehe und sie vor mir landen wie ein Airfix-Raumschiff bei *Flash Gordon* in der Glotze und dabei eine dicke schwarze Wolke als Kondensstreifen hinterlassen. Meine Fajitas werden in einer schwarzen Eisenpfanne auf einem kleinen Holztablett von einem völlig entspannten Kellner serviert, der so aussieht, als hätte er das hier schon eine Million Mal gemacht und würde sich um den beeindruckenden Spezialeffekt am Ende seines Handgelenks schon nicht mehr kümmern.

Saidhbhs Cousin hat schon mal Fajitas gegessen, in Benidorm im Urlaub, deswegen wollte sie, dass ich welche bestelle. Dazu bekommt man eine eigene runde Box mit Fladen drin, und Saidhbh muss mir zeigen, wie man sie isst, zusammengerollt mit roter und grüner Soße in der Mitte neben den Hühnchenstreifen. Der Vorgang ist ziemlich kompliziert, und Saidhbh hat einen Heidenspaß dabei, mir beizubringen, wie man sie isst, und mich dabei einen Dummkopf zu nennen. Im Grunde macht es uns beiden Spaß zu vergessen, wo wir gerade waren, und sei es auch nur für ein paar Minuten, und uns so zu fühlen, als wären wir am merkwürdigsten, entlegensten Ort der Welt und würden das abgefahrenste, dampfigste, brutzeligste Zeug essen, das man sich nur vorstellen kann. Ich beschließe sogar auf der Stelle, zurück nach England zu gehen, wenn ich alt genug bin, um zu arbeiten, und Tante Grace zu bitten, ihr Möglichstes zu tun und sämtliche Arbeitsbeziehungen aus ihrem Adressheft zu benutzen, um mir einen Job bei Border Town am Oxford Circus zu besorgen.

Um alldem die Krone aufzusetzen, trinken wir Virgin Piña coladas, die so schmecken wie flüssige Bounty-Riegel, und die Musik plärrt, Country-Style, und ein blondes Mädchen läuft in Jeans-Hotpants und einem abgeschnittenen Hemd herum, sodass man ihren Bauchnabel sieht, während um ihren gesamten Oberkörper ein mexikanischer Banditengürtel gewickelt ist, in dem anstelle von Patronen kleine Gläser stecken. Sie bleibt an jedem Tisch stehen und redet hauptsächlich mit den Männern und bietet ihnen einen Drink aus den beiden Schnapsflaschen an, die in ihren beiden Halftern stecken. Die meisten sagen Nein und deuten auf ihre Uhren, aber zwei Typen in Anzügen neben uns bestellen sich jeder einen Shot. Das Banditenmädchen klimpert die Gläser auf den Tisch und wirbelt die beiden Flaschen einmal cowboymäßig in ihren Händen herum, bevor sie den Schnaps in die beiden winzigen Gläser kippt und sich von jedem Typen ein Pfund geben lässt. Dann dreht sie sich mit einem breiten, bildschönen Lächeln zu uns und sagt, ihr Name ist Sandy. Sie wendet sich mit ihrem ganzen Körper Saidhbh zu und bietet ihr einen Shot an, wobei sie mir zuzwinkert und sagt, sie ist sich sicher, dass Saidhbhs Sohn, also ich, nichts dagegen hat!

Saidhbh zuckt mit den Schultern, eine Art Was-hab-ich-schon-zu-verlieren-Zucken, doch ich gehe volles Risiko ein und lehne mich direkt über meine dampfenden Fajitas und halte meine Hand über Sandys Schnapsglas und sage ihr, dass Saidhbh ein Baby erwartet. Sandy lächelt kurz, was bedeuten soll, dass wir zwei Freaks sind, und geht weiter. Saidhbh sagt nichts. Sie sieht mich an. Wenn ich sage, dass sie mich ansieht, meine ich eigentlich, dass sie in meine Richtung sieht, aber ihre Augen sind nicht wirklich scharf gestellt.

Es dauerte eine ganze Mahlzeit inklusive der letzten Fajita und ein paar Bissen Key-Lime-Pie, um ein paar Worte aus ihr herauszubekommen. Ich sage ihr, dass alles gut wird, und wenn wir wieder zu Hause sind und unsere Eltern sich an die Neuigkeiten gewöhnt haben, wird es das Beste überhaupt. Sie kann immer noch ihre Lehrerausbildung machen, und ich kann in der Schule wieder richtig reinhauen. Und das Baby wird das Beste, was unseren beiden Familien hat passieren können. Es wird dafür sorgen, dass Saidhbhs Eltern einen Gang runterschalten und ihr Dad nicht mehr so viele Demos und so Kram macht. Vielleicht reißt es meinen Dad sogar aus seinem Krebsdurchhänger und ist endlich wieder etwas, wofür es sich für ihn zu leben lohnt. Vielleicht sagt er: Zur Hölle mit dieser ganzen scheiß Sterberei! Und dann trommelt er sämtliche gesunden Zellen in seinem Körper zusammen und sagt ihnen, dass er nicht aufgibt, nein, Sir, nicht jetzt, wo ein Enkel auf dem Weg ist, die Aussicht auf neues Leben, auf Wiedergeburt und ewige Glückseligkeit.

Die traurige Wahrheit ist leider, dass ich nichts davon denke oder fühle. Ich lüge, weil ich im Katzenkrankenschwestermodus bin. In den schaltet man, wenn man ein flauschiges Burmesenkätzchen hat, das dir gleich unter den Händen wegsterben könnte, an einer krustigen Schnodderblockade oder Lungenpfeifen, und dir nichts anderes übrig bleibt, als den letzten Tropfen Energie aus dir zu wringen, um den Schnodder mit Wattestäbchen wegzuwischen und die Atemzüge mit dem Dampf aus der Dusche möglichst schnell und sorgfältig runterzufahren. Denn alles andere, wirklich alles andere, selbst ein einziger Gedanke daran, was für Gefühle du für dieses kostbare kleine Liebesbündel vor dir in deinem angeschwollenen Herzen hast, würde dich hier und jetzt auf der Stelle zerstören – würde dir vor Traurigkeit die Beine wegreißen und dich als schluchzende, gelähmte Pfütze auf dem Boden zurücklassen.

So ist es mit mir und Saidhbh langsam, aber sicher geworden, seit sie rausgefunden hat, dass sie schwanger ist. Es ist etwas in ihren Augen. Ein Wort hier. Ein Gesichtsausdruck da. Der krustige Schnodder und Pfeifatem der Seele. Und ich habe Angst.

Nach dem Mittagessen raunzt Saidhbh mich an und sagt, dass sie nach Hause will. Obwohl sie nach dem Abendessen den exakt gleichen positiven Motivationsvortrag noch einmal von Deano bekommt. Er sagt ihr, dass das, was sie getan hat, etwas wirklich und wahrhaftig Magisches war, und weil sie einen Schritt auf das Universum zugegangen ist, indem sie ihr Baby nicht getötet hat, wird das Universum nun zwei Schritte auf sie zugehen, um sich mit ihr zu treffen und sich um alles, was sie braucht, um ihre emotionalen Bedürfnisse zu kümmern. Immer und immer wieder sagt er ihr, dass sie ein guter Mensch ist. Und dass das Universum sie belohnen wird. Den ganzen Abend lang latscht er ihr in Tante Grace' Haus hinterher, sogar, als sie ihren Koffer packt, und flüstert ihr spitzenmäßige Tipps ins Ohr, sagt ihr, sie soll Folsäure fürs Baby nehmen und keine Krustentiere essen, aber dafür jeden Tag ein Glas Guinness trinken, wegen dem Eisen.

Sie soll sich aufs Bett legen, im Schlafanzug, und dann legt er ihr die Hand auf den Bauch. Er berührt sie nicht, die Hand bleibt einfach in der Luft. Er sagt, dass er eine Heilung an ihr vornimmt und dass das etwas ist, was er bei »Gemeinschaft« gelernt hat, von einer Gruppe absoluter Spezialisten, der Schule der Astralwissenschaften. Ein ganz natürlicher Vorgang, sagt er, bei dem man sich die bereits existierenden aurischen Energien des Kosmos zunutze macht. Und nach einer Viertelstunde schweren Atmens, in der er sich erdet, wie er sagt, und Energie von seiner Haralinie abzapft, erzählt er ihr, dass der Lebenswille ihres Babys enorm sei und unaufhaltbar und dass er fast noch nie so ein starkes menschliches Energiefeld gelesen hat. Seine Hände wurden von der Kraft des winzigen Wesens in Saidhbhs Bauch förmlich weggedrückt. Er sagt, unser Leben ist dabei, sich zu verändern, und ruft mich ins Zimmer, während er enthusiastisch aus seiner knienden Position aufspringt. Denn dieses Baby sei der lebende Beweis für ein wohlwollendes und allmächtiges Universum, sagt er, und jetzt packt er Saidhbh tatsächlich an den Bauch. Dieses Baby, sagt er, wird kein Nein akzeptieren. Denn dieses Baby ist das fleischgewordene Leben selbst. Es ist Leben.

In den frühen Morgenstunden bekommt Saidhbh Bauchkrämpfe. Am Morgen kommt das Baby als winzig kleiner roter Schleimknubbel raus. Sie spült es im Klo runter, stürmt in Fionas Schlafzimmer und knallt die Tür hinter sich zu. Sie schiebt Fionas Kommode über den Boden vor die Tür, wobei die hundert Make-up-Fläschchen auf den Boden poltern. Wortlos klettert sie zurück ins Bett. Wir verpassen den Zug. Und die Fähre. Und den restlichen Sommer in Irland.

2

Noch Fajitas?

Das Schlechte daran ist, dass zu Hause die Welt untergeht, als wir nicht zurückkommen. Als der Donohue-Klan rausfindet, dass Saidhbh gelogen hat, dass ich bei ihr bin und sie gerade unsere Fehlgeburt hatte und, was am schlimmsten ist, das auch noch in England, drehen alle vollkommen durch. Sie können es einfach nicht glauben. Vor allem Taighdhg bricht es das Herz, und er muss sich zwei Wochen freinehmen, um all das sacken zu lassen. Gary schickt mir einen ellenlangen Brief, acht Seiten, in dem er mir total ernst alles berichtet, was passiert ist, wie die Bombe geplatzt ist, Schritt für Schritt. Er erzählt, dass meine Mam und seine Mam und die ganzen üblichen Klatschtanten ein Monster-Kaffeekränzchen über uns abgehalten haben und dabei zwei Packungen Malzmilch und eine halbe Dose Maxwell-Auslese verbraucht haben, ganz zu schweigen von den ganzen John Players, und dass praktisch jedes einzelne Wort, was am Tisch gesprochen wurde, irgendetwas mit mir und Saidhbh und dem ganzen Ärger zu tun hatte, den wir verursacht haben. Als wären wir Banditen, sagt er, ein Liebespärchen auf der Flucht, wie im Film, und Maisie O'Mally sagte, wir wären eine Schande für The Rise und weite Teile vom Großraum Kilcuman an sich.

Die große morgendliche Kaffeesitzung war hauptsächlich einberufen worden, um zu sehen, ob die Frauen von The Rise zusammen irgendetwas für die Donohues tun konnten, die das Ganze offenbar wesentlich schlechter wegsteckten als meine Eltern. Taighdhg befand sich seit Tag eins im Schockzustand, seit Saidhbh angerufen hatte, um zu sagen, dass wir nicht zurückkommen. Taighdhg sagte ihr, dass sie Mist erzählt und dass er etwas unternehmen muss, wenn sie nicht nach Hause kommt. Und dass er, obwohl er keinen Pass besitzt und insgesamt gegen Reisen ins Ausland ist, sich gleich am nächsten Morgen einen besorgen und rüber nach scheiß England kommt, um seine Tochter zurückzuholen.

Saidhbh sagte ihm, sie würde sich auf der Stelle umbringen, wenn er es wagt, auch nur in die Nähe des Stadtgebietes von London zu kommen, und erst recht in die Glengall Road. Da war sie gerade oben in Tante Grace' Badezimmer und hatte sich eingeschlossen, die beige Telefonkordel guckte unten aus der Türe raus und schlängelte sich bis zur Steckdose im Schlafzimmer. Das war in der ersten von vielen Sich-einschließ-Phasen, und sie war gerade wütend genug, um Taighdhg einen solchen Schrecken einzujagen, dass er sie ernst nahm, vor allem, als sie ihn warnte, vor ihr läge eine Handvoll von Fionas Ladyshave-Rasierklingen und dass sie sich noch heute Abend die Kehle aufschlitzen würde, wenn er auch nur daran denken würde, rüberzukommen oder jemand anders an seiner Stelle zu schicken.

Er verstand, was Sache war, legte den Hörer auf und soff sich ins Nirwana. Gary hat gehört, dass bei den Donohues danach der Haussegen so richtig schief hing und Taighdhg meinen Namen verfluchte und mir für alles die Schuld gab und androhte, sich mit seinen Kontakten bei Der Bewegung in Verbindung zu setzen, damit sie sich ein für alle Mal um mich kümmern. Sinead Donohue musste stundenlang mit ihm diskutieren und ihm literweise Kaffee einflößen, damit er sich beruhigte und sie ihn davon überzeugen konnte, dass seine eigene Tochter zumindest ein winziges bisschen mitverantwortlich für das ganze Drama war, das sich gerade abspielte.

Doch selbst dann, denn so groß ist die Liebe dieses Mannes für seine einzige Tochter, gab er allem anderen die Schuld, nur nicht Saidhbh. Das Fernsehen war schuld, sagte er. Die Filme. Die Musik. Die hatten sie mit ihrer heimtückischen englischen Art einer Gehirnwäsche unterzogen und sie direkt aus seinen Armen gerissen und aus der allumfassenden, liebenden Umarmung Irlands. Und jetzt guck sie dir an! In London! Für Gott weiß, wie lange! Er sagt, als sie angefangen hat, diesen scheiß Boy George zu hören, hat er sofort gewusst, dass da nichts Gutes dabei rauskommen kann.

Natürlich hatte er sich zu lange auf die Zunge gebissen, weil ihm klar war, dass ihm niemand zuhören würde und ihn alle nur einen alten Tatterich und einen Dickschädel und einen Hinterweltler nennen würden. Aber er sagte, er weiß, wovon er redet, weil das nämlich Postkolonialismus heißt und zur Pflichtlektüre aller Lehrer gehört und bedeutet, dass diese ganzen Folgen von *Der Aufpasser* und *Grange Hill* und *To the Manor Born* zusammen mit diesen ganzen Songs von Kajagoogoo und Spandau Ballet dafür gesorgt haben, dass Saidhbh das vormals stolze irische Volk nun genauso negativ sieht wie diese blöden Briten. Sie ist zur Hauptdarstellerin in ihrem eigenen Irenwitz geworden, wie in diesem Sketch in der Kenny-Everett-Show, wo der irische Bauer vor lauter Blödheit mit einem Schwein unterm Arm in eine Mauer rennt. Und alle im Publikum, die ganzen Briten drüben im BBC-Television-Centre, lachen sich nicht nur deswegen kaputt, weil er in die

Mauer läuft, sondern weil er obendrein auch noch Ire ist. Also hat Saidhbh wegen dem ganzen Fernsehen und der Musik und entgegen ihrem besseren Instinkt angefangen zu glauben, England ist der coole place to be und Irland ist nur was für alte Tattergreise mit Schiebermützen und Schweinen unterm Arm, die generell unfähig sind, Backsteinmauern von geöffneten Türen zu unterscheiden.

Sinead Donohue war der härtere Hund, da waren sich alle einig, und hatte seit dem Beginn dieses ganzen Debakels keine einzige Träne in der Öffentlichkeit vergossen und keinen einzigen Arbeitstag beim Buch von Kells oder dem Kilmainham-Gefängnis verpasst. Beim morgendlichen Kaffeeklatsch waren sich alle einig, dass Sinead einfach irgendwie eine dumme Kuh war und den ganzen Ärger verdiente und ihre fehlenden Tränen und Zusammenbrüche nur bestätigten, was sie die ganze Zeit schon gedacht hatten, nämlich dass sie sich selbst etwas zu toll fand, auch in ihrer Rolle als Fremdenführerin des Jahrtausends, als Miniheldin für Touristen aus der ganzen Welt. Und wenn sie nur etwas mehr darauf geachtet hätte, was sich bei ihr am heimischen Herd abspielte, wäre es nie zu diesem Schlamassel gekommen und die arme Devida hier, soll heißen meine Mam, wäre nicht krank vor Sorge um ihren einzigen Sohn.

Gary sagte, dass meine Mam eigentlich gar nicht besorgt aussah und allen sagte, sie sollen die Klappe halten, als sie behaupteten, dass sie noch unter Schock stehen würde. Und als die Weiber sie fragten, ob sie nachts überhaupt noch schlafen kann, sagte sie, alles wäre tipptopp und was passiert ist, ist passiert, und ihre Schwester Grace hätte ihr vollstes Vertrauen und dass es für mich keinen sichereren Ort auf der Welt gibt. Ein paar von den Frauen dachten, sie macht einen auf tapfer, und hakten nach, ob sie das Ganze nicht skandalös findet und was mit der Schande ist, die ihr Sohn über ihr Haus gebracht hat, und sagten, sie wollen in ihrem Namen den neuen Gemeindepfarrer, Vater Murray, rufen. Doch Mam bremste sie direkt aus und sagte, sie hat jeglichen Glauben in die Kirche verloren, seit Vater O'Culigeen Missionar geworden ist. Hat keine Abschiedsparty geschmissen und nichts. Ist noch nicht mal vorbeigekommen, um Tschüss zu sagen. Hat einfach seine letzte Woche Gottesdienste mit einer schnellen öffentlichen Beichte am Samstagabend beendet und sich dann gleich am nächsten Morgen auf in die Südsee gemacht, auf streng geheimer Mission, um aus den kleinen Wilden brave Messdiener zu machen.

Nein. Der, um den sich Mam wirklich sorgte, war Dad. Er hatte auf die Neuigkeiten nicht großartig reagiert. Eigentlich hatte er überhaupt nicht reagiert. Er geisterte gerade in Pantoffeln und seinem kratzigen Morgenmantel auf seiner allmorgendlichen Schlurfrunde durchs Haus, nachdem er seine Tabletten genommen und vorsichtig einen Kamm durch die immer dünner werdenden vereinzelten Büschel gezogen hatte, die dieser Tage seine Kopfbehaarung bilden. Gary hat meinen Dad erst neulich gesehen und weiß, wovon er spricht. Er sagt, die Medikamente haben ihn ein weiteres dickes Haarbüschel gekostet, ganz komisch in einem Streifen um seinen Hinterkopf. Jetzt sieht er aus wie ein frisch auf die Welt gekommenes Baby, das nur auf dem Rücken liegt und endlos den Kopf nach links und nach rechts dreht und deshalb eine spezielle kahle Stelle am Hinterkopf hat.

Mam musste ihn unter Vorgabe frisch gebackener Scones mit Marmelade und Schlagsahne in die Küche locken und dort auf ihn warten. Doch stattdessen sorgte sie dafür, dass er sich setzte, und erzählte ihm die ganze Geschichte von mir und Saidhbh und dem Baby und dann Nicht-Baby und dass wir für den Moment in London festsaßen, bis Saidhbh nicht mehr ganz so gaga in der Birne war. Sie hat erzählt, dass er sich in der Küche umgesehen und seinen stoppeligen Unterkiefer zur Seite geschoben und nur die hellrosa OP-Narbe an seinem Hals rieb. Er strich schwach darüber, fuhr sie mit seinem Finger durch die Stoppeln entlang und fragte Mam nach den Scones, die sie ihm versprochen hatte. Von außen sah es so aus, als wäre überhaupt nichts passiert und als hätte er nichts dazu zu sagen. Doch Mam sagte den Kaffeefrauen, sie hätte schwören können, dass gerade ein weiteres kostbares Licht in seinen Augen erloschen war.

Gary schrieb, dass meine Mam an dieser Stelle ein wenig geweint hat, doch alle Mams haben sich um sie geschart und gegluckt und ihr gesagt, dass Dad das schafft, und plötzlich waren sie sich ganz sicher, dass es vermutlich besser ist, wenn ich drüben bei Tante Grace bleibe, bis Dad den Krebs ein für alle Mal los ist. Einfach damit Mam sich um sich selbst kümmern kann. Sie sagten, für mich blieb noch jede Menge Zeit, wenn es Dad wieder besser ging. Und dann kicherten und glucksten sie zusammen, als sie von dem großen Tag träumten, an dem Dads Kräfte wieder zurückkamen und er sich mühelos den Bambusstock schnappen konnte, um mich für meine Sünden grün und blau zu prügeln.

Natürlich ist es schwer zu sagen, wie gaga Saidhbh wirklich geworden ist, weil sie wegen der Belastung, der sie diese ganze Erfahrung ausgesetzt hat, eigentlich kaum noch redet.

Dank der Ins-Schlafzimmer-Einschließerei haben wir sie in den ersten Tagen kaum zu Gesicht bekommen. Und die hat sie nur für ein paar kurze, schluchzige Anrufe bei ihrer Mam zu Hause und einige Schnellfeuergänge für Toast oder einen Apfel in die Küche unterbrochen. Das hat sie tagsüber gemacht, wenn die anderen nicht zu Hause waren, und ich habe oft versucht, sie auf der Treppe abzufangen. Ich saß zum Beispiel mit einer Schüssel Frosties auf dem braunen Jeanssitzsack in Tante Grace' Fernseherzimmer, und die Tür zum Flur stand sperrangelweit auf, und ich las im *Ladybird*-Reiseführer London alles darüber, wie das große Feuer in einer Bäckerei auf der witzig klingenden Pudding Lane ausbrach oder dass Dick Whittington ein richtig lebendiger Bürgermeister gewesen ist und nicht nur ein Typ aus dem Märchen, oder dass es nichts Tolleres gab als einen Ausflug zur St. Paul's Cathedral oder einen Besuch bei Madame Tussaud und dass man aufpassen muss, wenn man sich bei Madame Tussaud an einen Aufseher wendet, denn, so warnte mich das Buch, er könnte ja aus Wachs gemacht sein! Wobei ich mich irgendwie merkwürdig fühlte. Aber nicht so merkwürdig wie das Geräusch, wenn Saidhbh in ihrem dünnen Mickymaus-Nachthemd die Treppe runterzischte, das ihr hinterherwehte, und sie an der geöffneten Tür vorbeitrieb wie eine besonders gepeinigte Windböe. Sie legte zwischen blitzschnellen Klogängen und schluchzigen Anrufen eine kleine Snackpause ein.

Bei diesen Gelegenheiten ließ ich das Buch fallen und sprang aus dem Sitzsack auf und schoss zur Tür. Doch am Ende stand ich einfach wie angewurzelt im Türrahmen und streckte schüchtern eine Hand nach ihr aus, als sie vorbeilief, als würde ich versuchen, ein Gespenst zu fangen. Ich mit meinen Millionen unfertigen Worten auf den Lippen. Sie wurden alle von der Angst blockiert und vom Katzenkrankenschwestermodus und von der Notwendigkeit, genau das Richtige zu sagen, zu tun, das sie zu mir zurückbringen würde und zu uns und in unser aller Leben.

Am Ende hat Deano Saidhbh aus dem Zimmer rausgequatscht. Er saß ein ganzes Wochenende lang an ihrer Tür und hat gar nicht so viel gesagt, nur dass das Universum einen Plan hatte und Saidhbh sich nun entspannen kann, weil sie von Güte und Licht umgeben ist. Während seiner Schicht am Sonntagmittag hat er ihr eine Hammergeschichte erzählt, die vermutlich am Ende zum Erfolg geführt hat, nämlich dass er mal aus Versehen einen Mann blind gemacht hat während seiner düsteren Phase drüben in Irland, richtig mit einer kaputten Flasche und so. Und dass er fast jeden Tag an diesen blinden Kerl denkt, genau wie Saidhbh jeden Tag an ihr Baby denken muss. Aber der Unterschied ist, sagt Deano, dass er es geschafft hat, sich selbst dafür zu vergeben, dass der Typ zu Hause in Irland jetzt blind ist. Und genau so muss auch Saidhbh sich selbst vergeben, dass sie das mit der Abtreibung fast durchgezogen hätte und das irgendwie zum Tod ihres beinahe ersten Kindes geführt hat. Er redet schnell immer weiter, ganz offen und ehrlich, und sagt dann, ja, vielleicht hat das Kind die negativen Energien gespürt, die sich in der Abtreibungsklinik gegen es gerichtet haben. Und vielleicht hat das Kind dann beschlossen, der Menschheit fernzubleiben und noch am selben Abend zurück ins Himmelreich zu verschwinden und Saidhbh nur die Erinnerung an einen Klumpen Schleim zu hinterlassen. Doch selbst wenn das Kind all das getan hat und sein oder ihr körperliches Dasein selbst beendet hat, war das ganz klar nicht Saidhbhs Schuld. Das Kind, setzt Deano das dringend notwendige Sahnehäubchen obendrauf, wird nur in eine Welt kommen, die dafür bereit ist. Und du, mein liebes süßes kleines Mädchen, warst nicht bereit dafür. Aber wisse, dass es da draußen ist, droben im Himmel, und es wartet nur auf den richtigen Moment, um zu dir zurückzukommen. Um an deiner Brust zu saugen. Und in deinem Herzen zu leben.

Natürlich heulen sich Fiona und Tante Grace dabei die Augen aus, sie lauschen von unten an der Treppe, mit mir in der Mitte. Fiona reibt mir die Schultern, als wollte sie sagen, dass auch ich tief, ganz tief in mir drin wegen dem tragischen

Verlust von meinem Baby, das nie sein sollte, leide. Und dass ich mir wahrscheinlich die ganzen winterlichen Fahrradtouren vorstelle, die wir nie machen werden, ich und das Kleine, und dass ich ihm nie beibringen werde, wie man im Schlafzimmer zu Bronski Beat *Top-of-the-Pops*-mäßig abtanzt. Und ich weiß, was die Nonnen sagen, und ich weiß, was die Brüder sagen, und die Priester, über das heilige Leben des Kindes, das von dem Moment an in Aktion tritt, wenn das Mädchen schwanger wird, und ich weiß, dass Tante Grace dasselbe schon einmal in schmerzhaften, vergangenen Zeiten erlebt hat, und deshalb senke ich den Kopf in Richtung Teppich wie ein guter Junge in der Kirche, wenn die Kommunionglocke läutet, und spiele mit. Aber irgendwie vermute ich irgendwo in mir drin, dass das alles Blödsinn ist und es irgendwie nicht richtig ist, sich wegen einem kleinen roten Schleimklumpen total scheiße zu fühlen, wenn wir eigentlich an das supertolle Mädchen da oben denken sollten, dass mir wichtiger ist als alle vor roten Schleimklumpen überlaufenden Eimer der ganzen Welt.

Natürlich überrascht es uns überhaupt nicht, als die Tür sich plötzlich mit einem Klick öffnet und Saidhbh auftaucht, etwas rotäugig und heruntergekommen, aber sicher nicht wie eine Frau, die gerade aus den Tiefen der Verzweiflung aufgetaucht ist. Sie wirft einen kurzen Blick rüber zu Deano, dann runter zu uns und tut so, als wäre es ein ganz normaler Sonntag, wo du gerade im Schlafanzug ein nachmittägliches Nickerchen gehalten hast, nur um dich plötzlich auf dem Flur und der Treppe von deinen Freunden und deiner Familie umzingelt vorzufinden. Oh hi, sagt sie ganz lässig zu mir, Fiona und Tante Grace. Dann sagt sie, dass sie Hunger hat und rauswill, um was zu essen und mal einen Tapetenwechsel zu haben.

Wir sind uns alle einig, dass das eine Spitzenidee ist, und stolpern fast übereinander, als wir uns Hals über Kopf Jacken, Schlüssel und Schuhe schnappen und versuchen, schnell genug fertig und zur Tür raus zu sein, bevor Saidhbh es sich anders überlegt und zu einer neuen Einschließphase die Treppe hochflitzt.

Tante Grace geht mit uns ins Crown and Anchor auf der Cavendish Road, in der Nähe der Kilburn-Mainline-Station. Das ist ihr Stammlokal, und sie bekommt ein großes Augenzwinkern und dann eine Umarmung von einem dicken fetten Kerl aus Offaly mit einem riesigen rosa Steckrübenkopf, hochgekrempelten Ärmeln, dunkelblauer Jogginghose und braunen Schuhen. Als wir ankommen, fummelt er gerade auf allen vieren hinten an dem Stecker eines glänzig glühigen Space-Invaders-Automaten rum. Er heißt Larry und ist der Boss, und Fiona sagt, Tante Grace' Spitzname für ihn ist Letzter Hafen vor der offenen See. Was bedeuten soll, dass sie die Mädchen von ihrer Arbeit hierhin mitnimmt, die keinen richtigen Job als Sekretärinnen in Büros kriegen können, und wenn sie nicht mal einen Plan-B-Job als Kellnerin in einem Restaurant an Land ziehen und einfach überhaupt gar nichts finden, GAR nichts, dann zwinkert und nickt Tante Grace ihnen zu und fährt sie rüber zu Larry, dem Letzten Hafen vor der offenen See. Denn Larry, witzelt Tante Grace, ist immer auf der Suche nach Mädchen, weil er einfach hinter sämtlichen Frauen her ist und seine Finger nicht bei sich behalten kann. Und die meisten ihrer Mädchen stürmen am Ende ihrer ersten Schicht zur Tür raus. Oh ja, sagt Tante Grace, er ist ein widerlicher Kerl, was heißen soll, dass es schon ziemlich erstaunlich ist, dass so Typen den Mädchen andauernd an die Titten und den Arsch grabschen müssen.

Larry springt auf und nennt Tante Grace »Eure Hoheit«,

und nachdem sie ein bisschen miteinander getuschelt und geflüstert und ein paarmal in Saidhbhs Richtung genickt haben, verspricht er, uns die besten Plätze des Hauses zu geben. Er führt uns zu einer erhöhten Fläche am Ende des Gebäudes, auf der nur drei Tische stehen, von denen aus man runter auf den gesamten Pub blickt, wie von so einem Theaterbalkon auf die Bühne. Den ganzen Abend bedient Larry uns höchstpersönlich und lässt das Mädchen von der Bar kein einziges Mal etwas zu uns rüberbringen oder vom Tisch abräumen. Er plaudert viel mit uns über den üblichen Kram. Fragt uns, woher in Dublin wir kommen, und will wissen, was dieser Tage in der alten Heimat so abgeht. Ich und Saidhbh zucken mit den Schultern und sagen nicht viel, weil wir irgendwie nicht wissen, was er meint. Tante Grace sagt ihm, er soll uns in Ruhe lassen, vor allem, als er anfängt, uns nach alten Pubs in der Stadt zu fragen und ob wir wissen, was dieser oder jener alte Arsch jetzt macht, der früher immer den gesamten Samstagnachmittag im Fenster von Davy Byrnes saß.

Mit der Musik geht es gegen zehn los, gerade als unser Eis auf dem Tisch landet. Es ist keine wirkliche Disco, aber unten gibt es zwischen vier oder fünf niedrigen Tischen etwas Platz, um ein bisschen zu tanzen. Larry heizt dem Laden mit seiner Hi-Fi-Anlage über den Pint-Gläsern hinter der Bar ein, und tatsächlich sind drei Tussis und ein Typ die Ersten, die anfangen zu posen. Es läuft »Karma Chameleon« von Culture Club, und ich kann sehen, wie Saidhbhs Bein unter dem Tisch auf und ab wippt, als könnte sie es gar nicht abwarten, aufzustehen und einen Boogie hinzulegen. Wir beide, ich und Saidhbh, haben Guinness-Gläser vor uns stehen. Was das angeht, ist Tante Grace total cool und hat Larry bei der Getränkebestellung einfach zugenickt, und schon hieß es

Guinness für alle. Niemand hat mich auch nur angesehen oder mein Alter erwähnt. Ich war einfach einer von der Gang.

Saidhbhs Guinness-Glas, ihr drittes, ist leer, als es mit »Karma Chameleon« zu Ende geht. In ihrem Eis hat sie hauptsächlich herumgestochert, und beim Essen hat sie kaum ein Wort gesagt. Sie hält sich an ihrem leeren Glas fest und klopft damit nervös gegen ihren Oberschenkel, während sie aufs nächste Lied wartet. Ich überlege gerade, wie ich Tante Grace dazu bringe, Saidhbh noch ein Bier zu bestellen, ohne zu gierig zu erscheinen, einfach um das ganze nervöse Klopfen abzudämpfen, als es kommt. »Small Town Boy« von Bronski Beat. Das langsame, gespensterhafte Intro läuft mir kalt den Rücken runter, und mich überkommt dieser Rausch, den du fühlst, wenn das beste Lied der Welt gespielt wird und du weißt, dass für diese paar wunderbar tosenden Momente alles in deinem Leben unendliche Möglichkeiten bietet. Wie ein Zauber. Und zum ersten Mal, seit ich einen Fuß auf englischen Boden gesetzt habe, habe ich zumindest den Hauch einer Hoffnung, dass sich vielleicht doch alles zum Guten wendet. Und vielleicht liegt es an dem bitteren schwarzen Bier, das langsam, aber sicher in meine Blutbahn sickert, oder an der Kombination aus Alkohol und Jimmy Somervilles träumerischem, hohem Schnurren auf der Höhe seiner Kunst, aber zum ersten Mal lasse ich meinen Schutzschild sinken und verlasse den Katzenkrankenschwestermodus, werfe einen Blick um mich herum und finde, dass Saidhbh noch immer großartig ist und dass Tante Grace großartig ist und Larry und der Letzte Hafen vor der offenen See und Pubs an sich und London an sich, das da draußen hinter den schmierigen Fensterscheiben wartet, mit all seinem Müll und Verkehr und superbeschäftigten Menschen und durchgeknallten

Nachbarn und bärtigen Kilburn-Pennern, es ist alles, alles einfach nur großartig!

Das Schlagzeug setzt ein, und ich bin im Himmel. Ich fange an zu nicken und mich in meinem Stuhl hin und her zu wiegen und bringe einige meiner besten Tanz-Moves aus dem Schlafzimmer, zumindest von der Hüfte aufwärts. Als der Beat lauter wird, trommle ich auf dem Tisch und wackle mit den Schultern, von links nach rechts nach links und wieder nach rechts. Binnen Sekunden sind Fiona und Deano unten auf der Tanzfläche und tanzen spitzenmäßig vor und zurück, ein bisschen wie Dollar oder Legs and Co., als hätten sie sich abgesprochen. Tante Grace guckt einfach vor sich hin und lächelt. Als das Lied megahoch wird und so »Run away turn away run away turn away run away!« geht, durchflutet mich ein Glücksgefühl, und ich stoße Saidhbh an und deute mit der Nase hoffnungsvoll in Richtung Tanzfläche. Sie verzieht das Gesicht und schüttelt ein wenig den Kopf, was noch kein definitives Nein ist, aber sicher kein Ja. Ich drehe mein Kinn zur Seite und lege es auf ihre Schulter und bin gerade dabei, direkt in ihr Ohr zu betteln, als sie mit dem Kopf rumfährt und sagt: Guck dir das mal an!

Was denn?

Sie schiebt ihren Stuhl ein paar Zentimeter vom Tisch zurück, und mit einem triumphalen Lächeln zeigt sie mir, und mir allein, dass sie mit ihrem Guinness-Glas nicht mehr gegen ihren Oberschenkel klopft, sondern es stattdessen in praktische, rasierklingengroße Stücke zerdrückt hat, die sie gerade tief, ganz tief in ihre Hand arbeitet, von der Spitze ihres Zeigefingers ganz bis runter zum Handgelenk, sie schneidet und schlitzt munter vor sich hin, während ihr eine dickflüssige, Ribena-rote Flut über beide Hände und beide Oberschenkel und bis auf den Boden suppt.

Ein Wort von Tante Grace genügt, damit Larry in Aktion tritt und uns zur Hintertür rausschiebt. Er besteht darauf, Saidhbh und Tante Grace persönlich ins Krankenhaus zu fahren, während Deano mich und Fiona die paar Hundert Meter zurück zur Glengall Road bringt. Wir bleiben megalange wach, Deano und Fiona gehen den Abend Millionen Mal durch und wollen alles bis ins kleinste Detail wissen, wann ich das Blut gesehen habe und ob ich den leisesten Schimmer davon hatte, was sie da unter dem Tisch anstellt, und wie ich es geschafft habe, ihr gemeinsam mit Letzter-Hafen-Larry das Glas wegzunehmen. Sie schalten allerdings einen Gang runter, als sie sehen, dass ich so sehr zittere, dass ich es kaum schaffe, die Tasse Builder's-Tee mit Milch und Zucker an die Lippen zu bringen, ohne zu kleckern und mir alles zu verbrennen. Sie rudern zurück und sagen mir, dass Saidhbh nichts passieren wird. Und dass das hier nur ein minimaler Schlenker auf dem Wege zur Besserung ist. Deano sagt sogar, das Ganze wäre gut, und wenn er eine Sache von der Schule der Astralwissenschaften gelernt hat, dann dass der Weg zur Heilung unergründlich ist und dass dieser Abend ein energetischer Befreiungsschlag für Saidhbh war und ein Schlenker. Aber da bin ich mir nicht sicher. Jack der Kater hat keine Schlenker gemacht. Und der ist gestorben.

In den frühen Morgenstunden kommt Saidhbh zurück. Ohne ein Wort zu sagen, sprintet sie nach oben und versteckt ihre verbundene Hand unter ihrem Mantel. Sie knallt ihre Schlafzimmertür drei- oder viermal zu, als sie bemerkt, dass Deano das Schloss entfernt hat. Und dann schmeißt sie sich aufs Bett und steht nicht mehr auf, so ziemlich genau den ganzen nächsten Monat lang.

Und jetzt noch was Positives: Ich bekomme einen Job bei Border Town!

3

Erwachen

Border Town ist der absolute Hammer! Tante Grace setzt alle möglichen Hebel in Bewegung und lässt sich alle möglichen noch ausstehenden Gefallen tun, damit ich einen Fuß in die Tür bekomme. Sie verkündet es mir eine Woche nach Saidhbhs Handschlitzaktion, in der ich hauptsächlich zombiemäßig ins Leere starre oder den *Ladybird*-Reiseführer London auswendig lerne, während ich vor Saidhbhs Schlafzimmertür treu sorgend Wache halte, als wäre ich eine Mischung aus einem Welpen mit gebrochenem Herzen und der Leibgarde der Queen höchstselbst (die, wie ich rezitiere, Tag für Tag in schicken Uniformen auf geduldigen, glänzenden Pferden sitzt). Ich weiß, dass sich alle Sorgen um mich machen und glauben, dass ich vielleicht genauso wie Saidhbh werde, weshalb ich nicht gerade eine fröhliche Plauderei erwarte, als Tante Grace mich allein vor ein erneutes Space-Abendessen setzt und sagt, dass wir uns mal ernsthaft unterhalten müssen.

Sie sagt, so, wie es aussieht, werde ich noch einige Zeit in Queen's Park verbringen, zumindest bis Saidhbh wieder alle Tassen im Schrank hat, und deshalb sollte ich eigenständig meinen Lebensunterhalt verdienen, um ein bisschen was zu dem guten Essen beizusteuern, das ich hier bekomme, und meinen Schlafplatz zu bezahlen. Ich sehe sie an und sage nichts, und sie redet weiter, dass sie am Telefon mit meiner Mam gesprochen hat und sich beide einig sind, dass das für die Festigung meines Charakters gut sein wird, und dass sie jede Menge Regeln umgangen und etliche ausstehende Gefallen eingefordert hat, vor allem bei Giorgio, einem dauergeilen alten Italiener, der eine Arbeitsvermittlungsagentur ausschließlich für Aushilfen in Restaurants führt, und mir letzten Endes einen bezahlten Job als Tischabräumer, Bodenwischer und allgemeiner Blitzeblankmopper bei keinem geringeren Etablissement als – und an dieser Stelle macht sie eine ellenlange Pause, damit es noch beeindruckender klingt – Border Town am Oxford Circus klargemacht hat.

Völlig geplättet werfe ich mich förmlich aus dem Stuhl und ihr um den Hals. Border Town?! Du machst wohl Witze! Der Jackpot! Tante Grace achtet nicht darauf und sagt mir, dass ich alle anlügen muss, die ich treffe, und ihnen sagen, dass ich sechzehn bin, und nie, nie, nie mein richtiges Alter sagen darf, weil sie sonst jede Menge Ärger mit der englischen Regierung bekommt. Ich sage ihr, dass das Geheimnis bei mir sicher ist, während ich zur Tür rausschieße und auf direktem Wege die Treppe raufstürze, um Saidhbh die guten Neuigkeiten zu erzählen. Ich weiß, dass das irgendwie bescheuert ist und egoistisch und vermutlich das Letzte, was sie hören will, aber mehr als alles andere wünsche ich mir, dass Saidhbh wieder normal ist, und sie wird nur wieder normal, wenn ich normal zu ihr bin und sie wie die alte Saidhbh behandle, die sich jeden Scheiß anhört, mit dem ich ankomme, und darüber lacht, vor allem, wenn es guter Scheiß ist.

Ich erwische sie wach und mit halb geöffneten Vorhängen auf dem Bett sitzend, sie hält sich mit ihrer verbundenen Hand eine Ausgabe *Jackie* unter die Nase. Kein bisschen verrückt, wenn man mich fragt. Ich lasse mich neben sie aufs Bett plumpsen und erzähle ihr die Neuigkeiten. Hinter ihrer Zeitschrift verborgen, kichert sie so halbwegs und sagt, dass es schön ist, zur Abwechslung mal gute Neuigkeiten zu hören. Sie nennt mich einen Glücksmadser, zieht die Zeitschrift für eine Sekunde von ihrem Gesicht weg und verpasst meiner Nase einen astreinen Comedy-Kniff, bevor sie sich wieder ans Lesen macht. Sie ist gerade auf der Problemseite, sagt sie. Für Probleme da unten, sagt sie, als würde sie jedes Wort einzeln durchkauen, Probleme da unten. Und dann kichert sie noch einmal. Ein trockenes Kichern. Nicht wirklich ein Lachen.

Wie sich herausstellt, ist der Job an sich total einfach und wird hauptsächlich von mir und zwei kleinen Italienern namens Marco und Luca ausgeführt – alle drei tragen wir richtig schicke Uniformen aus schwarzen Hosen und blauen Jeanshemden –, wir räumen einfach blitzschnell alles vom Tisch ab, sobald wir einen sehen, und dann flitzen wir damit in die Küche. Wir machen auch sauber, wenn etwas verschüttet wurde. Wir wischen sogar Kotze mit Mopp und Eimer weg. Dazu kommt es, wie ich schnell herausfinde, meistens am Samstagabend, wenn zu viele durchgeknallte Typen in Rugbyshirts zu viele Tequila-Shots von Sandy, dem Shot-Girl, getrunken haben. Man mische einfach den Tequila mit scharfem, tomatig-paprikaigem Essen und eimerweise Bier, und schon hat man das Rezept für einen übelst spritzigen Trip zum Klo und vielfarbig Hochgewürgtes auf der gesamten Hintertreppe.

Schnell fühle ich mich wie ein Fisch im Wasser, und alle sind total nett zu mir, von Trevor, dem englischen Restaurantchef mit dem rasierten Kopf, über die arabischen Jungs in der Küche bis hin zu den ganzen Schwulen, die vorne bedienen. Jawohl, Schwule gibt es hier überall. Der Typ vorne, der dich zum Tisch bringt, der große blonde Kerl hinter der Bar, der die Cocktails macht, und die drei Hauptkellner sind alle megaschwul. Das ist ganz schön anders als in Dublin, wo man nie wirklich einen Schwulen sieht, weil die sich vermutlich alle zusammen irgendwo verstecken, aber die Schwulen hier sind total locker und megalustig und machen untereinander dauernd Witze darüber und tun so, als wären sie feine Damen, die gerade eine Pause vom Teetrinken in ihrer herrschaftlichen Villa einlegen und das mit dem Kellnern nur so aus Spaß machen. Billy, der Chefkellner, ist am allernettesten und nennt mich immer seinen kleinen irischen Helfer und sagt, ich bin süß wie Honig, und streichelt mir über den Kopf und umarmt mich. Das ist das Beste überhaupt, und es ist gar nicht so wie bei O'Culigeen. Kein bisschen. Überhaupt nicht gefährlich. Es ist wunderbar und warmherzig. Wie eine Berührung von Mam. Und es sorgt dafür, dass ich in seiner Nähe sein und ihm zuhören will und dass er mit mir zufrieden ist, wenn wir die gleiche Schicht haben.

Da bin ich allerdings nicht der Einzige. Alle lieben es, nach der Schicht um Billy herumzusitzen und sich seine Geschichten anzuhören. Wenn die Kunden nach Hause gegangen sind und alle Kotze und Tomatensoße aufgewischt ist, ist es Zeit fürs Mitarbeiterbier, und die Barhocker werden für gewöhnlich in einen Halbkreis um ihn herumgerückt, und er könnte einfach die ganze Nacht lang weitererzählen, bis es ganz spät ist, bis zum nächsten Morgen, lustige Geschichten und Sprüche und Redewendungen, die er in seinen Jahren als einer von Londons Topkellnern gesammelt hat. Er erzählt mir von den Anfängen in Soho und den Prügeleien unten in der Greek Street und die fiesen Sexsachen, die man hinter jeder Ecke gesehen hat. Eine seiner Geschichten ist die von dem Mädchen, das die Straße runterrennt und keine Hose anhat. Und dann kommt er an die Stelle, wo er ihre Muschi beschreiben muss, und er macht die ganze Zeit lustige Faxen, als müsste er gleich kotzen und als wäre der Gedanke an eine Muschi genug für ihn, um in Ohnmacht zu fallen. Wir alle brechen dabei in Gelächter aus, ich und die anderen Aushilfen und die ganzen Schwulen, weil wir wissen, dass es ziemlich lustig ist, wenn einem von einer Muschi schlecht wird.

Am Anfang erlaubt mir Tante Grace nicht, zum Mitarbeiterbier zu bleiben. Zum einen natürlich, weil ich zu jung bin, und zum anderen, sagt sie noch, der Überstundentratsch sei für mich unpassend. Wobei sich diesmal Fiona einmischt und Tante Grace erinnert, nach all dem, was mir passiert ist, ich mein, komm schon, ist das dein Ernst?! Aber hauptsächlich hat sie was dagegen, um ein Uhr morgens den Chauffeur zu spielen und im kalten Auto in zwei dicke Morgenmäntel gewickelt bis Oxford Circus zu gondeln, mit Wollsocken und Pantoffeln, verschlafenen Augen und traumbenebeltem Kopf. Als Billy davon hört, verliert er vor Trevor die Beherrschung und besteht darauf, dass ich jeden Abend, an dem ich arbeite, ein Mitarbeitertaxi nach Hause nehmen darf, genau wie die Mädchen. Was keine große Sache ist, weil die englische Regierung sagt, dass ich nur zwei Schichten pro Woche arbeiten darf, Freitag- und Samstagabend, weil ich erst gelogene sechzehn Jahre alt bin.

An den restlichen Wochentagen habe ich vor, leibgardenmäßig direkt vor Saidhbhs Schlafzimmertür Stellung zu beziehen, aber Tante Grace will nichts davon hören. Schon allein, sagt sie, weil unten in Der Firma Kisten herumgehoben, Regale eingeräumt und Akten nummeriert werden müssen. Ich fange an, ihr zu erklären, dass Saidhbh meine Hilfe braucht und meine Aufmerksamkeit, aber Tante Grace winkt nur ab und sagt, die größte Hilfe für das arme Ding ist, mit gutem

Beispiel voranzugehen und ihr zu zeigen, dass ich kein Stubenhocker bin wie sie, sondern rausgehe und in Der Firma aushelfe. Das kommt mir irgendwie vor wie etwas, was Erwachsene sagen, wenn sie ihren Willen durchsetzen wollen, so nach dem Motto: Ich stopp die Zeit, die du brauchst, um mir unten am Laden an der Ecke eine Schachtel Kippen zu kaufen, oder: Ich wette, du kannst die Spülmaschine nicht so schnell ausräumen, bis die Werbepause bei *Dempsey and Makepeace* zu Ende ist. Aber ich mache trotzdem mit. Weil ich keinen besseren Plan habe. Und weil ich weiß, dass mir im Endeffekt der Gedanke daran, allein mit Saidhbh zu Hause zu sein, auf meinem braunen Sitzsack, und sie schließlich wieder genug Mut hat, sich mit einer neuen Scherbe zu erstechen – diesmal mit Erfolg –, eine scheiß Angst einjagt.

Tante Grace sagt immer Die Firma, aber der offizielle Name ist *Grace's Angels*. Der steht auf dem rostigen Klingelschild aus Metall an der Tür, die zur Firma an sich raufführt, die eigentlich aus zwei riesigen Räumen über der Apotheke in Ladbrooke Grove besteht, aus denen man einen einzigen gemacht hat, direkt gegenüber von der U-Bahn-Station.

An den meisten Vormittagen latsche ich dort nach zehn Uhr hin, lange nachdem alle anderen angefangen haben und ich meine Frosties gegessen und die Möglichkeit gehabt habe, meinen Kopf in Saidhbhs Schlafzimmer zu stecken und etwas, irgendetwas, aus ihr rauszubekommen. Normalerweise vollführe ich so eine kleine Sing-und-Tanz-Nummer, die Mam immer gemacht hat, als ich noch ganz klein war, die geht so: Guten Morgen! Guten Morgen! Die ganze Nacht schläfst du bei mir! Guten Morgen! Guten Morgen! Das wünsch ich dir! Dir! Und dir! Nur man singt es eben und wackelt von links nach rechts und bewegt beide offenen Handflächen vor sich im Kreis, als würde man mit zwei Lappen ein Fenster direkt vor der eigenen Nase putzen.

Früher in The Rise ist Mam ganz frühmorgens von Zimmer zu Zimmer gegangen und hat das Ganze dort geduldig immer wieder von vorne aufgeführt, und jedes Mal hat sie völlig andere Reaktionen bekommen. Sarah und Siobhan waren immer total groggy und haben immer nur gesagt: Verpfeif dich mit deinem Guten Morgen! Claire und Susan dagegen quietschten immer vor Freude, wenn Mam zu der Stelle mit Dir! kam, denn dann tanzte sie immer näher ans Bett ran, Stückchen für Stückchen, und pikste einem mit riesengroßen Kitzelfingern in die Achselhöhle, wenn sie Dir! sagte.

Wenn ich hörte, wie sie zur Tür von Fionas und meinem Zimmer kam, musste ich immer sofort kichern und mir während des ganzen Liedes die Decke übers Gesicht ziehen und steigerte mich in einen hysterischen Lachanfall hinein, wenn sie zum piksenden kitzelnden Dir! Dir! Und Dir!-Höhepunkt kam.

Natürlich mache ich das mit dem Kitzeln bei Saidhbh nicht. Aber den Rest mache ich genauso, direkt da in der Dunkelheit, und mir gelingen sogar ein paar Links-rechts-Tanzschritte. Manchmal antwortet sie mit einem Stöhnen. Manchmal kichert sie sehr leise unter der Decke und seufzt: Finno der Madser. Und manchmal sagt sie nichts. An solchen Tagen verlasse ich sofort das Haus, ganz leise schlüpfe ich zur Tür raus und fühle mich wie ein ziemlicher Volltrottel.

Der Weg rüber zu Grace's Angels, von Kilburn durch Queen's Park bis nach Ladbrooke Grove, hilft mir dabei, mich zu erinnern, dass ich in London bin und mein Leben ziemlich cool ist und dass man sich an alles gewöhnt, wenn das Leben seiner Freundin davon abhängt. Und eigentlich ist London ziemlich genauso wie Dublin, wenn man mal von der Menge der Leute, der Größe der Straßen, der Schnelligkeit der Autos, den ohrenbetäubenden Geräuschen und den Schwarzen absieht.

In Dublin haben wir außer den Shilawehs eigentlich keine Schwarzen, aber hier gibt es Millionen davon. Obwohl Fiona sagt, dass das daran liegt, in welchem Teil der Stadt wir wohnen, und dass die Schwarzen und die Iren immer in jeder Stadt der Welt zusammengeworfen werden, weil wir das Letzte vom Letzten sind. Alle hassen die Schwarzen, sagt sie, weil sie faul sind und riesige Schwänze haben und nur darauf aus sind, Sex mit den ganzen weißen Frauen zu haben. Und alle hassen die Iren, weil sie faul sind und dauernd besoffen und ihre Schwänze für nichts anderes gebrauchen, als in den frühen Morgenstunden auf dem Weg vom Pub nach Hause gegen deine Tür zu pissen. Insofern sind die Iren und die Schwarzen zusammen eine fatale Kombination, sozusagen eine einzige große, faule, besoffene, rumtorkelnde Sexmaschine, die man besser in den hintersten Ecken einer jeden Stadt versteckt.

Fiona ist so cool. Seit sie in London lebt, ist sie richtig weise geworden und weiß viel mehr, als sie damals wusste, als sie noch in Dublin lebte. Außerdem nimmt sie alles richtig ernst, ihren Job und total erfolgreich zu sein und alles, wie die Frauen mit den Schulterpolstern im Fernsehen. Total geschäftsmäßig fegt sie den ganzen Tag durch Grace's Angels und erzählt mir die Kurzfassung der Geschichte bis heute, dass in London eine Viertelmillionen Iren leben, aber die meisten davon sind Frauen, weil zu Hause in den Käffern meistens die irischen Männer das Land erben, und selbst, wenn sie nichts erben, sind die meisten Iren für gewöhnlich Muttersöhnchen, wohingegen die Mädchen immer ein bisschen tougher und wegen ihrer Kindheit, die davon geprägt ist, von wütenden Nonnen verkloppt zu werden und von ihnen gesagt zu bekommen, sie sollen das Maul halten und Tee kochen, etwas abenteuerlustigere Seelen sind.

Sie sagt, das Grace's Angels zurzeit wegen der vielen irischen Mädchen boomt, die jede Woche in Kilburn auftauchen. Obwohl es immer schwieriger und schwieriger wird, den Dumpfbackigsten von ihnen einen Job zu besorgen, weil sich die Jobs gerade verändern und jeder bestenfalls tippen können muss oder zumindest lesen und schreiben. Deshalb gibt es jetzt bei Grace's Angels eine ganze Reihe Schreibmaschinen an den Fenstern, und an den meisten Tagen ist es mehr wie in einer Schule als in einer Arbeitsagentur, und die nervös aussehenden Mädchen bekommen jedes Mal von Tante Grace mit dem Lineal einen Hieb auf die Fingerknöchel, wenn sie mit einem Finger tippen wollen statt mit der ganzen Hand. Ja, ja, sagt Fiona, und klingt dabei wie ein alter Hase, alles dreht sich nur noch um die FVBs – soll heißen, sagt sie, und sieht mich an, als wäre es das Selbstverständlichste der Welt, Finanzen, Versicherungen und Banken. Denn noch vor zehn Jahren, wenn man Tante Grace glaubt, konntest du die Mädchen überall unterkriegen. In Keks-, Möbel- oder Autofabriken, wünsch dir was, solange die Mädchen zwei Arme und eine funktionierende Gehirnhälfte hatten, gab's dort Arbeit für sie. Aber jetzt sind die Märkte alle gestiegen, und es gibt keine Fabrikjobs mehr, und die Männer mit den roten Hosenträgern und riesigen Zigarren wollen nur noch wunderhübsche Frauen einstellen, die spitzenmäßig tippen können und Blazer wie die vom *Denver Clan* tragen.

Natürlich bleiben immer noch die Restaurants, sagt Fiona, und drückt mir schwesterlich feixend einen neuen Stapel Briefumschläge in die Hand, die gefüllt werden müssen. Es ist gut, dass der Erfolg Fiona überhaupt nicht verändert hat und sie immer noch witzig und nett-fies sein kann, ohne verletzend zu werden. Sie findet es super, dass Tante Grace mir den Job bei Border Town besorgt hat. Und dass ich mordsmäßiges Glück habe, einen richtigen Job zu haben, während die meisten Jungs in meinem Alter mit ihren *Action-Man-* und *Star-Wars*-Figuren rumrennen und sich von ihren Mamis nach der Messe am Sonntagmorgen ein bisschen Taschengeld erbetteln. Und dann auch noch in London!, sagt sie, sie strahlt vor Stolz, und sofort werfen wir einander den Blick zu, der bedeutet, dass London voll der Bringer ist, zweifellos, yes, Sir.

Und noch was, sagt sie. Es ist gut, wenn du auf andere Gedanken kommst, statt an du weißt schon was zu denken. Dann nickt sie, als würde sie sich selbst recht geben, bevor ich etwas antworten kann. Ich nicke auch. Und dann sitzen wir eine Ewigkeit lang in unangenehmer Stille da, während eine ganze Horde hoffnungsvoller Mädchen aus Kerry fleißig auf die Reihe Schreibmaschinen eindrischt, die Tante Grace in der Vormittagssonne für sie aufgebaut hat.

Wenn ich freitagabends bei Border Town ankomme, fühle ich mich immer ein bisschen fehl am Platz. Weil ich weiß, dass die anderen eine Spitzenwoche hinter sich haben und sich glorreiche Schlachten mit den Kunden geliefert und sich beim Mitarbeiterbier wahnsinnige Geschichten von Billy angehört haben, über die Frau, die den Salat mit Tomate, Schinken und Mozzarella ohne Schinken und Mozzarella bestellt hat, oder wie Billy mal auf einen Rechnungsbon geschrieben hat: »Wir brauchen das Trinkgeld nicht nur zum Trinken«, weil so ein Geizhals rein gar nichts für die Kellner dazugetan hatte.

Aber Billy ist einfach der Beste. Er sieht mich sofort und wuuhuuut einmal freudig. Er gibt mir nie das Gefühl, nicht richtig dazuzugehören. Und er ist ein richtiger Beschützer für mich, vor allem, weil wir ganze Abende lang über Jimmy und Bronski Beat reden können. Er ist ziemlich beeindruckt davon, dass ich »Small Town Boy« auswendig kann, und bringt mich sogar eines Samstagabends vor der Schicht dazu, im Raum für die Mitarbeiter das ganze Lied zu singen, ganz alleine, alle fünf Strophen. Das Mitarbeiterzimmer ist wie unser ganz privater Ort, in den bei dem ganzen Wahsinnsgewusel draußen niemand sonst reindarf. Es liegt ganz hinten im Restaurant, hinter einer einzelnen leuchtend roten Tür mit einem kleinen Fenster aus Plexiglas und einem riesigen Zutritt-streng-verboten-Schild dran. Es führt raus in eine schäbige kleine Seitenstraße gleich neben dem Bühneneingang des London Palladium, aber es ist ein ganz besonderer Ort, mit offenen Schließschränken und Holzbänken, auf die man sich setzen kann, um vor der Schicht noch nett zu plaudern und Witze zu machen. Und wenn einem danach ist, kann man sogar singen.

Und diesmal passiert es einfach, obwohl der Raum rappelvoll ist und sich alle umziehen und sogar Trevor, der Filialleiter, dabei ist. Und das halbe Küchenteam. Und normalerweise würde ich so was nicht machen, weil mir meine Aled-Jonesige Stimme viel zu peinlich wäre, aber Billy ist so überzeugend und sagt, ich soll ganz genau so singen wie Jimmy, dass ich es einfach mache. Am Ende bekomme ich von allen eine Riesenrunde Applaus, sogar von Faizel, dem strengen arabischen Hilfskoch, der normalerweise alles hasst, was nicht mit seiner Mutter oder Gott zu tun hat.

Etwas später am selben Abend drängt mich Janus, der große blonde Barmann mit dem riesigen Unterkiefer, der aus Dänemark kommt, beim Mitarbeiterbier in die Ecke und sagt: Komm schon, raus damit, bist du schwul oder nicht? Sofort fährt Billy dazwischen und sagt ihm, er soll sein Homomaul halten, und erinnert ihn daran, dass ich noch ein Kind bin. Danach bekomme ich immer Billys Tische zugeteilt, was Marco und Luca ordentlich gegen den Strich geht, weil Billy das meiste Trinkgeld von allen bekommt. Und ich mache sie superschnell für ihn sauber, ohne auch nur auf sein Nicken zu warten. Manchmal kommt er panisch aus der Küche gerauscht, weil die Hauptgerichte auf dem Weg zu einem Tisch mit fünfzehn Personen sind und er noch nicht mal angefangen hat, die Teller von der Vorspeise abzuräumen, und dann sieht er, dass ich schon den gesamten Tisch sauber gemacht und neu gedeckt habe, inklusive Steakmesser und Pancake-Wärmer. Dann schlendert er wieder zurück und kneift mir in die Schultern und nennt mich *dolly filly,* was aus der uralten Geheimsprache der Schwulen kommt und gutes, gutes Kind bedeutet.

Billy hat einen festen Freund, der auch schwul ist und Soz heißt. Soz kommt aus der Türkei, wo alle total streng sind und dir die Finger abgehackt werden, wenn du nur in der Nase bohrst, deshalb kommt Schwulsein dort überhaupt nicht infrage. Er ist schon seit Ewigkeiten in London und hat sich aus der Poststelle einer großen Anwaltskanzlei in der Stadt zur Selbstständigkeit hochgearbeitet, und das auch noch als Buchhalter. Billy reißt andauernd Witze über schwule Buchhalter, die ich nicht verstehe, außer vielleicht, wenn es darum geht, seinen Stift in den Anspitzer zu stecken und so was. Soz ist auch nett, aber nicht so nett wie Billy. Zum einen ist er ruhiger und ein bisschen dicker und sieht immer etwas müde aus, als hätte er schon lange nicht mehr gut geschlafen und auch nichts Gutes im Sinn. Seine Bartstoppeln helfen auch nicht wirklich bei diesem Eindruck, und sie sind megadicht und überall zu perfekten Linien rasiert wie bei *Action Man.* Und zum anderen, wenn er am Samstag spätabends auf einen

Drink reinkommt, ist er manchmal ziemlich ruppig. Lässt sich einfach an einen Tisch in Barnähe fallen und ranzt mich an, ich soll Billy aber pronto zu ihm rüberschicken, und ihm seinen ersten Long Island Ice Tea »on the go« gleich mitbringen. Das sind Drinks, die wie Coca-Cola schmecken, wo aber jede Menge Alkohol drin ist, und die Janus am Mitarbeiterzugang zur Bar hinter einer Strohhalmschachtel für alle Mitarbeiter herstellt, die total gestresst sind und sich ein bisschen für den Abend aufputschen wollen. Ich selbst trinke nie so was, weil sie zu stark sind und Trevor sagt, dass er jeden feuert, den er während der Arbeit beim Trinken erwischt. Aber ich trage sie fröhlich zu Soz rüber, einen nach dem anderen, der sie runterkippt, als würde das niemanden was angehen, und danach mit einem breiten Lächeln auf den Lippen und einem Zwinkern zu Janus rüberwinkt, weil sie über Billy befreundet sind und übers Schwulsein.

Soz ist auch derjenige, der mich aus heiterem Himmel fragt, ob ich an einem Sonntagabend im August zum Essen bei ihnen vorbeikomme. Es ist kurz bevor die Freitagsschicht anfängt, und er rauscht gerade raus, als ich reinrausche, und wir knallen direkt ineinander. Er sieht wie die personifizierte Wut aus, und ich könnte schwören, dass er mir eine scheuern will, also zucke ich zusammen und ducke mich, aber er streckt mir bloß die Hand entgegen und zieht mich hoch und sagt, dass er und Billy beschlossen haben, es nach einem schicken Essen mal so richtig partymäßig krachen zu lassen und mich dazu gerne einladen würden, und wie wär's mit Sonntag? Ein paar Sekunden lang bekomme ich kein Wort raus, weil Essen für mich was ist, was mittags stattfindet und aus Bratkartoffeln und Soße und so besteht, und der Gedanke, so was abends zu machen und dann auch noch mit einer Party, ist irgendwie komisch. Aber ich vertraue Billy, deshalb sage ich: Warum nicht?, und Soz lächelt und sagt: Fabelhaft Schätzchen, und zum ersten Mal tut er vor mir ganz mädchenhaft und wackelt ein bisschen mit dem Po, als er sich umdreht und zur Tür raus verschwindet.

4

LUCKY STAR

Wie sich herausstellt, ist die Dinnerparty einfach nur genial, und Billy und Soz sind so nett, wie es überhaupt nur geht. Sie verlegen das Ganze etwas vor, damit Tante Grace mich bringen und abholen kann, ohne dass irgendwer allzu viel Schlaf verpasst. Sie wohnen in Earl's Court, nicht allzu weit weg von Queen's Park, wie sie sagen, aber Tante Grace braucht trotzdem eine Dreiviertelstunde voller Fluchen und Lichthupen durch stockenden Schritttempoverkehr, um zu ihnen zu kommen. Außerdem ist sie total misstrauisch und muss erst ein ellenlanges Telefonat mit Billy führen, während dem sie ihm die gesamte Tränendrüsengeschichte über mich und meinen sterbenden Vater und meine geisteskranke Freundin erzählt und dass sie zurzeit effektiv meine Mam ist und sie, wenn ich nach Hause komme, sie nichts davon hören will, dass man mir auch nur ein Haar gekrümmt hat, beziehungsweise, korrigiert sie sich, würde sie sofort davon hören, so oder so, und dann wäre die Kacke am Dampfen. Billy am anderen Ende klingt, als wäre er megacharmant, witzig und frech zu Tante Grace, und sagt ihr, sie hat ja eine fürchterliche Fantasie und dass Jungs wie er und Soz brav wie die Engelein sind und für sie normalerweise nichts aufregender ist als ein leckerer Snack und ein paar kurze Tanzeinlagen zu Madonna.

Billy beendet das Gespräch supersouverän, indem er den Spieß einfach umdreht und sich nach Tante Grace erkundigt und sie ewig lange über Grace's Angels plaudern. Und es klingt so, als würde er ihr sagen, dass sie die beste Geschäftsfrau der Welt ist, wenn man bedenkt, wo sie herkommt, und trotzdem hat sie es geschafft, ein Arbeitsagenturenimperium rund um sich aufzubauen. Tante Grace sagt, dass es nicht leicht war, und erzählt, wie sie sich an den eigenen Haaren aus dem Sumpf gezogen hat, und während sie das alles erzählt, fuchtelt sie viel mit dem Zeigefinger herum. Letztendlich setzt sie sich fest entschlossen auf den Küchenstuhl und lächelt still vor sich hin und sieht aus wie eine Frau, die endlich einen monumentalen Preis für ihr Lebenswerk bekommen hat, als hätte sie Kriegsweisen aufgezogen oder jemanden mit einer tödlichen Krankheit gepflegt.

Trotzdem stopft Tante Grace mir etwa zehn Zettel mit ihrer Telefonnummer drauf in meine sämtlichen Taschen und flüstert mir zu, als ich direkt vor der Wohnung aus dem Auto steige, dass ich unbedingt dran denken soll, jedes Mal die Tür zu verriegeln, wenn ich aufs Klo gehe. Ich sage ihr, sie soll nicht rumspinnen, aber sie sagt, dass sie seit Jahren mit so Typen verkehrt und weiß, wie die drauf sind, und dass ich drei Stunden habe, höchstens, und wenn ich um elf nicht zurück unten auf der Straße bin, kommt sie rauf und holt mich.

Das Abendessen an sich ist, wie schon gesagt, absolute Spitzenklasse. Und Soz ist nicht nur ein schwuler Buchhalter mit *Action-Man*-Stoppeln, sondern obendrein auch noch ein fabelhafter Koch. Es gibt Lammkoteletts mit kleinen Papierkochmützen drauf und als Nachtisch selbst gemachte Schoko-Brownies. Und ich bin auch nicht der einzige Gast. Billy und

Soz haben zwei ihrer besten Freunde eingeladen, Roger und Jamie, mit denen wir, wie Billy voraussagt, einen Abend voller *fantabulosa* Speisen teilen werden! Sofort sagt Roger ihm, dass er ein schlimmer Junge ist, wenn er so was sagt, und dann sieht er mich etwas fragend an und fragt Billy in der uralten Schwulensprache, ob ich ein *omi-palone* bin. Billy verdreht die Augen und sagt, Roger hat immer nur das eine im Sinn, während Soz hinter mich gleitet und sagt, ich soll Roger einfach ignorieren und dass ihm vermutlich all diese schwitzenden Männer mit ihren riesigen Schlägern und Bällen den Kopf verdreht haben.

Wie ich später herausfinde, ist das ein Witz über Baseball. Weil Roger ist nämlich Amerikaner, und er und Jamie haben den ganzen Tag in einer Londoner Wochenend-Amateurliga Baseball gespielt, die von einem Haufen Arbeitertypen organisiert wird, die hauptsächlich Amerikaner sind und Expats genannt werden, zusammen mit ein paar Deutschen und sogar Japanern, alle vereint in ihrer Liebe zum Baseball. Und obwohl Roger mindestens fünfzig ist, steht er total auf gewinnen und sagt beim Baseball-Sonntagsspiel niemandem, dass Jamie sein Freund ist, damit es die anderen nicht davon ablenkt, was in der Strike-Zone, also am Abschlag, passiert.

Roger ist garantiert der Älteste im Raum und hat zum Beweis ein faltiges Gesicht und einen glatzigen Kopf. Aber gleichzeitig ist er auch der Gesprächigste und ein noch besserer Geschichtenerzähler als Billy. Roger sitzt am Kopfende des Tisches und erzählt immer und immer weiter, mir und der gesamten Gruppe am Tisch, wie er Jamie kennengelernt hat, der ein winzig kleiner Typ aus Italien ist und nicht gut Englisch spricht, sich aber trotzdem am besten von allen zu amüsieren scheint, weil er gar nicht aufhören kann zu lachen. Roger, der früher einen ziemlich wichtigen Job hatte, in dem es ausschließlich um Import und Export ging, war letztes Jahr auf Geschäftsreise in Rom, als er Jamie sah, der ein hartes Straßenleben führte und unten an der Piazza Cavour für ein bisschen Geld Schwerter schluckte. An dieser Stelle sagt er: Bitte keine Witze, Ladys! Aber außer Jamie lacht niemand, dafür kann der schon nicht mehr vor Lachen. Roger erzählt die ganze lange Geschichte darüber zu Ende, wie er Jamie von der Straße aufgelesen und ihn gewaschen hat und ihn von den Drogen wegbekommen und für ein neues Leben in London in Form gebracht hat, an seiner Seite. Und dann, ganz am Ende, bricht er selber in Gelächter aus und sagt, dass das Ganze nur ein Witz war und dass er Jamie in der Bar vom Hilton auf der Park Lane kennengelernt hat, weil sie beide auf derselben Konferenz waren. An dieser Stelle lacht Jamie noch lauter als vorher und sagt, während er nach Luft schnappt, immer und immer wieder: Selbe Konferenz! Hahahahaaaaa! Selbe Konferenz!

Wir trinken auch Wein, für mich eine Premiere. Ich habe schon Wein getrunken, als Teil der Plörre, die man sich am Ende von Partys zusammen mit Wodka und Gin aus den Getränkeresten in den Gläsern zusammenkippt und die einen zwar zum Würgen bringt, aber auch so weit aufweckt, dass man zum Tanzteil der Party durchhält. Aber das hier ist anders. Das hier ist ein volles Glas Rotwein, rubinrot, das direkt vor mir steht, wie eine lebendige Person, in einem Weinglas, ohne Eile, und ich muss nicht alles auf einmal runterkippen, weil mich jemand dabei sehen und meiner Mam sagen könnte, dass ich Schande über die Familie bringe. Im Grunde ist es hier das genaue Gegenteil davon, weil wenn ich hier einmal am Glas genippt habe, kommt Soz sofort an meine Seite gefegt und macht das Glas wieder randvoll.

Ich verliere sofort den Überblick darüber, wie oft ich schon genippt habe, aber ich weiß, dass der Abend gut läuft, weil Roger irgendwann alle um ihre Aufmerksamkeit bittet, mich seinen keltischen Kumpel nennt und mich darum bittet, ihm meine Geschichte zu erzählen. Ich habe den ganzen Abend wie das Fleisch im Sandwich zwischen Roger und Jamie gesessen. Damit sie, wie Billy sagt, nicht den ganzen Abend miteinander tratschen wie ein paar benebelte *riah shushers,* aber hauptsächlich habe ich Roger dabei zugehört, wie er mir von allem und jedem erzählt, das irgendwie mit seinem Leben zu tun hat. Er hat mit den leichten Sachen angefangen, mit Baseball und den ganzen Kunstgalerien, in die er Jamie in den letzten zwölf Monaten mitgenommen hat, und dass er diesen kleinen italienischen Wilden mit der englischen Kultiviertheit und der amerikanischen Sportlichkeit vertraut machen wollte. Woraufhin Jamie seinen Kopf um mich herumbog und Roger schön feste gegen die Schulter boxte und wieder in schallendes Gelächter ausbrach und sagte: Kleiner Wilder! Hihihiiii! Kleiner Wilder!

Als die Schoko-Brownies serviert werden, ist Roger jedoch ganz ernst. Er erzählt mir über seinen Arschloch-Vater und seine Kindheit im Staat New York und davon, dass es zwei Sorten Schwule auf dieser Welt gibt – solche, die schon schwul auf die Welt kommen, und solche, die von jemand anders schwul gemacht werden, als wären sie ein Vampir oder ein Jedi-Ritter in *Star Wars.* Dieser »jemand«, der ihn auf die schwule Seite gezogen hat, war zufälligerweise sein Arschloch-Vater. Ein Arschloch-Vergewaltiger, der jede einzelne Nacht seiner Kindheit zerstört hat, bis er einen Weg gefunden hat, sich zu befreien, als er gerade mal ein Teenager war, und für immer in die offenen Arme der Big City zu entkommen. Genau wie du, sagt er und zwinkert mir zu.

Mittlerweile habe ich eimerweise Wein intus, sodass ich ihm

sage, dass ich selbst nicht schwul bin, aber dass ich drüben in Dublin einen Schwulen kenne. Sofort korrigiere ich mich selbst und sage, Eigentlich ist er eher ein Vergewaltiger als ein Schwuler. Ein bisschen wie dein Dad, nehme ich an. Für einen Augenblick sieht Roger total verletzt aus, als wäre es für ihn okay, fiese Dinge über seinen Dad zu sagen, aber nicht für jemanden wie mich. Er fährt langsam mit seiner Hand über seinen glatten Glatzkopf und schnappt sich dann sofort sein Glas und klimpert mit einer Gabel dagegen und bittet mich vor allen, dem Tisch meine Geschichte zu erzählen.

Dadurch wird die Atmosphäre irgendwie komisch, und Billy sagt Roger sofort, er solle mich in Ruhe lassen. Soz keift Billy an, er soll nicht so eine Glucke sein, und schlägt sich auf Rogers Seite und sagt, er will meine Geschichte auch hören. Das Ganze hat sofortige Auswirkungen auf mich, als hätte mich plötzlich jemand umgedreht und den ganzen Rotwein aus mir herausgeschüttelt, und ich bin wieder nüchtern. Als ich merke, dass ich aus dieser Nummer nicht mehr rauskomme, brauche ich zwar eine Ewigkeit, aber schließlich würge ich die Worte aus mir heraus. Also, ich komme aus Dublin. Der Satz sorgt für eine Riesenrunde Applaus und Anfeuern, und Roger tut so, als würde er vor lauter Aufregung über diese spektakuläre Info rückwärts vom Stuhl fliegen. Und, sage ich nach einer weiteren Ewigkeit, in der ich mich an ein Detail erinnere, das mir nie so ganz aus dem Kopf geht, ich habe eine Freundin, und der geht es nicht gut. Hierbei rufen alle Buuuh! und werfen mit zusammengeknüllten Servietten auf mich. Und Soz sagt: Blödsinn! Erzähl uns deine richtige Geschichte!

Ich werfe einen Blick über Billys Schulter und denke darüber nach zu türmen, aber die Reste des Rotweins oder etwas von der Güte in Billys Augen machen mich wieder zu mir selbst. In mir drin sage ich, scheiß drauf, und denke an die

Beichte zu Hause und dass Mam sagt, die Beichte ist am besten, wenn man den Pfarrer nicht so genau kennt, und dass Maisie O'Mally durch halb Dublin fährt, um irgendeine abgelegene Kirche irgendwo am Arsch der Welt und einen Pfarrer aufzutreiben, dem sie nur ein einziges Mal im Leben einen Besuch abstatten würde, für den Fall, dass sie mal was wirklich Übles zu beichten hat. Also werfe ich einen Blick in die Runde, und ich weiß, dass die Jungs von genau diesen Dingen Ahnung haben, und obwohl ich schon beim Gedanken daran verrückt vor Angst werde, schließe ich die Augen, weil ich nicht weiß, wie das hier enden wird, hole tief Luft und lege los.

Also, zu Hause gab es diesen Pfarrer. Alle jubeln. Soz sagt, Na also! Und Roger lehnt sich ganz weit nach vorne. Ich sage, dass dieser Pfarrer mir mal ein schmutziges Buch gegeben hat, dann höre ich auf. Mein Bein zuckt wieder, total schnell. Ich spüre, wie die Energie in mir hochkocht. Ich muss meine Lippen ganz fest aufeinanderpressen, weil sonst fang ich an, in Zungen zu sprechen, ohne Scheiß. Und das Buch, sage ich. Und mein Dad, sage ich. Und der Campingtrip. Und Saidhbh. Und Saidhbh.

Mir bricht plötzlich der Schweiß aus, und das sind die einzigen Worte, die ich herausbekomme. Kurzes, scharfes Bellen. Ich muss meine gesamte Kraft aufbringen, um meinen Kiefer stocksteif zu halten, weil ich nicht will, dass die anderen denken, ich bin geisteskrank. Ich habe keine Ahnung, was für unverständliches Zeug aus mir herausquellen würde, wenn ich loslasse. Und für einen Moment erstarre ich, mein Mund friert zu einem irren Grinsen ein, und meine panischen Augen starren in vier zunehmend verwirrte Gesichter.

Deano sagt, Energiekontrolle ist alles. Er sagt, wenn er eine Sache von der Schule der Astralwissenschaften gelernt hat, dann dass wir alle energetische Wesen sind, die andauernd Energie vom Erdkern aufnehmen, und wenn wir innerlich blockiert sind oder sie nicht rauslassen, dann baut sich in uns energetischer Druck auf wie bei einem menschlichen Schnellkochtopf, der bei richtiger Anwendung monumentale Kräfte entwickeln kann. Und wenn wir nicht alles aus uns rausexplodieren lassen, richten wir die Kräfte am Ende gegen unser eigenes Körperinneres und machen uns dadurch selbst Krebs oder andere tödliche Krankheiten. Ich frage mich, ob genau das bei Dad passiert ist. Hat er sich durch sein Leben, in dem er nur Büromöbel verkauft und für sechs Kinder bezahlt hat, selbst blockiert, weil er eigentlich nur mit Mam rumhängen und Witze übers Stillen erzählen wollte? Oder hat er einfach Krebs bekommen?

Ist ja auch egal, Roger und die Jungs sind jedenfalls von meiner blöden Story und dem plötzlichen Stottern wenig beeindruckt. Soz schiebt langsam den Stuhl nach hinten und springt auf. Er ist zurück im Grantiger-Kerl-Modus und sagt, dass er genug von dem Mist hat, und reißt sich sein Shirt runter. O ja, sagt er und strahlt die anderen an, die Zeit ist reif! Jamie springt auch auf und ruft aufgeregt Juhuuu, als Roger seinen Gürtel aufmacht und seine Hose auf den Boden fallen lässt, sodass eine blaue Baseballhose zum Vorschein kommt. Zeit für Urlaub!, sagt er und starrt rüber zu Billy, der mich ansieht und entschuldigend mit den Schultern zuckt. Soz duckt sich unter den Tisch und fummelt an der Stereoanlage herum. Das Knacken der Lautsprecher sagt mir, dass er die Lautstärke voll aufgedreht hat, zu unserem Vergnügen und dem von ganz Earl's Court.

Sie lassen mich einfach links liegen, und alle vier Männer marschieren in die Mitte des Wohnzimmers, das auch gleichzeitig Esszimmer, Fernsehzimmer und Küche ist, weil das Zimmer gleichzeitig die ganze Wohnung ist, also gehen sie auf den Teil vom Teppich, der am weitesten von der Couch und dem Tisch weg ist. Die Deckenlampe geht aus, und Billy knipst eine Nebenleuchte mit roter Glühbirne an, sodass das Zimmer total cool und discomäßig aussieht. Plötzlich heult Madonna auf. Sie singt »Holiday«. Die Männer tanzen. Total professionell, wie bei *Top of the Pops.* Ich gucke eine Ewigkeit lang zu, während »Dress You Up« und »Into the Groove« laufen, ohne mich von der Stelle zu bewegen. Ich gucke nur zu und lächle und bin erleichtert darüber, dass wir nicht mehr unsere Geschichte erzählen. Als »Borderline« kommt, stehe ich auf und geselle mich mit zu ihnen auf die Tanzfläche. Ich mache ein paar ihrer Moves nach, aber hauptsächlich haue ich meine eigenen Spezialschritte raus, aus den guten alten Schlafzimmertagen mit Gary. Das kommt gut an, und ich bekomme viele Wuhuuus, und einmal bilden sie sogar einen Kreis um mich, während ich in der Teppichmitte zugange bin. Ich schauspielere sogar ein bisschen, und als Madonna singt, das hier wäre die Borderline und dass es sich so anfühlt, als würde sie den Verstand verlieren, lege ich mir die Hände an die Schläfen und tue so, als würde ich mir die Haare ausrupfen. Die langsameren Passagen des Songs peppe ich ein bisschen auf, indem ich ein paar High Kicks mache wie Madonna im Video.

Bei »Lucky Star« teilen wir uns in Gruppen auf. Ich und Billy tanzen einander gegenüber, während Soz, Roger und Jamie sich zu einem Tanzdreieck formieren. Ich und Billy halten auch Händchen, einfach aus Scherz, wie Tanten und Onkel auf Partys mit den Kindern, oder als wäre er der Disco-King-Instructor und würde mir zeigen, was ich mit meinen Armen machen soll, wann man ziehen muss und wann drücken, und wann man sie in riesigen, gegenläufigen Kreisen schwenkt. Und während all das vor sich geht, während Madonna singt, dass sie den allerersten Stern sieht, der alles gut macht, lehnt sich Billy ganz nah zu mir an mein Ohr, während er weiterhin tanzt und hüpft und meine Hände hin und her schlenkert, und ruft so laut er kann, wie man es in einer echten Disco macht: Also dieser Pfarrer, ne?! Der hat dich befummelt?!

Ich höre auch nicht auf zu hüpfen, aber ich nicke wie verrückt, sicherheitshalber weiter im Rhythmus zu »Lucky Star«. Das ist meine Art zu sagen, ja Mann, ja, bei Gott ja, aber mit der Kraft des Disco-Nickens statt mit Worten. Mehr fragt Billy nicht. Er schüttelt nur den Kopf, von links nach rechts, auch im Rhythmus, und kneift wütend die Augen zusammen und formt mit den Lippen das Wort: Wichser. Wir tanzen still, bis der Song vorbei ist, dann kommt »Burning Up«. Billy drückt ganz fest meine Hand, gefolgt von einem ganz weit ausholenden Armschwingen nach links und nach rechts, und dann dreht er mich zur Seite, geradewegs in Soz', Rogers und Jamies Tanzdreieck, in dem ich für den Rest des Rumhüpfens bleibe.

Tante Grace macht dem Spaß um halb zwölf mit heftigem Trommeln gegen Billys Wohnungstür ein Ende und sieht ordentlich wütend aus, als sie schließlich reinkommt. Sie funkelt mich an, weil sie wegen mir so spät ins Bett kommt, aber Billy ist wieder ganz zauberhaft, und nach einem kleinen Gläschen Rotwein inklusive Pläuschchen über die Höhen und Tiefen der Arbeitsvermittlung ist alles vergeben und vergessen. Auf dem Rückweg im Auto sagt sie mir, dass Billy ein toller Typ ist und einer der coolsten Schwulen der Stadt. Sie sagt auch, dass sie weiß, dass ich jede Menge Alkohol getrunken habe, wenn sie richtig riecht. Sie sagt, dass sie kein Problem damit hat, aber dass ich besser noch ganz viel Wasser trinke und mich vor morgen früh ordentlich durchspüle. Wir wollen ja nicht, dass deine Schwingungen darunter leiden, sagt sie halb aus Spaß mehr zu sich selbst.

Das ist wieder ein Vorteil, wenn man bei Border Town arbeitet. Ich habe jede Menge Zeit, meine Heilkräfte zu schulen.

5

Gemeinschaft

Normalerweise würde ich mich nicht fürs Heilen oder irgendwelchen anderen Eso-Peso-Kram interessieren. Fiona nennt es zumindest eso-peso. Das bedeutet, dass das irgendwas aus Indien oder anderen fernen Ländern ist und mit Esoterik zu tun hat und die Leute dabei komisch mit ihrem Kopf hin- und herrollen und irgendwie komisch aussehen und irgendwie auch nicht. Sie sagt aber auch, dass sie Deano gerade deshalb liebt, weil er sich für Eso-Peso-Kram interessiert. Weil er alles ausprobiert und nie irgendwas scheiße findet und Gott Menschen liebt, die alles ausprobieren, und wenn Deano gerade nicht Teil ihres Lebens wäre, hier drüben, in diesem England, in diesem London, dann wäre es völlig egal, wie toll die Arbeit bei Grace's Angels ist und dass sie in der größten und besten Stadt der Welt lebt, es würde ihr trotzdem die Luft abschnüren. Weil am Ende ist sie das genaue Gegenteil von Deano und findet so viele Dinge total scheiße und bescheuert, dass sie zusammen das perfekte Paar sind. Außerdem, fügt sie hinzu, findet sie das Heilen total entspannend. Wie eine superlange Massage mit ganz viel heftigem Atmen obendrauf.

Deano braucht eine Ewigkeit, um mich zu bequatschen,

mit zu Gemeinschaft zu kommen. Er sagt nicht »die« Gemeinschaft. Es heißt einfach nur Gemeinschaft. Ohne was davor. So ist das eben. Und das soll die Wichtigkeit des Ganzen unterstreichen, und die Tatsache, dass das nicht die einsame Idee von ein paar wenigen ist. Sondern überall. Als ich Deano danach frage, haben wir unseren ersten richtigen Streit, weil er sagt, dass »mein« und »dein« kein Teil von Gemeinschaft sind, sondern nur ein allumfassendes »unser«, und ich sage, dass »mein« aber wohl ein nicht unerheblicher Teil von »Ge*mein*schaft« ist, und er flippt total aus.

Egal, das Gebäude ist jedenfalls eine umgebaute Kirche in Islington, was mit der normalen überirdischen Bahn fast eine Stunde von uns entfernt liegt. Also ist es sowieso schon ein ziemlicher Krampf hinzukommen, sogar wenn man nicht an den Ohren hingeschleift wird. Seit dem ersten Tag in London hat mir Deano andauernd mit Flugblättern und Broschüren vor dem Gesicht herumgewedelt, auf denen Fotos von Heilern abgedruckt waren, hauptsächlich bärtige Typen mit Zopf und lächelnden Augen oder alte Omis mit grauen Haaren, riesigen Holzketten und kunterbunten Oberteilen, und alle, Männer und Frauen, blickten mit ihrem gütigsten Jesusblick direkt in die Kamera. Oder aber sie trugen sackartige Westen und Jogginghosen und standen breitbeinig neben einem Massagetisch und lehnten sich mit ausgestreckten Armen über ein scheinbar schlafendes Heilobjekt, hatten die Augen fest geschlossen und hoben den Kopf zum Himmel.

Oben auf den Broschüren stand Schule der Astralwissenschaften, und hinten drauf war ein Foto vom Oberboss der Schule, einer Frau mit rabenschwarzen Hexenhaaren und riesigen weißen amerikanischen Zähnen. Sie hieß Serenity Powers, und unter ihrem Foto war eine kurze Rede abgedruckt, in der sie sagte, dass sie ursprünglich eine Top-Wissenschaftlerin gewesen ist, die an allem möglichen grenzwertigen Zeug für einen großen amerikanischen Konzern arbeitete, als sie herausfand, dass sie die Gabe hat, aurische Felder zu sehen, und in der Lage ist, die komplexen Wege der Energien in unserem Körper zu manipulieren. Und dass es jetzt ihr allergrößter Wunsch war, diese Gabe mit der Welt zu teilen, und deshalb hat sie überall, wo es nur ging, Schulen der Astralwissenschaften gegründet. Und sie will, dass du, also ich, in den Genuss dieser Gabe kommst und endlich weißt, wie es sich anfühlt, wenn man Menschen heilen kann.

Ich danke Deano für das Angebot, aber ich mache es so wie Fiona und sage, dass mir das alles etwas eso-peso vorkommt. Er gibt jedoch nicht auf und kommt immer und immer wieder mit neuen Argumenten an, warum ich mit ihm zu Gemeinschaft kommen sollte. Er sagt, dass ich ja nun unter der Woche nichts mache, als in Der Firma rumzugammeln, und dass es Zeit wird, mal ernsthaft darüber nachzudenken, wieder zurück zur Schule zu gehen. Aber seiner Ansicht nach werde ich nach ein paar Sitzungen bei Gemeinschaft weit mehr gelernt haben als in einem ganzen Leben in jedwedem realen Schulsystem.

Ich sage ihm, dass das spitzenmäßig klingt, habe aber direkt mein Totschlagargument parat, nämlich die Geldfrage. Bei dreißig Pfund pro Sitzung würde Gemeinschaft fast mein gesamtes Wochengehalt verschlingen, vom Trinkgeld mal abgesehen. Was bedeuten würde, dass ich Tante Grace keine Miete mehr zahlen könnte. Deano sagt mir, dass Geld auch nichts anderes als Energie ist und dass es für die Schule der Astralwissenschaften keine Rolle spielt und sie nur so teuer sind, weil die erlernten Fähigkeiten hoch spezialisiert sind und im Prinzip aus höchsten Kreisen der Wissenschaftlergemeinde kommen. Man würde doch von den größten amerikanischen

Konzernen auch nicht erwarten, dass sie einem ihre Produkte, ihre chemischen Errungenschaften und ihre hoch entwickelten Waffen für umsonst geben. Oder? Tja, hiermit ist es genauso. Es geht darum, deine Hände in hoch entwickelte wissenschaftliche Waffen zu verwandeln, aber Waffen der Wunder und der Heilung.

Ich gebe nicht nach und sage, dass ich versuche, Geld für ein Überraschungsgeschenk für Saidhbh zusammenzukratzen – einen Flug zu Weihnachten nach Hause. Die Frau im Reisebüro hat gesagt, dass es für uns beide insgesamt fünfhundert Pfund kosten wird, also zählt jeder Penny, wissenschaftliche Waffen hin oder her.

Deano reicht es jetzt, und er wird etwas rot im Gesicht und sagt, dass ich überhaupt nicht verstehe, worum es geht. Was für eine Rolle spielt schon Geld, zischt er wütend, wenn es um die Gesundheit und das Wohlbefinden deiner Lieben geht? Wenn du es schon nicht deinetwegen tust, sagt er, dann wenigstens für Saidhbh!

Damit habe ich nicht gerechnet. Und mir bleibt die Spucke weg. Verletzt keife ich alles Mögliche zurück, dass es Saidhbh fantastisch geht und sie nur noch ein paar Wochen braucht, um über ihr Baby hinwegzukommen, und dann ist bei ihr wieder alles paletti. Er guckt höhnisch, hebt die Hand und tut so, als würde er kotzen. Er sieht mich von oben herab mit einem Blick an, der sagen soll, dass er weiß und ich weiß und wir alle wissen, dass das vielleicht nicht ganz der Wahrheit entspricht. Schließlich lässt er die Hand sinken und kommt zu mir, während er weiterspricht. Er sagt mir, ich soll ehrlich sein. Und er sagt, dass sie einfach nicht mehr ganz normal ist. Also Saidhbh jetzt. Und, na ja ... Der Eso-Peso-Arsch hat recht.

Saidhbh schlittert auf dünnem Eis. Und es geht gar nicht mehr um so dramatische Sachen wie sich mit Glasscherben aufschlitzen oder so. Sondern einfach um ihre Art und wie sie einen nicht ansieht und zusammenzuckt und dauerblinzelt, wenn sie an der Treppe an einem vorbeigeht, als würde sie jede Sekunde mit einer Tracht Prügel von einem Bambusstock aus dem Himmelreich rechnen. Und ihre Klamotten sind total versifft, aber sie lässt Tante Grace nicht an sich ran. Schon gar nicht an die Latzhose. Und ihre Haare sind zerzaust, ganz verknotet und fettig, und sie stinken nach Rauch, weil sie jetzt raucht, Kette, direkt am Schlafzimmerfenster, fast wie ein Kamin in Glengall. Und zuerst waren Zigaretten das Einzige, wofür sie noch das Haus verlassen hat, runter zum Laden an der Ecke neben dem Waschsalon, für eine Zwanzigerschachtel Rothmans und eine Packung Hula Hoops. Aber dann lief sie irgendwann weiter, komplett raus aus Kilburn, die Lonsdale Road runter, über die Salisbury Road und bis nach Queen's Park selbst, also da, wo wirklich Park ist.

An dem Tag kam sie in Hochstimmung zurück und sah uns allen nach ewigen Zeiten mal wieder direkt in die Augen, von Mensch zu Mensch, und hypnotisierte uns fast mit ein paar umwerfenden Blicken, total lebendig und ohne Blinzeln und superglücklich, und sie sagte, dass das Einzige, dem sie sich jetzt gerade mehr als allem anderen widmen will, ihre Kunst ist. Sie wandte sich Tante Grace zu und brachte sie so weit, dass sie noch im selben Moment an diesem Abend raus auf die High Road ging und ihr einen riesigen Zeichenblock mit abreißbaren Seiten und eine Schachtel Pastellstifte kaufte, um Linien zu malen und Farben zu verwischen. Und als Tante Grace mit der Ausrüstung zurückkam, riss Saidhbh ihr das Zeug nur grob aus der Hand und schoss, ohne auch nur Danke zu sagen, zur Tür raus und machte sich auf direktem Weg zurück in den parkigen Teil von Queen's Park, um sich ihrer Kunst zu widmen.

Jetzt malt sie die ganze Zeit Bäume, mehr nicht. Und manchmal tagelang denselben Baum. Und je nachdem, wie zufrieden sie an dem Tag mit ihrem Bild ist, ist sie entweder bester Stimmung oder stinksauer, wenn sie zur Tür reinkommt. Als hätte sie einen Job, der daraus besteht, sich im Morgengrauen ihre Kunstausrüstung und zwei Päckchen Rothmans und Tante Grace' Campingklappstuhl zu schnappen und bis es dunkel wird nichts anderes zu tun, als Bäume zu malen. An ihrem ersten Frühaufstehertag hatte ich keine Ahnung davon und kriegte totale Panik, als ich in ihr Zimmer kam und schon die ersten Töne von »Guten Morgen! Guten Morgen!« angestimmt hatte, bevor ich überhaupt erst kapierte, dass sie noch nicht mal in diesem verdammten Bett lag. Ich läutete bei Grace's Angels die Alarmglocken, und Deano wurde im Peugeot auf Patrouille geschickt, und er fand sie fast augenblicklich im Park, wie auf ihrem Stuhl angeklebt, wie sie fröhlich vor sich hin zeichnete wie eine Besessene, direkt vor einer riesigen leuchtend grünen Ulme mit langen hängenden Ästen.

Deano unterhielt sich kurz mit einem Kerl mit hellgelbem Hut und hellgelber Jacke, der der Parkaufseher ist und Saidhbh auf den ersten Blick erkennt und sagt, dass sie schon einen Spitznamen hat und alle sie hinter ihrem Rücken einfach nur die Baumfrau nennen, sogar ein paar von den Muttis mit Kinderwagen. Wenn sie nicht malt, sagt der Aufseher, nähert sich Saidhbh manchmal den Kinderwagenmuttis, vor allem, wenn sie nahe an ihrem Klappstuhl vorbeirollen, und fragt, ob sie sich das Kleine da drin mal angucken könnte. Der Aufseher dachte schon, das wäre ein wirkliches Problem, als er sie zum ersten Mal dabei gesehen hat, vielleicht ein Fall für die Bullen, und ist sogar schon mit seiner Trillerpfeife im Mund auf

Saidhbh zugejoggt, um ihr zu sagen, sie soll sich mitsamt ihren irren Angewohnheiten verpissen. Aber die Muttis waren total nett zu ihr, und eine von ihnen hob sogar für Saidhbh ihr Baby aus dem Wagen, und sie durfte es halten und knuddeln. Und der Aufseher sagte, dass Saidhbh auch total nett zu dem Baby war, ganz sanft und streichelig und still, wie eine Mutter in einer Waschmittelwerbung, die ihr Baby in ein frisches gelbes Handtuch knuddelt, und das Baby strahlt vor Glück, weil sie da ist und in genau diesem Moment in seine heiligen Äuglein sieht. Danach fühlte sich der Aufseher wie ein ziemlicher Idiot, weil er so falschlag und vergessen hatte, dass Muttis unter sich wie ein eigener Klan sind und dass Frauen und Babys eine krasse Kombination abgeben. Er entfernte sich ganz langsam und ließ Saidhbh in Ruhe. Und wenn sie jetzt die Kinderwagenmuttis anquatscht, mischt er sich nicht ein.

Und das alles scheint irgendwie gar nicht so übel zu sein. Weil wenn Saidhbh einen guten Tag hat und gute Phasen und mit ihrem Tagewerk im Park zufrieden ist, dann kommt manchmal blitzartig die alte Saidhbh zum Vorschein. Ohne Zittern und Zusammenzucken und mit richtigem Anschauen und manchmal sogar mit ein bisschen Kichern. Und in diesen Momenten, sagen wir mal, wenn wir uns zusammengequetscht an Tante Grace' winzigem Küchentisch eine Pizza teilen, dann könnte man schwören, dass alles wieder ganz normal ist, und sie lacht sogar, wenn Fiona lustige Geschichten über das Leben zu Hause erzählt und was sie alles in Schwester Paulines Französischunterricht angestellt hat, oder es wirkt so, als würde sie gebannt lauschen, wenn ich Garys neuesten Brief vorlese, in dem er schreibt, wie langweilig der Sommer in Dublin wirklich war und wie furchtbar es im nächsten Schuljahr wird und wie gut es meinem Vater in letzter Zeit geht. Danach reibt sie mir sogar die Schulter und sagt, dass Garys

Neuigkeiten über meinen Vater fantastisch sind und dass ich bestimmt megaerleichtert bin, oder? Ich sehe sie an und berühre ihre Finger und sage: Ja. Und während ich Ja sage, in dem Moment des Jas, habe ich das Gefühl, glücklich zu sein, auch darüber, wie die Dinge laufen.

Aber man weiß nie, wie es hinter der Fassade aussieht. Weil einmal ist Tante Grace morgens runtergekommen, gerade mal um kurz nach sieben, und kriegte den Schock ihres Lebens, als sie Saidhbh angezogen und ausgehfertig in der Küche vorfand, mit Zeichenblock und Campingstuhl, aber vor einer unangetasteten Schüssel Frosties und einer riesigen Plastikflasche Domestos in ihrer Hand vor der Nase. Und sie las sich einfach das gesamte Etikett durch, als wäre sie hypnotisiert davon oder nur Sekunden davon entfernt, es sich über ihre Frosties zu kippen. Sie sagte kein Wort zu Tante Grace, als sie reinkam, was Tante Grace furchtbare Angst machte und zu einer abendlichen Diskussion mit Fiona und Deano darüber führte, ob man Saidhbh einweisen muss. Ich war zu dieser Diskussionsrunde nicht mit eingeladen, weil ich bei Border Town arbeitete und weil ich nicht wusste, was einweisen bedeutet, und Fiona musste mir alles erklären, als ich nach Hause kam, und hat gesagt, dass Saidhbh noch mal davongekommen ist, aber dass der Druck auf Tante Grace fast schon unerträglich ist und es auch nicht gerade hilft, dass der Donohue-Klan sie täglich drangsaliert und das Telefon ständig klingelt, weil die ständig mit Fragen über Saidhbh und ihren derzeitigen Zustand nerven. Und das Schlimmste war natürlich, dass Saidhbh völlig durchdrehte und rumzuckte, wenn man eine Rückkehr nach Hause überhaupt nur erwähnte oder auch nur eine Reise, die weiter führte als in ihren geliebten Park und zu ihren geliebten Bäumen, und dann weinte sie obendrein auch noch und drohte wortlos damit, sich ohne mit der Wimper zu zucken die Ladyshave-Klingen zu schnappen oder Domestos zu trinken.

Eines muss man Deano lassen, er ist hartnäckig. Als er sieht, dass mich diese ganze Saidhbh-Geschichte in mürrischem Schweigen versinken lässt, sagt er, ich hätte ja keine Ahnung, wie sehr ein bisschen von der guten alten Serenity Powers Saidhbh mit ihren Problemen helfen könnte. Und ich soll mir mal vorstellen, wie gut ich mich fühlen würde, wenn ich sie ein bisschen von ihrem Schmerz befreien könnte. Ich, in Person. Ihren Körper, mit meinen Händen. Dann fügt er hinzu, um die Stimmung aufzulockern, dass es immerhin meine Hände auf ihrem Körper waren, die uns diese ganze Suppe eingebrockt haben. Und was ist mit den Donohues?, fragt er. Und der gesamten Familie Finnegan? Und Tante Grace? Und allen, die Saidhbh kennen? Stell dir mal vor, was du ihnen allen schuldig bist und wie dankbar sie dir wären, wenn du Saidhbhs Schmerz nur ein bisschen lindern könntest?

Ich brüte noch immer über Deanos Angebot, als ich mich am selben Abend neben Saidhbh aufs Bett fallen lasse und sie mir ihre Bilder zeigt. Coole Bäume, sage ich, als ich mir Seite um Seite um Seite ansehe. Ich erzähle ein bisschen von Border Town und dass ich eine Steak-Chimichanga serviert habe, obwohl sie mir vorher runtergefallen ist, aber hauptsächlich liegen wir schweigend nebeneinander. Sie sieht älter aus, denke ich, wie eine richtige Frau. Auf jeden Fall trauriger oder wie jemand, der eine ordentliche Mütze Schlaf gebrauchen könnte. Ihr wirres knotiges Haar hat sie zu einer Banane hochgedreht, und um ihre Ohren herum kommen lauter fisselige Strähnen raus. Ihr Mund und ihre Nase sind genauso wie immer, aber ihre Augen, diese magischen Augen, sind jetzt ganz anders. Sie haben aschgraue Ränder und scheinen irgendwie gleichzeitig rauszuglupschen und in ihren Höhlen zu versinken. Außerdem sind sie irgendwie leer.

Was guckst du?, fragt sie, nachdem sie mich eine Ewigkeit angestarrt hat.

Ich guck dich an, sage ich vorsichtig, um sie nicht zu verärgern.

Perversling, sagt sie und stößt mir ihren Ellenbogen fest in die Rippen.

Ich frage sie, woran sie gerade denkt, und sie antwortet mit zwei kleinen Worten: An ihn.

An wen? An Jim Finnegan?, sage ich, um die Stimmung aufzulockern.

Nein, sagt sie geistesabwesend wie eh und je. An ihn.

Ich versteh schon. Sie meint Ihn, unser totes Baby. Unser totes Baby ist jetzt ein Junge. Das ist neu. Ich weiß irgendwie nicht wirklich, was ich dazu sagen soll, also lasse ich das erst mal so stehen. Ich frage mich, was für einen Jungen wir gehabt hätten und wie es gewesen wäre, der Dad von einem Jungen zu sein. Ich stelle mir vor, wie ich mit ihm Fußball gespielt hätte und zu Rugbyspielen gegangen wäre und die ganzen harten Männersachen mit ihm gemacht hätte, die ich mit meinem eigenen Dad nie gemacht habe. Ich stelle mir vor, wie man das Boilergehäuse von der Zentralheizung abmontiert, und werde plötzlich traurig, weil alles so schnell geht und das Leben rast und ich noch nicht das Traum-Date mit meinem Vater hatte, wo wir beide an einem niedrigen Tisch im Pub sitzen und vor uns jeweils ein Pint steht und wir total männlich sind und unsere Schnurrbärte mit Bierschaum drin vergleichen und uns totlachen und einander vielleicht gegen die Schulter boxen, um damit zu sagen: Du bist der Beste. Nein, du. Nein, du. Nein, im Ernst jetzt, du.

Schließlich bricht Saidhbh das Schweigen und sagt mir, dass Er sie auf Schritt und Tritt begleitet. Er verlässt sie nie. Ich sage: Wirklich? Und tue total normal und interessiert und sehe mich sogar im Zimmer um, als würde ich den winzig kleinen Schleimklumpen mit Armen und Beinen und einem noch winzigeren Minilätzchen um den Hals suchen. Noch eine monumentale Pause, bevor Saidhbh plötzlich – zack! – ihren Notizblock zuklappt und sagt: Er mag Bäume.

Am nächsten Morgen sage ich Deano stante pede, dass ich Gemeinschaft eine Chance gebe. Er ist total oberbegeistert und sagt, dass ich mich bis morgen Abend gedulden muss, weil die Schule der Astralwissenschaften nur dreimal die Woche zusammenkommt. Die restliche Zeit ist Gemeinschaft mit Yoga, Tantra, Energielinienarbeit, Familienaufstellungen und jeder Menge anderem Eso-Peso-Mist beschäftigt.

6

Der Abend

Am besagten Abend bekomme ich natürlich kalte Füße. Ich versuche mit absolut jeder nur möglichen Ausrede drum rumzukommen, ohne Erfolg. Und dass Fiona mich den ganzen Tag nur rumkommandiert und mich vor den Mädchen bei Grace's Angels einen Hippie genannt hat, hilft auch nicht wirklich. Sie findet es überhaupt zum Totlachen, dass ich mit Deano zu einer Sitzung der Astralwissenschaftler gehe. Und noch lustiger, auf merkwürdige und leicht besorgniserregende Weise, findet sie, dass ich mir tatsächlich davon verspreche, dass Saidhbh davon wieder ganz richtig im Kopf wird. Sie sagt, dass ich danach im besten Falle in der Lage sein werde, Saidhbh eine lange, etwas langweilige Massage zu geben. Natürlich nur, fügt sie hinzu, wenn es mir gelingt, sie vorher aus ihrer stinkigen Latzhose zu pellen.

Mir platzt natürlich mega der Kragen dabei, und ich nenne Fiona eine blöde Kuh und sage ihr, sie soll ihr scheiß Maul halten, direkt vor drei von Grace's Angels, die an den Schreibmaschinen sitzen. Dann renne ich den Notausgang raus und fange an zu heulen. Fiona rennt mir binnen Sekunden hinterher und schlingt ihre Arme fest um mich und nennt mich Jimbo und sagt, dass mit Saidhbh alles wieder in Ordnung kommt und dass ich bei diesen ganzen Schwierigkeiten, die ich habe, ein ziemlich guter Junge bin und dass Mam und Dad total stolz auf mich wären, wenn sie sehen könnten, wie ich meine Probleme angehe, wie ein richtiger Mann. Und außerdem hat sie doch nur einen Witz gemacht, sagt sie, weil Deano erzählt ihr manchmal richtig krasse Geschichten über Heilungen bei den Astralwissenschaftlern und wie doll sie Blinden geholfen haben und Leuten, die nicht mehr laufen konnten. Richtige Wunder, sagt sie, bevor sie mir in die Backe kneift, als wäre ich ein Baby, und sagt: Du machst das bestimmt super.

Trotzdem bin ich aufregungsmäßig fix und fertig, als Deano mich auf den Beifahrersitz von seinem Peugeot schubst und ich das Gefühl habe, dass ich gleich kotzen muss. Ich sage Deano, dass sich Gemeinschaft genauso anhört wie Camp Generation unten in Connemara, wo die ganzen obergläubigen Klapsmühlenfälle rumlaufen, und ich deshalb meine Meinung geändert habe und nicht mitkommen will. Aber er sagt einfach nur: Quatsch, und braust rein in den Verkehr, als wäre das der aufregendste Abend unseres ganzen Lebens, obwohl mir irgendwas tief in der Magengrube sagt, dass ich mich besser wie T. J. Hooker an einem guten Tag aus dem fahrenden Auto werfen sollte, als das hier durchzuziehen.

Ich frage ihn, ob wir nicht lieber ins Kino gehen und uns den neuen Eddie-Murphy-Streifen reinziehen können, *Beverly Hills Cop,* aber er lacht nur laut hi-hi-ha-ha-mäßig wie Eddie Murphy und sagt dann eiskalt Nein. Ich sage ihm, dass wir für das Geld *Beverly Hills Cop* zehnmal hintereinander gucken könnten, aber er zwinkert mir bloß zu und sagt mir, dass der heutige Abend auf ihn geht.

Die Gemeindehalle ist total betonmäßig und eiskalt, selbst jetzt in den Hundstagen im August. Es gibt noch ein paar alte, fleckige Glasfenster und weiße Kirchensäulen an den Seiten. Aber es gibt keine Sitzreihen mehr, also die alten Holzbänke aus den Tagen, wo hier noch Gottesdienste gefeiert wurden, stattdessen ist alles schön für heute Abend vorbereitet worden: fünf Reihen Massagetische, die alle auf den Obermassagetisch ganz vorne ausgerichtet sind, der auf einer steinernen Empore steht, wo früher der Altar war. Die Schüler der Astralwissenschaften kommen schubweise reingekleckert und versammeln sich mit Kräutertees um den Tisch neben der hinteren Flügeltür. Sie sehen aus wie Deano in jung, alle, sogar ein paar Frauen. Und sie scheinen alle auf Pferdeschwänze und lächelnde Jesusaugen zu stehen und ganz weite Klamotten, egal aus welchem Stoff. Weite Hosen, weite T-Shirts, weite Pullover und weite Jogginghosen. Außerdem stinken sie, also so richtig Körpergeruch meine ich. So wie ich früher nach der Schule gerochen habe, bevor mir die ersten Körperhaare gewachsen sind und Mam mir ein Stück Lifebuoy-Seife und eine Dose Imperial-Leather-Deo auf mein Bett gelegt hat, und einen Zettel, auf dem einfach nur stand: »Benutzen!«, womit sie wohl sagen wollte, dass meine Hormone jetzt überhandnahmen und ich das Haus richtiggehend verpestete und anfangen musste, mich zu waschen, und zwar schnell.

Später erzählt mir Deano, dass Seife dein natürliches elektrochemisches Gleichgewicht stört. Und dass die Astralwissenschaftsschüler eigentlich megasauber sind, weil sie sich mit reinem Wasser waschen. Und was ich eigentlich rieche, wenn ich ihren Gestank meine, ist ein Hauch reiner und natürlicher Menschlichkeit von ihrer besten Seite und nicht irgendeine Chemiekeule, die ein paar amerikanische Konzerne entwickelt haben und die im Fernsehen von irgendwelchen Typen angepriesen wird, die durch die Wüste joggen, damit Typen wie ich ihr Taschengeld oder unsere Mams ihr Haushaltsgeld für so kleine, Gift versprühende Dosen ausgeben, durch die wir alle wie Roboter riechen und unser elektrochemisches Gleichgewicht völlig außer Kontrolle gerät.

Die Schüler haben auch ganz komische Namen, die hauptsächlich aus der Natur kommen. Und sie bezeichnen die guten Sachen aus der Natur, wie Blattwald oder Sonnentag, nicht so was wie Verregneter Sonntag oder Piranhakacke. Ich frage Deano, warum er noch keinen neuen Namen hat, und er sagt, dass das erst geht, wenn man sein fünftes Jahr Astralwissenschaften abgeschlossen hat. Dann gibt es eine richtige Zeremonie, und Serenity Powers höchstselbst überreicht dir in einem zusammengerollten Dokument hochoffiziell deinen neuen Namen. Er sagt, dass sein Name schon feststeht und auf ihn wartet und er ihn ab nächstem Januar benutzen darf. Er will mir den Namen nicht verraten, gibt mir jedoch den Tipp, dass er was mit Wasser zu tun hat (drei Wochen später sagt er mir, dass er Fließendes Wasser heißen wird, weil ich ihn mit bescheuerten Vermutungen malträtiere: Backfisch? Käpt'n Iglo? Und so weiter). Er sagt mir, dass ich mir auch schon mal einen überlegen sollte. Ich stöhne. Aber er sagt ganz selbstsicher: Du wirst schon sehen!

Und dann umarmen die Schüler sich noch eine Eeeeewigkeit lang. Sie kommen rein und sagen: Hi, Blaue Blüte, und dann verfallen sie in monumentale Fünf-Minuten-Umarmungen, als wäre gerade jemand gestorben. Deano bekommt jede Menge davon. Und danach sagt er dann: Wie geht es dir? Und dann sagt der oder die Umarmte nicht einfach: Gut, und selbst?, sondern labert dir noch mal fünf Minuten lang ein Kotelett an die Backe, über ihre wirklichen Gefühle und dass sie wieder in alte Muster verfallen sind und enttäuscht sind über ihre eigene Negativität und über den bloßen Gedanken an das Ego. Und am Ende dieser Geschichte stellt Deano mich dann den ganzen Umarmten vor, und ich nicke ihnen nur zu und sage Hallo und weiche dann schnell einen Schritt von ihnen zurück, damit sie nicht auf dumme Gedanken kommen. Obwohl sie wahrscheinlich mein extrastarkes Deo aus zehn Schritten Entfernung riechen können und Angst haben, dass ich ja eventuell bei einer Umarmung ein bisschen von ihrem müffelnden elektrochemischen Dingsda abwischen könnte.

Na ja, Deano macht jedenfalls um die zwanzig Minuten lang seine Umarmungs- und Jammerrunde, bei der er mir höflicherweise drei verschiedene Frauen vorstellt, vermutlich seine Lieblinge, die alle so alt wie Mam oder älter sind und alle graue Jogginganzüge tragen und mit ihren neuen Namen Pfirsich, Feder und Weiß heißen. Sie sagen mir, dass sie mich beneiden und mein Leben im Begriff ist, sich zu ändern. Deine erste astralwissenschaftliche Sitzung?, flöten sie. Danach wird nichts mehr so sein wie zuvor. Wobei es ein Jammer ist, sagt Pfirsich, dass Moosiger Ast heute zu krank ist, um die Sitzung abzuhalten, denn das wäre eine erinnerungswürdige erste Sitzung. Stattdessen müssen wir uns mit Winterregen zufriedengeben.

Als Deano hört, dass Winterregen die Sitzung leiten wird, stöhnt er auf, und die Frauen sagen ihm, er soll nicht so kritisch sein. Winterregen, so erklärt er mir, ist nicht annähernd so toll wie Moosiger Ast und ist im Grunde nur so ein kleiner Emporkömmling, der von Serenity Powers bevorzugt wurde und eigentlich noch kein einziges der fünf Jahre beendet hat!

Neidisch?, witzelt Feder und sieht ihn mit großen liebevollen Augen an.

Aber ich dachte, ich würde Serenity Powers treffen!, sage ich.

Alle drei jaulen auf und erklären mir, dass Serenity Powers in Kalifornien lebt und die Astralwissenschaftsklasse nur einmal im Jahr zur Namenszeremonie im Januar besucht. Ansonsten werden die Sitzungen von ihren besten Schülern abgehalten, die Serenity persönlich auswählt.

Und eigentlich sollten sie im fünften Jahr sein!, fügt Deano mit einem lauten, enttäuschten Tssss hinzu, was wohl bedeuten soll, dass Winterregen ein ziemlicher feuchter Furz ist, weil sie sich quasi vorgedrängelt hat.

Und außerdem, setzt er an, wenn du mich fragst …

Wie auf Kommando läutet eine Ding-Dong-Glocke, und Winterregen taucht hinter dem Altar auf, sie trägt ein weites, strahlend weißes Nachthemd und ein rotes Band um die Hüfte, aber ihr Gesicht wird komplett von einem weißen Schleier verdeckt. Als Deano den Schleier sieht, stöhnt er auf und verdreht die Augen. Feder wendet sich an mich und erklärt, dass Winterregen ihre Geistführer anrufen wird, um uns durch die heutige Sitzung zu helfen. Ein Murmeln wandert durch den Saal. Die Geistführer sind eine große Sache. Pfirsich kneift mich und zwinkert mir ordentlich zu, womit sie vermutlich sagen will, dass ich hier den Spaß meines Lebens haben werde.

Die Geistführer sind leider eine ziemliche Enttäuschung und nicht annähernd so interessant wie *Beverly Hills Cop* oder sogar *Ghostbusters*. Regen legt einfach den Kopf in den Nacken und bittet mit ganz normaler Stimme ihre beiden Geistführer, die Waylean und Mestapheen heißen, darum, aus der Erde und den Sternen und dem Jenseits in sie zu fahren und diesen Raum zu reinigen und diese Menschen, also uns, und ihr zu helfen, mit Kraft und Konzentration diese Sitzung abzuhalten. An dieser Stelle zuckelt sie dann ein bisschen wie ein Breakdancer und macht mit kratzig tiefer Stimme plötzlich einen auf Exorzist und sagt total bescheuerte Sachen, ich bin bei euch und so, und meine Hände sind deine Hände, und ich bin das Licht hier und überall. Deano erklärt mir später, der

Schleier ist dazu da, dass sich die Klassenleiterin und ihre Geistführer komplett auf den Heilungsvorgang konzentrieren und sie der Anblick eines mit eifrig glotzenden Schülern gefüllten Saales nicht ablenkt. Aber ich könnte schwören, dass das garantiert nur dazu da ist, damit niemand sieht, dass sie sich heimlich kaputtlacht, wenn sie die lustigen Stimmen auflegt.

Obwohl Deano so viel rumgestöhnt hat, ist er sofort im Bann der Bühnenshow von Winterregen. Genau wie alle anderen. Ganz offensichtlich ist sie ziemlich gut in dem, was sie da macht, und die Schüler drehen alle völlig durch, als sie in ihrer Geistführerstimme spricht, und Pfirsich schreit sogar einmal leise auf, als könnte sie die Anspannung gar nicht ertragen und als wäre sie eins von diesen Mädchen in Schwarz-Weiß in alten Aufnahmen von Beatles-Konzerten, die ihre Aufregung einfach rausschreien müssen, weil der Gedanke, in der Nähe von John, Paul, Ringo und dem anderen Typen zu sein, sie einfach völlig überwältigt. Ich sehe hauptsächlich auf die Uhr und denke darüber nach, was für eine einzige Enttäuschung dieser ganze Abend ist und dass ich garantiert keine magischen Heilkräfte bekommen werde, um Saidhbh zu helfen, und dass ich mir stattdessen so gerne irgendeinen Film angesehen hätte. Winterregen ist schon in Ordnung und scheint eine gute Alleinunterhalterin zu sein, aber nach allem, was Saidhbh und ich in letzer Zeit so durchgemacht haben, fällt es mir schwer, mich auf das Spektakel auf der Bühne zu konzentrieren, und außerdem frage ich mich die ganze Zeit nur, wie es sein kann, dass das Universum angeblich seine ganze Erdkraft gebündelt in eine einzige Person hat fahren lassen, die dann trotzdem nichts Besseres zu tun hat, als in affigen Stimmen zu sprechen.

Trotzdem hat Winterregen irgendwas, was mich nicht loslässt. Irgendwas an ihrer ersten Stimme, ihrer Sprechstimme, bevor sie in den affigen Geistermodus geschaltet hat. Etwas am Tonfall, was mich nicht in Ruhe lässt. Sie sagt uns, immer noch kratzig und immer noch so, als wäre sie Waylean und Mestapheen, dass wir uns in Heiler und zu Heilende aufteilen und an die Massagetische treten sollen. Natürlich will ich zu Heilender sein, und Deano wird mein Heiler, und ich hüpfe auf den Tisch, der eigentlich eher eine Liege ist, den Blick himmelwärts. Deano sieht mich gar nicht an. Alle Augen ruhen auf Regen. Sie bellt Worte wie »erden«, »tiefer«, »atmen«, »Zentrum«, »Hara halten« und »atmet tiefer, lauter«, bis die gesamte Kirche von einem lauten, zischenden Atemchor erfüllt ist, der ebenfalls ziemlich müffelt (vermutlich ist pfefferminzige Zahnpasta auch eine elektrochemische Bremse) und aus zwanzig Heilenden herauskommt, die sich aufblasen und in Trance atmen.

Wir, die zu Heilenden, bekommen auch geisterhafte Instruktionen vom Altar aus. Wir sollen unsere Augen schließen und unsere fünf Sinne ausschalten und uns ganz dem Universum überlassen. Ich schließe die Augen und frage mich, ob wohl in *Beverly Hills Cop* genauso oft Scheiße gesagt wird wie in *Nur 48 Stunden.* Den haben wir in der Schule im Filmclub geguckt, und Spits McGee ist völlig ausgerastet. Er ist an dem Raum vorbeigelaufen, in dem nur ich und fünf andere Jungs wie gebannt vor dem Bildschirm hockten, und hat sofort ausgemacht, als er Eddie Murphy gesehen hat. Spits setzte seinen allwissenden Blick auf, das macht er dauernd, als würde er über diese schwarzen Typen alles wissen, weil er mal in Afrika war. Aber binnen Sekunden war er knallrot und warf einen wilden Blick um sich, um hauszufinden, wer in Gottes Namen uns erlaubt hatte, uns ohne Beaufsichtigung diese widerlichen Eckensteher anzusehen. Er marschierte rüber zum Videorekorder, beugte sich runter und ließ die Hand über den dicken, klobigen Tasten schweben. Aber es war offensichtlich, dass er keine Ahnung hatte, wo er draufdrücken musste, also haute er einmal mit der Faust drauf und schoss zur Tür raus. Bis er endlich Jack McQuaid, den Berufsberatungslehrer und einzigen Kenner der Videorekorder der Schule, gefunden hatte, war die große Schießerei am Ende schon gelaufen, und Eddie Murphy hatte Billy Bear kaltgemacht.

Regen warnt uns vor unserem wachen Geist. Er ist der Feind, grummelt sie, bevor sie uns sagt, um die Energien zu empfangen, die Waylean und Mestapheen in den Saal senden, müssten wir un-werden, was wir geworden sind.

Anfangen!, bellt sie, und sofort spüre ich, wie Deano sich über mich lehnt. Er fängt direkt über meinem Pimmel an, und ich platze fast mit lautem Gelächter raus. Seine Hände schweben über meiner Jeans, direkt über dem Reißverschluss, während Regen brüllt: Wurzelchakra!, und dann erklärt sie den zu Heilenden, dass dieses Chakra ein kleiner, rotierender Ball innerlicher Energie ist, nicht größer als ein Tennisball, der uns mit unserem ureigenen Überlebensinstinkt verbindet und der wieder zurück zu einer soliden Rotation im Uhrzeigersinn gebracht werden muss, damit wir mit der Welt im Einklang sind. Sie sagt den Heilern, sie sollen den Fluss nicht blockieren, und fügt hinzu, dass sie eine Menge Blockaden im Raum wahrnehmen kann. Atmen!, brüllt sie noch einmal. Ich habe euch gesagt, ihr sollt atmen! Es folgt noch mehr Gezische von den Heilern, noch lauter. Ich habe sogar das Gefühl, dass Deano mich ein bisschen anspuckt, aber ich traue mich nicht, die Augen zu öffnen. Ich verwende meine gesamte Energie darauf, nicht loszulachen, vor allem, wenn Deano ganz tief einatmet und seine Hände dabei jedes Mal meinen Reißverschluss streifen.

Sakralchakra, befiehlt Regen und sagt uns, dass dieses Chakra mit unserer Sexualität und unserer Lust verbunden ist. Deano wandert mit seinen Händen ein kleines Stück meinen Körper rauf, aber prinzipiell hängt er immer noch über meinem Pimmel. Regen warnt uns, dass dieses Chakra in der westlichen Welt wegen unserer Angst für gewöhnlich das kaputteste und am meisten beschädigte ist, und weil wir Angst vor Sex haben und ein falsches Verständnis davon und ihn missbrauchen. Sie befiehlt ihren Schülern, sich an ihre ursprüngliche Reinheit zurückzuerinnern und mit aller Kraft ihre Blockaden zu lösen, damit Waylean und Mestapheen sich um unsere verkorksten Tennisbälle kümmern können. Mehr Atmen. Mehr Zischen. Irgendwie fühle ich mich wegen meinem Sakralchakra ziemlich blöd, und ich muss nicht mehr kichern. Ich kann mir nur vorstellen, dass es völlig im Arsch ist, wahrscheinlich sieht es schon nicht mehr wie ein Tennisball aus und dreht sich auch überhaupt nicht mehr, es liegt einfach da wie ein Zombie, in Schockstarre, erschöpft und im Sack. Und ich bin sauer auf die westliche Welt, weil sie so scheiße ist, genau wie Regen sagt. Und ich bin sauer auf den Kinderfickerpfarrer und auf scheiß ungewollte Babys. Und mir ist plötzlich danach, jedes einzelne Schimpfwort auf der ganzen Welt zu sagen, Scheiße und verfickte Scheiße, genau hier auf dem Massagetisch, als ich merke, dass ich plötzlich zittere, statt zu kichern.

Ich glaube, das kommt daher, dass ich meinen Bauch im Antilachmodus so sehr angespannt habe, aber das Komische ist, dass es an meinen Füßen anfängt, und jetzt wandert das Zittern meine Beine hoch. Das Ganze ist mir total peinlich, weil meine Hacken auf dem Holzrahmen vom Tisch hin und her klackern und ich mir sicher bin, dass es alle hören können. Ich öffne ein Auge und schiele auf Deano. Er ist in einer anderen Welt und guckt nach oben, ich bin mir also nicht sicher, ob er was gemerkt hat.

Kronenchakra! Sie macht weiter, und Deanos Hände zischen augenblicklich zu meiner Stirn rauf. Dieses Chakra dient dazu, uns voll und ganz mit der geistigen Essenz des Universums zu verbinden. Normalerweise lässt Regen ihre Heiler systematisch den Körper von unten bis oben abwandern, aber heute haben Waylean und Mestapheen eine so enorme Blockade erspürt, dass sie Chakra-wechsel-Dich spielen müssen, um sie aufzudröseln.

Meine Hüfte zittert. Schüttel, schüttel, plonk, plonk. Auf und ab auf dem Tisch, als würde ich allen zeigen, wie ich es früher mit Saidhbh getrieben habe, als wir noch auf dem Planeten Erde gewohnt haben. Ich halte jetzt die Augen fest geschlossen und versuche, diesen Sturm abzuschütteln. Ich kann mir nicht vorstellen, was Deano wohl denkt. Vermutlich ist er total stolz, dass seine heilenden Hände endlich funktionieren. Als wäre er Paul Daniels unter Laborbedingungen. Und ich erinnere mich an einen Film, den ich an einem Sommerabend in Dublin gesehen habe, als alle draußen im Garten über die Sorrows getratscht haben und ich mir drinnen allein die Geschichte von einem amerikanischen Schuljungen angesehen habe, der eigentlich ein Geisteskranker ist, es aber nicht weiß. Und eines Tages nennt ihn ein richtig fieser Mobber in der Klasse einen Spasti. An dem Abend kommt er heulend nach Hause zu seiner Mom gestürzt und sagt: Die haben mich Spasti genannt, bin ich ein Spasti?

Ich habe mir alleine im Zimmer die Augen ausgeheult. Und dann bin ich wochenlang mit der Angst rumgelaufen, dass ich ein Spasti bin und es mir bloß niemand sagen will. Diesen Film habe ich ganz plötzlich und glasklar vor Augen, als ich auf dem Tisch rumzucke wie ein verrückter Fisch, der um sein Leben zappelt.

Ich konzentriere mich so sehr darauf, das Zappeln in den Griff zu bekommen, dass ich die nächsten drei Chakras verpasse. Stirnchakra, Halschakra und Milzchakra. Sie gehen vorüber, als wäre ich benebelt, und ich bin mir noch nicht mal sicher, ob Winterregen oder Waylean und Mestapheen überhaupt irgendwas über sie sagen. Da ist nur die Wärme von Deanos Händen, und alles, jeder meiner Körperteile, klappert und zappelt und zittert und hüpft, einfach so hier auf der Stelle.

Dann sagt sie es. Herzchakra! Deano rutscht mit seinen Händen runter, direkt über meine Brust. Bäm! Ich schieße hoch vom Tisch, so, als würde mein Brustkorb aufplatzen und alle mit Innereien vollkleckern oder als hätte ich eine Dünnschissattacke. Zum Glück trifft keins von beidem zu, weil ich schlicht und ergreifend vom Tisch schnelle und mit dem Gesicht zuerst auf den Boden knalle. Deano erwacht aus seiner Trance und zieht mich hoch auf die Knie. Um mich herum bricht allgemeine Unruhe aus, weil alle Heiler, alle zwanzig, zurück in die Realität prallen. Natürlich bin ich etwas entgeistert, also schüttle ich Deano ab, sage ihm, er soll mich gefälligst in Ruhe lassen, und schieße in Richtung der Flügeltür neben dem Kräuterteetisch.

Und dann höre ich es.

Jim Finnegan!

Jemand ruft meinen Namen, brüllt ihn quasi, quer durch den Saal, höllisch laut. Ich greife nach der Klinke, drücke sie runter und öffne den einen Flügel der Tür ganz weit.

Jim Finnegan!

Noch mal. Ich bin schon fast zur Tür raus, werfe aber einen winzigen Blick zurück, um zu sehen, welcher von diesen Spinnern da drin will, dass ich bleibe.

Natürlich knicken mir fast die Beine weg, als es mir klar wird. Jedenfalls lasse ich die Klinke sicherheitshalber nicht los. Ich brauche Halt. Weil da oben, am Altar, hebt sie ihren Schleier hoch über den Kopf und brüllt meinen Namen, damit es alle hören können, und es ist niemand Geringeres als das alte Funkenaugenmädchen und Scarface höchstselbst, Helen Macker.

Ich bin es!, sagt sie und reißt sich den Schleier komplett runter. Helen!

7

Möge das Heilen beginnen

Das Treffen mit Helen ändert alles. Von da an nehme ich das mit dem Heilen todernst. Sie sagt, dass sie etwas in mir sehen kann, etwas Leuchtendes und Helles, und wenn ich es nur schaffen würde, seine Kräfte zu nutzen, könnte ich ein Superheiler werden, genau wie sie. Die einzige Blockade bist du selbst, sagt sie, wobei sie ein bisschen gottmäßig klingt, aber trotzdem weiterlächelt und mir sagt, dass ich Saidhbh bei richtiger Anleitung in einer einzigen Sitzung heilen könnte. Easy-peasy, sagt sie und schnipst mit den Fingern und schüttelt den Kopf. Ich könnte den Verlust in ihrem biologischen Körper drin heilen und gleichzeitig ihre himmlische Seele anregen und motivieren, sich aufs Neue der Welt zu stellen, und ich könnte ihr helfen, ihren ehrlichen, ruhigen Frieden mit der Seele unseres toten Babys zu machen.

Oh ja, sagt sie und macht ein Gesicht, das wohl besagen soll: Keine Widerrede. Euer Baby ist ein äußerst spirituelles Wesen und im Himmel quicklebendig und mit Saidhbhs energetischen Strängen praktisch unauslöschlich verbunden. Es ist bei ihr, neben ihr, über und unter ihr. Was ich irgendwie schon mal im Gottesdienst gehört habe, aber Helen hat das Ganze noch mal neu erfunden.

An diesem ersten Abend halten Helen und ich eine grandiose Plauderstunde ab. Keiner in der Kirche kann glauben, dass wir uns kennen. Und sie sind noch immer schockiert darüber, wie Helen einfach ihren Schleier runtergerissen und »das Heilen gebrochen« hat, was ungefähr so ist, als würde man Waylean und Mestapheen in die Augen sehen und ihnen dann ohne ein Wort der Erklärung die Tür vor der Nase zuknallen. Helen stört das jedoch nicht im Geringsten, und stattdessen rennt sie zwischen den Tischreihen durch und sagt mir, dass sie mich sofort wiedererkannt hat, als sie mein Feld gesehen hat. Sie sagt, dass sie aurische Felder mit dem bloßen Auge sehen kann und jeder andersfarbige Felder hat, je nachdem, wie die Chakras sich in der Person bewegen. Bei einem gesunden Wurzelchakra ist ganz viel Rot im Feld. Beim Halschakra Blau, beim Milzchakra Gelb und so weiter. Sie verrät mir nichts über meine Farben und kichert nur, und ihr einziger Kommentar ist, dass mein Feld, na ja, wie soll sie das sagen, sehr markant ist.

Sie ist immer noch wunderschön. Selbst mit den Hockeynarben. Ihre Augen versprühen immer noch ein kristallklares Blau, wenn sie dich ansieht. Ihre Haare sind kürzer, aber immer noch wellig. Und die Narben, die wie dünne Spinnenbeine im Zickzack von ihrem Mund wegwachsen, machen ihr Aussehen nur noch interessanter. Als hätte sie eine Geschichte zu erzählen.

Sie sagt, dass sie gar nicht vorhatte, mit diesem ganzen Heilspaß anzufangen, aber dass sie dank der lenkenden Hände des Universums und Gaias hierhergefunden hat. Wenn sie Gaia sagt, macht sie eine kleine Verbeugung. Was irgendwie lustig ist, weil ich plötzlich nicke, als wäre ich auch ein großer Gaia-Fan. Wobei Deano mir später erklärt, dass Gaia nur ein anderer Name für die spirituelle Energie des Universums ist, was mich vermutlich tatsächlich irgendwie zum Gaia-Fan macht, aber auf jeden Fall erklärt, warum Obi-Wan Kenobi sich ans Herz packt, als Prinzessin Leias Heimat in die Luft fliegt, weil es so ist, als wäre der gesamte Planet gerade gestorben, und er garantiert auch eine riesige Seele hat, genau wie Gaia, und Obi-Wan ist genauso wie Serenity Powers und kann den ganzen magischen Kram sehen, der im Universum so vor sich geht, und deshalb ist er quasi persönlich verletzt. Daher die Herzschmerzen.

Helen sagt, dass es nach dem Hockeyunfall gar nicht gut für sie aussah. Und auch nachdem ihre Zähne wiederhergestellt und die Fäden aus ihren Backen gezogen worden waren, machte ihr das zermatschte Gesicht und alles an ihr selbst ziemlich zu schaffen, und sie hätte bestimmt einen psychischen Komplettzusammenbruch erlitten und wäre ins St John of Gods eingeliefert worden, wäre ihre Mutter nicht so eine patente Frau vom Land und total praxisorientiert, weil die hat sie direkt für einen achtwöchigen Kurs in Schönheitstherapie und Kosmetologie an der Kilcuman Tech eingeschrieben. Meine Augen werden etwas glasig, als sie Kosmetologie sagt. Ich denke an den dicken alten Mann mit dem Glasauge auf BBC 2, der die Sternenbeobachtungssendung moderiert, die Dad angeblich immer guckt, wenn er sich schlau fühlen will. Aber Helen sagt, dass es bloß um Make-up ging, und in den ersten Wochen war es ganz furchtbar, weil du dich jeden Tag im Spiegel angucken und deinen eigenen Kopf als *Girl's-World*-Frisierkopf benutzen musstest, um eine Million verschiedene Make-up-Techniken auszuprobieren.

Irgendwann hatte sie das Ganze mit viel Hilfe von den anderen Mädchen überwunden. Zwei von ihnen, zwei wunderbare junge Mädchen namens Bernie und Delores, waren ganz besonders toll darin, tonnenweise Füllung und Grundierung auf ihre Narben aufzutragen, und ab der vierten Woche hätte man nie vermutet, dass sie auch nur eine einzige Narbe hatte, geschweige denn ein Gesicht voll sich herumschlängelnder Zickzacklinien. Sie wurden beste Freundinnen und waren sofort stadtbekannt für ihre Make-up-Vorlieben, vor allem den gebräunten Karibik-Deluxe-Look, wegen dem man sie die drei Oompa Loompas nannte. Das sind die drei kleinen Typen aus *Charlie und die Schokoladenfabrik,* die grüne Haare und orangene Gesichter haben und supergut darin sind, sich kleine Liedchen über verzogene Kinder auszudenken, die fast gestorben wären. Nun lacht Helen und sagt, dass die Rugbytypen von der Rock, also der Blackrock School, einer vornehmen Schule für Jungs mit reichen Vätern, manchmal angefangen haben, »Oompa Loompa Dupadi Du« zu singen, wenn sie und Bernie und Delores nach einem harten Tag am Spiegel auf ein Feierabendbier ins McSorely's in Ranelagh spaziert sind, in voller Karibik-Deluxe-Montur. Aber das hat sie nicht gestört, fügt sie hinzu und lacht noch einmal darüber, wie sie damals drauf waren, weil später am Abend haben die Typen sich trotzdem die Finger nach ihnen geleckt.

Nach acht Wochen bestanden sie alle mit Bravour, und an Weihnachten, dem Weihnachten, das bei mir das schlimmste aller Zeiten war, waren sie schon in London, weil man in London die besten Make-up-Jobs der ganzen Welt bekommt inklusive Werbung, Film, Fernsehen und Hochzeiten. Bernie, Delores und Helen machten hauptsächlich Hochzeiten. Sie bündelten ihr Talent und beschlossen, sich die drei Oompa Loompas zu nennen, wegen dem Wiedererkennungswert, den eine Firma braucht, und mieteten sich sogar einen Van, auf dessen Seite über ihrer Telefonnummer der Name aufgemalt war, neben einem Lippenstift und einem Make-up-Pinsel. Sie waren sich für nichts zu schade und machten sogar Schulabschlussfeiern und Namenszeremonien. Und so traf Helen auf Serenity Powers.

Hierbei bekommt wiederum Helen glasige Augen. Sie ist nicht traurig oder so, sie muss nicht weinen und bekommt kein rotes Gesicht. Aber trotzdem werden ihre Augen feucht. Wir sitzen einander gegenüber auf zwei verschiedenen Massagetischen, ich liege halb zurückgelehnt, mit einem angewinkelten Bein, wie Burt Reynolds, wenn er für eine Zeitschrift posiert. Mir ist kalt, aber das sieht man mir nicht an. Und draußen ist es schon komplett dunkel, weil die letzten paar farbigen Glasfenster jetzt fast pechschwarz sind und man die Bilder überhaupt nicht mehr erkennen kann. Die anderen Schüler murmeln und murmeln im Hintergrund, beim Teetisch und der Flügeltür. Ich merke genau, dass sie uns ansehen und über uns reden, aber ich tue so, als wäre niemand sonst da, und horche einfach gebannt auf das, was Helen erzählt.

Sie sagt, dass sie diese Kleine aus Portugal geschminkt hat, die furchtbare Akne hatte und wegen der sie bei der Namenszeremonie vorbeischauen sollte, um ihr zu fünf Jahren hartem Heilen zu gratulieren und ein Glas O-Saft auf sie zu trinken. Helen, die immer ans Geschäft dachte und sich schon vorstellte, reihenweise neue Kunden für die Oompa Loompas zu rekrutieren, tauchte bei der Feier auf, genau in dieser Gemeindehalle hier in Islington, und rechnete eigentlich damit, sich einfach über die bärtigen Spinner totzulachen, doch stattdessen traf sie in Serenity ihre Schöpferin.

Sie sagt, dass Serenity sie schon auf dem Schirm hatte, als sie noch ewig weit weg war, ungefähr so weit wie von hier zum Teetisch. Und obwohl Serenity umringt von Schülern und Freunden und Kollegen war, die an ihren Lippen hingen und ihr ordentlich in den Arsch krochen, stand sie einfach auf und kam rüber zu Helen und, das ist das Verrückteste daran, griff in ihre Handtasche, zog ein Taschentuch heraus und wischte sofort Helens komplette Schminke ab, vor allen Leuten. Helen sagt, dass sie da stand und zum ersten Mal seit einer Ewigkeit wieder die ganze Welt ihre Narben zu Gesicht bekam und sie laut weinte, richtig losschluchzte, lauter als je zuvor, aus vollem Herzen. Serenity stand einfach ruhig vor ihr und lächelte und hielt Helens Gesicht sanft in ihren Händen und sagte: Ich sehe dich. Und du bist schön.

Und das war's. Das war der Anfang. Sie sagt, dass sie immer noch hier und da eine Schicht für die Oompas übernimmt, um die Miete und ihren Anteil an Lebensmitteln von Safeways zu bezahlen, aber insgesamt fühlt sie sich hier in der Schule wie ein Fisch im Wasser. Sie sagt, ganz ehrlich, dass sie glaubt, beim Aufprall des Hockeyballs hat sich irgendeine ganz frühe Blockade in ihrem Geist gelöst, was vermutlich auch erklärt, wieso sie die Fähigkeiten zum Heilen so schnell erlernen konnte. Und warum Serenity ihr erlaubt, so viele Sitzungen zu leiten. Wie heute Abend! Sie macht ganz große Augen und zieht ihre Brauen ganz hoch, um zu sagen: Wir leben schon in einer komischen Welt.

Ich sage ihr wiederum, dass es total verrückt ist, dass wir uns wiedergetroffen haben, und dann ausgerechnet in London! Aber sie wird sofort total weise und ganz still und schüttelt einfach nur den Kopf und sagt mir, dass sie es wusste. Sie sagt, dass man sich nicht gegen die Kräfte des Universums wehren kann und gegen das Licht und die Energie. Dann lächelt sie und streichelt mir über die Wange, als wäre ich ein entlaufener Welpe, der wieder zurück zu Hause ist, oder ein verlorener Sohn.

Deano weiß nicht, was er in der Zwischenzeit tun soll. Vor Helen ist er hauptsächlich unsicher und stotterig, vor allem, weil er sie bisher nur als die heilende Winterregen gesehen hat, die für ihn entweder ein kleiner feuchter Furz war, der ihn in der Astralwissenschaftsschlange übersprungen hat, oder eben, dank Serenity Powers' Qualitätsstempel, tatsächlich eine richtige Oberheilerin sein könnte.

Für ihn ist es merkwürdig, sie dort auf dem Massagetisch sitzen zu sehen, ganz entspannt und gesprächig und jung. Ab und zu schwebt er zu uns rüber, wenn er hört, dass ich gerade rede, und mischt sich mit kleinen dekorativen Details ein, zum Beispiel, wie lange wir schon bei Tante Grace wohnen. Aber ansonsten, vor allem, wenn Helen und ich wirklich Tacheles reden, schwebt er einfach rückwärts durch den leeren Saal zu den anderen Schülern, die schon lange ihre Heilhandtücher eingepackt und die restlichen Tische zusammengeklappt und sich beim Teetisch zu heißem Wasser mit Zitrone zusammengefunden haben und auf Insiderinfos zu Winterregens plötzlicher Missachtung der Regeln im Astralwissenschaftshandbuch hoffen.

Natürlich muss heute niemand für die Sitzung bezahlen. Und Helen flüstert mir sogar zu, dass ich für meinen Unterricht keinen Penny latzen muss. Sie wird sich bei der Bossfrau höchstpersönlich für mich einsezten. Es wäre mir eine Ehre, sagt sie, dich aus der Reserve zu locken. Und dann zwinkert sie, als wäre sie ein bisschen unhöflich geworden. Was irgendwie komisch ist. Weil, unsere Plauderei jetzt und hier ist so rundum fantastisch, dass sich ein Teil von mir total schuldig fühlt, vor allem, wenn es in meinem Bauch anfängt zu kribbeln, so wie ein Bauch nun mal kribbelt, wenn einem klar wird, dass man jemand getroffen hat, auf den man steht, oder garantiert irgendwann in absehbarer Zukunft stehen wird.

Und ich muss die ganze Zeit an etwas denken, was Mozzo mal im Scherz gesagt hat, über Weiber und Muschis und dass er jedes Mädchen in Kilcuman haben könnte, ihm das aber gar nicht einfällt, weil zu Hause Saidhbh auf ihn wartet. Und der Witz war eben, dass er garantiert nicht für einen gammeligen Burger das Haus verlässt, wenn zu Hause ein saftiges Steak auf ihn wartet. Was heißen sollte, dass Saidhbh das Steak war und jedes andere Mädchen, das er auf der Straße auf dem Weg zum Quinnsworth oder Foley's traf, einfach nur ein Burger. Mozzo hat Gary und mir auch gesagt, wenn es darum geht, eine Muschi abzubekommen, sollte man nicht zum Kaminsims raufgucken, während man im Feuer herumstochert, was ein ziemlich blöder Spruch war, der nur dafür sorgte, dass wir uns irgend so ein kopfloses Ding mit Weihnachtskarten um den Hals und einer brennenden Muschi vorstellten, bei dem man sich die Augenbrauen abfackelt, wenn man zu nahe an die Glut kommt. Aber für einen Moment bleibe ich bei der Steak-und-Burger-Sache hängen und denke, dass Saidhbh gerade in diesem Moment zu Hause in ihrem Glengall-Gefängnis sitzt und am Fenster Rothmans pafft oder ihre heutigen Baumarbeiten durchblättert. Und ich weiß, dass sie ein Steak ist und immer ein Steak sein wird. Und dass Helen mit ihren super Geschichten und ihren funkelnden Augen lediglich ein ganz besonderer Burger ist.

Und außerdem plaudern wir ja nur über alte Zeiten. So wie Mam, wenn sie nach fast zehn Jahren zufällig eine von den alten Weibern aus ihrem früheren Schwimmverein in Bray wiedertrifft, als sie auf dem Weg zurück in die Henry Street die Ha'penny-Brücke überquert. Dann fangen die beiden an zu johlen und umarmen sich ein paar Sekunden lang und stellen dann fest, dass sich ihre Wege nach diesem Plausch wieder trennen werden, und deshalb müssen sie im Schnelldurchlauf alles bequatschen, was in den verlorenen Jahren passiert ist, maschinengewehrmäßig, keine Gefangenen, keine Gnade.

Ein bisschen so ist es bei Helen und mir auch. Wir merken, dass die Schüler am Teetisch unruhig werden und gelangweilt mit den Füßen wippen, also müssen wir mit allem hastig und kurz und knapp rausplatzen und riesenlange Geschichten über das Leben und die Liebe in ein paar kurze Worte packen. Meine Sachen handeln hauptsächlich von Saidhbh und unserer Reise nach London und dass ich Saidhbh »in Schwierigkeiten gebracht habe«. Helen hört sich alles an und lächelt nach bester Gott-Manier, als würde sie alles, was ich ihr erzähle, sowieso schon wissen, so wie der liebe Gott jedes Haar auf deinem Kopf kennt, bevor du überhaupt auf die Welt kommst und Haare hast oder einen Kopf. Sie sagt mir, dass sie das alles glasklar vor Augen hat. Als ich sie frage, was das heißen soll, lacht sie nur und nennt mich einen Dummie und sagt, dass das quer über mein Feld verteilt steht, mein aurisches Feld jetzt, und dass sie das alles lesen kann, wie eine lebendige Sprache, wegen den Farbkreisen und Energiewirbeln, die vor meinem tatsächlichen physischen Körper herumschweben.

Ich sehe ALLES!, sagt sie, mit mega Betonung auf dem Wort alles, und dabei nickt sie so bescheuert, wie man eben nickt, wenn man jemandem damit sagen will, dass man tonnenweise Geheimnisse über ihn kennt. Und dann lacht sie, schwingt ihr Bein nach vorne, gibt mir von ihrem Massagetisch aus einen sanften Tritt, als wäre das Ganze ein Riesenwitz, aber irgendwie auch nicht.

Helens letzte Geschichte handelt hauptsächlich davon, wie super ihr Leben ist, seit sie der Schule beigetreten ist. Sie sagt, obwohl sie mit Bernie und Delores in einer schäbigen Zweiraumwohnung in Shepherd's Bush wohnt und immer noch die eine oder andere Hochzeit oder Abendschicht mit den Oompa Loompas macht, hofft sie, das alles irgendwann aufgeben zu können, um sich Vollzeit den Astralwissenschaften zuzuwenden und vielleicht direkt für Serenity Powers höchstselbst zu arbeiten und sogar nach Kalifornien zu ziehen!

Zurück zur Quelle, was?, sagt sie, während sie die Augen zum Himmel rollt und dann seufzt: Mein Gott, das Ganze ist so aufregend! Du wirst schon sehen, denk an meine Worte!

Und dann hält sie plötzlich inne, lehnt sich vor und schaut mir direkt ins Gesicht.

Du kommst doch für mehr Heilen zurück, oder?

Sie sagt das so, als wäre ihr gerade erst der Gedanke gekommen, dass ich das Ganze eventuell abblasen und wieder ein ganz normaler, nicht vielfarbiger armer Schlucker werden könnte, und als wäre die bloße Existenz dieses Gedankens für sie wie ein Stich ins Herz.

Bevor ich jedoch antworten kann, hüpft sie vom Tisch, packt mich fest bei den Schultern, knallt ihre Stirn gegen meine und gibt mir das heilige Versprechen, mich noch vor Jahresende in eine ausgewachsene Heilmaschine zu verwandeln, wenn ich bei den Astralwissenschaften bleibe. Du wirst die Toten auferstehen lassen, sagt sie, und in ihren Augen glitzert es.

Später am selben Abend renne ich fast die Haustür ein, um Fiona alles über Helen Macker zu berichten. Deano ist auf dem gesamten Heimweg im Auto launisch und eingeschnappt darüber, dass ich nach meiner ersten Sitzung schon der Star der Klasse bin, also bleibt er meilenweit hinter mir zurück, als ich die Stufen raufschieße und lauthals schreiend zu Fiona und Saidhbh ins Zimmer platze: Wisst ihr was? Wisst ihr was? Ich brauche ein, zwei Sekunden, um zu kapieren, dass das große Licht schon aus ist und Fiona neben der Matratze hockt, auf der Saidhbh angezogen und halb zusammengekrümmt unter der Decke liegt, bei Kerzenlicht. Saidhbh sieht etwas aufgequollen aus, als hätte sie geweint, aber ich versuche, das zu irgnorieren, und erzähle Fiona stattdessen von dem Treffen mit Helen Macker und was für ein völlig verrückter Abend es gewesen ist. Zuerst sagt Fiona nicht viel, außer ein paarmal »Ist ja irre!«, bevor sie mir ins Wort fällt und riesige Glotzaugen macht, die auf den schniefenden Körper auf der Matratze deuten, und dann sagt sie, dass Saidhbh ihre Ruhe braucht und ich sie nicht weiter mit meinen unnötigen Geschichten belästigen soll. Ich sehe fragend zu Saidhbh rüber, die Fionas Protest lediglich mit einer Handbewegung wegwischt, wie die Königin bei einer Bediensteten, was wohl heißen soll, dass es für den Moment schon okay ist, wenn ich weiterbrabbeln will.

Ich liefere ihnen beiden alle schmutzigen Details. Darüber, dass Helen Macker jetzt Make-up-Spezialistin und Superheilerin in einer Person ist, dass sie zum Schluss nach Fiona gefragt und sich seit den Hockeytagen kaum verändert hat. Ich übertreibe bei der Beschreibung der Narben und lasse sie weitaus gruseliger erscheinen, als sie in Wirklichkeit waren, weil es so für die anderen interesssanter ist und Helen dadurch etwas fieser scheinen lässt und nicht so lustig und gesprächig und funkensprühend, wie sie heute Abend tatsächlich war.

Ich erzähle auch vom Heilen und den vielen Fähigkeiten, die Helen mir ganz umsonst beibringen wird. Ich berichte Saidhbh von den vielen Sachen, die Helen über uns gesagt hat und über unser Baby, und dass sie über mein aurisches Feld fühlen kann, dass das Baby immer noch mit einer aurischen Schnur an Saidhbh dranhängt und dass es meine Aufgabe sein wird, falls ich genug Heilungssitzungen machen werde, den männlichen Part zu übernehmen und die Schnur zu zerschneiden und das Baby in die Freiheit des Universums zu entlassen. Was ungefähr so wie eine Geburt sein wird, nur rückwärts.

Saidhbh schüttelt wie verrückt den Kopf, als sie das hört, und haut so oft auf die Matratze, dass Fiona sie festhalten und zur Beruhigung ihre Hand nehmen muss. Saidhbh sagt lange gar nichts, doch dann stützt sie sich auf die Ellenbogen und sagt mir, dass ich ein völliger Vollpfosten bin, wenn ich ernsthaft glaube, dass ich ihr Jackson wegnehmen kann. So heißt unser totes Baby. Später bei einem Kriegsrat mit Fiona in der Küche finde ich heraus, dass Saidhbh den hauseigenen Plattenspieler rauf in ihr Zimmer genommen und den ganzen Nachmittag lang *Thriller* gehört hat. Fiona versucht, nicht total peinlich berührt zu klingen, als sie erzählt, dass Saidhbh zum ersten Mal wieder ihre Tage bekommen hat, seit sie das Baby verloren hat. Und das ist ihr gar nicht gut bekommen. Ich frage sie, ob sie irgendeinen bestimmten Song auf der Platte gehört hat, und vermute, dass es wohl »Billy Jean« war, weil das der anstößige ist, den wir zu Hause nicht hören durften, weil es darin darum geht, ein Kind zu bekommen, ohne verheiratet zu sein. Fiona schlägt mir einmal auf den Hinterkopf und sagt, dass ich ein Trottel bin und dass Saidhbh das komplette Album immer wieder durchgehört hat, wenn ich es genau wissen will.

Sogar »P.Y.T.«?

Ja, sagt sie, sogar »The Lady in My Life«.

Saidhbh sagt, dass Jackson das Beste war, was ihr je in ihrem ganzen verschissenen Leben passiert ist. Ich wusste, sagt sie, dass das Ganze einen Sinn haben musste, einen Grund. Gott wollte, dass wir diesen ganzen Schmerz durchstehen, für Jackson. Er wollte sichergehen, dass wir bereit für ihn sind. Als Eltern. Sie reißt ihre Hand von Fionas los und rollt sich auf die Seite, sodass ihr Rücken unter der Decke hervorguckt, immer noch in einem grellgrünen Pulli, als sie einen imaginären Raum vor ihrem Bauch abschirmt. Sie fragt mich mit dem Gesicht zur Wand, ob ich wirklich glaube, dass sie nach allem, was passiert ist, zulassen wird, dass ich ihr Jackson wegnehme. Sie sagt mir, dass man sie nur über ihre Leiche voneinander trennen wird. Und dann streckt sie ihre kaputte Hand aus der Decke raus, um zu sagen, dass sie es ernst meint. Sie dreht ihr Gesicht komplett ins Kissen und flüstert leise den Namen Jackson vor sich hin, immer und immer wieder, gesprenkelt von mein Liebling, mein Schatz, mein süßer kleiner Junge. Fiona wirft mir einen Blick zu. Wir verstehen schon und schleichen aus dem Zimmer.

Unten halten ich, Deano, Fiona und Tante Grace Kriegsrat. Wir schließen alle Türen, Fiona setzt Tee auf, schaltet den Fernseher aus, und Tante Grace trinkt Rotwein. Sie hört sich mit versteinertem Gesicht die Helen-Macker-Story an und sagt dann auf der Stelle, dass sie Saidhbh in eine psychiatrische Klinik die Straße rauf in Cricklewood einweisen lassen wird. Darüber bricht ein Riesenstreit aus, in dem Deano im Prinzip sagt: Auf keinen Fall, das wäre herzlos, und Fiona und Tante Grace sagen: Auf jeden Fall, zu ihrem eigenen Schutz. Ich sage nichts, weil ich nicht gut im Argumentieren bin und normalerweise brillante Einfälle habe, die am Ende aber als nervöse Sätze rauskommen, die eigentlich total offensichtlich und kein Stück brillant sind.

Und mal davon abgesehen, wird mir bei der ganzen Sache etwas übel, wie damals, als ich zu Hause vor der Küchentür saß und lauschte, wie Mam und Dad darüber stritten, Fiona auf so ein megastrenges Internat am Arsch der Welt zu schicken, weil sie damals ein bisschen krass drauf war. Sie hatte gerade ihre ersten paar Perioden gehabt und war zu allen ziemlich schnippisch und sagte f… dies und f… das, andauernd. Und Mam dachte, dass sie ein furchtbares Vorbild für Claire und Susan war und sie einfach nicht mehr wusste, was sie noch tun sollte, weil Fiona ihr sofort sagte, sie soll sich verf… noch mal verpissen, wenn sie ihren Kopf durch ihre Schlafzimmertür schob.

Dad wollte davon natürlich nichts hören und sagte, keine seiner Töchter wird wie ein dahergelaufener Verbrecher ans Ende der Welt verschifft, zu so einer Horde Wilder vom Land, die keine Fragen stellen. Dad redete viel darüber, dass er streng ist und strikte Regeln liebt und wie gerne er seinen Kindern ein paar ehrliche Stockschläge verpasst, damit sie wissen, was Sache ist. Aber wenn es um große Entscheidungen ging, war er weich. Zumindest weicher als Mam. Und diesmal bestand er darauf, Fiona eigens eine Standpauke zu halten, von Vater zu Tochter, und das würde dann schon genügen. Mam schnaubte, aber Dad hatte recht. Fiona ließ das Böse-Mädchen-Dasein hinter sich und war nach ein paar Tagen wieder ganz normal und fluchte und brüllte nicht mehr. Was bewirkte, dass Dad sich natürlich ganz toll fühlte und wie der beste Vater auf diesem Planeten, aber vermutlich eher daran lag, dass ich Fiona am Abend alles von dem Streit erzählt hatte, dass ich im Flur vor der Tür gesessen und alles gehört hatte, was Mam und Dad einander an den Kopf geworfen hatten, und dass sie planten, sie für immer auf ein furchtbares, mit Monstern gefülltes Internat mitten am Arsch der Welt zu schicken, wo man den ganzen Tag lang mit Porridge zwangsernährt wird und riesige rotgesichtige Bauernmädchen mit hochgekrempelten Ärmeln ihren Camogie-Stock unterm Kopfkissen verstecken, um mitten in der Nacht auf dich einzuprügeln, weil du ein riesiger wütender Schimpfwortsager mit Tunnelblick bist.

Damals, da im Flur, wollte ich einfach zur Tür reinstürmen

und Mam und Dad mit einer Million Gründen bombardieren, warum sie Fiona nicht auf dieses blöde alte Dorfinternat schicken sollen. Aber vom Lauschen stand ich völlig unter Schock und wegen der Gefahr von allem, was sie da gesagt hatten. Und ich war stocksteif bei dem Gedanken an das Resultat, das durch diese falsche Entscheidung zu schwer zu ertragen wäre. Also blieb ich draußen wie jemand, der auf einem Kartenhaus steht und sich nicht traut zu atmen und dennoch hofft, dass es in die richtige Richtung stürzt.

Genau so ist es jetzt auch. Und Deano merkt, dass ich stocksteif dasitze, also macht er eine große Show daraus, für mich zu sprechen, und sagt, dass Winterregen mir helfen wird, Saidhbh zu heilen, und zugesichert hat, dass sie binnen kürzester Zeit wieder gesund und munter sein wird.

Bei diesen Worten ticken Fiona und Tante Grace gleichzeitig aus, wobei Tante Grace Deano einen leichtgläubigen Vollidioten nennt und Fiona darauf besteht, dass er aufhört, sie Winterregen zu nennen, und sie einfach Helen Macker nennen soll oder sogar Scarface. Alles, aber nicht Winterregen. Deano dagegen sagt ihnen beiden, dass sie ihm leidtun, weil sie ihre Herzen verschließen.

Tante Grace nimmt einen riesigen Schluck Rotwein und fängt an zu weinen und sagt Deano, er soll ihr nichts von verschlossenen Herzen erzählen und ob er denn nicht weiß, was sie schon alles durchgemacht hat in ihrem Leben, als Irin in England, um dorthin zu kommen, wo sie heute ist. Fiona hat auch einen Kloß im Hals und setzt sich für Tante Grace ein, indem sie droht, Deano vor die Tür zu setzen, und dann kann er sich jemand mit einem offenen Herz zu suchen, vielleicht jemanden aus seiner Eso-Peso-Klasse, vielleicht sogar Helen Macker höchstselbst, und mal sehen, ob die seinen Quatsch duldet. Deano fängt nun auch an zu weinen und jammert über sein Leben und dass er nie einen Vater hatte und wie schwer es für ihn gewesen ist, seinen Platz in der Welt zu finden.

Alle drei beenden den Kriegsrat versunken in ihren sechs Armen und kuscheln und heulen alle gleichzeitig. Mir sind alle in diesem Zimmer einfach nur peinlich, als wäre jede einzelne Person, die ich kenne, im exakt gleichen Moment verrückt geworden. Und ich fühle mich schlecht wegen Saidhbh und der Art, wie wir über sie reden, als wäre sie ein gammeliges altes Stück Burgerfleisch und hätte ihre Steak-Tage lange hinter sich. Also versuche ich, mich aus der Küche und zu ihr rauf zu stehlen, ohne viel Aufmerksamkeit zu erregen. Aber Tante Grace, total verschmiert und tränennass, hebt den Kopf aus der Massenumarmung und bellt zu mir rüber. Sie sagt, dass Saidhbh erst mal bleiben kann, solange sie nicht noch verrückter wird. Und dass es an Deano und mir und diesen ganzen Eso-Peso-Idioten von Gemeinschaft ist, sie wieder gesund zu machen. Und wenn sie sich wieder aufgerappelt hat und auf festen Füßen steht, dann will sie uns beide hier nicht mehr sehen. Keine Fragen mehr. Für immer.

8

Der Prüfstein

Mitte Oktober habe ich die Hälfte der Flüge abbezahlt. Ich und Saidhbh werden an Weihnachten als die ruhmreichen Helden zu Hause ankommen, die wir sind. Ich mit einem richtig echten Job im besten Restaurant Londons. Und sie wieder völlig richtig im Kopf und mit einer riesigen vor Baumbildern überquellenden Mappe unterm Arm. Wann immer es geht, erzähle ich Saidhbh was von Weihnachten, weil das ihre liebste Sache auf der ganzen Welt ist, wie so ein magischer, leuchtender Ort weit weg am Horizont, der aber schon fast in Sichtweite ist und ihr Leben wieder lebenswert macht. Zu Hause hörte man solche Sachen andauernd von den Kaffee-Mams, über irgendeine uralte Schachtel, die so sagt: Oh, wenn ich nur bis zur heiligen Erstkommunion der kleinen Jacintha leben würde, wäre ich Gott dankbar! Und da ist Jacintha noch ein Baby, und alle denken sich insgeheim, dass die alte Schachtel etwas gierig und zu selbstsicher ist, wenn sie glaubt, dass sie noch sieben Jahre am Leben bleibt. Aber tatsächlich schafft sie es bis zum Kommunionstag und ist der unangefochtene Star der Stunde auf allen Familienfotos, vor allem auf dem großen im Fernsehzimmer, wo sich alle um sie versammeln und sie wie eine riesige, kunterbunte Familienblume aussehen, von der sie der graue Kern in der Mitte ist. Sie sitzt auf einer Plastikfolie im Ohrensessel, weil sie sich manchmal in die Hose pinkelt, aber trotzdem lächelt sie wie ein Honigkuchenpferd in sich rein, weil sie es endlich geschafft hat, sie wurde erhört, ist so weit gekommen, bis zu diesem Tag. Und dann, gleich am nächsten Morgen, ist sie tot.

Also ein bisschen so ist Weihnachten jedenfalls für Saidhbh. Alles von vorne bis hinten. Wirklich alles. Mit ihrem Dad nach Oakfield fahren, um bei dem Schlitzohr am Busbahnhof den Baum zu kaufen, dann der Spannungsaufbau mittels Bing-Crosby-Platten und Boney M mit »Boychild« bis zum großen Tag an sich. Sie steht auf alles. Sie liebt die Messe um zehn Uhr morgens, die ganz schnell vergeht, weil alle nur ihren Geschenken zu Hause entgegenfiebern, und sie liebt es, dass die Pfarrer genau wissen, wie die Leute heute drauf sind, und deshalb keine lange Predigt halten, sondern den Mams sagen, sie sollen zurück in ihre Küchen gehen, damit der Truthahn nicht anbrennt, wobei immer alle laut lachen, vor allem die Mams. Und dann die Besuche, eine Million verrückte Autofahrten quer durch Dublin zu den Onkels und Tanten, die dich bis zu deinem achtzehnten Geburtstag immer bei den Erdnussschälchen und 7-Up-Dosen aufspüren, um dich zu drücken und dich zum Dank noch ordentlich abschlabbern. Und dann die Riesenmonstermahlzeit mit allen am Tisch, und die Mams und Tanten kriegen alle anderen dazu, Spiele zu spielen, wie eine richtige Familie, wo man zum Beispiel einen Zettel mit einem Namen drauf an die Stirn geklebt bekommt, und man muss raten, wer man ist, und ich bin dauernd Mutter Teresa, was ein bisschen unfair ist, weil das eine Frau ist und man sie deswegen nicht so wirklich auf dem Schirm hat, es sei denn, sie ist gerade in den Nachrichten, weil sie megaheilig und faltig ist und von verhungernden Kindern übersät.

Und Saidhbh findet den Stephanstag noch besser als Weihnachten, weil da bei der Familie Donohue das weltberühmte Stephanstags-Hoolie stattfindet. Und bei dieser Sause steht die Tür den ganzen Tag lang jedem offen, jedem in Kilcuman und Umgebung und jedem, den sie je in ihrem Leben getroffen haben, alle quetschen sich für ganztägiges Saufen, Kuchen und ein paar heimliche Widerstandslieder in ihr Haus. Und sie gehen erst wieder um vier Uhr morgens, wenn der letzte Tropfen ausgetrunken ist und ihre Stimmen heiser sind und offiziell feststeht, dass das diesjährige donohuesche Stephanstags-Hoolie noch besser war als letztes Jahr.

Also beschreibe ich Saidhbh, wie wir zusammen mit sämtlichen anderen lange verlorenen Kindern aus allen Ecken der Welt durch den Dubliner Flughafen schlendern und uns die Lichter angucken, die uns hunderttausend gälische Willkommensgrüße entgegenblinken. Und dann werden wir von Freunden und Verwandten umarmt und auf den Rücken geklopft, und wir sagen, dass es toll ist, wieder in der guten alten Heimat zu sein, und dann, dass der Flug völlig problemlos über die Bühne gegangen ist, aber der Weg durch den Londoner Verkehr total verrückt war. Und dann quetschen wir uns ins Auto und machen uns auf in Richtung Straße, in Richtung The Rise, nach Hause, und dann halten wir alle mit unseren verrückten Geschichten rund ums Leben in London die ganze Nacht wach und erzählen von den komischen Gestalten und den komischen Sachen, die einem so passieren, wenn man weit weg von der schützenden Umarmung seiner Heimat ist.

Hierüber lächelt Saidhbh. In der letzten Zeit sind die Dinge für sie schlechter denn je gelaufen, also lächelt sie nicht einfach aus Höflichkeit, um meinetwillen. Wir mussten sie zweimal in die Notaufnahme in Paddington bringen, einmal wegen Verdacht auf Herzinfarkt und einmal wegen Alkoholvergiftung. Das mit dem Herzinfarkt war ein Sonntag, und wir saßen rum und sahen uns die ganzen brüllenden englischen Spinner in *EastEnders* an, als Saidhbh plötzlich ins Zimmer geplatzt kommt und sagt, dass sie ihren Arm nicht mehr spürt und nicht mehr atmen kann. Sie bricht vor uns auf dem Teppich zusammen, ihr Kopf sackt auf den Boden, und sie wird quasi ohnmächtig. Wir alle flippen aus, und Deano sagt, dass sie einen Herzinfarkt hat, und Fiona ruft 999 an, und Tante Grace brüllt, dass Saidhbh zu jung für einen Herzinfarkt ist. Als der Krankenwagen da ist, kann Saidhbh schon wieder atmen und ihren Arm fühlen, aber die sagen, dass sie ihre Vorschriften haben und Saidhbh mit in die Notaufnahme kommen muss, damit sie untersucht und beobachtet werden kann, falls sie einen seltenen genetischen Herzfehler hat, der sie jede Minute das Leben kosten könnte. Wir fahren mit Deanos Auto hinter dem Krankenwagen her und dürfen in den Teil der Notaufnahme mit den Betten und sitzen stumm und ohne ein einziges Wort zu sagen da, während Saidhbhs Monitore fröhlich fünfundzwanzig Minuten lang vor sich hin piepsen, bevor sie sie mit einer einwandfreien Gesundheitsbescheinigung wieder gehen lassen.

Das mit der Alkoholvergiftung war schlimmer, obwohl ich da gerade bei Border Town war. Tante Grace sagte, sie hatte das Gefühl, dass Saidhbh das mit dem vorgetäuschten Herzinfarkt so peinlich gewesen ist, dass sie beschlossen hat, sich umzubringen, um damit fertig zu werden. Nur dass sie sich nicht wirklich umgebracht hat, sondern einfach oben im Zimmer puren Wodka getrunken hat, bis sie nicht mehr bei Bewusstsein war, nur vorher hatte sie noch eine Handvoll Aspirin gemampft, sodass sie ganz schaumig am Mund war und Fiona blass vor Angst wurde und wieder 999 rief. Als Saidhbh diesmal wieder zu sich kam, kicherte sie nur, vielleicht aus Scham. Und als

Tante Grace sie anblaffte und sie nach den Aspirin fragte, sagte sie bloß aus Scherz, dass sie von dem ganzen Wodka Kopfschmerzen hatte. Und damit hatte sie das letzte Wort.

Also ist es schön für mich und echt, als sie über die Weihnachtspläne lächelt. Ihre Augen werden irgendwie auch wieder lebendig, und ich merke, dass sie will, dass dieser Traum in Erfüllung geht. Und ich weiß, dass ich ihn in Erfüllung gehen lassen kann. Für sie. Und für uns.

Der Flug geht an Heiligabend, damit die Atmosphäre auch stimmt. Ich bin mir ziemlich sicher, dass ein Kamerateam von RTE da sein wird, wenn wir landen. So was kommt immer in den Abendnachrichten, eingefangene Tränen und Umarmungen vom Wiedersehen an diesem Nachmittag. Wir landen um zwei Uhr nachmittags, dem perfekten Zeitpunkt für ein Wiedersehen in Nahaufnahme. Ich habe die Tickets bei einer Inderin namens Gaganadipika, oder einfach Pika, auf der Kilburn High Road gekauft. Sie sagt, dass ihr Name »Leuchte des Himmels« bedeutet, was, wie sie hinzufügt, irgendwie witzig ist, wenn man bedenkt, dass sie ihre Tage damit verbringt, Flugzeugplätze für Leute zu buchen. Pika leitet über einem Teppichgeschäft ein Reisebüro für Studenten, was bedeutet, dass sie dir billige Flugtickets oder Fährtickets besorgt, wenn du nachweisen kannst, dass du an einer Uni eingeschrieben bist. Und wenn du das nicht kannst, aber irgendwie in studentischem Alter bist, dann saust sie hinterm Schreibtisch rum und zieht ein graues Stück Pappe durch eine heiße Eisenmaschine und pronto bist du plötzlich Student mit deinem ureigenen plastikmäßigen Studentenausweis.

Auf meinen sollte sie Schule der Astralwissenschaften schreiben. Wobei sie dabei etwas mit den Augen gerollt hat. Ich habe ihr gesagt, dass ich alles über die Chakras und die

Haralinie lerne, und nickte hoffnungsvoll in dem Gedanken, dass sie ihre Arme weit öffnen und rufen würde: Ah ja, in meinem Land studieren alle so Eso-Peso-Mist, hier, du bekommst die Tickets umsonst. Aber stattdessen guckte sie mich an, als wäre sie leicht gelangweilt, und sagte mir, ich kann die Gesamtsumme von fünfhundert Pfund in wöchentlichen Raten abzahlen.

Zu Hause sind natürlich alle total begeistert von diesen Neuigkeiten. Jedes Mal, wenn Mam bei Tante Grace anruft, will sie, dass ich und Fiona ans Telefon kommen, und sagt, dass wir alle das Haus nicht wiedererkennen werden und sie es kaum abwarten kann, uns die neue Sitzgruppe zu zeigen. Sie sagt, dass Claire und Susan wahre Engel waren, seit wir weggegangen sind, und dass es Dad mit dem Krebs total super geht und sie dafür sorgen wird, dass er uns eine Karte schreibt, wenn er morgen zum Frühstück runterkommt. Und wie immer hält sie Wort, und ein paar Tage später bekommen wir eine auf das neue personalisierte Briefpapier gekritzelte Notiz, in der sie uns sagen, wie sehr sie sich darauf freuen, uns an Weihnachten wiederzusehen.

Das mit dem Briefpapier war Mams Idee. Sie hat es Maura Connell nachgemacht, die gesagt hat, das wäre das Allerneuste. Mauras Karten hatten einen glänzenden Silberrand und verschnörkelte Schrift, aber unsere waren die Billigversion ohne Ränder und ohne Schnörkel, einfach nur Name und Adresse mitten auf einem gelblichen gestärkten Stück Papier. Sie waren dazu gedacht, sich bei Leuten für Einladungen zu Feiern und Zusammenkünften zu bedanken, aber schon bald fing Mam an, sie für Einkaufslisten, Backzutaten und Nachrichten an Dad zu benutzen – damit er seinen Weg vom Kühlschrank zum Herd fand und wusste, was wohin gehörte, wenn sie zufällig grade in der Kirche war.

Dads Nachrichten an mich und Fiona sind total unterschiedlich. Fionas Brief fängt mit »Liebe Fiona …« an. Meiner mit »Na, Scheißkopf …«. Er hat mich schon früher in Briefen Scheißkopf genannt. Aber immer aus Scherz, wie damals, als ich unten beim irischen Sommercamp in Galway war und alles gehasst habe und dringend eine Aufmunterung brauchte. Das war wie ein Insiderwitz zwischen ihm und mir und ein bisschen ruppig und gerade bekloppt genug, um Mam ordentlich auf die Palme zu bringen und zu beweisen, dass er und ich im gleichen Team ruppiger bekloppter Boyos spielten. Aber diesmal wusste er und wusste ich, und er wusste auch, dass ich es wusste, dass es etwas völlig anderes bedeutete. Es lag Verärgerung darin. Und Abneigung. Und unausgesprochene Wut über den heimlichen Grund für seinen Zusammenbruch am Morgen nach dem Debs.

Nach dem Scheißkopf-Intro liefert er einen kurzen Abriss über die Mädchen, dass Claire jetzt zu den besten Blockflötistinnen ihrer Klasse gehört und Susan sich beim Netball-Finale einen Haarriss im Finger geholt hat und Sarah und Siobhan zum letzten Sonntagsessen einen edlen neuen Nachtisch namens Vienetta mitgebracht haben. Der Schluss ist ähnlich lieblos wie der Anfang, weil er schreibt, dass meine Mutter, also Mam, sich sehr darauf freut, mich an Weihnachten zurückzuhaben, und dass er um unser aller willen hofft, dass ich mich um meine »Freundin« Saidhbh kümmere. Er hat mit Dein Vater Matt unterschrieben, nur für den Fall, dass ich denken könnte, Mam oder eines der Mädchen hat den Brief geschrieben.

Gary schickt mir auch eine Karte. Sie sieht aus wie eine leere Geburtstagskarte, hat aber Soft Cell vorne drauf und Goldene-Schallplatten-Aufkleber. Er sagt, dass mittlerweile auf der St. Cormac's niemand mehr über mich redet, aber dass er meine

Mam und seine Mam dabei belauscht hat, als sie gesagt haben, Spits McGee hält mir nächstes Jahr einen Platz in seiner Klasse frei. Gary findet das zum Totlachen und reißt jede Menge Witze darüber, dass ich dieser riesengroße fünfzehnjährige Schwachkopf sein werde, der ganz hinten in einer Klasse voller winziger Dreizehnjähriger sitzt, die noch nicht mal Schamhaare haben. Ich werde der neue Kevin Doyle, schreibt er, der, weil er so doof war, zweimal hintereinander kleben geblieben ist und das Lernen irgendwann aufgegeben und beschlossen hat, stattdessen Leute zu verprügeln und ihnen ihr Geld fürs Mittagessen abzuknöpfen. Natürlich nur, schreibt Gary, wenn du überhaupt wiederkommst! Er sagt, dass er auf RTE 2 eine Sendung über Emigration geguckt hat, wo sie so uralte Dorfdeppen interviewt haben, die in den übelsten Londoner Stadtteilen wohnten. Die Hälfte von denen waren Alkis, und die andere Hälfte hatte schon 'nen Sprung in der Schüssel und lebte mutterseelenallein auf strenger Guinness-und-Käsesandwiches-Diät, aber alle sagten, dass sie sich selbst die immer gleichen Lügen auftischen: Bald komme ich nach Hause! Jede Weihnachten, wenn alle Feierlichkeiten vorüber sind und sie ihren ordentlichen Kater ausgeschlafen haben, wenden sie sich an ihre Liebsten, und wenn sie dann gerade auf die Fähre nach London steigen, versprechen sie, dass sie bald für immer zurückkommen. Irland, so sagen sie, ist in ihrem Blut. Es macht aus ihnen, wer sie sind, und sie werden seine mystischen Ufer niemals verlassen.

So ungefähr um die Zeit bekomme ich auch die erste Postkarte von O'Culigeen. Dass sie von ihm ist, weiß ich in dem Moment, als ich das Bild vorne drauf sehe. Nicht nötig, sie zu lesen. Da ist einfach dieses Bild von drei gruselig aussehenden Typen mitten im Dschungel, die so kleine Stöcke, wie dünne

Stifte, durch die Nase stecken haben, und pelzige Hüte auf dem Kopf und mit Reißzähnen behangene Ketten auf der Brust. Sie tragen winzige Beutel vor ihren Pimmeln, aber ansonsten sind sie nackt, und man sieht alles. Typisch.

Ich weiß also sofort, dass sie von ihm kommt, ohne auch nur hinten draufzugucken. Ich hebe sie vom Teppich auf und stopfe sie in meine Heiltasche, dann lasse ich den Rest der Post ganz lässig auf den Frühstückstisch fallen. Die Nachricht lese ich auf dem Klo in der Schule der Astralwissenschaften, und er schreibt, dass er nonstop an mich denkt und dass wir noch eine ernste Rechnung miteinander offen haben. Unterschrieben hat er mit VOC.

Sofort wird mir übel. Ich denke an den John-Wayne-Film und dass O'Culigeen mit der offenen Rechnung garantiert meint, dass er wie John Wayne plant, sein letztes Versprechen wahr zu machen und mich zu töten. Die Postkarte ist seine Art, mir zu sagen, dass seine Versetzung in die Missionen von Papua-Neuguinea rein gar nichts daran geändert hat. Und dass von tausend nackten Männern umringt zu sein, die ihm Tag für Tag ihre Pimmelbeutel ins Gesicht schwingen, rein gar nichts ist im Vergleich zu dem Gedanken, mich mit seinen bloßen Händen zu erwürgen, diesmal aber richtig. Und dass ich gerne sooft ich will das Weite suchen kann, dank irgend so eines plappermäuligen Brieffreundes in Kilcuman gibt es für mich garantiert kein Entkommen. Es ist nur eine Frage der Zeit, bevor er zu Ende bringt, was er vor einer Ewigkeit angefangen hat.

Ich komme kreidebleich aus dem Klo gestolpert, direkt in Helen Mackers Arme. Sie kann sehen, dass ich völlig durcheinander bin, aber sie sagt kein Wort. Stattdessen liest sie mich. Sie hält mich auf Armlänge fest, sodass ich grade vor ihr stehe, und geht dann zwei Meter zurück. Sie schließt die Augen, holt tief Luft und lässt einfach ihre Augen aufklappen. Sie nimmt mich in sich auf, liest alles, alle sieben Chakras, alle zirkulierenden aurischen Felder, und schließt plötzlich wieder die Lider, als würde sie das Etui von ihrer Zauberbrille zuklappen. Ich seh schon, sagt sie mir, bevor sie festlegt, dass ich an diesem Nachmittag der zu Heilende sein und die Schwerstarbeit ihr überlassen soll. Dann zwinkert sie mir ein bisschen zu und gibt mir einen kleinen Stoß in Richtung Massagetisch.

Mit mir und Helen läuft es super. Sie ist wie eine Freundin und eine Lehrerin und auch ein bisschen wie eine Mam und eine Schwester in einem. Und genau wie Fiona und Billy von Border Town ist sie einer der besten Menschen, die ich in London kenne. Wegen unserem Aufeinandertreffen bin ich total aufgekratzt und versuche, Fiona zu überreden, sich mit Helen zu treffen oder mich wenigstens mal mit dem Auto zur Schule zu bringen und einen ordentlichen Mädchenplausch über alte Zeiten mit ihr zu haben, als es noch hieß, sie beide gegen den Rest der Welt. Aber Fiona findet tausend Ausreden, dass sie bei Grace's Angels zu viel um die Ohren hat oder zu müde ist, um bis nach Islington zu gurken. Aber eines Abends, nachdem sie eine Pulle Rotwein von Tante Grace geköpft hat, erzählt sie mir, dass es da noch einen anderen Grund gibt und ich es vielleicht verstehen werde, wenn ich älter bin, nämlich dass sich seit ihrer Kindheit einfach zu viel Schnee von gestern aufgetürmt hat, dass sich zu viel in ihrem Leben verändert hat, als dass eine Wiedervereinigung möglich wäre. Aber ich kann sie von ihr aus herzlich grüßen, wenn es mir damit besser geht.

Ich versuche auch ab und an, Helen Saidhbh gegenüber zu erwähnen, aber die Worte kommen immer ganz falsch raus, und dann klingt es so, als würde ich auf Helen stehen, was voll nicht stimmt, und am Ende haben Saidhbh und ich einen

Ministreit, weil ich leugne, auf Helen zu stehen, und dabei sage: Sag mal, spinnst du? Und sie wirft mir einen total verletzten Blick zu, der sagt: Wie kannst du mich so etwas fragen? Wie kannst du diese Worte sagen, wo du weißt, dass ich jeden Tag diesen monumentalen Kampf mit der Möglichkeit austrage, für den Rest meines Lebens eine Spinnerin zu bleiben?

Helen sagt, dass sie mich zu ihrem festen Heilpartner auserkoren hat, weil ich ein Schnellchecker bin und so schnell wie möglich die nötigen Heilfähigkeiten anwenden können sollte. Es geht um Leben und Tod, sagt sie, ohne Saidhbhs Namen zu erwähnen, aber ich weiß trotzdem, dass sie alles über Saidhbh und die Gefahr, in der sie schwebt, in meinem eigenen Feld lesen kann. Helen sagt, dass das aurische Feld, neben vielen anderen Dingen, eine Videokamera ist und deine emotionalen und persönlichen Kontake und Austausche bis zum tiefgründigsten Level absorbiert und abspeichert. Das kann alles sein, von der plötzlichen Ohrfeige von deiner Mam, als du sieben Jahre alt warst, bis zum besorgten Blickkontakt mit deiner suizidgefährdeten Exfreundin gestern Morgen, als ihr einen Ministreit darüber hattet, ob du auf deine Heillehrerin stehst oder nicht. Das spielt alles eine Rolle, sagt Helen. Und alles hinterlässt Spuren.

Sie sagt, dass sie sich ganz besonders glücklich schätzen kann, weil sie das Lesen aurischer Felder direkt von Serenity Powers höchstselbst gelernt hat. Und je nachdem, was für eine Art Mensch du bist und welche Art Heiler aus dir werden wird, kann es entweder volle fünf Jahre Astralwissenschaftsstudien dauern, bis du es kannst, oder eben nur ein paar Wochen. Bei mir, sagt sie, ohne eine Spur Überheblichkeit, aber trotzdem mit Stolz, hat es nur ein einziges Wochenende gedauert.

Serenity hat etwas in mir gesehen und es hevorgezaubert, einfach so, sagt sie und vollführt mit ihren Armen einen Bogen in die Luft und wackelt dabei mit den Fingern, als würde sie einen glitzernden Springbrunnen nachzeichnen.

Sie erklärt mir, dass man normalerweise mit Bananen und Ananassen anfängt, die man stundenlang anstarrt, ohne Pinkelpausen oder Essenspausen, ohne alles, bis man ihre aurischen Felder sehen kann. Weil Früchte, wie alles Lebendige, ein Feld haben. Sobald man mit den Früchten klarkommt, bekommt man kleine Tiere vorgesetzt, hauptsächlich Katzen, weil die ruhiger dasitzen als Hunde und innerlich mehr am Denken sind. Und zum Schluss kommen echte Menschen an die Reihe, mit Regenbogenfarben im Feld und Mustern in den Farben, die sich wie sehr einfache Bücher lesen lassen oder wie diese komischen tschechoslowakischen Cartoons auf BBC 2.

Das Feld zu ertasten ist dagegen total leicht. Pillepalle. Und damit lässt mich Helen anfangen. Sie führt ein paar Sachen an den Oldies vor. Vier von ihnen sollen sich auf Massagetische legen, die wie ein Kreuz um Helen formiert sind. Dann macht sie einen lustigen kleinen Hüpfer und landet mit gespreizten Beinen in einer Art Halbhocke, die es ihr erlaubt, wie sie sagt, die Energie des Kosmos direkt durch den Kirchenboden in ihren Körper aufzusaugen, entlang ihrer Haralinie. Über die Haralinie hat sie einen Witz parat und sagt, sie ist wie ein langes Elektrokabel, das dir zwischen den Beinen rausbaumelt und das du ins Universum einstecken musst, sobald du eine ordentliche Heilung vornehmen willst. Dabei lachen die Oldies alle, weil es irgendwie lustig ist, sich wie eine Heilmaschine vorzukommen, mit Kabeln und allem Drum und Dran.

Na ja, jedenfalls geht sie in die Halbhocke und sagt, dass ihre Haralinie jetzt eingestöpselt ist, und dann watschelt sie zu ihrem ersten zu Heilenden, was zufällig eine von Deanos

Busenfreundinnen ist, Federnflug. Helen nimmt diese supertiefen Atemzüge, die zum Werkzeug eines jeden Heilers gehören, dann hebt sie ihre Hände hoch in die Luft, bevor sie sie langsam auf Federnflugs Körper sinken lässt. Nur eben nicht ganz auf ihren Körper. Stattdessen, wuuuusch, bleiben Helens Hände etwa einen Meter über dem Körper hängen, und sie fängt an, pantomimisch ein riesiges Ei zu streicheln. Dies, wie Helen uns mitteilt, ist die Außenwand von Federnflugs aurischem Feld.

Auf den ersten Blick sieht das Ganze ziemlich albern aus, und ich muss an Kenny Everett denken, wo dieser Typ in schwarzen Leggins in einem weißen Raum so tut, als würde er dauernd in irgendwelche Wände reinrasseln. Aber Helens Pantomime ist spitze, und sie macht sogar kleine Hügel und Rillen, als sie über die unebene Oberfläche des Feldes streicht. Das Beste ist, dass sie uns alle dazu auffordert mitzumachen, wir sollen einen Kreis um Federnflug bilden und tief und laut Atem holen, unsere eigenen Haralinien einstöpseln und das Feld fühlen. Und tatsächlich, wenn man sich stark genug konzentriert und es sich vorstellt und stark genug daran glaubt, dann findet man es wirklich, nicht steinhart, aber auf jeden Fall einen Widerstand, der sich gegen deine Hände stemmt, wenn sie nach unten drücken.

Helen drückt auch fest nach unten, und mithilfe von ein paar mehr Atemzügen und noch mehr Hara-Energie bricht sie durch die äußerste Hülle und dann noch durch sechs weitere, bis sie zur Wurzelebene kommt. Und jetzt schweben ihre Hände nur noch wenige Zentimeter über Federnflugs Jogginganzug, wo der verrückte Eso-Peso-Kram auf den echten, fleischlichen Körper trifft.

Sie teilt uns in Zweierteams ein und hüpft natürlich selbst aufs Bett und sagt mir mit einem Augenzwinkern: Wird schon schiefgehen. Ich atme, stöpsle die Haralinie ein und kann binnen Sekunden ihr Feld fühlen. Es ist riesig und funkelt fast gegen meine Hände, auf jeden Fall drückt es dagegen, weg von ihrem unsichtbaren Energie-Ei. Währenddessen spricht Helen ganz leise mit mir und sagt mir, dass ich das ganz wunderbar mache, und genau das will ich hören. Sie sagt mir, ich soll mit aller Kraft gegen das Feld drücken und mir meinen Weg zu ihrer Haut bahnen. Der Klasse brüllt sie währenddessen Anweisungen zu und sagt ihnen, dass sie sich nur der Energie des Universums bedienen müssen, um durch jede einzelne aurische Schicht zu brechen und noch tiefer zu gelangen. Dann sagt sie, wir müssten offen für das Zusammenspiel der aurischen Energien zwischen unseren Feldern sein, zwischen Heiler und zu Heilendem. Und wir dürfen keine Angst vor den Dingen haben, die wir in den Feldern der anderen sehen und spüren, warnt sie uns.

Wie auf Kommando taucht meine Hand ab, durch ganze sechs Schichten, bis sie auf Helens Wurzelebene prallt und nur wenige Zentimeter über Helens Bauchnabel schwebt, wobei meine Finger in Richtung ihrer Brüste gespreizt sind. In mir drin macht es wuuuusch, wie beim ersten Mal, als ich einen feuchten Traum hatte und nicht wusste, was mit mir passiert, bis ich um Mitternacht völlig panisch in der klebrig-kalten Dunkelheit meiner Ernie-und-Bert-Bettwäsche aufgewacht bin. Hierbei ist es genauso. So ein Wuuuusch. Ich kann Helen kaum in die Augen sehen. Sie sagt der Klasse, wir sollen keine Angst vor den Gefühlen haben, die das Heilen in uns erweckt. Das sind nur unsere kosmischen Körper, die mit uns sprechen, oft zum ersten Mal.

Ich halte meine Hand über ihren Bauchnabel und atme. Helen flüstert ganz langsam die Worte: Sieh, mich, an. Zentimeter für Zentimeter lasse ich unter Schmerzen den Blick entlang der Naht ihres seidig-weißen Hemdes gleiten, rauf zu ihrem Hals, ihrem Kinn und den Narben um ihren Mund und dann bis zu ihren Augen. Fast muss ich mich übergeben. Wir brennen zusammen. Unsere Augen fangen Feuer. Es ist, als würden sich unsere Seelen ineinander verkeilen, ganz fest und für immer, bis in alle Ewigkeit. Helen lächelt, ganz offensichtlich zufrieden darüber, wie weit sie mich völlig problemlos bekommen hat, und ohne den Blickkontakt abreißen zu lassen, flüstert sie mir ihre bisher sanftesten Worten zu: Das. Ist. Liebe.

Im Auto zurück zur Glengall ist mir nicht nach Reden. Deano brabbelt vor sich hin und will sich darüber austauschen, wie viele Schichten wir gespürt haben und wie schwer es war, durch die äußerste Schicht zu brechen. Die Größe von Helens Feld interessiert ihn ganz besonders, und wie fest sich ihre Schichten angefühlt haben. Er will wissen, ein für alle Mal, ob man ihr trauen kann? Oder ist sie einfach nur eine Visagistin, die ihre Chance gewittert hat?

Ich raune irgendwas. Mir rasen eine Million Gedanken durch den Kopf, über Helen, darüber, was sie mir während des Heilens gesagt hat, über Liebe, und was ist Liebe? Ist es das, was man mit jemandem macht, mit dem man schon seit Urzeiten ausgeht, wenn sich der ganze aufgeregte Magenkribbelkram und das Händchenhalten und das In-die-Augen-Starren in etwas Sicheres und Felsenfestes verwandelt hat, sodass man jederzeit eine Kugel kassieren würde, um den anderen zu schützen, oder zumindest in einem anderen Land bleiben und sein Leben komplett auf den Kopf stellen würde, in der Hoffnung, dass sie so zu dir zurückkommt, wie sie früher mal war? Oder ist Liebe einfach dieses magische Etwas, das einfach da ist, und du weißt es, wenn du sie fühlst, wenn sie durch dich durchfließt wie ein Fluss oder ein Glücksgift?

Und wenn Liebe genau das ist, einfach dieser Tropfen kosmischer Honig, was ist dann so schlimm daran, sie zu fühlen und etwas davon zu naschen? Und kann man die felsenfeste Liebe und die Honigliebe gleichzeitig haben, oder ist das dann Betrug? Was würde Saidhbh dazu sagen, wenn ich ihr erzählen würde, dass Helen Macker einen Kanal für kosmische Liebe in mir geöffnet hat? Fiona würde ausrasten, das weiß ich genau, weil sie immer über die ganzen steinalten Perverslinge redet, die dieser ganze Eso-Peso-Kram magisch anzieht, weil sie dadurch umsonst Sex bekommen. Sie sagt, dass Deano eine Ausnahme ist, aber die meisten anderen alten Knacker, die sich für diesen spirituellen Kram interessieren, sind alle gleich, und dann macht sie total gut jemanden nach, der ein bisschen hippiemäßig unterwegs ist, und sagt: Ey Alter, meine Energie ist gerade megahart auf deine Energie geprallt, Mann, ich glaube, wir sollten miteinander vögeln!

Oder ist das wie bei Jerry Casey, dem Dad von Steven Casey auf der St. Cormac's, der eine Zementfirma leitet und total erfolgreich ist und drei Häuser weiter von den Connells wohnt? Der hatte die felsenfeste Art Liebe mit seiner Frau Patricia, die ihm immer den Rücken freigehalten hat und ihre vier Kinder während ihrer spitzenmäßigen Ehe fünfundzwanzig Jahre lang großgezogen hat und sie zum Traumpaar von Kilcuman gemacht hat. Jerry hat auch in einer Band gespielt, mit ein paar anderen Dads zusammen. Und wenn sie beim Bandwettbewerb der St. Cormac's ihre vier besten Beatles-Nummern spielten, haben alle zu Patricia gesagt, dass sie totales Glück gehabt hat, so einen Stecher wie Jerry abbekommen zu haben. Aber nach fünfundzwanzig Jahren Haushalt und Kinder wurde Patricias Haut ziemlich alt und faltig, sie bekam Hängetitten, einen krummen Rücken und traurige Augen mit Ringen drunter, und Jerry ging raus und fand kosmische Honigliebe bei so einem Mädchen aus seinem Büro, mit tollen Beinen und prallen jungen Brüsten. Er kam nach Hause und heulte sich in Patricias Armen aus und sagte, es tut ihm so leid, aber er hat so etwas noch nie gefühlt und beschlossen, seinem Herzen zu folgen. Aber dann wurde das Büromädchen plötzlich ziemlich plapperig und nervig, mit Worten und allem. Und es stellte sich heraus, dass sie die Beatles nicht mochte, und Jerry musste ausziehen und sich seine kosmische Honigliebe woanders suchen, und als er schließlich auf Knien bei Paticia angekrochen kam, da bemerkte er, dass ihre felsenfeste Liebe in tausend Stücke zerbrochen war, die sich um ihre Füße verteilten und nicht mehr zu gebrauchen waren, wie Cadbury's Luftschokolade an einem schlechten Tag.

Trotzdem wünschte ich, dass ich das Ganze einfach bei Saidhbh ansprechen könnte. Weil es nicht unbedingt schlecht sein musste. Und es wäre nicht gemein. Und es wäre nicht so, als würde ich ihr damit sagen, dass sie sich in Sachen felsenfeste Liebe nicht mehr auf mich verlassen könnte, da wäre ich doch der Erste, der das will. Nein, stattdessen würden wir einfach darüber quatschen. Und es wäre so, als würden wir beide von Angesicht zu Angesicht, die beiden Arten Liebe in dieser Theorie besprechen. Sie hätte wahrscheinlich irgendeine ziemlich schräge Meinung, auf die sie heute beim Bäumemalen gekommen ist. Oder sie wäre total interessiert und wangenstreichelnd und überzeugt davon, dass dies das beste Thema aller Zeiten ist. Und so, während Deano weiter über Winterregens Feld labert und wilde Spekulationen darüber anstellt, was ich während der Sitzung für Reaktionen in mir gespürt habe, beschließe ich, jawohl, dass ich einfach ehrlich mit Saidhbh sein werde und ganz direkt anfangen werde mit: Du rätst nie, was mir heute beim Heilen passiert ist!!

Aber Saidhbh hat da natürlich ganz andere Pläne. Als wir

nach Hause kommen, ist Tante Grace stinksauer und sagt, dass sie Saidhbh gerade erst nach einem riesig dramatischen Ladyshave-Vorfall ins Krankenhaus gebracht hat.

Keine Sorge, sagt sie, die Verletzungen sind nicht allzu schlimm, allerdings musste sie mit einigen Stichen genäht werden.

Aber vor allem sagt Tante Grace, dass sie gleich am nächsten Morgen ins Cricklewood Mental Health Centre verlegt wird. Sie sagt, dass Saidhbh bei den Leuten im Krankenhaus den Bogen gehörig überspannt hat und sie sie nicht nach Hause lassen. Diesmal nicht, bis sie beweisen kann, dass sie für sich selbst keine Gefahr darstellt und keine richtige Irre ist. Für den Moment ist Fiona bei ihr, bis das Licht ausgemacht wird, doch Tante Grace sagt, dass sie diesen Irrsinn nicht mehr ertragen kann. Sie verschüttet etwas Wein auf ihrem senfgelben Teppich und donnert einmal mit ihrer Faust auf den kleinen braunen Beistelltisch neben ihrem Sessel. Mühsam steht sie auf und schlurft geistesabwesend durch den Raum, schluchzt leise und murmelt etwas darüber, dass sie sich nicht in anderer Leute Angelegenheiten hätte einmischen und sich um Irland nicht hätte scheren sollen. Deano sagt: Hör mal, Grace, und versucht, einen Arm um sie zu legen, aber sie schubst ihn unterkühlt von sich weg. Sie sagt ihm, dass er sie anekelt mit seinem ganzen Eso-Peso-Scheiß.

Genau!, sagt sie und dreht sich plötzlich zu mir, als hätte sie die beste Idee aller Zeiten. Was ist denn jetzt mit deinem Eso-Heilkram, hm?, sagt sie mit einem furchtbar gehässigen Gesicht. Ihre Augen sind blutunterlaufen, und sie ist nahe genug, dass ich ihren Atem riechen kann. Nur Alk. Du bist mir verdammt noch mal ein toller Heiler!, sagt sie. Wen willst du denn bitte heilen, wenn du noch nicht mal deine eigene scheiß Freundin heilen kannst?

9

Echt jetzt. Möge das Heilen beginnen!

Der gesamte nächste Monat verschwimmt in einem einzigen verrückten Nebel. Tante Grace hatte natürlich vollkommen recht, also bin ich möglichst schnell wieder bei Sinnen und setze alles daran, Saidhbh zu heilen und sie möglichst schnell von der ganzen Traurigkeit in sich drin zu befreien. Das muss definitiv noch vor Weihnachten sein. Jetzt oder nie. Helen ist davon allerdings weniger begeistert. Sie sagt, dass ich noch größeren Schaden anrichten könnte, wenn ich anfange, Saidhbh zu heilen, ohne auch nur einen einzigen Grundlagenkurs der Astralwissenschaften absolviert zu haben. Das sind keine Kinderspielchen, wenn man riesige Mengen kosmische Energie durch einen Körper pulsieren lässt, warnt sie. Mit einer einzigen falschen Bewegung, einem einzigen Chakra, das sich plötzlich gegen den Uhrzeigersinn dreht, oder einer halben Einatmung statt einer vollen Ausatmung kann es gut sein, dass ich Saidhbhs innere Trauer in eine ausgewachsene Psychose verwandle. Trotzdem erklärt sie sich einverstanden, mich auf schnellstem Wege einsatzfähig zu machen oder mich zumindest so weit zu bringen, dass ich die Basics beherrsche, und zwar pronto. Als sie von dem letzten Selbstmordversuch hört, bietet sie natürlich sofort an, selbst Hand anzulegen, doch als ich es Saidhbh vorschlage, sagt sie, dass sie sich auf der Stelle mit der kaputten Zeichenschiene, mit der sie in der Beschäftigungstherapie horizontale Ebenen zeichnet, ein Auge aussticht, wenn diese scheiß Helen Scarface sich der Cricklewood-Klapsmühle auch nur auf eine Meile nähert.

Die Klinik stört sie ganz und gar nicht, sie sagt sogar, dass es im Grunde eine nette Abwechslung davon ist, in der Glengall-Bude am Fenster zu sitzen und Zigaretten zu paffen. Sie sagt, dass es Jackson auch total gut gefällt und dass die arme kleine Seele nichts lieber tut, als an der Nabelschnur zwischen ihren Beinen zu baumeln, während sie aus jedem nur erdenklichen Künstlerzubehör seit Menschengedenken alle möglichen Meisterwerke erschafft. Ich und Fiona besuchen sie, sooft wir können. Von außen sieht das Gebäude total schick und edel aus, wie ein liebliches Landhaus, mit Kletterpflanzen an den Wänden und riesigen Gärten vorne und hinten, aber innen drin ist es ziemlich schäbig und riecht nach superstarkem Dettol. Die Böden sind aus Marmor und die Räume so groß wie Klassenzimmer, und die Türen bestehen aus mit Draht durchzogenem Glas, damit man reinlinsen kann, um zu sehen, was die Irren so treiben, ohne dass sie mit ihren dicken, irren Köpfen die Scheibe einschlagen und sich mit den rasierklingigen Scherben zu Hackfleisch verarbeiten können.

Die anderen Irren sind hauptsächlich alt und hauptsächlich Männer mit schlechten Zähnen und zerzausten Haaren, wie eine riesige Pennergang in Schlafanzügen. Aber Saidhbh scheint das alles nicht zu bemerken, stattdessen verbringt sie ihre gesamte Zeit an einem Tisch in einem Raum ganz hinten auf der zweiten Etage, nämlich dem Kunstraum, umgeben von Pinseln und Paletten, wo sie kritzelt und zeichnet und die hartnäckigen Dämonen rauskleckst, durch die sie überhaupt erst hier gelandet ist. Und sie malt auch nicht mehr nur Bäume. Sie malt jetzt auch Augen. Jede Menge davon. Und riesig. Alles Nahaufnahmen. Sie sagt, dass die Krankenschwestern versprochen haben, alle ihre Bilder in einer Mappe zu sammeln, die sie mitnehmen kann, wenn sie entlassen wird. Und dann fügt sie mit einem irren Grinsen hinzu: Falls ich je entlassen werde!

Das ist ganz offensichtlich ein Scherz. Wobei das bei Saidhbh manchmal schwer zu sagen ist. Weil manchmal ist sie so wie jetzt, wenn sie mit dem Kopf über dem Papier hängt und sich vor Konzentration auf die Lippe beißt und dunkelblaue Pastelllinien zieht und gerade die richtige Menge Kreidestaub wegpustet, sodass gerade noch genug Blau übrig bleibt, damit der blaue Teil des Auges ganz echt und glänzend aussieht, und dann scheint sie wieder die alte Saidhbh zu sein, auf dem Weg der Besserung. Und wenn sie dann auch noch Witze darüber macht, für immer in der Klapsmühle zu bleiben, na ja, dann willst du sie einfach nur hochheben und in die Arme nehmen und ihren Kopf auf deine Schulter rollen lassen und hinten an ihrem Nacken riechen und mit ihr im Arm zur Tür rausrennen und allen sagen, dass die Welt sie selber nicht mehr alle hat, wenn sie glaubt, dass so ein junges Ding zusammen mit einer Handvoll durchgeknallter Opas in eine dettolverseuchte Stinkhölle gehört.

Doch wie bei allem mit Saidhbh gibt es auch eine Kehrseite. Und die Dunkelheit. Und du könntest beim Gedanken daran verrückt werden und mit dem Kopf auf einen Baumstumpf eindreschen wie Heathcliff am englischen Arsch der Welt, einfach weil das alles so traurig und so verrückt ist, wie sie dich mit der einen Hand streichelt und mit der anderen nach dir schlägt, ohne auch nur zu wissen, was sie da tut. Deano sagt, dass das so ist, weil sich das Karma des Universums in einem Zustand völligen Gleichgewichts befindet. Wobei er vergisst zu erwähnen, dass man dem Universum auch mit offenem Mund gegenüberstehen kann, und dann ist es niederschmetternd und es tut weh und man kann nirgendwo anders mehr hinsehen.

Saidhbhs neueste Marotte ist, dass sie es schwierig findet, gleichzeitig zu atmen und zu reden. Deshalb hindert sie sich nun immer selbst daran, weiterzureden, indem sie sich mit der Hand den Mund zuhält, was sowohl merkwürdig komisch als auch komisch angsteinflößend ist, aber nicht einfach nur komisch komisch. Und dann schließt sie die Augen und scheint in Gedanken irgendeine Checkliste durchzugehen, und dann holt sie tief Luft und presst schnell einen Satz heraus, bevor ihr die Luft schließlich ausgeht, und dann hält sie sich wieder den Mund zu, und alles fängt wieder von vorne an.

Das ist ziemlich gaga, und ich weiß, dass wir beide darüber nachdenken, ich und Fiona, als wir uns auf den langen Rückweg nach Kilburn machen. Wir sagen nicht viel. Weil ich nach dem Besuch für gewöhnlich sowieso mit den Tränen kämpfe. Und Fiona weiß Bescheid. Das ist so, wie wenn Jack Downs dich verprügelt, weil du Fats Madigans Erdkundeunterricht versaut hast, und dann kommt am Ende der Stunde jemand wie Gary und fragt dich, ob alles in Ordnung ist. Und du willst einfach nur in Tränen ausbrechen, weil du von den Schlägen und dem Gebrüll noch immer unter Schock stehst und sich dein Inneres zusammenkrampft, weil es in den Herzen von so kleinen Kerlen wie Gary Connell noch Güte und Wärme und Liebe gibt.

So fühlt man sich nach einem Besuch bei Saidhbh. Und wir laufen an den Krimskramsläden auf dem Cricklewood Broadway vorbei, und Fiona sagt: Ihr ging es schon viel besser, oder?

Und ich sage: Total.

Das ist alles. Und wir laufen weiter und schielen nach dem

Krimskrams, und ich hoffe um der Hoffnung willen, dass Fiona keinen Arm um mich legt und liebevoll zudrückt und mich fragt, ob alles in Ordnung ist, und mir sagt, dass am Ende alles gut wird.

Die reale Welt hat die Nachricht, dass Saidhbh Vollzeit in eine Londoner Irrenanstalt eingezogen ist, mittlerweile erreicht wie ein Zieltorpedo, der Schockwellen nur in eine einzige Richtung sendet – nach Hause. Gary schickt mir dazu eines seiner endlos langen Epen und sagt, dass alle in Dublin total ausgeflippt sind, als sie davon gehört haben. Und dann haben Dad und Mam ein weiteres riesiges Treffen mit den Donohues, von Familie zu Familie, wo Mam mit der Wahrheit rausrückt und Taighdhg Donohue in Tränen ausbricht und sagt, dass er seinen rechten Arm dafür geben würde, die Zeit zu dem Tag zurückzudrehen, an dem ich zum ersten Mal in ihr Haus und Saidhbhs Leben geschlendert bin. Er kann einfach nicht glauben, dass Saidhbh in London in einer Irrenanstalt sitzt, was für ihn praktisch einem englischen Knast gleichkommt. Er sagt, dass er immer gewusst hat, dass ich ein faules Ei bin, worauf ein riesiger Streit ausbricht, in dem Mam mich verteidigt und Taighdhg mit dem Finger auf Mam und Dad zeigt, weil sie als Eltern versagt haben. Gary sagt, dass Sineads Aufgabe nur darin bestand, Taighdhg zu beruhigen, während mein eigener Dad einfach mittendrin aufgestanden ist und in seinem Morgenmantel schweigend das Zimmer verlassen hat und zurück ins Bett gegangen ist. Taighdhg hat ihm jede Menge Beleidigungen hinterhergerufen, dass er seinen Kopf in den Sand steckt und so, aber Gary nimmt an, dass mein Dad zu viele Medikamente genommen hatte, um sich groß darüber aufzuregen. Womit nun alles an Mam hängt.

Da sie ihr gesamtes Leben damit verbracht hat, sieben verschiedene Persönlichkeiten am Esstisch gleichzeitig umherzujonglieren, ist Mam großartig darin, Streite zu vermeiden. Laut Gary, der teilweise seine Mam und den Rest der Gerüchteküche am Schultor zur Coláiste Mhuire ni Bheatha belauscht hat, hat Mam die Donohues einfach abgefüllt und mit ihnen darüber geplaudert, wie schwer es heutzutage ist, Kinder zu haben. Taighdhg hört auf, sie anzubrüllen, und sie einigen sich gemeinsam auf einen vorläufigen Waffenstillstand. An der Tür winkt Mam ihnen noch mal zu und verspricht, sie am nächsten Morgen anzurufen, was sie aber nicht tut. Mam ist das Ganze zu peinlich, und ihr fällt nichts Besseres ein, als ihre gesamten Ersparnisse in ein superteures Flugticket zu stecken, damit sie ihren Sohn sehen kann, der ja wohl nun wirklich sein Bestes gibt, und dann seiner Exfreundin mitzuteilen, dass sie mit den Selbstmordversuchen aufhören soll, weil sich drüben in Dublin alle Sorgen um sie machen!

Taighdhg Donohue ist am nächsten Tag völlig im Sack und versinkt sofort in einem tiefen, dunklen Loch, das eigentlich ein Fall für die Klapsmühle seiner Tochter wäre.

Gary sagt, dass er tagelang nur säuft und schließlich ganz aus Dublin und seinen üblichen Verstecken verschwindet. Tatsächlich ruft sogar der Konrektor der Coláiste Mhuire ni Bheatha bei Sinead an, und sie sind kurz davor, die Polizei zu rufen, als Taighdhg eines Morgens taufrisch auf der Matte steht, als wäre nichts gewesen, und sagt, dass es an der Zeit ist, dass ihr Leben weitergeht und es Saidhbh in London bestimmt spitze geht, und sehen wir sie nicht sowieso in den Weihnachtsferien?

Niemand kann sich seine Verwandlung erklären, aber Gary sagt, dass die Gerüchteküche brodelt. Hauptsächlich geht es um Die Bewegung. Es sind nur Vermutungen, aber Peadar Clancy von der Coláiste Mhuire ni Bheatha, der beste Freund von

Saidhbhs Bruder Eaghdheanaghdh, nimmt an, dass Taighdhg rauf in Den Norden gefahren ist, um Kontakt mit der 'RA herzustellen. Er nimmt an, dass die ihm noch jede Menge Gefallen schuldig sind, weil er damals deren Jungs auf seinem Wohnzimmerboden hat schlafen lassen. Er muss die Strippenzieher gebeten haben, ein paar 'RA-Agenten nach London zu schicken, um seine Tochter zurückzuholen und den Typen zu exekutieren, der sie geschwängert hat. Oder noch einfacher. Vielleicht würde auch ein Anruf in London, bei so abrufbereiten Geheimmitgliedern einer mobilen Einsatztruppe in Knightsbridge reichen, die gerade eine Pause davon machen, Einkaufszentren und Pferde in die Luft zu jagen. Codewort und Adresse genügen, zusammen mit dem Befehl, das arme Mädchen zurück nach Irland zu holen und dem jungen Welpen eine Lektion darüber zu erteilen, wie wir hier auf der Smaragdinsel unsere Frauen behandeln!

Natürlich, schreibt Gary, sind das alles nur Spekulationen, und dass Peadar Clancy gesagt hat, dass Eaghdheanaghdh gesagt hat, dass sie alle nur Scheiße erzählen und dass sein Vater einfach nur fünf Tage lang sternhagelvoll irgendwo am Arsch der Welt im Graben gelegen hat. Allerdings sagt Peadar Clancy, dass genau das passiert, sobald man Die Bewegung kontaktiert hat. Die verlangen, dass du dich nur noch an deren Wahrheit hältst, nicht mehr an deine. Lügen ist das Erste, was sie dir oben im Norden beibringen. Peadar hat einen Freund, sagt Gary, der bester Freund mit einem 'RA-Mann war und es nicht wusste. Sie waren beide im ersten Jahr an der Universität, und der 'RA-Typ fuhr ständig in Den Norden, angeblich, um sein Tantchen in Belfast zu besuchen. Und eines Tages schmeißt er die Uni, und es stellt sich heraus, dass er von der RUC verhaftet wurde, weil er einem protestantischen Anwalt in den Kopf geschossen hat. Um ein richtiger 'RA-Mann zu sein, musst du deiner eigenen Mam in die Augen sehen und total glaubhaft sagen können: Nein, ich hab den Typen nicht erschossen, ich bin noch nicht mal Mitglied!

Gary beendet seinen Brief damit, dass ich mir keine Sorgen machen soll, weil Eaghdheanaghdh vermutlich recht hat und alle anderen Scheiße erzählen. Doch in der allerletzten Zeile sagt er, dass ich auf der Hut vor verdächtig aussehenden Menschen sein sollte oder zumindest vor Typen in Sturmhauben und Tarnjacken, die um mich herumschleichen. Nur für den Fall. Er schreibt, dass ich mir am besten einfach vorstelle, der Star in meinem eigenen Eddie-Murphy-Actionfilm zu sein, und dass die Bösen überall lauern, um mich zu töten. Das wäre dann gleichzeitig irgendwie lustig und ernst.

Bei der Schicht am Samstagnachmittag bei Border Town denke ich direkt an Garys Warnung, als so ein riesiger, verlotterter, bärtiger Typ wie Chewbacca der Wookie im Jogginganzug in Billys Abschnitt sitzt und darauf besteht, den Abräumjungen, soll heißen mich, höchstpersönlich zu sprechen. Billy kommt in die Küche stolziert, legt eine geniale Performance als Schuldirektorin hin, indem er seine Wangen einsaugt, und sagt mir, dass der Höhlenmensch an Tisch 18 mit mir plaudern möchte.

Ich scheiße mir fast in die Hose und frage mich, ob das der ’RA-Killer ist, den Taidhghd angeheuert hat, um mir meine Lektion zu erteilen. Aber vielleicht stecke ich auch nur in ganz normalen Durchschnittsschwierigkeiten, weil ich ihn während der ganzen Schicht schlecht bedient und ihn kaum beachtet habe. Ich habe ihn zweimal einfach da sitzen lassen, mit einem dreckigen Teller vor der Nase. Einmal nach den gefüllten Jalapeños und dann mit den Fajita-Resten – er hatte sogar seine zusammengeknüllte Serviette ins Pfännchen geworfen, was in der universellen Restaurant-Zeichensprache so viel heißt wie: Ich bin fertig, vielen Dank.

Ich beschließe, rauszugehen und mich zu entschuldigen und zu erklären, dass ich meine Energie für einen von lauter Frauen besetzten Zwölfertisch in dem hufeisenförmigen Erker direkt hinter ihm aufgebracht habe. Wie sie sagen, sind sie hier, um für ihren großen Abend eine ordentliche Unterlage zu haben. Die sind ein Junggesellinnenabschied. Und wenn ich bisher als Abräumer eins gelernt habe, dann, dass Junggesellinnenabschiede das meiste Trinkgeld bringen. Das liegt einmal daran, dass sie schon ein bisschen zerzaust sind und glasige Augen haben, wenn die Rechnung kommt, deshalb geben sie dir fröhlich viel zu viel und schieben einen dicken Teller voller Scheine zu dir rüber, auf dem alle Mädels zusammengeschmissen haben, stimmt so. Und außerdem sind sie schon in so ausgelassener Partystimmung, dass ihnen danach ist, mit einem saftigen Trinkgeld gute Laune zu verbreiten. Ist ja auch egal, warum, ein dickes Trinkgeld von denen für Billy heißt jedenfalls ein dickes Trinkgeld von Billy für mich. Für das dicke Trinkgeld muss man sich allerdings auch ganz schön viel gefallen lassen. Meist ziemlich unverschämte Sachen. Für gewöhnlich haben sie jede Menge Gummipimmel in verschiedenen Formen und Größen dabei, alle auf dem Tisch, und oft im Essen, vor allem im Salsa Dip. Und dann wackeln sie schön damit herum und in mein Gesicht, aus Scherz, wenn ich komme, um den Hauptgang abzuräumen.

Ein paar von den anderen Mädels sagen den Pimmelwedlerinnen, sie sollen mich in Ruhe lassen und dass ich noch ein Kind bin. Aber die Pimmelwedlerinnen sind viel zu beschäftigt damit, den Pimmel unter meine schwarze Schürze zu stecken, und zum krönenden Abschluss tun sie noch so, als würden sie mich lustig damit in den Arsch vergewaltigen. Ich glaube, es gefällt ihm, sagen sie dann, und dann gackern alle zwölf aus vollem Halse los mit einem Lachen, das verboten gehört. Normalerweise werde ich ein bisschen rot, aber das Ganze stört mich nicht großartig. Weil irgendwie erinnert mich dieser Weiberhaufen mit seinem Gebrüll und Gespaße und Gelärme an unser Abendessen zu Hause. Nur eben mit Gummipimmeln statt mit Sprüchen und Witzen und zwölf betrunkenen Frauen in Stilettos und Strumpfhaltern und *Sex-Azubine*-T-Shirts statt mit fünf Schwestern und einer Mam.

Billy kann noch viel besser mit ihnen umgehen als ich, ist total routiniert und hat feundlich-unverschämte Sprüche und Antworten parat, mit denen er sekundenschnell reagieren kann. Zum Beispiel nennt er sie die ganze Zeit Schätzchen. Und er sagt: In deinem Fall, Schätzchen, hätte ich lieber einfach das Geld, wenn sie ihn fragen, ob sie ihm einen Drink spendieren dürfen.

Und während das alles vor sich geht, vernachlässige ich komplett den Tisch von dem Typ mit dem Bart. Selbst an einem guten Tag wäre es vermutlich so gelaufen. Doch mit all dem Saidhbh-Kram, der in mir herumwirbelt, und Helen, die fünf Jahre Astralwissenschaften in zwei Wochen in meinen Kopf prügelt und der Möglichkeit, dass jeden Moment eine voll bewaffnete IRA-Truppe aus der Guacamole springt, um mich zu töten, kümmere ich mich in keiner Weise um seine Bedürfnisse.

Ich scheiße mir also Briketts in die Hose, als ich zu ihm schleiche. Ich bin mir ziemlich sicher, dass er nicht zur 'RA gehört, schon allein deshalb, weil die sich nie so gehen lassen würden und er diese Mähne nie und nimmer unter eine Sturmhaube bekommen würde, ohne wie ein großer dreckiger Terroristenlolli auszusehen und zur Lachnummer Der Bewegung zu werden. Und selbst wenn er in der 'RA wäre und die Halb-Mann-halb-Affe-Nummer seine beste Tarnung wäre, dann würde er hier garantiert nichts unternehmen, am helllichten Tag, an einem Samstagnachmittag, vor einer Horde betrunkener Frauen, die mit Gummipimmeln wedeln.

Trotzdem frage ich mich, was er von mir will, und hoffe, dass er mich nicht zur Sau macht und den schlechtesten Abräumer in der Londoner Restaurantgeschichte nennt und dann verlangt, mit Trevor zu sprechen, damit ich auf der Stelle gefeuert werde. Erst als ich den Tisch erreicht habe und schon die Hand nach ihm ausstrecken könnte, erkenne ich ihn.

Wir sollen unsere Kunden so oft wie möglich anfassen. Trevor hat uns alles darüber erzählt und das gesamte Bedienungspersonal einen ganzen Nachmittag lang darauf trainiert. Dieser Trick kommt direkt aus Amerika und bringt die Kunden dazu, zu denken, dass du total spitze bist und dass sie noch mehr von dir kaufen und dir am Ende des Abends noch ein dickes Trinkgeld geben wollen. Billy ist da ganz anderer Ansicht und sagt, dass er etwas völlig anderes gelernt hat – und zwar von den alten Profis in Soho – und dass das Ganze falsch und heuchlerisch ist und irgendwie unangenehm. Es ist jedenfalls total einfach und kein großes Geheimnis, und die Amis schwören drauf. Eine kleine Bewegung, die du machst, wann immer ein Kunde was von dir will, was im Laufe einer kompletten Mahlzeit ganz schön oft sein kann. Im Grunde beinhaltet der gesamte Bewegungsablauf, dass du zu ihnen gehst, und gerade, als du den Tisch erreichst, gehst du plötzlich in die Hocke, tauchst neben ihnen auf und berührst sie am Arm. In dieser total fließenden Bewegung gibst du dem Kunden das Gefühl, dass er was Besseres ist als du und die Hosen anhat, weil er auf dich runterguckt, aber weil du ihn gleichzeitig anfasst, fühlt er sich auch mit dir verbunden, quasi so, als wäre man ein Liebespaar.

Hier bin ich also, in der Hocke neben dem großen bärtigen

Schwachkopf, sehe ganz pärchenmäßig und lächelnd rauf in seine Augen und berühre ihn am Arm, als ich zum ersten Mal vernünftig durch den irren braunen Bart und die langen strähnigen Haare gucken kann und mir in einer Art ausgewachsenem Herzinfarkt klar wird, dass es niemand anderes ist als der verfickte Vater O'Culigeen höchstpersönlich! In Fleisch und Blut! Und direkt vor mir!

Wiedervereint.

Endlich.

Ich erstarre eine Ewigkeit lang genau so, in der Hocke. Bösartig packt er sich meine Hand, die wegen der geheuchelten Kundenbindung sowieso schon seinen Arm drückt. Er befiehlt mir, nichts zu sagen, und fängt an, in einer riesen Achterbahnfahrt aus Worten loszuplappern, die halb Beichte, halb Geständnis und halb Entschuldigung ist, aber alles so verliebt-verlobt-verheiratetmäßig auf Kuschelkurs.

Er verspricht, dass er kein Vergewaltiger mehr ist. Er sagt, er wäre ein Liebender, kein Kämpfer. Wie Jackson auf *Thriller*, wenn er bei »The Girl is Mine« drauflosredet. Er erzählt mir, dass fünf Monate Papua-Neuguinea jeden verändern würden, und ihn haben sie völlig verändert. Von Kopf bis Fuß, sagt er und meint wohl seinen neuen Yeti-Look, bevor er hinzufügt, dass ja wohl jeder sehen kann, dass er ein neuer Mensch ist. Ja, früher hat er furchtbare Dinge getan, und er war einmal ein vergewaltigender Pfarrer, und das tut ihm wirklich von Herzen leid. Aber das Leben in Papua, und ganz besonders die Liebe eines eingeborenen Jungen namens Buassi, hat alles verändert. Buassi zu lieben, sagt er, ganz offen und vor den Augen der anderen Eingeborenen, hat ihm gezeigt, dass es im Leben größere Liebe gibt als die Liebe zu Gott. Die Liebe zu Buassi laut herauszurufen, vor seinen Eltern und den Dorfältesten, hat ihm gezeigt, dass das Priestertum völlig falschliegt. Hinter verschlossenen Türen zu vergewaltigen war böse. Öffentlich zu lieben war himmlisch.

Er sagt, dass es mit Buassi aus und vorbei war, als er herausgefunden hat, dass dieser kleine Lügner eine Freundin und O'Culigeen nur benutzt hatte, um so schnell wie möglich aus dem Dschungel raus zu kommen und die Chance zu ergattern, in Irland zu arbeiten. Doch immerhin hatte er nun gelernt, dass er niemals in sein altes Leben zurückkonnte. Am Abend nach dem großen Knall mit Buassi wurde ihm klar, dass er eine Lüge gelebt hatte und nie wieder ins Priesterdasein zurückkehren würde. Und wenn er ganz ehrlich mit sich war, dann wurde ihm in diesen kalten Nächten allein vor dem Spiegel klar, dass Buassi nur ein Ersatz für jemanden gewesen war, der seinem Herzen noch näherstand. Nämlich ich.

Ich reiße meine Hand aus seinem Griff los und renne in die Küche. Billy sagt, dass ich kreidebleich bin, und will wissen, was los ist, doch ich bekomme kein Wort raus. Ich lehne mich mit gesenktem Kopf gegen den Tabletthalter, und Billy knetet meine Schultern. Er fragt mich ganz sanft, ob was mit dem bärtigen Typ war. Ich nicke. Dann lehnt er sich noch weiter runter, mit dem Kinn fast bis auf meine Schulter, und flüstert: War er das? Ich nicke noch mal. Billy dreht mich um und lenkt mich sachte in seine Arme und schließt mich in die festeste, wärmste, lebensrettendste Umarmung, die ein Körper sich je wünschen könnte.

O'Culigeen geht wieder, doch vorher kritzelt er mir eine Nachricht auf eine Border-Town-Serviette. Nämlich dass er, falls nötig, jeden Tag wiederkommen wird, bis ich seine Entschuldigung annehme und damit für uns beide das Leben weitergehen kann. Er unterschreibt mit LOC. Denn der Vater ist verschwunden, und er ist endlich wieder Luke.

10

Der Zoo

Ich werde nicht mehr traurig, wenn ich an zu Hause denke. Einer von den Jungs, der bei Border Town hinter der Bar arbeitet, kommt auch aus Dublin. Er heißt Fergus und ist schon seit Jahren in London und redet total witzig, mit einem halb irischen, halb englischen Akzent. Seine Ts sind nicht mehr ganz so hart. Aber manchmal sagt er Sachen, die nur von einem richtigen Dub kommen können. Seit ich hier bin, ist Fergus so eine Art Fremdenführer für mich. Er sagt, dass er all die coolen Orte kennt, die man sich in der City ansehen muss, und als ich ihm meinen *Ladybird*-Reiseführer zeige, sagt er, den kann ich in die Tonne kloppen und dass er selbst mehr weiß, als in so einem alten Schinken je stehen könnte. Also lässt er mich an jedem Wochenende erst gehen, wenn er mir eine Must-see-Liste erstellt hat, die ich vor dem nächsten Freitag, zwischen meinem Heilunterricht und Grace's Angels, abarbeiten muss.

Bisher habe ich jede Menge alte Steine in Glasvitrinen gesehen, eine riesige Statue, die einen nackten Kerl mit einem Tuch über der Schulter und einem winzigen Pimmel zeigt, und ein gigantisches Dinosaurierskelett, das fast den gesamten Raum in diesem edlen alten Gebäude einnimmt. Das war so ziemlich mein Favorit und hat mich an *Die Rache der Dinosaurier* erinnert und wie ich lange, bevor das hier alles angefangen hat, nachts in meinem Bett in Dublin wach lag und in dem Kassettenrekorder auf meiner Brust meine eigene – direkt vom Fernseher aufgenommene – Version lief. Und wie ich mir die ganzen brüllenden Dinosaurierszenen vorstellte, obwohl ich im Hintergrund Dads Stimme hörte, der mit Mam darüber diskutierte, worin der Sinn bestand, neue Schulbücher zu kaufen, wenn die gebrauchten genauso gut waren. Sobald ich das Monstervieh sehe, den Brontosaurier in der riesigen Halle, der so massiv aussieht und als wäre ihm alles schnurzpiepegal, tröpfelt die Filmmusik in meinen Kopf. Ich erinnere mich an die Cowboys auf ihren Pferden und wie sie ein klitzekleines Special-Effect-Pferdchen jagen und die Jagd völlig aus dem Ruder gerät, als sie gierig werden und von dem winzigen Pferd zu einem winzigen Dinosaurier übergehen und schließlich zu einem riesigen Kerl, Gwangi höchstselbst, dem Star des Films.

Die Musik ist total pulsierend. Sie geht so: Denuhnenuhdenuhnenhuh-denu! Nenunu, nenunu, nenunu! Wie ein Irrer summe ich die Melodie, als ich um den Brontosaurier rumlaufe und mir alle möglichen verrückten Schwierigkeiten vorstelle, die es geben würde, wenn er plötzlich zum Leben erwachen würde. Ich beobachte die Kinder um mich herum, mit ihren Mams, und die Kinder auf Schulausflügen und frage mich, ob sie den Spaß ihres Lebens haben. Ich frage mich, ob es Gary hier gefallen würde. Oder Saidhbh. Fiona war schon mal hier, und als ich versuche, ihr davon zu erzählen, tut sie voll so, als müsste sie gähnen, und sagt: Wen interessiert's? Ich weiß nicht, was sie damit meint, aber es ist sicher nichts Gutes, denn Tante Grace gibt Fiona einen leichten Klaps auf den Kopf, und Fiona entschuldigt sich bei mir und stellt mir ein paar Fragen über meinen Tag.

Tante Grace lässt mich diese Trips alleine machen. Aus einem Fahrplan im Büro sucht sie mir die ganzen richtigen Busse raus und sagt, London ist total sicher, weil einen so viele Leute beobachten. Und dass die wirklich gefährlichen Orte winzige irische Dörfer auf dem Land sind, wo es niemanden interessiert, wenn du dein Baby irgendwo im Feld bekommst oder in einen Brunnen geschmissen wirst, wenn du nicht ganz richtig tickst. Sie sagt, dass die ganzen alten irischen Märchen über Feen und Banshees nur Ausreden für jede Menge Babymorde und andere Morde sind, wo die Dorfdeppen zu viel schwarzgebrannten Whiskey getrunken haben und am nächsten Morgen, von Leichen umringt, aufgewacht sind und irgendwem dafür die Schuld geben mussten. Tante Grace kann total gut so einen Dorftrottel nachmachen, dann sagt sie so: Au Backe, ich hab grad das uneheliche Baby von meiner Schwester mit 'ner Mistgabel erstochen! Das war das Feenvolk, das mich dazu gekriegt hat!

Ich gehe auch in diese riesige Kirche, die ist beim Dinosaurierskelett gleich nebenan. Das ist einer von Fergus' Lieblingsorten in London. Er sagt, dass er da hingeht, um zu beten und Gott nahe zu sein. Wann immer die Stadt ihn runterzieht, kommt er schnurstracks hierher, geht rein, klatscht sich Weihwasser an die Stirn, sucht sich eine leere Reihe und sackt auf die Knie. Mit Gott redet er, wie er sagt, wie mit einem lange verloren geglaubten Freund. Sie plaudern, sagt er. Er erzählt Gott vom Leben bei Border Town und wie viel Trinkgeld er bekommt und wie schnell er einen Singapore Sling mixen kann. Und Gott hört einfach zu und scheint mit allem sehr zufrieden zu sein. Dann zündet Fergus eine Kerze an, sieht sich ein paar von den tollen bunten Fenstern an und macht sich wieder auf in die Welt, mit ganz viel neuer Energie und gottmäßigem Strahlen.

Als ich hingehe, ist es gerammelt voll. Und der Gottesdienst ist auf Latein. Ich sitze ganz vorne und weiß alles, was man antworten muss, und überprüfe das Timing der Messdiener bei den Fürbitten. Hier sind die Messdiener keine Jungen, sondern Männer. Was ein bisschen komisch aussieht, aber vermutlich eine schlaue Idee ist. Wenn sich irgendwer drüben in der Sakristei an einen von denen ranmachen würde, würden sie ihm vermutlich zur Belohnung ein ordentliches Veilchen verpassen. Ich frage mich, ob LOC schon hier gewesen ist, seit er in London angekommen ist. Wobei er jetzt ja total antikirchlich und bärtig geworden ist und wahrscheinlich denkt, dass Gott voll der Müll ist und nur Miniliebhaber zählen. Er hält Wort und kommt an jedem Wochenende zu meiner Arbeit, und auch an jedem anderen Tag unter der Woche, selbst wenn ich nicht da bin. Er isst nur zwei Sachen von der Speisekarte – Steak-Chimichanga oder Lachs-Fajita –, sitzt während des ganzen Essens ruhig an seinem Lieblingsvierertisch und geht wieder.

Billy macht für mich richtig Stunk und sagt Trevor, dass er LOC auf jeden Fall rausschmeißen muss. Doch Trevor sagt, dass LOC trotz Bart und dreckiger Hose der perfekte Kunde ist, und er sich wünschen würde, alle Kunden wären so wie er, und da Billy nicht erklären kann, was er gegen ihn hat, darf LOC bleiben. Jeden Tag, und wenn er will, den ganzen Tag lang. Billy wird stinksauer deswegen. Und warnt Trevor, dass er die Sache dann vielleicht selbst in die Hand nehmen muss.

Mein Lieblingsort in London bisher ist der Zoo. Und meine Lieblingstiere sind die Hühner in einer Ecke vom Zoo. Bei den ganzen großen Gehegen ist total viel los. Und alle anderen sagen so: Wow, guck dir mal den riesigen Gorilla da drüben hinter dem Graben an!

Der sitzt ganz still im passelnden Regen und sieht so aus, als würde er jeden Augenblick in Tränen ausbrechen oder sich mit dem Seil erhängen, an dem der Autoreifen baumelt. Aber die Hühner sind Teil des Streichelzoos, was bedeutet, dass man ihnen jeden Tag von halb zwölf bis zwei ganz nahe sein kann.

Normalerweise bin ich bei der Führung im Streichelzoo der Älteste, aber das macht mir nichts und bedeutet meistens, dass ich die Hühner ganz für mich allein habe. Man soll seine Hand in so Körnerzeug stecken und den Arm ausstrecken, dann können die Hühner lospicken, aber keines von den Kleinkindern mit ihren Mams dabei will es probieren. Und die paar, die es schließlich versuchen, brechen für gewöhnlich in Heulgeschrei aus, wenn ihnen ein Huhn mal aus Versehen gegen den Daumen pickt. Also kommen sie fast alle zu mir. Ich komme drei Tage hintereinander und füttere sie durchgehend die kompletten zweieinhalb Stunden lang. Mir guckt eh niemand zu, also bediene ich mich einfach wieder und wieder händeweise an dem Körnerzeug.

Am dritten Tag sind die Hühner fast nicht mehr zu bremsen. Sie werden ganz aufgeregt, wenn sie sehen, dass ich komme, und fangen direkt an, nach meinen Schnürsenkeln zu picken, als würden die Körner einfach so aus meiner Hose und meinen Ohren rieseln, wenn man nur an der richtigen Stelle pickt. Doch noch bevor ich die erste Hand aus dem Eimer gezogen habe, fällt mir auf, dass eins von ihnen etwas kränklich aussieht und sich auch so verhält. Es ist eine große rote Henne, die normalerweise immer ganz vorne mit dabei ist, doch heute sitzt sie nur am Zaun, versucht zu stehen, macht ein, zwei Schritte und kippt dann nach vorne, fast auf ihren Schnabel, bevor sie sich mit zwei hühnermäßigen Glucksern in eine schlaffe Sitzposition zwingt. Immer wieder kippt ihr Kopf nach hinten, und es sieht so aus, als würde es sie eine Menge

Kraft kosten, ihn wieder in die normale Hühnerposition zu heben.

Ich gehe zu ihr rüber, und sie bewegt sich nicht. Sie pickt noch nicht mal nach mir. Ich bin am Ende von Helens Turbokurs angekommen und packe die Gelegenheit beim Schopf. Bei den Schafen tummelt sich eine Gruppe Kleinkinder mit drei rauchenden Mams, doch ansonsten ist der Streichelzoo ziemlich leer gefegt. Ohne dass es jemand sieht, gehe ich mit leicht gespreizten Beinen in die Hocke, stöpsle meine Haralinie ein und nehme ein paar verdammt tiefe Atemzüge. Ich halte meine Hände weit weg vom Roten Riesen, wie ich sie nenne, und komme dann langsam näher, um die Größe ihres aurischen Feldes zu erspüren. Es ist winzig. Sie ist sehr schwach. Ich kann auch ihre Chakras fühlen, die schon ineinander verschwimmen und ein einziges Durcheinander sind. Manche von ihnen drehen sich noch nicht mal. Und ein paar drehen sich in die völlig falsche Richtung. Dann kommt der letzte Test, nämlich das Sehen mit dem Dritten Auge, wobei ich noch einmal tief einatme und gleichzeitig den Roten Riesen mit meinem spirituellen Auge ansehe und ihr Feld lese. Mein Befund ist, dass ihr Wurzelchakra beschädigt ist und sie von einem anderen Zootier buchstäblich halb zu Tode erschreckt wurde, vermutlich vom Gebrüll eines Tigers, und dabei ist sie aus ihrem physischen Körper geflohen, daher die Verletzung an der Wurzel und ihre Unfähigkeit, sich über die Erde zu bewegen und auf der physischen Ebene zu existieren.

Ich halte die eine Hand über ihren Kopf und die andere knapp unter ihre Schwanzfedern und beginne mein erstes Heilen am lebenden Objekt. Ich lasse das Dritte Auge offen, verbinde mich mit den Energien der Welt und fange an, ihre Chakras wieder zum Drehen zu bringen. Sie ist so klein, dass es schwierig ist, die einzelnen Chakras zu erkennen, also benutze ich meinen Willen, um einfach alles zum Drehen zu bringen, was mein Drittes Auge so erspäht, und zwar in die richtige Richtung, im Uhrzeigersinn. Das ist das Wichtigste beim Heilen, wie Helen uns erklärt hat. Es geschieht, wenn wir wollen, dass es geschieht, und wir daran glauben, dass es geschehen kann, und wir uns der Kräfte des Kosmos bedienen, damit es geschieht. Als letzten Kniff und um sicherzugehen, hat sie mir auch noch beigebracht, wie man zur spirituellen Essenz des zu Heilenden spricht. Dazu muss man seine eigenen Geistführer anrufen, die sich dann für dich an die Seele des zu Heilenden wenden, aber in deinen eigenen Worten. Also meistens gottmäßig, so: O heiliger Geist der Seele, durch die Kräfte des Kosmos, die in mir fließen, gebiete ich dir, deine Chakras wieder richtig auszurichten. Ich gebiete dir, sie zum Drehen zu bringen. Ich gebiete dir zu heilen. Nur man sagt es halt mit tiefer Gottstimme oder als käme man direkt aus der Bibel oder als wäre man der Typ in diesem Film, der Moses spielt und das Wasser genau lange genug teilt, damit es alle, die nicht gerade auf einem Pferd sitzen, gerade so durchs Meer schaffen.

Mit diesen Anweisungen, in Kombination mit deinen Händen, die das Feld festhalten, und der Fähigkeit, die Chakras wieder zum Drehen zu bringen, plus deinem Glauben an die Güte des Universums, kann gar nichts schiefgehen. Und tatsächlich, Sekunden nach meiner letzten Anweisung springt der Rote Riese auf, gluckt einmal ganz laut und hechtet dann zum Körnereimer. Ungläubig springe ich auch auf, sodass mir kurz schwindlig wird, auch beim Gedanken daran, dass ich ganz klar auf der Höhe meiner Fähigkeiten bin, und ich weiß, dass ich bereit bin. Der Zeitpunkt stimmt. Ich verteile Körner auf dem gesamten Boden und stürme in Richtung Ausgang. Ich habe keine Zeit zu verlieren. Saidhbh ist die Nächste.

11

Am Abschlag

Saidhbh zu heilen ist der größte Müll. Die Irrenanstalt hat eine ganz neue Frau aus ihr gemacht, und sie ist total hochnäsig und vorlaut. Nächste Woche ist Weihnachten, und ich brauche volle fünf Tage, um sie zu überreden, dass ich auch nur versuchen darf, sie zu heilen. Und selbst dann guckt sie die ganze Zeit auf die Uhr und sagt mir, ich soll mich beeilen.

Im Schlafzimmer habe ich alles schon vorbereitet. Schön dunkel, nur drei Kerzen brennen. Und im Hintergrund läuft indische Pling-Plong-Musik, eine von Deanos Kassetten. Ich habe noch keinen Massagetisch, aber ich werde ihn mir zusammensparen, sobald ich erst mal die volle Summe für die Flüge hingeblättert habe – wobei ich, was das angeht, in ernsthaften Schwierigkeiten stecke und nervöse Anrufe von Pika bei Kilburn-Student-Travel bekomme, die sagt, dass ich nur noch zwei Tage habe, um für die Tickets zu latzen, ansonsten verfallen die Flüge und ich werde mir einen anderen Weg suchen müssen, um bis Weihnachten zurück nach Dublin zu kommen. Was bei einer einzigen verbleibenden Woche etwas viel verlangt ist.

Jedenfalls muss ich die Heilung auf dem Boden vornehmen, auf einer Luftmatratze, neben der ich auf den Knien rumrutsche, wenn ich mich am Körper entlangbewege. Saidhbh ist überhaupt nicht bei der Sache und sagt, dass sie für ihre Mappe noch haufenweise zu tun hat und dass ich hinne machen soll. Sie hat einen beinharten Abgabetermin für ihre Kursbewerbung vor sich – einen, bei dem man in einer Schule in Chelsea ein ganzes Jahr lang nichts als Malen lernt und wo man nur zeichnet und malt und Kunstsachen macht. Sie sagt, dass Toby, einer von den Beschäftigungstherapeuten aus der Psychoklinik, der eine Skinheadfrisur und riesengroße Ohrringe hat, auch in Teilzeit als Lehrer an der Schule in Chelsea arbeitet. Und dass er für sie ein gutes Wort einlegen wird, damit sie in den Einjahreskurs reinkommt mit der Aussicht, danach noch drei Jahre dranzuhängen. Toby, sagt sie, glaubt an ihre Bilder. Er sagt, dass sie unverfälscht und echt sind und etwas über die absolut schmerzhaften Erfahrungen einer Frau in der modernen Welt aussagen. Und wenn sie ihre Mappe mit zwanzig weiteren Superklassebildern aufpolstert, sollte es ein Klacks sein, da einen Fuß in die Tür zu bekommen.

Laut Toby wird sie dann allerdings umziehen müssen. Sie kann doch nicht jeden Tag quer durch London gondeln, wenn es nahe Chelsea massenweise besetzte Häuser gibt, in denen es massenweise Kunststudenten gibt, die total gerne den ganzen Morgen lang mit Saidhbh abhängen würden, um ihre Bilder zu vergleichen und danach Drogen zu rauchen und über die großen Meister zu reden und auch ein bisschen sauer darüber zu sein, dass Maggie Thatcher und die Geschäftsleute mit den roten Hosenträgern die Leute alle irgendwie ein bisschen egoistisch machen. Toby wohnt auch in einem besetzten Haus, sagt sie. Er glaubt nicht daran, dass man ein eigenes Haus und haufenweise Geld braucht. Alles, was er hat, steckt er in Kunstzubehör und Ohrringe. Er will auf jeden Fall was von Saidhbh. Er hat sogar schon Tante Grace getroffen, nur einmal, aber schon nach dem einen Treffen draußen auf der Straße neben seinem Fahrrad hat sie befunden, dass er »der Richtige« ist. Als er weg ist, kommt Tante Grace in Saidhbhs Zimmer gestürmt – sie teilt es sich jetzt, wo sie sich nicht mehr umbringen will, wieder mit Fiona – und sagt ihr, direkt vor Fiona, dass Toby trotz des Skinheadhaarschnitts der absolute Sechser im Lotto ist und dass sie ihn sich warmhalten sollte, koste es, was es wolle.

Fiona erzählt mir die ganze Geschichte noch am selben Abend, und ich habe das starke Bedürfnis, mir eine Kugel in den Kopf zu jagen. Ich finde es nicht fair, dass ein Mensch so was tun kann. Dass eine Tante plötzlich zu einem Skinheadkünstler auf einem Fahrrad hält statt zu ihrem eigenen Neffen, obwohl sie gesehen hat, was ich alles gemacht habe, und was für Pläne ich für Saidhbh hatte, als sie noch weg war. Und wie ich das Heilen geübt habe. All die Trainingseinheiten. Und ich finde es auch nicht fair, dass Saidhbh einfach durchs Tor einer Irrenanstalt rausspazieren und ihr gesamtes altes Selbst wie eine alte Bomberjacke zurücklassen kann, von der es einem egal ist, wenn man sie auf einem Silvester-Hoolie verliert. Oder dass sie plötzlich so tut, als wäre sie total reif und erwachsen, und mich so behandelt, als wären wir plötzlich wieder einfach beste Idiotenfreunde oder als wäre ich wieder einfach nur dieser kleine Kerl, der auf den Partys seiner Schwestern im Spiderman-Schlafanzug rumrennt. Als wäre das Ganze ein blöder zerplatzter Traum, alles, von vorne bis hinten. Welt ohne Ende.

Es ist zum Verrücktwerden. Wirklich. Oder zumindest ist das jetzt der Moment, in dem man sich den Schädel an so einem klobigen Baumstumpf einschlagen könnte. Leider habe ich gerade keinen Baumstumpf zur Hand und nehme stattdessen mein Kopfkissen. Ich habe einen guten alten Wutanfall, allein in meinem Zimmer unter dem *Rubber-Soul*-Poster, und wimmere durch meine Tränen hindurch und schreie ins Bettlaken, und zwischendurch denke ich noch, dass es sich für Heathcliff im englischen Niemandsland vermutlich genau so angefühlt hat und er sich so dachte: Oh Mann ey, Frauen sind total irre und bringen mich um den Verstand!

Als Fiona ins Zimmer kommt, wird alles nur noch schlimmer. Von dem Wutanfall bin ich irgendwie ziemlich verschwitzt, aber sie sieht mich trotzdem so liebevoll an, dass ich mir so jung vorkomme und so klein, dass ich nicht weiß, ob ich aufspringen und mich ihr in die Arme werfen soll, damit sie mich für den Rest meines Lebens himmlisch umarmt, oder ob ich brüllen soll, sie soll sich verpissen und dass ich kein verdammtes Baby mehr bin. Ich tue gar nichts und vergrabe stattdessen meinen Kopf endgültig im Kissen. Aber Fiona ist einfach die Beste und streichelt mir nur über den Hinterkopf und sagt mir, dass ich versuchen soll, mich für Saidhbh zu freuen, weil sie so viel durchgemacht hat, und dass wir und alle anderen schon seit Ewigkeiten nicht mehr erlebt haben, dass es ihr so gut geht wie jetzt.

Ich wimmere noch ein bisschen, und Fiona streichelt noch ein bisschen, und in die Stille hinein sagt sie mir, dass ich mir wegen Toby keine Sorgen machen muss, und obwohl er dreimal so alt ist wie ich und einen tollen Job in Chelsea hat, ist er nicht einmal halbwegs so ein Mann wie ich. Damit bekommt sie mich dazu, mich langsam wieder ins Leben zurückzuschniefen wie ein verheultes Kleinkind, dem gerade klar wird, dass es doch noch einen Nachschlag vom Eis bekommt.

Ich sehe Fiona direkt in die Augen.

Und was ist mit dem Heilen?, sage ich in völliger Verzweiflung, weil ich helfen will und mich beweisen.

Zeig's ihr!, sagt Fiona wie aus der Pistole geschossen. Und ihm! Soll heißen: Toby.

Dann hält sie mich fest bei den Händen und sagt mir, kein Flachs jetzt, dass ich mich frisch machen und runter zu Saidhbh gehen und ihr unmissverständlich klarmachen soll, was die hier, also meine Hände, alles draufhaben!

Als ich mit dem Heilen anfange, kichert Saidhbh ein bisschen und guckt mit Schlitzaugen andauernd heimlich dabei zu, wie ich versuche, den Rand ihres Feldes zu finden. So ist es fast unmöglich, sich zu konzentrieren, und am Ende werde ich etwas sauer und überspringe diesen Teil und auch den Chakra-Test und mache mich direkt ans Sehen mit dem Dritten Auge. Das klappt auch nicht, und ich sehe nichts anderes, als dass Saidhbh in ihrer Latzhose und Doc Martens vor mir liegt und sich auf die Lippe beißt, weil es einfach zu komisch ist, wie bekloppt ich geworden bin, während sie in der Klapsmühle saß. Jedes Mal, wenn ich einen tiefen Atemzug nehme, kichert und grinst sie. Und sie sagt Sachen wie »Finger weg«, wenn sich meine Hände ihrem Wurzelchakra oder ihrem Herzchakra auch nur nähern. Ich versuche, ihr zu sagen, dass sie den Quatsch lassen und das hier ernst nehmen soll, weil bei dem kranken Huhn im Londoner Zoo hat es wunderbar funktioniert. Aber das interessiert sie gar nicht.

Ich kann sie nicht lesen, weder physisch noch kosmisch. Ich stöpsle meine Haralinie ungefähr zehnmal neu ein, doch bei keiner meiner Einatmungen aus den Tiefen der Seele des Universums tut sich etwas. Nicht einmal ein Flackern. Keine Schwingungen. Keine Farben, kein Leuchten, keine Drehungen. Nichts. Helen hat uns gewarnt, dass es solche Sitzungen geben kann. Sie hat gesagt, sollten wir uns je in so einer Situation befinden – und betet zu Gott, dass das nicht passiert –, kann dies nur eines von zwei Dingen bedeuten: Entweder die

Person, die du heilen willst, ist tot, oder du bist, ganz offen gesagt, kein Heiler. Du hast es nicht drauf.

Für ein bis zwei Sekunden frage ich mich, ob Saidhbh vielleicht tot ist. Vielleicht hat sie sich in der Klinik endgültig umgebracht, und das hier vor mir ist nichts anderes als eine schauderige Erinnerung an sie. Wobei das unwahrscheinlich ist. Zum einen hätten wir in den frühen Morgenstunden einen Anruf von der Psychoklinik bekommen. Und zum anderen schwitzt der Körper vor mir um den Mund herum und in der Stirngegend schon leicht, weil es so anstrengend ist, das Lachen zu unterdrücken.

Wir brechen die Sitzung früher als geplant ab. Ich spare es mir, meine Geistführer anzurufen, um mit ihrer spirituellen Essenz zu sprechen. Saidhbh kann sehen, dass ich niedergeschlagen bin, und versucht, mich aufzumuntern, indem sie sagt, dass sie sich total super fühlt und total entspannt und ruhig und wie neugeboren. Sie ist schon halb zur Tür raus, da sagt sie noch, dass wir das definitiv noch mal machen können, in ein bis zwei Monaten, und dass ich eine wahrhaftige Gabe in diesen meinen Händen trage.

Zur Arbeit gehe ich so traurig, wie ich es seit Ewigkeiten nicht mehr gewesen bin. Ich hab genug von mir und meinem Leben. Mein Kopf fühlt sich so an, als hätte man mir einen Eimer voller Kleber aufgesetzt, und ich könnte jeden Moment in Tränen ausbrechen. Tante Grace hatte recht. Helen hat einen an der Klatsche. Der ganze Eso-Peso-Scheiß war für die Katz.

Border Town ist komplett weihnachtlich dekoriert, mit Lametta auf den Mexikanerhüten und Lichterketten quer durchs Restaurant. Natürlich ist O'Culigeen schon da, als ich reinkomme, und glotzt mich von seiner Tischecke aus an wie der Klopapierwelpe aus der Fernsehwerbung, was mich so sauer macht, dass ich ihm am liebsten eine ganze Pfanne kochendes Fajita-Fett über den Kopf kippen würde. Ich schlurfe quer durchs Restaurant zum Raum für die Mitarbeiter, wo Billy heimlich eine Zigarette raucht und zu allem Überfluss auch noch ziemlich schlechte Laune hat. Er motzt mich ein bisschen an, als ich ihm sage, dass mein Schließschrank leer ist und ich mein zweites Abräumer-Outfit zu Hause vergessen habe, und kann ich bitte eine seiner schwarzen Schürzen borgen? Er hält mir eine Ministandpauke darüber, dass ich mich wie ein kleines Kind benehme und nicht für mich selbst einstehen kann, und mittlerweile sollte ich meine Schürzen beisammenhalten können. Jetzt fühle ich mich noch nutzloser. Doch fast augenblicklich wedelt sich Billy mit den Händen vorm Gesicht herum und entschuldigt sich für seine Laune und sagt, dass seine Kumpels von der Dinnerparty heute vorbeikommen und er deshalb ein dünnes Fell hat. Ich frage nicht, warum. Er bleibt noch eine Weile vor seinem Spind stehen und sorgt dafür, dass er gut und fest verschlossen ist, indem er ihn ungefähr fünfmal hintereinander zuknallt.

Und tatsächlich kommen Roger und Jamie mit Soz im Schlepptau nach nicht mal einer Stunde vorbei, in Jeans und engen weißen T-Shirts und Weihnachtsmützen, und sie sehen alle supersauber und frisch aus und irgendwie total schnieke. Billy platziert sie direkt gegenüber von O'Culigeen, wodurch er noch bärtiger und pennermäßiger aussieht und sie selbst noch mehr wie drei aufgeregte Billardkugeln, die einander fröhlich über den Tisch dotzen. Sie tun lustige Dinge, die schwule Männer so tun, zum Beispiel bestellen sie einen riesigen Pitcher Margaritas und klatschen aufgeregt, als er an ihren Tisch gebracht wird, und machen Witze über die Chimichanga, indem sie sich gegenseitig fragen, ob sie auf dicke heiße Fleischrollen stehen. Sie amüsieren sich prächtig, und wenn ich es nicht besser wüsste, würde ich denken, dass sie noch lauter und schwuler sind als sonst. Roger beispielsweise schnappt sich einen von den Mexikanerhüten von der Wanddeko neben sich und liefert eine Riesenshow ab und tut so, als wäre er ein Mexikaner. Nur dass er damit nicht nur seine Jungs unterhält, sondern auch alle anderen Tische, und definitiv O'Culigeen.

Ich bin immer noch ein ziemlicher Zombie und habe noch nicht verdaut, dass meine Heilkünste unter aller Sau sind, obwohl ich ein helles, glühendes Licht in mir habe. Ich vertue mich mit jeder Menge Bestellungen. Ich bringe einen einsamen Teller Enchiladas zu einer sechsköpfigen Familie, obwohl das die Vorspeise für zwei Mädchen nahe der Bar ist, die sie sich teilen wollten. Dann bringe ich fröhlich Hauptspeisen zu einem von Billys Tischen, wo die Leute noch bei den Nachos sind und gerade auf ihre erste Runde Getränke warten. Und ich lasse eine andere Familie, die auf dem Weg ins Theater ist, zum zweiten Mal Kaffee bestellen und vergesse, es Billy zu sagen. Die machen einen ziemlichen Aufstand, und der Dad sagt beim Rausgehen, wenn sie wegen meinem vergessenen Kaffee zu spät zu *Les Misérables* kommen, dann kommen sie zurück, um sich von Trevor höchstpersönlich das Geld für die Tickets zurückzuholen.

In Zeiten wie diesen muss man wirklich stark sein, um nicht anzufangen loszuheulen, und wenn Billy und alle anderen mir nicht sagen würden, dass die Kunden Spastis sind und ich einen guten Job mache, wäre bei mir schon längst Land unter. Was mir aber wirklich den letzten Nerv raubt, sind diese zwei Typen in hässlichen irischen Pullis und grauen Bügelfaltenjeans, die reinkommen und sich an die Bar setzen, aber direkt neben die Tische, die Billy bedient. Sie starren mich während der ganzen Wir-müssen-ins-Theater-Geschichte an und rühren auch ihr Essen kaum an. Jedes Mal, wenn ich an ihnen vorbeihetze, schnappe ich Gesprächsfetzen von ihnen auf, und weil sie sich trotzdem so anhören, als hätten sie einen vollen Mund, bin ich mir ziemlich sicher, dass sie aus Dem Norden kommen, vermutlich aus Belfast.

Ich nehme meinen Mut zusammen und stelle mich der Wahrheit und beschließe, dass es vermutlich zwei IRA-Killer sind, die Taighdhg Donohue mir aus Der Bewegung auf den Hals gehetzt hat, um mich umzulegen, und der bloße Gedanke daran beschert mir einen plötzlichen Anfall von Flitzekacke. Ich renne aufs Klo und sitze in der Kabine, und in meinem Kopf dreht sich alles, während ich versuche, mich an diesen Witz zu erinnern, den Mam über Flitzekacke erzählt hat, wo irgendwie der Arzt sagt, Sie haben also Durchfall, wann haben Sie das gemerkt, und der Patient sagt, als mir mein Stift runtergefallen ist.

Erst nach einer halben Stunde komme ich wieder in den Gastbereich, und plötzlich ist alles anders. Die IRA-Typen sind immer noch da, aber ich fresse einen Besen, wenn das nicht O'Culigeen ist, der bei Roger und den anderen am Schwulentisch sitzt. Alle scharen sich um O'Culigeen und haben ihm sogar eine Weihnachtsmütze auf den Kopf gesetzt und kippen sein Glas randvoll mit Margarita und klopfen ihm auf die Schulter und lachen sich über die lustigen Geschichten schlapp, die ihm in Papua-Neuguinea passiert sind, als er da in der Missionarsstation war. Als ich mich dem Tisch nähere, erzählt er gerade, wie er mal vor den Wilden aus Spaß so getan hat, als würde er ihren Kopfschmuck mit einem exotischen Fruchtcocktail verwechseln, und alle lachen sich über so ein Land kaputt und wie plemplem die da alle sind. Ich versuche, mich an ihnen vorbeizuducken, doch O'Culigeens Arm schnellt schon hervor, und im Suff packt er mich und zieht mich zum

Tisch. Er befiehlt mir, einen neuen Pitcher Margaritas für seine neuen besten Freunde zu bringen, und versucht, alle mit der Tatsache zu überraschen, dass wir alte Bekannte sind. Von früher, lallt er und macht anschließend ein absichtlich schiefes Kreuzzeichen in die Luft. Die Jungs lachen schon wieder und scheinen sich für unsere Geschichte nicht sonderlich zu interessieren und wünschen sich stattdessen noch mehr Geschichten von O'Culigeen, aus seinen Tagen als Priester. Die Beichten! Ja, erzähl uns was von den Beichten! Nur keine Scheu! Die Schlimmste? Die Schmutzigste? Ja. Erzähl sie uns alle!

So geht es den ganzen Abend lang weiter, und die Schwulen und O'Culigeen sind mit Abstand der lauteste Tisch, sogar noch, als die Rausschmeißermusik angemacht wird. Das sind die letzten beiden Stunden Service, wo ein winziger Bereich vor der Bar frei gemacht wird und sich das Restaurant in eine halbe Disco verwandelt. Wenn man an diesem Punkt reingestolpert kommt, kann man so viel saufen, wie man will, der Trick ist, dass man zu seinem Drink auch was zu essen bestellen muss, damit jeder weiß, dass das hier keine richtige Disco ist, sondern immer noch ein Restaurant.

Nach Mitternacht und trotz drei Bronski-Beat-Nummern hintereinander lichten sich schließlich die Reihen. Um die Bar rum ist praktisch nichts mehr los, da sind nur noch die IRA-Typen und ein Tisch mit müden Junggesellinnen. An Billys Tischen sitzen nur noch die Schwulen und O'Culigeen, der mittlerweile schon nicht mehr geradeaus gucken kann. Und genau jetzt passiert es.

Das hier solltest du nicht verpassen.

Das sagt Billy zu mir, total ernst und im Flüsterton, als er in einem verrückten manischen Marsch an mir vorbeizischt, in seinen Bereich. Ich folge mit etwas Abstand und beobachte, wie er sich an den Schwulen vorbeischleicht und Roger zunickt, bevor er hinten im Umkleideraum verschwindet. Roger, Jamie und Soz stehen plötzlich auf und hauen O'Culigeen halb im Scherz die Weihnachtsmütze vom Kopf und ziehen ihn hoch und sagen, dass sie ihm dahinten etwas ganz Besonderes zeigen müssen. O'Culigeen lacht laut los und sagt, dass er ganz genau weiß, was so Londoner Jungs wollen, und macht einen großen Witz draus, sich an seinen eigenen Gürtel zu greifen und ihn fest zuzuziehen, um sich vor einer dreifachen Pimmelattacke zu schützen.

Die Schwulen lachen noch mehr und packen ihn und wuchten ihn ein wenig in die Höhe. O'Culigeen lacht und zappelt und haut ein bisschen zurück. Und dann, ganz plötzlich, verwandeln sich die Gesichter der Männer genau gleichzeitig zu Stein, und sie haben alle den gleichen Gedanken. O'Culigeen versucht, einen Satz nach hinten weg vom Tisch zu machen, doch gegen einen Hünen wie Soz hat er keine Chance. O'Culigeen macht keinen Mucks, wehrt sich aber nach Leibeskräften, als sie ihn zu dritt in Richtung Umkleide zerren. Wieder folge ich ihnen mit einem gewissen Sicherheitsabstand, und als ich an der großen roten Tür mit dem schmalen viereckigen Fenster angekommen bin, haben sie ihm schon eine Decke über den Kopf geworfen, so eine Art Picknickding. Ich traue mich nicht reinzugehen, aber ich sehe ihnen durchs Fenster zu, wie Roger die Baseballschläger aus Billys offenem Schließschrank verteilt und die Männer anfangen, alle vier, auf ihn einzukloppen.

Die Baseballschläger machen auf O'Culigeens Körper das verrückteste Geräusch überhaupt. Es klinkert und klonkert, wenn das Holz auf die Knochen trifft, die O'Culigeens Arme und Beine sind und unter der Decke zappeln und treten, in der

Hoffnung, den Schlag abzuwehren, sich zu schützen. Aber dann und wann prallen sie volle Kanne auf seinen Kopf, und es macht laut und hohl pock! Und dann wissen sie, Jackpot, und machen genau da weiter. Was die Prügel angeht, geht Roger mit gutem Beispiel voran und kann in der kürzesten Zeit die meisten Treffer für sich verbuchen. Und dabei sagt er noch ziemlich oft Motherfucker und klingt plötzlich richtig amerikanisch. Für jeden Hieb von den anderen kommt er auf mindestens drei. Aber irgendwann finden sie einen Rhythmus, wie vier Typen von früher, die irgendwo am Arsch der Welt mit ihren Vorschlaghämmern einen riesigen Holzpfahl in die Erde rammen, während einer von ihnen ständig Motherfucker sagt.

O'Culigeen dagegen sagt nix. Von ihm da unten unter der Decke hört man keinen Pieps. Es ist so, als würden alle genau wissen, warum sie hier sind. Sogar er. Als Roger irgendwann einen Schritt zur Seite macht und ich durch das dicke Glas einen ordentlichen Blick auf die Szene werfen kann, ist O'Culigeen schon zu einem überraschend winzigen Häufchen in sich zusammengesackt. Er ist nur noch eine Hand, mit Blut dran, die unter der Decke hervorlugt. Die Hand macht nicht mehr viel, aber ich könnte schwören, dass sie sich nach Vergebung ausstreckt, und zwar in meine Richtung. Und in dem Moment sehe ich ganz plötzlich O'Culigeen als kleinen Jungen am Arsch der Welt aufblitzen, wie er von seinen großen Brüdern fertiggemacht und verkloppt und hinten in die Scheune mit dem Heu gezerrt wird, wie sie ihn schlagen, ihn vermöbeln, und Nimm das und das und das!

Billy sammelt die Baseballschläger hastig und aufgeregt ein und packt sie in seinen Schrank. Die Männer lesen O'Culigeen auf, der jetzt ganz wabbelig ist, immer noch mit der Picknickdecke drauf. Billy tritt die Hintertür vom Mitarbeiterraum auf, wirft einen Blick die dunkle Gasse rauf und runter und gibt seinen Freunden das Zeichen, sich vom Acker zu machen. Während sie dies tun, lehnt sich Billy zu dem Überwurf und flüstert etwas Wütendes, etwas, bei dem er seine Zähne zeigt, zu dem O'Culigeen-Klumpen, der rausgeschleift und am Ende irgendwo abgeworfen wird, irgendwo, scheißegal. Wenn er Glück hat, vor einer Notaufnahme. Wenn er Pech hat, irgendwo in Soho, in einer Seitenstraße.

Ich entferne mich vom Umkleideraum, bevor Billy mich finden und auf freundlichste Art und Weise ein Zeichen meines Dankes einfordern kann. Schneller denn je laufe ich raus aus dem Restaurant, an den IRA-Killern vorbei, direkt zur Tür raus, noch in meiner Uniform.

Ich warte auch gar nicht erst auf das Mitarbeitertaxi, sondern laufe stattdessen den ganzen Weg nach Hause durchs weihnachtlich besoffene London. Ich laufe wie in Trance, wie der Typ in *Kung Fu*, und laufe mit dem Wind im Rücken um den Hydepark herum und quer durch die Überbleibsel von Büroweihnachtsfeiern in Queensway und an den bis in die Nacht hinein geöffneten Bars in Notting Hill, und, ohne einen einzigen Blick drauf zu werfen, geradewegs am Eingang von Grace's Angels vorbei und dann die Ladbroke Grove rauf über die Harrow Road und schließlich nach Queen's Park und dann nach Kilburn und bis ans letzte Ende der Glengall Road.

Ich brauche fast anderthalb Stunden voller leerer, kopfloser Schritte, und als ich schließlich wie ein Roboter in Tante Grace' Flur marschiert komme, sind alle Lichter an, und alle sind wach und warten auf mich. Und mit alle meine ich alle inklusive meiner Schwestern Sarah und Siobhan.

Sie stehen schweigend im Wohnzimmer, umringt von Grace,

Deano, Fiona und Saidhbh. Als wären sie die leiseste Überraschungsparty der Welt. Sie sehen mich mit merkwürdigen, wechselnden Gesichtsausdrücken an. Von Mit-uns-hättest-du-nicht-gerechnet-was? bis Fuck!

Es geht um Dad, sagen sie schließlich nach einer Ewigkeit verrückten Grimassenschneidens. Seine Zeit ist gekommen.

12

Zu Hause

Auf dem Flug nach Hause wechseln ich, Fiona, Sarah und Siobhan kaum ein Wort miteinander, obwohl ich noch nie geflogen bin. Sie lassen mich alleine sitzen, am Fenster, und ich verbringe den Großteil des Fluges mit der Stirn an dem durchsichtigen Plastik vor der Fensterscheibe. Innerlich will ich ganz laut schreien und wuuuuuuhuuuuu machen, als wir abheben. Ich will mich über die winzigen Matchboxautos auf dem Flughafenparkplatz kaputtlachen, die unter uns vorbeiziehen. Und ich will sagen, Alter Schwede, krass ey, als die komplette Tragfläche hin und her wackelt und schlackert, als wir durch die Wolken fliegen. Aber ich traue mich nicht, das Schweigen zu brechen.

Fiona, Sarah und Siobhan bestellen sich alle einen Gin Tonic bei der Stewardess, die von Kopf bis Fuß in Grün gekleidet ist – vermutlich für den Fall, dass sie in Heathrow verloren geht und so möglichst schnell in den irischen Bereich zurückgebracht werden kann, wo all die grünen Flugzeuge mit ihren grünen Motoren und grünen Piloten stehen. Gary sagt, dass sein Dad wegen Aer Lingus immer von den englischen Piloten aufgezogen wird. Er sagt, das ist einer der beliebtesten und langlebigsten Running Gags im gesamten internationalen Pilotenwitzebuch.

Er hatte seinen Dad oft darüber reden hören, der das Ganze überhaupt nicht witzig fand und davon erzählte, dass die Pilotengewerkschaft darüber abstimmen wollte, den Vorstand dazu zu zwingen, den Namen zu Aer Ireland oder Aer Eire oder einfach Eire Planes zu ändern. Egal was, nur nicht Aer Lingus. Die britischen Piloten fielen jedes Mal vor Lachen fast um, wenn Garys Dad mit seinen Pilotenkumpels durch den Terminal gelaufen kam. Aer Lingus! Ist das zu fassen?, sagten sie dann. Und dann drehte Gary sich zu mir und sagte: Aer Lingus! Schon ziemlich peinlich, oder? Und keiner von uns beiden hatte auch nur den Hauch einer Ahnung, welcher Teil genau daran so peinlich sein sollte. Einmal entschieden wir, dass Lingus vermutlich der Name von irgend so einer Pimmelkrankheit war, die man sich holte, wenn man mit einer Prostituierten ins Bett ging. Aber das war nicht besonders komisch. Jetzt, wo ich weiß, was an dem Namen komisch ist, muss ich natürlich auch kichern, wenn ich mir das denke, was sich die Engländer denken. Für die ist es ein bisschen so, als würde man seine nationale Fluglinie Aer-Lutsch-mir-den-Schwanz nennen. Ich nehme an, dass sie glauben, die Iren sind in Sachen Sex so was von unbrauchbar, dass sie vermutlich noch nicht mal wussten, dass Lingus was mit Sex zu tun hat, als sie ihre Firma so genannt haben. Das ist auch ein Grund, warum es so lustig ist. Und vielleicht war es ja sogar ein englischer Firmenberater, der spitze im Bett war und ihnen den Namen ins Ohr geflüstert hat, sodass sie gedacht haben: Genial, genau, Lingus klingt total nach Luftfahrt. Und dann war es ein bisschen so wie National Gaelic Titty Trains oder Blowjob Bus of Ireland. Ist ja auch wurscht, ich finde es jedenfalls lustig, aber nur wenn ich meinen englischen Kopf aufhabe. Wenn ich meinen irischen Kopf aufhabe, ist es einfach das, was es ist. Ein Name.

Sarah und Siobhan haben rote Ränder um die Augen und schniefen über ihren Drinks. Ab und an legt Fiona abwechselnd einen Arm um sie und sagt ihnen, sie müssen stark bleiben. Und daran denken, wie das alles für Mam sein muss.

Ich will ihnen sagen, dass sie alles verpassen. Und dass sie über meine Schulter raus auf den Himmel gucken sollen, wie die Wintersonne den Horizont mit einem pink-orangen Wolkenquilt zudeckt. Und ich muss auch an Mam denken, wie sie nach einem ihrer ersten Besuche bei Tante Grace zurückkam und wunderbare Geschichten über den Flug erzählt hat und dass die Wolken wie riesige Bausche Zuckerwatte aussahen, die man anfassen, aber nicht aufessen konnte. Nein, korrigierte sie sich dann, denn was Lebensmittelvergleiche anging, nahm Mam alles sehr genau, eigentlich sahen sie aus wie ein riesiger Schlagsahneozean über der riesigsten Pavlova des ganzen Universums, kurz bevor man ein bisschen Kochschokolade drüberraspelt.

Durch die Löcher in den Wolken sehe ich ganz tief runter auf die Irische See und halte ein bisschen nach Booten Ausschau. Winzige Punkte ziehen weiße Bänder über einen schwarzblauen Teppich. Fischerboote, nehme ich an. Und Frachtschiffe. Und ich könnte schwören, eine B&I-Line-Fähre zu sehen, die langsam in die entgegengesetzte Richtung tuckert. Und ich frage mich, ob es nach all den Gesetzen in Vater Jasons Physik eine andere Saidhbh und einen anderen Jim gibt, die sich mit einem anderen Baby im Bauch ihren Weg über das Wasser bahnen, mit einem anderen Haufen Entscheidungen vor sich, richtig oder falsch, die uns an einen ganz anderen Ort führen würden, weit weg vom Hier und Jetzt.

Natürlich sind wir kaum zwanzig Minuten in der Luft, als ich spüre, wie das Flugzeug wieder sinkt. Der kürzeste Flug der Welt. Die Mädchen geben ihre leeren Gläser zurück.

Meine Limodose ist auch alle. Es ist Cidona, Mam hat sie mir extra für die Reise zukommen lassen. Sarah und Siobhan würden an die Decke gehen, wenn sie wüssten, dass ich bei Tante Grace am Tisch immer Alkohol trinken durfte. Aber Fiona wird es ihnen garantiert nicht erzählen.

Später erfahren wir, dass Garys Dad sich komplett um die Flüge gekümmert hat, für umsonst. Als er von Dads Zustand gehört hat, hat er bloß zu Mam gesagt: Lass mich nur machen, Devida. Und am nächsten Morgen schob er die Tickets unter der Haustür durch. Mit Saidhbh konnte ich gar nicht mehr darüber reden oder über unsere Weihnachtsflüge oder wie viel Geld ich Pika noch schulde. Als wir zum Flughafen aufgebrochen sind, war sie schon weg. In aller Herrgottsfrühe auf und davon, mit Toby. Ich hätte schon nicht Guten Morgen, Guten Morgen oder so was gemacht. Aber irgendwas hätte ich schon gerne gesagt. Aber ihre Decke war zurückgeworfen, und sie hatte mich schon verlassen. In jeder Hinsicht.

Niemand holt uns am Flughafen ab, und wir nehmen ein Taxi nach Hause. Die Lage ist ernst, und Sarah fängt an zu weinen, weil das bedeutet, dass sich alle an Dads Bett versammelt haben, um die letzte Wache zu halten.

Als wir vor dem Haus halten, sind die Vorzeichen auch nicht gut. Der Taxifahrer hat den kompletten Weg vom Flughafen durchgequatscht, über Dublin im Vergleich zu London, was wo besser ist und warum. Er sagt, in Dublin gibt es lauter großartige »Charaktere« und in London nicht. Er sagt, er ist selbst so ein alter Charaktertyp, und erzählt jede Menge Geschichten darüber, wie er in London gelebt und auf Baustellen gearbeitet hat und auf der Kilburn High Road fast verrückt geworden wäre. Er macht Witze darüber, dass ich und Fiona zurückgekehrt sind, weil wir das Essen von unserer Mammy vermisst haben, und dass er sich nie daran gewöhnt hat, für sich alleine zu kochen, in London. Und er schwört bei Gott, das ist der Grund, warum er zurückgekommen ist. Und er hat überhaupt nicht lange gebraucht, bis er eine großartige Dub-Frau gefunden hat, und die ist auch verantwortlich hierfür, wenn er das mal sagen darf. Er tätschelt sich mit der Hand die Fettschürze, als er »hierfür« sagt. Es sprudelt noch immer aus ihm heraus, als wir aus dem Taxi aussteigen. Fiona drückt ihm einen Batzen Scheine in die Hand, und die Mädchen spurten die Auffahrt hoch.

Ich bewege mich als Letzter und habe mich noch nicht von der Rückbank des Taxis gehievt, als ein übelst lautes Jammern von der Haustür aus zu mir dringt. Als wäre Mam zur Fußmatte gestürmt und hätte sich einfach ein riesiges Fleischermesser in den Bauch gerammt. Sarah und Siobhan rufen: Oh Mam, oh Mam, und ziehen Fiona in ihre große Tränenumarmung mit rein, und Mam sagt ihnen, dass das Beatmungsgerät ausgeschaltet wurde. Was auch immer das heißen mag.

Über die Köpfe der Mädchen hinweg wandert Mams Blick zu mir, und sie schüttelt wie wild den Kopf und hält sich die Hände vors Gesicht wie ein Stoppschild, als wäre das einfach zu viel, und als gäbe es ein Schmerzlevel, wo nichts mehr hilft, vor allem keine Worte. Die drei Mädchen müssen Mam halb ins Haus tragen, über die Schwelle, und sie laden sie auf einem Stuhl ab, der zwischen dem Weihnachtsbaum und dem niedrigen Telefontisch steht. Sie sagt ihnen, sie sollen sich beeilen und stark sein und sich verabschieden.

Das Haus ist schon voll mit Freunden, Verwandten und traurigen Menschen. Manche von ihnen weinen. Manche versammeln sich um den Baum im Flur und starren wortlos auf den glitzernden Schmuck und die flackernde Lichterkette. Claire und Susan wurden zu Brenda Joyce in Balinteer gebracht, um mit ihren *Girl's-World*-Sachen zu spielen, weil sie das alles zu sehr mitgenommen und auch verwirrt hat und sie zu jung sind, um den Tod so zu verstehen, wie es angeblich alle anderen tun. Für den Moment hat Tim Connell, der Pilot, das Ruder übernommen, und als ich zur Tür reinkomme, sagt er mir, als würde er mich zum ersten Mal im Leben sehen, dass es ihm leidtut, wie das hier alles gelaufen ist. Er schleift mich an Mam vorbei in die Küche, wo die Kaffeefrauen jede Menge Mince Pies gemacht und Weihnachtskuchenstücke auf Tellern drapiert haben, falls uns der nahende Tod unbändigen Hunger auf Yuletide-Snacks beschert. Sie nennen mich einen armen Kleinen und klopfen mir auf die Schulter und sagen mir, dass ich jetzt der Mann im Haus bin.

Tim sagt mir, dass es Dad schon seit Wochen so geht, fast schon seit Monaten, und dass es Mam furchtbar mitgenommen hat, aber keiner wollte, dass ich und Fiona uns zu große Sorgen machen, weil wir eh da drüben in London waren und nichts tun konnten. Er sagt, dass alle gedacht haben, Dad schafft es bis über die Feiertage, doch leider hat es nicht sollen sein. Er sagt, ohne die Beatmungsmaschine hat Dad bloß noch ein paar Stunden Atmen in sich. Und dass er die Nacht sicher nicht überlebt. Und dann sagt er mir, dass das Feuer fast aus ist und dass er mich besser in Ruhe lässt und ein paar mehr Briketts aus der Garage holt.

Mam taucht neben mir auf. Sie ist völlig aufgelöst und wird mir von den Kaffeemüttern übergeben. Es kostet sie ihre ganze Kraft, mich ihren Liebling zu nennen und mein Gesicht zu streicheln, und dann sackt sie für eine riesige Umarmung auf meine Schultern und sagt, das hier sind furchtbare Zeiten. Furchtbare Zeiten. Sie sieht ungefähr hundert Jahre alt aus.

Ihr Gesicht ist ganz rot, mit einer Million Furchen, und es ist tränennass. Bald ist er frei, sagt sie. Frei von alledem.

Sie sagt mir, ich soll mich verabschieden und dass Tante Una bei ihm oben ist und Wache hält. Dann packt sie mich fest bei beiden Armen und fragt, ob ich sicher bin, dass ich das kann. Bist du stark genug?, fragt sie und warnt mich anschließend, dass mich das auf die Probe stellen und mich nie wieder loslassen wird.

Ich nicke und schleiche leise die Treppe rauf. Das ist total verrückt, dass ich gerade dabei bin, in diesem Haus, in dem ich fast mein ganzes Leben mit meiner Familie verbracht habe, das hier zu tun, meinem Vater Lebewohl zu sagen. Fiona, Sarah und Siobhan stehen draußen und starren schweigend auf den Teppich, mit großen Augen und roten Backpfeifenwangen. Ich klopfe an die Schlafzimmertür, und Tante Una taucht Sekunden später mit diesem irre ruhigen Lächeln auf den Lippen auf, superstolz, dass sie die wichtigste Aufgabe im Haus übernommen hat. Sie wird ganz zittrig, als sie mich sieht, und sagt mir, dass das alles einfach furchtbar ist, und drückt mich fest an sich, während sie mich ins Zimmer zerrt.

Ich lass dich mit Matt allein, sagt sie, und rollt mich quasi in Richtung Doppelbett, während sie in der gleichen flüssigen Bewegung aus dem Zimmer huscht. Ich komme direkt neben ihm zum Stehen und starre nach unten. Er ist scheißblass und total mager, skelettmager, mit halb offen hängendem Mund, in den kaum ein Lufthauch rein- und keiner rausgeht. Seine Haare auf dem Kopf bestehen nur noch aus winzigen Flusen, und er ist immer noch in seinen geliebten, kratzig grauen Morgenmantel gewickelt. Sie haben ihm die Decke über den Bauch gezogen, aber der Morgenmantel ist weit offen, und man sieht einen winzigen Knochenkäfig mit drei rasierten Kreisen drauf, wo die Sauger von der Beatmungsmaschine hingehört haben. Die Maschine an sich ist eine große weiße Kiste mit acht Knöpfen in einer Reihe und einer kleineren Kiste obendrauf, die ein bisschen fernsehmäßig aussieht, und steht nutzlos auf dem Beistelltisch rum.

Dads Augen sind geschlossen.

Keiner zu Hause.

Ich nicke mir selbst zu. Ich weiß, was ich zu tun habe.

Ruhig entferne ich mich wieder von ihm, laufe in Richtung Tür und drehe den Schlüssel im Schloss um. Vorsichtshalber schiebe ich noch einen Stuhl unter die Klinke. Tante Una riecht augenblicklich Lunte, klopft leise gegen die Tür und fragt, ob bei mir alles in Ordnung ist da drinnen und ob sie Mam und meine Schwestern holen soll. Doch zu diesem Zeitpunkt bin ich schon längst in der Hocke und habe meine Haralinie ganz tief in den Erdmittelpunkt selbst eingestöpselt. Meine Atemzüge sind ultratief, und bei jedem Mal merke ich, wie mein Körper kribbelt und sich mit all diesen wahnsinnigen und unvorstellbaren und unerklärlichen Energien auflädt, die das Leben und den Raum und das Jenseits verbinden.

Ich strecke meine Hände über ihm aus und weiß, dass ich das Richtige tue. Ich lasse sie sinken, aber sein Feld ist komplett verschwunden. Es gibt nur noch ein Echo von dem Leben, das mal da war. Ich versuche, seine Chakras zu spüren, doch sie sind auch weg. Keine einzige Rotation weit und breit. Unbeeindruckt hole ich erneut unwahrscheinlich tief Luft und versuche es mit ein bisschen Sehen mit dem Dritten Auge. Ich zittere am ganzen Körper, doch dort vor mir ist noch immer nichts.

Das Klopfen an der Tür wird jetzt lauter. Diesmal ist es Tim Connell mit den Mädchen im Schlepptau. Er sagt, ich soll jetzt die Tür aufmachen, weil ich meiner gesamten Familie den Schrecken ihres Lebens einjage. Er will wissen, was zur Hölle ich treibe.

Jetzt bin ich drin. Mein Körper zittert wie verrückt. Aber diesmal nutze ich es aus. Es ist, als würde jeder einzelne verrückte Zitteranfall der letzten Zeit noch einmal wie ein gigantischer verrückt gewordener Vulkan in mir hochbrodeln, aber ein gutartiger. Ich sage mir, dass ich nur ein Gefäß bin, dass Helen recht hatte und dass ich eine Antenne für den gesamten Kosmos bin, dass es kein Ich gibt, dass es keine Zeit gibt, kein Vorher und kein Nachher, kein Leben und keinen Tod. Nur Energie.

Dad bewegt sich nicht. Nichts. Aber ich gebe die Hoffnung nicht auf. Ich werde mit seiner kosmischen Essenz sprechen. Ich versuche es mit der blöden Gott-Geist-Stimme, mit bibelmäßigen Anweisungen und allem Drum und Dran, aber es ist nicht das Richtige. Nichts. Stattdessen spreche ich mit ausgestreckten Armen, meiner Haralinie in Flammen und dem gesamten Kosmos, der durch mich pulsiert, mit meiner eigenen Stimme. Ich sage: Dad, wie geht's dir? Ich sage: Dad, ich habe dich mein ganzes Leben lang vermisst. Ich sage: Ich bin dein Sohn, dein guter Junge, und mein ganzes Herz gehört dir so sehr, dass ich manchmal nicht weiß, wo ich hinsehen soll. Ich sage ihm, dass ich das alles für ihn tue. Dass schon immer alles, einfach alles, nur für ihn war. Und dass mein Leben sein Leben ist und meine Seele seine Seele.

Und ich stoße einen heiligen Dank aus für das, was er mir bedeutet hat, und sage ihm, dass ich seine Arme vermisse und seine Stärke und wie sich die Welt angefühlt hat, als er noch darin war. Ich vermisse es, dass wir zusammen auf dem Sofa sitzen und *Benny Hill* gucken, sage ich. Dass ich zu deinem riesigen Körper aufsehe, wie du mit übergeschlagenen Beinen dasitzt und dir den Bauch hältst und deine gesamte Gestalt vor und zurück wippt, weil du so sehr darüber lachst, wie Benny das A-Team nachmacht. Ich vermisse die Blicke, die du mir am Tisch zugeworfen hast, wenn die Mädchen so richtig aufdrehten. Die Blicke, die sagten, dass wir zwei im gleichen Boot sitzen, nur du und ich, für immer, und aus demselben Holz geschnitzt sind. Und am meisten vermisse ich unsere Spaziergänge, Dad. Ich vermisse es, dir Fragen über Haie und den Weltraum und über das Leben zu stellen. Und wie geduldig, ruhig und sanft du auf alles eine Antwort hattest. Ich vermisse meine Hand in deiner Hand. Und ich vermisse es, tief in mir drin zu wissen, dass ich auf dieser Welt sicher bin, weil es dich gibt.

Das Klopfen wird noch lauter. Jetzt ist Sarah mit von der Partie. Sie sagt, dass Mam unten voll die Panik schiebt. Will wissen, was hier verdammt noch mal vor sich geht.

Ich sage Dad, dass es jetzt drauf ankommt. Immer noch mit meiner normalen Stimme sage ich, dass es jetzt heißt, hopp oder top, scheißen oder runter vom Pott. Mein Körper schaltet wieder auf Turbozappelmodus, und ich spüre, dass mein Herzchakra herumwirbelt wie verrückt. Ich nehme einen letzten Atemzug, breche mein eigenes aurisches Feld von innen auf und Bääääm! – aus nächster Nähe schlägt eine ultrazielgenaue Energiebombe direkt in Dads Körper ein. Keine Gnade.

Die Anstrengung des Ganzen haut mich völlig um, und Sarah kreischt vor der Tür. Ich ziehe mich am Bettgestell hoch und schaue noch einmal hin. Erst sehe ich wieder nichts. Nur dasselbe Skelett, nicht von dieser Welt. Doch als ich mich wieder aufgerappelt und meine Haralinie neu eingestöpselt habe, bemerke ich ein winzig kleines grünes Flackern im Herzchakra. Ich scheiße mir fast in die Hose. Plötzlicher Dünnpfiff. Ich springe sofort an und halte die rechte Hand direkt über sein Herzchakra und die linke Hand über meines und fange an, über die Haralinie Energie in Dads aurisches Feld zu leiten.

Binnen Sekunden sehe ich definitiv grüne Drehbewegungen um seine Brust herum. Und Sekunden später sehe ich das Gelb vom Milzchakra, das Rot vom Wurzelchakra und Lila vom Kronenchakra. Die Zeit steht plötzlich still, und das Klopfen scheint aufzuhören. Und für einen Moment, der zehn Stunden oder nur zwei Minuten lang sein könnte, arbeite ich wie verrückt daran, dass alle sieben Chakras schnell genug rotieren, damit Dads aurischer Körper seine physische Essenz neu zünden kann. Natürlich funktioniert es. Und das Ganze ist gar nicht so dramatisch, wie es sich anhört. Dad öffnet einfach die Augen und holt einmal tief und männlich Luft. Und dann stützt er sich auf die Ellenbogen, als wäre es das Natürlichste der Welt, und sagt, dass er verdammt noch mal am Verhungern ist.

Ich brauche länger dafür, einfach nur die Schlafzimmertür aufzubekommen, weil Sarah, Tante Una und Tim Connell auf alles, was ihnen heilig ist, schwören müssen, dass sie nicht ausrasten, wenn sie sehen, was ich getan habe. Sarah heult auf und ist sich sicher, dass ich völlig durchgedreht bin und was total Krankes mit Dad gemacht habe, und rechnet vermutlich damit, Dad kopfüber von der Lampenhalterung baumeln zu sehen. Aber irgendwann erklären sich alle einverstanden, nicht auszurasten, und ich öffne langsam die Tür, um den Blick auf Dad freizugeben, der mit dem süßesten, sanftesten Lächeln, das ein Mensch je auf den Lippen hatte, aufrecht im Bett sitzt.

Wir machen ein spätes Abendessen, alle zusammen. Wir sitzen um den Tisch rum und jubeln und lachen für Irland. Die meiste Zeit sitzt Mam bei Dad auf dem Schoß, obwohl er Witze macht, dass sie ein dickes Mondkalb ist und ihn zerquetscht. Die beiden sind in Bestform und hauen einen Witz übers Stillen nach dem andern raus, als würde es kein Morgen geben. Claire und Susan sind von Brenda Joyce zurück, was das Signal für die Verwandten ist, endlich nach Hause zu gehen und uns allein zu lassen, als Familie, ganz unter uns.

Sarah spaziert leise ins Wohnzimmer, huscht unter den Weihnachtskarten durch, die über der Flügeltür hängen, und legt *Hooked on Classics* auf, während Mam ein paar Extrasandwiches aus weißem und braunem Brot macht. Der Dam-Dam-Dam-Beat läuft im Hintergrund, während das Gespräch bei Lautstärke zehn stundenlang weitergeht. Ich und Fiona erzählen allen super Storys übers Leben in London. Wobei Fiona den Löwenanteil vom Reden übernimmt. Die meiste Zeit sitze ich einfach da und sauge alles auf, den Anblick, der vor mir liegt, und das Wissen, dass es hier und jetzt keine Geheimnisse mehr gibt.

Ich bin alles und ich bin nichts. Ich bin in dieser Welt und in der nächsten. Ich bin das Universum und ich bin das Multiversum. Ich bin Millionen Momente, die sich aufspalten, und das Leben all dieser Momente in all ihren Möglichkeiten in all ihren Zeiten. Ich bin am Leben, in der Küche mit meiner geliebten Familie, und teile ihre Hoffnungen und Träume für eine neue und unbekannte Zukunft. Und jetzt bin ich zurück auf dem Boden von O'Culigeens schäbigem Arbeitszimmer mit den blauen Wänden und dem Geruch nach alten Socken, mit einer Platzwunde an der Stirn und nicht dem kleinsten bisschen Luft mehr in der Lunge. Völlig leer.

So was hatte es bei uns noch nie gegeben.

Nicht direkt vor unseren Augen.